他转过头去，
夏仪的眼睛映着烟火，闪着缤纷的色彩。

他总是觉得这个世界很大，很宽阔。但在这种时候，他却觉得这个世界也很小，小到一个小小县城的**烟花、鞭炮和欢声笑语**就可以填满。

—— 像是黑欧泊一般，她戴着她灰色的毛绒护耳，像是一只**安静又美丽的猫**。

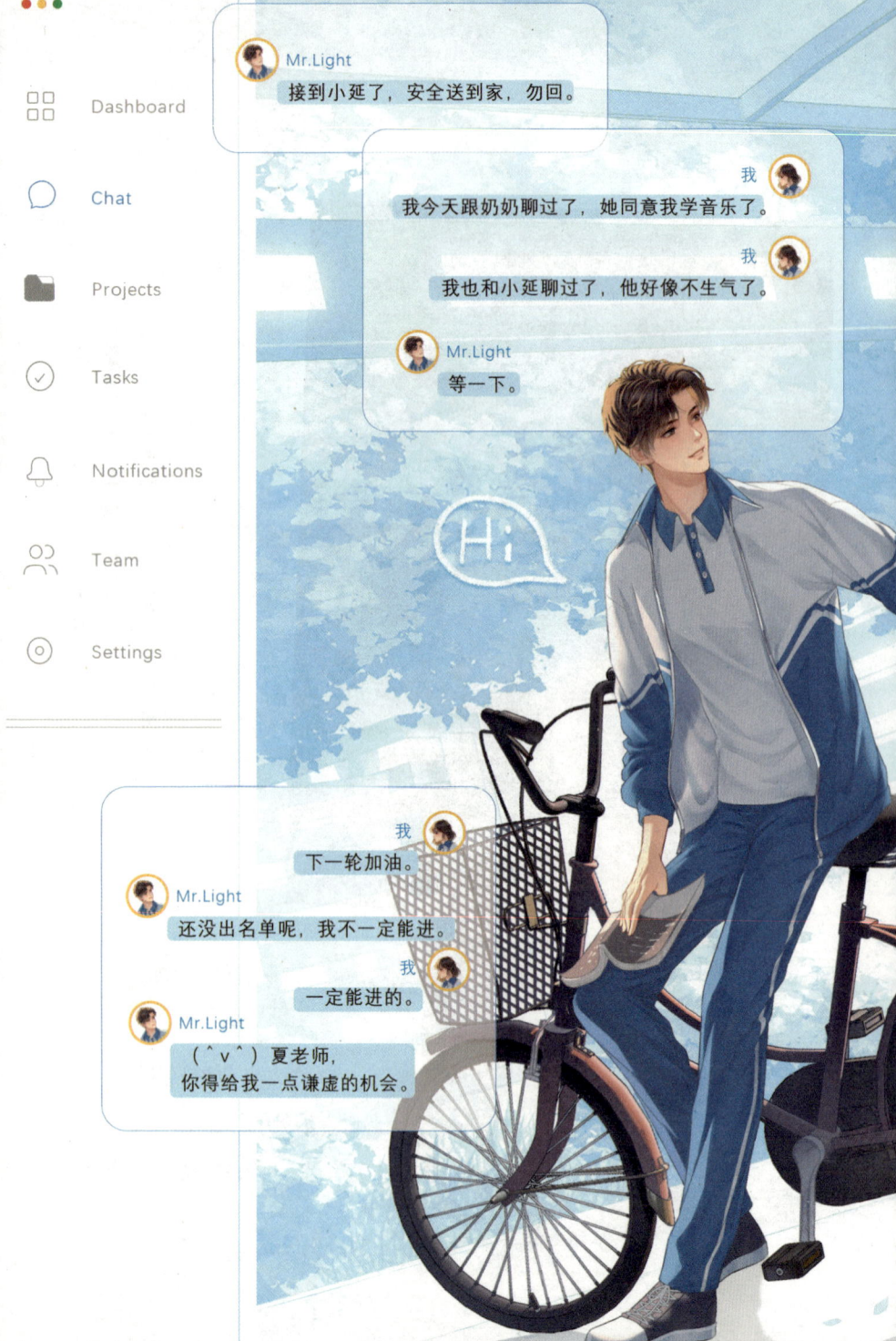

有爱的青春陪伴者

神说有光时

【上册】

黎青燃 著

江苏凤凰文艺出版社
JIANGSU PHOENIX LITERATURE AND ART PUBLISHING

图书在版编目（CIP）数据

神说有光时：全2册 / 黎青燃著. -- 南京 ：江苏凤凰文艺出版社, 2025. 4. -- ISBN 978-7-5594-9364-4
Ⅰ. I247.5
中国国家版本馆CIP数据核字第2025JE2722号

神说有光时：全2册
黎青燃 著

责任编辑	王昕宁
特约编辑	裴欣怡
出版发行	江苏凤凰文艺出版社
	南京市中央路165号，邮编：210009
网　　址	http://www.jswenyi.com
印　　刷	天津睿和印艺科技有限公司
开　　本	880mm×1230mm　1/32
印　　张	18.125
字　　数	563千字
版　　次	2025年4月第1版
印　　次	2025年4月第1次印刷
书　　号	ISBN 978-7-5594-9364-4
定　　价	68.00元（全2册）

江苏凤凰文艺版图书凡印刷、装订错误，可向出版社调换，联系电话025-83280257

上册目录
CONTENTS

第一章 变成十六岁问题少年 / 002

第二章 从现在开始成为粉丝 / 024

第三章 她相信他那就没关系 / 059

第四章 人生短暂不妨大胆点 / 088

第五章 他很庆幸来到了这里 / 125

第六章 我有个秘密要告诉你 / 160

第七章 一次又一次在她身边 / 195

第八章 爱始于对印象的诗化 / 225

第九章 他要陪夏仪好好长大 / 255

下册目录
CONTENTS

第十章	向未来走出了第一步	/ 284
第十一章	让所有光照到她身上	/ 307
第十二章	未来仍然是一片谜团	/ 325
第十三章	无法逃脱的命运车轮	/ 352
第十四章	所有的一切都有代价	/ 373
第十五章	我爱她因为她就是她	/ 398
第十六章	可以重新认识一下吗	/ 432
第十七章	这个灵魂会永远爱你	/ 468
第十八章	从时间的起点到终点	/ 504
番外一	故事书	/ 538
番外二	一台钢琴的自述	/ 545
番外三	人生波澜	/ 551
番外四	共度余生	/ 561

那个时候，幸福的命运
　　向他呈现了一朵叫作玫瑰的花。

第一章
变成十六岁问题少年

初秋的太阳比起夏日已经显得力不从心，阳光懒懒地透过窗户洒在洁白的床单上。

屋顶的风扇"嘎吱嘎吱"地转着，搅动着满房间的消毒水味。

陈旧但尚且干净的医务室里，墙上挂着的电视机放着新闻频道，因为电视机太旧，声音有些失真。

病床上躺着个昏睡的男生，一头扎眼的浅金色头发，五官清秀，但隐隐透着戾气，穿着蓝白相间的常川一中的校服，瘦削但可见青筋的手臂放在被子外。

他的外套挂在床边椅子的椅背上，衣领后不知道用什么笔歪歪扭扭写着"聂清舟"三个字。

这字既丑陋又潦草，看得出主人写字时十分不耐烦。

男生的眼珠子突然在眼皮底下快速地转动起来，他的呼吸变得急促，抓紧被子的刹那，他睁开了眼睛，一瞬间迷茫后，几乎是从床上弹起来的。

"坏了，坏了……几点了，几点了……闹钟怎么没响？上班迟到……"男生边说，边下意识去拿床边的衣服。他看着床头的蓝白校服，瞪着眼睛愣在当场。

他僵硬地环顾四周，将这空无一人，仅有一张铺着泛黄床单的病床、一张掉漆的白桌子、一台戴尔台式电脑、一台TCL电视、一个白色铁制柜子的医务室看了一遍。

电视新闻频道里穿着笔挺西装的主持人说着:"卡扎菲已逃离首都,目前去向不明。日前他曾在叙利亚电视台发表演讲……"

男生迷惑地喃喃道:"卡扎菲?利比亚?他……他复活了?"

他下意识地去推自己鼻梁上的眼镜,却摸了个空,然后他不可置信地摸摸自己的眼睫:"我……我……的视力……"

门外传来脚步声,只见身穿白大褂的校医身后,一个穿着灰色套装、戴红框眼镜的中年女人气势汹汹地走进来,劈头盖脸地骂道:"你不想上学就给我滚回家去!你还知道你是什么人吗?"

一头金毛的男生愣了愣,指指自己:"我……我……"

一瞬间,陌生的、不属于他的记忆涌上脑海,他艰难地说:"我……是常川一中的高一学生……聂清舟?您是……我们年级的教导主任……高老师?"

高娟梅没有注意到这个一贯恶劣的学生,居然用了"您"这样尊敬的称呼。

她抱着胳膊,怒极反笑:"哈,你还知道你是个学生?你是个学生你还敢染这头金毛?你是要去混社会是不是?我知道你初中挺混,挺厉害的,在这一带都出了名。但你进了我常川一中,就给我把你那些臭毛病改了!你不要脸,可别丢我们学校的脸。明天就放假了,我跟你说,要是放假回来你还没把头发染黑,你就给我收拾东西滚蛋!"

高娟梅连珠炮似的对聂清舟一阵数落,然后就要押着他去上课。

男生个子很高,四肢僵硬得仿佛第一次受他支配似的,被高娟梅推得东倒西歪。

他在满脑袋混乱中喊道:"高老师!我头还晕着呢!"他边说,边向校医投去求救的眼神。

校医是个刚刚工作没多久的年轻姑娘,她似乎有些同情这个男生的处境——他可是被打晕抬进来的,于是在一边帮忙说话。

男生这才脱离了高娟梅的毒手,整个上午得以在医务室休息。

校医倒了一杯热水,递给坐在床边发呆的男生。男生轻轻说着"谢谢"后接下,他抬起头来望着校医。尽管发色十分嚣张,他的神情却称得上温良。

"请问今天是什么日子？"

"今天？今天9月30日，周五。明天就是十一假期。"

"那……是哪一年？"

校医有些奇怪地看着他，说道："2011年啊。"

男生睁大了眼睛，继而瞥见老旧的办公桌上，黑屏的电脑里映出自己陌生的脸。

他仿佛一口气卡在了喉咙里上不来下不去，最终捂住自己的脑袋倒在床上，哀号道："救命啊！"

他清晰地记得他睡着之前，是2021年一个平凡的工作日晚上，他设好了闹钟，打算明天早点起床去街边的老王煎饼摊排队买早餐，然后再戴好口罩去坐地铁上班，完成领导布置的汇报PPT。

结果一觉醒来时间倒退了十年？他还变成了一个正在上高中的、叫聂清舟的小朋友？

这……这么说那该死的、改了八百遍的PPT他是不是不用做了？

校医眼见这男生痛苦的脸上闪过一丝古怪的欣喜，然而很快被忧愁取代。

他将那杯热水一饮而尽，继而抬起头望向校医，十分礼貌地询问可不可以去上卫生间。

看着少年的背影从门边消失，校医喃喃道："看着是个好孩子啊！"

临近中午，阳光明亮。因为处于上课时间，整个楼道里安静得让人有点不自在。

金发的男生站在卫生间里，双手撑着水池，阳光顺着他的左脸漫过来，依着鼻梁和眼睫剪裁阴影。

他看着镜子里这张年轻的、桀骜不驯的脸。

他挑眉毛，镜子里的人也跟着挑眉毛；他转头，镜子里的人跟着转过头；他伸出手去揪自己的脸，镜子里的男生皱着眉头"哎哟哟"地叫了一声。

他低低骂了一声，扶着镜子苦着脸道："不是梦吗？周彬啊周彬，你快醒醒吧！"

顿了顿,他仔细地观察着镜子里的那张脸,一边数一边道:"金发、鼻钉洞、耳洞……这小子是想把自己打成筛子吗?这是什么非主流审美?"

说来也真是巧了,他认识这个身体原本的主人——名叫聂清舟的常川一中高一学生,不过准确地说,他知道的是2021年的聂清舟。

十年后的聂清舟是个小有名气的作家,有几部小说被翻拍成了电影,也因此参加了一部综艺。

他那刚上大学的表妹疯狂喜欢同一个综艺里的另一位明星嘉宾,也不知道为什么,那个嘉宾一和聂清舟互动,她就会嗷嗷大叫——

"你看啊,你看她拉他的胳膊了,这不是爱情什么是爱情啊!"

"嘤嘤嘤,什么是青梅竹马,太甜了,我可以单身,但我的CP(情侣)必须要结婚!"

最近表妹实习借住在他家,晚上一定要拉着他准时收看节目。

她声称她这是在嗑CP,她的CP一定已经展开了一段地下恋情,是他不懂嗑CP的快乐。

他确实不懂,他一点儿也没看出来。

昨天睡觉之前,他表妹还勒令他明晚陪她看下一期综艺。

谁晓得一觉醒来,综艺是没得看了,他直接成了他表妹嗑的CP了。

他真怀疑是不是他表妹嗑得太过情真意切,以至于感动上苍,要让他身体力行地向她展示人间真情?

他揉揉自己金黄色乱蓬蓬的新头发,想起在综艺和访谈里看到的二十六岁的聂清舟——名校毕业生,有着自然卷的黑色中长发,脑袋后有时会扎个小鬏,戴着金边眼镜,说话慢条斯理、逻辑清晰,看起来就像个温文尔雅的艺术家。

而现在这张脸的模样,虽然确实是稍显稚嫩的聂清舟,但就像是一个混混。

这是怎么回事?

这是真实的十年前,还是某个平行时空?

他怎么会突然来这里?

午休时,一脑门子官司的聂清舟回到了教室里,他戴着顶黑色的棒球帽,将扎眼的发色挡住,一言不发地坐在最后一排的座位上。

他生疏地在笔袋里翻找半天后，拿出一张课堂练习纸开始整理思路。

此时，一个男生一屁股坐在了聂清舟前面的座位上，另一个男生在聂清舟身后搭住了他的肩膀。两个男生一前一后地喊道："舟哥！"

"舟哥，你一上午没来，没事吧？哎哟，你——你在写什么？薛定谔的猫？你要养猫？"

聂清舟抬起头，下意识地想推推眼镜——推了个空。

他前排座位上的这个男生长得很瘦，个子矮又偏黑，像只精瘦的猴儿似的，一双眼睛滴溜溜地转，人看起来很机灵。

搭他肩膀的这位长得比较高，微胖，肤色也偏白，因而整个人像是厚实的一堵白墙。

俗话说得好，老天爷给你关上了所有门，总会给你开扇窗户。

聂清舟在这小黑屋里唯一透着亮的天窗，就是他有身体原主人的记忆。

虽然"聂清舟"的记忆还在他脑子里，但这记忆的呈现方式像个搜索引擎，只有他写好词条，才能搜索出来对应的东西。

而他将面前两个人的脸丢进引擎里后，终于对上了号。

"瘦猴"是张宇坤，"白墙"是赖宁，都是"聂清舟"的好哥们儿——或者说，他的狗腿子。

"聂清舟"这孩子是个留守儿童，他父母从他刚上小学开始就去省城打工了，他以前跟着自己的爷爷生活，上初中后他爷爷去世了，他就开始寄宿。

大概是从小就缺乏家庭管教的缘故，他脾气暴躁易怒，从小学到初中一言不合就和别人干架，练就了一身打架的好本事。初中时又和一些社会青年往来，和当地的帮派关系匪浅。

这样的履历让老师如临大敌，却也是其他一些同学眼里的"传奇"。

这经历不能说和他周彬的人生毫无关系，只能说是完全相反。

张宇坤眼见聂清舟头疼般揉着太阳穴，心领神会道："舟哥头还疼不？那贱人居然敢打你，我和赖宁刚刚已经找过她了，一会儿学校后门边小竹林见，必须要让她长长记性。"

听到"贱人"两个字，聂清舟的眉头皱了皱。

他丢了笔靠着椅背，淡淡地道："'他'应该不是故意的，算了。"

昨天"聂清舟"心血来潮去染了个金发，本来想着戴着帽子来上学蒙混过关，没想到做早操的时候被某个人匆匆一撞，把帽子撞掉了。

那一头金发在初秋的日头中如同发出十万伏特的大灯泡，"聂清舟"远远地就听见了高娟梅的尖叫声，立刻恼羞成怒地拎起令他暴露的那人的衣领，正欲挥拳——就被那人先下手为强，反手一拳打昏了。

这一击真是好大威力，"聂清舟"的灵魂都给打飞了。

记忆里打"聂清舟"的那个人比他矮，他只看见那男生乌黑的短发和纤细的手腕。

男生一记直拳打在他的下巴上——下巴受击会冲击脑组织，直接造成昏迷，少年瞄准这个部位反击，可见也是个打架的好手。

他揉揉下巴，心想人家顶多算个防卫过当，再说了和一个十六岁的孩子较什么劲。

赖宁"哼"了一声，道："什么不是故意的，我看夏仪她就是不服你，敢骑到我们舟哥头上来。"

聂清舟闻言愣住，他艰难地问："打我的人……不是个男生吗？你说……是夏仪？"

张宇坤一拍大腿："原来舟哥你没看清啊。夏仪个子高，头发又短，远看就跟个男生似的，这男人婆。"

这事态一路不受控制地发展，结果聂清舟还没理清楚这灵魂转换的前因后果，就已经站在了学校后门边的小竹林里，面前站着一个个头将近一米七、高瘦的短发姑娘。

聂清舟想，他没记错的话，他表妹深爱的那位明星，他表妹嗑的CP中的另外一位——十年后和聂清舟出现在同一档综艺里的，不就是面前的这个夏仪吗？

面前的女生也穿着常川一中蓝白相间的校服，校服宽宽大大，干净到白色部分有些刺眼。

她头发短到耳际，皮肤白皙，五官又英气，站在竹叶斑驳的阳光下，倒比他们三个更像是真正意义上的少年。

——如果忽略她胳膊上的疤痕的话。

她的袖子挽到肘部，手插在口袋里，露出的那一截小臂上有一道约莫十五厘米的伤疤，颜色不是很深，像是旧伤——这可是能一拳把人打昏的女生。

在张宇坤的口中，夏仪一向沉默寡言独来独往，但打架很出名，曾经一个人单挑五个壮汉，不仅赢了，还打得其中两个人进了医院，她手臂上的疤就是那时候留下来的。从那之后就没什么人敢惹她。

——但是遇到舟哥，她夏仪也得认怂。

赖宁这样奉承聂清舟。

此时，那双漆黑的杏眼正直直地望着聂清舟。

夏仪的皮肤白，黑眼珠却比其他人大一点、黑一点，仿佛深不见底的沼泽。

各种各样的念头在聂清舟的脑子里乱作一团。

这是夏仪？活的夏仪？他居然和夏仪面对面站着？

他想到十年后的夏仪，她在镜头里穿着咖啡色衬衫，黑色的波浪长发垂落在肩头；又或是演唱会的舞台中央，她站在高高的升降台上捧着白色话筒，歌声通透如鹰鸟穿雾。

她的作曲风格横跨流行、摇滚、民谣等多种流派，是十年后世界上最畅销的音乐创作者之一。

他印象里的人和眼前这个夏仪，除了脸，几乎毫无相似之处。

他一定是到了一个平行时空了吧？

这里的不良少年聂清舟不会成为知名作家，假小子夏仪也不会成为天才创作型歌手。

他们也不会在十年后参加什么劳什子的综艺，诉说他们曾经的同学情谊。

有什么情谊，她曾经一拳把他打昏，然后他又来找碴儿的情谊吗？

聂清舟只欲转身就走，刚刚侧身却瞥见张宇坤和赖宁，这两人门神似的，凶神恶煞地瞪着夏仪。

他的步子停住，纷乱的思绪中理性缓缓转动起来。

他不能就这么走了。

无论这个匪夷所思的时空和乱七八糟的现状是怎么回事，也不管他以后还能不能回去，在这个时候他不能把夏仪一个小姑娘丢下。

聂清舟转身对夏仪说道："我们单独谈谈。"

于是，张宇坤和赖宁不情愿地被聂清舟赶到一边，只能远远地看着聂清舟和夏仪面对面说话。

聂清舟瞥了一眼远方的两位"好哥们儿"，转过脸来面对夏仪。他深吸一口气，道："上午的事，对不起。"

夏仪显然没料到他会道歉，漆黑的双眸微微睁大。

金发男生的脸上还留着上午受伤的瘀青，皱眉时仿佛很暴躁，但微笑时又看起来很温柔，一时显露出某种矛盾的气质。

他诚恳地说："当时我拎着你的领子把你吓到了吧，我反应确实过激了。后来老师有没有罚你？"

夏仪慢慢地摇摇头。

聂清舟松了口气，道："还好，没连累你就好。"

顿了顿，他当了多年班长养成的老妈子心又开始作祟，小声说道："以后别人叫你出来你别这么听话啊，他们明显不怀好意，真伤了你怎么办？这种事情还是找老师或家长帮忙，别逞强。"

受害者对施害者关心有加，事出反常，令人怀疑。

夏仪眨了眨眼睛，她安静地望着聂清舟，仿佛想从他脸上看出什么似的。

"这就是你想说的？"

这是她今天第一次开口，语气平静，和记忆里十年后她接受采访时的声音如出一辙。

聂清舟点点头。

"你说完了？"

"嗯，说完了。"

夏仪没再说什么，只是后退两步，如同一只警惕而冷淡的猫，退出他伸手可及的范围后才转身离开。

张宇坤和赖宁满脸惊讶地赶过来，问他他们都说了什么，怎么这么轻易就放夏仪走了。

聂清舟叹息一声，模仿着这个身体主人原本的语气说道："让她道个歉不就行了，跟一个女孩子计较什么，多没劲儿。"

张宇坤不赞同地摇摇头,他半掩着嘴,神秘兮兮地说道:"夏仪可不是什么普通女孩儿。我听说她爸是杀人犯,现在在监狱里。"

聂清舟愣了愣,他还是头一次听说夏仪的父亲是杀人犯。

这个夏仪真是他所知道的那个夏仪吗?

他沉默了片刻,抬起手指警告道:"不管她是什么人,这事儿就算结束了,你们不许再找她麻烦。"

两个小跟班面面相觑,摸不着头脑地答应下来。

待他们回到教室,短暂的午休已经结束了,聂清舟还来不及整理关于这个时空的线索,就被迫投入下午的化学和数学两场考试中。

幸运的是,他和"聂清舟"本就是同一个省的学生,只是"聂清舟"在常川,而他在省城,他们的教材和试题都大差不差。

不幸的是,这个省的高考制度是算总分和等级,他当年是理科生,高三选考了物理和生物,高二学完简易版的化学后,从此再也没碰过化学。

如今看着化学试卷,他连元素周期表都忘了,更别说化合价、配平这些东西了,当年他辛辛苦苦学的东西轻易地一股脑还给了老师。

黑笔在聂清舟手里一圈一圈地转着,他苦大仇深地看着这干净洁白的试卷,努力地边猜边写。

数学试卷发下来之前,他还心想好歹他大学学过高等数学,对付这种高中题目应该绰绰有余吧。但卷子一下来,他竟发现填空题里的名词如此陌生,他连定义都忘得差不多了,而且他也不能确定自己的知识能不能用。

"高一上学期,学求导了吗?求导符号是什么来着……"

他喃喃自语,试图在"聂清舟"的记忆里挖到点有用的知识,但正如"聂清舟"对于化学的记忆是一片空白一样,高中数学在他的脑子里也是空空如也。

——这小子开学这一个月来上课都在干吗?

聂清舟体内这个好学生的灵魂坐立不安,勉强地把这两张卷子的空白都填满,然后终于拖着疲惫的身体、"嗡嗡"作响的脑子和满书包的试卷习题放学回家,喜迎十一假期。

真想不到,他一个二十六岁的多年"社畜",一朝沦落到要写高中作业的地步。

常川是一座临海的小县级市，海风吹着湿润的空气，给这里带来四季分明的亚热带季风气候。

聂清舟骑自行车回家的路上经过海岸，转过头看去，只见阳光强烈，仿佛将沙滩上的沙子照得沸腾起来，金色蒸腾成海洋上荡漾的波光。

他看了一会儿大海，便把车停在路边，走到海岸边一屁股坐在了暖洋洋的沙滩上。他把握这珍贵的空闲时间，拿起一根树枝，在沙滩上写写画画。

"目前看有两种可能，一种是我回到了同一个世界的2011年，一种是我来到了一个相似的平行时空，这个平行时空现在也是2011年。那么验证这个问题的关键……在于这个时空里原本的我，周彬，是不是我自己。"他一边写，一边喃喃自语。

写到这里，他放下手里的树枝，从书包里摸摸索索，掏出了聂清舟的手机。聂清舟的手机还是个古早的运营商合约机——这种手机在常川这个地方还算可以了。

他在拨号栏里输入了自己高中时的手机号，犹豫了一下，然后拨出。

铃声慢悠悠地响着，他在等待期间不安地摩挲着头上棒球帽的帽檐，思考着措辞。

"喂？"电话接通了，那头传来了年轻男生的声音，略微有些失真，让他无法辨认是不是自己的声音。

"喂？是……周彬吗？"他像是无意识要隐藏什么似的，将帽檐微微往下压。

"是我，请问你是哪位？"

对面的人说话十分客气，隐隐约约听见他旁边响起一个清脆的女声，那个人在说："咦，周彬，你买iPhone（苹果手机）了？"

此时，聂清舟一个激灵，某些记忆自深处涌上来，他不可置信，几乎下意识地说道："你是……六班的生物课代表吧，我……是三班的生物课代表，今天去老师那里拿作业，没看到我们班的……是不是你拿错了？"

"没有，我们班的作业已经发下去了，都是对的。你看看是不是十班拿错了，上次他们放混过。"

聂清舟张了张嘴，又闭上，在短暂的沉默里他似乎有很多想说的话，但终究只说了一句:"好,那我再问问别人,谢谢你啊。"

"不客气。"

对面说完这句话后,就听见他身边的女生说:"过两天就要发布iPhone5了……"

聂清舟默默地挂断了电话,心道过两天发布的是iPhone4S。

他记得这通电话。

刚刚电话那边另一个说话的女生,曾是他暗恋的姑娘。

他还记得高一放十一假期的那天,他们顺路一起回家,因为接了个电话被她看见了他的iPhone,于是她兴奋地跟他聊起了苹果、史蒂夫·乔布斯和她所热爱的工业设计美学。

他以为是因为她,他才把这通电话的内容记得清清楚楚,没想到竟然是为了今天。

聂清舟揉了揉太阳穴,烦躁地把帽子摘下来放在沙滩上,一头金发霎时耀眼得如同海面上的波光粼粼。

这是同一个世界。

这居然是同一个世界!

他十六岁的时候接的那通电话,居然是二十六岁的他自己打来的。

在此后十年的时间里,这个世界上有另一个他以别人的身份和他同时存在,然而他竟然对此一无所知。

二十六岁的他甚至像个局外人一样,饶有兴致地和表妹一起,八卦着电视上那个叫作"聂清舟"的自己。

"这都是什么惊悚故事啊,现实版《信条》吗?老天啊,你打个雷劈死我算了!"聂清舟五指插进头发里,一阵乱揉。

上天立刻响应了他的呼唤,他的手机铃声突然响起,从中传出震耳欲聋的怒吼声:"聂清舟,你是不是染发了?你为什么没住校?给你的住宿费呢?"

他猛地把手机拿远,揉着无辜遭殃的耳朵思索片刻,试探道:"姑姑?"

"你还叫我姑姑,我该叫你祖宗吧!我跟你说,我再过半个小时到你家,你要是不在家,你就等着吧!"

电话就此挂断,聂清舟的姑姑显然不是来与他交流的,只是来通知他的。

聂清舟心道不妙，开始在记忆里搜寻他姑姑说的话是什么意思。

"住宿费他私吞了，买手机……打游戏……还染了头发，现在还剩……十块二毛五？"

可真行，就给他留了一顿晚饭钱。

聂清舟揉揉太阳穴，一撑地面站起身来，拎着书包和帽子就奔着他的自行车而去。

"我冤不冤啊！"

在这个富裕的临海大省里，常川只是一个名不见经传的小县城，穷也穷不到哪里去，富也真是不富，日子就如同老牛漫不经心地晃荡着牛铃，一步一步往前走。

这里冬季寒冷干燥漫长，夏季炎热湿润漫长，春秋舒适宜人但极为短暂，堪称气候恶劣。举目望去看不见繁华的高楼大厦，只有些看起来差别不大的灰色楼房，楼下的小卖部里坐着悠闲地嗑着瓜子聊天的人们。

阳光好的日子里窗外的晾衣架上便像是万国国旗展览一样，挂满了各种各样的衣服、床单被褥。空气里也弥漫着被子被晒过后独有的味道，让人闻着就觉得睁不开眼睛，要倒头睡去。

对夏仪来说，这就是世界全部的模样，她并没有去过更远的地方。

她将自行车停在家门口，上初一的弟弟夏延抱着书包从她的车后座上跳下来。他也不看她，只是生硬地说了一句"谢谢"，就一瘸一拐走了进去。

"奶奶，我们回来啦！"前面传来夏延的声音。

夏仪走进自家开的小卖部，柜台后慈眉善目的老人穿着一件黑底红花的旧衬衣，收拾得很干净，她脸上遍布着沟壑般的皱纹，眼角下垂，笑起来很温和。

"夏夏，小延！快去洗洗手，奶奶买了个小西瓜，一人一半拿勺子挖着吃！"

夏仪正把书包往下摘，就听见背后一阵急促的刹车声，然后"丁零当啷"一阵响。她转过身去，只见自家小卖部外的空位上，有一个耀眼的黄金脑袋正低头锁车。

奶奶奇道："哎哟，这是哪个新邻居啊？"

只见那男生锁好车后匆匆转身往楼道里跑,楼体隔音效果很差,他的脚步声清楚得如在耳畔。

夏仪摘书包的手顿了顿,望向已然无人的门外。

他的脚步声变了。

"不是新邻居,我们楼上的。"夏仪这样答道。

"啊,是那个孩子?他怎么……头发怎么变成这样了啊?"

奶奶的惊讶还没消退,就听见楼上传来一声堪称凄厉的呼喊,男生踩着准确的二拍节奏跑下楼梯,一头扎进小卖部。

他的手还捏着鼻子,走进小卖部时才松开手,正想大口呼吸新鲜空气,就看见了站在小卖部里的夏仪。

结果这口气他还是没喘上来。

聂清舟与小卖部里的夏仪大眼瞪小眼,窒息片刻后,他一边平复呼吸,一边道:"好巧,你也来买东西啊?"

柜台后的老奶奶眼神一亮,笑着说:"哎,小伙子,你认识我们家夏夏啊!"

聂清舟看看老奶奶,再看看夏仪,惊讶道:"这是你家的店?你住在……我家楼下?"

夏仪点点头,奶奶热情道:"小伙子,你要买点什么啊?"

聂清舟这才想起正事,满脸真诚地说:"你们这里有防毒面具吗?"

他刚刚回家一打开房门,就被放在家门口的臭球鞋熏了出来。"聂清舟"出门也不知道开窗通风,在阳光的蒸烤下,球鞋里的味道已经发酵弥漫在家里的每一个角落,效果堪比生化武器。

"聂清舟"之前的日子是怎么过的,难不成这人丧失嗅觉了吗?

他再仔细一想,发现那双鞋竟然是白色的,看着黑是因为"聂清舟"从来没洗过。

这个只有二十几平方米的小卖部里自然没有防毒面具这样高级的东西,聂清舟拿了一包口罩、一把刷子、一副橡胶手套。老奶奶和颜悦色地道:"二十五块五毛。"

聂清舟下意识地就要去掏手机,意识到现在还没有付款码这种东西后,他开始掏自己的口袋。

掏着掏着,他的动作停下来了。一丝可疑的红晕从他的脖子根部慢慢爬上他的耳垂，再染上他的脸庞，他艰难地抬起头看向老奶奶，攥着自己的衣角说："我能……先……先……赊账吗？"说着，他的目光就转向夏仪，仿佛是在向她求救。

夏仪打量着面前这个头发金黄、脸色通红的人。

此时，他看起来就像是个教养良好的，从来没有缺过钱花的小少爷。

她并没有出手相救的意思。

"我……我爸明天就会给我打生活费了，我明天一定还上！我就住在楼上……我跑不掉的。"聂清舟可怜巴巴地说道。

他心中百感交集，他什么时候为了钱这么窘迫过？

还是奶奶打圆场，她和蔼地答应下来，在一个小本子上记下来他欠的钱。聂清舟在后面规规矩矩地签了名字，再三感谢后提着东西，猛吸一口气跑到了楼上。

奶奶拿着账本，感慨道："原来这孩子叫周彬啊。"

夏仪本来已经走了过去，又回头看向奶奶手里的账本，沉默了一会儿道："他可能不打算还钱了。"

夜色低沉，华灯初上时，聂英红出现在了灰楼前，她蹬着高跟鞋"嗒嗒嗒"地走上楼梯，在二楼203室前掏出钥匙打开房门，深吸一口气正准备大喊聂清舟的名字——就被扑面而来的臭气呛得咳嗽起来。

穿着常川一中校服的男生戴着口罩和橡胶手套，一手拎着鞋，一手拿着刷子从卫生间里跑出来。那一头扎眼的金发让聂英红不仅喘不上气，连心脏都不太好了。

她指着聂清舟的头发，指尖颤抖，咳嗽着说不出话来。聂清舟却立刻摘下手套，从口袋里掏出一个口罩，满眼歉疚说："姑姑，实在对不起，家里味道太大了，我开窗通风好一会儿了还是没散干净，你先戴上口罩，好歹挡一挡。"

聂英红睁大了眼睛，聂清舟拉着她让她在沙发上坐下，捏着鼻子把洗好的球鞋扔到阳台去，再把阳台门关严实。然后，他立刻跑去厨房仔仔细细地洗了手，并端了一杯热水出来放在聂英红面前。

"姑姑，先喝点水吧。"他温和地说道。

聂英红上上下下打量着聂清舟，她确信她这辈子从来没见过这么彬彬有礼的聂清舟。

她思索了一阵，气道："你别给我来这套，这样就想把我糊弄过去？我问你，你拿住宿费干什么去了？你头发怎么回事？"

聂清舟抓了抓自己的头发，开始一本正经地胡说八道："姑姑……是这样，我昨天经过一个理发店，发现这个理发店正做活动，染头发打对折。他们店长说等十一旺季这个活动就没了，我看……我看挺实惠，就一时冲动染了个头发。"

"多少钱？"

"姑姑……"

"我问你多少钱！"

"……四百多。"

聂英红双目冒火，她按着胸口，道："你钱都花在哪里了？你现在还剩多少钱？"

聂清舟只觉得太阳穴狂跳，以这栋楼恶劣的隔音情况，街坊四邻应该都收到了他姑姑大嗓门的实况直播。他诚恳地道："姑姑，你小点儿声。那钱都花完了，但是事已至此，钱花都花了，我……"

一声响亮的耳光伴随着强烈的疼痛传来，聂清舟愣了愣，看到地上被打飞的口罩，难以置信地回过头来看向聂英红。聂英红的手还悬在半空，她气得浑身直抖，眼睛都是红的。

"花都花了？你真是……你口气还挺大啊！你难道不知道这些钱你爸妈都是怎么挣的吗？你暑假去过省城了，你爸妈帮人家搬家，多重的冰箱、柜子、沙发，一层层给人家背上去，大夏天的衣服都湿透了。他们一点儿钱都舍不得用，一年到头也不肯吃点儿好的，东攒西攒为你买这套房子，供你上学，就希望你将来能有出息！你看看你自己，你都干了些什么？这是你爸妈的血汗钱，你舍得这样花！你还染头发，你是要气死我是不是？"

聂英红说着说着，气得直接哭了出来，哽咽道："你就是不想念书，你就是想折腾到退学才开心？当年你爸学习成绩很好，因为你奶奶去世家里困难，你爸才辍学去打工，你爸爸多想能继续读书啊！后来他再苦也供我一直读到大学，现在他再苦也要供你。你小时候那会儿我刚当老师太忙了，你在你爷爷那边，我没能顾上照顾你。没想到你跟社会上不三不四的那些人混在一起，对学习一点儿也不上心，你这样有前途吗？你还有没有良心，你要你爸妈为你操一辈子的心吗？"

她渐渐泣不成声，而眼前的男孩肿着半张脸，以一种非常平和甚至无奈的眼神看着她。

他抽出几张纸递给姑姑，附和道："是，我没良心，我知道。姑姑你擦擦眼泪吧，冷静冷静。"

顿了顿，他认真地望着聂英红的眼睛，温和地说："姑姑，对不起。过去的事情我再解释也没有什么用。以前我让你们伤心，辜负了你们的期待，从今以后我会正视我的人生，好好学习。我知道我落下了很多功课，这段时间我会在家抓紧时间补上。"

聂英红捧着纸巾看着她这个唯一的侄子，心里十分困惑。他怎么突然变了个样子，他又是在打什么主意？

"你不住宿了？"聂英红捕捉到他刚刚话里的意思。

"我觉得在家学习，可以利用的时间更多。"聂清舟十分诚恳。

聂英红深深地看着他："不行，家里没人看着你，你走读又不知道会跟什么人混到一起去。"

"这样吧，我先住在家里。姑姑你给我定个目标，期中考试考到多少名才能继续走读，达不到我以后就住校。"

聂英红迟疑了一会儿，说道："至少要达到年级前六百名才行。"

常川一中每个班五十多个人，一个年级二十个班，那一个年级就有一千多人。之前的摸底考试，"聂清舟"正好年级排名为一千名。

聂英红一下子要他进步四百多名，显然是不想答应他。

聂清舟却笑了，说道："姑姑，你可以对我期待更高一点。"

"想进步是好事，但也要符合实际，我说年级前一百你行吗？"聂英红只觉得这侄子眼高手低，好高骛远。

聂清舟认真想了想，说："刚开始可能需要时间来熟悉，前五十差不多吧。"

"你们班前五十，你怎么不说倒数第三呢？"

"是年级前五十。"

聂英红满面愕然。聂清舟似乎知道姑姑不可能相信，说完就站起身来，笑着道："姑姑你还没吃晚饭吧，我拿剩的钱买了点菜，粥已经熬上了，你等等,我去做菜。"说完,他就转过身去,熟练地穿上围裙走进了厨房。

聂英红诧异地望着聂清舟的背影。

她能见到聂清舟的机会其实并不多,她是小学骨干教师,整天忙得团团转,家也住在常川的另一边。

这些年聂清舟长得快,几乎是见一次一个样,他的叛逆暴躁也日渐加剧。

而今天她看见的聂清舟,虽然有流里流气的金色头发,但眼神和语气都非常平静,一双棕色眸子望着她,让她觉得面前坐着的仿佛是一个成熟的大人。

甚至整个谈话里,她无意间在被聂清舟带着走。

这孩子身上究竟发生了什么,真能一夜长大吗?

聂英红跟进了厨房,本来想着她这侄子哪里会烧菜,谁知眼前的聂清舟切菜下锅,炒菜调味儿利索得不行,还好言相劝把她推出了厨房。

晚上,聂清舟端出了两个菜来,一个素,一个半荤,油亮亮的。聂英红迟疑地夹了一筷子,居然是熟的,居然不难吃。

她抬头望向聂清舟,便得到了他一个自信的笑容。他将菜往她面前推了推,道:"让姑姑你等挺久的,饿了吧,快吃快吃。"

聂英红觉得她怕不是气疯了,出现幻觉了,她真没想到有朝一日聂清舟还能说出这种话来。

不过就算是幻觉,那也是令人欣慰的幻觉。

"脸上还疼不疼?一会儿吃完饭,你收拾行李来姑姑家吧。"聂英红放缓了语气,一边夹菜一边说道。

聂清舟摇摇头:"今年算了吧。"

"以前放假,你不都来姑姑家的吗?"

"你平时也忙,好不容易放个假也该和姑父、小瑜出去转转玩玩。我去了气氛挺尴尬的,你们不但玩不了,姑父也不开心。"

看见聂英红想要解释,聂清舟抢先道:"姑姑你也看到了,我自己照顾自己没问题的,你要是不放心抽空来看看我也行。姑父不喜欢我,我觉得挺正常的,我去了就跟你吵架,他是心疼你,也怕我带坏小瑜。我自己挺好的,你不用左右为难。"

昏黄灯光下，聂清舟的神情安定，语气诚恳又温和。他很清楚自己不受欢迎的处境。

聂英红突然又觉得眼睛有点湿，说不清是愧疚还是别的什么，她低下头去喝着粥，没能再说话。

聂英红走之前千叮咛万嘱咐，要他好好学习好好写作业，把头发染回来，聂清舟一一答应。

送走了聂英红，聂清舟终于长长地松了一口气。他把锅碗瓢盆收拾好洗干净，然后走到卫生间，打量着镜子里的这张脸。

卫生间的灯光是白光，而且光线很强，照得聂清舟的脸一片惨白，脸颊上的红印就更加明显。

他看着这张陌生的脸，骨骼生得端正，皮肤不错，高鼻梁单眼皮，应该是挺招女孩子喜欢的一张脸，只是眉毛上扬，且眉眼距离近，导致整个人看起来生人勿近，有些凶狠。

而后他笑了起来，那笑容瞬间冲淡了少年脸上的戾气，凶狠的脸瞬间变得可亲了。

"怪不得十年之后要戴眼镜，把头发留长，成天笑嘻嘻的。"聂清舟喃喃说道。

顿了顿，他对镜子里这张陌生的脸说："这就是我来到这里的理由？你想要一个能够让你的父母、你的姑姑都满意的'聂清舟'。"

在聂英红痛骂他的时候，他顺着聂英红给出的线索，又看到了更多的记忆。

"聂清舟"是一个暴躁、逞凶斗狠、出口伤人的孩子，然而他也渴望得到爱，得到关注，渴望在这个广阔的世界上找到自己存在的意义。

不过他还太过年轻，他不知道怎么做，也没人告诉他该怎么做。

童年，他由爷爷抚养，给了他温饱，但爷爷沉默不善表达，他们之间缺乏沟通，他似乎没有得到过真正意义上的爱与认可。

所以他对这个世界充满怀疑和愤怒。

其实他并没有考上常川一中，是姑姑费了很多力气才让他到常川一中借读。

这个暑假，他第一次去到他父母打工的地方，看到了他父母的辛苦劳累。

他仍然对父母抛下他感到愤怒,但更沉重的是那些对他的期待和盼望,仿佛在他狭小的胸腔里放了一把火。

他被烧得更加惶恐、不安,他不听课、私吞钱、毫无目的地打架、挥霍青春,只是想要逃避这种惶恐。

他对自己也充满怀疑和愤怒。

他觉得他父母的辛苦劳累根本没有任何意义,因为他根本不值得,他就是朽木,就是烂泥,这辈子也不会有什么起色,他不是那块材料。

他的父母花费再多血汗钱,他的姑姑再费心血,都只是白白浪费。

在只有十六岁的年纪,他就坚信他这辈子完了,并且慌张地想要通过一些方式,来让他的父母亲人也相信他完了,不要再试图救他了。

但是在某些时刻,他又痛恨自己,他想为什么他不是那些聪明的优等生,他不是那种能让他的父母抬起头来夸耀的孩子,他为什么就只能让他父母的愿望落空。

如果他不是他就好了,本来也没有人爱他,没有人在乎他,要是能把他换成某个"别人家"的小孩就好了。

或许是上天听见了他的愿望,这个"别人家"的小孩就在今天来到了这个身体里。

聂清舟抱着胳膊,轻轻叹息一声:"你觉得我就是你爸妈和姑姑想要的那种孩子,还是说我是你想成为的那种人?"

如果你和我交换人生,会更喜欢我那个让身边所有人满意,唯独看不见自己的人生吗?

说罢,他转过身,看着一片污糟的卫生间,还有外面布满脚印的地板,想到他姑姑走之前说的——家里也太脏了,你快收拾收拾吧。

有那纠结思考的工夫,"聂清舟"就不能先拖拖地板吗?

这个大好的青春年华里,最危险的就是胡思乱想一大堆,但是啥都不做。

"你小子这是招了个清洁工来啊?鞋我都捏着鼻子给你洗完了,房间还要我打扫,这都不说了,我来第一天就替你挨打!看样子十年之内我都回不去了,你小子跑哪儿去了?"聂清舟仰天骂道。

同情归同情，骂归骂，聂清舟是个做事认真的人，晚上真就把这个不大的房子打扫了一遍。第二天早上醒过来，他发现自己仍然没能回到2021年时，只悲伤了片刻，便下楼骑自行车准备去取钱了。

之前夏仪的感觉没错，那个在小卖部赊账都会脸红的聂清舟，是个从小到大没缺过钱的人。周家倒不是大富大贵，但也是中产阶级，父母两个都是公务员，在钱这方面从来没亏待过他。他毕业后在国企的工作也很体面，不愁吃穿。

但是聂家就拮据多了，要不然也不能把儿子抛在这里，夫妻俩都出去打工。但是抱着苦什么都不能苦孩子的理念，聂清舟的父母对聂清舟还是很大方的——在他们能力限度内的大方。

每个月1号上午九点，聂清舟都能收到聂父打来的七百元，雷打不动。这个钱是聂清舟一整个月的生活费，包含了伙食和日常花销。

虽然只有七百元，拿到了钱的聂清舟却感觉自己腰板都挺直了，自行车骑得风驰电掣，白色T恤旗帜一样地在风中飞扬。

赶到楼栋前，他停下车就跑去小卖部还钱，然而他来得不巧，小卖部的柜台里居然没有人。

满腔暴发户似的兴奋无人承接，聂清舟有些悻悻地在小卖部一边转悠，一边等。

这种小卖部里最多的就是零食和文具，整整齐齐地摆在货架上，整个小卖部连同货架上的商品都擦得很干净。

他对零食没什么兴趣，一眼扫过去，却被一袋色彩鲜艳的多支装阿尔卑斯棒棒糖吸引了注意。

他还记得十年之后夏仪的某个采访里，她说她最喜欢阿尔卑斯棒棒糖，尤其是可乐味儿的。

据说从那以后，夏仪的粉丝都往礼物里塞棒棒糖，甚至还有粉丝抱着包扎999支棒棒糖的花束去接机。他表妹也不甘示弱，在家里囤了一堆"夏仪同款"阿尔卑斯棒棒糖，不少落进了他的肚子里。

不久之前发生的事情，现在却恍如隔世。

聂清舟不由得弯腰拿起那包棒棒糖，这是个混合包装，方方正正的彩色袋子上写着口味和数量。风吹得小卖部门前的风铃"叮当"响，在铃铛的轻响中传来一个女生的声音。

"周彬。"

聂清舟愣住了。

他回过头来,望向不知什么时候出现在柜台后的夏仪。

她仍然是乌黑的男孩式短发,穿着灰色卫衣,却仿佛和十年后那个光芒万丈的天才重合在一起。

他的心瞬间跳到了嗓子眼,他几步走到夏仪面前,目光发亮道:"你怎么知道……"

夏仪却拿起账本在他面前抖了抖,指指昨天他赊账签名的那一行,上面赫然写着"周彬"两个大字。

聂清舟仿佛被针骤然戳破的气球,所有的兴奋"呼啦呼啦"泄得没影了。他看着那账本上自己潇洒的签名,尴尬道:"啊……我不小心写错名字了。"

这话一出口,聂清舟想大概只有两种可能,就是夏仪觉得他是傻子,或者夏仪以为他把她当傻子。

于是,他立刻从口袋里掏出一张百元大钞,毕恭毕敬地双手奉上。

"我没想赖账,我就是来还钱的。"

夏仪望了他一眼,她并没有多说什么——在他们为数不多的几次见面中,她都表现得惜字如金。她接过钱在验钞机里验过,然后看着他手里拿着的袋装棒棒糖。

"这个你要吗?"她问道。

聂清舟看看手里的棒棒糖,以他目前拮据的经济情况,他最好将这袋棒棒糖全须全尾地放回货架上。

然而,他还是把棒棒糖放在了柜台上,说道:"我要。"

在夏仪扫完码低头找钱的时候,聂清舟拆开了袋子,在袋子里摸索一阵,找出了两支可乐味儿的棒棒糖,放在柜台上。

"这是给你的,谢谢你昨天让我赊账。"

夏仪抬眸看向他,淡淡地道:"是奶奶让你赊账的,不是我。"

聂清舟笑起来,他拎着剩下的棒棒糖往外走:"那就你们一人一根,也替我谢谢奶奶。"

他摆着手走进阳光里,阳光照着他摇摆的青筋凸起的手臂,他似乎没有注意到自己的脸侧还有未褪的瘀青。仿佛他并不是一个嚣张暴戾、惯会打架的男生,而是一个温良有礼、品学兼优的好学生。

夏仪目送这个怪异的家伙远去,低头看了一眼柜台上的棒棒糖,剥开塞进自己的嘴里,继续做她小卖部的守门神。

圆珠笔在她的手上转了几圈,她拿出作业和草稿纸,在杂乱无章的草稿上写下——"1=C 2/4",后面接上一串音符。

这个陌生邻居的脚步声突然变了,现在他的脚步就像是进行曲的鼓点。

关于十年之后,周彬看到的那个关于夏仪喜欢吃棒棒糖的采访里,还有一些被剪掉的,他并不知晓的片段。

在某个片段里,听完夏仪对于零食的偏好后,主持人说——"哈哈哈,这都是我们的童年回忆了,夏老师你怎么对阿尔卑斯棒棒糖情有独钟呢?"

镜头后的夏仪披散着波浪长发,穿着一件黑色的亮丝镂空长裙,像是高远夜空,美丽又触不可及。谁也不会想到高一的她留着男孩子般的短发,一年四季从来不穿裙子。

她认真地想了想,然后回答——"我以前不喜欢吃糖。后来有一个喜欢吃糖的朋友,他总是给我可乐味儿的阿尔卑斯棒棒糖。吃着吃着,就喜欢了。"

她的回答总是很简短,那是那一天里她说过最长的一段话。

在这些被隐匿的线索里,时间的因果循环往复,无人知晓何为开端,何为终结。

或者每时每刻,此时此刻,就是开端。

第二章
从现在开始成为粉丝

从前认识周彬的,任谁都要夸一句他好脾气。

他不喜欢与人冲突,就算生气时说话也尽量理性客气,以免伤人。

不过好脾气的人也有按捺不住脾气的时候,真按不住他就去跑步,一圈一圈跑到心情平和为止。最多的一次,他一口气跑了十千米直接累瘫,第二天请假没去上班。

如今一夜之间回到十年前,他尽量以自己一贯的好脾气和周遭相处。然而,他偶尔也会烦闷地想——为什么偏偏是他呢?这匪夷所思的事情为什么偏偏落在他头上?

思及此,他看向书桌上摊着的高中课本,长叹一声合上书本,穿了外套奔到街上跑步排解抑郁之情。

常川初秋的夜晚安静而凉爽,这座小城并没有大城市华灯初上人流交织的繁华,店铺也小,街道也窄,行道树郁郁葱葱。灯光明亮却离散,在聂清舟飞快掠过的视线里,迷离成一片光晕,仿佛银河汇聚在他身边。

他住的地方地势高,于是他几乎是俯瞰街景跑着下坡路,潮湿的海风吹过来,他仿佛要乘风飞起来,就此越飞越高,跃入海天一线中去。

聂清舟心情正要转好的刹那,竟突然从前面的巷子拥进一群人来,挡住了他的去路。

那群年轻人穿着花花绿绿的衣服,顶着花花绿绿的头发,肩膀和胳膊上描龙画凤的，一看就不是什么正经人。

为首的那个人头上绑着个纱布，又瘦又矮，颧骨突出，走路外八得厉害。他拎着一根不知道从哪里顺来的台球杆，看到聂清舟时瞪大眼睛，下意识往后退了一步。

"聂清舟？"

这突然出现的一伙人就像是挂在聂清舟脚上的铅球，"哐当"一下把欲乘风而飞的他拽回地面上。

聂清舟愣了愣，立刻在脑海里展开了紧急搜索，一堆乱七八糟的事情就跟倒豆子一样在他的脑海里乱蹿。不过眨眼的工夫，他的脸上风云变幻，黑得不能看。

简短地说，这个家伙头上那裹着纱布的伤，是"聂清舟"上周干的好事。"聂清舟"平时跟着一个叫张遣的"大哥"混，面前这家伙是张遣死对头手下的人，两个人没少干架。

好消息是，这个家伙单挑"聂清舟"只有挨揍的份；坏消息是，这个家伙现在带了一堆人，而且现在的聂清舟，根本不会打架。

面前的纱布男下意识退一步后，立刻双目发亮，举起台球杆指着聂清舟道："你小子今天落在我手里了，兄弟们，给我打！"

路的两边都是幽深小巷子，连路灯都寥寥，无人可以求救。聂清舟也不废话，扭头拔腿就跑，一边跑一边咬牙切齿。

这无法无天的小子到底还惹了些什么事儿！

前人栽树后人乘凉，前人挖坑后人掉洞。关键是，他都不知道前人到底给他准备了多少坑，爬出来又掉进去，爬出来又掉进去，无穷无尽。

在这条人烟稀少的小路上，身后追逐的人发出震耳欲聋的脚步声，那兴奋的声音让他完全可以想象自己被抓住后，会遭受怎样一番毒打。

聂清舟在脑子里搜索这位前任"坑王"的记忆，该如何应对这种场面。

"手上抹点粉……镐把不容易脱手……打架脱掉上衣防止蒙头……这都什么玩意儿！合着他就知道打不知道躲是吧？"

聂清舟恨铁不成钢，关键时刻一点儿用都没有！

好在这个身体的基本素质还在，他健步如飞，转过一个拐角后，他趁着他们没追上来，躲进路边一个堆货的狭长巷子里。

他蹭着墙好不容易挤到货物背面，猝不及防看到了一双漆黑的眼睛。

夏仪站在巷子里，她穿着上午那件灰色卫衣，袖子撸到胳膊肘，冷冷地看着他。

聂清舟僵立在原地，有些结巴地说："你……你怎么在这里？"

还没等夏仪回答他，就听见外面的路上传来脚步声，有人说道："夏仪呢？跑哪儿去了？追个小丫头都能给追丢？"

聂清舟望着夏仪，夏仪望着聂清舟。片刻后，聂清舟笑笑："好巧，我……我也是。"

夏仪移开目光，她转身贴墙站着，躲进货箱的阴影里去。

聂清舟背靠着货箱同样躲在阴影中，压低了声音问她："你遇到什么麻烦了？那些人为什么追你？"

"你也是能耐啊，上次那事儿之后于老三都放话了，让他底下的人见了夏仪和她弟弟就绕道走。你还敢去招她弟弟？"

夏仪没有回答，倒是外面的人先聊了起来。

巷子口对面就是一个路灯，路灯的光线将路上那些人来来往往的身影投在对面的墙上，像是在演一场皮影戏。

聂清舟转头看去，昏黄的亮光中有五六个人影乱晃，其中一个人影殷勤地伸出手，貌似在给另一个人点烟。

"她弟脑门上也不写'夏仪弟弟'四个字啊，路上走来个小瘸子，大家捉弄他一下，闹着玩嘛！结果夏仪上来就跟我动手，当着那么多人的面我多没脸啊。那我得找回来吧！我知道于老三他没胆怕这小丫头，这才来找您的嘛。"

"你也知道没脸，这么多人堵一个高一丫头，我跟你说，没下次了啊。"

聂清舟转头望向夏仪，夏仪与他目光交汇。在狭小的空间里，他们的胳膊碰在一起，他感觉到她的身体紧绷，仿佛处于防御状态的野兽。

他想她的脑子里，该不会正在思考那些他刚刚在"聂清舟"记忆里看到的东西吧？干什么啊，这么大点儿的孩子，玩什么热血高校啊！

"哎哟，赵老左！"这么一会儿工夫，追聂清舟的那伙人也跑过来了，只听得和他有仇的那个纱布男夸张地叫起来，语气隐隐带刺。

刚刚抽上烟的那位"哈哈"大笑起来，道："哎哟，钱风扬，脑瓜子这么脆,伤还没好呢?"

纱布男啐了一口,狠狠道:"聂清舟呢?你们把聂清舟给我交出来!"

"我上哪儿给你找小舟去?再说了,你个老大不小混了好几年的人,被个刚上道没多久的高中生开瓢,要是我都臊得不敢出门。瞧瞧你们这些干事儿的,于老三这些年混得是越来越不行了啊!"

"赵老左,你也敢跟我提于哥?你们张遣的生意才是越来越不好做吧?发得出钱,养得起你们吗?我今天也不想跟你废话,把聂清舟给我交出来,我把头上这伤的仇给报了!"

"你那仇是小舟的吗?小舟是替遣哥做事的,你这仇就是冲遣哥来的,有本事跟我们打一架。你的医药费我们还是赔得起的。"

"我怕你不成!"

聂清舟眼见着墙上的影子纷纷乱乱地冲到一起,一时间热闹得不可开交。

这出乎意料的剧情发展让聂清舟愣在原地,他慢慢地转过头看向夏仪,用手朝外面的方向指了指:"我们好像得等他们打完才能出去了。"

夏仪默不作声地从口袋里拿出手机——还是老式的那种翻盖手机,她摁下几个键后放在耳边,低声说道:"警察局吗?朝云路和鼓皮巷的交界处有人在械斗。"

聂清舟略微惊讶地看着一脸平静的夏仪。

"嗯,大概十个人。"

在这个视角下,聂清舟敏锐地发现土墙上有个什么东西正朝夏仪的肩膀爬过去,定睛一看,居然是一只蜈蚣。

聂清舟什么都不怕,但小时候被蜈蚣咬过,由此之后见到脚多的虫子恨不能绕到街对面走。

他霎时感觉万籁俱寂,仿佛能听见那虫子震耳欲聋的爬行声,他举起手指指向那片土墙,哆嗦着道:"蜈……蜈蚣……"

他没有意识到自己的声音有多响。下一秒,夏仪蓦然靠近他,脚与他的双脚交错,抬起胳膊一把捂住了他的嘴,把他严严实实地压在货箱上。

那一瞬间,他差点因为身体的应激反应一拳打回去,但又被理智死死地克制住,拳头都攥得发白。

聂清舟含糊地发出些声音,目光与面前女生的眼睛对上。

手机的光在夏仪的脸侧亮着，照得她漆黑的双眸里含了一丝幽幽的蓝色，仿佛黑欧泊一般。

外面的棍棒声、叫骂和哀号声淡去变成遥远的背景，头顶的蝉鸣悠长，这双眼睛直直地看着他，仿佛有种非常坚定的力量把他定在了原地。

这一刻，仿佛所有东西都不能移动，唯有她的嘴唇开开合合。

"……没有带刀，但是有类似棍子的东西。"

"……嗯，我也不知道。"

"好的，谢谢。"

夏仪回答完警察的问题，把手机盖合上，捂着聂清舟嘴巴的手也放了下来。她后退一步与他拉开距离，转头看向墙上那悠悠爬行的蜈蚣，脸上没什么表情。

聂清舟低声解释道："我不是故意的，我就是……"

夏仪掀起他外套的衣角，利索地往墙上一按，结束了这只蜈蚣不合时宜的一生。

聂清舟看着自己外套衣角上蜈蚣的尸体，一时不知道该不该谢谢她。

夏仪一言不发，重新靠着墙站好，刚刚他看到的那双惊心动魄的眼睛低下去，被她的眼睫藏起来。

聂清舟想，十年之后她就不太爱说话，表妹说她的采访都特别简短，主持人问什么答什么，从来不引申也不多做解释。

他真想对他表妹说，人要懂得知足，您的大明星已经好很多了，你要是来看看十六岁的她，那才真是惜字如金，金口难开。

不过他表妹要是知道夏仪的拳头揍过他的下巴，夏仪的手捂过他的嘴，那肯定要尖叫得把房顶掀了，附加羡慕嫉妒恨得半宿睡不着觉。

聂清舟忍不住笑了一声，他在口袋里掏了掏，意外地发现了几支早上买的棒棒糖。他拿出来借着光辨认了一下，将草莓味的打开塞进嘴里，将可乐味的递给夏仪。

"刚刚谢谢你帮我。"聂清舟摇摇那支棒棒糖，"可乐味儿的。"

这是他最后一支可乐味棒棒糖了。

夏仪抬眸望向他，再低头看向他手里的棒棒糖，仿佛要从这个两个眼睛一个鼻子的普通人脸上，和这塑料壳的棒棒糖上看出什么不同似的。

当聂清舟的手举得有点酸时,夏仪终于接过了棒棒糖。

"谢谢。"她礼貌地说道。

外面的打架声和人影交错热闹成一片,而这个小巷子的货箱背后,站成直角两边的两人之间可谓难得清静——不仅夏仪不说话,连聂清舟都沉默了。

他含着棒棒糖,金色的头发挡住了一部分眉眼,他的眉心皱成"川"字,像是在认真思考什么。

待路上响起警车的声音,投在墙上的人影一阵纷乱,继而作鸟兽散。夏仪离开了墙往前走了一步,仿佛打算离开。

聂清舟终于说话了。

"能不能借一下你的手机?"他问夏仪道。

或许是吃人嘴软,这次夏仪没有多少犹豫就把手机掏出来给了他。

聂清舟低头在她的手机里输入一串数字,然后递回给她:"这是我姑姑的电话。我想拜托你一件事,如果今晚十一点我还没有回家的话,麻烦你打电话给我姑姑,让她到新世纪洗浴中心捞我。"

夏仪接过手机,幽蓝的屏幕照耀着她的眼睛,她望向聂清舟。

"我觉得日子不能这么过下去,我得和遭哥那边做个了结。"聂清舟解释道。

夏仪沉默一瞬,手指摁在删除键上,稍一用力,聂清舟刚刚输进去的号码便轻快跳跃着消失了。

"这是你的事。"她拒绝得很干脆。

聂清舟愣了愣。

她淡淡地说道:"我们不熟,你应该拜托你的朋友。"

聂清舟被噎住了。他想"聂清舟"在这里确实有一些朋友,然而每一个对他来说都陌生而不可靠。

他此刻所在的地方,他最熟悉的,或者唯一熟悉的只有这个曾经只能透过屏幕才能看到的夏仪。

这个夏仪比他所知道的更冰冷、更强硬、更稚嫩,但他仍然觉得她是他知道的那个人。

他看过她无数的访谈,去过她的演唱会,被表妹塞满了关于她的所有知识。

不过这一切他都无法向她解释。

所以，他只好笑着说："你的话有道理，不好意思麻烦你了。"

或许是为他的礼貌和好脾气感到意外，夏仪皱着眉看了他一眼，就收起手机揣在口袋里，侧过身擦着墙壁走过货箱，走向早已安静的街道。

聂清舟看着她的背影无情地远去，长长地叹了一口气。

既然他好好地活到了十年后，也没缺胳膊少腿的，那今天应该不会有什么事情吧。

"聂清舟"为之效力的张遭，人称遭哥，是当地混黑白两道的地头蛇。

常川市中心的黄金地带开了一家"新世纪洗浴中心"，这洗浴中心幕后的老板就是张遭。

"聂清舟"身手敏捷，经验丰富，是把听话的刀，张遭挺喜欢这小子的。

"聂清舟"平时零花钱的一个重要来源，也就是张遭。

他爸妈和姑姑隐约有感觉到他和一些社会青年来往，但也不清楚他在跟谁混、混到了什么程度。

要是他们知道他在这个组织里挺受重视，甚至有点被培养的意思，大概要嗓门与血压齐飙，斥责一声了。

此刻，聂清舟站在"新世纪洗浴中心"金色的霓虹灯下，听着从里面传来的轻快音乐声，看着周围兴高采烈的客人，心情却一点都轻松不起来。

以他从前的成长环境，根本没有接触这些组织的机会，这还是头一次面对活的老大。来到这里以后，他短短两天比他过去两三年长的见识还要多。

这小子的高中过得相当多姿多彩啊！

前人多彩，后人挂彩。

聂清舟长叹一声，吸了一口气走进洗浴中心。

"聂清舟"在这里早就混了个脸熟，听说他要找遭哥之后，保安便通报上去，他跟着人在烟雾缭绕中兜兜转转，来到了一个铺着地毯，看起来尤为华丽阔气的VIP室。

张遭正趴在床上按摩肩颈，他四十岁左右的年纪，背上文了一大幅青红的猛虎图，身材微微发福，眯着眼睛仿佛心情很好的样子。

"怎么，是为了钱风扬的事儿？"张遣慢悠悠地问，以为聂清舟是因为晚上这场围追堵截来的。

此时此刻已经没有退路，那些忐忑紧张反而消退了几分。聂清舟走上前几步，开门见山道："钱风扬那家伙不值得我来找遣哥，我来是想跟遣哥您说声对不住，我想要退出。"

张遣眯着的眼睛睁开了，他似乎有些惊讶，但也不是非常惊讶。他懒懒地挥手让给他按摩的人停下，坐起来披上外衣。

"怎么回事儿？"他懒懒地问。

聂清舟回忆着身体原主人的语气和语调，尽力模仿道："遣哥，我知道我现在跟您说什么当初是我年轻、意气用事、没想清楚，那都是扯淡。当时我是铁了心要加入的，是真想跟您混出名堂来，我也知道您挺照顾我的。但我前段时间去省城看我爸妈，他们过得太苦了，拼了命地让我读书，您也知道他们干的工作挺危险的，我现在的情况要是被他们知道了，就怕他们心神不宁干活出什么事儿。"

张遣点上一支烟，慢悠悠地说："老赵说你这段时间状态不对，就是为这事儿？"

聂清舟点点头。

"你这是下决心，要好好读书？"

聂清舟再次点点头。

张遣看着聂清舟半天，隔着热腾腾的蒸汽，他突然笑了一声："当初你要死要活地要加入，我就知道你在我这里待不长。你像我弟，明明脑袋瓜子聪明就是想不开，非喜欢逞英雄，不要读书要出来混，劝不听。"

聂清舟被热浪蒸得汗水滚滚而下，他攥着拳头，道："遣哥，第一次听您提您弟弟。"

张遣吐了一口烟圈，淡淡地说："十几岁就没了。"

聂清舟低下眼帘。

"你这三棍子打不出一个屁的个性，这些话排演了好久吧。行啊，挺好，想明白了要回去读书，那就要好好读。"张遣弹弹烟灰，也不强求什么，指了指门，"不过我这里也不是你想来就来，想走就走的地儿。真要退出要怎么样，你明白吧？"

聂清舟的手松开，心里反而坦然了。他抬起头看向张遣，眼里一片平静，他说道："我明白，来吧。"

夜里十点五十五分，灰色小楼里传来了聂清舟的脚步声，这次他的脚步声从标准的二拍节奏变成了切分节奏，伴着时不时传来的吸气声，听起来伤得不轻。

他在门口停了一会儿，掏钥匙的时候喃喃道："灯都是黑的，她还真的睡了……"

钥匙"哗啦啦"响了一阵，然后就传来开门和关门声。

刚刚聂清舟以为已经睡着了的人，此刻手中的手机正亮着。

夏仪漆黑的双眸里映着蓝光，目光落在手机屏幕里的时间和一串号码上。在一分钟之前，她的手指已经放在了拨出键上。

奶奶在下铺迷迷糊糊地说道："夏夏……还没睡呢？"

"就睡了。"

她抬眼望了一眼房顶，然后静默地关闭手机，幽蓝的光芒消失于浓重黑暗里。

第二天一早，夏延一拉开小卖部的防盗门，就惊叫一声，惹得半栋楼的人都打开窗户看是怎么回事。

只见一个穿着白色T恤的金发男生倒在一楼台阶前，露出衣服外的皮肤青青紫紫，有些伤痕已经发黑，白色T恤肩部甚至已经被血染红了一片。

夏延的惊叫引来了奶奶和夏仪，奶奶吓得脸都白了，拉着夏仪着急道："这不是你那同学吗？这……这……我得把这孩子送医院啊。"

夏仪把着急往前走的奶奶拉回去，道："我送他去医院。"

"你们这没大人……"

"我有他家长电话。"

夏仪行动力极强，说着就转身把三轮车推出来，奶奶和夏延费力地把聂清舟抬起来，左拉右拽放进了三轮车里，他腿太长还伸出车外一截。奶奶不放心地塞了钱和自己的医保卡给夏仪，让她赶紧带聂清舟去看医生。

夏仪一蹬三轮车聂清舟就无力地向后仰去，倒在了她的背上，她闻到从他身上传来的血腥味。

往前骑是一段下坡路，以往夏仪走这条路时都会控制着速度，这次却快得仿佛要飞起来，咸咸的海风迎面而来冲淡血腥味，身后的人高热的身体似乎也要被风吹走似的。

"聂清舟。"

夏仪也不往后看，只是喊着他的名字。

"聂清舟。"

"聂清舟。"

"嗯……"身后的人传来模模糊糊的声音，像是不太清醒。

"你是……谁……"他低声问道。

"我是夏仪。"

"……夏仪……夏仪怎么会……"他不知道在嘟嘟囔囔什么。

"你有没有力气？抓好我的衣服，一会儿要转弯。"夏仪提高了声音。

身后没了声音，在夏仪以为聂清舟已经失去意识时，一只手摸索着往上移动，抓住她身侧的衣服，慢慢收紧，然后是另一只。

他的手烫得惊人，仿佛带着火星，额头也抵在了她瘦削的后背上，滚烫的呼吸在她的背后吹拂。

快速转弯的时候，他的身体往旁边一甩，一只手松开了，但很快又攥了回去，额头也贴了回去。

就像是个极为听话的小孩子，得了指令就要执行到底。

夏仪把他送到医院时，费了不小力气才让他松开她的衣服，把他移到病床上去。聂清舟的眼睛睁着，里面的光芒却是散的，像是烧得有点傻了。

夏仪跟在病床旁，边走边拿出手机说道："我喊你姑姑来。"

听到"姑姑"这两个字，聂清舟的眼睛却睁大了，也不知道他被烧成一团糨糊的脑子里都想了些什么，突然伸出手去抓住夏仪的袖子，断断续续道："别……别叫她……别……"

夏仪皱着眉，抬起手试图挣脱："她是你的监护人。"

"求你了……我求你……别喊她……"聂清舟有些急了，锲而不舍地拽着她的袖子。

夏仪看着他被烧红的眼睛，终于合上手机盖，转身问旁边的护士："在哪里挂号？"

聂清舟的手松了下来,他没什么力气地说道:"谢谢……"

在晕倒之前,他突然莫名想着,要是昨天他再多加一句"求求你",夏仪没准就帮他了。

聂清舟醒过来的时候,再次闻到了浓郁的消毒水味道,白晃晃的天花板在他的头顶悬浮着,世界遥远而模糊。他吃力地揉揉眼睛,不死心地问旁边的护士道:"你好,请问今天是什么日子?"

"2号,10月2号。"

"2011年?"

"是啊。"

聂清舟闭上眼睛片刻,随后一边吸气,一边从病床上爬起来,只觉得自己身上哪里都疼,就没一块好肉。他安慰自己要是挨了这么一顿毒打就回去了,那岂不是更亏。

凭借着"聂清舟"丰富的打架经验,他知道自己昨天晚上受的伤只是看着吓人,其实都是些皮外伤,养养就好了。

谁知,他昨天夜里发起烧来,早上实在撑不住,想下楼买药的时候又昏昏沉沉地踩了个空直接滚到楼下,肩膀顺道被拉了一道大口子。

聂清舟看着自己肩膀上的纱布和绷带,试探着抬起胳膊,然后立刻疼得吸了一口气。护士立刻提醒他道:"你这伤口缝针了,别乱动。"

这真是流年不利,旧伤未愈又添新伤。

医生说他身上的伤都没什么大碍,开些药膏涂涂就行,烧也已经退下来,拿了药就可以回去了。

"年轻人身体好,恢复得就是快。看你脾气挺好的,怎么打架这么凶?以后可别打架了,看看这成什么样子。"

医生语重心长地劝告,聂清舟和气地笑着点头,心想他这不就是为了不打架才挨打的吗?

正在此时,聂清舟的脑海里闪过一句话。

——他很容易受伤。

他仔细回忆了一下,发现这是十年后的夏仪用以描述聂清舟的话。当时她坐在沙发上和其他嘉宾聊天,不远处的聂清舟正背着身倒咖啡,听见她这么说后回过头来,似乎无奈又似乎感慨地笑了笑。

她说——从我认识他开始,整个高中时期他常常受伤,一直往医院跑,后来去医院都不用开口,医生和护士就知道他的名字。

聂清舟的脸上风云变幻,心中百转千回,他僵硬地送走了医生,然后回味着夏仪话里的"整个高中时期"。

现在才刚刚高一开学一个月,他就挨了一耳光、被群殴、踩空楼梯缝针,这居然不是结束,而是他多舛命运的开始吗?

十年后的夏仪就不能详细说说他都是为什么受的伤,好让他有个心理准备吗?

聂清舟叹息一声,转头问护士:"请问,送我来的那个女孩在哪里?"

"她刚刚给你交了费,应该在一楼药房等着拿药吧。"

聂清舟慢慢地、一瘸一拐地走出了病房,沿着昏暗的长廊往前走。有那么一瞬间,他觉得他突发变故的人生,就像这条漫长的昏暗的长廊,喧嚣嘈杂,人来人往,他来不及思考就不得不往前走。

突然,从走廊尽头的微光里传来钢琴的声音,轻柔而缓慢,仿佛蝴蝶从光里飞出一般翩然落进聂清舟的耳朵里。

他愣了愣,曲子的速度在逐渐加快,一开始只是一两只蝴蝶,而后仿佛一大片蝴蝶遮天蔽日地穿过他的身体,将他的灵魂架在半空之中。

他加快速度走向走廊尽头,最后竟然忍着满身疼痛,以别扭的姿势奔跑起来。

在走廊的尽头转过一个弯,视线便豁然开朗,他看见医院宽阔的大堂里,灰白色的钢制座椅之后放着一架棕色的钢琴。

夏仪坐在钢琴前,她穿着他昨天见过的那件朴素的灰色卫衣,袖子挽到肘部。她的十指仿佛十个精灵,在钢琴间轻快地跳跃着,钢琴踏板在她的脚下起起伏伏,阳光穿过医院顶部大块的玻璃窗户,洒在她的头发、脸侧和跑动的指尖上。

她低眸看着钢琴,神情专注,阳光照得她的皮肤雪白,眼睫一片金灿灿,而她漆黑的眼睛仿佛浓黑的墨,一点儿也不透光,兀自黑着。

那些蝴蝶一样的音符就从她的指尖流泻而下,时而强烈,时而柔弱,错综复杂,轻易地捏着他的呼吸。

身边似乎有人在说:"我的天,这么干净的断奏……"

聂清舟不懂钢琴，实际上他对音乐也一窍不通。

但是在她的某个停顿间，他的心跳好像也忽然停止，然后随着她指尖在钢琴上重重落下，落入一片漫无边际的花林之中。

阳光如同河流一样从蓝而透明的天空中流下，温暖而强烈的风裹着粉白色花瓣，在绿叶之间乘着阳光纷纷扬扬地落下。

花瓣落到地上似乎发出了声响，如同满树玉珠，错落地坠在地上，弹起再落下，每一颗的声音都分明得仿佛心跳。

她在花海之中，旋涡之心，她的手仿佛自有意志般在钢琴上飞快地移动。花瓣从地上飞起来，由破碎重新聚拢，慢慢地消失于透明的空气中。

像水消失在水中。

花瓣消失在花林之中。

也不知过了多久，夏仪收回了手，阳光里尘埃纷纷，她看起来遥远得仿佛只是造访人间片刻。

在那个瞬间，聂清舟如梦初醒，才发现自己被纯粹的美丽震撼，呼吸急促，眼睛已经湿了。

这时，他才重新听见了身边那些人的对话。

"我的天，她这手指的独立性简直不可思议，你刚刚听到那段跑动了吗？她的强弱处理色彩表现也太强了！"

"她经常来弹的，每周都有个三四次呢。有时候可以跟她点曲子，这个曲子我点的，很难吗？"

"这是流行曲，不怎么难，我练练肯定能弹。但是简单的曲子也能看出差别来啊，郎朗和我弹《致爱丽丝》能一样吗？和她比，我就是个无情的敲琴键机器。真想听她弹肖邦，革命啊，冬风啊来一套。"

聂清舟转头看过去，旁边是一男一女两个穿着志愿者衣服的人。对音乐术语一无所知的他默默地走近两步，偷偷听他们说话。

穿着志愿者红马甲的男生应该是新来的，看着夏仪格外新奇，他指指她的方向说："你别说，你没感觉到这是个大神吗？"

扎了个马尾辫的女生偏过头去，思索道："我又不弹钢琴……不过听她弹钢琴感觉被揪着走。哦，对了，这钢琴之前好久没有动过，第一次见她的时候，她问我借了工具调钢琴，全是靠耳朵听调好的。"

对面的男生惊讶道："天啊，她不用音准仪就调钢琴？她有绝对音感啊。"

她确实是有的。

聂清舟想起来在某个采访里，记者让夏仪把最有自信的事情排个序，夏仪想了想便回答——第一是作曲，第二是钢琴，第三是唱歌。

她无疑是位无可争议的天才，只是此时此刻无人知晓。

聂清舟正专心听他们聊天，突然从另一边传来冷冷的女声，不高不低地喊他："聂清舟。"

聂清舟一个激灵，转过头去便看见了不知何时，已经站在他身侧的夏仪。

她右手的袖子已经放了下来，长长地没过手腕，遮盖住修长白皙的手指。仿佛这一瞬间连同那个在钢琴前熠熠生辉的夏仪，也被一起隐藏起来了一样。

她将一个塑料袋丢给聂清舟。扬起手的刹那，那白皙修长的手指划过阳光，指甲圆润而整齐，是一双适合弹钢琴的手。

聂清舟愣了愣，就接住了夏仪丢过来的袋子，低头一看，正是他需要外服内用的药。他正打算说谢谢，便听到他身后那个男志愿者兴奋的声音。

"美女，你哪个音乐学院的啊？"

夏仪看向那个男生，沉默了一下说道："我上高中。"

旁边的女生小声道："我就说她挺小的吧，你还不信。"

男生的眼睛睁得更大，说："高中生啊，这么小，天才啊！你是跟哪个老师学的音乐啊？"

夏仪的眸光微动，有什么东西很快地从她眼睛里划过去，如蜻蜓点水倏忽不见。

"已经不学了。"

她这样说着，不等那个男生反应就转过身去往前走。那背影和那天学校后门旁竹林里的十分相像，只是没了警惕，只剩冷淡，还是像一只远离人群的猫。

聂清舟跟上去，她的步子很快，他从侧面看见她的嘴唇紧紧抿着。走出医院大门后，他终于停下脚步喊住她。

"夏仪。"

她回过头来看他,因为迎着太阳而皱起眉头。

聂清舟拎着药,说道:"还没说谢谢,谢谢你送我来,也谢谢你不告诉我姑姑。遭哥那边的规矩,要退出就得挨打,这事儿我没法和她解释。而且我刚刚跟她约定好好学习,不想这个时候出乱子。"

他说得非常详细,详细得有点过头。夏仪低下眼睑,说道:"不用谢,也不用跟我说这些。"

聂清舟却接着问:"所以,你不是已经把我姑姑的号码删了吗?那你刚刚怎么给她打电话呢?"

夏仪的神情有片刻僵硬,然后仿佛没听见这句话一样,迈着步子往前走了。

聂清舟其实也能猜个七七八八,要不是夏仪有过目不忘的本事,就是她后来撤销了删除操作,把号码复原了。

她一定是拒绝他不久之后就犹豫了,虽然她和他并不相熟,甚至可以说是陌生人。

他不禁笑起来,几步跟上夏仪,岔开话题道:"刚刚那首钢琴曲,你能告诉我叫什么名字吗?"

因为走近了,他的影子覆盖在她的身上,夏仪脸侧的阳光就此消失。她皱着的眉头舒展开来,终于回答道:"好像是 Flower Dance。"

"好像?你今天第一次弹?"

"嗯。"

太厉害了吧!聂清舟在心里忍不住感叹。

那精灵般的旋律和夏仪在阳光中弹琴的画面,在他的脑海里萦绕不去。

——那个时候,幸福的命运向他呈现了一朵叫作玫瑰的花。

他被一首曲子感动,如同猝然看见一朵美丽的花,后知后觉地意识到这是人们口中的玫瑰。

聂清舟发现他总是隔着玻璃看夏仪的。这是第一次,他拿走了那名为"天才大明星夏仪"的玻璃,把这个十六岁的夏仪放在眼前。

他想,从现在开始他就是这个十六岁姑娘的粉丝了。

他远在十年后的表妹要是知道她表哥终于成为她本命的粉丝,能当场开心得哭出来，再拉着他讲三个小时夏仪是世上最棒的仙女，三句话不离"我的好女儿"。

表妹自称是夏仪的妈妈粉，她说这是一种别的不求只求偶像幸福的粉丝。

聂清舟不是很懂他们粉丝的那一套，他认真地想了想。既然如此，那从今往后，他就是夏仪的爸爸粉了。

除此之外，他还想语重心长地告诉他表妹，你嗑的CP一定是假的，你表哥绝对不会喜欢比自己小十岁的小朋友。

聂清舟这么想着，前面的夏仪浑然不知自己已经在短短的时间内获得了一个"爸爸"。她终于在停车场找到了她的三轮车，弯下腰去解车锁，后背弓起，顺着衣服显露出脊柱的痕迹。

聂清舟想起来医院的路上，他昏昏沉沉地靠在她的后背上，她的骨头很硌人。

她很瘦。

他握住车把手，说道："我来骑，你坐后面吧。"

夏仪直起身来，目光落在聂清舟肩膀的血痕上，她淡淡地说："医疗费你欠我三百七十四元，伤口如果炸线重缝，价格翻一倍。你有钱吗？"

"没……"

"那就上车。"

夏仪干脆利落地坐上了车，一脚踩在踏板上，指了指身后的座位。

聂清舟揉了揉眉心，然后不大利索地翻上了车。车轮转动起来的时候，他想他现在可能更像是弟弟粉。

夏仪骑车技术很好，又稳又快，在大街小巷里灵活地穿行，再拐上那条沿海的回家必经之路。

公路一边是高低错落的房屋，一边是漫无边际的湛蓝大海，聂清舟手放在眉骨处远远地望过去，再把目光转向夏仪被风吹乱的碎发。

常川的海岸很美。

还有他在这里唯一认识的小姑娘，她叫"夏意"，却更像秋意，如同这清凉、安静、明亮的初秋。

从此以后，作为她的拥护者，他要尽他所能支持她，帮助她。

此时此刻,他仿佛双脚第一次落到实地,感觉安稳。

回家有一段上坡路,还未上坡时,聂清舟就说:"你放我下来吧,也不远了,我走回去就行。"

夏仪却充耳不闻,只是骑得更快,风呼啸而来。聂清舟扯扯她的衣服,提高声音道:"前面是上坡路,我太重了,你带不动我。"

夏仪淡淡地回头瞥了聂清舟一眼,道:"坐好,别废话。"

说着,她就上了坡。

那坡不算太陡,奈何距离很长,夏仪握着扶把的手收紧,车速居然没有减慢多少,很顺滑地延坡而上。

聂清舟意外于夏仪的力气,但也很明白她力气再怎么大载着他骑上坡路也会吃力。他看着这车行驶的速度,心想他该怎样跳下去才能够安稳落地。

当缝针的价格和他所剩无几的生活费在他脑海中闪过后,他老实了。

聂清舟认真思考,他最近怎么流年不利,除了各种受伤,还总是丢脸,还都是在夏仪面前丢的。

终于到达家门口,夏奶奶一见他们就从小卖部里走了出来,既惊喜又担忧地捉住聂清舟的胳膊来回看。

"哎哟,你这就回来了?没事吧,小伙子,你可真是吓人嘞!"

聂清舟露出他最擅长的那种讨老人家喜欢的笑脸,说道:"我没事,医生说按时吃药,时间到了去拆线就行。"

夏奶奶往他身后看看,问道:"你的家长呢?夏夏不是说要联系你家长吗?"

"我爸妈都在省城打工,平时我就一个人住。我这也不是什么大伤,还是不要打扰他们了。"顿了顿,聂清舟说,"医药费我会尽快还给您的。"

夏奶奶的目光里流露出几分心疼,拍拍他的胳膊:"不着急。你伤成这样,怎么照顾自己啊,吃饭怎么吃?"

"我自己做了吃,慢点就好。"

"哎哟,你当心着点吧。这样吧,这段时间你来奶奶这里吃,不差你一双筷子。"

聂清舟睁大了眼睛,他下意识地看向夏仪,夏仪与他对视一眼,并不说话。他斟酌道:"我去医院就够麻烦您的了,之后还来吃饭,我……"

"既然都麻烦了,那就麻烦到底嘛。人多吃饭也热闹,是不是啊,夏夏?"夏奶奶亲切地笑着,转过脸去寻求夏仪的附和。

夏仪没说话。

"夏夏!"夏奶奶唤道。

夏仪转过眼睛,把袖子挽起来,没什么情绪地说:"是。"

"你看夏夏都欢迎你了,你洗洗手一块儿来吃吧。"夏奶奶拍着聂清舟的后背,把他推进了小卖部。

聂清舟心说:您是从哪里看出来她这是欢迎啊。

在奶奶去喊夏延盛饭时,夏仪在聂清舟身边非常轻声地说了一句:"我弹钢琴的事,不许告诉我奶奶。"

夏家小卖部的名字叫作"夏家杂货",前面是门面,后面就是夏奶奶、夏仪和夏延生活起居的地方。因为尽量给小卖部多让地方,他们没有客厅和餐厅,吃饭在厨房里的一张小桌上。

聂清舟的个子已经蹿到一米八三,这张桌子对他来说矮了不少,他那双长腿无所适从地屈着,胳膊也落不到饭桌上,只好捧着碗吃饭。

夏奶奶一边给他夹菜,一边说:"多吃点,多吃点。小伙子吃饭这么文雅,一点儿声音也没有,夹菜也只夹自己跟前的,是不是在奶奶这里还不适应啊?"

聂清舟愣了愣,笑道:"不……我这就是习惯。"

"不要跟奶奶客气,多吃点啊,周彬。"

聂清舟一下子呛住了,他掩着嘴往身侧不住地咳嗽,咳得脖颈泛红。夏仪看了一眼聂清舟,正对上他尴尬的眼神。

"奶奶……我……我不叫周彬,我叫聂清舟。"他解释道。

"啊?我怎么记得你那个账本上,写的是周彬啊?"夏奶奶目露惊讶之色。

"那什么……我小时候叫周彬,后来改名了!那天我脑子比较乱,就写错了。"

聂清舟的脖子和脸红成一片。

夏奶奶还想追问些什么,夏仪夹了一筷子菜到奶奶碗里,大发慈悲地替聂清舟解围:"奶奶,您也多吃点。"

夏奶奶的注意力立刻被夏仪吸引过去，心疼道："什么让我多吃点，你多吃点才是吧！你看看你这么瘦，我都不忍心看，平时吃的也不少啊，是不是在学校不好好吃饭……"

夏仪安然地接受着奶奶的火力，她仍然不怎么说话，只是时不时点头。

这时的她褪去了冷淡和警惕，整个人都舒展开来，好像坚冰上覆盖了一片水汽，要化不化的样子。

聂清舟看了看她，又看看闷头吃饭的夏延和止不住唠叨的夏奶奶，轻轻笑了起来。

他很识趣，没有询问夏家缺失的父母如今在哪里。也没有问，夏延的腿为什么是跛的。

此后，聂清舟的日子总算安稳下来，过上了蹭饭吃、复习、写作业的常规学生生活。十一长假飞一般地过去，学生们一窝蜂拥进学校，回到上课的轨道上去。

聂清舟提着书包走进十三班的教室时，离早读开始还有十分钟，教室里正鸡飞狗跳乱成一团，时不时传来"你那张卷子写了吗？""哎呀，我忘了还有这个了！""你快借我抄抄！"诸如此类的对话。

他所在的常川一中，说起来是常川最好的中学，然而常川只是一个小小的县级市，往上走地级市里还有好几所更好的中学。常川优秀拔尖的学生，但凡家里宽裕一些都不会留在县中，多半在市里读书。常川一中的生源质量可见一斑。

而常川一中内部又分实验班和平行班，高一一班到五班是实验班，后面的都是平行班，好苗子都掐到了实验班。聂清舟所在的平行班十三班，就像古代人家晾水的缸底——一层渣渣。

在这个喧闹的忙着补作业的早上，还是有人注意到了聂清舟。他的一头金发已经染了回来，可能是因为原本漂过头发，如今染回的黑色也不太黑，在光照下呈现出深灰的色泽。

他的校服从前总是灰扑扑的，穿得也歪歪扭扭，看起来就邋遢。今天他的头发整齐，校服也洗得干干净净，蓝白秋季校服里套着夏季校服，领子扣到细瘦脖颈下的第一颗扣子。

与他擦肩而过的两三个人不禁回头看他，有人小声说："聂清舟今天看起来,是不是不太一样?"

聂清舟被吵得脑仁疼,根本没注意到别人的目光。

他掐着眉心拎着包坐在自己的座位上,刚刚坐下就见张宇坤挥舞着两张卷子走过来,热情地道:"舟哥,你来啦,我刚刚问皮小哥拿的英语卷子,你要不要抄?"

聂清舟从包里拿出厚厚一摞作业,说道:"不用,我写好了。"

张宇坤瞪大了眼睛,拿起聂清舟的英语卷子:"不是吧,舟哥,你什么时候开始写作业了……哎,夏仪?"

聂清舟愣了愣,他抽回卷子就发现其中有一张是夏仪的。

夏仪家只有一张不大的书桌。夏仪平时上晚自习,作业在学校里就能写完,这张桌子就给夏延用。但是每逢放假,夏仪和夏延都要用桌子写作业,位置就紧张起来。

聂清舟为报蹭饭之恩,主动邀夏仪和夏延一起到他家写作业,他家客餐厅大,三个人围着餐桌写作业都没问题。

这卷子应该就是他们写作业的时候拿混了。

聂清舟拿起夏仪的卷子,拍拍那摞作业对张宇坤说:"我去趟一班,一会儿课代表来收作业,帮我交一下。"

张宇坤目露惊讶之色,望着聂清舟远去,而后神情渐渐兴奋起来。他几步蹿到赖宁身边,神秘兮兮地说:"了不得,了不得,我好像发现一件大事。"

常川一中实验班和平行班泾渭分明,平行班都在知行楼,实验班都在格致楼,两座楼距离三十来米相对而立。十三班的走廊对面就是一班的阳台,如果技术够好再拿出扔标枪的架势,说不定能直接把作业扔到一班的阳台里去。

但是聂清舟手里是一张薄薄的卷子,更何况他对自己的技术毫无信心。

于是,他拿着卷子匆匆跑下楼,再匆匆跑上楼,卡在早读之前到了一班门前。夏仪坐在离走廊最远的那一组,靠着阳台的最后一排,隔着无数晃动的人影正低头看着书。聂清舟叫住了一个正准备走进班里的女生。

"你能帮我喊下夏仪,让她把她的英语作业带出来吗?"

这个戴着天蓝色蝴蝶结的女生莫名地魂不守舍,她脸色苍白,聂清舟也不确定她是否听见了他的话。只见她沿着班级的最后往第四组走,从夏仪身边路过,然后后知后觉地转过头去,跟夏仪说了什么。

夏仪抬起头望过来,正好看见了站在班级门口挥舞卷子的聂清舟。

一班的英语老师杨小曼抱着英语书准备去带早读时,和她班里的优秀学生及年级知名的问题学生狭路相逢。

这两个完全搭不上边儿的人正面对面站在走廊里,聂清舟今天收拾得很利落,人模人样地拿着一张英语卷子递给夏仪,卷子上写着夏仪的名字。

他抬头看见杨小曼出现,有点惊讶地喊了一句"杨老师"。这句"杨老师"一出,惊讶的换成了杨小曼,她不禁多看了聂清舟几眼。

杨小曼想,这十三班的刺头居然会主动喊老师了。

她低头看了一眼两人手中的卷子,刚刚升起的疑惑又被盖了下去,心想果然人没那么容易转性。

杨小曼不动声色地对夏仪说道:"早读都开始了,在这里干什么?快进去。"

待夏仪转身走进教室之后,她转过身对聂清舟说:"真要写作业就好好写,抄作业都抄到我们一班来了,不嫌远吗?"

对面深灰色头发的高挑男生似乎愣了愣,茶色的眼睛里流露出无奈:"老师,我没有。"

"那夏仪的卷子怎么在你手里?我可跟你说,你不要找我学生麻烦。"

聂清舟似乎觉得好气又好笑,他再次说道:"我没有。"

当然他也知道,杨小曼是不会相信的,她一番口头警告后就把他赶回去了。

他这来送趟卷子,平白无故挨了顿骂,回去上早读也没赶得及。不过他虽然早读迟到了,他们班英语老师也只是瞥了他一眼,什么都没说,他就像是一道空气般飘回了自己的座位上。

他仔细一想,平时"聂清舟"早读也只是睡觉,来与不来差别其实不大。

十三班的班级人数是单数,两两同桌,自然就还剩一个人要单独坐。这个特殊的位置,毫无悬念地属于十三班最难对付的学生——聂清舟。

聂清舟乐得清静。早上一开始就是两节连堂的英语课,他托着下巴听了十分钟就长长地叹息一声，打开了笔袋从里面拿出一支彩色记号笔，翻着书边看边标注。

半节课过去后，他已经从抽屉里拿出一本英语题库摊在课本上，留一只耳朵听老师的声音，拿着铅笔快速地刷起题来。

课间，张宇坤和赖宁绕过大半个教室来找他，看见他的英语书上留下的各种记号，赖宁惊诧道："舟哥，你听课了呀？"

聂清舟塞了一支棒棒糖进嘴里，靠着椅背舒展身体："没听进去，不太习惯。"

"那你这满书记的啥呢？"

"我自己整理的知识点。"

"这题库又是？"

"这是实验班用的教辅，勉强可以，我复印的。"

张宇坤和赖宁面面相觑，张宇坤认真地道："舟哥，你没事吧？你怎么突然这么好学了？"

"我被我姑姑搞得没办法，答应她期中要好好考。话说都说了，君子一言，驷马难追啊。"聂清舟说得轻描淡写。

"家长不都那样嘛，我妈天天让我学习学习学习，她说一百遍我就能学好了？"赖宁想起他妈，露出不耐烦的神色。

张宇坤和赖宁都属于不安分的学生，成绩当然也没有多好，张宇坤能考个七百多名，赖宁大概就八百多名，垫在这个中学的底层。

聂清舟手里的笔尾端在书桌上点着，笔尖进进出出，他微微皱眉道："也不全是你们……我们的问题，就拿英语说，孙老师口音有点重，讲得又平又碎，节奏也慢。基础好的听不进去，基础差的听着糊涂。"

"是嘛，他天天训我们，自己水平也就那样……"赖宁接着话说下去。

"高二分班，得考到实验班去才行。"聂清舟下了结论。

这个结论是对面二人没有想到的，张宇坤惊得眼睛都睁圆了，他说："聂哥啊，我不是怀疑你的智商啊……但不是学几天就能考到实验班的。那帮书呆子从初中到现在，哪天不认真学习？你这得考到年级前二百五，而且是次次都考到前二百五。"

聂清舟笑笑，这时上课铃响了起来，张宇坤和赖宁挥挥手回到了自己的位置上。

第二节课还是英语，聂清舟已经把半个单元的内容都整理完了，正准备继续刷他的题库，却发现这节课有互动环节，要同桌之间模拟书上情境进行对话练习。

聂清舟没有同桌，自然没有人来跟他进行对话练习。他转着笔，看着人声鼎沸的教室，觉得自己多少有点格格不入。

于是，他拿着书自言自语完成了对话，如果这时候有人稍微注意这个角落，就能听到一口好听的伦敦腔英音。

同桌练习完了之后，老师点了聂清舟所在的组，要他们一排一排轮流展示。聂清舟眼见着前面一排排挨个起来演练对话，到他前面那一排对话完坐下，老师就直接进入下一环节。

像是某种心照不宣的默契，仿佛这组根本没聂清舟这个人似的。

聂清舟手里的笔在桌上点了两下，不置可否地笑笑。

下午的数学课上，假期的作业批改好发了下来，这节课主要就是讲解作业。秃顶发福的中年男人穿着件藏蓝色的polo衫，转身在黑板上画着题目的图示，边画边说："这题有点超纲啊，确实挺难的，我们班上没有人做出来。"

顿了顿，老师又说："有些同学可能上网找了答案抄。题目超纲了不会很正常，去找答案抄有什么用？只能助长坏习惯。"

聂清舟看看自己的作业，上面这一题下面工整地写着解题步骤，却没有打钩也没有打叉。他抬起眼睛就和老师的目光对上。老师意味深长地转过头去，仿佛点到为止。

这一次聂清舟没有笑。他沉默着放下手中的笔，靠在椅背上翘起椅子前腿，紧绷着身体维持平衡，仿佛要以此消磨某种力量。

他坐在教室的最后一排，从这里他可以看到整个教室，所有或认真或偷玩的学生，还有在教室最前面，那硕大醒目的老师的后脑勺。

他发觉这个单人单座的位置，仿佛是一座与世隔绝的孤岛。

他和这个课堂上的其他学生、老师之间有一道看不见的隔膜，学生的热闹、老师的意图在他面前要么避开，要么扭曲。

这个魔咒在所有课堂开始时生效，下课铃响时结束，隐秘而默契。

真新鲜，聂清舟冷冷地想，这就是当差生的感觉吗？

他突然没有了学习的兴致，把毫无谬误的数学作业推到一边去，从抽屉里拿出一本灰色软皮的笔记本。这笔记本上既没有记笔记，也没有写错题，而是画了一条长长的时间线，从2011年开始到2021年结束，他能回忆起来的所有关于夏仪和聂清舟的事情。

他跟着表妹看了很多夏仪的采访，对于聂清舟的了解并不是很多，甚至没看过聂清舟的书和电影，所以时间线上大部分的事件都是和夏仪相关的。

他拿出红笔，把那些事件中和他相关的标出来。

"经常受伤、补课、见义勇为……"

他低低地重复着，笔在某个事件上悬住了。

——"高中有一段时间，我状态不是很好，有过一些极端的念头。如果不是聂清舟，我可能已经不在这个世上了。"

十年后的夏仪曾经这样说过。

他转过头去，今天空气澄澈，隔着走廊和阳台能隐约看到对面教室里，夏仪靠窗坐着的侧影。他记得今天早上他去找夏仪的时候，夏仪也是一个人坐的。

夏仪突然站了起来，聂清舟有种偷看被发现的尴尬，然后马上意识到她应该是被老师点到回答问题。今天早上杨小曼对夏仪有维护的意思，她成绩不错，至少不会被老师当空气对待。

不过课间他每次望向她时，从来也没有看到谁跟她说话，她总是独自一人，就像是丢进电磁场的绝缘体，滴进水里的油，与周围的热闹格格不入。

他收回目光，在那个横跨整个高中时间线，名为"阻止夏仪轻生，时间不详，原因不详"的事件上画了个圈，在旁边写上"highest priority"（最高优先级）。

午休时间，格致楼里人满满当当，实验班的好学生们都规规矩矩地待在教室里写作业，看起来就跟没下课似的。

再看知行楼这边，教室里能留下十个以上的人，那就要感叹一句学习气氛浓厚了，学生们都跟监狱放风似的满学校蹿。

只见三个人从篮球场那边穿过实验楼往教学楼走，张宇坤抱着篮球，兴奋地围着聂清舟嚷嚷。

"哇，舟哥，你刚刚那几个后撤步三分，简直绝了，赵岩他们两个人包夹都没防住！"

赖宁不忿道："赵岩还说舟哥回避身体对抗，什么三分球赢不了比赛。能赢他不就行了，叽叽歪歪的。"

汗顺着聂清舟的脖子往下淌，他扯着衣领，拿手在领口扇风："正常，现在那个靠三分球改变联盟的人还没出名。"

赖宁惊道："舟哥你说的谁啊？"

聂清舟沉默了一下，摆摆手："说了你也不认识。"

张宇坤有眼力见地给聂清舟递上一瓶冰水，说："舟哥，你这几天打得好猛哎。"

虽然说舟哥带他们赢了，让赵岩吃瘪是挺爽的，但是舟哥一沉下脸来，那架势还是有点吓人。

聂清舟接过冰水直接灌了半瓶，心里感叹这十六岁的身体就是抗造，他二十六岁都开始保温杯里泡枸杞养生了。他边想边心不在焉地回答："上课闷得慌，发泄一下。"

张宇坤立刻接下话茬："是吧，我也觉得舟哥你最近太压抑自己了，又认真听课又写作业，都不像你了。"

眼见着聂清舟又拆开一袋菜园小饼，张宇坤又说："还有，舟哥你最近怎么这么爱吃零食？一下课就开始吃，以前你下课都……"

聂清舟的手顿了顿。

为什么这么爱吃零食？还不是因为这原主的身体。

最近，聂清舟为了达成和姑姑的约定，正在疯狂复习高中知识，却发现这位原主的身体意志极其薄弱，稍微有个风吹草动就注意力涣散。在无数次烦躁走神后，聂清舟终于摸索出一套方法。

他嘴里要是吃点儿什么东西，注意力就能集中起来，倒也是神奇得很。

或许这身体毕竟还是个孩子，吃些有滋味的东西，就能得到安抚。

对此，聂清舟四两拨千斤地岔开话题，道："这饼干还真挺好吃的，宇坤，你在学校超市买的？"

"零食还用得着我们自己花钱？皮小哥进贡。"张宇坤果然被转移注意力，表情还颇为得意。

聂清舟愣了愣:"吴思远?你们为什么叫他皮小哥?"

"嗨,皮小哥,就是小皮哥,小 pig(猪)嘛。你看他白白胖胖跟个球似的,不就像猪吗?皮小哥最近作业质量不行啊,总是错一大堆,要不舟哥你的作业借我抄抄呗……"张宇坤嬉皮笑脸的。

聂清舟回忆了一下,吴思远的成绩在十三班是中游偏上,身材偏胖,内向孤僻,没什么朋友,是个好欺负的软柿子。某天早自习,他经过吴思远座位的时候,还看见吴思远低头用修正带改作业答案,一改一大片。

那个时间点,张宇坤和赖宁应该已经抄过他的作业了。

吴思远是故意把错误答案给他们抄的吗?

"兔子急了也咬人,体态也不是他自己能……"聂清舟正准备和张宇坤、赖宁好好聊聊他们的欺凌行为,抬头一看却停住了脚步,吃惊道,"夏仪?"

仰头看去,实验楼七楼的走廊里,夏仪趴在栏杆上,正和一个戴着眼镜的男生面对面说话。

夏仪居然能和人有来有往地对话?

聂清舟忍不住怀疑自己的眼睛。

"哎哟,夏仪旁边那个,不是一班班长闻钟吗?"张宇坤随着聂清舟抬头看去,没好气地说。

"闻钟?林深时见鹿,溪午不闻钟?"聂清舟随口道。

赖宁满脸疑惑:"啥?"

"……没事。闻钟惹你们了?"

张宇坤"哼"了一声,满脸不忿的样子:"人家怎么会纡尊降贵来惹我们,他可是年级第一,眼高于顶呢。"

闻钟是以全年级最高的中考成绩进校的,在摸底考试和月考里,他都是稳稳的年级第一名,排在年级排名大表的榜首。

"他比第二名高得不多,但是第二名再往下,成绩就断层了。你猜猜第二名是谁?"张宇坤兴奋道。

聂清舟心想好学生他哪里认识,就只认识个夏仪罢了。

"谁啊?"

"夏仪。"

…………

此时实验楼七楼，全然没注意到底下目光的闻钟靠着栏杆，对夏仪说："老师让我推荐人来做学习委员，我推荐了你。你想不想做？"

他个子不高，斯文清秀，戴着一副细边眼镜。秋季校服里不是校服短袖，而是一件白衬衫，领扣上雕了花纹，整个人看起来精致讲究。

"可以。"夏仪回答得很简短。

闻钟仿佛早已习惯了夏仪这个样子，说道："你跟小时候一样，还是这么不爱说话。以你的成绩完全可以去市里七中或华中上学的，为什么要到常川一中来？你和这里的学生就不是一个层次的。"

夏仪手里的笔在英语阅读题上标注，边标边说："市里太远了。"

"教育就像投资，现在不多付出一点时间和金钱，将来怎么有回报呢？"闻钟的语气有些老成，顿了顿，他又说，"我现在还在乔老师那边上课，我跟他提起在常川一中遇到了你。他特别激动，让我给你带话，他想要继续教你钢琴和作曲，免费教不收钱。"

闻钟向夏仪投去探究的目光，夏仪手里的笔停了停，语气平淡地说："替我谢谢老师，不用了。"

闻钟点点头，没再劝她。

此时，七楼之下的聂清舟不解道："闻钟成绩这么好，为什么来常川一中？"

张宇坤"喊"了一声，说："我听说他本来一心要去省城正一中学的省招班，还千里迢迢跑去面试，谁知道中考滑铁卢，志愿没填好滑到我们中学。好像谁求着他来一样，一脸不情愿，平时走路抬个下巴跟大鹅似的，见我们平行班的人正眼都不瞧一下。他以为自己有多了不起啊？真有本事就去正一中学，别来我们这里啊。"

聂清舟哭笑不得，他拍拍张宇坤的肩膀，安抚道："正一中学也没你们想的那么了不起。"

这条路上还有不少学生，旁边的女生突然发话了，阴阳怪气地说："正一可是省重点，省城最好的中学。反正你们也考不上，厉不厉害和你们也没有关系。"

赖宁看过去，说道："徐子涵？你凑什么热闹？"

那个扎着双马尾的女生气势汹汹地说道："你说我们一班的人，我不能管吗？"

"管什么管，我们说闻钟关你什么事。你是不是喜欢闻钟啊？"张宇坤一针见血地指出来。

徐子涵的脸立刻通红，嚷道："才不是呢！你……你们等着！"

聂清舟捧着零食，眼见这姑娘一路跑远了，他诧异道："一班这么团结？她要干什么？"

"嘁，徐子涵也就是说说，不过她是有名的大喇叭，她知道啥过不了几天全年级也就知道了。"张宇坤耸耸肩，"我们说了啥，不就是闻钟是大鹅吗？她有本事到处说，亏的也不是我们。"

徐子涵果然说到做到，这件事很快在年级里尽人皆知，她添了许多油加了许多醋，最重要的是，把原话的主人从张宇坤换成了聂清舟。平行班那些看不惯闻钟的人，从此见了闻钟就喊"大鹅"。

聂清舟只觉得又一口黑锅砸在了身上。

这是后话，此刻他望着楼上走廊，闻钟和夏仪说了些什么就离开了。夏仪一个人留在原地，趴在栏杆上望着远处，就像一只停在蓝色杆子上的白鸽。

聂清舟莫名有种直觉，夏仪现在好像不太开心。

——"有段时间我状态不太好……"

他脑海里突然警铃大作，把零食丢给赖宁，目不转睛地说道："你们先走，我有急事。"说完，他就一个箭步冲出去，奔向实验楼的楼梯。

赖宁拿着零食愣在原地，好半天才说："舟哥冲刺跑的速度，真快哎。"

张宇坤打了下他的后脑勺，气道："这是重点吗？你不想想舟哥干吗去了？"

"我哪知道他干吗去啊。"

"笨死你得了，找夏仪啊！"张宇坤恨铁不成钢，"舟哥为什么要好好学习，为什么要装好学生？我跟你说，我猜的准没错！"

他斩钉截铁道："舟哥一定是在追夏仪！"

张宇坤这话说错了，也没说错，此时此刻聂清舟确实是在拼命地"追"夏仪，他往楼上跑的那个架势吓得路过的人纷纷躲避，一眨眼的工夫就上了七楼。

他踏上平地就弯腰撑着膝盖，止不住地喘气，上气不接下气地喊道："夏……夏仪！"

那声"夏仪"就在楼道里不断回响，响出了众口一声的效果。

七楼空空荡荡，只有夏仪一个人趴在栏杆上。她没穿校服外套，单单一件蓝白相间的短袖，露出细长的手臂和手臂上的伤痕。有一只耳机塞在她的耳朵里，耳机线消失于她的裤子口袋中。

聂清舟的呼喊显然突破了耳机里的音乐，夏仪皱着眉回过头望向这个不速之客。

聂清舟直起身来刚想说什么，就看见夏仪的手上拿了一本英语阅读训练，还有一支笔。

"你……你在……这里写作业？"他睁大了眼睛，不可置信道。

夏仪沉默地看着他，点点头。

什么人会跑到没人的实验楼站着写作业？回班上写作业不舒服吗？

聂清舟松了一口气，就听见夏仪问他："你来干什么？"

他脑子一卡，半晌才说："嗯……我在楼下看见你，就想……上来和你打个招呼。"

夏仪的目光落在他满头的大汗，还有剧烈喘息的胸膛上。

聂清舟干笑着想，确实，跑七层楼上来打招呼，这是什么傻瓜才会干的事情？

他向夏仪走了两步，他口袋里那些在一路颠簸中摇摇欲坠的棒棒糖，终于纷纷掉在地上，发出清脆的声响。

聂清舟破罐破摔地从地上捡起棒棒糖，递给夏仪："正好又买了点零食，你要不也来点？"

顿了顿，聂清舟心有余悸地补充道："你离栏杆远点，往我这里站站，我恐高。"

夏仪回头看了一眼高到人胸口的结实栏杆，再看向聂清舟，对方立刻露出以假乱真的恐惧神色。

她似乎相信了他，脚步松动，走到聂清舟面前，接过他手上的糖。

"谢谢。"

说完，夏仪又想走回栏杆那边，聂清舟急忙道："……哎哎哎，你别回去！我……我看到有人站在高处就不自觉恐高……那什么，你知不知道高地效应？"

夏仪皱起眉头，摇摇头。

聂清舟在自己心里熬了一遍这锅鸡汤，试着给夏仪灌一口。

"我以前站在高的地方，就会有往下跳的冲动，小时候还以为自己哪根筋搭错了想不开。后来我才知道有种'高地效应'心理现象，是因为求生意志太强了，大脑过度保护，让我想立刻回到地面，结果产生了错误判断。

"我站在高处的时候，产生了想要跳下去的想法，那不是因为不想活了，是因为太想活了。"

他认真而诚恳地看着夏仪，夏仪也认真地看着他。片刻之后，她合上英语阅读训练题，说道："说完了吗？"

"说完了。"

"还有五分钟上课。"夏仪从他的身边走过去。

聂清舟想，他这锅鸡汤，可能熬得不太成功。

这个周四注定是不太平的一天，中午，聂清舟一口气跑上七楼闹了个乌龙，晚上又出了新的幺蛾子。

当时他正做着英语阅读题，文本是乔布斯最有名的演讲 *Stay Hungry, Stay Foolish*。

好学若渴，谦卑若愚。这曾是聂清舟最喜欢的翻译。

对于这个时期的人们来说，乔布斯在几天前刚刚去世，满世界都在惋惜乔布斯的离去。好像一个人死去了，关于他的一切就突然被赋予了特殊意味。

而对于来自十年后的聂清舟来说，乔布斯早已消失在遥远的过去，少有人再提。苹果手机和其他手机一样，摄像头越来越多，没了耳机孔，价格一度奢侈品化，他也早就不再使用苹果手机了。

即使他现在回到了过去，渺小平凡的他也不能改变名人的命运，也无法阻止灾祸的发生。

聂清舟转过身去在包里掏零食，边掏边试图思考，用他未来的经验，除了帮助夏仪，他还能做什么？

他早就不记得高考试卷了，不过以他的学习能力，就算不知道高考答案，他也不担心自己考不好。因为自小家境优渥，他对于金钱也没有很强的兴趣，因此也不太关心财富机会。

他是个没有梦想，也没有什么野心的人，生活最大的意义就是保持优秀和体面，为此他终日碌碌。

想到这里，聂清舟苦笑一声，发现零食吃光了之后，他不禁又叹了一口气，余光里却瞥见高娟梅雄赳赳气昂昂地走进了教室。

教导主任来了，准没好事。

聂清舟拉好书包转过身去，却见高娟梅径直走到他面前，冷冷道："刚刚你在干什么？"

聂清舟愣住了："我在……发呆。"

"扯什么谎，拿出来。"高娟梅向他伸出了手。

聂清舟脑子转了转，总算明白过来了。刚刚他背对着走廊，高娟梅检查晚自习走过来，看他的姿势还以为他在玩手机。

"我没什么好拿的。"聂清舟摊开手，坦然道，"我没在玩什么。"

高娟梅挑着眉，满脸不以为然："我跟你说啊聂清舟，你别在我面前耍滑头，自己主动把东西拿出来，别逼我搜。"

聂清舟平时偶尔会把手机带到学校来，但是今天碰巧没带。高娟梅就是翻个底朝天，也不可能从他这里翻出什么违规物品来。

"那您搜吧，我真的没带手机。"聂清舟站起身来，把包递给高娟梅。

高娟梅冷"哼"一声，也没看他的书包，弯下腰来仔细地翻了他的抽屉，再查了他的口袋，越查脸色越差，最后才翻聂清舟的书包。他东西放得很整齐，很快就都查干净了，高娟梅自然是一无所获。

全班的目光都集中在高娟梅身上，她脸色一阵青白，一时下不来台。她放下书包严厉道："行啊你，挺能藏，这次先饶过你一次。晚自习不好好学习发什么呆？作业都写完了吗？这么浪费时间，还有空吹牛，给优秀的同学起外号？你要是不好好学习，就给我滚回家去，别上自习了。"

聂清舟看着高娟梅撂在课桌上的书包，被弄乱的抽屉，还有她疾声厉色的样子，不禁笑了一声。

高娟梅仿佛是抓到了他的尾巴一样，大声道："你笑什么？说出来让大家听听啊。"

聂清舟望着高娟梅，某种无法控制的烦躁不断涌上来，打断他的思绪，削弱他的好脾气，这十几天来他受到的无视和轻蔑在脑海中打转。

他以近乎温和的语气说："真的要说吗？"

"你说啊。"

"我在想，高主任您扯了这么多借口，骂我这么多句，不就是不想承认自己看错了吗？您最该做的，难道不是向我道歉吗？"

高娟梅睁圆了眼睛，她气道："你说什么！"

聂清舟笑起来，说："还是您觉得，我这不学无术的麻烦精，配不上您高贵的道歉吗，高主任？"

实验班晚自习一结束，一班班主任就喊班长闻钟和新任学习委员夏仪去了办公室，要交代他们购买教辅的事宜。

刚走进高一年级组办公室，夏仪就听见了高娟梅的怒吼，她转头看过去，有些意外地看到了聂清舟。

聂清舟站在十三班班主任李老师面前，微微低着头，右手握着左手腕背在身后，脖子上的筋脉跳动，似乎在忍耐什么。

一班班主任也有些诧异，朝那边望了几眼，一看到是聂清舟就露出了意料之中的表情。她招呼她的爱徒夏仪和闻钟到她座位前说话，夏仪一边听着老师讲买教辅的事，漆黑的眼珠时不时抬起，目光滑到老师身后的聂清舟身上。

从高娟梅和李老师的对话中，她大概清楚发生了什么事情，高娟梅面色青白地叫李老师好好管教聂清舟，又扯起十三班的纪律问题，几番起承转合越扯越严重。

李老师都听得淌汗了，息事宁人道："高老师，你不是也没找到什么违规物品嘛，他就是一时生气多说了两句，你跟他较什么真呢？聂清舟，你跟高老师道个歉，这事儿就算过去了。"

聂清舟咬着唇，轻笑了一声，并不说话。

他的右手手指不断摩挲着左手的手腕，整个人有种隐藏不住的焦躁情绪。

"聂清舟，你想什么呢？说话啊！"李老师催促道。

聂清舟抬起眼睛看向李老师，他的眼里不断翻涌着焦躁烦闷，但是焦躁上又盖着一层冰川。

"李老师,我在反省。"他慢慢地说。

高娟梅面色稍霁,仿佛获得了胜利,她抱着胳膊说:"说说看,你都反省什么了?"

聂清舟望向高娟梅,他直起后背,微笑着说:"我在反省,我是不是做过屠夫。"

高娟梅皱起眉头,她觉得不太对,但是已经来不及阻止了。

聂清舟只是稍一停顿,就继续说下去:"我是不是也曾自诩优秀、聪明、出类拔萃,剥夺弱势者的尊严,把他们视为牲畜,再用偏见做屠刀大肆砍杀。我是不是也曾知道错砍了人,却觉得不要紧,反正他们在我心里就是牲畜,血溅在我身上,他们都要诚惶诚恐地帮我舔掉。我是不是做过这种卑劣到令人作呕的屠夫?

"我还在想,明明是我被冤枉、被侮辱,为什么要我道歉?为什么没人关心我计不计较?

"我反省了,我想通了,原来我在诸位老师眼里,就是牲畜。牲畜没有尊严,被冤枉是情有可原的,胆敢反抗更是面目可憎。所以我理所应当,要给高贵的屠夫老爷道歉。"

整个教师办公室鸦雀无声,就连一班班主任都忍不住回过头看向聂清舟。

他的手在身后紧紧攥着拳头,轻微颤抖着,像是被什么逼到了绝路。

当聂清舟离开的时候,李老师捏了一把汗,拿着小电风扇边吹边心有余悸道:"我的妈,高主任就够恐怖了,聂清舟怎么也这么吓人?我从前怎么没发现他这么能说?"

隔壁座位上,十三班的语文老师张自华丢了一本笔记本过来:"你看看,他这周写的周记,完全不像这个岁数能写出来的东西,真是犀利、精彩。"

李老师拿过周记,看了一会儿就开始感叹,边感叹边疑惑道:"这是他自己写的吗?就聂清舟的水平?他是不是抄的啊?"

"你听他刚刚说的那些话,我觉得他完全可以写出来。"张自华说道,"退一万步说,就算他是抄的,那也能说明他开始在乎他的成绩了。既然他有变好的心,那做老师的就该拉他一把。"

聂清舟从教师办公室走出来之后，晚自习已经结束了，学校里该走的学生都已回家，空空荡荡，万籁俱寂。他抬起头望了一眼天空，无星无月，黑得仿佛一块刚刚擦完的黑板。

聂清舟深深地吸了一口气，然后仿佛带着郁结的情绪一起吐出来一般叹息一声，揉着狂跳的太阳穴去推自行车。

他推着自行车走出校门后，不期然在校门外的路灯下看见了夏仪。

夏仪和之前一样戴着耳机，耳机线消失在书包口袋中。她低头扶着车把，短发被风吹乱，像是裹着风的蔷薇花，她脚在地面上一下一下打着拍子，轻轻哼唱着模糊的旋律，仿佛有一个属于自己的世界。

他仿佛看见了许多年之后演唱会上的她，只站在聚光灯下的方寸之地，开口歌唱的时候却像拥有整片海洋的海鸥，有无限自由。

"夏仪！"

聂清舟推着车子走近她，喊了三声之后夏仪才转过头来。她那双漆黑的眸子动了动，然后从口袋里摸了一下，把东西丢给他。

那东西闪着光，在路灯光辉下划出一道弧线，被聂清舟抓在手里。他疑惑地松开手，发现是一支粉红色的棒棒糖，应该是他中午给夏仪的那几支之一。

"你在这里等我，是为了给我这个？"聂清舟惊讶道。

夏仪没说话，她看了聂清舟一眼就转过身骑上自行车，脚一蹬留下个白色的背影。

聂清舟剥了糖纸把糖塞进嘴里，含糊道："等等我啊！"

糖的甜味在嘴里化开，常川夜晚潮湿的海风吹来，灵魂瞬间飘到半空。

纠缠聂清舟一晚上的焦躁终于渐渐平息，他快骑一段追上夏仪，看着她目不斜视骑车的正经模样，真心实意地笑了出来。

此刻仿佛那些郁结的东西也变得轻松起来，变成随时可以拿出来说的事情。

"要是以前我遇到今天这种情况，可能会很难过。"聂清舟感慨道。

如果他此时是十六岁的他，心智尚且脆弱不成熟，肯定会被高娟梅的态度伤害，他刚刚的愤怒大半是为了十六岁的"聂清舟"而愤怒。

如果是那个孩子在这里，肯定会大受刺激，他难以想象"聂清舟"会做出什么事来。

从前他的眼睛永远只追着更优秀的人。他觉得学习不好的学生可能是天生不爱学习,或者懒,或者笨,或者怕苦怕累,所以才成绩不好。

他从没有体会过他们的境地,不知道他们生活在怎样一个恶性循环的环境中,他太傲慢了。

"这是变形记吗?"聂清舟喃喃自语。

夏仪看了他一眼,黑色双眸里的他一闪而过,她说:"你不烦闷了?"都开始胡言乱语了。

聂清舟愣了愣,然后笑起来。他的心情变得很好,点头说道:"嗯,多亏你的糖。今天谢谢你了。"

"是你的糖。"夏仪陈述事实。

"不仅仅是糖,还有……我突然发现,从我们认识的第一天起,你就没有用那种眼光看过我。"

聂清舟扶着车把,悠悠道:"就是高老师、李老师看我的那种眼神,你从来没有这么看我。谢谢你。"

夏仪沉默了片刻,别过头去。一路上,路灯的光线在她身上忽明忽暗,她像是一颗闪烁的星星。

她总是不亲密,也不轻蔑,对所有人都一视同仁。

聂清舟想,他真是非常幸运,在夏仪举世闻名之前就遇见了她。

夏仪是这个世界上,最心软的可爱姑娘。虽然她不爱说话,也不爱笑,但是这并不会减少她的可爱半分。

第三章
她相信他那就没关系

"最近十三班晚自习怎么下得这么晚？"

"什么啊，晚自习早下了，有人留在教室里自习吧。"

夏仪听见前排的两个人小声议论，正在整理笔记的笔顿了片刻，她转过头望向旁边的知行楼，十三班的教室果然还亮着灯。

实验班和普通班的时间安排不一样，晚自习要上一个小时的课再自习，所以放学时间比普通班要晚半个小时。

这个时间普通班应该已经放学了，十三班教室里空空荡荡，灯光也只开了一小部分，光芒笼罩在某组的最后一个座位上。有一个男生低着头，懒懒地靠着椅背摇晃，一只手里拿着一本书，另一只手转着笔。

隔太远看不清男生的样貌，在黑暗的知行楼里唯一一点光明之中，他披着一层暖黄色，像是一根缓慢燃烧的灯芯。

当实验班晚自习下课的铃声响起时，格致楼开始骚动起来，人声此起彼伏地响起。这时，十三班的男生也开始收拾书包，在灯光中动作利索的剪影背起包把教室的灯关掉，走出教室把门锁好，隐没于黑暗之中。

"十三班也有这么好学的人？"前排的人诧异道。

他的同桌不以为然："说不定是在等人。"

夏仪默默地拎着包走出教室，汇入放学的热闹人群中，在三三两两挽着手搭着肩说话的学生之中穿行，在靠近校门的岔路口与人群分离，走上路灯昏黄的小道。

小道尽头的停车棚与教学楼距离遥远，很少有学生把车停在这里，走着走着喧闹声渐渐弱下去，周围越发寂静，小小的车棚慢慢清晰起来。夏仪停下了脚步。

昏黄的灯光下，有个人已经把车推了出来横在路边，一条腿弯曲，另一条腿伸直抵着路面，靠着车低头看一本化学教辅。金色的灯光照得他发顶心一片金黄，仿佛他还没有把头发染回来似的。

他抬起头看见她来了，眼里就泛起笑意，收起书道："来啦。"

这句话仿佛是打破静止时空的咒语，夏仪重新迈开步子，走到自己的车旁边打开车锁，将车推出来。

"嗯。"她简短地回应。

她记不清这是怎么开始的。

不知道从哪天起，她每天都能在这个偏僻的车棚里看见聂清舟的车，下了晚自习就会在车棚里看见早该回家的聂清舟，他靠着车子等她，和她一起骑车回家。

他并没有解释为什么，仿佛一切都是理所当然，水到渠成。好像她等过他一次，他就要回报千万次，还有更多。

前几天，他突然问她，到底是什么时候去弹钢琴的，是不是为了弹钢琴经常不吃晚饭？

而后，他就突然跟夏奶奶提出来，要用劳力还钱，以后每天下午下课替夏仪去接夏延放学。

夏延居然也同意了。

聂清舟这个人好像有种力量，只要他愿意，就可以快速和别人亲近起来。夏延不过是帮他染过一次头发，就和他有许多悄悄话说。

她问他："你是怎么说服夏延的？"

聂清舟抱着胳膊靠在小卖部门边，望了一眼在远处查货的夏奶奶，笑道："这可是秘密，你想知道，就得先回答我的问题。"

"什么问题？"

"你和小延之间是怎么回事啊？我总感觉你们之间怪怪的，是不是有什么矛盾？他又不肯说。"

她看着他半响，转过头去就要走。聂清舟立刻按住她的肩膀，笑着说："好啦好啦，我就是跟小延说，回家有一段很长的上坡路，你姐姐这么瘦，骑车带你上来很辛苦。我就不一样了,我有的是力气。"

她刚想说她骑得动,就听他说:"从今以后好好吃晚饭,吃饱了再去练琴吧。"

他拍了拍她的肩膀,带着一脸笑容,哼着小曲走了。

她在小卖部门口站了一会儿,直到他的背影消失在夕阳里。

她想,他哼的曲子跑调了,节奏也都没对上。

第二天,聂清舟送完小延,就跑去医院行政部软磨硬泡,最后为她磨到了免费的晚饭。

"以后你也不用去排队挤学校的晚饭了,真的太费时间,到医院吃完再弹钢琴就行了。一顿饭买一个你这个水平的演奏者,医院真是赚了。"他在她面前打了一个响指,欢喜雀跃,满眼都是光。

她坐在钢琴边沉默了片刻,复述了一遍:"我这个水平的演奏者?"

"是啊。"

她刚刚弹的是他昨天哼的曲子,正确节奏和旋律的版本,他似乎完全没听出来。

她不明白他做的这些努力,原因何在。

夏仪的思绪蓦然被聂清舟的声音拉回来。

"哇!放学真好!总算是活过来了!"常川夜晚的回家路上,聂清舟张开双手,在海风中悠哉地在沿海公路上歪歪扭扭地骑着。晚上十点的县城公路上没有什么车子,他就在路上横行霸道。

他将双手放回车把上,感慨道:"不过每天放学时间都不一样,你们有时候还拖堂,会合是怪麻烦的。"

麻烦。

夏仪抬起眼睛望向他的背影。

却听见聂清舟接着说:"等高二我到了实验班,最好能和你同班,这样就方便了。"

夏仪沉默片刻,说道:"你想进实验班?"

"嗯,是啊。"

"我可以帮你补课,如果你需要。"

聂清舟诧异地回过头来,他的校服被风吹得仿佛旗帜飘飞,头发扎进眼睛,让他微微眯起眼。

即使这样仍然掩盖不住他眼睛里喜悦的光芒,他放慢速度与她并肩,笑着说:"你说什么?你说你要帮我?是帮这个字吗?"

"你是夏仪吗?我是不是听错了,夏仪说要帮我吗?"

夏仪冷冷地说:"是,你听错了。"

说罢,她就要加快速度超过他,聂清舟"哈哈"大笑,喊着"等等我啊",和她在这条长长的公路上展开了自行车追逐赛。

"我只是太开心了嘛,你别生气啊。"

上坡的时候,他们终于又并肩而行,聂清舟说:"后天期中考试的成绩就该出来了,年级排名也会跟着出来。"

他望着夏仪,微笑道:"I have a big surprise for you(我会给你一个大大的惊喜)。"

标准清亮的英音一划而过,消散在常川深夜潮湿的海风中。

期中考试拆试卷录成绩的那几天,高一教师办公室的骚动声一直不断。消息灵通的张宇坤一进校就直奔聂清舟的座位,神秘兮兮地说:"我早上从办公室路过,看到老师们在传阅卷子,说什么不可能,怎么回事这种话。我感觉这次考试有大新闻。聂哥,你觉得会是什么?"

聂清舟从书本中抬起头,笔在手指间转出残影,他笑道:"谁知道呢。"

坐在聂清舟前排的男生回过头来,插嘴道:"我听说,这次的年级第一厉害了,九门总共只扣了不到100分,有三门是满分!"

"变态吧。闻钟考得比上次还好啊?大鹅以后头要扬得更高了。"张宇坤不太开心。

听到这话,聂清舟也皱起了眉头,笔从他的手里落在桌子上。张宇坤敏感地察觉到聂清舟的情绪变动,问道:"舟哥,咋了?"

"我有点担心……"

他这次考试前太憋屈,会不会一不小心……用力过猛了?

张宇坤却完全会错了意,安慰道:"舟哥,你别担心啊,你原来的成绩本来就没什么退步的空间了。而且十一之前那数学和化学考试,你不都考得特别好吗?要都按这个发挥,你门门都能及格,那肯定进步大了!你姑姑绝对没话说!"

聂清舟想，张宇坤居然能将他刚刚及格的、被他视作人生之耻的数学和化学成绩称赞为"考得特别好"，这要求真是低到离谱。

"你还是比较适合损人。不会安慰人的话，可以不说的。"聂清舟和颜悦色地摸摸张宇坤毛茸茸的脑袋。

第一节课是语文课，张自华迈着外八步子优哉游哉地来了，他人四十出头，整个人黝黑壮实，穿得有点邋遢。如果你不知道他是个老师，可能以为他是地里种西瓜的。

张宇坤嚼舌根的时候，说张老师是骨干教师，但脾气太直得罪了校领导，一直升不上去。后来老婆又跟他离婚，他自暴自弃地就"自我下放"到平行班，再也不教实验班了。

就聂清舟这几天的观感来说，张老师确实是他们班所有任课老师中教学水平最高的。

张自华把试卷往桌子上一摊，目光在学生脸上巡视一圈，特别在聂清舟脸上多停留了几秒，然后笑着说："不得了啊不得了，我们班上出了年级语文第一名，作文还是满分。没拆封的时候，阅卷老师斩钉截铁地说肯定是一班的卷子，我说就这个字，化成灰我也认得是谁的。"

他刚开始说话的时候，班上还有点骚动声，此时全部安静了。仿佛大家都提着一口气，等他这个关子卖完。

张自华扬起那张语文卷子，大剌剌地笑道："上来拿卷子吧，聂清舟。"

班里一片寂静，仿佛所有人同时失声一样，无数目光集中在聂清舟身上。

聂清舟并没有表现出意外或者欣喜，他僵硬了一下，揉揉眉心，然后从他的孤岛座位上站起来，大步走向张自华，拿走他手里的卷子。

这个时候，也不知道是谁的声音率先打破了沉默，整个教室突然热闹成了一锅粥，大家的目光追着聂清舟不放，议论声里全是他的名字。

聂清舟经过张宇坤的座位时，后者的脑袋跟着他转动，张大的嘴巴终于闭上，说出四个字。

"舟哥，好强。"

张自华讲试卷的时候，大力夸赞了聂清舟的解题思路，还有他的笔迹。他拿着一张聂清舟试卷的复印版，在半空挥舞："一会儿课代表帮我把卷子贴在教室后面，大家都观摩学习一下啊，卷面分也很重要！一两分就能压两三千人！"

聂清舟看着他挥舞的卷子，心想幸好"聂清舟"开学那一个月几乎不写作业又交白卷，不然他的笔迹第一个就露馅了。

下课之后，张宇坤和赖宁立刻蹿到了他身边，大呼小叫地惊叹，说："舟哥，你是怎么打通了任督二脉，语文年级第一，作文还满分！上次你语文还是不及格啊！"

一时间，聂清舟的座位周围热闹得不行。

然而等英语课、数学课、物理课一堂堂过去，张宇坤和赖宁从大呼小叫逐渐变得麻木。

午休时，他们在聂清舟桌子边，看着那全是红勾勾的卷子，感叹道："舟哥，你到底考了多少个第一？"

就连以前与他隐隐划清界限的好学生们，也不禁围在他的桌子边好奇地询问他。

聂清舟无言以对，只能装傻。

他太久没考试，不清楚自己现在的水平，想压分又怕压出年级前五十，索性没怎么管控。还有几门没发卷子，这个分应该够年级前五十了……可别搞得太招摇。

正在这时，有人从门外跑了进来，上气不接下气地喊道："年级排名贴出来了！"

聂清舟在省城上高中时，学校是不被允许公示排名的，每个人只能拿到自己的成绩条，只知道自己的年级排名。然而常川天高皇帝远，从来都是大剌剌地把成绩排名全打印出来，贴公示栏里。

赖宁兴奋道："走走走，咱去看看，这次舟哥排名一定很靠前。"

那个报信的同学喘着气，摆摆手道："不用……不用去看了，聂清舟就是……我早上说那个……只扣了不到一百分的变态。"

他指着聂清舟："他就是年级第一，史上最高分，比闻钟还高十分。"

所有人的目光再次投向聂清舟，他仿佛"唰"的一下被推到了聚光灯下。

聂清舟干干地一笑，心想：完蛋。

之后的几天，聂清舟在学校简直就是焦点人物，走到哪里都有人围观，耳边不断传来诸如"那就是年级第一啊……""之前一千名那个""还总打架逃课的那个"之类的窃窃私语。

他跟张宇坤和赖宁去打球，去小卖部买零食，中午和晚上去食堂吃饭，都无端地挺胸抬头，走出一种大王巡山的气势来。

聂清舟觉得他现在就像一个"期中考试进步九百九十九名勇夺第一"的奇珍异兽，在放养区供人观赏。

但是令人奇怪的是，十三班的各位任课老师，除了语文老师张自华，其他人对于聂清舟的夸奖都很含糊。他们虽然表扬了他吧，但态度都没那么激动，甚至有些犹豫。

"怪事哎，我们平行班出了个年级第一，还进步巨大，怎么说都值得敲锣打鼓庆祝吧？我们老师怎么这么含蓄，就连老李都不太激动？"晚自习下课，张宇坤来跟聂清舟道别时不禁感叹。

赖宁猜测道："可能是怕舟哥骄傲，下次考不好了？"

"放屁，就舟哥现在在学校里的这个知名度，他们不夸舟哥，舟哥就不骄傲了？"

"可能是从来没有遇到过这种事情，不敢相信吧。"聂清舟下了结论。

话题就此终止，张宇坤和赖宁被聂清舟打发走。走在平行班放学的人潮里，赖宁后知后觉地对张宇坤说："我也不敢相信啊，舟哥他怎么突然成绩这么好了？"

张宇坤拍拍他的后颈："你听没听过一句话，爱情的力量是无穷的，你的能量超乎你想象。咱舟哥，为了爱情有什么做不到的！"

聂清舟在教室里打了个大喷嚏。

和夏仪一起骑车回家的路上，聂清舟也忍不住叹了几声气。

夏仪看着他皱紧的眉头，不咸不淡地说："年级第一，叹什么气？"

聂清舟转过头来看她，好似受了委屈："我在想三个名言。"

"嗯？"

"树大招风；树欲静而风不止；木秀于林，风必摧之。"

他这是跟树和风杠上了？

"年级第一太招摇了，更何况是我。我得被围观到下次月考，也得被怀疑到下次月考。这一个月我得过得多难受。"聂清舟沮丧地解释道。

夏仪看了他一会儿，心平气和道："你之前就过得很好吗？"

聂清舟越来越觉得，夏仪可能是个难以察觉的毒舌。

确实，他之前也没有过得很好，走在路上也偶尔会有人窃窃私语，说那个就是聂清舟，脾气差得很，天天打架逃课。老师就更不用说了，视他为空气。

他现在从一只被关在笼子里，贴着危险勿近牌子的野兽，变成了金碧辉煌的观赏鸟。

很快，观赏鸟又变成了乌鸦。

周一，聂清舟到学校时就发现那些观赏他的目光有所变化，他有些摸不着头脑，刚刚走进班级就被激动的张宇坤拉住，他说："你听说没，期中考试试卷泄题了！"

聂清舟一听这几个词儿，还没领会到其中的含义，心里就先"咯噔"了一下。

张宇坤没等聂清舟回答，就绘声绘色地说下去。原来有人在期中考试前几天，在校门口的打印店打印了期中试卷的照片。正好打印店老板的儿子也是一中高一实验班的，前天帮家里看店的时候发现了这些照片，越看越不对劲，就直接告诉了老师。

"说调监控看，打印东西的是个男生，戴着帽子和口罩，看不清长什么样子。图片是从一个新注册的QQ号上发给老板的，什么也查不出来。大家都在猜是谁偷拍了卷子，都有谁提前知道考试题目。"张宇坤兴奋道。

聂清舟一下子全明白了，为什么今天大家看他都怪怪的。还用猜是谁？八成的人都觉得就是他，没别人了吧。

等到午休，聂清舟果然被喊进了老师办公室，还要求带着他的期中试卷。一进办公室，聂清舟就在李老师身边看见了高娟梅，她穿着黑色套装抱着胳膊，一贯雷厉风行高深莫测的样子。

高娟梅见了他，就伸出手不咸不淡地说："卷子给我看看。"

聂清舟沉默了一会儿，把卷子递给她。

班主任李老师——也就是他们中年谢顶的数学老师，拿着自己的保温杯喝了一口水，望着聂清舟和蔼道："你也别紧张，我就是叫你来了解一下情况。"

看来这是要一个唱红脸，一个唱白脸？

聂清舟望向李老师:"李老师,你想了解什么情况?"

"你最近学习、生活上有没有什么问题,想要跟老师说说的?"李老师和颜悦色道。

聂清舟满脸真诚:"最近很多人怀疑我跟期中考试泄题有关,我挺困扰的。"

李老师没想到聂清舟先发制人,他清了清嗓子,保温杯的杯盖时不时碰碰杯身,斟酌道:"确实,这个事情我们最近也在调查,你这次进步很大可能会惹人怀疑。老师也知道你最近都挺用功的,晚自习结束之后还留下来自习。一般都几点回去啊?"

"九点四十五。"

"那十八号晚上,你九点四十五就回家了?"

"十八号?是的。"

"没在学校停留?没去别的地方?"

"没有。"

高娟梅嗤笑了一声,她放下刚刚翻阅的聂清舟的试卷,插进二人的谈话:"聂清舟,你晚自习下课后,没去办公室偷看期中卷子?摄像头都拍下来了,也有同学指认。你还要点脸,就自己交代了吧。"

聂清舟望向高娟梅,他还保持着礼貌的微笑,心里只觉得离谱:"是吗?那我们去监控室看看录像吧。那位同学是谁?叫过去一起对质吧。"

高娟梅的脸色不太好,手指在桌子上敲敲:"你还想威胁同学吗?聂清舟,不是你还有谁?我当老师这么多年,就没见过考试进步能这么夸张的。如果不是你偷了试卷,怎么可能考第一名?你说说你是怎么考的。"

"好好学习,天天向上。"

"好好学习一个月,就能进步这么大?"

"或许我是个天才呢?"

高娟梅被气得没话说,她指指数学卷子上的一题,厉声道:"那你倒是说说看,就这题,为什么你答案是对的,过程是错的?你的过程根本得不出这个答案。"

聂清舟瞥了那题目一眼,回忆了一下说道:"因为我是用积分做的。"

他随手从李老师那边扯来一张练习纸,拿了一支黑笔在上面写起积分过程来,边写边说:"积分是高等数学,不在高中学习的范围内,这道题的意图是让我用其他方法做。但是我一时没想到,就先把答案算出来,再凑过程。"

他说着就写完了自己的解题过程,放在高娟梅面前:"如果你们不相信我,我可以当着你们的面把期中试卷全部做一遍,再把详细解题思路跟你们讲一遍。"

顿了顿,聂清舟抬起眼睛望向高娟梅:"但是如果这件事我做到了,高老师您是不是应该向我道歉?上次的事情,您还没跟我道歉呢。"

高娟梅放下胳膊,气道:"怎么,警察还能调查有嫌疑的犯人呢,我们就不能怀疑你?"

"没有一个警察会在没有实证的情况下,在嫌疑人定罪之前,就称他是罪犯吧?"聂清舟并不相让。

就在李老师又开始头疼的时候,却见夏仪不知何时站在了他的办公桌前。她瘦瘦高高的,抱着一沓试卷,漆黑的眼睛望向李老师,宛如一座站在他办公桌前的雕像。

李老师如获大赦,道:"夏仪啊,你有什么事情找我吗?"

"我可以替聂清舟做证,十八号那天晚上,下课后我看着他走出教学楼,并且在校门口遇见了他。我们是邻居,我们一路回家,他并没有去别的地方。"

夏仪的语速不快,但是很笃定。说完,她望向高娟梅,确信地说:"摄像头不可能拍到他,如果有同学看到他,应该是看错了。"

夏仪说这些话的时候并不看聂清舟,她只是往前走了一步,半个肩膀挡在聂清舟身前,隐隐有种保护的意味。

聂清舟正觉得这审问的场景荒唐可笑时,夏仪单薄的身体突然站在他身前。他看着她毛茸茸的后脑勺,反应过来之后生出一种感动。

夏仪对高娟梅说,如果有什么需要可以找她,就转过身去和闻钟一起走出了办公室。

她从头到尾都没有看聂清舟,聂清舟莫名觉得,她可能不太当人面做这种好事,有点别扭。

这时候,张自华拎着一袋苹果走进了办公室,看到高娟梅、李老师和聂清舟这架势后,眼睛转了转,说道:"怎么了怎么了?这是商量要给小聂开个表彰会?"

高娟梅冷"哼"一声，她对张自华说："这次聂清舟语文是年级第一，你有什么看法？"

"什么看法？当之无愧啊！这作文观点和文笔，还有阅读思路，一看就是小聂的手笔。拆试卷之前我就说了，这肯定是我们班的，老江还不信呢！"张自华把苹果放在桌上，从里面拿出一个递给聂清舟，"我跟你们说，下次语文年级第一我也预定了，小聂你说是不是？"

一直皱着眉头的聂清舟双手接过苹果，他看了一会儿张自华的笑脸，露出进办公室之后的第一个笑容："是，谢谢老师。"

摄像头确实拍到了有人潜入办公室，但是因光线和角度看不清脸。有人说看见过聂清舟，但夏仪又为聂清舟做证了。一时没有实证，高娟梅只好把聂清舟放了回去。

然而就算没有实证，众口铄金，积毁销骨，聂清舟清楚在别人眼里他已经是板上钉钉，靠着偷试卷考到年级第一的人了。

他拿着自己的试卷从教师办公室出来，一路穿过花坛走向教学楼。风把他的试卷吹得"哗啦"作响，白色的纸张颤动着，像是被他抓住不可高飞的蝴蝶。

有许多人在看他，也有许多人在议论他，他懒得去听就装听不见。直到他走到公示栏下面，看着那密密麻麻的排名表上，自己位于顶部的名字。

他突然想起来自己刚上高中的某个周末，陪父母和父母的朋友吃饭。他们在饭桌上连连恭喜，转头在无人的角落却说——也没什么了不起的，就老周和老钱的关系人脉，送他们儿子进正一，不是轻而易举？

他想说不是这样。他曾经非常辛苦地学习，焦虑到失眠，最后中考成绩比正一中学分数线还高了十分。

他是靠自己考上的，和他的父母无关。

他很愤怒，但是最后他没有捅破，也没有争辩。他父母的圈子里，大事小情靠人脉是再正常不过的事情，他应该也因此得过好处。甚至后来他进正一中学，他的父母都交代他好好积攒人脉。

要成为体面的人，成为能给父母长脸的人，拥有人脉的同时，也成为别人合格的人脉。然后就会成为一个一路畅通，生活在体面的关系网之中，动弹不得的人。

聂清舟长长地叹了口气。

他转过头,有些意外地发现夏仪和闻钟正在前方不远处慢悠悠地走着,他想要为刚刚的事情道谢,于是几步快跑靠近他们。

他们交谈的声音清晰起来,闻钟说:"你为什么去替聂清舟做证?你和他关系很好吗?"

"我只是陈述我知道的事实。"夏仪背对着聂清舟,他看不见她的表情。

"你难道真相信他没看过试卷,是自己考出来的?就算不是他偷的试卷,他也一定从别人手上看过了。他以前可是出了名的坏学生,初中成绩一塌糊涂,摸底考试和月考更是不行。也就一个月的时间吧,他从年级倒数一下子变成年级第一,三门满分。这根本不正常,难道你觉得正常吗?"

夏仪微微转过头,这个角度聂清舟能看见她长长的睫毛。她的眼睛眨了几下,平静地开口。

"嗯,不正常。"

聂清舟怔了怔,脚步变慢,然后停了下来。

他看着前面的两个人走远,声音渐渐模糊,消失在落叶萧瑟的小路尽头。

后来的几天里,聂清舟还是照常接夏延放学,和夏仪一起回家,但是没有再去看她弹琴,话也变少了。

夕阳西下里,聂清舟坐在自行车上,一只脚抵着地面,在一棵不断掉叶子的梧桐树下等夏延放学。

夏延所在的初中也有晚自习,不过非强制,如果他上晚自习的话,只要再留久一点就可以被放学的夏仪顺道接走。

不过夏延不上晚自习,聂清舟觉得,他似乎不太喜欢学校。

夏延很快出现,从教学楼门口朝着学校大门慢慢地走过来。他刚刚初一还没有长个子,不到一米七,和夏仪一样长得白而清瘦,细长的丹凤眼,校服白色的部分也没有一点发黄,干净到底。

他走路很慢,虽然有明显的跛脚,姿势也不至于太过滑稽。尽管如此,他还是在下台阶时趔趄了一下,聂清舟看见他周围的几个男生、女生不友好地笑起来，有人好像还想去拽他，但被旁边的人制止了。

夏延就像没看见那些人一样，稳住身形后继续目不斜视地往前走。

聂清舟想，夏延这股劲儿还是挺像夏仪的。

等夏延走出校门，聂清舟蹬了几脚车，然后滑行到他面前，笑道："上车吧，小少爷。"

夏延明显不喜欢这个称呼，他瘪起嘴，但是忍耐地从书包里拿出一个装满了零食的袋子，丢进聂清舟的车筐里。

"奶奶说，你接我麻烦你了，给你带的零食。"他硬邦邦地说道。

聂清舟往里面瞄了一眼，看到最上面明显的两大包棒棒糖。

"糖是我姐姐放的，她让我不要告诉你。"夏延抱着书包跳上聂清舟的自行车后座，生硬地说，"但我不听她的。"

聂清舟忍不住"扑哧"一声笑了出来，他骑着车往前走，边骑边说："你这是青春叛逆期了？非得跟你姐姐对着干？"

夏延沉默了一会儿，不回答他的问题，反而突然问道："你是不是跟我姐生气了？"

这句话问得聂清舟一下子说不出来话，要说生气吧，他也没必要跟一个十六岁的小姑娘计较什么。要说没有生气吧，那确实还是有点生气的。

他默默加快了蹬车的速度，落叶和风"呼啦啦"地往他们身上招呼。

夏延看他不回答，只当他是默认，说道："她就是这样，根本不知道别人为什么生气，一点儿正常人的感情都没有。"

聂清舟立刻反驳："你小子说这话就没良心了啊。之前你放学还不是你姐天天接你？你姐那个脾气也不爱招惹是非，之前打那么多架，都是因为你吧？你们学校现在没人敢欺负你了吧？"

"什么都是因为我！我又没求她！要她多管闲事！"夏延突然提高了声音，甚至踢了一下车身。

聂清舟的车都跟着摇晃了两下，为了驾驶安全，他只好开始和稀泥，说道："哎呀，你们这十几年的姐弟了，朝夕相处的，干吗？多大仇怨似的！"

"我没和她朝夕相处。"夏延愤愤地道，"我小时候跟奶奶过的，她跟着妈妈，四年前我们才住在一起。"

"咦？你们为什么分开啊？"聂清舟疑惑。

夏延那边安静了一会儿，低声说："我妈太忙了。而且，她可能不喜欢我吧。我又不像夏仪那么优秀，还健康。"

黄昏的日头懒懒地照在聂清舟身上，他瞄了一眼车边的影子，后座的那个小男生低着头，很颓丧的样子。他好像有点明白这对姐弟间为什么总是气氛生硬，仿佛有隔膜了。

聂清舟想要搬出那句俗套的"没有父母不喜欢自己的孩子"来安慰夏延，却觉得有点说不出口。即便是对于已经长大成人的他来说，他也时常怀疑如果自己不再"优秀"，他优秀的父母会不会唾弃他。

聂清舟努力地回忆十年后他知道的，有关于夏仪妈妈的信息，说道："阿姨以前是小学音乐老师，是吧？"

"你怎么知道？"夏延先是惊讶，而后意识到什么，莫名不平地说，"夏仪居然会跟你聊妈妈，她还说了什么别的？"

"……没有，她很少说这些。"

夏延的腿在后面晃荡着。在聂清舟开始爬坡，车速放慢时，他突然说："奶奶不让我们谈关于妈妈的事。奶奶讨厌妈妈，讨厌妈妈的音乐。奶奶说，做音乐的人都满脑袋幻想，脆弱自私，不负责任。"

他没头没脑地说了这么多，也不知道想要表达什么，或许他自己也不清楚。聂清舟就想起夏仪嘱咐他的话——不要告诉奶奶我弹钢琴。她每次回家之前都会先摘掉耳机，把MP3藏好。她发呆的时候喜欢哼歌，但是他从来没见她在奶奶和夏延面前发出过近似于音乐的声音。

在奶奶面前，她隐藏了自己最深刻的印记，对母亲的一切保持沉默。

怪不得他总觉得，她很客气，走到哪里都像是客人。

夏延跳下车的时候，在原地站了一会儿，突然语速很快地说了一句："其实所有零食都是我姐让我给你的。"

顿了顿，他又加了一句："你吃了她的零食，就不要跟她计较了。"

聂清舟愣了愣，看着夏延一瘸一拐，匆匆走进小卖部的背影，不禁莞尔。

晚自习结束之后，夏仪像往常一样向偏僻的停车棚走去。像往常一样，聂清舟已经把车推出来，靠着车在灯光下翻书。

聂清舟好像很喜欢看书，期中考试之前他看的都是教辅，而现在他的手里经常出现一些她没听过的、奇怪的书，比如现在他手里的这本《异端的权利》。

他左手压在右肘之下，右手拿着那本贴了学校图书馆标签的书，灵活地靠拇指和小指翻页，神情专注。他的手指开度很大，其实很适合弹钢琴。

这样的聂清舟看起来有点陌生。

最近他有点奇怪，好像在生她的气，但她不知道为什么。

夏仪走近了，聂清舟就从书本里抬起头来，笑道："来啦，快过来！"

她不明所以，向他走了几步。

"伸出手来。"他说道。

她如他所说，向他伸出手。

聂清舟将那被压在右肘之下的左手抽出来，放在夏仪的手心，他的手指因为一直被压着有点泛白，但是非常温暖。

他的手指散开，四支棒棒糖就落进了夏仪的手里，清一色的棕色包装可乐味。

"奶奶感谢我接小延放学，给了我一大包零食。为了感谢你把这个工作机会让给我，我来跟你分个赃。"

聂清舟装作毫不知情的样子，一边说一边把书收起来，狡黠地说道："不过主要功劳还是我的，你也就这些吧。"

夏仪低头看着手心里的糖，再抬头看向聂清舟，她的眼睛里有一些惊讶。聂清舟满脸轻松地骑上车，笑道："走吧。"

夏仪想，聂清舟好像恢复如初了，他好像不生气了。

已经是深秋，只要有风吹过，树上的叶子就掉得跟下雨似的。聂清舟和夏仪一前一后在落叶的公路上骑行，聂清舟深深吸了一口气，说道："其实我就是前几天，听到你说我考第一不正常，心里有点不舒服。"

夏仪望向他，聂清舟校服外套里露出卫衣藏青色的帽子，还有一段白皙的脖颈。光影明暗中，他说："但我自己也认真想了想，其实觉得没有什么必要生气。所有人都会这么想嘛，毕竟一下子进步这么多，从一千名到第一名，确实不正常。"

夏仪在这一瞬间仿佛抓到了聂清舟不开心的原因，但又不是非常明白。她说："但你已经做到了。"

聂清舟仿佛怔了怔,他突然刹车,脚踩在地上停在路边。

夏仪一时没反应过来,骑得超出他一大截后才停下车,回头看向聂清舟。

"你这是什么意思?"聂清舟望着夏仪,他的眼里映着路灯的光芒,好像和她一样迷惑。

"我是说,你做到了很难的事情。"她说得很认真。

"所以……你不觉得是我作弊才考到年级第一的吗?"

聂清舟注视着夏仪那漆黑的双眸,她好像怔了怔,眼睛微微睁大了。

"我没这么觉得。"她说。

聂清舟追问:"为什么呢?你不是也说这种进步不正常吗?"

"这种事情确实不正常,但是你作弊更不正常。进步有发生的可能,你作弊,我不觉得有发生的可能。"

夏仪难得这样话多,顿了顿,她继续说:"而且你说过的,要进实验班。"

以后还有许多考试,光靠作弊不可能每次都考得那么好,也不可能考进实验班。

聂清舟张了张嘴,却不知道自己要说什么。

"你没有怀疑过我吗?"

夏仪摇摇头,笃定地回答:"没有。"

"为什么?"

"你有你的骄傲,不会做这种事。"

秋风吹过,落叶纷纷然飘落在夏仪的发顶、肩头,再滚落下来。她双眸里含着一点很深的、却很清晰的光。

聂清舟沉默了片刻,突然笑出声来,他捂着额头说:"我好蠢啊,我也太蠢了吧。这几天我计较的都是些什么事儿啊!原来狗血电视剧里那种误会是真的会发生的啊!幸好我问了,不然我就蠢大发了。"

自己骂自己还能骂得这么开心,可能此时此刻这世上也找不到第二个人了吧。

夏仪站在灯光下安静地看着他,袖子挽到肘部,细长白皙的胳膊撑着车把,像是一只停在树梢上的海鸥。

就像他所期待的那样,她是相信他的。

那就没关系,其他所有人怀疑他都没有关系,只要她相信,他就足够开心了。

聂清舟重新骑上车,车轮压过落叶,发出清脆的"咔嚓咔嚓"的响声。他笑道:"走吧走吧,我们回家!"

期中考试泄题的事情足足调查了半个月,聂清舟又被叫去问了几次话,后来就清静下来了。不久之后突然传出消息,说是抓住了作弊的人,给了记过处分。

考虑到对学生的保护,学校并没有公布作弊人的姓名和班级。

张宇坤和赖宁愤愤不平,号称常川第一消息灵通的张宇坤天天在高一教师办公室附近溜达,就想偷听真犯的信息。

赖宁不会撒谎,聂清舟每次看张宇坤不在,一问赖宁他一准露馅儿,聂清舟就得跑去办公室附近把张宇坤拽回来。

周五中午,聂清舟又逮到了在办公室附近转悠的张宇坤,他拍着张宇坤的后背说:"宇坤啊,你这么仗义,我真的特别感谢你。但是这事儿翻篇了,管他是谁偷了题,我已经不关心了。"

张宇坤梗着脖子,气道:"那怎么行?上次打球实验班那些人还阴阳怪气说你作弊,凭什么那崽子偷题目的骂名让你背?"

"我不在乎啊,反正我跳进黄河也洗不清,索性也不洗了,就在黄河里泡着吧。还有下次月考、期末考试,证明自己的机会多了去了。倒是那个偷题目的人,你要真把他的名字往年级里大肆宣扬,那他还做不做人了?十六岁的小孩,误入歧途,心理承受能力差,折腾出个好歹怎么办?"聂清舟用胳膊夹住他的脖子,扭着他把他带离老师办公室。

"但是我今天听到了有用的消息!"张宇坤奋力挣扎。

"你知道偷题目的人是谁了?"

"不知道,但是我知道给你泼脏水的人是谁了!"

"泼脏水?这全年级的人不都往我身上泼吗?"

"不是!我是说那个撒谎说你潜入办公室的家伙!"

聂清舟惊讶之余,束缚张宇坤的力气就松了。张宇坤挣脱出来,站在他面前撸袖子:"是大鹅那个王八蛋。"

这一串动物名称让聂清舟蒙了片刻,他问:"你是说闻钟?"

张宇坤点头如捣蒜,指了指坐在里面的一班班主任,说:"就在第三扇窗户下边,我刚刚听到一班班主任和高娟梅在说这件事,高娟梅说:'闻钟不是说那天晚上看见聂清舟了吗?'一班班主任说:'那天天黑,闻钟可能看错了。'我呸,什么看错了!我看就是闻钟嫉妒你抢了他的第一,所以陷害你!"

聂清舟眯了眯眼睛,眼神冷下来。张宇坤兴奋道:"怎么样,舟哥?我们去把大鹅叫出来对质!一定要好好教训他,我还没看过你揍人呢……"

聂清舟哭笑不得,只能先拉着张宇坤回教学楼上课。

整个下午,张宇坤都跃跃欲试,时刻准备去一班干架,无奈被聂清舟死死摁住。

直到周末,张宇坤还念念不忘,他们三个人在公交车站等车去球场打球,张宇坤抱着球跟赖宁抱怨:"大鹅这么阴舟哥,舟哥还不让我跟别人说,咱怎么能这么任人欺负呢?"

聂清舟穿着件烟灰色卫衣,扒拉着手上的护腕,这东西还是前人留下的遗产,"聂清舟"的零花钱都花在这些东西上了。

"你说出去又能怎么样,现在大家都觉得是我偷了试卷,你说闻钟那天看到我去办公室了,不是正好坐实我的嫌疑吗?大家都会怀疑我,谁会怀疑他说谎?"聂清舟气定神闲地说,"但他这样下去也不行,害人害己,我自己去找他处理。"

"好好揍他一顿!"

"有很多不用动手,也能让人难受的方式。"

"闻钟!"

"我知道,闻钟的事情……"

赖宁着急地拉过聂清舟的胳膊,指着不远处说:"你看!闻钟在那里!"

张宇坤和聂清舟立刻转过头去,隔着无数高高低低的人头,在车站的另一边,站着个穿着白衬衫灰风衣,个子不高的清秀男生。他身边还站着一个高高瘦瘦,穿着黑色运动外套,配着黑色长裤的女生。

"夏仪?夏仪怎么也在?"聂清舟的注意力只在闻钟身上停了一秒

钟，立刻转移到旁边的夏仪身上。

张宇坤眼睛一转，提出一个大胆的猜测："今儿是周末哎，他们还单独出来见面，你说他俩是不是……在约会啊？"

说完，他和赖宁的目光一致投向聂清舟，仿佛在他们的眼睛里，聂清舟的头上已经虚空戴上了一顶翠绿的帽子。

聂清舟浑然不觉，他听了张宇坤的话脸色一变。眼见着一辆公交车来了，夏仪和闻钟顺着人流移动，看来是准备上车。他对张宇坤和赖宁摆摆手，说："今天我不去打球了，对不起啊，你们自己去吧！"

说完，他就跑过去，跑进候车的人流里。

车门打开之后，人乌泱泱地往上拥，夏仪和闻钟在队伍前列，上车之后就走到了车尾。而聂清舟在队伍最后面，上了车就只能在车头站着，隔着老远看着他们两个人。

闻钟时不时跟夏仪说什么，夏仪也会回应，可能是因为公交车太吵，夏仪说话的时候会微微靠近闻钟，两个人看起来有些亲密。

聂清舟看得火冒三丈，宛如一个看着白菜被猪拱了的老父亲。

他其实对早恋没什么偏见，谁还没个青春萌动的时候，他上高中的时候也喜欢过同班女生。但是闻钟这个人人品不行，自负、好胜心太强，为了个年级第一就编造谎言污蔑别人。

这样的人容易走极端，就像个定时炸弹，爆在他身上倒没什么，但要是炸到夏仪……

聂清舟不由得捏紧拳头，他想起来自己上大学时有跳楼轻生的同学，听说就是因为失恋想不开。他觉得夏仪没那么脆弱，但她这样的人如果被真正信任的人背叛，谁知道会有什么后果。

聂清舟越想越严重，俨然一个举起大棒，准备打鸳鸯的恶人。

他一直观察着闻钟和夏仪，等到他们下车的那一站，他也下了车，远远地跟着他们。刚走两步，他就听见身后两声小小的呼唤："舟哥！舟哥！"

聂清舟愣了愣，回过头去就看见了抱着球的张宇坤，和猫着腰挥手的赖宁。

他们俩怎么跟过来了？

这两人几步跑过来追上聂清舟，赖宁的眼睛一直盯着远处的夏仪和闻钟，小声说："走走走，咱别跟丢了。"

"你们来干什么？"

张宇坤拍着聂清舟的肩膀，一副老神在在的样子："舟哥，其实我们早就知道了，一直想等你自己告诉我们，谁知道你一直不好意思说。"

"……说什么？"

"舟哥你这段时间，为什么跟变了个人似的，学习这么用功，不打架不骂脏话又注意仪表。其实这个原因我们都知道。"张宇坤语重心长地说，"你也不用有什么负担，我们会帮你保守秘密的。"

聂清舟莫名有点心虚，他觉得张宇坤就算想象力再丰富，也想不到他是从未来过来的人，但又不太明白张宇坤在说什么。

"什么秘密？什么原因？"

"嗨呀，不就是你追夏仪这件事嘛！"

一时之间，聂清舟的脸色十分精彩："我，追夏仪？"

"是啊，舟哥，你对夏仪的感情我们都看在眼里，真的，感天动地。你放心，我们一定支持你！闻钟那犊子算哪根葱！我们一定帮你把嫂子抢回来！"张宇坤捏紧拳头，满脸坚决。

聂清舟哭笑不得，头摇成了拨浪鼓："不不不，你们误会了，我对夏仪没那个意思。"

"哎呀，舟哥你就别不好意思了。"

聂清舟正想解释，就见赖宁从前面又跑回来，满头大汗，着急地道："你们怎么走得这么慢！我刚刚看见闻钟和夏仪进书店了！"

聂清舟于是暂且把解释放在一边，转头跟着赖宁一路小跑，跑进了路尽头右转的那家书店。

他们刚刚乘公交车一路离开了常川县，到了虞平市中心，这家书店是虞平最大的书店，周末时客流不少。聂清舟和赖宁、张宇坤在人群中穿行着，搜寻闻钟和夏仪的身影。

赖宁边找人边感慨道："这学霸就是不一样啊，约会都来书店这种地方。"

张宇坤拿胳膊肘捅赖宁："别说了，你这嘴，什么惹舟哥难受你就说什么。"

"……我没喜欢夏仪。"聂清舟再次澄清。

"行了,舟哥,你不喜欢夏仪,现在在干啥呢?别不好意思了。"

聂清舟揉揉眉心,只觉得有理说不清。

这间书店足有三层,他们找了好一会儿,终于在第二层教辅区看到了夏仪和闻钟的身影。

夏仪手上拿着两本绿色的教辅,闻钟蹲在地上指着最下面一格,抬头跟夏仪说着什么,夏仪点点头,他就又抽出一本蓝皮的书拿在手里。

那两个人在书架处走走转转,聂清舟一行三人就在不远处的儿童文学区鬼鬼祟祟地看着,赖宁小声说:"你别说,除了身高,这两人其他地方还挺配。"

这句话同时收获了张宇坤和聂清舟的白眼。

聂清舟小声问张宇坤:"你有没有破坏约会的好方法?"

张宇坤靠近聂清舟:"还真有。"

"什么方法?"

"来不及细讲了,舟哥你可要做好准备。"

"嗯?"

聂清舟感觉到腰上一阵推力,整个人就被推出去撞到了书架上,发出"砰"的一声。他蒙蒙地站在原地,一回头就看见不远处的书架间,夏仪和闻钟抱着教辅看着他。

张宇坤在后面小声说:"快打招呼啊!"

这就是他说的好方法?

聂清舟在心里默默咬牙切齿,迅速调整表情装作意外,笑道:"好巧啊,你们也在这里。"

张宇坤迅速蹿出来,配合着惊讶道:"哎呀,是大鹅和夏仪!"

看到他们,闻钟的表情就不太好。

夏仪的目光移到他们所站的区域标牌上,聂清舟瞟了一眼那上面写的"儿童文学",立刻迈开腿走过来,对夏仪说:"我们刚刚找了好久教辅区,原来是在这里啊。你们也来买教辅吗?"

夏仪点点头,说道:"一班用的教辅。"

聂清舟恍然大悟,立刻心情大好:"噢,对了,你是一班的学习委员。"

另一边闻钟的心情和聂清舟截然相反,他像是没看见聂清舟似的,只是皱着眉转头对夏仪说:"书都找到了,没问题的话,我们去找店员订书吧。"

张宇坤怎么肯放他们走,他走过来瞥了一眼闻钟和夏仪手里的教辅,说道:"哎哟,你们订这么多教辅啊,那书店还不打个折?这样,夏仪帮我们也挑本书呗,我们帮你砍价。"

赖宁指指张宇坤,附和道:"是啊是啊,张宇坤砍价可厉害了。"

闻钟冷淡地说:"我们不缺那点钱。"

张宇坤皮笑肉不笑地回击:"哎哟,你还能看见我呢?我跟你说话了吗你就回答,我是跟夏仪说的。"

闻钟被张宇坤一噎,也不想再搭理他,只想去喊夏仪,一转头却看见聂清舟正站在夏仪身边,手上拿了一本教辅。

聂清舟低着头边翻边小声跟她说:"刚刚那本讲得过于细,很多东西用不到,反而让人混乱。这本就很好,知识提升部分很实用。"

夏仪点点头,又从手上拿了一本教辅给他:"看看这个。"

聂清舟翻开来,眼睛不由得一亮,又翻了几页然后说道:"这本编得最好,逻辑很清楚。我以前就用的……"

他说着抬起头,发现赖宁、张宇坤和闻钟都在看他。

张宇坤看着聂清舟手里的教辅,心说:我就找个借口,舟哥你进入角色也太快了吧?

聂清舟笑起来,挥着手上的书说:"我们去找这两个系列,前一种比较适合你们打基础,后一种我先做做看。"

赖宁和张宇坤平时连作业都是抄的,当然不会碰教辅。赖宁看着那无比陌生的蓝壳子书,瞥了张宇坤一眼,仿佛在说:还真买啊?

张宇坤一挥手,豪气干云地对夏仪说:"好!既然你帮舟哥挑教辅,我一会儿一定帮你们砍到最低价!"

夏仪望向张宇坤,说:"谢谢。"

闻钟愣了愣,夏仪的态度完全出乎他的意料,他僵硬地站在原地,不太高兴地对夏仪说:"我刚刚说了,我们不需要。"

"我需要,我想少花点钱。"夏仪平静地反驳。

张宇坤听了这话神清气爽，昂首挺胸，用挑衅的目光看着闻钟。

闻钟脸色青白。他平时最要面子，此时此刻下不来台，终于无法维持平时高高在上的样子，冷"哼"一声道："你们刷再多题有什么用？还不如偷试卷进步快。"

张宇坤一个激灵跳起来："你什么意思？要不是你……"

赖宁也不废话，举起篮球就要往闻钟身上砸。聂清舟手疾眼快，一手拉住张宇坤，一手拉住赖宁，说道："行了行了，犯不着。"

他朝夏仪使眼色，夏仪便转过身朝远处的一个店员走去。她走得很快，闻钟愣了一下，也立刻转身跟上夏仪，快速地远离他们的视野。

闻钟在柜台上填单子写邮寄地址的时候，仍然怒气未消，对夏仪说："你缺多少钱？我补给你。再怎么缺也不能跟这帮家伙搅在一起。"

想起刚刚夏仪和聂清舟之间那种熟稔的气氛，闻钟更加不舒服，他继续说："夏仪，聂清舟和我们不是一类人，你还是少和他来往，不要把时间浪费在没有意义的事情上。"

他这么说着，夏仪却没有回应。

闻钟疑惑地抬头，正对上夏仪漆黑的双眸。她看了他一会儿，才平静地开口："我们？你觉得，我和你是一类人吗？"

闻钟愣了愣。

"班里关于我的传闻都是真的，我爸爸是杀人犯，我初中经常打架，进过警察局。如果你觉得我们是一类人，为什么平时在班里装作不认识我，只在没有同学在的时候，才跟我说话？"

夏仪很少说这么长的句子，她的语气平稳，神情没有多少变化。仿佛一直以来什么都明白，但是又都不在意，甚至不觉得需要戳破。

仿佛只是在这个瞬间，她突然不想再配合他了。

闻钟张了张嘴，没说出话来，只觉得自己在她的目光下无所遁形。

他突然觉得，不见的这些年里夏仪变了很多，又好像什么都没有变。她还像小的时候那样，总能轻易维持表面上的和平，也能轻松打破和平，把所有开始、发展和终结都掌握在手里。

夏仪把手里的教辅放在他手边的柜台上，她一身黑色的衣服，仿佛一只安静冷淡的黑猫。她说："事情办完了，我先走了，班长。"

跟踪夏仪和闻钟的结果,是聂清舟一行三人没打成球,却抱着一堆教辅回来了。

张宇坤和赖宁原本还愤愤不平,但后来一见夏仪把闻钟丢下转头帮他们选教辅,立刻觉得获得了重大胜利,赢回一城!

而且夏仪虽然看起来冷冰冰的,但是挑教辅时非常认真,一页页翻过去,边看边询问他们的习惯和进度。

他俩哪里有什么学习习惯,只好生拉硬扯,学习进度全靠聂清舟补充,搞得他们自己都不好意思起来。

实验班的人,还是实验班中的实验班——一班的人,居然一点儿傲气都没有。张宇坤和赖宁一致觉得,这嫂子值得处!

他们一人抱着好几本教辅在车站等车回去,张宇坤朝赖宁使使眼色。

赖宁难得开窍,立刻抢过聂清舟手里的教辅,说道:"舟哥,我想起来我和坤儿还有点事,就不跟你们一起回去了!"

"书下周我给你带去!"张宇坤补充道,笑得意味深长。

聂清舟还来不及说话,就看这两人刺溜一下蹿到人群中,不见踪影了。

他们干红娘的活倒是真起劲儿。

聂清舟转过头,就看到夏仪坐在车站的长椅上,双手撑着座位斜过身子,看着张宇坤和赖宁消失的方向。

"那些教辅,他们真的会看吗?"她问道。

聂清舟愣了愣,夏仪的目光抬起来,和他相交。他沉默了一会儿,轻轻一笑:"不知道。不过这次买教辅他们花了不少钱,回家肯定会去找家长报销,家长应该也乐意报销。然后就会产生期待,一旦这些期待稍微被满足,就会有更大的期待。

"在起步阶段,期待可是个好东西。满足别人的期待这事儿,做多了会上瘾的。"

聂清舟站在夏仪两臂距离之外,左脚微微翘起,向后踩着长椅下的横栏。他右手插在口袋里,左手抬起用食指关节揉了揉眉心。

日头落得很低了,光线昏暗,他深灰色的头发、烟灰色卫衣和手腕上的黑色护腕融合成一片混沌的黑色，看不见他的表情。

夏仪打量着融入昏暗中的他，心想他经常会用左手食指关节碰眉心，就像长年戴眼镜的人，习惯去推眼镜一样。

在这个安静的时刻，突然间路灯亮了起来，他身后的广告牌一片亮眼的雪白，街上来来往往的车灯闪烁着红色、黄色、白色的光。对面大大小小的店铺也亮起灯，整个世界从昏暗中走出来，仿佛从天上掉下一粒火种，"啪"的一声点燃了所有的灯。

她的脑海里一直隐隐作响的旋律越发响亮起来，清晰而绵长地包裹着这个灯火温柔的世界。

他也从昏暗中走出来，所有的光将他照得面目清晰，他皮肤很好，下颌线清晰，有一双好看的茶色眼睛。此时他错愕地环顾四周，然后他低下头来看向她，笑起来露出酒窝。

"好不容易来一趟市里，吃完饭再回去怎么样？我请你。"

夏仪抬头看着他："为什么请我？"

聂清舟打了个响指，俯下身来，在她耳边此起彼伏的音乐声中说："当然是，为了讨好我的债主。"

夏仪没有立刻回答，聂清舟就追问："行不行啊，夏姐？"

他已经习惯了询问她很多次，她总是不会很快地回应，但是如果一直问下去，她多半会应允。

果然，夏仪站起身说："走吧。"

跟夏奶奶报备不回去吃晚饭后，夏仪和聂清舟走在虞平市热闹的街头，人们三三两两聊着天，嬉笑着路过他们，整个世界热闹得让人无端觉得快乐。

在学生时代，这样的时候最让人幸福，仿佛在满满当当的日程之中，获得了一些让人兴奋又憧憬的自由。

聂清舟转过头问夏仪："你吃路边小吃吗？有什么忌口吗？"

"吃的，没什么忌口。"夏仪简短地回答道。

聂清舟指着前面的一条街，说："听张宇坤说，市里有一条很好吃的小吃街，从这里右转应该就到了。我们就从这头一直吃到那头去，怎么样？"

"好。"

到了路的尽头一拐,一条挂满了小彩灯,热闹明亮的小吃街就出现在眼前。

正是周末的饭点,这条街上人山人海,聂清舟怕夏仪和他走散了,走两步就要回头看她一下,可她一会儿就被挤远了。

聂清舟有点着急,一下捏住了她的胳膊。

夏仪抬眼看向他,他立刻撒手。

"你拽着我的衣服吧!我怕一会儿找不到你,我没带手机。"聂清舟提高了嗓音说道。

夏仪没有动。

正当聂清舟转头研究小摊时,只觉得喉咙一紧,差点没提上来气,他回过头就见夏仪手里攥着他的卫衣帽子,直接连带他的衣领卡紧脖子。看见他回头,她也直直地望着他的眼睛。

"……嗯,行,就这样别松手。"他无奈道,伸手勾住自己的领子往下松松。

于是在虞平夜市里的汹涌人流里,两个年轻人一前一后地在街上走着。

后面稍矮的那个女生一身黑色衣服,映着斑斓的霓虹灯,一只手拿着装满了各种小吃的盒子,另一只手扯着前面那个人的帽子。前面高挑的男生,一只手也拿着装满小吃的盒子,另一只手勾着自己的领口让自己不至于勒死。

路过的人时不时把目光投向这个奇怪的组合,然而这个奇怪组合的两个人表现得非常自然。

每到达下一个小吃摊,在点完单等待的时候他们就松开手,开始处理起手里的食物来,吃得差不多了,新点的小吃又好了。他们再恢复原样,拿着小吃去往下一个地方。

配合默契,效率极高。

他们一直从街头吃到了街尾。

当拿着最后两串炸年糕站在夜市尾端的时候,聂清舟一转头,却看见夏仪已经松了手,站在小吃摊旁边望着对面的虞平火车站。

虞平火车站上了些年头，但仍然是附近最大而气派的建筑，有点西洋的风格，灰色的高耸的柱子，落地的玻璃里透出光来。

候车大厅里明亮的灯光映得夏仪的脸一片雪白，她漆黑的双眸像是一块不透光的石头，倒映着灯火通明的车站。她好像在看那个大厅，又好像透过大厅在看什么别的。

过了一会儿，她转过头来望向聂清舟，神态如常地向他伸出手说："我的年糕。"

聂清舟把她的那串递给她，转头望着这个火车站。他突然想起来，在很久以后夏仪的某个快问快答里，主持人问她在一座城市里最喜欢的地点和最不喜欢的地点是什么。

她说最喜欢的是夜市，最不喜欢的是火车站。

他表妹说，夏仪讨厌火车站，她从来不坐高铁。

他正在努力回忆夏仪有没有对此发表解释，却突然感到被命运扼住了喉咙，一股大力抓着他的帽子勒住他的脖子，逼得他连连后退，然后一辆骑出摩托车速度的电动车就从他的面前飞驰而过。

帽子一松，聂清舟就止不住咳嗽起来。他直起背刚想感谢夏仪的救命之恩，就看见夏仪身前的衣服上明显多出一块酱汁渍。

他愣了愣，看看自己的手，刚刚好像有什么东西飞出去了？

他的年糕呢？

他再往下看去，他的年糕正躺在夏仪的脚边，她的鞋上还有裹着浓厚酱汁的年糕挣扎过的痕迹。

聂清舟抬起眼睛，与夏仪冷酷的目光对视。这一瞬间，他觉得他不是来讨好他的债主的，他是来继续欠债的。

吃饱喝足，溜圈消食。聂清舟时不时看看夏仪，寻思着将功补过的机会。

她似乎是觉得有点冷，把外套的拉链一直拉到头，领子高高地立起来。她低着头把半张脸埋在领子里，只露出一个鼻尖和一双乌黑的眼睛。各色灯光在她身上来来去去，她仿佛真变成了五彩斑斓的黑。

虽然周围很吵，但他总觉得好像听见了含糊的哼唱声，从她身上传来。

他转过头看到前面有一家琴行，灵机一动，对夏仪说："债主，我能将功补过一下吗?"

夏仪望向他,他指指那家琴行,说道:"跟我来!"

聂清舟整整衣服,推开琴行的玻璃门,门上的风铃"叮叮当当"地响着。柜台后的老板娘迎上来,对他说:"看点什么啊?"

聂清舟在琴行环顾了一周,这家琴行占地面积不小,果然摆了许多钢琴。他对老板娘露出温和的笑容,说道:"您好,我妹妹想买一架钢琴,我妈让我先带她来看看,有没有她喜欢的。"

老板娘看了看他身边那个只露出一双眼睛的短发小姑娘,说:"哎呀,是刚刚开始学,还是已经有基础了?"

"小时候学过,现在想再捡起来。"聂清舟一边回答老板娘的问题,一边让夏仪去试试钢琴,他转头对老板娘说,"她学的时候太小了,对钢琴品牌没什么概念,我就更不懂了。可以让她弹了试试看吗?"

眼前这个男生虽然看起来年轻,但是说话有条理又客气,就像个处事得体的成年人一样。老板娘笑起来,说:"可以啊,哎哟,小姑娘很有眼光哎,那可是施坦威的钢琴。"

聂清舟转过头去,看见夏仪在店正中一架漆黑的三角钢琴边坐下,手随意地在琴上弹下几个键。

她静默了片刻,就在老板娘想接着推荐的时候,她突然又落下了手指。从这一刻开始,老板娘就忘记自己想要说什么了。

老板娘一向知道自己店里这架钢琴的音色多么优秀,但是第一次知道,她的钢琴居然会唱歌。

这个穿着宽松运动服的姑娘仿佛有魔法,十指灵巧地在琴键上奔驰,轻轻重重地踩着踏板,钢琴就活了过来,在她的手中以饱满起伏的情绪,浅吟低唱。

钢琴好像随着琴声漂浮起来,顺着空气不可见的波涛漂流,一直漂到虞平五彩斑斓的灯火中去,在那些灯光中,在人们的眼睛里打着转儿。

那看起来礼貌又可靠的男生嘴角越来越弯,笑意温柔。

老板娘终于回过神来,压着声音问聂清舟:"小姑娘好厉害,弹的是什么曲子?真好听。"

聂清舟低声回复:"还没取名字吧,应该是即兴的。"

他终于第一次真切地听见了她若隐若现的含糊歌声,不是通过她的嗓子,而是通过她的钢琴。

他想起来若干年后,表妹第一次跟他提起夏仪时,拿着夏仪的专辑给他读乐评人的点评——这是她的第一张专辑,浪漫又极富幻想力,可见作曲人扎实的古典音乐功底,冷淡中透露出温暖,如同深秋的灯火。

他也在那张专辑里听见了今天夏仪弹的这首歌,有些轻微的不同。

原来他竟然是这个世界上第一个听到这首歌Demo(小样)的人。

回家的公交车上,聂清舟依然很兴奋。他们相邻而坐,夏仪靠着窗户,他的手搭着前面空座位的椅背,笑着说道:"刚刚老板娘听得都蒙了,她跟我说,你要是岁数再大一点,她就要你来当钢琴老师了。我说我妹妹天赋太好了,这种天才选手,教一般的同学可能教不来。"

夏仪望着他,半张脸依然埋在领子里,偶尔眨眨眼睛。

聂清舟说刚刚听她弹琴时,仿佛在一望无际的草原上航行,天上的星星时不时落下来,砸在草地里亮成一片,然后熄灭。

"你有没有见过夜里的轻轨?地铁经过的时候好像悬浮在夜空里航行一样,每一个小窗格子里三三两两坐着人。我以前想,古代人看到这一幕该多么震惊,觉得不可思议又美丽呢。他们看见夜里的轻轨,那种感觉就和我听到你弹这首歌一样吧。"

夏仪看着他亮晶晶的眼睛,她想她好像知道为什么他作文能得满分了。

她说道:"你不觉得,你自己是天才吗?"

聂清舟愣了愣,在空中比画的双手顿住了。

"你能把所有感受这样具象地描述出来,描述得这么美丽。你也是天才。"夏仪仿佛在陈述一个理所应当,并且尽人皆知的真理。

聂清舟思考了一会儿,笑了下:"是吗?还是第一次有人这样说我。"

他靠着椅背,慢悠悠地说:"以前我去过一个全是天才的地方,然后就发现,其实我没什么了不起。我只是普通人罢了。

"不过或许我会是普通人里面,比较幸运的那一个。"

最后,聂清舟又笑起来,这样说道。

第四章
人生短暂不妨大胆点

一个愉快的周末过去，又到了周一。

周一下午的体育课上，秋日的阳光明亮刺眼，操场边种了许多桂花树，整个操场都弥漫着桂花香气。聂清舟被太阳照得皱起眉头，听体育老师扯着嗓子喊话，说后天他们班考长跑，女生800米，男生1000米，这节课先给大家练习，平时有条件的也要跑跑练练。

此言一出，大家纷纷发出哀号，女生们的哀号声尤其大。

学生时期，体育课最令人闻风丧胆的就是800米和1000米考试，每个秋季学期总有这么一个坎儿，让人跑到四肢像灌了铅一样，喉咙像冒火一般。

但是聂清舟的反应非常淡定。等老师说自由练习之后，他就开始活动筋骨做热身，准备开始一节课的愉悦长跑。

张宇坤在他旁边抱怨着长跑考试，赖宁却指着操场另一头说道："哎，一班的男生来了，他们今天就考1000米哎！"

张宇坤立刻跳起来："哪儿呢哪儿呢？"

只见操场的另一头，一班的体育老师拿着一块成绩板，脖子上挂着一个口哨，正在与一群围在他身边的男生交代着什么。接着，那群男生就纷纷脱外套，系鞋带，然后三三两两地站在起跑线后。

聂清舟在这些人里面看见了那张熟悉的、戴着眼镜的斯文脸。

"闻钟体育怎么样？"聂清舟问道。

"一般吧。"张宇坤答道。

聂清舟笑了笑，把外套脱下来扔给赖宁，在一班体育老师吹响哨子的时候，他摆摆手对张宇坤说："我去去就来！"

赖宁愣愣地看着聂清舟的背影。

草地上人不少，跑道已经为考试清了出来，聂清舟在草地的混乱人群中穿行，鱼 样地混进了一班跑步考试的队伍中。

"舟哥要干吗？"赖宁转头问身边的人。

张宇坤挠挠头，看着聂清舟大步超过几个人之后在闻钟身边放慢了速度，恍然大悟道："他是去找闻钟算账？但他要咋算啊？"

闻钟跑完了大半圈，正按老师所说的注意调整呼吸，心想这次努努力应该能跑进四分钟时，旁边突然传来一个声音。

"闻钟！"

他一个激灵，转头看过去，只见聂清舟不知道什么时候出现在他右手边，隔着不到一臂的距离跟他一块儿跑。

"你……"

"你别紧张，我们后天考1000米，我来练练。"聂清舟目视前方，顿了顿，出其不意地说："有个事儿我要问问你，你那天晚上看清楚了？跑到办公室里偷题的人真是我？"

说完，他才望向闻钟，看到对方惊疑不定的脸色，轻笑一声："还真是你说的。你真的看见人了吗？还是瞎编的？"

闻钟脸色僵硬，从嘴里蹦出几个词儿："我看见了。"

"确定是我？光线差到摄像头都看不清，我和你也不熟，你一眼就能确定是我？还是说你认识偷题目的人，要包庇他？"

"没有！"闻钟咬牙切齿。

"那你就是没看清是谁，推到我身上了。"

用同样的速度跑步，聂清舟说话就跟玩似的，脸不红气不喘。旁边闻钟的脸色已经不大好了，他咬着牙不说话。

聂清舟继续轻描淡写地说："是因为我抢了你的第一，你想用这种方式把我拉下来，再拿回你的第一名？"

闻钟呼吸粗重地说："你敢说……第一是你自己……"

"就是我自己考的。"

"不可能……以常识……"

"不符合常识你就可以诬陷我?你就觉得自己绝对正确?退一万步说,即使我用卑鄙的手段拿了第一,你再用卑鄙的手段把我拽下来,你和我有什么两样?"

闻钟一口气没喘上来,按住了胸口。

聂清舟瞧了一眼闻钟别扭的跑步姿势,和蔼道:"怎么,岔气了?不能说话就别说了。

"我们远日无冤、近日无仇,除了第一,就是你外号的事儿。这是个误会,你的外号不是我起的,我也没喊过你大鹅。这个外号传播得如此广泛,大概是因为群众喜闻乐见吧。"

"大鹅"这词儿一出,闻钟就怒气冲冲地斜了聂清舟一眼。聂清舟非但不收敛,还继续捅他死穴。

"我记得你想去正一中学?你幸好没去成,那里不适合你。正一那个群魔乱舞、神仙打架的地儿,考试别说年级第一,年级前三十都常常洗牌,你受得了吗?正一因为心理崩溃休学的每年都有好几个,强迫症、焦虑症一抓一大把。以你这样的心理素质,可能会因此陷入抑郁,生命比分数更重要吧?哦,我有个朋友是正一实验班的,这都是他跟我说的。

"不过如果第一对你非常重要,比如说你考不了第一家长就会骂你、打你,你可以跟我说。这样的话以后我注意点,还让你做第一。你要是不说,那你年级第一的位置,可能就不太稳当了。"

闻钟应该是跑到了最难受的时刻,呼吸粗重,好像整个人提着双腿在往前跑,一向骄傲体面的人,显露出狼狈的姿态来。聂清舟琢磨着他喉咙应该已经有血味儿了。

"你……闭嘴……"他艰难地说。

聂清舟依然神清气爽,说话都不带喘的。

"你今天要跑不及格了,小朋友。"

这场漫长的折磨终于结束,闻钟跑过终点,听到老师报了自己的排名——第二十一名。班里一共二十五个男生,他二十一名,百分之百的不及格。

闻钟跌跌撞撞地走了几步。老师们喊着"走一走啊，走一走，先别坐"，他勉强地站立着，听见聂清舟跟体育老师说："老师，你别记我，我不是一班的，我是自己练习的。"

"自己练的？自己练的不要跑一二三赛道，你们老师没说？"

"不好意思，不好意思，我忘了。"

闻钟抬眼望去，聂清舟都没出什么大汗，呼吸顺畅，清爽潇洒地跟体育老师讨饶。看到他望过来的目光，聂清舟微微一笑，走到他面前来："难受吧？肺要吐出来了吧？你刚跑不到四分之一呼吸就乱了，岔气，最后还强行提速，不难受就怪了。

"这是你的考试、你的比赛、你的人生，不是我的。你根本影响不了我，你对我做的事情，只会影响你自己。"

聂清舟弯下腰来，看着闻钟满含愤怒的眼睛，淡淡地道："未来还长呢，好好走你自己的路，别做多余的事情。"

言尽于此，聂清舟就不打算再跟他说什么了，闻钟现在的状态也根本说不出来话。他松松肩膀正准备走，突然想起什么，回头对闻钟说："对了，离夏仪远一点。"

闻钟愣了愣。

聂清舟靠近他，一字一顿地说："你要是敢做伤害夏仪的事情，我就没今天这么好脾气了。"

闻钟只觉得胸口里的火烧得愈加炽烈，他的喉咙疼得要泛血，只能怒视着聂清舟。

聂清舟算什么？一个突然冒出来的，不知道用了什么见不得人的手段，突然变成优等生的小混混，聂清舟才认识夏仪多久？他早就认识夏仪了，他了解的夏仪比聂清舟不知道多多少。

"你……你喜欢夏仪？"闻钟憋出一句话。

聂清舟坚决地摇摇头，他想了一会儿，指向自己，非常认真地说："我是她的铁杆粉丝。"

赖宁看着聂清舟从一班那群四仰八叉坐在地上的人之中跑过来，就挥着衣服跟他打招呼："舟哥，这里呢这里呢！"

聂清舟跑过来拿过自己的衣服，说道："谢谢啊。"

赖宁时常觉得，舟哥谈恋爱之后变得非常讲文明懂礼貌。

- 091 -

张宇坤在旁边急道:"舟哥,你就这么放过闻钟了?这么便宜这小子?"

聂清舟边穿衣服边说:"你相信我,他现在肯定比被人揍了一顿还难受。1000米没及格,他还要重跑一次。"

他刚刚把衣服拉链拉好,就看见一班的女生们也出现在了操场的另一头,老师又拿着成绩板跟她们交代着什么。夏仪校服短袖里穿了一件白色卫衣,外面再套着校服外套,在人群之中站得笔直,低着头好像在认真地听老师讲话。

聂清舟拉拉链的动作就顿住了,他思考了一下,然后从口袋里掏出手机敲字。

远处的夏仪身形顿了顿,她后退几步离人群远了些,转过身去拿出一部翻盖手机看了看,然后摁了几个按键。

聂清舟又敲了几个字,夏仪就抬起头来环顾四周,直到与操场这头的聂清舟对视。

聂清舟又干脆利落地把外套脱下来扔给赖宁。他对张宇坤和赖宁摆摆手说:"我再去一趟。"

张宇坤和赖宁就看着聂清舟再次穿过草地上的混乱人群,跑到起跑线那边站着,这次他规规矩矩站在第四跑道上,不占考试的跑道。女生们去脱外套系鞋带,活动筋骨的时候,他也没有多看一眼。

一班体育老师吹哨的时候,女生们"唰"一下子都往前冲去,聂清舟跟她们同时起跑。

"我的天啊,舟哥还跑?舟哥是属骡子的吗?"赖宁跺脚远远地望着。

这些女生很快出现了分层,夏仪半圈不到就跑到了第一,灿烂阳光下,她乌黑的头发飞扬着,步伐很快,步幅又很大,长腿飞快地交错,有种充满力量的矫健的美丽。

而聂清舟始终在与她相隔两个跑道的第四跑道,领先她三米左右的位置跑着,同样的速度,同样的步幅。他只穿了短袖,宽松的衣服里灌满了风,在金色的阳光下仿佛飘飞的风帆。

张宇坤激动道:"舟哥这是在带夏仪跑啊!你看,夏仪是跟着舟哥调整速度的!"

操场的双杠上搭满了衣服,衣领绣着夏仪名字的那件校服里有一个内兜，内兜里安静躺着一部古老的翻盖手机，翻开盖就能看见她和一个叫作"二楼邻居"的人发的短信。

四天前17：55——接到小延了，安全送到家，勿回。

三天前18：00——刚刚把小延送回家，勿回。

三分钟前——你800米跑多少？

回信——三分十秒。

三分钟前——想不想跑进三分钟？

回信：嗯？

三分钟前：一会儿跟我跑，帮你配速。

两个人很快甩开了身后的其他女生，像是从雁群里飞出的两只大雁，带起一阵风，撞散满草场的桂花香，无人可挡。

夏仪第一个到达终点，老师一掐秒表，开心道："第一，二分五十五秒！不算体育生，这得是全年级女生最好成绩了吧！"

夏仪撑着膝盖喘气，抬头看见远处的聂清舟，他笑着跟她比了个耶的手势。他看起来比老师还要开心，笑得露出洁白的齿列。

或许是因为他笑得太愉快，或许是因为运动之后分泌的多巴胺促使，夏仪不由自主地弯起眼睛。

久违的，她跟着他笑了起来。

常川一中很快迎来了期中考试之后的月考。年级排名大表贴出来的那天，乌泱乌泱的人围在公示栏附近等着看，聂清舟也在人群之中。

看到排名之后，聂清舟轻松地打了个响指，转头对不远处的闻钟笑道："位置还给你了，年级第一。"

闻钟的脸色并没有多好看，相反还更差了。他旁边一班的徐子涵呛声道："还不是你考不过，搞得像你让的一样。"

聂清舟笑而不语。

闻钟怒喝道："别说了。"说完，他就黑着脸转身走掉，留徐子涵在原地一脸委屈。

张宇坤扶着聂清舟的肩膀，嘲讽道："哎哟，热脸贴人家冷屁股，还有人上赶着。"

徐子涵瞪了张宇坤一眼，转头就走。

赖宁说道："舟哥，你可以哎，这次年级第三。比闻钟低五分，比夏仪低三分，比第四高了十五分呢。原来的前二断层，以后要变成前三断层了。以后还有谁敢说你作弊？"

聂清舟摆摆手并没有回应，而是弯下腰在年级排名大表上仔细地寻找什么。

张宇坤和赖宁跟着他俯下身，在这张表的下半部分不明所以地看着。张宇坤纳闷道："舟哥，你在看什么呢？"

"找你俩的排名。"

张宇坤和赖宁愣了愣，然后相视一眼，赖宁立刻拉着聂清舟的胳膊说："舟哥，舟哥，咱回去吧，该上课了。"

然而为时已晚，聂清舟回过头看向他们，伸出食指在排名表上点了点："张宇坤七百四十五，比上次进步了十名。赖宁八百三十一，还退步了四名。上次买的那些教辅，你们都看了吗？"

赖宁收回手，支吾半天，说道："舟哥，你现在真像我妈。"

夏仪站在教室的阳台上，往下望去。聂清舟站在公告栏前，似乎在跟张宇坤和赖宁说什么，深秋的冷风吹来，他就缩了缩脖子。

虽然她听不见他们的声音，但她还是站在阳台上远远地看着他们，直到他们离开她的视线范围，夏仪才转过身走进教室。

今天她的桌子有所不同，紧挨着拼了另一张桌子。

从今天起，她多了一个同桌。

她的新同桌，郑佩琪，从开学到现在只在两个月前和她说过一句话——外面有人找你。那时她抬起头，就看到了挥舞卷子的聂清舟。

她之所以能拥有一个同桌，是因为郑佩琪和她一样，被孤立了。

这个身材娇小可爱、皮肤白皙细腻、我见犹怜的姑娘抱着一大摞书，有点怯生生地看着夏仪。她仿佛要解释一下自己为什么会出现，惶惶道："老师让我坐这里的。"

她和班上其他人一样，对夏仪怀有畏惧之心。毕竟夏仪身上有那么多传闻，又整天冷着脸不说话。

夏仪点点头，并没有欢迎她的新同桌，也没有表现出厌恶。郑佩琪磨磨蹭蹭了一会儿，终于在她旁边的位置上坐下来。

郑佩琪就如她的外表所见，是个柔弱的女孩，因为身体不好军训一直在请假，声音又偏甜，班上就有些人说她是故意装柔弱、发嗲。偏偏她平时看起来怯怯的，有时候又会爆发，上次不知道怎么和别人起了冲突，直接把一瓶牛奶从人家头上浇下去。

干完这一壮举，郑佩琪立刻就哭起来。

这件事之后，她就被彻底地孤立了。凡是集体活动都没有人愿意跟她一组，她同桌也从不搭理她，还找老师说要换座位。

最后闹来闹去，郑佩琪就调到了夏仪的座位旁边。

郑佩琪一边收拾着自己的书桌，一边悄悄打量着夏仪。

天气已经有些冷了，但夏仪依然把袖子挽到肘部，露出细长的手臂放在桌子上，手指轻轻翻阅着一本软皮的笔记本。

那本笔记本翻页的时候，郑佩琪好像看见了一些类似于音符的东西。然后，夏仪的目光就转过来看向她。郑佩琪一个激灵，赶紧低下头默默收拾书包。

午休的时候，聂清舟拿了一本单词书，在自动贩卖机前看着各色饮料，盘算着这个月的零花钱除了分期还给夏奶奶的还剩多少。

这是知行楼后面的小花园，傍晚时会有学生来这里散步，各年级的教导主任就会不定时出现来抓早恋。但是现在毕竟是午休时间，光天化日之下，只有两三个人懒散地在这里晃。

聂清舟算了算，觉得自己还有几瓶饮料的结余，于是伸手按下按键，买了一罐咖啡。

他之前学习和工作的时候熬夜喝了太多咖啡，已经喝成了习惯。现在换了个身体，没了生理上的瘾头，但是看到了总觉得心痒痒。

他拿起从自动贩卖机里滚落的冰冷咖啡，探出头往贩卖机后望望，果然看见了夏仪。

——"我刚认识夏仪的时候，她午休不喜欢在教室里待着，要么在实验楼，要么在小花园，去这两个地方准能找到她。"

上次一口气跑到七楼那事儿之后，他后知后觉地想起来在十年后的综艺里，听见聂清舟这么说过。也就是很久以后的他自己，向现在的他传递了一些信息，因为综艺的剪辑，有很多信息可能并没有传递到。

他每次想到这件事都会感到无比怪异，觉得自己活成了个莫比乌斯环。

聂清舟叹息一声，又按下自动贩售机的按键，再买了一听咖啡。他拿着两杯冰冷的咖啡走近坐在长椅上的夏仪，拿咖啡冰了冰夏仪的脸。

夏仪瑟缩了一下，抬头望向他，校服外套里露出一截棉质驼色衬衫领子，一双眼睛乌黑乌黑的。

聂清舟不由得在心里感叹，最开始的时候夏仪对他何其防备，走的时候都要先离开他伸手可及的范围才转身，现在他靠近她，她都没察觉了。

聂清舟把咖啡递给她，笑道："债主，请接受我的贿赂。"

自从他发现他称呼夏仪为债主时，夏仪比较会接受他的好意后，他就开始时常喊她债主。

夏仪看了他一眼，就不客气地伸手接过了他的咖啡，然后转回了目光。

在她目光所及之处，郑佩琪坐在高大的银杏树底下，缩成小小的一团，肩膀时不时颤抖着，头发上蓝色的蝴蝶结也跟着颤动。她手里拿着一张面纸，哆哆嗦嗦地擦着眼泪。

聂清舟顺着她的目光看去，惊讶道："哎，你刚刚是在看她啊，这不是你的同桌吗，她是在哭吗？"

"你怎么知道她是我的同桌？"

"路过你们班的时候看到的。她被谁欺负了？"聂清舟才不会说，他没事儿经常观察楼对面的夏仪。

夏仪远远地看着她的侧脸，摇摇头说道："不知道。"

或许没有人，或许又是所有人。

夏仪看着自己手里的冰咖啡，沉默片刻后抬起手，把咖啡举到聂清舟面前："你把咖啡给她吧。"

聂清舟指指自己："我？你在这里看她看半天了，结果这好人好事儿让给我做？"

"嗯。"

"这不好吧，小姑娘也容易误会。"

"误会什么？"夏仪耿直地发问。

聂清舟皱起眉头，微微俯下身，想着如何跟夏仪说像她这个年龄的女孩会有的正常心理，却看到夏仪的脸色微变。

她突然靠近他，鼻尖几乎要贴到他的领口，吓得他直起身子倒退一步。夏仪也站起来，向他步步逼近。

"你干吗啊？你这样我都要误会了。"聂清舟不断地后退。

"你锁骨下面有瘀青。"夏仪这么说道。

聂清舟脸色一变，伸手扯了扯自己的领口，笑道："不小心撞到的。"

"你这几天，为什么不和我一起回家？"

"啊，我不是说了吗，这段时间想早点回家，打扫收拾一下家里。我这伤就是搬柜子的时候撞的。"

聂清舟四两拨千斤地回复，他拎着自己没打开的咖啡晃了晃，岔开话题道："既然要做好人，那肯定要拿自己的东西，贪你的算是怎么回事。"

说罢，他就拿着自己的咖啡，大步流星地朝远处的郑佩琪走去。

夏仪看着他的背影，目光沉下去。

聂清舟走到郑佩琪面前，郑佩琪吓了一跳，颤颤地抬头看向聂清舟，眼睛红得跟小兔子似的。

聂清舟把咖啡悬在郑佩琪面前，轻轻晃了晃："有个人看你在这里哭了很久，让我把这个给你。"

郑佩琪愣了半晌，才蒙蒙地接过了咖啡，然后被冰得"嘶"了一声。

"你用它敷敷眼睛，下午上课，肿着眼睛不是更让欺负你的人开心吗？"聂清舟笑了笑，然后小声说，"那个人不想让我说她是谁，但你可以回头看看。"

郑佩琪回头看过去，眼睛寻找了一会儿之后，惊讶道："夏仪？"

聂清舟笑而不语，他直起身来冲她摆摆手，转身离开了。

郑佩琪怔怔地拿着那罐冰咖啡，然后把它贴在眼睛上敷着。就这么愣了一会儿，她瘪了瘪嘴，突然哭得更凶了。

晚自习的时候，郑佩琪一直有意无意地瞄夏仪，想寻找合适的时机跟她说谢谢。夏仪却有些心不在焉，目光总是望向窗外，郑佩琪纳闷地看过去，对面十三班已经放学了，灯光黑了一大片，但还有个人留在座位上。

当那个人起身开始收拾书包时，夏仪也开始收拾东西，然后对守晚自习的老师说："老师，我今天有点不舒服，想早点回去。"

夏仪从不请假，老师关心了她几句，就让她先回去了。郑佩琪就这样诧异地看着夏仪消失在了教室门口。

常川黑暗的巷子里，传来"轰隆"一声巨响。

"你躲啊，你前几天不是躲得挺好吗？我看你还往哪里躲！"

又传来一声"哗啦"，似乎有人踹了什么东西。

黑暗之中，聂清舟靠墙站着，他的自行车倒在脚边，踏板还因为惯性继续旋转。他微微抬起下巴，说道："钱风扬，你脑子是不是有毛病？"

面前围住他的钱风扬身边一左一右各站着一个人，拿着棒球棍虎视眈眈。在这条无人的小巷子里，路灯的光只能照到一个狭小的角落。所有人都在昏暗之中，看不清面目。

聂清舟心想，他大学上棒垒球课的时候，就觉得棒球棍也太适合用来打架了，没想到有一天这玩意儿要招呼到他身上来。

"我把你头打破都是八百年前的事儿了，我也早不跟遭哥干了，你怎么现在突然想起来找我算账？吃饱了撑的没事儿干？"聂清舟抱着胳膊问道。

"怎么，我打你还要挑日子？"钱风扬迈着他外八的步子，得意扬扬地走近聂清舟，棒球棍一横就戳到他面前，"你不是很厉害吗，刚上道就能得到老大青睐，不混了马上就考第一，现在怎么不蹦跶了？"

聂清舟睁大了眼睛，他不可置信地看了钱风扬半天，才哭笑不得道："你不是吧。"

难道钱风扬是因为知道他成绩突飞猛进，觉得他在哪儿都春风得意，所以气不过要再来教训他一下？这都是什么事儿啊？钱风扬今年也还不到二十岁，聂清舟觉得，小朋友的心情真是令人难以理解。

聂清舟伸出手来指指自己："你知道我是怎么考第一的吗？我天天学习到晚上十一点半才睡觉，早上六点半起床去上课，每天作业五张卷子起步，除此之外，还要自己再刷题库。我这两个多月刷完的题库都有十厘米厚了，玩都没时间。你以为我过得很好？这种日子让给你过，你过不过？"

钱风扬明显被他噎了一下，像是完全没想到他会这么说一样，眼里的愤愤不平下去一点，他幸灾乐祸道："嘿哟，你这日子过得，还不如挨顿打呢。"

聂清舟顺坡下驴，继续卖惨："我也是挨了好一顿打才退出的。我现在过得这么苦，你再和我过不去，你自己也不会多长两斤肉啊。"

眼见钱风扬神色渐渐动摇，聂清舟摊开手继续说："我知道你堵了我这么多天也不能白堵。你要是不甘心，那就揍我一顿，只要别打脸就行，我不还手。咱们就算两清了。"

钱风扬手里掂着棒球棍，想了想，突然一脚踹向聂清舟的腹部："什么话都让你说了。"

聂清舟捂着腹部后退半步撞向墙，墙上传来一声闷响。他"嘶"了一声，顺着墙坐在了地上。

钱风扬又上前给了他几拳，而他果然没有还手，只是尽量避开不让钱风扬的手碰着他的脸。钱风扬以前总是被聂清舟压制着打，哪里有过现在这种好事，一时心情大好，他身边的那两个人见势也打算上来补两脚。

正在此时，小巷外突然传来警笛声，像一把利刃划破寂静夜空，声音由远及近，越来越大。钱风扬吃了一惊。他松开聂清舟，环顾四周恶狠狠道："算你小子走运，以后别让我再看见你！"

说完，他就拎着棒球棍，带着他那两个同伴一溜烟地跑走了。

聂清舟护住脸的胳膊放了下来，他捂着腹部，吸了一口气慢悠悠道："这话该我说才是吧。"

倒是挺疼的，不过比他退出组织时挨的打轻多了，毕竟那是他长到二十六岁挨的第一顿群殴，现在他也算是有经验了。

聂清舟闭着眼抬起头靠着墙，等着身上的疼劲儿缓过去。

突然传来脚步声，一声一声靠近他，脚步声不重也不快。聂清舟想着该不会是钱风扬他们去而复返吧，他睁开眼睛，却看见了一双乌黑的眸子。

不知道是谁的车经过了巷子边偏僻的路，车灯一瞬间把巷子里这个昏暗的角落照亮，他眼前人的脸庞瞬间清晰可见。他看见夏仪穿着一件驼色的棉质厚衬衫，外面套着一件深棕色的毛衣，低着头看向他。

她一只胳膊弯曲，手里拿着手机，手机的屏幕还亮着。另一只手垂在身侧，修长的指间拿着一个黑色的旧蓝牙音箱。

只一瞬间，车灯远去，她又沉入黑暗中。

聂清舟怔了怔，抬头看着夏仪的方向，说："你……不是应该在上课吗？"

他想起她手里的音箱，再回想起来刚刚那略显怪异的警笛声，恍然大悟道："刚刚的警笛声，是你放的？"

夏仪只是沉默地站在原地，片刻之后合上手机盖，把手机放在口袋里，后退了两步。

黑暗中，她转过身去把他落在旁边的书包捡起来背在肩上，再去把他倒在地上的自行车扶起来。

聂清舟忍痛站起来，拉住她肩膀上的包带："包给我吧，我自己背。还有车，我还没伤到这个地步。"

夏仪回头没什么情绪地看了他一眼，然后把包带从他手里扯出来，简短地说："回家吧。"

当夏仪用这种眼神看聂清舟的时候，他就不敢再说什么，只好悻悻地收回了手。

于是，他们又走回了有路灯的小路上，夏仪推着自行车背着包走在前面，聂清舟捂着小腹，慢吞吞地跟在她身后。

他看着前面那个人被路灯拉长的影子，也不知道她在想什么，于是清了清嗓子，解释道："我不是故意要骗你的，我是怕连累你。而且这件事本来就是钱风扬抽风，他第一次堵我带了六个人，第二次剩三个人，今天就剩两个人。要是今天我能躲过去，估计后面他也找不到人一起堵我了。我已经退出他还来报复我，这坏了规矩，他不会坚持太久。"

夏仪并没有回答他的话。聂清舟心里有些忐忑，他快走几步走到她身边，侧过头去看她。

路灯昏黄的光芒落在她的脸上，额前的碎发在她的眉骨处落下一片阴影，她也转过头来，与他的目光对上。漆黑的一双眼睛，看起来不像是在生气，但也肯定不是开心。

"家里有跌打损伤药吗？"她问道。

聂清舟愣了愣，迟疑地摇摇头。

夏仪点点头，她说："一会儿在楼下等我。"

说完，夏仪又收回目光，转过头望向前方。聂清舟一边往前走，一边时不时转过头看看她，以他的岁数和阅历，看他周围的这些孩子，总觉得他们的心思十分好懂，一看就透。

唯有夏仪，他有时候能感受到她的情绪起伏，但是更多的时候，他不知道她在想什么。

夜空中星星闪烁,他们两个人在秋末冬初的夜风里,影子随着路灯的靠近和远离,长长短短地变幻。

他们家所在楼房的光芒稀稀落落地出现,这个时候许多人家已经关灯睡觉了,夏仪突然说:"我把音箱放在你包里了,明天上学再还我。"

聂清舟顺着她的目光看去,他看见小卖部的窗户里透出了夏奶奶的身影。他想了想,就明白音箱是夏仪背着夏奶奶藏起来的,那音箱看起来有些年头了。

他刚想对夏仪说什么,就瞥见楼下的人影,脚步瞬间僵硬,甚至还后退了两步。夏仪往前走了三四步,有些奇怪地回头看向他,说道:"聂清舟?"

聂清舟恨不得蹦起来让她别出声儿,但为时已晚。

站在他家楼栋底下,穿着风衣西装裤,戴着眼镜的女人听见夏仪的声音就转过头来,笑着招呼他:"清舟!回来啦!"

他的姑姑,几周才会来看他一次的姑姑,居然偏偏在今天这个他挨打的日子来看他!

"姑姑……你怎么来了?"

聂清舟看着聂英红,一边尴尬地笑,一边往夏仪身后藏。

"天气冷了,给你买了几件毛衣和厚外套。我看明天要降温,就今天给你送过来,出门匆忙没带你家钥匙……"

聂英红一边说一边朝聂清舟走来。她原本知道聂清舟期中考了年级第一,还惊讶到不敢相信,觉得可能是偶尔爆发了一下。这次又听到他月考考了年级第三,这颗心才算放下来。最近她的心情十分愉悦,对聂清舟的态度也温柔许多。

原本她还笑意盈盈的,但当走近聂清舟,借着路灯看清他沾满灰尘和脏污的衣服,以及手臂上的瘀青时,她的脸色蓦然变了。

她拉过聂清舟的胳膊,把他从夏仪背后扯出来,着急道:"你怎么回事?你这孩子,你又去打架了?"

聂清舟连忙安抚他姑姑道:"没事没事,皮肉伤,我们回家再说吧!"

他一边说,一边从夏仪手上拿过书包,握住自行车一边的车把,拍拍夏仪的背示意她先走。

聂英红这才把注意力转到她侄子身边，这个高挑清瘦的短发女孩身上。

夏仪对聂英红微微一点头，并不热情地说道："阿姨好。"

说罢，她就松开车把，转身走向了一楼的小卖部的灯光之中。

"她是楼下邻居，顺手帮了我一把。"聂清舟一边解释着，一边推着聂英红往楼梯的方向走。

夏仪在家里翻柜子找药的时候，就听见了楼上传来的声响，聂英红的大嗓门穿透薄薄的墙壁，无比清晰地在她耳边轰然作响。

"你这是怎么回事？你答应过我什么？你怎么又去打架了！你最近，你最近多好啊！你知不知道我和你爸妈有多开心，你能有这样的进步……"

在聂英红的震怒声中，夹杂着聂清舟无奈又轻柔的声音。

"姑姑，你小点儿声。你别着急，让我先说……"

"我能不急吗！你，嗨，你也先别说了，我去给你买药。你说说看，家里怎么能一点常用药都没有呢……"

楼上传来"噔噔噔"的脚步声和换鞋的声音。夏奶奶听着楼上的动静，一边拉防盗门，一边诧异道："怎么了，小聂又受伤了呀？"

夏仪拎着一袋子药，点点头："奶奶，我去给他送药。"

"快去，快去！"奶奶停下拉防盗门的动作，夏仪就钻了出去。

聂英红打开门的时候，不期然看见了刚刚在她侄子身边的那个女生，正拎着一个塑料袋站在楼道里。

"你是……"聂英红一出声，楼道里的灯光就亮起来了。面前女生的样子清晰起来，她穿着一件棕色的毛衣，眼睛黑而圆润，像是戴了聂英红那些爱美同事所说的美瞳一般。这女孩子细看是好看的，与其说她很漂亮，好像"美丽"这个词会更合适一点。

女生手里的塑料袋里有几瓶药，她把塑料袋举起来，递给聂英红。

"我住在楼下。这里有红花油，还有云南白药，奶奶让我送来的。"

聂英红正担心时间太晚买不到药，闻言喜出望外，立刻接过药说："哎呀，真是谢谢你啊。"

夏仪摇摇头,放下手臂,说:"时间很晚了,说话声音太大,会吵到别人休息。"

"啊,我没注意,对不起啊。我不会那么大声说话了。"夏仪这话说得非常直接,聂英红惊讶之余便有些赧然。

夏仪点点头,但仍然没有离去,聂英红有点奇怪,她和颜悦色地问:"怎么了,你还有什么事要说吗?"

夏仪望着聂英红的眼睛,安静了片刻,然后认真地说:"还有,聂清舟没有打架。别人打他,他没有还手。"

聂英红愣了愣,面前姑娘说话的架势,仿佛有种不容置疑的力量。

她很少在这个年纪的姑娘面前,感受到这种威压和窘迫。这个姑娘没有指责她,她却觉得自己仿佛受到了指责。

顿了顿,夏仪继续说:"你要相信他,他很努力。他一直非常努力。"

无论是学习,还是脱离以前的生活,虽然总是有波折,不被人认可。但他都全力以赴了。

他也会希望被信任,所以知道她相信他的时候,才会这么开心。

说完这句话,楼道里的灯光再次暗下去。女孩转过身,悄无声息地走下楼,像是消失在黑夜里的一只猫。

聂英红转过头,她看见自己的侄子站在门后的鞋柜边,在夏仪看不到,他却能听见她们对话的地方。他的眼睛好像有点红,偏过头去笑了笑,走到她面前拿走她手里的药,说:"姑姑,我来吧。"

因为夏仪的一番话,聂英红难得气势弱下来,歉疚而耐心地听完了聂清舟的解释。

虽然聂清舟的解释有一半也是编的。

他总不能告诉自己的姑姑他之前加入了一个组织又退出,只能说他以前打架招惹了仇家,这次别人过来报复他。

聂英红一边帮聂清舟擦药,一边说:"哎哟,那以后他们不会还来找你吧?我得报警。"

"嘶……不用!姑姑,不用,这事儿已经算是结束了,他们应该不会再来了。"聂清舟安抚他姑姑道,"本来我就想了,做过的事总要付出代价的。我想打架就打,想不打就不打,能有这种好事吗?"

"可是不怕一万就怕万一，你……"

"姑姑，你相信我吧，没事的。之前我说要考到年级前五十，不是也考到了吗？我没问题的。"

聂英红沉默了一会儿，长长地叹息一声，算是默许。她漫不经心地问他道："楼下的姑娘，和你挺熟的？"

"嗯，她叫夏仪。她奶奶人很好，我在她家蹭过几顿饭。"

聂英红愣了愣，她原本在给聂清舟的后背涂药，此时停下手说道："夏仪？她叫夏仪？哎，怪不得我刚刚觉得她眼熟呢，她是媛媛的女儿啊。"

聂清舟闻言猛地回过头来，牵动身上的伤又让他"嘶"了一声。他顾不上疼，只是惊道："你认识她妈妈？"

聂英红把他的身子掰回去："你这孩子，好好待着让我上药！你激动个啥！你不会在和那小姑娘谈恋爱吧？"

"你想哪儿去了，我就是没想到这么巧。"

聂英红以这个时期家长惯有的警觉神情打量聂清舟，见聂清舟满眼真诚和无奈才算稍稍放心。她继续说道："也不算巧，常川又不大。她妈妈是我之前的同事，我们还教过同一个班嘞。"

夏仪的妈妈，蒋媛媛，曾经是聂英红同校的音乐老师。

聂英红刚到学校的时候就听说了蒋媛媛的大名——她们学校最漂亮的女老师，可惜早就已经结婚了，还有一儿一女，断了学校男老师们的念想。

漂亮的人身上总是有很多传闻。聂英红听说蒋媛媛嫁给她老公老夏，她家里是不同意的，她索性就跟家里断了关系，跟着老夏来了老夏的家乡常川。仅凭这一点来说，就能看出来蒋老师骨子里是个浪漫主义的人。

她跟蒋媛媛接触下来，更加确认了她的看法。

岁月没怎么在蒋媛媛身上留下痕迹，蒋媛媛看起来年轻，天真烂漫，像个小姑娘。蒋媛媛喜欢被人簇拥，她虽然已婚，但是身边总是不缺献殷勤的男人，她并不越界，但是显然很享受这种优待。

她十指不沾阳春水，并不会做饭，也不会做家务。她家老公老夏常年在虞平市区和别人合伙做生意，一个月有一半的时间在外面跑，就花钱请邻居阿姨帮衬着。女儿岁数大一点已经好带了，蒋媛媛常常会带着女儿到学校食堂吃饭，年幼的儿子还不好照顾，平时就是邻居阿姨帮忙照看。

"我问过她,怎么不让婆婆来帮忙带孩子呀。她说婆婆还没退休呢,而且她结婚时就说好了不跟婆婆一起住,她觉得三代人一起住不自由。我觉得啊,她跟她婆婆之间肯定是有什么矛盾的。"

让矛盾激化的,正是夏延生病的事情。

夏延生病那天,蒋媛媛正在学校指导合唱团排练。合唱团的事情她张罗了很久,因为排练她在学校留到很晚,手机没电了也没发现。

后来才知道,那天夏延不知道为什么发了高烧,邻居阿姨本来发现得就迟了,打了几次电话,蒋媛媛都没接。

阿姨把孩子送到社区医院,社区医院说得送到市里去,后来还是打电话叫老夏从市里回来,再把孩子接到市里去看的病。

这一下子耽误了太长时间,夏延捡了一条命回来,但病好之后留下了后遗症,有一条腿不太利索了。

"媛媛说,老夏倒是没怪她,但是她婆婆就很生气,觉得她根本照顾不好孩子,就提前退休把夏延接走自己带了。两个人住得挺远,怄着一口气呢。

"那段时间媛媛挺沮丧的,干什么事都提不起兴致。她本来就宝贝她的女儿,后来就更宝贝了,好像就要证明自己养孩子得比她婆婆好似的,让她女儿学这个学那个。她女儿也聪明,听说是个音乐天才,成绩也特别好。有一次钢琴比赛拿了虞平市第二,可惜只有第一才能继续去省城比赛,她没去成。哎,我还记得,得第一的那孩子叫闻钟,也是我们学校的。"

聂清舟怔了怔,他确认道:"闻钟?"

"是啊,这孩子念到五年级就转学了,之前我经常看见他和媛媛的女儿待在一起。"聂英红合上药瓶。

"本来媛媛和她老公挺恩爱的,谁知道后来她老公做生意赔了,赔得挺多的。我听人家讲,他怀疑被自己的合伙人骗了,上门去理论,结果在气头上失手把合伙人给打死了。她老公喜欢练什么格斗还是自由搏击的,反正就是手重。所以你看看,真不能逞凶斗狠,搞不好一辈子就完了。"

眼见着聂英红又要开始教育他,聂清舟打断她的话,问道:"那后来呢?后来怎么了?"

"后来,后来她老公的官司闹了一年多吧,人被关进监狱里。她挺要面子的,就辞职了,再后来听说她和老夏离婚,离开常川了。"

聂英红指指楼下,感慨道:"我还以为她肯定会把女儿带走呢,谁知道她就自己走了。听说她是夜里偷偷走的,她女儿还追到车站来着。"

聂清舟愣了愣,他突然想起来多年以后夏仪说的——我最不喜欢车站。

看起来冷静淡漠的夏仪,也会在半夜一直追到火车站。

聂英红说完这件被她们同事翻来覆去、讨论过大半年的祸事,连连唏嘘。她眯着眼睛回忆了一会儿,感慨道:"以前媛媛把她女儿打扮得可漂亮了。小姑娘葡萄似的眼睛,黑亮的长头发,一年四季穿不完的裙子,像个洋娃娃一样。这么多年没见她女儿,今天一看真是没认出来。

"不过她女儿从小就不爱说话,也不爱跟别的小朋友玩,特别孤僻。媛媛就说天才终归要有点怪癖,哈哈,谁说她女儿不好她跟谁急。"

聂英红收拾完了药,开始整理给聂清舟带来的衣服。她止住了关于夏仪妈妈的话题,转而开始给他介绍那些衣服,嘱咐他怎么搭配怎么洗。

刚刚那一大段跌宕起伏、令人心酸的故事,仿佛只是茶余饭后的谈资,谈过之后感慨两声也就过去了。别人的日子怎么样,都没有自己的日子要紧。

聂清舟沉默地听聂英红嘱咐这嘱咐那,一起把衣服收拾了。时间太晚,聂英红就在客房将就一晚,明天早上再赶车去上班。

聂清舟回到自己的房间,关上门之后趿拉着拖鞋走到阳台上。

从阳台侧面向下望去就能看见夏仪家房间的窗户,窗户里还亮着微弱的灯光,夏家唯一的桌子正摆在窗前,此时夏仪坐在桌子前低头写着什么。灯光照着她的棕色毛衣,她看起来像是一只温暖的棕熊。

她总是穿黑白灰,或者棕色、驼色的衣服,他很难想象她小时候穿着各种各样的公主裙,像是个洋娃娃的样子。

平时这个时候窗户早就是一片黑暗,夏仪早已经睡了。

聂清舟倚着阳台栏杆,拿出手机敲短信:还没睡呢?在写作业?

楼下窗户里,夏仪手边的手机亮了亮。她从书本中抬起头来,拿过手机,很快地敲了一个字:嗯。

聂清舟印象里夏仪写作业速度很快,很少拖到回家还在写。他突然想起来夏仪今天出现帮他的时间,正好是实验班晚自习的时间。

她提前离开晚自习,所以才没写完作业。

聂清舟:我的伤都是些小伤,没什么问题。姑姑也相信我的解释了。今天特别特别谢谢你,不然我肯定还要更惨T＾T。

聂清舟打下这一串字,加上最后的表情然后点击发送。夏仪拿起手机查看之后,保持这样的动作僵硬了三秒。

聂清舟"扑哧"一声笑了出来,他从来没有给夏仪发过表情,刚刚心血来潮想逗她一下,她果然僵住了。

他这声笑好像惊动了夏仪,她抬起头向上看去,就看见了靠在二楼阳台栏杆上的聂清舟。

聂清舟挥着手机跟她摆了摆手,笑意温柔。

夏仪看了他三秒,然后低头打字。

夏仪:你的伤会影响走路吗?

聂清舟:不会。

夏仪:你下来。

聂清舟十分惊讶,但他还是迅速地偷偷开门到了客厅,确认客房没有任何动静之后,蹑手蹑脚地开门下楼,在楼梯前绕了一圈,跑到夏仪的窗户前。

"奶奶和小延呢?"他站在防盗窗前,压低了声音问她。

"已经睡了。"

"喊我下来干什么啊?"

夏仪眨了眨她深黑的眼睛,手里还握着铅笔,认真地对他说:"你再回去。"

"哈?"

"你回到家门口再下来,再回去,重复四次。"

聂清舟穿着一件厚大衣,站在夏仪窗外初冬的夜风中,怀疑自己是不是听错了。

"你确定?"他问道。

夏仪点点头。

聂清舟看了她片刻,明白暂时得不到她的解释,就长叹一声,认命地按照她说的做了。

当楼道里再次响起规律而熟悉的脚步声后,夏仪低下头移开书本,露出被挡住的蓝色笔记本。笔记本摊开的这页上画了线,做成曲谱的格式,上面还写了两行音符,她的铅笔在纸上悬了一下,就在脚步声中流畅地写了下去。

聂清舟往返四次后,又走回了夏仪的窗前,他扶着防盗窗栏杆朝里望去,就看见夏仪的笔在泛黄的纸页上飞快地移动,画出他完全看不懂的,上下起伏且波澜壮阔的音符。

他非常惊讶,又不敢打断她。当她流畅地写完满满两页放下笔时,聂清舟才小声说:"你是在写曲子啊?那你为什么要让我来回走?"

夏仪抬起头看向他,说道:"你走楼梯的脚步声,是标准二拍节奏。"

聂清舟噎住了,老半天才说:"你把我当节拍器用?"

夏仪合上本子,开始收拾书桌。她很简短地回复道:"也不全是。"

只是在听到他的脚步声时,那堵塞的思路突然又开始流动。

"原来你刚刚不是在写作业,是在作曲,都这么晚了。"顿了顿,聂清舟想起来什么,又说道,"也是,你有灵感的时候,旋律就会重复不断地在脑子里响,你不把它们记录下来是不会消停的。"

夏仪整理书桌的动作顿了顿,她看向靠在防盗窗上的聂清舟,问道:"你怎么知道?"

聂清舟想,当然是很多年以后你自己说的。

"创作者都是这样吧。"他一句话带过这个话题。顿了顿,他认真地望着夏仪的眼睛,问道,"夏仪,你有什么梦想吗?"

夏仪沉默了一下,重复一遍:"梦想?"

"比如上大学学什么专业,比如说音乐?"聂清舟循循善诱。

"学音乐,以后做音乐老师吗?"夏仪反问。

聂清舟哭笑不得地道:"学音乐也不一定就当音乐老师啊,你可以做歌手,做音乐制作人。"

夏仪摇摇头,仿佛觉得这种事情太过虚无缥缈,不可能发生。她想了一会儿,说:"我以后想挣很多钱,带着小延和奶奶离开这里,让他们过好的生活。"

"做音乐成名了也能挣很多钱。你要找稳妥的路,那就学金融、计算机?但你不是喜欢音乐吗?"

"喜欢?"夏仪对这个词不置可否。

她喜欢音乐吗？

她沉默片刻，抬起头望着聂清舟，诚实地问道："什么是喜欢？"

这倒让聂清舟惊讶不已。他没想过音乐天才，以后将大名鼎鼎的音乐制作人、歌手，竟然不确定自己是否喜欢音乐。

"我个人觉得喜欢是欲望和快乐。想要做这件事的欲望，和做事时的快乐，这就是喜欢吧。"聂清舟尝试向她解释。

夏仪低下眼睛，似乎在思考他这句话的意思。

聂清舟看着她被灯光照得暖黄的侧脸，和她八风不动的神情，最终低低地笑了一声。

如果现在有人告诉他——你将来会成为一个很有名的作家，他也不会相信吧。

他在夏仪这个年龄的时候，也不知道自己将来要做什么，只觉得自己无所不能。梦想天天都在变，其实也等于没有梦想。

"做不喜欢的事情来谋生，这事儿没有你想得那么简单。"聂清舟轻声说道，他靠着栏杆，仿佛闲聊般说，"你会感觉每一天都没有意义，只是离死亡又近了一步。过马路的时候恨不得来辆车把你撞伤，去医院住个十天半个月不用上班。

"聪明和责任心很好，但连不喜欢的事情都可以做好，有时候像个诅咒。我觉得啊，这世上最幸运的，是找到自己真正喜欢的事情，做好这件事，并从中得到快乐和金钱。说不定你就能成为这种幸运的人。"

聂清舟转头看向夏仪，夏仪眼里有一些困惑。她站在桌子边，桌子上有暖暖的灯光，隔着栏杆好像一个竹骨包裹的灯笼。

"你是不是从来没想过这些？"聂清舟问。

夏仪迟疑地点点头。

聂清舟微微一笑，明亮的月光之下，少年的神情有超乎年龄的安定和温柔。

"那你现在可以想想了。人一生这么短暂，不妨大胆一点，做个更大的梦。

"做怎样的梦都不用害怕，你还这么年轻，而且还有我呢。"

——"你现在可以想想了。"

午休时，夏仪在学校小花园里写生物作业，脑子里无端飘过聂清舟的这句话。

她抬起头望着面前高大的教学楼，知行楼午休时总是很吵闹，像是装满了一笼蛐蛐儿的竹笼子。黑色签字笔的笔帽被她打开，又关上，打开，又关上。

伴随着这个节奏，她的脑子里又开始响起旋律，由微弱逐渐清晰，像是一群盘旋在她脑海里歌唱的海鸥。

海鸥这个奇怪的比喻来自聂清舟。

他说或许她的脑子里生活着一群海鸥，它们吃饱喝足就在岸边晒太阳，等到开心的时候就飞起来盘旋歌唱。她不能阻止它们歌唱。

它们不受她控制，她无法拒绝，近乎本能。

她的笔又开始自然而然地在草稿纸上画下一串串数字，通常有谱线的时候她会画音符，没有的时候就是简谱。

她要想什么呢，音乐这件事对于她来说几乎是不需要"想"的。自然而然地发生，自然而然地记录，她从来没有想过要让谁听见。

"张宇坤！闭嘴！"

熟悉的声音伴随不熟悉的怒气传来，夏仪脑子里的海鸥飞走，手里的黑笔停止运动。

最近在学校里，好像总是遇到聂清舟。

她站起身来绕过旁边的自动售货机，果然在不远处的树林掩映间看见了聂清舟，他身边还站着脸熟的张宇坤、赖宁。

今天他们面前还站着一个男生，个子很矮也很胖，像一只白色的皮球。此时这个白色的皮球因为愤怒脸涨得通红，他指着张宇坤说："你……你敢骂我妈！"

"就骂你了，你小子故意整我们，就是找打！"赖宁撸袖子就要动手，聂清舟拉着他的胳膊使劲儿把他往回拽。

赖宁和张宇坤的校服前面有一大片污渍，地上倒着两个瓶装可乐。夏仪的目光在这几个人之间来回看了一圈，大概能猜到发生了什么。

张宇坤被聂清舟按着，嘴里还嚷道："骂你怎么了！骂你妈怎么了！"

那白胖的男生表情瞬间扭曲了，咬牙咬得脸上的肉也跟着颤抖。

-110-

聂清舟冷着脸，一把捂住张宇坤的嘴，一个横身插到张宇坤和赖宁面前，隔绝了他们和对方的视线，用力把他们往回推："少说……"

就在这个刹那，风云突变。

聂清舟身后的白胖男生爆发出一声短促的叫声。聂清舟的眼睛瞬间睁大，脸色"唰"一下苍白，刚刚还在用力拦人的胳膊卸了力气。

聂清舟踉跄两步，像一只坠落的鸟一样向前倒去，"砰"的一声砸在张宇坤和赖宁的肩膀上。

随着他的身体倾倒，夏仪看见站在他身后的那个白胖男生。男生一脸惊恐和不知所措，手里拿着一把染血的水果刀，血从刀刃流到手里。

"哐当！"

水果刀掉在地上，男生整个人也瘫倒在地。

那一瞬间，夏仪的思维停滞，身体被冻在原地，好像突然无法理解这个画面的含义。她看见张宇坤和赖宁面色苍白，前者张大了嘴巴，似乎就要尖叫，然后一只更加苍白的手伸出来，紧紧捂住他的嘴。

聂清舟抬起头，死死皱着眉，有气无力地说："别……别叫。"

后背猝不及防地传来剧痛，校服继而变得湿黏时，聂清舟的脑子里蓦然蹦出多年后夏仪的那句话——他很容易受伤。

又来了，又来了。它猝不及防地再一次应验了。

这是总结？还是预言？还是诅咒？

他吃力地撑着赖宁的肩膀转过身去，看着瘫在地上六神无主、跟个受害者似的吴思远，顿时气不打一处来。

"现在怕成这样，刚刚想什么呢！你还敢带刀子来学校？会出人命的知道吗！年纪轻轻的你想坐牢？"聂清舟怒骂道。

吴思远被聂清舟骂得脸色青白，身体直打战，勇气一瞬间爆发之后泄了个干净，一句话都说不出来。

聂清舟后背的校服迅速洇红了一大片，血迹仍然不断地扩散，在白色的底色上更加明显。张宇坤一时间都不敢碰他，只能颤颤地喊道："舟哥……舟哥……"声音都带了哭腔。

这时，一双手扶住聂清舟的胳膊，张宇坤一抬头就看见了夏仪。她如平时一般冷静，干脆利落地拉下校服拉链，把自己的外套脱下来披在聂清舟背上，遮去了刺眼的鲜红。

"快去医务室。"夏仪说道。

张宇坤眼含热泪,说道:"嫂子!"

夏仪差点松手,聂清舟手疾眼快地扶住夏仪的肩膀,他一边疼得直吸气,一边恨恨地对张宇坤道:"你别说话了!"

这里是个僻静角落,平时没有什么人来,又有树林遮挡,这场突如其来的变故只有在场的几个人看见。但是刚才吴思远的叫喊声已经惊动了人,聂清舟看见远处有人向这边探出头来。

聂清舟微微俯下身,快速地对吴思远说:"刀是你带来削水果用的。刚刚你在削水果,我失足跌倒撞到你身上,把你连刀一起撞倒在地,后背被刀划伤,你记住了吗?"

赖宁愣了愣,喊道:"舟哥,你干吗……"

聂清舟的目光冷冷地扫过来,说道:"这件事就是这么发生的,没有别的版本。知道吗?"

张宇坤和赖宁在他严厉的目光下,最终点了点头。聂清舟转而看向吴思远,说:"还想上学的话就把我的话记好了,一个字都不要错。"

聂清舟说完这句话就卸了力气,夏仪适时扶稳了他。聂清舟面色苍白,低声对她说:"你别搅到这些事情里来,回去上课吧,有张宇坤和赖宁就行了。"

说着,他伸手就要把夏仪的外套揭下来,夏仪按住了他的手:"已经染上血了。"

顿了顿,她说:"我送你去医务室。"

聂清舟看了她一会儿,叹道:"好吧,送完我你就赶快回去啊。"

说罢,他转过头对张宇坤说:"你帮我跟老师请个假,就按我刚刚说的那个版本来。"

"赖宁,一起去医务室。"

当十三班班主任李老师火急火燎地赶到医务室时,聂清舟正趴在床上,年轻的校医姑娘拿着医用酒精给他清理伤口。聂清舟的手攥着床单,因为太过用力手臂上青筋毕露。

"不行不行,伤口太深了,要送医院缝针。"校医着急地抬头看向李老师。

张宇坤把这件事告诉李老师时，张自华正好也在办公室里，今天下午他只有最后一节有课，立刻跟着老李一起赶到了医务室。张自华一看这状况就皱起了眉头。

李老师连忙掏出手机："聂清舟，你家长电话号码给我。"

"我爸妈都在省城打工呢，我姑姑这两天赛课，他们都赶不过来。李老师，没什么事儿就别打扰他们了吧。"聂清舟转过头来，面色苍白，额头上都是汗，语气却轻松。

"什么叫没什么事！你听听校医怎么说的，走走走，我送你去医院。"李老师转头对被他揪过来的吴思远怒道，"带这么危险的刀具到学校，你怎么想的？吃吃吃，就知道吃，吃成什么样了还吃！"

聂清舟的脸上闪过一丝不悦，他和魂不守舍的吴思远对上目光，后者立刻吓得移开目光。聂清舟说道："李老师，吴思远也不是故意的，我看他吓坏了，先让他回去吧。"

李老师一摆手："去去去，都先回去上课，吴思远、赖宁，还有……夏仪，你怎么在这里？"

李老师才注意到坐在一边，低头看着校医给聂清舟清理伤口的夏仪。

夏仪抬起头来，她没穿校服，只穿着一件棕色毛衣，淡淡地说："正好路过。"

"她路过帮忙的，校服给弄脏了。"聂清舟替她解释道。

李老师捏捏太阳穴："都先回去上课吧，这里交给老师处理。老张啊，你得帮我一把。"

刚刚所有人的反应张自华都尽收眼底，此时他探究地看了一眼聂清舟和吴思远，说道："没问题。"

把这帮学生都打发走后，李老师和张自华就架起聂清舟，打的把他送到了离学校最近的医院。

几个小时的手忙脚乱跑上跑下，张自华再见到聂清舟的时候，他已经缝好针缠好绷带，披着一件衣服坐在了床上。医院里的暖气开得很足，聂清舟赤裸上身只披一件衣服也不觉得冷，看见张自华走进来的时候，他甚至还笑了一下。

旁边的护士不满道："还笑啊？再深一点你就有危险了知道不，你怎么三天两头受伤来缝针?"

"他之前也来过?"张自华问道。

护士扭过脸,诧异道:"你是?"

"我是他的老师,送他来的。"

"噢噢,他两个月前也伤过肩膀。这次你看看,除了后背的刀伤,还有那么多跌打损伤,可得好好管管他。"护士边说,边拿着一堆药水瓶走了出去。

张自华的目光转到聂清舟身上,聂清舟立刻拉了拉披着的衣服,盖住身上的瘀青。

"怎么回事啊?"

聂清舟笑笑:"您不是知道我的,就是打架呗。"

"打架?你这次挨了吴思远的刀子,怎么没打他?"

"他又不是故意的,而且我伤成这样,也没法打他啊。"

聂清舟说得轻松,避重就轻。张自华冷笑一声,坐在他床边:"别忙着往自己身上泼脏水了。你那些话骗骗老李也就算了,可骗不了我。老李在打电话一时半会儿过不来,现在就我们两个人,你跟我说实话,怎么回事儿?"

聂清舟的笑意沉下去,他慢慢地说:"我已经说了,就是意外。老师,你让我说什么?"

"不是吴思远故意伤你?"

"他哪里有这胆子。"

"兔子急了也咬人,胆小的人胆大起来才吓人。"

张自华微微和聂清舟拉远了一点距离,上下打量着眼前面色苍白的年轻人,说道:"你才多大的孩子啊,还想一个人把事情全扛下来?每个人都要为自己做的事情负责,今天你是幸运的,我说句不好听的,你要是真的伤残了怎么办?"

聂清舟沉默了片刻,轻笑一声:"学校真的想负责,也就不会放纵这些事情发生了。事情闹大对谁都不好。"

张自华敏感地捕捉到他话里的指向性,说道:"你说学校放纵?学校怎么放纵了,今天你就把想说的话都说出来,我来听听。"

聂清舟似乎不太想说,可架不住张自华一直追问,他迟疑着开口:"我

-114-

只是觉得,学校对孤立和欺凌的行为视而不见,只要不惹出事,就当不存在。对我是这样,对吴思远是这样,还有今天老师你看见的夏仪,你们对她也是这样。谁都知道有问题,不好解决所以也不想着解决,只想着粉饰太平,等着越来越重的课业压到我们身上,把这些问题都压过去。"

顿了顿,聂清舟望着张自华,认真地说:"但是这三年的遭遇和形成的个性,会塑造人的一生。人的一生远远不只学习和考试,有太多比高考更重要的东西。你们比我们更年长,更有经验,不能对会造成我们一生不幸的东西视而不见。这才是教育的意义吧。"

说完,他又补上一句:"这是我个人的见解。"

这个孩子说话滴水不漏,观点犀利但是态度和语气都非常委婉,不看年龄,倒像是个在社会里磋磨过的人。张自华深深地看着聂清舟,仿佛要透过这双清亮的眼睛看见背后的灵魂。

末了,张自华笑了一声,拍拍聂清舟的肩膀,把聂清舟拍得龇牙咧嘴喊疼。

"行啊你,这话真不像是十六岁的人能说出来的,说你二十六岁我也信。"

聂清舟不置可否地笑笑。

张自华收敛了神色,说道:"但隐瞒并不是好的解决办法,你说学校漠视欺凌,你隐瞒了难道能改善这种情况吗?没出事,这套逻辑还会继续运转下去。"

"但这种改善不能用别人的人生做代价。"聂清舟立刻反驳。

"你只管说实话,我可以向你保证,没有人的人生会因此受影响。"

聂清舟盯着张自华,他坐在病床上抓着外衣衣襟,似乎在思考。张自华心想这孩子警惕性还挺强,便说道:"是不是张宇坤和赖宁欺负吴思远,吴思远想报复,结果伤了你?"

"我刚开学的时候也欺负过他。"聂清舟并没有直接回答他的问题。

他这样一说,张自华就明白了。

"得了,你别往自己身上揽了。你的脾气和涵养我还不知道,闻钟都比不上你。张宇坤和赖宁都被你带得老实了不少。"张自华站起来,说,"我会和李老师商量一下,好好处理这件事的。"

聂清舟直起身来抓住张自华:"老师,你答应我的,没人会被处分受影响。"

张自华笑起来,他再次拍拍聂清舟的肩膀,这次用力小了点:"你放一百个心。也奇了怪了,你受伤不疼吗?这么担心吴思远?还有张宇坤和赖宁,你真的喜欢跟他们混在一块?"

聂清舟放下手,艰难地把外套穿上,神情疲倦的脸上浮现出一丝笑容。

"我又不是铁打的,当然疼了。我们都是普通人,缺点和优点都一大堆。我只是觉得,在这个年纪总会犯错的,大家还有变得更好的机会。"

他不想让他们失去这个机会。

他比他们更年长,更有经验。

所以不能对会造成他们一生不幸的东西视而不见。

晚上,聂英红果然对聂清舟进行了电话轰炸,聂清舟早已习惯聂英红的火爆脾气,一边耐心地听,一边应着。聂英红说她暂时回不来,已经拜托楼下的夏奶奶,这几天帮忙照顾他。

聂清舟诧异道:"你什么时候有夏奶奶的电话了?"

"上次来存的,俗话说得好,远亲不如近邻。我下次来给夏奶奶买点礼物,再包几个红包感谢她。"

聂清舟想,他姑姑一出手他就不欠夏奶奶钱了,那夏仪就不再是他的债主,他再请夏仪吃什么东西她还吃吗?

想到这里,他有点惆怅,居然希望这债务能延期。

此时,门铃欢快地响了起来。聂清舟结束了和姑姑的通话,僵直着背移动到门前打开门。

门外灯光下站着一高一矮两个穿着常川一中校服的男生,不是张宇坤和赖宁是谁?

聂清舟诧异道:"你们怎么不上晚自习?"

"舟哥!你都送医院缝针了,我们肯定要来看你啊,还上什么晚自习!"张宇坤哭丧着脸说道。

赖宁忙不迭地点头。

聂清舟只觉得血压飙升:"你俩逃晚自习,没请假是吧?"

这下张宇坤没了声音,门外两个人面面相觑,活像高低两根树杆子。

聂清舟想,赖宁说对了,他真是来当妈的。

- 116 -

"……对，麻烦您了，要是高主任或李老师发现了，您就说他们到办公室的时候没见到李老师，所以跟您请假的……嗯，谢谢。"

聂清舟挂了电话，面色不佳地回头看向坐在客厅沙发上的张宇坤和赖宁。

没眼色的赖宁还惊奇道："哎，舟哥，你什么时候跟张自华关系这么好了？"

张宇坤一拍赖宁的后背，从沙发上弹起来说道："舟哥，你别站着了！你快坐！我去给你倒水！"

聂清舟摆摆手："你们给我老实坐那儿！"

张宇坤非常听话，"扑通"一声又坐下了。

聂清舟现在只要移动身体就很痛，索性保持原来的姿势站着，低头看向坐在沙发上的两个人。这两个人被他看得脖子都缩了下去，赖宁嗫嚅着，终于小心地问："舟哥……你的伤怎么样啊？"

"缝针了，医生说再深一点我就没法站在这里跟你们说话了。这好歹是我的后背，要是我没在中间拦这一下子，刀冲你们脸上划过去，毁容都是轻的！"聂清舟语气严厉，声音却压得低，他可不想在邻居面前现场直播。

张宇坤和赖宁脸色一白，张宇坤愤恨道："吴思远那崽子也太阴毒了吧！舟哥，我真不明白，你怎么能放过他！"

"他做的阴毒吗？不是和你们对他做的差不多吗？"聂清舟目光沉沉，"他之所以带刀来，心里想的不也是——聂清舟、张宇坤和赖宁那三个崽子欺人太甚，我绝对不能放过他们！"

"我们……我们可没想要他的命！"

"你们叫他给你们买可乐，可乐里有气溅你们一身，你们就辱骂人家。不管他是不是故意的，人家凭什么给你们买可乐？你们欺负他，不就是觉得他软弱不敢反抗吗？按你们的逻辑，人家拿了刀，弱势的不就变成我们，人家当然可以欺负我们了。你们开了这个头，就该想到有这样的后果。"

聂清舟说着说着咳嗽起来，张宇坤立刻跑去，倒了一杯水给他，仿佛这是他家似的。

赖宁还老老实实坐在沙发上，低着头不说话。

聂清舟喝了一口水，叹了一声，艰难地移动到椅子上坐下。张宇坤也跑到赖宁身边坐下，苦着脸不敢说什么。

"现在你们和吴思远就算两清了。你们不要再去找他，也不要再找任何人的麻烦，我可不想再挨一刀。最近周末我不能打球，你们都过来跟我一起写作业，把教辅都带上。"聂清舟发了话。

平时他说这话张宇坤和赖宁肯定不干，但是现在他对他俩有救命之恩，他们正愧疚着。聂清舟抓准了这个时机，张宇坤和赖宁的脸更苦了，但是张宇坤还是立刻表态："那当然！我们怎么可能把舟哥丢下，自己去打球！"

赖宁立刻附和："就是！"

聂清舟满意道："那好，就这么说定了。"

见聂清舟的神态缓和，赖宁和张宇坤总算松了一口气，他们围着聂清舟心有余悸地问来问去，殷勤地嘘寒问暖。聂清舟摆摆手，说道："你们的书包呢？作业带了没？"

于是，一场探病之旅，变成了集体写作业之旅。

张宇坤和赖宁平时的作业都是半抄半写，聂清舟从来都不借他们作业抄，只是说哪题不会，给他们讲。这两人多半没耐心听，又去抄别人的了——比如吴思远。

现在围着一张桌子写作业，张宇坤抓耳挠腮，再看旁边的赖宁也是一样。唯有聂清舟，下午的课没上，后背不利索，他把作业悬空拿着竟然还笔走如飞。

聂清舟瞥了一眼张宇坤和赖宁干净的作业本，叹息一声放下作业拿起课本："你们先跟我讲讲，今天下午老师上课都教了什么吧。"

他说是让赖宁和张宇坤讲，但是说着说着就变成了他讲，对面两个人听。待他把今天作业相关的课时大概梳理了一遍，对面两个人终于开始慢吞吞地写作业了。

赖宁捅捅张宇坤，小声又激动地道："哎，这题我居然会写了哎！"

张宇坤趴过去："我看看，我看看。"

聂清舟看着他们，轻轻一笑。

这一下子时间过得很快，不知不觉就夜深了。赖宁接了电话才意识到这个时间他都该到家了，他编了个理由搪塞过去。张宇坤和赖宁赶紧收拾书包，准备回家。

聂清舟在椅子上坐着，说道："我就不送了啊，我这几天请假，记得每天把作业和笔记给我带来。"

赖宁一边收拾，一边答应下来。张宇坤抬头正想和聂清舟说话，眼神一瞟不知道透过窗户看到了什么，整个人突然兴奋起来，拉着赖宁过去："你看，你看！"

赖宁凑过去顺着张宇坤手指的方向看去，只见路灯之下，夏仪骑着车出现在坡道之上，她朝这里快速驶来，把自行车停在了楼道前面。

张宇坤兴奋道："都这么晚了，嫂子还来看舟哥！"

坐在远处不能动弹的聂清舟一头雾水："什么嫂子？"

正在这时，门铃响了，张宇坤一个箭步蹿了过去。电光石火间，聂清舟明白了他刚刚在说谁，急道："赖宁，拦住他！别让他乱说话！"

夏仪按下门铃之后，就听见了门后的一阵兵荒马乱，以及聂清舟清晰的呼叫声。

然后门被打开，张宇坤满眼发光地喊道："嫂……"

然后一只手从他身后而来，直接捂住张宇坤的嘴。赖宁钳住张宇坤的肩膀，站在他身后诚实地说："坤儿，舟哥让你别说话。"

张宇坤扒拉着赖宁的手直扑腾。

赖宁的目光转向夏仪，和气地笑起来："嫂子，来啦。"

聂清舟掐掐眉心，这两人怕不是专门来给他治低血压的。

张宇坤挣脱了赖宁的制约，笑道："嫂子，都这么晚了，还专程来看舟哥啊？"

夏仪的目光在他们俩脸上打了个转，然后望向他们身后的聂清舟。

"我住在楼下。"她说道。

张宇坤恍然大悟道："原来如此啊，原来这里还有一段故事呢。哎，那每天晚上舟哥留下来自习……"

他还没说完，一本练习本就招呼到他身上，聂清舟皮笑肉不笑地说："你们不是说要回家吗？怎么还不回家？"

张宇坤和赖宁得令，立刻拎着书包溜了。走之前，张宇坤还对聂清舟挤眉弄眼，那种兴奋八卦的神情，仿佛让聂清舟看见了他表妹拉着他的胳膊大喊"这就是爱情"的样子。

聂清舟掐着眉心。

嗑 CP 就这么快乐吗？

夏仪看着这两个人沿着楼梯一路往下，消失在视野中，这才转过头来看向聂清舟。

"我可以进来吗？"

"快进来。"

于是，夏仪走进房间把大门关上，她走到聂清舟面前。聂清舟僵硬地站在原地，无奈地道："就不给你倒水了。"

夏仪摇摇头示意不用，她上下打量了他一遍，面前的男生面色苍白，但精神尚好。她问道："怎么样？"

"缝了四针，再过七天去拆线。"聂清舟偏过头，叹息道，"和上次差不多。"

"你姑姑拜托过了，这几天我奶奶会帮你做饭。"

"又要麻烦奶奶，真不好意思。"

"他们为什么叫我嫂子？"

"咳咳……"

在一大段正常的对话之后，夏仪突然来了这么一句，呛得聂清舟说不出话来。他边咳，边摆手说道："不不不，你就当他们在说胡话，别在意也别相信。那什么，校服我会洗干净还你……"

说到这里，聂清舟才发现夏仪身上穿着一件干净的校服，似乎小了一点，散发出不熟悉的雏菊香精味道。

"你的校服？"

夏仪低头看了看，说道："郑佩琪借给我的。"

她午休回到教室坐下的时候，郑佩琪时不时看她一眼，最后还是忍不住问道："夏仪，你……校服呢？"

"脏了，暂时不能穿。"

"哦……"郑佩琪也不敢多问，她的目光往门外看了看，又转回来，"下午……下午有班主任的课，你不穿校服，她会说你的。"

夏仪只是点点头，没有再回复郑佩琪的话。下午第一节课，郑佩琪就一直在课桌下捣鼓手机，等下课时她跑出去，再回来就拿了一件校服外套。

"我让我家人送来的,洗干净的校服!你可以先穿上。"郑佩琪把叠得整整齐齐,还飘着花香的校服捧到她面前,一双眼睛怯生生的,像是小兔子一样。

夏仪看了她片刻,从她手上接过了校服。

"谢谢你。"

郑佩琪怔了怔,然后就眉眼弯弯地笑起来,又似乎有点不好意思,想要克制这种开心。她咬了咬唇,说:"不用谢。"

听完,聂清舟也和郑佩琪一样眉眼弯弯地笑了起来,露出脸颊上的小酒窝。

他感叹道:"真好啊。"

夏仪抬眼望着他:"什么?"

聂清舟笑意盈盈的眼睛仿佛有光,照进她眼睛里。

"真好,你要多一个朋友了。"

以后不光是我陪着你,还会有更多的人,会有越来越多的人发现你的好。

你原本就值得被簇拥和爱。

受伤的第二天,聂清舟正百无聊赖地撑着头坐在夏家杂货柜台前,一边帮夏奶奶看店,一边看他去图书馆借的《契诃夫短篇小说集》。突然,他听见楼道里传来敲门声,有个中年女人说:"是不是不在家啊?"

聂清舟感觉他们好像是在敲他家的房门。

于是,他从杂货店里探出头来,大声道:"你们找谁啊?"

这一探头牵扯到他后背的伤,他皱了一下眉,就看见视线里出现一个白白胖胖的中年女人,个子不高。似乎因为身体过于笨重,她走路的时候左右晃动像是企鹅一般,偏偏还穿着耀眼的紫色衣服。那个胖胖的中年女人背后,还亦步亦趋地跟着一个同样胖胖的男生。

是吴思远。

聂清舟愣了愣,然后转头喊:"夏奶奶!我得离开一下,你要出来看店哦!"

于是,厨房里的夏奶奶丢下正剥到一半的毛豆,双手在衣服上擦了擦:"来了,来了。"

聂清舟走出柜台,缓慢地移动着,对一脸激动迎上来的中年女人说:"别在这里说,我们去个没人的地方。"

楼房背后安静的巷子里,吴思远的妈妈激动得面色通红,她拉着聂清舟的手颤声说道:"对不起,真对不起。感谢你不追究我们儿子,不然他真的就完了。我儿子,他平时不是这样的人,他可乖了,都不会大声说话的。也不知道这次怎么了,就鬼迷了心窍,真的对不起,对不起,阿姨给你鞠躬了。"

聂清舟立刻扶住吴思远妈妈的胳膊,一边吃痛,一边把她往上拉:"阿姨!阿姨不用,不用这样。"

吴思远妈妈扯着吴思远的胳膊把他拉过来,按着他的头让他也鞠躬,边摁边说:"你这孩子,在旁边干站着干什么?快给人家道歉!你脑子怎么长的,还敢带刀到学校,还敢伤人!尽长这种邪门的能耐,妈妈怎么把你教成这样啊!"

聂清舟一手拉住她的手,制止她按吴思远的动作。他看向吴思远,吴思远低着头,眼泪就挂在眼圈里晃荡,眼睛里有恐惧,也有愤恨,偏偏咬着牙一句话也不说。

"阿姨,我不知道老师是怎么跟您说的。但是吴思远没有必要跟我道歉,这件事我也绝对不会再跟别人提起。您放心,他以后可以继续在学校里安心学习。"

聂清舟这句话说完,吴思远抬起头盯着他,眼里仍有畏惧和怀疑。

聂清舟转眼看向吴思远的妈妈,认真地说道:"我不知道吴思远有没有跟您说过,平时在学校里他经常会被欺负。有时候是外貌上的人身攻击,有时候是变相的零用钱勒索,但还好没有上升到肢体冲突。"

吴思远的妈妈愣了愣,老师把她喊去的时候,提起过吴思远是因为受欺负所以才伤人,但是没有讲得那么仔细。

吴思远的妈妈转头看向吴思远:"就这些事?这种事值得你拿刀吗?你要气死我……"

吴思远的目光更灰暗了,头颓丧地低下去。

聂清舟怔了片刻,继而皱起眉头。

在这一刻,他知道为什么吴思远不把被欺负的事情告诉家长了。

"阿姨,这不是'就这些事',这很重要。是人就有自尊心,忍耐也都有限度,他在外面受了委屈,您要维护他才对啊。如果他能早点把这些事情告诉您,您能站出来帮他撑腰,或许昨天他就不会拿刀来保护自己了。"

聂清舟望着吴思远妈妈的眼睛,万分郑重道:"您是他妈妈,您是他在这个世上最亲近的人,至少您要珍视他、安慰他、保护他。

"还有您说,吴思远很乖,平时都不会大声说话。我不觉得这是好事,他要学会保护自己,被欺负就要大声说出来,要用正确的方式反抗。他现在这样,就算没有我们欺负他,以后还有别人。"

吴思远妈妈惊愕地望着聂清舟,好像无法想象从他嘴里会说出这一番话。吴思远却已经哭了出来,泪水夺眶而出,顺着脸不停地往下掉。

一番话说完,聂清舟吸了一口气,似乎有些后悔自己刚刚的激动。他沉默了一下,说:"我……不是要对您的教育方式指手画脚。您知道吗?吴思远之所以会这么生气,是因为我朋友说了侮辱您的话,他接受不了。我只是觉得,吴思远其实很爱您,他肯定希望,您也能多护着他。"

说完,聂清舟后退两步,忍着后背的伤慢慢俯下身去,冲他们鞠躬:"还有,对不起,我为我朋友之前做的事情向你们道歉,非常抱歉,以后绝对不会了。"

吴思远好像忍不住了,突然蹲在地上号啕大哭起来。从聂清舟的视线里看见他宽大的身体缩在一起,他把头埋在胳膊里,哭得肩膀一抖一抖的。

好像这个孩子默默忍耐了好久,做了冲动的错事,被强摁着来和曾经欺负他的人道歉,满腹的惶然和委屈终于被人看到,被说出来,落在地上砸了个粉碎。

他妈妈的手臂从上面伸出来,环住他的肩膀,好像也哭了起来。

最后,聂清舟目送这对母子在阳光下相拥而去的背影,他站在小巷子里,海风蜿蜒地穿过这里,把常绿的树木吹得沙沙作响。

他慢慢地往前走,他想起他上大学的时候当班长,常常帮着辅导员处理班上学生的日常事务,后来发展成帮忙处理全年级的日常事务。他见过各种各样的学生,各种各样的家长,大部分时候痼疾已成,难以挽回。

十六岁会不会比十九岁更好,能够改变和挽回的东西,会不会更多一点?

辅导员说——你要不毕业以后来接我的班吧，像你这样把别人的幸福当幸福的人，最适合当辅导员了。

当时他怎么说的来着？

聂清舟仰起头，阳光照到他脸上，他微微眯起眼睛。

他说——不可能的，我还不想气死我爸妈。

——您是他妈妈，您是他在这个世上最亲近的人，至少您要珍视他、安慰他、保护他。

聂清舟长叹一声，苦笑着喃喃自语："站着说话不腰疼啊，谁比谁好呢？"

他的父母，此时此刻正拥有着一个考上了正一实验班，成绩优异的儿子。此后，这个给他们长脸的儿子，会按照他们的希望选择理科班，考取一所声名在外985院校最好的专业，妥帖地出国交流，去名企实习，赚足资历，然后找到一份"有出息""稳定"的工作。

他原本还应该成家，买学区房，还房贷，摸爬滚打到中高层领导，像曾经被使唤一样使唤员工们，慢慢变得世故而油腻，这种生活他虽然不喜欢，但也说不出究竟哪里不好。

可他没这个机会，他掉到了十年前的这里，像是掉进兔子洞里的爱丽丝，遇到了他从没想过的奇境。

他走到"夏家杂货"门口时，夏仪刚刚接夏延放学回来，她停下车，夏延一瘸一拐地走进门去了。

这时，她回过头来看向他，风吹得她的短发乱飞，她的双眸漆黑，一半身体沐浴在夕阳余晖中，像是"奇境"这个词所有的具象化。

这是他的兔子小姐，夏仪。

像猫，像海鸥，像兔子，他的 highest priority，夏仪。

她并没有说什么，只是对他点了点头，就转过身骑着车，沿着洒满阳光的街道远去。

聂清舟站在这个路口，看了很久很久。

第五章
他很庆幸来到了这里

晚上，张宇坤和赖宁又出现在了聂清舟的家里。

因为每天晚上要给聂清舟带作业和笔记，张宇坤和赖宁索性跟班主任老师请了晚自习的假，这一周跟聂清舟一起自习。

"李老师竟然答应了？"聂清舟一边写着作业，一边抬起眼睛看向他俩。

张宇坤咬着笔尾端，从作业的泥潭中挣扎出来："老李本来不想答应的，眼睛都瞪起来了。但是张老师在旁边帮我们说话，老李就批准了。"

赖宁插话道："最近这几天，学校不知道怎么回事，搞了个防校园暴力周。班会课老李在台上说了好久，我看吴思远的脸色都白了。"

张宇坤立刻举起手："我保证啊，我和赖宁一句话都没有说出去，学校里也没有任何传言。"

聂清舟摆摆手，说："我知道。你也别咬笔了，哪题不会，我看看。"

张宇坤笑起来，挠挠后脑勺："舟哥你脑子怎么就这么聪明呢，篮球打得好，学习也好，你说夏仪怎么就能不动心呢？"

聂清舟皮笑肉不笑："要不咱俩过得了。"

"别别别。"

在无数次否认自己喜欢夏仪失败，并且无法解释自己对夏仪的优待之后，聂清舟终于认命，不再试图解释清楚。

他早该明白，就像他表妹对十年后的夏仪和聂清舟在一起坚信不疑一样，张宇坤和赖宁也有同样见了棺材板都不落泪的坚定信念。

于是说辞从——"我不喜欢夏仪，也没有追求夏仪"，变成了"我喜欢夏仪，我追过夏仪，但是人家拒绝我了，人家没看上我"。

赖宁眼睛一亮，难得机灵道："哎，我们以后周末不是要到舟哥家写作业吗？舟哥你喊上夏仪一起啊，就说大家一起写，互相交流有效率！"

"对对对！你要是单独约夏仪，她可能不同意，但是有我们在就好了。我们保证给你创造机会！"张宇坤在旁边跃跃欲试。

聂清舟抱着胳膊看着这两个人，思索片刻后缓缓露出一个大大的微笑："我觉得这个主意不错。"

正好他觉得，他一个人带这两个人有点带不动，是时候再请一位老师了。

赖宁和张宇坤笑得开心，浑然不知自己给自己加报了个辅导班。

聂清舟再三叮嘱，耳提面命让张宇坤和赖宁不要在夏仪面前乱说话，也不要乱传他们的事情。于是周末，聂家集体作业班开张了。

聂家的餐桌上围了一圈人，分别坐着聂清舟、夏仪、夏延、张宇坤和赖宁，作业和参考书铺了一桌子，学习气氛颇为浓厚。

聂清舟的化学在他所有学科里比较弱，尤其是和实验相关的部分，他写着作业偶尔就会和夏仪讨论两句。夏仪会低下头看着他指着的题目，两个人慢慢凑近。

每当这个时候，张宇坤和赖宁就会露出一些难以言明的兴奋神色。

聂清舟和夏仪讨论完了，转过头来瞥见张宇坤和赖宁发亮的眼睛，再一看他们空白的本子，就板着脸拿手指敲敲桌面。

"你俩干什么呢？本子上怎么还是空白的？"

赖宁老实道："想把张自华布置的周记写了，没灵感。"

周记是张自华布置的无命题作文，每两周一篇。

张宇坤跟着点头，补充道："刚刚写了半天物理，想放松下脑子，正构思着呢。"

聂清舟微微一笑，扶着桌子倾身过去，望着他们："没灵感啊？"

两个人忙不迭地点头，不肯承认自己是在偷懒。

聂清舟说："那简单，你们这两天有没有留下印象深刻的事情？事无大小,凡是能挑起你们情绪的都可以。比如说,最近的天气,看到的人,遇到的事情。"

赖宁皱着脸想了半天,终于说:"我妈昨天晒被子了,昨晚睡觉暖烘烘的,被子里还有那种太阳味儿,我觉得很舒服。就这么一件事儿,咋写周记啊?要800字呢。"

聂清舟拿起笔,在草稿纸上写下三个大字"晒太阳",他的笔迹是练过的行楷,落在纸上规整又遒劲。

"太阳晒过被子的味道会让人觉得好闻。从科学的角度上来讲,这种味道是阳光杀死了螨虫留下的螨虫尸体味儿。"

赖宁露出了难以言表的嫌弃表情。

"这是为什么呢?人为什么会喜欢这种味道?人的喜好真的是毫无理由的吗?按基因遗传的理论,人现在对于美丑、气味、饮食的喜好是因为早在原始人时期,符合这些偏好的特性使人更容易生存,所以有这些偏好的人得以将自己的基因遗传下来,形成了我们现在所谓的喜欢——比如面色红润、牙齿整齐、面部对称,再比如甜、咸等口味。我们喜欢这种气味,或许是因为远古时期喜欢这种气味的人常常晾晒东西,有效的紫外线杀菌避免了一些疾病,得以延续基因。"

聂清舟把一些关键词写在纸上,再划出一条长长的箭头,指向下面:"在这里,我们可以跳出来想这个问题。我们一直觉得喜好是由我们自己掌控的,果真如此吗?我们现在所有的偏好和定义,可能冥冥之中来自我们的基因,来自百万年以前的环境。每个人都是一部厚重的书,隐藏着从人类诞生之日起一直到今天,千百万年间和这个世界相处的历史。在这个世上诞生的一切美与丑,都是对这部生存史的敬意。"

张宇坤和赖宁听得一愣一愣的,连夏延都放下了笔,看向聂清舟。

聂清舟笔锋一转,又画出另一条横线:"另一种浪漫主义的解释,按照生物进化的现象,这个世界上最早出现的就是藻类生物,它们依靠太阳进行光合作用生存。最早有光,很久很久以后才有了人,或许在漫长的进化过程中,我们的祖先丢弃了光合作用的能力,但保留了对于阳光的热爱和向往。每当阳光照到我们身上的时候,我们身体里属于亿万年前海藻的那部分,都因为看见太阳而欢欣鼓舞。"

聂清舟说完之后放下笔,才发现周围的人都看着他。他斟酌了一下,问赖宁:"是不是我说得太深了,你能写吗?"

赖宁拿起笔,像见了太阳的海藻一般欢欣鼓舞道:"我……我试着写写!舟哥你那句话是什么来着,每个人都是一本书啥的?就那句话,老张就要夸死我。"

聂清舟又复述了一遍,转头看向张宇坤,说道:"该你了,你有什么印象深刻的事情?"

张宇坤挠挠头,说:"我就是想起昨天楼下有人骂街,这也能追溯到生物进化吗?"

"骂街的话,双方是为了什么?是用方言骂的吗?"

"就单方面的,有人停车堵了另一个人的车,那人的车开不出来也找不到乱停车的车主,就在我们楼下喊,一边喊一边骂。是用的方言。"

聂清舟又在草稿纸上起了一个名为"骂街"的话题,一个横线下拉。

"为什么大家都喜欢用方言骂人?是不是人在极端愤怒的时候,都会用方言表达情绪,或者方言里有更多的脏话可以使用。南北方的骂街文化有没有差异?一般骂街的人要具备什么样的身体条件和素质?骂街的人是真的要争论对错,还是要营造理直气壮的气氛?从骂街引申到日常生活中的争论,甚至于舆论战争,会不会有很多相似之处?你可以搜索一些关于骂街的新闻,多找些灵感。"

说话间,聂清舟已经在纸上围绕骂街写了很多关键词,然后把纸推给张宇坤。

张宇坤拿着纸,苦着脸说:"怎么赖宁那篇文章,你都快口述完了,我这篇还要自己想呢。"

聂清舟拍拍张宇坤的肩膀,笑道:"还真的饭来张口啊?我相信你,加油。"

赖宁从作文中抬起头来,崇拜地问:"舟哥,你都是怎么想到的啊?"

"其实不难,就是观察生活中的细节,保持好奇心,一直追问下去直到得到答案。还有就是阅读,大量的阅读和积累才能找到答案。"聂清舟朝张宇坤的方向指指,"他去搜索关于骂街的新闻,也是一种积累。"

张宇坤竖起拇指:"舟哥,帅!"

说完,张宇坤转向夏仪的方向,笑得意味深长:"夏仪,怎么样,厉不厉害?我们舟哥是不是超级帅!"

聂清舟无语，转过头却和夏仪黑亮的眼睛对上。也不知道什么时候开始，夏仪也放下了笔看着他。

"我……"聂清舟想要岔开话题，就看见夏仪微微抬起下巴，点点头。

"帅。"她简短地说道，仿佛认真观察后得出的结论。

张宇坤"嗷"一嗓子叫了出来，聂清舟愣了半天，才反应过来挥手把张宇坤压下去，色厉内荏道："快写你的作文。"

赖宁笑呵呵地浇一把油："舟哥你耳朵红了。"

"去去去！"

聂清舟耳朵上的红一下子烧到了脸上。夏延看了他一眼，又看了一眼他不为所动的姐姐，摇摇头继续写作业去了。

等张宇坤和赖宁洋洋洒洒完成了作文，开始写数学作业时，张宇坤又开始咬笔了，赖宁又开始苦着脸了。

聂清舟一看他俩这样，就碰碰夏仪的胳膊肘："有时间吗？"

夏仪抬起眼睛："怎么了？"

"能帮他们讲讲作业题吗？我数学解题思路和你们不太一样，说出来会误导了他们。"

聂清舟对张宇坤使眼色，张宇坤立刻道："是啊，夏仪，你就帮帮我们吧，我们看半天了都没想明白。"

他一边说，还一边拉赖宁。赖宁反应过来也连连附和。

夏仪看着他们一脸弱小委屈的样子，沉默了片刻，拉过他们的作业本："哪题？"

"就这题、这题、这题、这题、这题，还有这题。"

张宇坤大笔一挥，聂清舟瞧着，或许他直接说他会做哪几题更快。

夏仪倒没有嫌题多，她安静了片刻，拿起铅笔开始给他们一题题讲解题思路。她的思路很清晰，但是说话非常简单，有时候张宇坤和赖宁搞不明白，聂清舟就在旁边补充解释。他解释的时候夏仪就停下来听他讲，讲完她就接着他的思路往下说。

两个人配合默契，张宇坤和赖宁很快就忘记自己的初衷，接受了一番从头到脚的知识的洗礼。

一天的集体作业时间下来，张宇坤和赖宁觉得自己促进了夏仪和聂清舟的相处，激发出了他们的默契，十分满意。聂清舟感觉终于把知识塞进了张宇坤和赖宁的脑子里，也十分满意。

这才是真正的合作双赢。

而夏仪只觉得聂清舟最近有点奇怪，他明明受伤了却很开心，偶尔会笑得扯痛了身上的伤。

聂清舟的朋友也有点奇怪，常常有一些莫名期待的眼神，偶尔还有兴奋的号叫。

周日收拾作业离开他家的时候，他还撑着下巴转着笔，感叹道："当老师真不容易啊。"

"你不生气吗？他们连累你受伤。"

"当然生气了，气也气过了，骂也骂过了。不过我说的话，他们估计转头就忘。"

聂清舟指了指窗外张宇坤和赖宁远去的背影，说道："我觉得现在他们最需要的，是能助长信心、实现自我价值的东西。欺负别人，是因为想要通过欺负别人来显示自己的强大，这恰恰证明了自身的脆弱和空洞。告诉他们不要欺负人是没用的，要把这个洞填满才行。"

她背着书包，站在原地看着他。他坐在餐桌前，头顶上有一盏光线昏暗的吊灯，那些光好似千丝万缕地渗入到黑暗中去。

就像她第一天认识他那样，他缓慢地发出光芒，耐心地渗透黑暗，乐此不疲。

聂清舟的伤口还没好，行动不便，这个周末过去之后仍然在家休养。而周一放学，夏仪去接了夏延回家时，却看到家门口围了一大圈人，高矮胖瘦的人拥挤在一起，举着胳膊指指点点。

这画面十分眼熟。

夏延立刻从她的车后座跳下来，费力地往那边走。夏仪飞快地停好车，跟着挤进人群里，走到最前面时骤然听见一声呼号。

"老吴啊，你睁大眼睛看看啊，这些人这么对我们孤儿寡母，他们不得好死啊！"

一个中等个头，穿着土灰色薄袄的女人一边仰天大喊，一边跺脚。她很瘦，以至于两颊凹了进去，脸色蜡黄，看起来十分憔悴，声音却尖锐又响亮。

她女儿十四五岁的年纪，穿着件粉色毛衣，低着头站在一边。

而女人的对面站着夏奶奶和聂清舟，聂清舟张开双臂把夏奶奶护在身后，神情严肃地盯着这个女人。

"你不要闹了，我们都搬了多少次家了，你非要闹得我不得安宁吗？"夏奶奶眼里含着泪，颤声道。

"是谁要闹啊？你说清楚……"女人见聂清舟护在夏奶奶面前，伸手就去拽他，"你给我让开，大人说话小孩搅和什么！"

女人这手还没拉上聂清舟的胳膊，斜刺里就有股力道抓住她推了回去，力气不小。她被推得连连后退两步，站稳的时候，来人已经站在了聂清舟身侧。

夏仪挥手挡在聂清舟身前，说："他有伤，不要碰他。"

中年女人看清夏仪之后，激动地抬手指着她："好啊你啊，当年还叫我一声杨阿姨。你爸杀了我男人，你竟然这样对我！现在还敢推我！"

夏仪面对着大喊大叫的女人，目光沉下来。

夏延也跑到了他们身边扶住夏奶奶，夏奶奶哆嗦着，既愤怒又屈辱，她大声说道："小杨啊，做人要讲良心啊！当年判决下来，你们要求一次性付清赔偿。我们卖房卖车，该赔的钱一分不少全赔了，我们没欠你的！你还这样一而再，再而三地问我们要钱，我们也拿不出来啊！"

女人转向围观的人喊道："听听！大家听听，这个人的儿子杀了我的老公，杀了我女儿的爹，赔了一笔钱就敢说不欠我们的了？我们家老吴要是活到现在，能挣多少钱！能养我们娘俩一辈子！你们不把这一辈子补上，也敢说不欠我们的？"

夏延气道："你怎么不说你之前还打我奶奶！你有本事去法院告我们，看法官要不要我们赔钱！"

"她养出那种儿子，她不要负责吗！你还敢跟我吵，你爸当年要不是急着给你治病攒钱，哪能拉着我老公钻了套，血本无归还害死了我老公！我老公身上的血债也有你一份！都是你害的！"

夏延眼睛红了，就想往前冲："你胡说！你胡说！你闭嘴！"

聂清舟拦住夏延，只觉得背上一阵撕扯剧痛，下一刻夏仪就把夏延拉了回去。

聂清舟冷声说道："阿姨，你也是有女儿的人，怎么能对孩子说这种话！"

"我怎么不能！我老公都死了，我还有什么好顾忌的！"女人叉着腰，中气十足道，"你们以为搬家就能躲开我？你们走到哪里，都躲不掉家里出了杀人犯的事！你们不管我们娘俩，我们就天天来找你们，我们就在这里不走了！"

围观的人一层层地簇拥上来，人头攒动。

目光或好奇或鄙夷，争先恐后落在这个小小的杂货店前，指点和议论的声音"嗡嗡"地响成一片，如同海浪一般铺天盖地地拍过来。

夏奶奶和夏延被这海浪拍打得低下头去躲闪，耻辱又羞赧。

但是夏仪不躲避，她瘦削的背脊挺得很直，站在她要保护的所有人之前，像是一面坚固的盾，什么箭矢都戳不透她。她看着所有人，像是看着一出戏剧，看着一群激情表演的演员。

飞扬跋扈的女人只和她那双深黑的眼睛对视了一刻，就仿佛受到羞辱般怒道："你瞪我干什么！你还敢瞪我！"

"阿姨，你不累吗？你早就不伤心了，只是为了钱而已。"夏仪望着她，淡淡地问，"为什么要利用死人？"

女人愣了愣，张牙舞爪地冲上来："你这个小丫头说什么！"

聂清舟立即上前挡住女人，周围的人见这架势纷纷上来拉架。谁知道女人力气奇大，奋力往前扑，一只手直接在夏仪脸上留下了三道血印。

夏仪被劝架的人往后拉，人们纷纷说着：

"再怎么样也不能和孩子过不去啊！"

"都还在上学呢！"

聂清舟的脸色冷下来，他一边架住乱扑腾的女人，一边小声说："你闹什么？夏家赔你的钱你都花哪里去了？那么多钱，你不会拿去养别人了吧？"

那女人一蹦三尺高，转而扑向聂清舟："呸！小王八羔子！我撕烂你的嘴！"

那一瞬间，聂清舟制服她的力气突然松掉，女人没刹住车往前狠狠一扑，聂清舟就顺着她的动作往后倒去，狠狠撞到小卖部门口的货架上。

货架被他撞倒，架子上玻璃瓶装的可乐、雪碧纷纷掉落碎了一地，然后血肉之躯轰然落下。

四下里一阵令人心惊的安静，所有拉架的、劝架的人都愣在原地。夏仪睁大眼睛低头看着地面，手还悬在半空。

而聂清舟躺在满地的碎玻璃碴上，鲜红的血在晶莹的玻璃碎片间蔓延开来，染红了他的衣服，并与地上散落的饮料混合在一起，形成了一片触目惊心的暗红色。

"救命啊！伤人了！"

"快快快，报警报警！"

"叫救护车！"

周围的人乱成一团，夏仪两步快走过去，在聂清舟的胳膊边蹲下来。旁边夏奶奶捂着嘴哭泣，夏延在打电话喊救护车。人声鼎沸之中，夏仪的脑海里响起巨大的不和谐音，然后近似于莫扎特《安魂曲》的音乐响起，碾压过一切声响。

她垂着眼睛，仿佛和刚刚跟女人说话时那样平静，只是伸出手的动作非常缓慢。

当那只手抵达聂清舟的肩膀时，突然被另一只手握住，潮湿又温暖。

面色苍白的男生眼睛微微睁开一条缝，小声说："别看，别吓着你。"

他的声音很低，夏仪俯下身去，贴近他听着。

"她走了吗？"他有气无力地问。

夏仪点点头。

刚刚那女人见势不好，听到有人说要报警，立刻就拽着女儿溜了。

"谁在这里摆的玻璃瓶子，我都没看到。技术不熟练，碰瓷碰大发了。"聂清舟低低地说。

夏仪愣了愣，聂清舟拍拍她的肩膀，吃力地笑道："没事，我没事。"

聂清舟觉得，果然不要轻易尝试自己不熟练的事情，比如碰瓷。

众人推搡之间他已经明显感觉到自己背后的伤口撑不住，肯定是要裂开了。闹事的杨阿姨显然不是善茬，今天过了还有明天，要想办法把她唬住。

于是，他激怒她，顺势沿着她的力量往后倒，寻思他这伤口一出血肯定会吓到杨阿姨,他也算拿到了杨阿姨的把柄。

谁知道,他斜后方还有个货架?

谁记得货架上还有玻璃瓶子?

他倒在玻璃碴子上,无数尖锐的东西插入后背,疼得他脑子一片空白,只剩夏仪那句话——他很容易受伤。

——"从我认识他开始,整个高中时期他常常受伤,一直往医院跑,后来不用开口,医院的医生和护士就知道他的名字。"

他想可不是嘛,旧伤未愈又添新伤,再添新伤,再添新伤,跟叠 buff(增益)似的。

聂清舟认命。

夏仪和夏奶奶跟着救护车一起到了医院,纵使聂清舟万般不愿意,夏仪还是看见了他血肉模糊的后背。

他后背的衣服被划开,露出大片尚有瘀青的皮肤,上周受伤的缝线果然开了,加上玻璃划的大大小小的伤口,惨不忍睹。医生拿着小镊子一点点把扎进他肉里的那些玻璃片取下来,他侧躺在病床上,蜷缩着。

医生的镊子每夹下一片玻璃,他就轻微地痉挛一下。他的拳头捏得青筋毕露,头半埋在枕头里,额头上都是汗。

夏奶奶揪心地跟着他颤抖,一直抹着眼泪。而夏仪的脸上贴着纱布,站在他床侧,无声地望着他。

聂清舟从枕头里微微抬起头,露出一只眼睛,那只眼睛因为吃痛而眯着,望向夏仪。

"夏仪……你去……给我买点零食吧……我想吃糖……你知道的那种……"

夏仪的双眸很深,看起来和平时差不多,只是整个人异常紧绷,好像拉满的弓弦,蓄满了无处安放的力量。

"聂清舟。"她喊他的名字。

"我没事……别看我了,这里有……夏奶奶呢……你去吧。"

夏仪终于站起来,轻声说:"好。"

于是,她转过身去走出病房,没有回头看。医院里的人很多,零星有人在哭,她走过来来往往的人,染了血渍的帆布鞋在无数皮鞋、高跟鞋、运动鞋之间平稳地往前行进。

忽然之间,她开始奔跑——她穿过长廊,跑下楼梯,跑过医院草地间的石子路,就像考 800 米的时候一样用尽力气,好像一秒钟也不能多等。

她去石子路尽头的超市里,买了她知道所有他喜欢的东西,糖、零食,还有咖啡。

她是如此迫不及待,好像这些并不是零食而是什么灵丹妙药,只要吃了这些东西,聂清舟就不会再流血,也不会再疼。

那些玻璃碎片会自动从他的身上落下,伤口痊愈。

然后,他会继续像灯一样亮着。

像那天解说阳光时,他的眼睛那样亮着。

永远健康、明媚。

视野里的一切飞快地后退,装满零食的塑料袋"嘶啦"作响,聂清舟所在的那间病房越来越近。就在夏仪的手扶上门框时,她听到了一声刺耳的痛呼。

"刚刚小姑娘在的时候忍着不喊,小姑娘走了终于不忍了。"房间里有人这么说。

夏仪的脚步就此停住,她还在急促地喘气,微微探出头去。

聂清舟的身体被医生挡住了,有闷哼声响起,然后医生夹着一块玻璃丢到托盘里面,而那托盘已经放满了染血的玻璃碎片。

夏奶奶抹着眼泪说:"小聂啊,小聂,对不起。"

夏仪静默地望着他们,继而后退了两步,走到病房外的长椅上坐下。坐了一会儿,她又站起来走到护士站,低声问:"能不能借我纸和笔?"

护士一看她还穿着校服,以为她是要写作业,就翻了半天找了纸和笔给她。

夏仪接过纸笔走回长椅坐下,借她纸笔的护士好奇地张望,对同事说:"你看那个脸上有伤的小姑娘,刚刚跟救护车来的,一点儿也不害怕,好镇定,还在写作业呢。"

夏仪没有听到她的话。

她现在什么声音也听不见。

她终于放出了脑海里的海鸥,它们已经闹了太久,此时旋律海浪般铺天而来,淹没她的头顶,这些声音席卷她的神经,驱使她的手在纸上大肆涂抹。

那张纸被音符迅速填满,毫无缝隙,像是某种倾泻。

"幸好是后背,现在又是冬天,不会有太大的问题,但是创口面积太大了,要住院。"医生这么对夏奶奶说道。

夏奶奶抽噎道:"太好了,太好了。"

非常奇怪,外界的声音夏仪什么都听不见,却唯独听到了这番对话。

在纸上疯狂书写的笔终于慢了下来,一笔一笔地往后延续,她抬头看过去。病房的灯亮着,医务人员都穿着白色的衣服围在病床前。

她的肩膀松弛下去,紧绷的弦放松了力量。

她想,他们真像是天使。

聂清舟住院了,病假再次延长。

常川是个小地方,什么事都藏不住。杨阿姨去夏家闹事时惹来一大帮围观群众,有很多同学发了人人网。原本关于夏仪爸爸是杀人犯的传闻只在小范围内传播,经过杨阿姨这一闹,在年级里几乎是尽人皆知。

夏仪走到哪里,学生们的目光都会暗暗转到她的身上,窸窸窣窣地讨论她。连老师都喊她过去,试探着关心了几句。

但夏仪似乎并没有什么改变。

她以前就是一个人,独来独往,仿佛不需要和这世上的其他人发生关系。现在也是。

只不过下课后,她偶尔会看向对面的另一个教室,有个座位早上空荡荡,到了下午就会堆积一座作业小山。

晚上放学的时候,她也会习惯性地瞥一眼对面的知行楼。自从期中聂清舟一鸣惊人之后,平行班有许多人效仿他的行为,放学后还留在班里自习,于是这时候的知行楼总是灯火点点。

不过如今,那里没有一盏灯火属于聂清舟。

然后,夏仪慢慢发觉,回家的路途原来这么安静而漫长,让人不适应。

习惯真是一种可怕的力量。

午休时间,食堂热闹得跟一锅烧开的水似的,夏仪端着餐盘找到一个位子坐下，在略显拥挤的学校食堂里，她前后左右的位置都是空的。

"听说她爸爸杀过人哎？"

"你去跟她确认啊。"

"我哪敢，你看她那么凶……你说这种东西不会有遗传吧？一惹她生气，搞不好她也……"

"龙生龙，凤生凤，老鼠的儿子会打洞……"

时不时有窃窃私语声传来。夏仪目不斜视，一如往常般安静地吃自己的饭。

突然，有阴影挡在她的面前，她抬头一看，只见张宇坤和赖宁大刺刺地端着餐盘，豪气干云地拉开椅子坐在她对面的位置上，故意搞得动静很大。

"夏仪，你咋总是一个人吃饭啊，一个人吃饭不香啊。"张宇坤嗓门响亮，顺便转头对不远处看向他们的人喊道，"看什么看！有本事过来当面说啊！"

周围的人悻悻地收回目光。

赖宁夹了一筷子红烧肉，放进夏仪餐盘里，小声说："别担心，我们会照顾你的。"

张宇坤嬉笑着道："我们看你一个人吃饭怪冷清的，早就想跟你一起吃饭了，但舟哥不让。那时候早了，舟哥还没考年级第一呢。他说你是一班的好学生，我们这些人跟你走太近，怕给你惹麻烦。"

顿了顿，他得意地说："现在舟哥解禁了，嫂……夏仪，你放心，有我们俩在，没人敢欺负你！"

夏仪看了一眼碗里的红烧肉，再抬头看向他们，淡淡地说："没人欺负我。"

赖宁在一边憨憨地笑起来，道："你不用跟我们客气，周末你还教我们数学和物理呢，这次我们作业就错了两三道。谢谢夏老师！"

"……不用。"

夏仪移开眼睛，低下头去继续吃饭。

张宇坤的嘴好像停不下来似的，和赖宁说个不停，从篮球、漫画说到无聊的课堂，生机勃勃地吵闹着。

张宇坤时不时还来跟夏仪说两句，见她虽然不主动说话，但是有问必答，他突然神情严肃地说:"夏仪啊,我问你个问题。"

他刻意压低了声音,搞得神秘兮兮的。

"你觉得,我们舟哥长得好看吗?"

夏仪还在夹菜的筷子停住,她抬眼看向张宇坤,确认他的问题:"聂清舟,好不好看?"

"对对对。"

她沉默了一下,某个夜市里聂清舟烟灰色卫衣的身影从脑海中晃过,她回答:"好看。"

"舟哥成绩好不好?"

"好。"

"他打篮球水平高不高?"

夏仪无言地望着张宇坤。张宇坤意识到夏仪从来没看过聂清舟打篮球,径直替她回答道:"高!水平贼高!舟哥是我见过最好的后卫!"

"那凭良心讲,舟哥对你好不好?"

许多画面在夏仪脑海里闪过,定格在聂清舟面色苍白地趴在病床上的样子。

"嗯。"

"那你为啥拒绝他呢?"

"……什么?"

赖宁拉拉张宇坤的衣服:"哎哎哎,你怎么又提这个?舟哥不是不让我们在她面前说吗?"

"嗨,舟哥他现在人又不在,我们说了他也不知道!再憋下去我要憋出病了。"

张宇坤甩掉赖宁的手,语重心长地对夏仪说:"你看,像我们舟哥这么帅气、聪明、仗义的男生可不多了,要不是舟哥有点显凶相,我跟你说追他的姑娘要从这儿排到校门口。"

夏仪放下筷子,皱起眉头看着张宇坤。她不知道是自己的理解力有问题,还是他的表达力有问题,她不明白他在说什么。

"你想说什么?"

"就是我们都觉得你人也挺好,你看……"

张宇坤说得眉飞色舞,赖宁拉都拉不住,而夏仪兀自皱眉沉默着。正在这时，一个微弱的声音打断了张宇坤的热情演讲。

"我能坐在这里吗？"

夏仪转过头，只见郑佩琪拿着餐盘，有点局促地指着她身边的空位。郑佩琪的一双大眼睛眨啊眨的，好像很担心会被拒绝。

"你坐吧。"夏仪点点头。

郑佩琪松了一口气，拉开椅子在夏仪身边坐下，看了看夏仪对面陌生的两个人，有点怯怯地点头算是打招呼，然后很快转过头看向夏仪。

"夏仪，你不要管别人说什么，你不是那样的……你就是不爱说话，但我、我知道你人很好。"

她好像很紧张，语速很快，说着说着连汗都出来了。明明她在安慰人，但和冷静的夏仪一对比，她好像才是需要被安慰的那个。

夏仪怔了怔，继而说道："谢谢。"

郑佩琪搓着筷子，小心地问："我想……我……"

张宇坤没管住自己的嘴，好奇地插话道："你声音怎么这样啊？好嗲，天生的吗？"

郑佩琪愣了愣，这问题一下子戳中了她被孤立的原因，她眼睛急速地红起来。赖宁吓得不顾张宇坤满嘴油，就伸手捂张宇坤的嘴："哎哎哎，你别把人搞哭了。"

张宇坤掰着赖宁的手，赶紧补救道："我就这么一问！嗨，我嘴贱，你别放心上。那什么，你是夏仪的朋友？"

郑佩琪转头看向夏仪，一双兔子般通红的眼睛盯着夏仪，盯得夏仪都不自在起来。

"夏仪，我可不可以做你的朋友啊？"她小声问。

晶莹剔透的眼泪在郑佩琪眼眶里打转，摇摇欲坠。

夏仪身体紧绷，立刻回答："可以。"

郑佩琪的眼睛亮了起来，急切地说："那……以后中午，我能和你一起吃饭吗？"

"可以。"

"午休的时候，我能和你一起自习吗？"

"可以。"

"周末我能约你一起出来玩吗？"

- 139 -

"可以。"

现在只要郑佩琪别哭,她要什么夏仪都会说可以。

郑佩琪还红着眼睛,但是她的嘴角和眼睛都弯成了月亮,露出一排洁白的牙齿,像是开心得不知道怎么好了。她抹了一把眼睛,转头看向张宇坤,吸了吸鼻子:"我讲话天生就是这样的。"

"好好好,我知道了,我说天上的仙女说话就该是这个调调。"张宇坤忙不迭地说。

郑佩琪忍不住笑起来。

医院病床上,聂清舟的手机振动了下,他放下手里的《病隙碎笔》拿起手机。张自华用 QQ 给他发了张图片,网络在 2G 和 3G 之间反复横跳,迟迟加载不出来。

聂清舟吃力地把手机举高靠近窗户,试图改善信号。

"这 QQ 的页面也太古早了,怎么看怎么奇怪,什么时候能上 4G 网哦?"他一边说一边挥着手机。

他真心怀念手机装满 App,出门只要带手机就一路畅通的十年后。现在这个手机对他来说,就跟能亮的板砖没太大区别。

那张图片终于慢悠悠地加载出来了,应该是从高一教师办公室窗户往外拍的。

照片里,郑佩琪挨着夏仪,赖宁走在她们身侧,而张宇坤挥舞着胳膊说着什么,面对他们往后退。冬日的阳光落在白色地砖上,再反射在他们身上,照得一片金黄,暖洋洋的。

夏仪的手揣在口袋里,神情认真地看着张宇坤,额前头发被风吹得翘起一个角,像是独角兽。

这画面生动得仿佛能让人听见张宇坤的大嗓门,非常热闹。

聂清舟看着这张照片就忍不住笑起来,张自华又发了一句话:你帮赖宁写的作文?

他严肃地回复:没有,我只是辅导了一下。

——个人风格太明显,辅导过头了。

顿了顿,张自华又发了一句:按辅导张宇坤那种程度就行了。

聂清舟"扑哧"一声笑出来。

-140-

聂清舟：老师真是慧眼。

张自华：你的小伙伴们看起来挺好的，不需要照顾。

聂清舟：谢谢老张！

他放下手机，心情大好，以至于后背都不怎么疼了。他拿起书来，手里的铅笔转了几圈，在书上一行字下画下横线。

> 命运并不受贿，但希望与你同在，这才是信仰的真意，是信者的路。

下午，夏仪把夏延接回家，再来到医院的时候，聂清舟的病房已经很热闹了。她站在门口往里看，张宇坤和赖宁照例把一天的作业和笔记带给聂清舟，正在他的床边叽叽喳喳。

"今天老张特地夸了我和赖宁的作文，舟哥你真厉害！"张宇坤一边往外拿笔记本，一边眉飞色舞道。

聂清舟笑而不语，坐在病床上，脸色还稍显苍白，穿着蓝白相间的病号服，瘦了不少，以至于脸庞的棱角更加分明。

他嘴里叼着一支棒棒糖，腿上摆着一个小桌，一只手输着液，另一只手的手腕就抵在小桌上。手腕上青筋分明，指间转着一支黑笔。

张宇坤和赖宁的笔记本被他摊开在桌上，他低头仔细地翻看着。

"舟哥，你姑姑怎么不在啊？"赖宁问道。

"我好说歹说才把她劝回去。她赛课一轮胜出了，还有下一轮呢，差点为了我这事儿不去了。这个赛课成果对她评优很重要，我今天劝了她一天。"聂清舟翻过一页，漫不经心地回答。

张宇坤惊讶地道："舟哥，那可是你亲姑姑，你跟家里人也太客气了吧？"

聂清舟笑笑没说话。

赖宁跟着问："舟哥，推你那个人怎么说？"

聂清舟又翻过一页："过失伤人，没有刑事责任只要民事赔偿，警察找过对方了，对方拒不赔偿，说要赔就要我们去告她。我姑姑气得没吃下去中饭。"

"这人也太不要脸了吧？"

"意料之中，要脸的人也不会跑到夏仪家去闹。我有办法。"聂清舟轻描淡写地说着，他从笔记中抬起头来，对张宇坤和赖宁说，"哥们儿，你们这笔记质量不行啊。"

他指着笔记里几个含混不清的点问张宇坤和赖宁，他们果然支支吾吾答不上来，一看就是上课走神，随便记的。

"哎呀，差不多得了，大概知道就行。"张宇坤心虚地掩饰道。

聂清舟撑着下巴，长叹一声："行吧，那我就随便看看。看来我这期末是不行了，说不定要跌到一两百名，闻钟又能好好嘲笑我了。"

他此言一出，张宇坤立刻愤慨起来，攥着拳头说："不可能！舟哥，咱可不能在情敌面前丢份！你哪里不清楚！我明天去问老师！"

"舟哥你说，要咋记笔记？"赖宁也凑上来。

聂清舟嘴角露出一丝不易察觉的笑容，他克制地抿了抿嘴角，拿出铅笔在赖宁的笔记本上画："首先笔记不要只用一种颜色，至少三种颜色的笔。尽量用符号代替逻辑关系，比如因果用箭头，包含用括号……"

他边说，边快速地在纸上写起来。

夏仪收回目光，站在病房门边，靠着白墙思索了一会儿，喃喃道："闻钟，情敌？"

下午放学的时候，夏仪叫住了闻钟。闻钟非常惊讶，自从上次买教材的事情之后，他和夏仪就没再说过话。更何况从他认识夏仪开始，她就从来没有主动找过他。

夏仪说："我有个问题想问你。"

闻钟下意识环顾四周，见四下无人，才回答道："什么？"

"你有喜欢的女生吗？"

闻钟愣了愣，无法相信自己的耳朵："你……你说什么？"

夏仪只是以一双安静的、深黑的眼睛望着他，再荒诞的问题都变得正经起来。

这问题也不算荒诞，只是他从来没想过会从夏仪嘴里听到。

闻钟咳了咳，说："高中是人生最重要的阶段……我以学习为重，没有这种想法。"

夏仪看了他一会儿，好像要确认他说的话是实话似的。在这段沉默里，闻钟的心渐渐悬了起来，莫名有种奇异的期待，他也不知道自己在期待什么。

"好，我知道了。"

没想到夏仪点点头，干脆利落地转身离开，快速消失在教学楼的转角处。

闻钟愣在原地。

就这样？没了？

她知道什么了？她就……她就没什么想说的？

她想干什么啊？

聂清舟觉得最近夏仪有点奇怪，经常看着他，一副欲言又止的样子。

正是下午放学的短暂空隙，夏仪接完夏延后本该来医院练琴的，却在聂清舟病房里待了许久，聂清舟坐在病床上跟夏仪打哈哈："时间宝贵，你快去弹钢琴啊。"

夏仪低眸不知想了些什么，突然坐在聂清舟床边。她胳膊撑着床，上半身前倾慢慢靠近他，审视他。阳光照得她脸庞很亮，每一根眼睫都清晰。

聂清舟吓得正襟危坐。

"怎么……怎么了？"

"聂清舟。"

"……嗯？"

夏仪望着他的眼睛，张了张嘴又闭上。聂清舟很少在她眼里看到这样犹豫不决的神色，一时间更加紧张。

一阵长久的沉默之后，她指着他的脸颊说道："你这里沾了饭粒。"

聂清舟瞬间哭笑不得，身体松弛下来，伸手去抹："在哪里？"

夏仪伸手在他的脸侧一抹，冰凉的指尖冷得聂清舟一哆嗦。

他惊讶地看着她："你是不是很冷啊？"

"我不冷。"

"不冷？"聂清舟伸出手去碰她的手，他的手显然比她温暖很多。夏仪的手停在原地，并没有躲避。

然后，他就转头问护士小姐姐可不可以把空调温度调高点。

"你没什么别的要说吗？"聂清舟转过头来看夏仪。

夏仪直截了当地回答："没有。"

"……好吧。之前一直没顾上问,那个杨阿姨以前是不是也来闹过?你们因为她还搬过家?"

夏仪点点头,她从书包里拿出一份复印的材料,递给聂清舟:"她来过六次,我们搬了两次家。"

"她要多少钱?"

"二十万。"

聂清舟沉默片刻,问道:"那你们……这次还要搬家吗?"

夏仪望着他的眼睛,摇了摇头:"不知道。"

聂清舟皱着眉思索了一会儿,就暂时放下这个话题,低头看向夏仪给他的那一沓纸,然后睁大了眼睛。

"这是,你这周上课笔记的复印本?"聂清舟边说边翻,夏仪的字工整而清秀,所有考点、重点和补充都罗列得清清楚楚,九门一门不少。

夏仪点点头,她说:"你可以看看。"

顿了顿,她又说:"别让赖宁和张宇坤知道就行。"

聂清舟的目光和她对上,意味深长地笑笑,两个人心照不宣。

当张宇坤和赖宁来到聂清舟的病房时,夏仪的复印版笔记早被他藏得严严实实,聂清舟仿佛是一个从来不知道上课内容、嗷嗷待哺的孩子般,向他们伸出手:"快让我看看你们今天的笔记。"

赖宁和张宇坤浑然不觉,开开心心地拿出自己的笔记本。

待热闹的病房重新归于平静,月亮已经升得很高了,病房里的病人们有一搭没一搭地聊着天,聊股市、聊房子、聊子女,总之能说上几句话。

聂清舟没有参与讨论,他走到阳台上,拿出手机打了个电话。

"喂,赵哥吗?我小舟啊。"

"嗯,想请你帮个忙。"

聂清舟受伤的第四天,是一个阳光明媚的好天气,常川难得没有刮风,正是干燥舒爽的冬日。一群文身大汉抬着一个穿病号服的人,浩浩荡荡地走在居民巷子里。路过的居民见他们不像善茬,纷纷议论并避让。

这群人准确地在单元楼底下堵住了买菜归来的杨凤。

"你就是杨凤啊?"为首的那个中年男人额头上有道疤,晒得黝黑,叼着一根烟，自上而下看了一遍杨凤。

杨凤警惕地看着这一大伙人，高声喊道："干吗！你们要干吗！"

大汉指了指他们担架上趴着的那个人，哼道："干吗？你把我弟弟搞成这样，还问我要干吗？你推倒我弟弟，那玻璃碴子扎了满背，再深点伤到脊椎他就瘫了。干出这种事儿来，你倒跑得快，面儿也不露，医药费也不出，你还有脸问我们要干吗？"

担架上的人抬起头，面色苍白的一张脸，正是她几天前看到过的那个高中男生。

杨凤脸都白了，仍然嘴硬道："你胡说什么？谁推你弟弟了，是他自己摔倒的！"

大汉从怀里掏出两张纸，一转头对聚集上来的围观群众说："大伙儿看好了，这女的叫杨凤，家就住这楼栋第三层，前几天搞伤我弟弟。这是医院的验伤报告，还有警察的情况说明，就是她推的我弟弟没跑了。"

说完，他拿出几张彩打的A4大小照片给旁边的人看，正是聂清舟后背受伤的照片，缝合处理前的血肉模糊，和处理后的无数疮疤，颜色还新鲜泛着红。

周围的人一看纷纷发出感慨声，看着聂清舟年轻的苍白的脸庞，更是唏嘘不已。

"我能无缘无故推他？是他说些不三不四的话，他护着杀我老公的一家人，这谁受得了！"杨凤梗着脖子嚷道。

"我呸，我弟弟那是常川一中年级前三，咱这里数一数二素质高的好学生，一句脏话都不会骂，你的嘴都没他干净！你跟别人有仇倒欺负起我弟了，你这人真毒啊！"

大汉一叉腰，训斥道："你也是有女儿的人，你女儿叫啥来着，吴婧是吧，海宁初中初二（3）班是吧。"

杨凤瞪着眼睛，怒道："你想干什么？你敢动我女儿！我跟你拼命！"

她往前扑，大汉就往后退，一点儿也不沾她的身。

"哟，你女儿是个宝，我弟就是个草了？你女儿和我弟年龄差别也不大，将心比心，你咋能厚着脸皮，连我弟的医药费都不付呢？我弟他爸妈都在省城打工，他一个孩子留在这里，在医院都没人照顾，你也能狠下心？"

女人往前扑着扑着，就扑到了聂清舟的担架前，她不敢再动聂清舟，铁青着脸色仿佛有千万句秽语不敢骂出口。

"哥，她也怪可怜的，算了吧。"聂清舟从担架上支起身体，拉拉大汉的衣服。

大汉摸摸聂清舟的头，对女人说："听听，听听看，我弟弟就是心肠太好了！我心肠可没这么好，医药费你自己看着办。你要是还敢出现在我弟弟周围，还敢找他和他朋友的麻烦……"

大汉吐了口烟圈，压低声音说："人在做天在看，你和你女儿以后走路小心着点。"

杨凤惊得一哆嗦，面对这一圈面相不善的男人，没了那天在夏家门口的嚣张气焰。她和担架上那个男生对上目光。那个人的目光非常冷静，早没了这个年纪的孩子该有的天真，他偏过头去淡淡地笑了一下。

这一笑笑得杨凤毛骨悚然。

这一伙人围着单元楼吵嚷了一会儿，抬着人大摇大摆地走了。等到了僻静角落，聂清舟从担架上下来，对为首的那个大汉说道："赵哥，谢了。"然后对周围的人说，"感谢哥们儿愿意帮我这个忙。"

周围的人纷纷摆手，被称为赵哥的人又点了一支烟，似乎还不够过瘾："就这么威胁一下就完了？她给你弄成这样，不然我夜里找人揍她一顿。"

"别了，别了。"聂清舟笑着摇头，"吓唬吓唬就好。"

赵哥吐了一口烟，笑着对周围的人说："行啦行啦，各忙各的去吧，晚上烧烤摊别忘了啊。"

说完，他走到聂清舟身边，揉揉他的脑袋："好久不见，陪赵哥转转。"

聂清舟应下，他跟赵哥在常川的巷子里慢悠悠地走着，一路路过的小商贩见了他们，都要喊声"赵哥"。赵哥挥挥手算是招呼，他笑道："上次钱风扬打你那事儿你都忍了，我还以为你小子这辈子都不会再来找我了。"

"那是我和他的私怨，总不能借着我们之间的交情，总麻烦你吧？"聂清舟笑起来，他步子还有点僵硬，但是语气自然。

赵哥转过头看向聂清舟，上下打量他说道："遭哥跟我说你转性了，我本来还不信，看你这样子别说转性了，就是换魂儿了我都信。"

聂清舟只能笑着装傻。

赵哥抽了一口烟,弹了弹烟灰:"我听说,你现在成绩挺好的,年级前三是真的?"

"嗨,运气好。"

"什么运气好,你小子就是脑子聪明,之前就是没想明白。你要是考了状元去个好学校以后当大官,可别忘了我们。"

"那是一定的,我要是有那能耐,就回常川请客,你们还有遭哥都叫上。"聂清舟顺着他,不卑不亢地笑着说。

赵哥看了他半天,悠悠笑起来,额头上的疤皱在一起,啐了一口:"真羡慕你。"

这么年轻、聪明、幸运,和他们以后的人生都不一样。

"你也不用说什么漂亮话,你之前不联系我们,就是不想再和我们有什么关系。哥知道,这么多年,哥什么人没见过?哥也不怪你。"赵哥指了指街两边,"你以前刚跟着我的时候,说你以后也想像我这样,走到哪里都有人喊一声赵哥。

"既然你退了,那以后你一定要混出个人样来,别说是常川了,就算是到市里,到省里,也都有人知道你的名字。"

聂清舟看着赵哥。在"聂清舟"的记忆里,他刚上初中的时候就认识赵哥了。逃学的日子里跟着赵哥到处转悠,他帮赵哥挡过刀子打过架,后来还是赵哥引荐他才跟着遭哥一起做事的。

聂清舟和夏仪被堵在巷子里时,帮他和钱风扬打架的也是赵哥。

后来聂清舟退出的时候,赵哥还打过电话来把他骂了一顿,问他为什么不提前跟他说。

从前的"聂清舟"真的把赵哥当成兄长,在这一刻,聂清舟觉得赵哥或许也真的把从前的他当作弟弟。

"好,我会努力的。"

这句话是聂清舟对赵哥的第一句真心话。

午后常川的街道上非常安静,好像大半个世界都在午睡似的,连街边的商贩都变得懒洋洋起来。赵哥和聂清舟站在楼房的阴影里,赵哥靠着护栏,悠悠地吞云吐雾,说道:"你这次受伤,是因为替夏仪出头?"

聂清舟因为身上有伤只能笔直地站在原地，像是一根竹竿戳在地里似的。

"也不算，她奶奶挺照顾我的，我看不下去她们被这样欺负，就想帮帮她们。"聂清舟用手撑着铁护栏，有点好奇地问道，"赵哥，你认识夏仪？"

"认识？那没有，但是在咱们这圈子里，谁都听说过她。"赵哥夹着烟往旁边指指，"于老三手下的人跟她干过架，事情闹得挺大的。"

"怎么回事啊？"

"还能是怎么回事？小孩子之间的打打闹闹弄大了呗，于老三丢脸丢到姥姥家喽。"赵哥眯着眼回忆道，"于老三有个外甥，家里特别宠，横得不行，才小学五六年级就挺把自己当回事，到处找碴。当时夏仪弟弟和这小崽子同班，她弟弟又是个瘸子，就被小崽子逮着狠狠欺负呗。夏仪知道了，就去把小兔崽子揍了一顿。啧，该！"

赵哥笑了一声，又吸了一口烟，露出几分看好戏的神情，继续说："于老三那外甥怎么肯干，打着于老三的旗号，找了些十五六岁的初高中生要教训夏仪，结果愣是没打过夏仪。那些人觉得掉面子又去叫人，最后就喊了于老三手下的人去了，也不知道他们咋想的，五个大老爷们去找个小女生，这不是更掉面子吗？

"夏仪也是个狠人，我听说她爸进去之前搞过自由搏击，在虞平拿过奖的。她格斗算半个专业选手，一挑五都不怵，愣是把那些人打趴了。后来于老三知道这件事，气得吹胡子瞪眼的，把那些人和自己外甥都骂了一顿，不许他们之后再去找夏仪和夏仪弟弟了。"

讲完这段，赵哥弹了弹烟灰，说道："这真是一战成名哦。"

聂清舟低下眼睛，他仔细回想他所见到的夏仪，他从来没在她身上看到过退缩。无论遇到什么事情，她都神色不变地硬顶着往前走。

才十六岁的孩子，怎么这么倔，都不知道躲一躲。

聂清舟说："她很坚强。"

但是，坚强常常来源于不幸。

他突然非常庆幸他来到了这里，幸好现在他是她的邻居，也是她的同学，他可以为她做点什么。

这一次她不用再搬家了。

聂清舟一回医院就被医生护士们迎头一阵痛骂，问他为什么私自跑出院去，伤口感染了怎么办。他以人畜无害的微笑和太极大法搪塞过去，然后老老实实地被按在床上检查伤口。

所幸脆弱的伤口没有再受伤害。

其实聂清舟考虑过，要不要索性揭开纱布，让围观群众看看他满是伤口的后背，加深印象，激起众怒。回到医院看这架势，他想幸好他没狠下心来。

不然他可能还要在医院里多住几天。

周末刚吃完中饭，张宇坤和赖宁就风风火火跑到医院里来看聂清舟了，张宇坤一脸兴奋道："舟哥！舟哥！我和赖宁给你准备了一个大惊喜！"

聂清舟看着张宇坤和赖宁，莫名有种不好的预感。

五分钟后，他穿着病号服披着大衣，站在医院停车场后的草地里，看草坪上摆着的气球，中间那棵香樟树上挂的粉白"Love（爱）"横幅，还有旁边放着的两个礼花筒，一时间半句话也说不出来。

面对张宇坤和赖宁期待的目光，他挣扎道："我记得，我不是今天出院吧？"

张宇坤摆摆手，激动地说："不是庆祝你出院的，是表白！我和赖宁给你准备的表白场地！"

聂清舟后退一步，离那棵树远了一点。

"表白？"

"是的，舟哥，我跟你说，你追女生就是缺了那么一点儿勇气，别怂啊！哥们儿推你一把！现在正是大好时机，你为了帮夏仪受伤了，女生嘛多少都有点母性光辉，看你现在这脸色苍白穿着病号服的样子，她得心疼啊！她一心疼，你一表白，这不就成了吗！"张宇坤激动地拍手。

聂清舟觉得，要不是现在他受伤了，他得转身以百米冲刺的速度逃离这个现场。

偏偏赖宁还抓着他的胳膊，真诚道："我觉得坤儿说的有道理，我今天出门查了皇历，今天是黄道吉日，诸事皆宜啊！"

聂清舟拍着赖宁的肩膀,和蔼道:"咱社会主义接班人不搞封建迷信这一套啊。"

他正试图劝说张宇坤和赖宁放弃这离谱的计划,赶紧把这里收拾了,却见张宇坤跳起来朝着他身后挥手道:"这里这里!在这里!夏仪!"

聂清舟如遭雷劈,他僵硬地慢慢回头,就看见夏仪、夏延和郑佩琪正朝这里走来,离他也就十米远。夏仪和夏延手里拎着水果,郑佩琪手里抱着花,显然都是来探病的。

张宇坤是怎么把他们拐骗到这个草地的?

在聂清舟大脑宕机的片刻,夏仪已经走到了他们面前,她转头望向那棵树和树下的布置,问他:"你们在干什么?"

"夏仪!舟哥有话对你说!来来来,你站到这里来。舟哥,你到这里来。"张宇坤沉浸在自己绝妙的策划里,拉着夏仪和聂清舟,给他们安排好位置,然后一拍脑袋,"哎呀!花!忘记准备花了!"

他转头一看郑佩琪手里的花,拿过来道:"借一下啊,借一下……哎哟,你怎么送菊花啊,这是探病还是上坟啊?"

郑佩琪正愣着,眼见自己的花被拿走了,气道:"这是小雏菊!代表了生命力!不是用来上坟的那种!"

"算了算了,来不及了,有总比没有强。"张宇坤把那捧花一把塞进聂清舟手里,抬手道,"来,舟哥,开始吧。"

开始什么你就开始!

聂清舟觉得自己血压还是太低了,要是能气得当场晕倒就太完美了。

此时此刻,他穿着蓝白条的病号服,左手边是一个巨大的粉白"Love"横幅,右手捧着一束绿绿黄黄的小雏菊。面前站着穿着白毛衣和棕色大衣,拎着一袋苹果,默默打量他的夏仪。

聂清舟僵在原地,内心不断地喊"救命救命"。

"说啊,舟哥!大胆地说出来!"

赖宁火上浇油,拿着礼花筒急不可耐地小声催促。

"我……"聂清舟低头看着手里的小雏菊,眼一闭,心一横,"夏仪!其实我……我是你的粉丝!"

夏仪微微睁大眼睛。

"就是……十一长假那次我听你弹钢琴,我就觉得太好听了,还有在虞平那次，我……我真的这辈子没听过这么好听的曲子！然后，我就下定决心，我要做你的歌迷，做你的粉丝，支持你的事业！就是……我希望你……继续热爱音乐，好好作曲，然后登上更大的舞台……我很喜欢你的音乐！你要加油！"

聂清舟以破釜沉舟的气势，把花递给夏仪。

夏仪探究地看了他半晌，然后再低头看他手里的花。

郑佩琪在旁边看着，小声说："你俩……你俩是早恋了吗？"

"不是！"聂清舟斩钉截铁地否认。

"那……那个Love是怎么回事？"郑佩琪指着树上挂的横幅。

"这是……粉丝对于偶像的爱！"

聂清舟一本正经，说得自己都要信了。

赖宁愣神之时没控制住手，一下子拉了礼花筒，"唰"的一声，无数彩条飞满了天空，落在夏仪和聂清舟身上，显得无比喜庆。

夏仪沉默片刻，身体慢慢放松下来，把手从口袋里拿出来，接过了那束小雏菊。她漆黑的双眸里映着聂清舟，很自然地说："谢谢你。"

顿了顿，她偏过头看他："你是不是不舒服？"

好像比起刚刚这个荒诞的献花场景，她更关心他红得可以和她手里的苹果相比的脸。

聂清舟还没从这尴尬至死的场景里缓过来，怔了怔，继而拢了拢披在肩上的大衣道："啊……没事……"

夏仪伸出手去碰了碰他拢着衣领的手，手指与他的手背相贴，一触即放："走吧，你挺冷的。"

然后，她摘掉头上的彩条，转身对张宇坤和赖宁说："我们是不是要把这里收拾一下？"

张宇坤仿佛看着外星人一般看着夏仪，甚至有点怀疑她不是这番布置里的主人公，而是临时请过来走位的替身演员。当他的目光移过去，看见聂清舟咬牙切齿的神情和仿佛要杀人的眼神时，他才从兴奋的状态里清醒过来。

他忙不迭道："来来来，一起收拾。"

然后，他就拉着欲言又止的赖宁捡彩带去了。郑佩琪一边帮忙收拾，一边小声对身旁的夏延说："这么离谱的事情……是会真实发生的吗？"

夏延沉默一下,回答道:"发生在我姐身上,也不是没可能。她本来就很离谱。"

"你怎么这么说夏仪?"

"你看她的反应,不离谱吗?"

说罢,夏延走到夏仪身边,拍拍她的肩膀道:"姐,你赶紧送聂清舟回病房吧。"

于是,聂清舟被夏仪扶着,慢慢地离开了这个足以让他铭记一生的草地。

他们在医院走廊里等电梯,漫长的沉默里夏仪终于开口。

"我听说,昨天有人抬着担架去杨阿姨家闹,还有今天这件事,你有没有什么要跟我解释的?"

聂清舟掐着眉心,深吸一口气转过头面向夏仪,眉毛、眼睛皱到一起,诚恳而无奈地说:"对不起!杨阿姨是我怕她再来闹,你们又要搬家,所以去吓吓她。今天的事……就是……说来话长……张宇坤和赖宁以为我在追你。"

聂清舟像倒豆子一样,把张宇坤和赖宁如何误会他喜欢夏仪,他又为何解释不清,继而用这误会来督促他们学习的事情,一五一十地告诉了夏仪。

夏仪坐在他病床旁边,抱着胳膊,神色不变地听他交代完整个过程,就跟听犯人交代犯罪事实似的。

聂清舟惴惴不安地望着夏仪。

夏仪将他的话思考了一遍,然后说:"那闻钟为什么是情敌?"

聂清舟惊讶道:"你怎么知道的?之前你和闻钟常常一同出现,他们就觉得闻钟可能也喜欢你。"

"我问过了,闻钟不喜欢我。"

"……你还去问闻钟了?"

"我觉得需要确认一下。"

"那你直接来问我啊。"

夏仪眸光闪了闪,难得移开目光,站起身去拿放在柜子上的水果:"我削个苹果。"

张宇坤、赖宁、郑佩琪和夏延拿着几塑料袋的垃圾往垃圾桶那边走。前面的张宇坤和赖宁在小声说着什么,郑佩琪瞄了一眼身边默默无言的夏延,清了清嗓子问:"夏延,你姐姐她平时喜欢吃什么?玩什么?喜欢什么颜色?生日哪天啊?"

夏延转过头看了郑佩琪一眼,俊秀的眉目间含了一丝戏谑神色。

"你对我姐很感兴趣?"

"她是我的朋友啊。"

"反正你也坚持不了多久。"夏延淡淡地把垃圾扔到垃圾桶里。

郑佩琪在他旁边把垃圾扔进去,有些生气道:"你说这话是什么意思啊?"

夏延似乎是嫌拿过垃圾的手脏,把手举在身前说道:"我姐小时候很好看,成绩好又会弹钢琴。有很多人接近她,想跟她做朋友,但后来就发现她非常无趣又沉默寡言。那些人本来对她抱着美好的幻想,幻想一破灭,自然就离开了。"

夏延看郑佩琪的眼神,仿佛在说你早晚有一天也会这样的。

郑佩琪瞪着眼睛辩解道:"我才不会的!我难过的时候夏仪帮过我,现在她难过我也要陪着她。"

"难过?"夏延"哼"了一声,"你是不是搞错了?当年我爸进监狱,我妈离开的时候,她跟个没事儿人似的,一滴眼泪都没掉过。她这么无情的人,有什么事情能让她难过吗?"

顿了顿,他眯起眼睛有些不耐烦地道:"我跟她不熟,她就是个谜,所以她的事别问我。"

说罢,他就举着手离开了。

郑佩琪觉得夏延的脾气还不如夏仪呢,夏仪在的时候他就一言不发,一副乖巧的样子,夏仪一走他怎么就这样了。

郑佩琪气鼓鼓地瞪着夏延的背影。

"你为什么不直接告诉他们实情?"夏仪将苹果削好,递给聂清舟。

聂清舟毕恭毕敬地接过来,心想这可是夏仪亲手削的苹果,要放在十年后给他表妹见了,怕是供到坏也舍不得吃。

"我试图解释过,但是解释不清楚我总围着你转的原因,张宇坤和赖宁认为我只是不好意思。"聂清舟长叹一声。

夏仪深深地望着聂清舟的眼睛,她微微前倾靠近他,说:"所以为什么呢?你为什么为我做这么多事?"

聂清舟正张大嘴巴准备咬下这一口苹果,闻言怔了怔,放下了手中的苹果。

然后,他笑起来,眉眼弯弯地指了指窗外:"刚刚虽然事出突然,但是我说的话都是真心的,我是你的粉丝,我特别特别喜欢你的音乐,希望你的音乐能被更多人听见。所以我愿意为你做,我能做的一切。"

我愿意为你做,我能做的一切。

窗户开了一条小缝,风把窗帘吹得飞扬起来,纱帘上泛着金光。聂清舟拿着一个圆润的苹果,光从他背后照进来,他笑意盈盈。

夏仪双眸颤了颤,这个人或许并不知道这句话的意思,只是信口开河。

但他看上去非常真诚,也已经做了很多。

她缓缓地问道:"你喜欢我的音乐?"

聂清舟笃定地点点头。

"你不懂音乐。"

"但我有耳朵,我会听,会欣赏,会感动啊。"

夏仪低下双眸,也不知道在想什么。过了一会儿,她抬起眼睛看向聂清舟,提起了别的话题:"你跟张宇坤和赖宁说的谎,我知道了,我会帮你圆。"

她刚说完,打扫完战场的人就浩浩荡荡地来了。郑佩琪走到夏仪身边,挽住她的胳膊,眼睛发亮:"夏仪,夏仪,你真的会弹钢琴,还会写曲子吗?"

隔壁床的护士闻言探出头,一看见夏仪就笑了:"哎哟,这不是在楼下大厅弹琴的小姑娘吗?小姑娘钢琴弹得可好了,经常来我们医院弹琴。"

这下所有人的目光都集中在夏仪身上,张宇坤一拍脑袋,说:"怪不得你每次来一会儿就走了,原来大厅里弹钢琴的是你啊。我上次还跟赖宁说,这医院的精神文明建设不错。"

郑佩琪兴奋地摇晃她的胳膊:"夏仪,你能不能弹琴给我们听啊?我

- 154 -

想听你弹琴。"

夏仪有点不自在地避开郑佩琪的手,此时病房里已经叽叽喳喳地热闹起来,在护士的极力夸赞下,连几个病人家属也说想听听。人们围着夏仪热切地怂恿着,她有些无措,乌黑的双眸在所有人的脸上转了一圈,然后滑向坐在床边的聂清舟。

聂清舟一直微笑着注视她,捕捉到她的目光,他偏过头无声地道:"去啊。"

夏仪收回目光,低下头去,又抬起来,说道:"好。"

于是,一群人浩浩荡荡地簇拥着夏仪离开病房,聂清舟指着也想跟着走的张宇坤和赖宁,皮笑肉不笑地道:"你们俩给我留下来。"

张宇坤和赖宁互看一眼,苦着脸坐在了聂清舟床边。

聂清舟看着他们,凉飕飕地说:"你们的好意我心领了,但是下次有这种惊喜,能不能提前跟我说一声?"

"说了舟哥你肯定要拒绝的。"赖宁小声说。

"知道我会拒绝还搞?你们这是要整我?"

张宇坤抬起头,诚恳道:"舟哥,我刚刚也反省了一下,确实咱利用人家的同情心乘虚而入不算好汉!强扭的瓜不甜!"

聂清舟挑挑眉毛,没想到这小子的觉悟这么高。

"我问你们,抛开夏仪和我的关系,你们觉得夏仪这个人怎么样?"聂清舟正经道。

这个问题让面前两个人愣了愣,他们相看一眼,认真思考起来。

"我最近觉得她真的挺酷的。"张宇坤竖起拇指,"不管学校里那些人怎么说她,她看都不看一眼,一点儿也不受影响。"

赖宁挠着头想了想,然后说:"我是觉得她挺内向的,不爱说话,但是人挺好,很有耐心,而且特别聪明。"

聂清舟点点头,微微一笑:"所以就算我和夏仪没有在一起,她仍然是非常值得交往的朋友,不是吗?以后你们就放平心态,把她当朋友看待就好。我和她之间的事情,我自己会处理的,我觉得现在这样就挺好,先高考完再说。"

赖宁认真地听着,若有所思地点点头。

张宇坤惊叹地鼓掌："哇塞，舟哥你是决定要等夏仪三年了？舟哥，你真的，你真是条汉子！"

聂清舟掐掐眉心，心累道："这不是重点。"

"我懂，我懂，就是平常心相处嘛，就像我跟赖宁这样，以后夏仪就是我们新哥们儿了。"张宇坤兴奋地笑起来，然后说道，"舟哥，我和赖宁能去听新哥们儿弹琴吗？"

聂清舟觉得，张宇坤总是有一套油盐不进、非常稳固的逻辑，有时候错得离谱，有时候错得没那么离谱，能掰成现在这样也不能再有更高要求了。

他叹息一声，从床上坐起来，推着输液架："走走走，一起去吧。"

聂清舟、张宇坤和赖宁一起走出病房，下电梯又穿过长廊，来到医院大厅里。

夏仪就像几个月前他第一次看到她弹琴时那样，坐在棕色的钢琴之前，脱去了呢子外套，只穿一件白色毛衣，袖子挽到肘部，露出一截细长的小臂。午后的阳光懒懒地落在琴键上，她白皙修长的手指在光明中轻盈地跳转。

夏延、郑佩琪和一群凑热闹的人坐在公共座椅的前排，一个个神情专注地听着。聂清舟一行人在他们身后那排坐下，聂清舟对夏延说："嘿，怎么样啊？"

夏延一个激灵回过头来，收起了沉迷的表情，不自在地道："自己听啊。"

郑佩琪也跟着转头，兴奋地说："夏仪好厉害！她弹这些名曲居然这么轻松！我都起了一身鸡皮疙瘩。夏仪是天才吧！"

聂清舟并不惊讶，甚至露出炫耀的笑容："是吧，是吧，现在这是什么歌？"

"现在是她即兴演奏，刚刚开始。"郑佩琪做了个噤声的动作，正经道，"别说话，认真听，好好感受。"

聂清舟忍不住"扑哧"一声笑出来，然后向后端靠在椅子上。

他看着夏仪弹琴的时候，总觉得她的音乐像是神迹。

她的十指在钢琴上飞快地跳跃，所有的音符节奏极快地从琴上掉落，像是一闪即逝的火星,捉也捉不住,剧烈地起伏激荡。

仿佛极地白雪皑皑的雪山爆发,炽烈的岩浆突破冰雪磅礴而出。最极致的热和最极致的冷碰撞、纠缠,彼此吞食消磨,火山灰与水蒸气交织,冷与热互不相让。

最终用这样的撕扯,再造出一块新的大陆。

她用她的音乐,扼住他们的呼吸,操纵他们的心跳,让音符在神经上跳舞。

在旋律渐弱的时候,郑佩琪才放松下来,转头对旁边的夏延说:"你还说夏仪无情,你听她的曲子,这是多深沉的感情啊!"

夏延不无自嘲地一笑:"可能吧,看来她只爱她的音乐。"

聂清舟听见这对话皱了皱眉,伸手搭住前排的靠背,对夏延说:"你还记得夏仪胳膊上那道疤吗?"

"怎么了?"

"那是替你出头打架留的吧?如果那道伤是在她的手上,那她可能一辈子都不能弹琴了。"

顿了顿,聂清舟用下巴示意钢琴前的夏仪,说道:"你说她喜欢音乐,但在很早之前,她就做好了为你放弃音乐的准备。比起音乐,她爱你要多得多。"

夏延闻言有些茫然地望向夏仪。

聂清舟想,夏仪可能从没跟夏延说过这些。

从十年以后来到这里的他所认识的夏仪,比现在好懂许多。长大以后的夏仪会尝试着解释自己,接纳别人的靠近,她有很多很多的歌,很多很多的活动和采访,在那些细枝末节中,人们会明白夏仪是个什么样的人。

他觉得夏仪绝不是无情,她有比他们都敏感的神经,她对痛苦的感知比他们都更深刻,唯有音乐是她的出口。

在发明天文望远镜之前,人们也不知道夜空中有这么多看不到光芒的星星,它们悄无声息地死亡、爆炸,变成星云、变成新的星星。他人就像是一片深黑的夜空,没有人知道别人的身体里,究竟在发生怎样剧烈的动荡和改变。

夏仪也像一片夜空,当她沉浸在音乐里时,人们才终于有机会拿过望远镜,看见这个宇宙里的星云。

夏仪的手抚过琴键，一曲终了。

她回过头去就看见了坐在大厅第一排的夏延，夏延似乎有些怔忡，竟然没有移开目光，和她对视了片刻。

这样的对视让夏仪有点意外，她知道夏延不喜欢她，平时连目光也不愿和她接触。夏延似乎也很快反应过来，尴尬地移开目光。

张宇坤站起来挥着手说道："我要点歌！我要听《曹操》！"

郑佩琪跑过来拉着她的胳膊。

赖宁也兴奋扬手："那我想听《稻香》！"

聂清舟前倾身体，胳膊搭在前排的椅背上，笑意盈盈地望着她。

夏仪被众人簇拥着走向他，赖宁发自肺腑地说："舟哥，夏仪真的好厉害，学校音乐节开场弹钢琴就该让夏仪去啊！"

聂清舟撑着下巴，笑眯眯地赞同："是啊。我刚刚听夏仪弹琴的时候，就想起北欧的创世神话。冰雪与火焰交融，从中诞生巨人，后来巨人的身体化为了世界。"

张宇坤闻言立刻双眼发亮，凑到聂清舟身边："舟哥，你又有什么作文灵感了？快说来听听。"

"美得你！"聂清舟站起身，"没有没有，这次自己想啊，想好了我可以帮着改改。"

在弥漫着消毒水味道，与病痛和死亡相伴的医院里，他们这一群少年兀自鲜活着，生机勃勃，在从屋顶玻璃落下的阳光与阴影里走着，像是永远也不会凋零的花簇，不可抵挡的生命。

很多年以后，夏仪仍然常常回想起这一天，她弹完钢琴转过头去，看见底下坐着的聂清舟、夏延、张宇坤、赖宁和郑佩琪，他们有着年轻又热切的目光，欢喜地注视着她。他们挥舞着手臂走向她，而聂清舟撑着下巴，神采奕奕地笑着。

这是她最初的观众，她的朋友。还有一个，永远会用华丽的辞藻和恢宏的画面，来描述她的音乐的人。

他说这首曲子让他想起了北欧的创世神话。

其实这首曲子是他受伤时，她脑子里响起的旋律。按他所说就是，在她脑海中栖息的那群海鸥为他所唱的歌。

在这个时刻,她突然觉得,为这些满怀期待与爱的目光演奏音乐,真是一件幸福的事情。

第六章
我有个秘密要告诉你

聂清舟在期末考试前一周回到了学校，不期然受到了热烈欢迎。

教室黑板上挂着彩带和气球，上面写着工整的"欢迎聂清舟归班"，他桌子上更是堆着小山似的零食。聂清舟单肩背着书包，愣在教室门口。张宇坤一看见他，就做手势："一、二、三！"

"欢迎回班！"同学们欢呼着，平时活跃的人吹着口哨，文静的人就小声跟着说，看起来是早有安排。

这一声出来，其他班的同学纷纷从窗户里探出头来，看十三班发生了什么事。

聂清舟有点没反应过来，他下意识地环顾四周，快速地进行判断——没有粉白气球，没有Love横幅，没有礼花筒，看起来是个正常的欢迎仪式。

他松了一口气，笑道："谢谢……谢谢……"

然后，张宇坤就笑着奔过来拿过他的书包，把他推到了他单人单座的位置上。聂清舟望向对面的一班，那里有许多人在张望，夏仪似乎也在看着这边，隔得太远看不清她脸上的表情。

聂清舟莫名觉得不好意思，张宇坤大惊小怪道："哎哟，怎么回事？舟哥你感动得都脸红了。"

聂清舟无奈。

"你也不用太感动，这些零食其实是元旦晚会班里剩下来的，正好都给你。"

聂清舟揉揉眉心,看来彩带和气球也是元旦时剩的。

这盛大的欢迎仪式当然是张宇坤和赖宁架着班长,去找班主任老李要求的,并得到了这天早读的拥有者——语文老师张自华的支持。

张宇坤理直气壮,他说这班上谁没借过舟哥的笔记本或错题本看?能有哪个大学霸像舟哥这么慷慨?慷慨的大学霸要回来了,要给他像家人一般的温暖。

于是,聂清舟就见证了这颇有气势的欢迎仪式。

就在几个月前,他还是班上的问题学生,大部分同学都对他敬而远之,如今这待遇却天翻地覆,倒让他有点不适应。即便在他自己的高中时代,他也没有受到过这种待遇。

聂清舟把桌子上的零食都收进抽屉里,看着语文课代表走到黑板前擦去粉笔字,庆祝活动十分短暂,早读掐点开始,他又投入高中日常了。

高中的生活被填塞得满满当当,所有行动精确到分钟,这是聂清舟在步入社会后再也没有过的体会。

按理说,高中这样的日子仿佛是机械地重复,每日如同西西弗斯推石头一般上上下下。

现在他回忆起来时,却觉得高中是人生最漫长的时间,之后的日子过得飞快,仿佛一股脑地翻过去厚厚一沓日历,八年如同一日。

在高中时期,他虽然没有工作后那些日报、月报和下一季度目标,但比任何时候都目标清晰,并且确信无疑自己走在一条正确的路上,只要努力往前走就能走到正确的终点。

那时他相信自己能成为任何人,能做任何事情,仿佛是生物书上说的全能干细胞一样,急待分化为世界的任何一部分。

可是那时他还没有想好要分化成什么,他只是对这可能性抱有极大的期待,而不是真的有什么理想。

于是,他稀里糊涂地选了专业,毕业进了一家国企。就这样分化成了一个肺叶细胞或口腔上皮细胞——在来不及挣扎的时候失去了可能性。

他大概就要这样作为这个细胞,日复一日地工作下去,任时间流逝消磨所有的可能性。小时候大人们常说生活不易,咬牙坚持坚持,高考完了就好,又说工作了就好,结婚了就好,有孩子了就好,孩子长大了就好。

于是，他发觉，如果不清楚自己在这个世界上想要如何生活，生活是永远不会好起来的。

所有的贪心不足，究其根本，都是在于根本不知道自己想要什么。于是一生直到坟墓都在咬着牙，胡乱地去抓人们口中的"好东西"，心里想着——是不是这就是我想要的东西呢？

聂清舟漫无目的地想着，撑着下巴转头望向对面教室的夏仪，她正低着头看书。

他有时候很羡慕夏仪的坚决，她总是无视他人的目光，步履坚定。

所有的流言都有其时效性，再轰动的话题不出一个月就会淡出人们的视野。

聂清舟回到学校的时候，关于夏仪的话题已经被期末考试紧张的氛围掩盖，若有似无的敌视也被庞大的队伍抵御在外。

他们占着食堂的一整个四人桌，还搬了个板凳坐第五个人。夏仪旁边分别坐着聂清舟和郑佩琪，张宇坤和赖宁坐在对面。在人声鼎沸的食堂里，他们自成一派，聊得有声有色。

"上次物理随堂测验我考了八十分！我拿回去给我妈看，她开心坏了，说期末我能进步一百名的话，就奖励我五百块钱！"赖宁兴奋地说着，激动之情溢于言表。

聂清舟坐在他对面，他穿着黑红格子衬衫，外面套着黑色毛衣，然后就是厚厚的冬季校服。即便穿得这样层层叠叠的，他看起来仍然潇洒而慵懒。

聂清舟手肘撑着桌子，垂着筷子笑道："我觉得你可以再跟她加个码。进步两百名，奖励一千块，然后请我们吃个饭怎么样？"

赖宁有点不可置信，犹豫道："两百名啊，也太难了吧……"

"上次你做的那份卷子我看了，这周我再帮你拎一遍重点，两百名还是保守估计，我认真研究过排名的。"说完，聂清舟望向正埋头干饭的张宇坤，"你也可以给家里立个目标，我觉得你能进步一百五十名左右，拿到奖励请吃饭啊。"

张宇坤一听就郁闷了："我这个月都没打篮球，也没打游戏，学得可卖力了，怎么进步还比赖宁少啊？"

"那是因为赖宁上次考得太差了!你成绩本来就比赖宁好,成绩越好进步越难,所以这是你们要奖励最好的时候,以后就只能慢慢进步了。"聂清舟语重心长道。

郑佩琪在旁边扒拉着饭,越听他们聊,脸色越愁苦,说道:"吃饭的时候能不能别老提考试?好伤胃口。"

张宇坤奇道:"哎哟,好学生还愁考试呢?"

"怎么不愁,退步了我爸要骂我的。"郑佩琪摇着脑袋,她脑袋后的蓝色蝴蝶结跟两个耳朵似的摆来摆去,她转头看向夏仪,说,"夏仪,今天数学最后一题,我没听明白老师讲的,你回去给我讲一遍吧?"

夏仪的筷子顿了顿,说:"好。"

聂清舟笑了起来,他碰了碰夏仪的手肘,这么冷的天气里她还是会把袖子挽起来,那一截皮肤暴露在空气里,看着怪冷的。夏仪回头看向聂清舟,聂清舟不再谈考试,而是说:"奶奶最近生意是不是不太好?"

夏仪点点头,之前杨凤来闹多少还是有影响的。

"你让奶奶放心,店里生意的事情,我们来想办法。"聂清舟往后一靠,抱着胳膊道,"等期末之后很快就是春节了,各家都会买年货,要不要奶奶趁着这个机会也搞个优惠活动?我们去进点好的烟酒,然后稍微打个折,把客流量带起来。大家都有从众心理,顾客多了自然就忘了之前的风波。"

张宇坤一听就来劲儿了,眉飞色舞道:"哎哎哎,这事儿你们可得让我加入啊,我家就是开餐馆的,我知道哪里的烟酒好,绝对帮你们砍到跳楼价!"

"我家有三轮车!我可以帮忙拉货!"赖宁也跃跃欲试。

夏仪刚想说什么,张宇坤就提前说:"夏老师,你给我和赖宁讲了那么多题,咱也算朋友了不是?千万别拒绝我们啊。"

聂清舟看向夏仪。她略微沉默了一下,点点头:"那好,谢谢。"

"客气!嫂……呸,仪姐太客气了!"

郑佩琪看看张宇坤再看看赖宁,急忙说道:"我呢?我能做什么?"

"你一个女孩子就别干这些粗活儿了,到时候去夏仪家的店捧捧场就好。"张宇坤摆摆手。

郑佩琪鼓起脸颊,似乎觉得自己被排除在了团队活动之外,有点不开心。聂清舟见了就拿起手边的塑料袋,递给夏仪。

"同学庆祝我回班准备了点零食,我吃不完,你们拿回去吃吧。"

"你不是喜欢吃零食吗?"夏仪没有接。

聂清舟小声说:"我自己留了一部分,够吃了,你们分了吧。"

夏仪这才接过塑料袋,拿给郑佩琪。郑佩琪看了看,小声"哇"了一下,袋子里薯片、糖,甚至辣条应有尽有。

郑佩琪问道:"夏仪,你喜欢吃什么?"

夏仪看了看,从中拿出五根棒棒糖。

"棒棒糖?我喜欢荔枝味儿的真知棒。你喜欢什么味道啊?"郑佩琪也拿了两支出来。

夏仪举起那根棕色的棒棒糖:"阿尔卑斯,可乐味。"

说罢,她把手里那支草莓味的棒棒糖递给聂清舟,聂清舟接过她手里的棒棒糖,满含笑意地低头对夏仪小声说着什么。夏仪点点头,嘴唇轻轻地弯了弯。

郑佩琪总觉得夏仪在聂清舟面前不太一样,整个人都放松下来了,刚刚聂清舟碰夏仪的胳膊,夏仪也没有躲避。他们之间仿佛有独特的磁场,但又不像是谈恋爱。

郑佩琪羡慕地想,她什么时候能和夏仪这么亲近啊?

聂清舟缺了半个月的课,但是晚自习找他问题目的人还是排起长队。张宇坤甚至帮他做了辅导号,一堂晚自习只放五个号——当然张宇坤和赖宁有什么问题,是可以插队去问的。

夏仪晚自习上着课,偶尔瞥一眼对面,经常能看见聂清舟的座位前站着人,他坐在椅子上一边吃零食,一边摇晃着椅子,时而低头看题目,时而抬头对旁边的人说话,手在空中比画着,极富耐心。

他就像是个坐堂的老中医,面对挂了专家号来看病的病人。

夏仪看了一小会儿,好像这样持续运转的脑子就得到了片刻松懈,然后再转过头继续听老师上课。

如果聂清舟来上课的话,应该会是更好的老师吧?

夏仪突然这样想。

缺了半个月的课没有影响聂清舟的学习能力和进度，但是影响了他的控分能力。

他又一不小心考了年级第一。

放榜时，所有人闹哄哄地挤在公示栏下面，这一次聂清舟已经能堂而皇之地站在夏仪身边了，他们五个人心情各异地等待着，在寒冷的风里呼出白气，活像五个炭火上烧水的水壶。

随着榜单贴好，他们纷纷烧开了水，沸腾起来。

"舟哥又是第一！夏仪第二！大鹅才第三，哈哈哈哈，高才生还比不过我们半个月没上课的舟哥呢！"张宇坤一嗓子喊出来。

聂清舟和夏仪并没有露出喜出望外的表情，他们不约而同地看向人群中的闻钟，而闻钟的脸色就像他的衬衫领子一样白，捏紧拳头瞥了聂清舟和夏仪一眼，即刻扬长而去。

聂清舟担忧地低头，小声问夏仪："闻钟期中和期末都没有考第一，他爸妈不会打他吧？"

夏仪抬眼看他："可能会。"

闻钟家真的这么可怕？聂清舟心里正嘀咕着，就听见身边传来一声大叫。

"天啦，我五百三十七名！舟哥，我五百三十七名！我真的进步了一百五十多名！我可真是太厉害了！"张宇坤跳起来，兴奋地欢呼。

赖宁兴奋地看着榜单："我六百二十一名，舟哥，我六百二十一名！真的进步两百多名，我……我妈得高兴坏了。"

"好险啊，我三十二名，比上次还进步两名。我爸应该不会说我了……"郑佩琪放下心来，拉住夏仪的袖子摇晃。

张宇坤跳到大家面前，挥舞着手臂说："今天中午我和赖宁请客啊！谢谢舟哥和夏老师！郑仙女也一起来！"

郑佩琪恼道："闭嘴，你叫谁仙女啊！"

张宇坤捏尖了嗓音，说："当然谁答应谁就是仙女啦！"

郑佩琪蹿起来："我才没有这么说话呢！"

她和张宇坤以赖宁为圆心你追我赶，张宇坤一推赖宁，笑着往前跑："快快快，去后街吃饭！"

赖宁跟着跑，郑佩琪在后面追，从教学楼的阴影里一路跑进阳光里去。

路两边的梧桐树已经落尽了叶子,聂清舟和夏仪并肩在铺着落叶的路上慢悠悠地跟着。在周围人群吵闹的声音里,聂清舟靠近夏仪低声说:"郑佩琪好像没那么介意别人说她的嗓音了?"

"你没来的时候,张宇坤天天说她,说完再哄。"夏仪淡淡地说,"她应该已经麻木了。"

聂清舟想,合着这是脱敏治疗啊。

放假绝对是学生时代最令人期待的事情之一。

聂清舟步入社会成为卑微的"社畜"后,每每看着自己寥寥无几的可怜假期,都会怀念在学校时漫长的寒暑假。那时候,他常常想,如果"社畜"一年里能有这样两段长假,工作应该会变得开心很多吧。

事实上,工作后不仅没有这样的长假,在为数不多的假期里,他的手机还常常像催命符似的响起,被揪到公司加班。

"这么多人拼命地读书,最后毕业出来'996',我们这么努力难道是为了过这种日子吗?"聂清舟喃喃地说。

张宇坤骑着自行车靠近聂清舟,问:"舟哥你说什么?什么'996'?"

聂清舟看了张宇坤一眼,怜爱地说:"你们现在还不知道这个词的含义,真是幸福啊。"

说罢,他就加快速度骑到了前面,留张宇坤在后面嚷嚷着:"舟哥,你说啥啊舟哥!"

此刻,赖宁正骑着三轮车在前面。聂清舟、张宇坤和夏仪三个人骑着自行车,仿佛护法一般在他的前后同行。

赖宁穿了件黄色的长款羽绒服,聂清舟穿着黑色的短棉袄,围着灰色的围巾,张宇坤穿着夸张的宝蓝色短款羽绒服,而夏仪穿得最少,只穿着一件驼色的呢子衣服,戴着灰色的毛绒护耳。

这支五颜六色的队伍颇壮观,张宇坤时不时还冲前面慢吞吞走路的奶奶、手拉手的小情侣、骑电动车的大妈喊两嗓子——麻烦让让啊!

聂清舟和夏仪一考完期末考试就跟夏奶奶提了他们的计划,并成功说服了奶奶,获得了一笔启动资金。

于是放假第三天,他们就按计划踏上了进货之旅,夏奶奶因为今早头犯晕没能一起来，他们就像出笼的鸟儿，特别是张宇坤和赖宁，仿佛是担了填海重任的精卫似的，干活儿特别卖力。

他们一行四人一到批发市场，张宇坤就带头在各个铺面前穿行，很快找到了他家餐馆平常进货的那家店。

张宇坤爸妈一早跟店老板打过招呼，店老板看到张宇坤也很热情，腆着个啤酒肚笑得弥勒佛似的，问他们要进什么货、进多少。

张宇坤倒先卖起了关子，一指聂清舟："这是我堂哥，家里开超市的，之前都在马师傅那里进货，谁知道马师傅今年不做了。我堂哥家过年要上货走量的，我爸妈推荐的这里，王叔叔您看您能给到什么价格吧。"

"哎哟，你爸妈那批货是提前一个月订的，现在可没有这个价格了。"王老板指着货架上那红红绿绿包装的香烟和酒，对张宇坤说，"年关到了，大家都需要烟酒。"

"哎哟，是需求量大，但说实在的，这场子里卖烟酒的也多得很啊！"

"你看别人价格低的，那是真假混卖，不然能那么便宜？"

"假的能逃得过我的眼睛？王叔叔，您还不知道我……"

张宇坤睁着眼睛说瞎话，拉着王老板你一言我一句砍价砍得你来我往，火花四溅。聂清舟简直插不上话，心里直呼佩服。

中间，张宇坤和王老板不知道是真谈崩还是假谈崩，张宇坤拉着聂清舟就走，绕了一圈又去各个店里砍了一轮价，又杀回到王老板这里谈。

最后，他们以张宇坤爸妈一个月前的采购价成交，张宇坤喜滋滋地招呼赖宁来，三个男生不让夏仪沾手，把一箱箱烟和酒给抱到了三轮车上码好，盖上布再用皮绳捆在车上。

张宇坤吸了吸冻红的鼻子，拍拍装好的货，得意地道："怎么样，兄弟我厉害吧？"

他难得地得到了在场所有人包括夏仪的赞同，聂清舟由衷地说："将来生意做大可别忘了我啊，张老板！"

张宇坤明显很受用，接着表示事情办得这么顺利，不能就这么回去了。赖宁立刻响应，拿出自己期末得到的奖金，说要请吃炸串。

于是，一行四人又直奔美食街，吃串串去了。

即便不是饭点，美食街仍然人来人往，人流只比夜市逊色一点点。

寒冷的冬日里，白花花的蒸汽从各个小摊子上升起来，伴随着令人垂涎三尺的香味。金黄的油翻滚着，铁板上传来"刺啦刺啦"的炸裂声，色泽鲜亮的串串就从中诞生。

赖宁坐在三轮车上不能离开，就大喊自己要吃什么，聂清舟、夏仪和张宇坤推着自行车，在旁边帮他买。张宇坤指着架子上的东西："年糕、里脊、鱿鱼、培根卷、韭菜给我各来四串。"

"韭菜算了，她不喜欢，换成素鸡吧。"聂清舟指指夏仪。

张宇坤"嘿嘿"一笑，贼贼地说："好嘞，好嘞。"

夏仪抬起头看向聂清舟，灰色的护耳好像毛茸茸的猫耳朵。她问道："你怎么知道我不喜欢吃韭菜？"

聂清舟心说：是你十年后的一个粉丝告诉我的，这大实话我能说吗？

"啊……奶奶告诉我的。"他找了个理由。

夏仪淡淡地说："奶奶也不知道。"

聂清舟惊讶地反问道："啊？奶奶怎么会不知道？那她做菜放韭菜你怎么办？"

"就正常吃。"

聂清舟揉揉眉心，颇为无奈。

"你是怎么知道的？"夏仪的眼睛盯着他不放，上次去夜市，聂清舟也没有点韭菜。

聂清舟面带微笑，在脑子里迅速寻找托词。

这时，旁边传来赖宁的一声呐喊，三个人转头看去，只见赖宁跌坐在地，一个戴着头盔的男人夺走了他们满载货物的三轮车，疾驰而去，路过的人被吓得纷纷避让。

"那个浑蛋突然把我推下来，抢了我的车！抓小偷啊！"赖宁从地上爬起来追着大喊道。

夏仪和聂清舟立刻骑上自行车，一蹬踏板一溜烟地追去了，张宇坤着急忙慌地跟老板说："不要了，不要了。"

再一回头，夏仪和聂清舟都转过弯去不见了踪影。

赖宁跑了几步撑着膝盖喘气，欲哭无泪道："完了，完了，车要是丢了，我妈得打死我！"

而赖宁家的这辆三轮车上了点岁数，开不快了，偷车的人也没想到这一点，他拼命地踩，但怎么都骑不快，急得差点撞墙，七拐八拐后，被骑车骑得风驰电掣的夏仪和聂清舟堵在了一个巷子里。

聂清舟从车上跳下来，心脏"怦怦"直跳，心想他这辈子第一次飙车居然是飙自行车，那些健身房里蹬动感单车的都不能比他刚刚骑得更快。

夏仪更干脆，一下车就几步跑过去。她一把攥住小偷的胳膊把他生生从车上拽下来，折过他的手臂背在他身后，再在他小腿肚上狠狠补了一脚。小偷嗷了一嗓子"扑通"一声跪在地上，嘴里说着"哎哟哎哟"，头盔都掉了。

一套标准的格斗技，要是张宇坤在肯定要一蹦三尺高，大喊打得好。

聂清舟检查了一下车和货，然后拍拍夏仪的肩膀，替她按住了小偷的胳膊："东西都没事，报警吧。"

夏仪起身拿出手机，正摁按键的时候突然听到铁棍敲墙的声音传来。聂清舟和夏仪抬头看去，阳光下，一群神情乖戾的年轻人拿着木棍、铁棍堵在了巷子口，影子长长地投到他们身上。

聂清舟皱起眉头。

他们这是被螳螂捕蝉，黄雀在后了？

在他们对峙的瞬间，被聂清舟压制的小偷突然暴起打掉了夏仪的手机，手机划出一条高高的抛物线落在那群年轻人面前。这小偷刚往前跑了两步，就被聂清舟从后面勒住脖子，再次放倒在地上。

聂清舟死死压着他，目光却放在对面那些人身上。

"不想挨打的话就松手，把车留下，赶紧给我滚！"巷子口带头的男人弯腰把夏仪的手机捡起来揣进兜里。

那男人看样子二十出头，穿着件灰色羽绒服，头发乱蓬蓬的，下巴示意他们身后的三轮车。

这群人看起来是一伙儿的。

夏仪的目光冷下来，面前一共七个人，加上聂清舟压着的这个一共八个人。如果都是赤手空拳倒还好，但对方手上有武器。

她扫视了一遍这个巷子，在左前方的墙角边发现了一个空酒瓶子。

玻璃的。

她弯下腰去想要拿那个酒瓶，就在她行动的瞬间，聂清舟突然也向同一个方向伸手。他压着那个小偷,身体离地面更近,比她先一步拿到了酒瓶。似乎因为过于急迫,他拿起来的时候酒瓶正好扫到前面的铁架子——"哗啦"一声,酒瓶肚碎了。

巷口那些人立刻警觉起来,嚷道:"你要干什么!你个小兔崽子要什么横啊?"

聂清舟似乎也愣了一下,他看着这个龇牙咧嘴的酒瓶子,脑子里闪过无数熟悉的干架画面,拿着也不是,放下也不是。

他短暂地闭了一下眼睛,吸了一口气,然后再睁开。下一秒,聂清舟一把揪住那个小偷的头发迫使他抬起头,挥着酒瓶将尖锐的玻璃指向小偷的头。

"想要留下我的车和货?你们来啊。我先废了他,后面谁上来我就废了谁,看你们先打死我,还是我先打死你们。"

聂清舟仿佛瞬间换了个人似的,他看起来很暴躁,笑得也邪气,话一个字一个字从嘴里蹦出来,一切做得自然又熟练,好像这就是他的日常生活。让人很难不相信,他真的会干出这种事情。

他压着的那个小偷首先慌起来,一边扑腾,一边喊:"大哥!大哥!他们可能打了!他们干得出来,救我啊大哥!"

那群堵在巷子口的小青年也露出了犹豫的表情,他们拿棍子多半也是吓唬人的,真搞伤了成本就太高了,遇见这种愣头青,搞不好赔了夫人又折兵。

他们窃窃私语了一会儿,带头的啐了一口,说:"行,算你小子狠,你们走吧。"

聂清舟指着带头人的口袋:"把手机还给我。"

那人急了:"哎,你小子,你可不要得寸进尺!"

聂清舟把自己的手机拿出来,将电话卡拔了,再摁下恢复出厂设置,然后冲他们摇了摇黑屏的手机:"我的手机比她的更值钱,我把我的手机给你们,你们把她的手机留下。"

夏仪皱皱眉,说:"聂清舟,你干什么?"

聂清舟没回答她,下一秒就把手机放在地上,用力一推滑到对面人脚下。

对面的小青年捡起来一看,确实比夏仪那个手机值钱,他看了一眼这凶神恶煞的男生，就从口袋里掏出夏仪的翻盖手机扔回去，被夏仪稳稳接住。

"行，还你们了。"

当张宇坤和赖宁赶到的时候，聂清舟和夏仪正站在街边，他们俩的自行车靠墙停着，聂清舟靠在三轮车上，夏仪站在他面前，低头拿着一瓶矿泉水给他冲手。他的手背上有几道口子，正往外流着血。

张宇坤大喊一声："舟哥！舟哥！你怎么了！"

聂清舟转头看到他们，笑着说："没什么，溅到碎玻璃了，我这个人可能天生跟玻璃有仇。"

赖宁跑过来先仔细看了看车，再望向聂清舟的手，悲戚地扶着他的肩膀说："舟哥！我们来晚了！"

聂清舟哭笑不得："……咱能不能不要像奔丧似的？"

张宇坤围着聂清舟左看右看："舟哥，这伤口这么深吗？你都疼得发抖了！"

聂清舟沉默了一下，点点头正经道："确实。"

夏仪抬起双眸看了他一眼，她把矿泉水盖子盖好，然后拿出刚刚买的创可贴，在他的手背上一个一个细致地贴好。他的手被水冲过，冰冷泛白，而且确实在颤抖。

其实从那些人离开之后，他就开始发抖了。

这一趟虽然波澜起伏好在有惊无险，他们还是顺利地把东西运回了夏家杂货店，赖宁的三轮车也没有什么损伤。

这么看来，这次受伤的就只有聂清舟的手，以及他的手机。

聂清舟晚上煮泡面的时候认真思考了一会儿，决定过年找个寺庙拜拜，再烧炷香。

他刚刚吃完热乎的泡面，戴着橡胶手套洗好碗，就听见敲门声。他脱了手套走到客厅打开门，楼梯间的灯亮得很勉强，要坏不坏的样子，夏仪站在昏暗的灯光里，她穿着灰色毛衣和棕色的毛线开衫，和很久之前给他姑姑递药那天一样，像一只毛茸茸的小棕熊。

夏仪看着聂清舟身上违和的碎花围裙，莫名想到了狼外婆。她沉默了一下，然后说："怎么没下来吃晚饭？"

聂清舟瞥了一眼楼下，靠近她压低声音说："奶奶要是看到我手上的伤肯定要问，我不想跟她说这件事。伤不碍事，我已经吃过了。"

夏奶奶是个喜欢操心的人，三分的事情能激起十分的担忧，为了她脆弱的心血管着想，进货路上发生的事情他和夏仪都默契地选择了隐瞒。

夏仪看了一眼他受伤的手，问："家里有药吗？"

聂清舟点点头："上次我买了……"

他的目光下移看到她手里拎着的塑料袋，沉默了一瞬，说："你进来吧，正好我有话跟你说。"

夏仪似乎不怎么怕冷，寒冬腊月的天气里穿的衣服也很少。她刚在沙发上坐下，聂清舟就翻出了空调遥控器，打开了客厅那个他从来不舍得用的空调。

空调"咯吱"作响地启动了，夏仪看了一眼笨拙工作的空调，转头对聂清舟说："我不冷。"

"我冷行吗？"聂清舟一边关各个房间的门，一边说。

"那你刚刚为什么不开？"

"……哎，你突然这么聪明干吗？"

聂清舟关上最后一扇门，倒了一杯热水给夏仪，然后坐在她对面的沙发上。夏仪从塑料袋里拿出碘伏、纱布和药粉，自然地握住聂清舟的手，拉到自己面前。

"不用，一会儿我自己来就行。"聂清舟试图挣脱。

夏仪看了他一眼，并没有理睬他的拒绝，低眸揭开下午贴的创可贴，重新给伤口消毒上药。

聂清舟心里觉得这个情形好像不太严肃，他明明是打算郑重地跟夏仪谈一谈的。

于是，他清了清嗓子，把另一只胳膊放在膝盖上撑着身体，微微沉下后背思索了一阵，才开口道："我问你，今天如果不是我拿走了那个酒瓶，你是不是就打算捡那个酒瓶，做和我同样的事情？"

夏仪正准备蘸碘伏的棉签在空中顿了一下，她抬眼看向聂清舟。

"是，你怎么知道？"

"你还是？是什么是？你一个才十六岁的女孩，干吗做这么危险的事情？那碎酒瓶那么锋利，要是你受伤了怎么办？"

聂清舟越说越生气，眉头紧紧地皱起来，道："他们那么多人，手里都还拿着武器，要是他们真的过来跟我们打呢？我们打得过吗？我这次也就是……嘶……疼……被架在那里了，只好赌一把。下次遇到这种敌强我弱的情况，他们要什么就给他们……嘶……只要人没事，钱可以再赚，车可以再买，小卖部的生意我们也可以再想办法，没有什么比你的安全更要紧。"

他很少这么严肃地跟夏仪说话。

空调"咯吱咯吱"地响着，传来"呼呼"的风声，房间里逐渐温暖起来，夏仪的脸也跟着染上几分温暖的血色。

她停下了手里的动作，安静片刻，然后说："可一直都是敌强我弱。一次被欺负，就会有下一次；一次屈服，就会永远屈服。"

她并非在抱怨，语气也并不委屈，如果面前的人不是聂清舟，她甚至不会说出这句话。

对夏仪来说，在很多年里绝大多数事情、绝大多数时刻都是敌强我弱。这个家没有父母撑腰，夏奶奶上了岁数身体不好，夏延年纪还小，腿脚又有问题。

她是这个家里最不能屈服、最不能退缩的人。

聂清舟怔了怔，眼里的严肃退下去，被心疼取代，甚至这次夏仪拿碘伏往伤口上涂的时候，他都没想起来躲。

"不会一直敌强我弱的，我在你这边，我是你的战友，不要总想着自己一个人冒险。"聂清舟说道。

夏仪眨了眨眼睛，说："但是你讨厌暴力，不是吗？"

聂清舟有些惊讶地睁大眼睛。

"你被钱风扬打也没有还手，你也阻止张宇坤、赖宁对吴思远动手。你不喜欢暴力，宁可自己受伤，也不愿意使用暴力解决问题。"

夏仪的双眸漆黑，映着客厅顶上的灯光，亮亮的，就像是深邃夜空里默默发出光芒的星星。

她不常说这样长的话。她似乎觉得需要解释什么，但又不知道该怎么解释。她注视着聂清舟的眼睛，坦然地说："没关系，我也可以保护你。"

聂清舟怔怔地看着夏仪，一时间不知道该说什么。

她说她可以保护他？

他已经远远过了需要保护的年龄了。

但这个尚且身陷困境的女孩，真诚地试图保护他——一个远远年长于她，从未来而来知晓所有故事的结局和剧本的人。

聂清舟觉得心头一酸，他忍不住伸出手去摸摸夏仪毛茸茸的头，微微一笑。

"谢谢你，但是在保护我之前，你要先保护自己才对。其实今天我不知道如果他们不走，我还会做出什么事情来，我害怕这个我无法控制的自己。但是这比让你来体验这种恐惧要好得多。"

夏仪安静地看着他。

聂清舟耸了耸肩，笑道："我没有你们想象的那么勇敢，我是不是很逊？"

"不会。"夏仪坚定地摇头。

聂清舟偏过头，问夏仪："你打架的时候，会觉得害怕吗？"

夏仪垂下眼睛，她似乎真的仔细思考了一会儿，才说："害怕过吧，我记不清了。"

她很擅长隐藏和遗忘一些不利于她的情绪，她本来就是一个情绪起伏不大的人。

她开始继续给聂清舟包扎伤口，低着头表情非常认真，因为开了暖气，她的手也变得越来越暖和。

那双手白皙纤长，不应该用来打架，这双手应该要在钢琴上跳动，应该捧着话筒、鲜花和奖杯。

待夏仪将纱布在他的手背上打好结后，聂清舟温柔又郑重地说道："从今往后，你不用屈服，也不会被欺负，我们不用暴力也能解决问题，不用讨好别人也能赢得尊重，总有一天你会离开这里，去更好的地方，成为更强大的人。"

他举起那只被包扎妥帖的手，笑道："I promise（我保证）。"

夏仪看着那只被雪白纱布裹着的手，目光再移回聂清舟身上，有那么一瞬间，她不知道自己该说什么。

所以，她问："可是，你怎么知道我不喜欢吃韭菜，还有我想要拿酒瓶做的事情？"

聂清舟的手僵在了半空,他缓缓地放下手,吸了一口气:"我有个秘密要告诉你。"

"什么?"

"其实我精通周易,能掐会算。这些都是我算的。"聂清舟满脸诚恳。

夏仪并不相信这种说辞,但是她也没有追问。她沉默了一会儿,说:"今天我欠你一部手机,我会还给你的。"

聂清舟知道他就算拒绝,夏仪也不会同意,只跟她说这部手机是他挪用住宿费买的,家长并不会问起,让她不要着急。

把夏仪送走之后,聂清舟关上门长长地舒了一口气,然后回客厅把空调关上。他打开自己房间的门,冰冷的空气扑面而来,冻得他一个激灵,打了个喷嚏。

他一边揉着鼻子,一边在书架上摸索,拿出一本灰色软壳笔记本,打开某一页,在这一页长长的时间线上,有一个名为"被社会青年围攻,碎酒瓶,时间是高一"的事件。

聂清舟拿出一支笔,在这个事件上打了个圈,然后在下面写下今天的日期。

那群人堵在巷口的时候,千钧一发之际,他灵光乍现,想起了这个他在十年后的综艺里知晓的事件。

他意识到这个事件此刻正在发生,才提前一步抢走了酒瓶。

谁知道赶巧打破了酒瓶做出一副要干架的样子,他只好赶鸭子上架,把这个身体交给"聂清舟"的本能。

这个孩子的本能真可怕,"聂清舟"真的敢和这个世界同归于尽,完全不吝于伤害自己,也不畏惧伤害别人。再晚到半年,甚至几个月,他可能会直接在监狱里醒过来。

聂清舟脊背发凉,长叹一声。

他托着下巴,在这个事件边上补充了几个字——"拿回手机"。

当巷子口的男人拿走夏仪的手机时,他想起来十年后的夏仪说过,在她所有的手机里,她最喜欢的是她高中的那部翻盖手机。那部手机并不智能也不是很好用,但是对她来说非常珍贵。

十年后的夏仪真好,她已经能够告诉别人她所珍视的东西是什么了。

所以今天的他,才能够帮她挽回,帮现在这个总是沉默的夏仪拿回她所珍惜的东西。

寒假对于聂清舟最严峻的考验就是，他的"父母"要从省城回来过年了。

虽说自从他们去省城打工后，这么多年他们和"聂清舟"相处的时间加起来也不满一年，但这毕竟是"聂清舟"的父母，是他在这个世界上血缘最亲近的两个人。

聂清舟这段时间只和他们电话交流了几次，也不知道要怎样和他们度过这个新年。

聂清舟做了很久的心理建设，才在车站第一眼看见那两个风尘仆仆的中年人时，喊出了"爸""妈"这两个字。

那两个中年人显然也愣住了，他们在热闹的人流里，拎着色彩俗气艳丽的条纹袋包装的大包小包的东西，背上的行李重得把他们的腰都压弯了，此刻显得有点狼狈和不知所措。

"小舟？你……你怎么来了？"聂妈妈一米六几的个子，身材微微发福，穿着一件玫红色的扎眼棉袄，"聂清舟"的单眼皮应该是遗传自她。此刻，她的眼睛睁得溜圆，眼里的惊喜溢于言表。

这么多年他们回来过年，聂清舟从来没到车站接过他们。

聂清舟今天穿着一身黑色的羽绒服，收拾得干净清爽，看起来甚至有点斯文和优雅。他笑起来，走到女人身边拿走女人手上的重物，说道："姑姑说你们今天下午回来，我就来车站等着了，也刚到没多久。你们回来怎么拿这么多东西？"

聂妈妈更加惊讶了，她的目光追随着聂清舟，看他自然地走到聂爸爸身边，说："爸，包给我背吧。"

聂爸爸连忙摆着手："不用，不用，东西沉压坏了你。"

聂爸爸长得高大结实，满身常年干体力活锻炼出来的肌肉，两鬓已经有点斑白，笑起来的时候满面皱纹，看起来比他的实际年龄衰老许多。

他揉着聂清舟的肩膀，不住地说："长高了，又长高了，也长大懂事了。真好，真好。"

这句话话音刚落，他们二老的眼睛就有点湿。聂清舟环住聂妈妈的肩膀，轻轻地拍了拍："走吧，我们回家去。"

在回去的公交车上，聂清舟找到位置让聂爸爸和聂妈妈坐了下来，自己站了一路。

聂爸爸和聂妈妈时不时跟他说两句话，问他的学习，问他的生活，缺不缺钱花，这些问题他们在电话里都问过聂清舟很多次了。

但是聂清舟没有流露出半点不耐烦的神色，在嘈杂的公交车里，发动机的轰鸣声覆盖在所有声音之上，他俯下身去提高声音，确保自己的声音清晰。

聂清舟有问必答，并不介意细致地重复自己的答案，然后适时地反问他们的生活，让话题可以继续下去。

他知道他们并不是忘记了他曾经说过的话，他们只是想要跟他说说话，但又不善于交谈，不知道还能问什么别的问题罢了。

他们说着说着，聂妈妈既生疏又亲密地握住了聂清舟的手，聂清舟看向她时，她似乎还有点退缩，但是聂清舟立刻笑了起来，也把她的手握紧。

聂妈妈的脸上霎时浮现出一种奇异的神采，好像这旅途中的所有疲劳一扫而空似的。聂爸爸也很开心，话匣子慢慢打开了，说着这一年在省城见到的趣闻乐事。

公交车明明开了很长的时间，下车的时候，聂爸爸和聂妈妈却还有点意犹未尽，聂妈妈小声说了一句："这么快就到了啊。"

"可能是修了路，比之前好开了。"聂清舟解释道。

他们往那个熟悉的灰白楼房走过去。远远的，聂清舟就看到楼下围了许多人，他本来还有点纳闷，走近了才发现，那居然是夏家杂货店排队结账的队伍。夏家杂货店此刻生意好得惊人，一个小店满满的都是人，这么冷的天，站在柜台后的夏奶奶愣是热出一头大汗来。

聂清舟十分意外，他没想到他们的促销策略居然这么成功，这人流未免也……太惊人了。

聂妈妈也跟着看向那个小卖部，惊讶道："哎呀，今年新搬来的邻居啊。这么多人排队，里面的东西一定很好吧？"

"啊……是的，东西都不错，而且现在有折扣。"聂清舟回答道。

聂妈妈的眼睛都亮了，喊着："老聂，老聂，我们快把东西放回家，赶紧去一楼小卖部买点东西，再不买要空了！"

- 177 -

于是,他们在聂妈妈的催促下加快脚步,迅速把东西放回家,聂妈妈就杀向了楼下的小卖部。聂清舟着实没想到,这促销也销到了自己家头上。

聂爸爸看着窗明几净,收拾得整整齐齐的家,愣了半天才转头看向聂清舟。此时,聂清舟已经端起了水壶,对他说:"爸,东西放下晚点再收拾,先喝口水吧。"

"哦……哦……"聂爸爸接过水杯,"咕咚咕咚"直接灌了一杯,然后说,"你歇着吧,我先去收拾床铺。"

"你们的房间我已经收拾过了,褥子床单我都铺好了,被子也拿出来晒过,都是干净的。你们可以看看,要是有什么不对的就喊我去收拾吧。"聂清舟也喝了一口水,说,"你们赶了一路车了,今天就好好休息,菜我中午就炒好了,晚上熬个粥,再热热菜就行。"

聂爸爸站在原地,五大三粗的男人张大嘴巴,眼睛瞪圆了,像是不能相信自己听见了什么。

聂清舟当然知道自己的表现和从前的"聂清舟"差别很大。

或许不能说"大",应该说差了十万八千里。

但是当他从脑子里搜索完"聂清舟"和他父母的相处方式后,他就明白那种方式他完全模仿不来,也不想模仿。

他不可能对长辈大吼大叫、挑三拣四、摔东西、骂人,他对聂家父母没有怨恨,他不擅长吵架,更无法对聂家父母那充满了期盼、愧疚和爱的眼神视而不见。

最后,他决定放弃挣扎,拿出自己本来的样子,尽可能地好好对待他的新"父母"。问题少年一跃成为资优生,这反差本来就很大了,也不差其他的一些反差。

不过是过年的这十天左右的时间,聂家父母难道还能把他开除出"儿籍"?

于是,聂爸爸和聂妈妈刚回家的三天,只觉得天天有惊喜,处处有意外,一年不见的儿子突然变得温柔、体贴、有礼貌,不仅是学习,家务都有了飞一般的进步。这梦幻般的改变,让人简直不敢相信。

这已经是聂清舟刻意收敛的结果了,事实上,为了避免太多相处,太多差异让聂家父母生疑,接他们回家之后除了第一天,他后面几天都借口写作业,尽量待在自己房间里。

然后，他三天就把一个寒假的作业写得差不多了。

聂清舟看着堆成小山的写好的作业，有点后悔没在学校图书馆多借几本书，或许他还得再多整点题库，把写作业的时间撑长一点。

他边想着边站起来，在房间的窗户前伸懒腰，远望休息眼睛。

望着望着，他突然觉得不太对劲。

怎么陆陆续续有好几个从夏家杂货店拎着塑料袋出来的人，往同一个巷子里拐去了？那个巷子里没什么住户啊。

聂清舟想了想，穿上羽绒服走出房间，跟聂妈妈说了一声："妈，我出去一趟啊！"

"哎，好！"聂妈妈从厨房探出头来，小声说，"这孩子，出门居然会跟我说了，也不摔门了。"

聂清舟裹着羽绒服顺着他看到的巷子走去，巷子都是灰色的砖墙，砌得很高，从墙缝里钻出各种各样的植物。他左拐右拐，果然看见了好几个拎着袋子的人，正围着一个穿浅紫色毛领羽绒服的娇小女生说着什么。

这女生看起来有点眼熟。

待聂清舟走上前两步才发现，这女生不是郑佩琪是谁？

"郑佩琪？"聂清舟惊讶道，"你怎么在这儿啊？"

郑佩琪被这声呼喊吓得一激灵，赶紧摆摆手对围着她的人说了些什么，那些人就散开走掉了。

聂清舟上前几步走到郑佩琪面前，瞥了一眼那些离开的人，再看向郑佩琪手里的一沓小票，恍然大悟道："那些顾客是你找来的？"

"嘘！你千万不要告诉夏仪！"郑佩琪急得直比画，她情绪一激动就容易上头，眼睛立刻红了，"你们不是说了我负责多捧场吗？我就……我就喊人来排队买嘛。一般来说就算有促销，可能大家一开始不知道，或者就算知道了也不太会第一个尝试。去的人多了，大家口口相传，就都好奇，都来买了。"

聂清舟想，你可真是把排队营销玩明白了。

"你从哪里找来的人？"聂清舟纳闷。

"就……也就找了我爸一个离这里比较近的厂里面的工人……他们来买，我给报销一半。"郑佩琪低下头，支支吾吾地说。

她爸离这里比较近的一个厂。

要是张宇坤在一定会直接反问她,那你爸到底有多少个厂?

聂清舟揉揉眉心,说:"你还是个学生,你这样得花多少钱啊?这不是我们的本意。"

"不多啊,也就两三千。"郑佩琪非常真诚地说。

郑佩琪用的手机是最新款的,聂清舟之前猜到她家境应该不错,但现在看起来,好像比他想象的还要不错很多。

"你放心,我有分寸的。"郑佩琪掰着手指头,"我第一天喊了四十几个人来,人数每天依次递减,最后到过年前一天停止,这样慢慢地真实客流就会取代我找来的人,非常自然,没人会发现的。"

"……你还精心设计过?"

"是啊!"郑佩琪眼睛亮亮的,恳求道,"所以你别告诉夏仪,我就是想帮忙,要是她因为这个讨厌我就完了,求你了!"

聂清舟哭笑不得,说:"好好好,我不告诉夏仪。但是这件事你也适可而止啊,说好了过年前停就停啊。"

郑佩琪郑重地点点头,然后她想起来什么,有点羡慕地问:"对了,你和夏仪关系好像很好?"

"嗯,是挺好的。"

"你们是怎么变得这么亲近的呢?"

聂清舟挠挠脖子:"这个……说来话长了。"

这个答案显然不能让郑佩琪满意,她噘着嘴沉默了一会儿,又问:"那夏仪有没有在你面前提过我啊?"

"啊……"聂清舟努力回想,"哦,提过啊,她说之前她校服脏了,你借她校服穿来着。"

"然后呢,然后呢?"

"然后……她说……你校服的味道蛮好闻的。"

郑佩琪开心地笑起来:"真的吗!夏仪也喜欢小雏菊的味道!真好!"

她雀跃着雀跃着,突然严肃了,她盯着聂清舟说:"你真的没有追夏仪吧?"

聂清舟立刻把头摇成了拨浪鼓:"没有没有。"

"那就好,早恋不好,不要影响夏仪!"说完,郑佩琪就看了一眼手表,

"时间不早了,我要走了,再见!"

她挥着手蹦蹦跳跳上了拐角处的一辆私家车,聂清舟看着那车子的标志和尘土里逐渐远去的身影,心想郑佩琪这样子怎么这么熟悉呢?

他表妹说过,是叫什么来着,唯粉?死忠粉?

不得不说,郑佩琪的营销策略还是很成功的。

按她所说,她找的人每天都在减少,但是夏家杂货店的生意依旧红火,很快大家就忘记了店主曾经被人找上门来闹的事情。

甚至当聂妈妈从邻居那里知道夏家的情况时,她还跟他们感叹这一家老小的不容易。

聂清舟的寒假作业在第五天大功告成,他又开始像往常一样往夏家杂货店跑,帮忙干点杂事。他告诉聂家父母他这半年的时间受了夏家很多照顾,还常常在夏奶奶家里吃饭。

聂妈妈和聂爸爸闻言十分感动,甚至把聂清舟的改变归功于夏家,不仅不阻止聂清舟,还经常做点包子、饺子、糕点给夏奶奶送去。聂爸爸还跟夏仪、聂清舟一起去进货,把所有体力活都包了。

聂清舟这次真切地感受到,在这样的地方,有一个魁梧的成年人在身边就像有了坚实的依靠。只要聂爸爸在旁边,就没有人敢欺负他和夏仪,甚至连言语上的挑衅都消失不见了。

从前的"聂清舟"并非自愿成为问题少年,夏仪也并不是自愿成为冷静强硬的她,如果有父母的保护,他们应该会柔软温和很多,就像郑佩琪一样。

这天下午,聂清舟正把各种速冻食品放进小卖部门边的冰柜里,一抬头却看见对面街道转角处的一个粉色身影。

他之所以注意到这个女孩,是因为外面正在下雪,街上已经有了一层薄薄的积雪,而女孩已经撑着伞站在那里很久了。几乎每次他朝那个方向看去都能看见这个女孩,而且她也在盯着夏家杂货店看。

这次,聂清舟合上冰柜,仔细地打量这个女孩,觉得似乎有点眼熟。

夏仪刚刚和夏延换完班,朝他走过来:"整理好了吗?"

"啊,好了。"聂清舟愣了愣才反应过来。夏仪有点疑惑,转头向聂清舟刚刚注视的地方看去。

街边的那个粉衣服的女孩也看见了夏仪，女孩好像有点激动，往前走了一步，却又停住了。

夏仪定定地看了那女孩半天，然后对聂清舟说："我出去一下。"

说完，她就拿了外套穿上，朝那个女孩走过去。

聂清舟撑着冰柜想了一会儿，终于想起来他在哪里见过这个女孩了——这是杨凤的女儿吴婧，那天杨凤拉着她女儿来夏家杂货店门口闹的时候，这个女孩一直低着头站在原地，一言不发。

夏仪走过马路和吴婧面对面在街边站着。

吴婧比夏仪矮了半个头，穿着粉色的棉袄，棕色雪地靴，撑着一把红黑格子的伞，而夏仪穿着银灰色的羽绒服。

吴婧扬起伞，抬头看着夏仪。两个人看起来不像是只差几岁，而像是孩子和大人的差距。

夏仪对女孩说："你有事找我吗？"

女孩沉默了好一会儿。

她们身边的墙上抹了整面浅黄色的漆，画着牡丹、菊花等艳丽的花朵，喜气洋洋的，又用朱红色的漆写了两行标语——"幸福生活，美在家庭"。

她们就站在这标语之下，花团锦簇之前。

吴婧冷冷地说："我就来看看，怎么，你还要找人教训我吗？"

夏仪皱了皱眉头，聂清舟之前已经跟她解释过这件事，她简单地说："不会。"

吴婧朝夏家杂货店望了一眼，不无讽刺地说："你们生意真好啊，明明杀了人毁了别人的家庭，还能过得这么开心。人要想活得好，就得没良心吧。"

女孩射出阴恻恻的箭，却纷纷折尖而落，并没有让夏仪动容。夏仪想了想，说道："那你希望我们怎样呢？"

她的双眸漆黑，认真地看着面前的女孩，仿佛是真的想要知道答案。

"我希望你们怎样？"

夏仪的平静似乎是更锋利的箭，一瞬间击穿了女孩。

女孩无言片刻，年轻的脸上染上愤怒，咬牙切齿道："夏仪，你真的没有一点良心吗？你为什么一点也不愧疚？你怎么能这么理直气壮？你爸爸是凶手啊！你爸爸杀了我爸爸！"

-182-

"我知道。"夏仪回答。

一直以来各种各样的人都在以各种各样的方式提醒她。

夏仪说:"他在监狱里,他付出了代价。"

"可他还活着!你爸爸至少还活着!过几年他就会回到你们身边,你又有爸爸了!可我呢?我爸爸被你爸爸杀死了啊!他永远都不会回来了,我再也没有爸爸了!你们要怎么赔给我!无论你们家做什么都没用了,你们欠我们的,你们这辈子都欠我们的!"

女孩说着说着就红了眼睛,她指着人来人往的夏家杂货店:"你们有什么资格幸福?你们这样的人,害得我们失去了一切,你们怎么还能笑得出来?你们凭什么过得这么开心?你凭什么这样平静地抬头挺胸地跟我说话?你凭什么?我真的想不明白……凭什么啊……为什么啊!"

她说着说着就开始哭,眼泪顺着冻红的脸一串串往下掉,她不停地擦着脸上的眼泪,眼泪却越来越多。最终,她放弃了似的丢了伞蹲在地上,把头埋进了臂弯里,雪花纷纷落在她身上。

夏仪安静地望着吴婧,在吴婧蹲下来哭泣时,夏仪也蹲下来。

夏仪以冷静的口吻对女孩说:"那我爸爸死了就好了吗?或者你希望我、我弟弟、我奶奶都不要活下去吗?"

吴婧肩膀的颤动停了停。

"我们并没有过得幸福,我们只是想要活下去,仅此而已。"夏仪抱着膝盖,望着地面。

夏仪记得吴叔叔的样子,他很高,喜欢开玩笑,喜欢给她带各种国外的巧克力吃,然后她爸爸就会给吴叔叔的女儿买小蛋糕,他们开着玩笑说要换女儿养。

那时候面前的女孩还很小,总是说要当夏仪的妹妹,跟她一起去学钢琴。

那是很好的时光,到现在提起吴叔叔,越过法庭上歇斯底里的杨阿姨、晕倒的妈妈,越过被告席上爸爸灰暗的神情,越过所有变故和苦难,夏仪第一个想起的还是那时候和父亲有说有笑、意气风发的高大男人。

吴婧红着眼睛抬起头来看向夏仪。夏仪与她对视片刻,然后从旁边捡起那把红黑格子的伞,撑在吴婧的头顶。

"我并没有理直气壮,我只是,不知道现在还能做些什么。我觉得我没有做错过什么事,你也没有,所以也不知道如何改正,如何改变。"

如果说什么都无法改变就不说,她一直是这样,但好像总是会让身边的人痛苦,或者失望。

顿了顿,夏仪说:"对不起。"

聂清舟站在墙角,看着两个蹲在地上的女孩。他来了有一段时间,该听到的话他都听见了。

粉衣服的女孩又把脸埋在臂弯里,不肯抬起头来。夏仪把伞稳稳地撑在她的头顶,自己在雪里安静地看着她。

两个家庭破碎的人,蹲在"幸福生活,美在家庭"的鲜艳标语之下,好像世界调错了频道,把毫无关联的苦难和幸福按在了一起。

"我也不想我妈总来问你们要钱。"粉衣服的小姑娘轻声说。

说出这句话之后,她好像又要哭了,她说:"为什么啊,你爸爸为什么要害死我爸爸啊……"

夏仪静静地看着她,沉默不语。

聂清舟脚步轻轻地走了过去,打开手里的伞撑在夏仪头顶。

夏仪感觉到雪消失了,她抬起头来便看见了头顶的黑伞,还有伞下围着棕色围巾的男生。那条棕色围巾,还是夏奶奶给他织的。

他伸出手把灰色的毛绒护耳戴在她头上,盖住她的耳朵。

这一刻,夏仪突然想,如果聂清舟是她的话,会怎么安慰面前这个小姑娘?像他这样敏锐、温暖又光明的人,会说些什么?

于是,她转过头去面对那个肩膀颤动的小姑娘,思索了一会儿,生涩地尝试着说:"时间还很长……所有一切都会过去,以后我们都会长大……你还会有新的家庭、新的亲人。你会成为非常优秀的人,过得很幸福。"

聂清舟怔了怔,然后轻轻地笑了一下,又觉得有一点心疼。

最无辜的人失去了最多的东西,只好彼此怨恨。就像这个女孩怨恨夏仪,夏延也埋怨夏仪,好像这样就能在重负中喘一口气。

然而夏仪该怨谁呢?

他觉得夏仪好像并没有怨恨任何人,就像她也没有想过要依靠任何人一样。她不会告诉谁她的喜好和她的想法,她就像是个客气的,从不挑三拣四的客人。

那个女孩终于离去之时,聂清舟摸了摸夏仪的短发,夏仪转过头来看他。

聂清舟笑道:"夏仪,把头发留长吧。"

夏延说夏仪是从开始打架之后才剪短头发的。奶奶可惜了很久,但是夏仪说她喜欢短发,短发很方便。

他知道她更喜欢长发,十年后她有一头及腰的、蓬勃的美丽长发。

"我觉得你长头发一定很好看。"

夏仪低下双眸,调整了一下自己的护耳,说:"我会不习惯。"

"总会习惯的,就像你习惯短发一样。而且现在没有必要再留短发了,不是吗?"

我们说好不要再使用暴力,你可以稍微放纵一点自己的喜好,露出一点自己的弱点。

夏仪看了眉眼弯弯的聂清舟一眼,又转过头去。

沉默许久后,她含糊地"嗯"了一声。

那天,吴婧走了之后就没有再来过夏家杂货店,除了聂清舟和夏仪,没有人知道她曾经来过。

聂清舟有时候想,要不是他没看见吴婧,夏仪会跟他说这件事吗?八成也不会吧。她的沉默里究竟埋藏着多少秘密呢?

他是一个作弊者,靠着十年后的信息,一次又一次接近她。

这场无人知晓的风波过去,新年就喜气洋洋地大踏步走过来了。除夕之夜,聂家包饺子的时候,门外的烟花鞭炮声热热闹闹地响起来,像是"刺啦"溅油的大锅一般。第一声炮响的时候,聂清舟愣了愣,饺子馅儿险些掉到桌上去。

省城城区过年禁止燃放烟花爆竹,常川这样的县城可不管那些,怎么热闹怎么红火怎么放,烟花烧得天都亮了几分。聂清舟在城区过了太多安静寂寞的年,早就忘记了鞭炮烟花响成一片的年该是什么样子了。

聂爸爸见聂清舟总往窗户外面看,以为他是想去放烟花,大手一挥免去了聂清舟包饺子的任务。他让聂清舟拿上家里的烟花爆竹,和楼下的夏家姐弟一起去放烟花,到点儿回家吃饭就行。

聂清舟闻言立刻捏好最后一个饺子褶,奔去柜子里拿烟花,匆匆地穿上外套，换了鞋子，"噔噔噔"地下楼了。

聂爸爸看着聂清舟的身影，笑着感慨道："小舟现在真是沉稳了，回来这么久，还是头一次见他一副孩子模样。"

聂妈妈也望着聂清舟的背影，面露一丝忧虑神色。

夏仪家的门被敲得"咚咚"响，她打开门，就看见聂清舟站在门口。他穿着黑色的长羽绒服，围着棕色围巾，戴着黑色的手套，硬硬的短发支棱着，非常利落帅气。

他举高了手里的塑料袋，偏过头笑起来，露出小小的酒窝："喊上小延一起，我们去放烟花吧！"

他笑得非常开心，像个小孩子一样，以至于夏仪愣了愣，才回答："好啊。"

聂清舟、夏仪和夏延穿得严严实实的，在除夕夜挂满红灯笼的街道上走着。聂清舟带头找到了楼与楼之间的一片空旷地方，前几天连着下了几天雪，地上的积雪还没有化，白茫茫的一片。

夏仪和夏延也从店里拿了一些烟花出来，他们可谓是弹药充足，三个人商量着在雪地里摆了个"2012"的造型。

聂清舟把打火机递给夏延："你来点火吧！"

夏延拿着打火机，愣了愣："我点？"

夏延因为腿脚不方便，烟花爆竹这种东西，以前都是大人或者夏仪去点的。

这次夏仪也想拿过夏延手里的打火机，聂清舟制止了她："这种烟花烧起来很慢的，小延没问题。要是他摔了，我就去把他扛回来。"

于是这个重任就交给了夏延，他十分郑重地拿着打火机，颇为紧张地挨个点燃引线，仿佛在做化学实验一样认真。点到最后一支的时候，第一支正好开始往天上蹿，吓得夏延往夏仪和聂清舟这边蹦了两下，刹不住车被夏仪一把拉住。

他趴在夏仪的臂弯里，手扶着夏仪的肩膀，第一次和夏仪有这样类似于拥抱的接触。夏延愣住了，夏仪也有点不知所措。

聂清舟非常自然地拉起夏延让他站好，在震耳欲聋的烟花声里指着天空对这姐弟俩说："快看啊！"

夏仪和夏延都抬起头望向了天空，天空此起彼伏的烟花完全看不出地面上摆的"2012"的影子，只是层层叠叠地绚烂着，一簇簇火焰冲向天空，然后散作漫天的各式花样的光亮，五颜六色，交相辉映。仿佛春夏秋冬的花都赶着要在这几秒间，在这深黑的夜幕上开个遍。

不只他们在放烟花，事实上，整个夜空都被各路人马放烟花占据了。聂清舟想，他多少年没有看到过这样布满天空的烟花了。

他总是觉得这个世界很大，很宽阔。但在这种时候，他觉得这个世界也很小，小到一个小小县城的烟花、鞭炮和欢声笑语就可以填满。

他转过头去，夏仪和夏延也抬头看着烟花。夏仪的眼睛映着烟火，闪着缤纷的色彩，像是黑欧泊一般，她戴着她灰色的毛绒护耳，像是一只安静又美丽的猫。

她身上不怕冷，但耳朵似乎很怕冷，艺术家的耳朵总是敏感的嘛。

聂清舟这么想着，偷偷把手伸向身后的花坛，握了一个雪团出来。然后，他默默地远离夏仪和夏延两步，大声喊道："夏仪！"

夏仪回过头来，被迎面一个雪团砸中了肩膀，她愣愣地看着聂清舟，脸上还沾着雪球破裂溅到的残雪。

夏延先反应过来，迅速从地上捞了一把雪，拍实了就往聂清舟身上丢："你打我姐！"

聂清舟灵活地躲过，笑嘻嘻地说："哈哈哈，没打到……"

话音刚落，他的头上就炸开了一团雪。聂清舟望向仍然保持着抛掷动作的夏仪，竖起拇指："还是你狠。"

烟花落了，这片空雪地就成了战场。三个人在一小片地方上绕圈跑，你来我往地砸着雪球，聂清舟对夏延也毫不客气，夏延自然也是。不过本来是夏延和夏仪一起对阵聂清舟的，也不知是哪个雪球飞错了地方，很快就变成了三人各自为营的混战。

他们一边扔，一边躲，雪球"嗖嗖"地飞出去，再"噗噗"地炸开来。三个人身上脸上都是雪，脸冻得红扑扑的，看起来狼狈极了，但是谁都不说停，谁也不认输。

聂清舟笑得停不下来，露出洁白的牙齿。夏延也笑了，他一瘸一拐地到处扔着雪球，眉毛都白了。最后，夏仪也笑了，她微微弯起嘴角，眼睛亮晶晶的，盛着显而易见的快乐。

烟花偶尔把这雪地照亮,然后又暗下去,他们在这明明灭灭中,在雪地上留下无数脚印和花纹。

待战事终了,夏延气喘吁吁地仰面躺倒在雪地上,聂清舟和夏仪走到他身边,一人拉他一只胳膊。

"怎么啦,小少爷这就不行啦!"

聂清舟调笑道。

夏延任由这两个人拉着他,自己一点儿力气也不使,也不肯站起来。他看着天空上不知是谁家放的璀璨烟火,突然说道:"不是说,2012年是世界末日吗?"

聂清舟想,哦,对,他都忘了还有这么个古老得掉渣的预言了。他高中时还兴奋地期待了一下会不会发生什么,结果除了考试,什么都没有发生。

夏延笑了笑,看着天空说:"突然觉得,世界末日也没关系了。"

在地上摆"2012"的图案时,他想着,如果明年真有末日,那这该死的世界毁灭就毁灭吧,也没有什么不好。

但是此时此刻,也不知怎么,他突然觉得这个预言和他失去了关系。他不期待,也不畏惧,这个结论好像没有变,但又完全不同。

聂清舟一使力把他从地上拉起来,破坏气氛地说道:"担心什么世界末日啊,先担心你这件羽绒服还能不能穿了吧。"

他替夏延拍掉身上的雪,称赞道:"你战斗力还挺强啊,下次打雪仗一定找你。"

夏仪扶着夏延的胳膊,看着他冻红的手,沉默了一会儿,然后把自己的护耳摘下来,放在夏延手里。

"帮我拿一下。"她这么说道。

夏延握着那温暖的护耳,怔了怔。

聂清舟笑起来,在夏仪转过身开始收拾东西时,低头对夏延轻声说:"你姐姐怕你手冷呢。"

夏延有点口是心非地说:"不用她这么好心,她装什么酷啊?"

"看看,就是这句话。她不是装酷,只是怕听到你说这种话,怕你拒绝她。你姐姐是个坚强的人,但是对你可是很柔软的。"

聂清舟搂着他的肩膀,笑道:"回去喽!过年喽!"

这个除夕应该是聂清舟近十年来度过的最热闹、最快乐的一个除夕。

但是他很快发现，这个年有点过于热闹了。

从大年初一开始，聂家突然迎来了许多平时几乎不走动的亲戚。这些七大姑八大姨在日常生活中也几乎没有互相帮助过，但一到过年却都亲热得仿佛天天见面一般。有时候是聂家父母带他去人家家里，有时候是人家来聂家，有时候还有什么远房姑姑、舅舅、奶奶的酒席要去吃。

这场春节社交里，聂清舟唯一感到安慰的，是发现演戏的不只是他一个人了，这周围嘘寒问暖的亲戚哪个不是在演戏。

某个堂姑拉着他的手说："哎呀，小舟长高了，学习怎么样啊？今年上初几啊？"

聂清舟想，您去年说的话也是一模一样的。

但是他面带笑容，乖巧道："高一了堂姑。"

"哎哟，哎哟，小舟真是长大了，懂礼貌了！"堂姑惊叹道。

聂清舟不出意外地成了这场一年一度的大社交里最大的惊喜。每个亲戚都要把他的巨大改变夸一遍，并且在走动中宣传出去，结果去酒席的时候，聂清舟就突然成了焦点人物。

酒席上，谁都要来跟他说两句，有孩子的就拉着孩子说要向哥哥学习。更有甚者，因为他的出名，他被叫去了成年男人的那一桌，被迫听他们高谈阔论。

他默默地一边夹菜，一边听着这些小城的中年男人预言世界未来的经济形势、政治走向、国家政策、军事布置。心想，这可真是天马行空，一个都不对。

他们觉得欣欣向荣的某些国家，十年间会陷入泥沼，甚至成为废墟。他们仰望向往的强国，以后会更残暴，更嚣张，但也会走向衰落。

所有人都会经历灾难，又从灾难中站起来，直到他生活的那年也不能完全摆脱。

这个世界会有越来越多的焦虑和戾气，也会变得非常复杂，非常混乱，没有人能看清。

聂清舟叹息一声，看见某个男人站起来，举起酒杯："来来来，为了美好的明天！新年快乐！"

聂清舟也举起他的杯子,和这些陌生的亲戚碰杯,然后辛辣的液体猛地灌进喉咙里,他才发现那是酒。

虽然这个世界的明天不一定会越来越美好。

但是无论如何,新年快乐。

最后,聂清舟是被聂爸爸扛回来的,他晕晕乎乎地歪在聂爸爸身上,聂妈妈在旁边怪道:"怎么没看住孩子,喝这么多!"

聂爸爸满脸通红,但是精神头好得很,他喝的酒不少,奈何是天生好酒量,走路晃都不晃的。他开心地说:"过年嘛!高兴嘛!咱小舟现在这么优秀,可不得让大家都看看!都夸夸!"

聂清舟突然一个翻身搂住聂爸爸的脖子,含混不清地说:"叔叔,开心吗……"

"开心,开心!你看这孩子,喝多了就乱叫人了……"

聂清舟满足地点点头,头一歪再次倒了下去,被聂爸爸和聂妈妈放到了床上,盖好被子。

他一觉醒来的时候天还是黑的,只觉得头疼得厉害,翻过身去看了一眼床头的闹钟——晚上十点半,窗户外的烟花爆竹声还不知疲倦地响着。

他大概也就睡了一个小时,但是神志已经基本清醒了,不仅头疼还口渴。他想着这真是久违的宿醉感,他从大学毕业之后就没喝醉过了吧。他从床上坐起来,默默地摁了一会儿太阳穴,然后起床穿上毛衣,准备去客厅倒杯水喝。

他打开自己的房门,就听见客厅里聂妈妈的声音。

"我总觉得小舟不太对。"

聂清舟的手顿了顿,悄无声息地把门关小了一点,只留一条缝。

客厅只开了一盏昏黄的小灯,聂妈妈坐在沙发上,而聂爸爸背对着他坐在另一个沙发上,手里夹着一支正在燃烧的烟。

"有什么不对的?别疑神疑鬼的。"聂爸爸皱着眉头,轻声说道。

"你不觉得这次回来,小舟变化太大了吗?虽然说是变得懂事了,但是好像对我们更疏远了。我总觉得他不对劲,他不像小舟。我记得是不是有什么说法,像是中邪之类的?"聂妈妈面色忧虑。

聂爸爸立刻呵斥她:"大过年的说什么呢!小舟变化……是大了点,

但他不是变得更好了吗？你难道喜欢他从前那不三不四的样子？"

聂妈妈似乎也觉得自己说得很离谱，她垂下脑袋，肩膀也耷拉下去，像是有点灰心。

"小舟现在看起来……是挺好的，但是他要不是小舟，好不好和我们又有什么关系？我现在看着他，有时候觉得挺可怕的。"

"你别想那么多，孩子就是暑假看到我们辛苦，懂事了，长大了。他不是小舟，还能是谁？"

"……唉，也是，可能是我最近更年期，心态不好，想太多了。"

聂妈妈的声音低下去，率先认输了。聂爸爸走到她身边扶住她的肩膀，安抚着说："你就是最近太累了，等小舟上了大学，咱就能轻松点了。咱再苦几年，把这套房的房贷还了……"

聂清舟静默无声地站在门边听着，手握在门把手上许久不动，待客厅的灯光终于熄灭时，他才轻轻地把房门合上，没发出一点儿声音。

就像他打开房门一样，无人察觉。

聂清舟回到床上坐了一会儿，然后披上外套打开房间的阳台门，走到了阳台上。冬日的风刺骨寒冷，一下子就把他吹透了，他却浑然不觉，只是绞着双手，趴在阳台栏杆上。

屋外的天空里明明灭灭亮着烟花，爆竹的声音还热闹地响着，聂清舟的眼睛里装着满世界的烟花，却觉得心里空得很。

——他要不是小舟，好不好和我们又有什么关系？

——我现在看着他，有时候觉得挺可怕的。

他还是头一次听别人说他可怕。

不过好端端的一个人身体里换了另一个灵魂，确实挺可怕的吧，配个氛围感强的BGM（背景音乐）都能拍恐怖片了。

他不是聂清舟。虽然他尽力地顺从聂家父母的心意，满足他们的愿望，配合他们的社交，说宽慰的话，成为一个完美的孩子——就像他一直以来做的那样，他很擅长此道。

他演不好"聂清舟"，所以他只能换一种方式，尽力让他们开心一点。

"聂清舟啊聂清舟，你小子现在在哪儿呢？你听到你父母说的话了吗？他们才不想要你随便找来的一个优秀体贴的儿子，他们只想要你，是你变好了才有用！"

聂清舟仰头看着天空，半开玩笑，半认真地道。

他不是聂清舟。

那么他是谁，他是周彬吗？

这个世界上已经有一个周彬了。过了年，周彬该十七岁了，他此时此刻在省城，在他的父母身边度过一个平平常常的新年。

他莫名其妙来到这里，成了一个多余的人，在这个偌大的世界里，找不到自己的位置。

"聂清舟。"

他突然听到有人喊他的名字，在爆竹声中听起来有点含糊和遥远。

聂清舟愣了愣，低头看去，夏仪站在他的阳台底下，裹着一件厚羽绒服仰着头，漆黑的双眸里映着烟火光芒。她脚上还穿着毛绒拖鞋，像是刚刚从家里跑出来的。

"你为什么穿得这么少？你不冷吗？"她非常直白地发问，说话的时候从嘴里呼出白色的雾气。

"我……不冷啊。你怎么还没睡？"

聂清舟心想他刚刚那些话她应该没听见吧，他默默把冻红的双手放进口袋里，露出和平常一样轻松的笑容。

夏仪目不转睛地望着他，她呼出一口热气搓了搓手，说道："你比我怕冷，穿得比我少。我觉得冷，你怎么会不冷？"

顿了顿，她又说："你不想笑的话，可以不笑的。"

聂清舟脸上的笑容僵了僵，低下头片刻，然后抬起头来，嘴角落下去。他把胳膊搭在栏杆上俯身靠近她。

"就是吧……我误喝了酒，有点头疼，可能还有点多愁善感。"

夏仪仰着脖子，点点头："嗯。"

聂清舟看了她一会儿，在一段微妙的时间里，他们只是这样对视着没有说话。聂清舟突然"扑哧"一声笑起来，他趴在栏杆上，长长的胳膊支棱在栏杆外："我们俩这样好像罗密欧与朱丽叶的阳台私会，不过位置对调了，我现在是朱丽叶，你是罗密欧了。"

他思索了一会儿，清了清嗓子说道："罗密欧啊，罗密欧！为什么你偏偏是罗密欧呢？"

聂清舟满眼笑意，模仿着女生的调子。他好像还有点醉，平时他应该干不出这么幼稚的事情来。

夏仪愣了愣，她们实验班的语文课安排稍有不同，《罗密欧与朱丽叶》的阳台节选，她们上学期已经上过。她努力地回想这篇课文，但是大部分的内容她都已经记不清了，只留下只言片语的印象。

"我在这夜色之中仰视着你，就像一个尘世的凡人，张大了出神的眼睛，瞻望着一个生着翅膀的天使，驾着白云缓缓地驰过了天空一样。"

夏仪认真地配合阳台上的人，背出这一段课文。一朵烟花在夜空中绽开，一瞬间天色明亮，照亮了她漆黑的双眸和聂清舟脸上的惊愕。

她沉默了一会儿，问道："你为什么脸红了？"

聂清舟严肃道："冻的。"

顿了顿，他掩饰什么似的揉了揉眉心，说："你记忆力真好哎，但是不要随便跟别人说这种话，怪危险的。"

夏仪皱皱眉，她不明白这段话有什么危险的地方，她只是实事求是地说："我只会跟你说这些话。"

不然难道谁背一篇课文，她都会配合往下背吗？

聂清舟呛了一下，小声咳嗽起来，摆着手道："别别别，别说了！你再说下去我就要危险了。"

他迅速地转换话题："你不冷吗？快回家吧。"

夏仪抬头看他，确认道："你没事了？"

"你……你是看到我站在阳台上，觉得我不开心，所以来找我的吗？"

"嗯。"夏仪想了想，补充道，"你很少不开心。"

"你最近怎么对我这么好啊？"

聂清舟有点受宠若惊。

"你是我的债主，我还欠你一部手机。"

夏仪的回答出乎聂清舟的意料，且让他哭笑不得。但夏仪的眼睛亮亮的，她平静而真诚地说："我只是做了以前你为我做的事情而已。"

顿了顿，她重复了聂清舟曾经对她的称呼："债主大人。"

"扑哧……哈哈哈……"

夏仪面无表情地说出这四个字，有种别样的喜感。聂清舟笑得眼泪都出来了，他趴在栏杆上尽力俯下身去，因为眼里带泪而闪闪发光，他对夏仪说："我现在很开心，谢谢你！夏仪，新年快乐！"

原本他觉得自己在虚空的宇宙里环游，因为她，他觉得自己的双脚又落回了地面，在这个世界拥有了属于自己的一个位置。

夏仪点点头，从怀里拿出一支棒棒糖，然后用力扔了上去，聂清舟伸出胳膊稳稳地抓住了糖果。

他想，夏仪从窗户里看到他站在阳台上，大概是察觉到他心情不好，所以特意带了糖，从家里跑出来找他吧。

就和他曾经一口气跑上七楼，给了她一支棒棒糖一样。

"新年快乐。"

夏仪扬着头，轻声说道。

第七章
一次又一次在她身边

之后的日子，聂清舟还表现得和之前一样，和聂家父母相安无事，仿佛那个夜晚他偷听到的对话，都随着酒劲一起消失得无影无踪。

大年初六，聂家父母就要回省城继续他们繁重的工作了，走的那天他们想和夏奶奶一家打声招呼，却发现夏家杂货店关着，没人在家。后来聂清舟才知道，那天他们是去虞平市的某个监狱里，探望夏仪和夏延的爸爸了。

聂清舟就像过年前把聂家父母接回来一样，坐公交车又把他们送到虞平火车站，目送他们上火车离开。

然后，聂清舟在大厅里等待了片刻，买了后一班火车票，坐车去了省城。

他坐在吵闹的车厢里，撑着下巴看着窗外飞驰而过的风景，手里的车票上分明印着目的地，他却有一种不知去往何处的茫然。他只是想去看看十七岁的这个自己，至于这次行动更深层次的动机，他自己也说不清楚。

他只是觉得，或许自此以后的十年里，他都不会再有勇气和时间，去见一见同一个世界里的另一个自己。

比起虞平火车站，聂清舟对省城火车站熟悉得多。下车之后，他背着包在客流中穿行，熟练地找到了火车站旁边的公交车站点。他仰着头看着那些熟悉的线路名字，随着记忆复苏，那些沿着公交车站点展开的时间轨迹一点点呈现在他的脑海里。

高一的寒假，现在这个时间他应该在补课，补习物理，物理老师在梧桐苑小区，下午四点半下课。

然后，他就会在梧桐路27号的公交车站点等车。

聂清舟思考片刻便完成规划，坐上了142路公交车，下午四点整的时候他在梧桐路27号的站点下车。这条市区里的老街两边种了无数高大的梧桐树，在冬日里没了叶子光秃秃的，像是站在街两边叉着腰聊天的巨人。

这个时间车站没什么人，聂清舟站在铺着红砖的地面上，看着站台海报里某个明星拿着洗发水光彩照人的样子，不禁觉得有点好笑。

旁边一个大爷看他一直盯着这个海报看，笑道："哎哟，小伙子还追星啊。"

聂清舟摇摇头，他走到海报前的椅子上坐下来，说道："幸好我不追他。"

他好久没见过这个明星了，都忘了这个明星曾经怎样风光无限，广告海报曾经怎样铺天盖地。十年后这个明星早因为形象崩塌而销声匿迹，他的同事喜欢这个明星，还为此伤心了很久，只觉得痴心错付。

就像是电影倒放的画面似的，这个明星由崩塌的碎片复苏，又神采奕奕地出现在他身后的海报里。

聂清舟在这个光怪陆离的世界里，在最普通的公交车站中，等待另一个时间线里的自己出现。

四十分钟过去，车来了一趟又一趟，车站里的人来来去去，聂清舟终于听见远处传来一阵说笑声。他转过头去，看见了三个穿着正一中学校服的男生，一边聊天一边朝这里走过来。

左边第二个男生一米八出头的个子，戴着一副细边黑色眼镜，单肩背一只银灰色书包，男生习惯性地拿左手食指关节推了推眼镜，看起来斯文又清冷。

聂清舟的手指关节还悬在眉心处——他正在做和男生一模一样的动作。

在那一瞬间，聂清舟被铺天盖地而来的荒诞和怪异感吞没，以至于全身战栗。

黑边眼镜男生被他身边的人一把搂住，那人说道："周彬，你要去文科班还是理科班啊？"

"理科班吧，你呢？一定是文科班了吧？"周彬笑着说道。

对方仰天长叹："我又不像你一样不偏科，我这水平，也就只配文科班了。"

"你的水平，啧啧啧。作文大赛省特等奖，全国一等奖的水平？"周彬"啧啧"感叹。

他们热热闹闹地笑起来，聊着聊着周彬就走到了车站，他转身冲其他人摆摆手道别，那些人就沿着路继续往前走。

周彬脸上的笑意不见了。他深深地吸了一口气，看了看周围的人群，戴上耳机把手插在口袋里，漫不经心地望着车来的方向。

今天他的运气很好，他要等的公交车很快就来了，周彬像往常一样上车，找到一个靠窗的位置坐了下来。

他没有注意到在他的那声"嘀——学生票"之后，那个把硬币丢进钱柜的人，也没有注意到这个年轻的男生坐在了自己后排的位置上。

聂清舟绞紧了双手，认真地端详着周彬，仿佛周彬才是那个怪异的天外来客。

十七岁的男生耳朵里塞着耳机，有些疲惫地靠着车窗，目光茫然无焦点地望着车外拥挤的马路和人群。他的后脑有两个发旋，随着车的震动而摇晃着，阳光透过错落的树干，落在他的脸上，因为车辆行驶而光影交替。

聂清舟从小就很好奇，别人眼里看到的自己是什么样子，没想到今天他真的有机会体验一下。

原来在别人眼里，十七岁的他就是这样的。

刚刚那个朋友的名字他还记得，赵成言，他们高一在一个班。赵成言才是真正的语文天才，他家是书香门第，他读古文就跟读白话文一样轻松，甚至能写出处处用典的古体诗来。赵成言的文章总是能被贴在班级后面，很多篇都击中过他，感动过他，让他觉得望尘莫及。

赵成言在作文大赛里一路闯进全国前十，而他早早止步省赛。

聂清舟的胳膊搭在窗框上，撑着下巴看着面前慵懒疲惫的少年，一些东西更加清晰地从脑海里浮现出来。

他嫉妒过赵成言,或许这个十七岁的他,此时此刻正嫉妒着赵成言。

他很少嫉妒别人,不知道为什么,他很早就明白所有东西都有代价——竞赛拿奖的人从小就搞竞赛,不知道为此牺牲了多少玩乐时间;家庭优渥的人因为父母太忙,从小跟保姆一块长大,内向孤独。这种事情他看得太多了。

但是唯独对于写作这件事,他曾有过最大的羞愧和嫉妒,他为自己的文笔不如人而羞愧,他想如果有一天他能像赵成言那样,写出这么精彩的文章就好了。

可能只有那样的人,才有资格以写作为生吧。

他也知道赵成言童年被如何摁在书堆里强迫读书,全家对他有怎样变态的高要求,可他还是想要,他愿意承受这些。

那种强烈的向往,也随着时间流逝,慢慢地被他遗忘了。

聂清舟想他真是个懦弱的人,因为有不能实现的梦想而痛苦,所以就选择忘记。

在正一中学,赵成言这样才华横溢的人一抓一大把。他见过太多太多优秀的人,见过真正的天才,他知道自己只不过是比较聪明,又稍微肯努力,所以才能在这种地方混到中游。

正一中学带给他很多东西,让他见识到更广阔的世界,更优秀的老师和同学,更自由开放的思想,让他学会谦逊与自省。

但是在正一中学的三年,是他人生中最压抑、最挣扎、最焦虑的三年。在周围所有人明亮的光环之下,他找不到自己的光亮,以至于在后来的很多年里,他始终裹足不前。

前座的少年不知想到了什么,长长地叹息了一声,拿出手机低头看了几眼。然后,他在广播报到站的时候,从位置上起身背着书包,趿拉着步子走下车。

聂清舟也在这站下车,他目送年轻的自己走进一个居民区,身影消失在小路与树丛之间,没有再跟上去。

他是想来看看十七岁的自己的,他也见到了。

他要说些什么吗?像那些科幻大片里一样,给这个孩子一些关于未来的忠告?可万事终有因果,总有苦难磋磨,也会有好事发生,因为这一切的存在，他才会是今天的他。

二十七岁的他已经是个大人了，他该照顾这个十七岁的自己，不要让他遭受从未来而来的，匪夷所思的难题。

聂清舟呼出一口气，然后笑起来："就当是重返十年前，打个故地重游体验卡。"

他迈步走进了这个他生活了十几年的小区。

小区的路现在还是砖路，后来在业主的集体要求下，这条砖路被扒掉铺上了柏油马路。虽然行车变得方便了很多，但是他还是觉得，现在铺满梧桐树叶的红色砖路更好看一些。

他拎着背包在小区里漫无目的地走着。迎面走过来的是5幢的老爷爷，退休教师，再过三年就因病离世了。坐在亭子里聊天的3幢的吴阿姨，再有一年会发现自己的老公出轨，离婚带着孩子搬出小区。

回到熟悉的地方，他又见了很多曾以为一辈子再也看不到的人。他明明在往前走，却莫名觉得自己在一步步倒退，退到记忆的深处去。

他在小区里的篮球场前停下来，仰头望去便看见一群在大冬天里穿着卫衣，身上冒着热气的男生正在打球。这几个男生都是他的熟人了，他曾经在这个球场上挥洒过很多汗水。

后来，他们都各自读大学、工作，散落在全国各地。

聂清舟把包放到旁边的长椅上，对那些正在热火朝天打球的男生说："兄弟，能不能加我一个？"

他了解他这些热情好说话的球友，他们果然欣然应允，让他加入了这场街头篮球赛。

聂清舟简单活动了一下身体，球传到他手上，他运着球突然发动，连续过人，投篮，命中。他这队的人吹着口哨，对对面说："哎哟，哎哟，我们这儿来大神了啊，注意点！"

这场球打着打着，聂清舟和这些故友嬉笑着，渐渐进入状态，一时间觉得好像自己真的回到了十七岁的时候，青春无敌，意气风发。

队友一个球传丢了，聂清舟擦了把汗摆摆手："我去捡。"

他追着球跑了两步，就看见一双熟悉的红白阿迪球鞋。他愣了愣，看见篮球被一只骨节分明的手拍起来，然后轻松地抓在手里。

聂清舟慢慢直起身子,目光上移,落在面前男生年轻清秀的脸上。对面男生穿着他非常熟悉的蓝白相间的毛衣和运动裤,隔着眼镜镜片好奇地打量着他。

他的队友招呼道:"周彬!今儿来了个高手,打球和你特像。"

聂清舟僵在原地。

男生伸出手,友好地微笑着把篮球递给他。

聂清舟机械地接过篮球,听见身后有脚步声靠近。然后,他的队友就跑过来揽住周彬的肩膀,热情道:"哎哟,周彬,好久没见你打球了,来来来,打球啊。"

其他的人在后面喊:"哎,陆尧,你不知道周彬受伤了啊!"

被称作陆尧的人高马大的男生愣了愣,有点惊讶地擦擦汗:"不是吧,这都多久了,你伤还没好啊?"

"暑假篮球训练营练习赛,十字韧带断裂,篮球这种强对抗性的运动,以后我都来不了了。"周彬指指自己的膝盖。

陆尧发现自己问了不合时宜的问题,收敛神色说道:"唉,你考上正一,你爸妈好不容易同意让你去训练营了,怎么弄成这样?"

"能怎么回事儿,人品不行,点儿背呗。"

周彬看起来很轻松,他转头看向聂清舟,眼里有几分好奇:"我俩打球习惯真的很像。真是可惜了,我要是没受这个伤,一定和你打一局。"

聂清舟沉默了一会儿,然后笑起来,真心实意地说道:"以后你一定可以重新打球的。"

周彬有些惊讶,不过他也顺着说:"是啊,说不定将来医疗技术更发达了呢,借你吉言啊!我还得回去刷题呢!"

说着,周彬就冲场上打球的男生们摆摆手,转身朝居民楼走去。

聂清舟目送少年的身影远去,他知道少年只当刚刚他说的话是例行公事的安慰,所以客套地回复了一句。这个人很喜欢篮球,虽没到要以此为生的地步,却也从没想过自己有一天再也无法踏入球场。

他远没有看起来那样轻松。

这个少年也没有想过,自己许多年以后会在另一个十七岁的身体里醒过来。

原主留给他无数的烂摊子,也给了他一个健康的体魄和重新开始的机会。他可以跳得很高，跑得很远，可以重新打篮球，可以过不一样的人生。

聂清舟抱着篮球，突然感觉堵在心口的一股气散了，慢慢地散尽四肢百骸。他的心从未如此清澈明净，轻松愉快。

自从回到2011年的时间点后，他一直在依照来自未来的预言，照顾夏仪和原主的父母、朋友们，可是他自己并没有什么改变。

实际上，他仍然像十七岁那样对自己充满怀疑，即使知道遥远的未来自己将成为作家，也没有什么真实感。

他曾经在日复一日的消磨中遗忘了自己的梦想，习惯于依靠别人的肯定来定义自己，凭着一点聪明随波逐流。就像被关在笼子里太久的鸟，欺骗自己跳跃也是飞翔。

如今他没有优秀的父母，没有显赫的履历，没有天才的朋友们。

他已经不用去满足谁的期望了。

他已经不用恐惧从高处坠入泥潭，被人嘲笑了。

他现在拥有了重新开始的机会。

从某种程度上说，他现在本来就是十七岁，青春无敌，也该意气风发。

聂清舟把球丢给场上的队友们，笑着对他们挥挥手："我不打了，休息一下，你们打吧。大陆，你悠着点，别又搞得肠胃炎了。"

说罢，他就走到场边，拎起自己的外套和包，沿着台阶走下去，踏入蜿蜒的红砖小道上。陆尧愣愣地拿着球，看看这个逐渐消失的高挑的背影，对他的队友说："奇了怪了，他怎么知道我外号，你们谁告诉他我之前肠胃炎的事了？"

聂清舟边走边穿上外套，拉好拉链，抬头看着头顶常青的柏树树叶，阳光从中细碎地落下来，像是明亮的钻石。

他依稀能记得，高中时曾经在小区的球场上见过一个篮球技术和自己很像的人，那个人长什么样子，和他说了什么话他已经全然忘记了。他没想到自己会以这种方式清晰地想起来。

难道他就没有像聂清舟那样，跟神明求救吗？或许他来到"聂清舟"身体里的原因，正是两个呼救的灵魂在时空交错间，听见了彼此的声音。

聂清舟在省城待了两天，过年的压岁钱刚好够食宿和回去的车票。

这两天，他住在他家附近的一个小旅馆里，在他熟知的早餐铺子里见到了他年轻的父母，他们穿着整洁得体的正装，匆匆地买了早餐去上班。

他只是静静地看着没有说话，说实在的，他有点想念他们，但是他不想给他们带来麻烦。

剩下的时间，他逛了逛正一中学后街，去了他喜欢的书店和公园，还有一些十年后面貌已经大不一样的地方转了转，切实地把这趟旅程变成了重返十年前故地重游打卡旅程。

聂清舟十分满意，心情舒畅地结束了这趟旅程，然后坐火车返回了虞平市。他觉得好像了却了一件事，以后想到这个世界上还有一个他在生活，也不觉得怪异和可怕了。

他只想早点回到常川，回到自己在另一个时间线的另一种生活去。然后早点见到夏仪，她是他另一种生活的定海神针。

他哼着不成调的小曲从虞平火车站里出来时，突然听到了一阵掌声。他有点好奇地望过去，看到广场上有一群人围成了一个圈。

他走近那片人群，仗着自己个子高望进去，却意料之外地看见了自己想见的人。

夏仪穿着那件眼熟的棕色大衣，坐在一个没有靠背的凳子上，手里抱着和大衣颜色一样的一把吉他，没有戴护耳，手指和耳朵冻得有点红。

此时，她低垂着眼睛，长长的睫毛把漆黑的眼睛遮住，她把吉他背带从肩上摘下来。另外一个穿蓝色羽绒服的小姑娘带着一个魁梧的大汉，蹦蹦跳跳地走近她。

"夏仪，要回去了吗？"

"再等等。"

"啊，每天都再等等，钱都够了。你是在等……聂清舟？"穿蓝色羽绒服的小姑娘一回头，看见了背着包站在人群中的聂清舟，惊讶地举起手来指向他。

聂清舟笑了笑，喊了句："郑佩琪。"

夏仪随着郑佩琪的呼喊，也抬头看到了聂清舟。聂清舟从人群中走出来，笑着跟她打招呼："夏仪，你怎么……"

他的手还悬在半空，夏仪放下吉他快步上前，他正想着夏仪还是头一次这么迎接他,这个念头刚一闪而过,夏仪的拳头就砸在了他的腹部。

结结实实的一拳,砸得聂清舟眼冒金星,捂着自己的小腹连连后退。

围观群众传来惊讶声,还有窃窃私语的讨论声,郑佩琪吓坏了,一把攥住夏仪的胳膊。聂清舟吃力地抬起头来,对周围的人招手说:"没事!没事!我们闹着玩呢!"

郑佩琪身边的大汉叉腰说道:"看什么看啊,都散了吧!"

围观人群见这架势怕惹麻烦,纷纷散去。聂清舟撑着膝盖,抬头看向夏仪、郑佩琪和……郑佩琪从她爸厂里找来的保镖?

他迷茫地说道:"各位……能不能让我死个明白?"

郑佩琪瞪起眼睛,怒道:"你还好意思说,你去哪里了,为什么离家出走!"

聂清舟惊异地指指自己:"我?离家出走?"

聂清舟本来盘算得很好,聂家父母走了之后他又恢复了独居,他之前跟夏奶奶说寒假不去她那里吃饭了,姑父家亲戚很多,所以姑姑过年很忙,应该不会来看他。这样的话,他离开家几天也不会有人发现。

未免万一,他还是在桌上留了字条,说他要去朋友家玩两天再回来。

怎么就变成离家出走了?

"你送你父母走的那天下午,你姑姑来你家找你。她等了一个下午加晚上,你一直没有回来,她就很慌,在我们家、老师那边、张宇坤和赖宁那边问了一个遍,大家都不知道你在哪里。你没有手机联系不上,她认为你离家出走了。"

夏仪解释道,顿了顿,她看了一眼火车站上硕大的钟表,继续说:"我建议你给她打个电话,不然她可能会去报警。"

聂清舟揉揉太阳穴,看来他姑姑没看见他的字条。

他借郑佩琪的手机给他姑姑打了个电话,他那句"我是清舟"话音刚落,手机里就传来了极其响亮而愤怒的呼喊声。在场所有人都被这大嗓门吓了一跳,聂清舟把手机拿得稍微离耳朵远了一些,又开始他的常规安抚工作。

郑佩琪小声对夏仪说:"我们还要再等等吗?"

夏仪看着聂清舟满脸愁苦的样子,摇摇头:"不用了。"

这个车站到底没有太过可恶，虽然带走了她的妈妈，但是把聂清舟还了回来。

夏仪收拾好所有东西。待聂清舟打完电话后，她对聂清舟说："走吧，回家吧。"

聂清舟没想到，自己回程的时候居然坐上了郑佩琪家的奔驰车。

郑佩琪坐在副驾驶座，她带来的中年男人是保镖兼司机，夏仪和聂清舟就坐在后座。聂清舟解释自己是去省城找一个朋友玩，留了字条的。

郑佩琪怀疑的声音从前座传来。

"你在省城还有朋友呢？"

聂清舟干笑一声，岔开话题道："你们怎么在车站啊？"

"赚钱啊，还不是为了你！我想找夏仪出去玩，结果夏仪说她欠你一部手机，要攒钱买给你。我就来陪她啦，帮忙租了吉他，在车站唱歌赚钱。"郑佩琪有点不满，又有点兴奋，"不过卖唱还蛮有意思的！夏仪唱歌真的超级好听哎！"

聂清舟转过头望向夏仪，此时夏仪正看着窗外的风景，并不看他。

聂清舟有些心痛地想，太可惜了，他居然没听见个掌声，夏仪唱歌他一句也没听见。十年之后，她演唱会的门票多贵啊！

"但是你们为什么要选车站？夏仪你不是不喜欢车站吗？"聂清舟纳闷。

夏仪转过头来看着他，问："你怎么知道的？"

聂清舟沉默了一下，努力真诚地道："和上次一样，我算的。车站和你八字犯冲，不适合你。"

郑佩琪闻言十分惊讶，她别扭地转过身子看向正后方的聂清舟，半信半疑地说道："你还会这个呢？那你也帮我算一算吧，你算算我高考能考多少分！"

聂清舟装模作样地掐掐手指，微微一笑："你这是乾卦，元亨利贞，天行健，君子以自强不息。"

"什么意思？"

"就是努力就会有好结果的意思。"

郑佩琪"喊"了一声，像是确认了聂清舟是个骗子，回过身去看着前面:"说了和没说一样。"

聂清舟转过头来对上夏仪审视的目光,他觉得她好像仍然想要追问下去,但是她最终只问了一句:"还走吗?"

这句话没什么语气,既像是疑问又像是威胁。

聂清舟立刻摇头,郑重道:"不会不会,以后不会了。"

郑佩琪幽幽地想,她怎么总觉得后面那两人不对劲呢?

夏仪只做了两个上午的路边歌手,就赚到了足够买一部手机的钱,除去她实力过硬吸引了众多旅客的原因,还有个最重要的因素——一个西装革履的男人来了两天,每次给了她们五百。

"他还给了夏仪一张名片,他说他是什么什么音乐公司的,想和夏仪签约呢。不知道是真的还是骗子。"郑佩琪兴奋道。

聂清舟若有所思,他向夏仪伸出手:"他的名片能给我看看吗?"

夏仪在口袋里掏了掏,把名片递给了他。聂清舟接过来,就看见金色磨砂质地的名片上写着某知名音乐公司的名称。

"啊,是他们啊……应该是真的。"聂清舟摸摸上面突出来的字迹。

十年后的夏仪在国内的经纪公司确实是这家实力强劲的老牌公司,但是据他所知,她最初在国外出道就签了国外的经纪公司,后来回国才签的这家。

据他表妹所说——在夏仪还在上高中的时候这个公司就看中夏仪了,等了她七八年哦,看看我们夏仪多优秀。

"怎么样?你想和他聊聊吗?"聂清舟把名片还给夏仪。

夏仪淡漠地看了名片一眼,说道:"不想。"

"因为奶奶不喜欢?"

"嗯,他还对我的曲子提了很多修改意见。"夏仪偏过头去,淡淡地说,"我不喜欢他的意见。"

聂清舟"扑哧"笑了出来,这还是第一次他感觉到夏仪在音乐上的骄傲。

看来他们得继续等夏仪七八年喽。

聂清舟回到家里不出意外地受到了聂英红劈头盖脸的一顿痛骂。直到他终于在桌子底下找到那张被吹走的字条，解释自己只是想去省城玩一圈，且出示了车票之后，聂英红的情绪才有所缓解。

这次离家出走风波牵涉不小，他父母、张宇坤、赖宁，甚至班主任老师的电话都打到家里来了，询问他的情况。聂清舟一一解释之后，这波澜起伏的寒假也就到了尾声。

假期结束，春季学期开始了。

学期刚开始的时候人都懒懒的，玩心还没收回来，学习兴致缺缺，恰好作业也不太多。第一周结束的周六，夏仪和夏延就跟夏奶奶打了声招呼，和聂清舟、张宇坤、赖宁、郑佩琪一起去虞平市玩了。

这趟出行的目的之一，是要替聂清舟选手机。

他们一群人拥在商场数码产品的柜台边，对着各种手机指点江山。

郑佩琪趴在玻璃柜台上仔细观察了一番，下了结论："我觉得还是iPhone好。"

张宇坤"啧"了一声，说："谁不知道苹果好啊，要不郑仙女你给舟哥买一个？"

郑佩琪被张宇坤激得差点当场掏腰包，还好赖宁在中间和稀泥。赖宁说："要不诺基亚吧！质量特别好！"

"要拿来砸核桃吗？"夏延凉飕飕地说。

赖宁灵光一闪，对聂清舟说："对啊，诺基亚真能砸核桃吗？咱再买个核桃试试吧。"

聂清舟心想，大概再有一两年诺基亚手机就要退出历史舞台了吧。

他看着柜台里这些古老的笨重又简单的小手机，觉得自己不像是来买手机的，倒像是来参观老旧手机博物馆的。这种介于智能和不智能之间的状态，倒也不错。

至少这种手机不会让人一刷刷上一整天，公交车和地铁上所有人也不会都低头看手机，与旁边的世界隔绝。

他随便选了一款价格适中的普通手机，说道："就它吧。"

就在这群孩子热火朝天地在虞平市区玩耍的时候，在常川夏家杂货柜台后的夏奶奶一抬头，就看见了一位西装革履的不速之客。

"请问这里是夏仪家吗？"这个和周遭格格不入的男人彬彬有礼

地问。

夏奶奶有点蒙，局促地从柜台后的椅子上站起来，手无意识地擦着自己黑色的棉袄："啊……是啊，我是她奶奶，怎么了？"

"哦！是夏仪奶奶啊！"男人立刻喜笑颜开，递上自己的名片，"我是音乐公司的，前段时间在车站看到您孙女弹唱，觉得她特别有才华。不知道您这边有没有考虑，以后让她走音乐道路，和我们公司签约呀。"

夏奶奶接过名片看了看，愣愣地说："音乐公司？弹唱？你是不是搞错了呀。"

"没有没有，我这里还有视频呢！"男人从口袋里掏出手机，打开一个视频递了过去。

夏奶奶犹豫了一下，把手机接了过来。

聂清舟、夏仪和夏延回家前已经吃过了晚饭，正是晚上七八点热闹的时候，各家各户传出来电视不同节目的声音，聒噪地响成一片。

聂清舟跟在夏家姐弟身后进了杂货店，笑眯眯地跟夏奶奶打招呼："奶奶，我们回来啦！"

话音刚落，他就敏锐地察觉到小卖部里的气氛诡异。夏奶奶坐在柜台后面，神情格外凝重，以至于他们三个都无措地僵在了柜台前。

夏奶奶挤出一丝笑容，压着情绪对聂清舟说："小舟，你先走，我有事要单独跟他们说。"

聂清舟观察着夏奶奶的表情，再看看夏仪和夏延，就倒退着离开了夏家杂货店："好……那我先走，你们聊。"

聂清舟的身影一消失，夏奶奶的脸色就彻底阴沉下去，她看了夏仪半天，铁青着脸说道："我问你，寒假你跟我说去同学家写作业，你干什么去了？"

夏延和夏仪都是一惊。夏仪双眸闪了闪，并没有说话，只是袖子下的手慢慢握成拳。

夏奶奶一下子从柜台后站起来，满头银发随着她的动作晃荡："你居然学会骗人了！人家找上门我才知道，你才多大的孩子啊，你去街头卖唱！多丢脸！你……"

她说着说着，就觉得面前这个孙女的面庞、双眸、神情慢慢和她最厌

- 207 -

恶的那个女人重合在一起。

夏奶奶越看越心惊，颤抖地指着她，斥道："你现在怎么越来越像你妈了！"

夏仪脸色发白，咬着唇沉默着。

聂清舟上楼没多久就觉得坐立不安，心里总是不踏实，想了想还是打开门走下去，想偷偷看一眼夏家的情况。

他刚一下楼，就看见夏仪站在杂货店门外，夏奶奶站在门里。她们好像已经吵了一阵了，只是淹没在热闹的电视声里没有被太多人发现。

说来是争吵，更像是夏奶奶单方面的控诉。

夏奶奶面色通红，混浊的眼里含着泪，哽咽着说："你妈那个人我是看透了，两个孩子说不要就不要，我们这些年过得多难啊！你追到车站去她还不是头也不回就走，她配当妈吗？她心里就只有自己，觉得自己了不起就要被捧着，自私自利！不负责任！你想学她吗？你想做这样的人吗？"

夏仪的拳头捏得紧紧的，她望着夏奶奶，低声说："我没有。"

夏奶奶像是被激发出了忍了多年的委屈，一发不可收拾："那你是觉得我亏待了你，啊？又不能让你弹琴，又不能教你学音乐。我做再多，我也焐不热你，你还是觉得我不如她好是不是？所以你这些年一声不吭的，做什么事都瞒着我，是不是还想有机会就要找你妈去！"

夏仪摇摇头，再次说："我没有。"

"那你跟我保证，以后不许再搞这些乱七八糟的东西！"夏奶奶拍着桌子怒道。

夏奶奶的余音还在空中飘荡，已经有几户人家好奇地打开窗，探头出来看向这里。夏仪穿着出去玩的那件棕色大衣，她的头发长长了，遮住一点眼睛，神色晦暗不明。

热闹的电视节目响成一片，夏仪没有答应奶奶的要求，她整个人僵硬地立在那里，牙齿咬得嘴唇发白。

在这个沉默的间隙里，夏延单薄的身影突然站在了夏仪身前。他看着夏奶奶，稚嫩的脸上被严肃的神情所占满，一字一顿地说："奶奶，你为什么不让她做音乐？我妈是我妈，夏仪是夏仪，为什么总要扯到我妈头上？"

他越说声音越大:"再说了,奶奶你为什么不许在家里提妈妈?就算夏仪她想妈妈又怎么了?我妈十月怀胎生了我们,恨归恨,讨厌归讨厌,难道夏仪连想想她也不行吗?"

夏奶奶睁圆了眼睛,愕然地愣在当场。

夏延的胸腔剧烈起伏着,吸了一口气,又转头看向夏仪:"还有你,你明明那么喜欢音乐,就因为要看奶奶的眼色,躲躲藏藏、遮遮掩掩的,有必要吗?你又没有做错什么事情?你害怕奶奶伤心,那你呢?你这个人是不是完全不会伤心?我真不懂你,你什么都不说,你喜欢什么不喜欢什么,想要什么不想要什么,我全部不知道,我还没有楼上邻居知道的事情多!你到底把我们当什么?你有把我和奶奶当成你的家人吗?你有把这里当成你的家吗?

"我们三个人一起生活,又不是我和奶奶收留了你!既然你都不把我们当家人,为什么还要替我出头打架啊!"

夏延的眼睛红了,他狠狠地瞪着夏仪。

仿佛他不是在帮她说话,而是要和她吵一架。

仿佛这种争吵,他已经等了很久了。

夏延两边一通石破天惊的大喊后,夏奶奶颤抖着嘴唇,半响才吼道:"……好啊,那你们都走吧!都去找你们妈去!别跟我这个糟老婆子待一块!"

她一伸手就要把防盗门往下拉,夏延的倔脾气也上来了,说道:"走就走!"

他言出必行,说完转身就走,然后立刻被奔来的"楼上邻居"拉住了胳膊。聂清舟拽着夏延,小声道:"你要去哪里?"

然后,聂清舟大声朝半落的防盗门里喊道:"夏奶奶,你冷静一下消消气!今天夏延和夏仪先来我家,你别担心!"

夏奶奶没回应,防盗门轰然而落,把小卖部内外隔绝成两个世界。

夏仪还站在原地,捏着拳头沉默不语。聂清舟推着夏延上楼,掏出钥匙把门打开时转头道:"夏仪,你也……"

小卖部门前的地面上空空如也,夏仪不见了踪影。

聂清舟怔了怔,揉揉太阳穴,先把夏延拉进家门,夏延还在挣扎着:"你放开我!"

"不来我这里你要去哪里？外面这么冷，你睡马路都得被冻死！"

聂清舟这句话音刚落，夏延的眼圈就红了，他别过脸不再说话，被聂清舟拉进门推着坐在了沙发上。

聂清舟给他倒了热水，夏延就握着杯子，抬起眼睛看向聂清舟："夏仪呢？"

"你姐……可能想自己先静一静。"

夏延沉默了一下，继而嘲笑道："你来做什么和事佬？帮张宇坤和赖宁那两个缺心眼的，帮我们家，现在又来和稀泥，你是不是觉得自己挺伟大？你以为自己是什么救世主吗？"

聂清舟抱着胳膊，看着这个瞪着一双倔强的眼睛跟炮仗似的小孩。

"你接着说。"他淡然地回应。

夏延冷"哼"一声："你又要装大人了？你这副装模作样的样子最讨厌！莫名其妙，自以为是，你吃饱了撑的插手我们的事干吗？你是不是觉得看着我们一家人可怜，怜悯一下我们，就能显得你特别好心，特别能耐？"

聂清舟偏过头，说道："平时话那么少憋坏了吧？现在破罐子破摔了？"

他随手打开茶几上的一包薯片，放到夏延面前："多吃点零食缓缓。我要真的那么能耐，至于三番五次把自己搞进医院吗？

"我受伤的时候，是你姐骑三轮车把我送到医院，还垫付了药费，后来夏奶奶总是喊我吃饭。你姐在我被冤枉的时候替我做证，在我被打的时候放警笛帮我。难道那些时候，她们也是觉得自己伟大，要凸显自己的善良所以怜悯我吗？"

聂清舟坐在夏延身边，他心里知道夏延现在怒气上头，刚刚说的话未必是真心，但他还是仔细解释了。

"将心比心，以德报德，事情就是这么简单。我没有看不起你们，你如果那样想，是你自己看不起你自己。"

他这句话说完，夏延就咬着牙挺直了腰，似乎想要站起来就走。

聂清舟按住他的肩膀："不过，你刚刚在楼下说得真好，夏奶奶和夏仪一直都在回避问题，只有你愿意说出来，我可真佩服你。"

夏延的肩膀松下来，他转头看向聂清舟，眼眶还是红的。

"少装大人了。"他倔强道。

聂清舟笑了笑,往后靠在沙发靠背上,放松地说:"依我这个装大人的家伙来看,不管别人怎么议论你,你都可以像今天这样理直气壮。父母辈是父母辈的事情,你清清白白、堂堂正正。"

且视他人之疑目如盏盏鬼火,大胆地去走自己的夜路。

夏延低下双眸,沉默了。

聂清舟掏出手机:"今晚你先在我家凑合一晚吧,夏奶奶在气头上,等她气消了再谈。我去给你姐姐打电话。"

聂清舟边打电话,边观察着夏延。

这个十三四岁的小孩子终于平静下来,他坐在沙发上,在灯光下显得细瘦苍白,皱着眉头弯着背,捧着水杯缩成一团。他这么小的年纪,总是一副有心事的模样,早熟、敏感、自卑又倔强。

但是他很爱他的姐姐、奶奶,甚至还有抛下他的母亲和父亲。

夏仪的电话没有打通。聂清舟挂了电话,忧心忡忡地走到窗户边环顾四周,然而并没有看见夏仪的身影。

路灯昏黄地亮着,路上行人寥寥,逐渐有细碎的阴影从灯光中划过。

聂清舟怔了怔,意识到外面下雪了。

随着时间一分一秒过去,雪越下越大,海风卷着雪花漫天飞舞,夏仪的手机却始终没有打通。

连夏延都着急起来,他不安地看着窗外铺天盖地的风雪,说道:"夏仪去哪里了?都这么晚了,不然我去告诉奶奶吧!"

"这么大的雪,奶奶身体不好,她要是知道了着急出去找,反而容易出事。"聂清舟取下挂在门后的羽绒服,边穿边说,"我先出去找找,你在家等着,我找到了你姐就往家里打电话通知你。"

夏延急道:"你去哪里找啊,你能找到吗?"

聂清舟穿衣服的手顿了顿,脑子里闪过了曾经写在笔记本里的那件事——阻止夏仪轻生。因为这半年一切都变得越来越好,他几乎要忘记这件事了。

夏仪不会……不,她应该不会的。

聂清舟说服自己,但是心情一下子焦灼起来,他在原地僵立了一瞬,

- 211 -

突然灵光一闪。他脱掉穿了一半的鞋子，趿拉着拖鞋跑进自己的卧室。他从书架上抽出那本灰皮笔记本打开，在那些记录下来的事件和语句中翻找，视线随着手指一行行下移。

"记忆深刻的事……夜里下大雪，我在海边找到夏仪……"

海边……

聂清舟看了一眼窗外的风雪，立刻把书包里的书都倒出来，把其他各种东西往里塞，然后背上书包拿起伞，跟夏延说了一声就出门了。

这场雪下得很猛，地面已经结了一层薄薄的冰，整个视线被雪花掩盖，根本不能骑车。聂清舟撑着伞，缓慢地沿着路行进，渐渐走出了高低错落的居民住宅区，面前豁然开朗，出现了长长的海岸线。

沙滩上没有什么灯光，聂清舟翻过路边的护栏走进沙滩，喊着夏仪的名字，因为无人回应而心情慢慢沉下去。沙滩中有个公交车站似的小棚子，小棚子里日常放着一把长椅，平时供人休息。

聂清舟走过去，远远地看见小棚子里昏暗的灯光下，终于出现了一个人影。

夏仪没有听见聂清舟的声音，她脑子里的音乐声很响，淹没了世界里所有其他的声响。她坐在长椅上，双手撑着椅面，出神地望着一片漆黑的大海。

直到她的视线被一片黑色的羽绒服遮蔽，她才怔了怔，慢慢抬起头来，看见了那张熟悉的脸庞。

聂清舟站在夏仪面前，他的胸膛剧烈起伏着，手里拎着沾满了雪花的伞。天气明明很冷，他头上却急出了汗。

"我叫你，你怎么不回答？"他看起来非常生气。

安静了片刻，他皱着眉，自己回答了自己的问题："大概是你脑子里又在放音乐，听不见我说话了。打电话你也没有听到是不是？"

他伸手熟练地从夏仪左边口袋里掏出了她的翻盖手机，打开就看见里面的十几个未接来电。聂清舟沉默了片刻，目光移到夏仪脸上，她的头发和衣服都被雪染湿了，整个人在灯光下亮晶晶的。她安静地望着他，目光就跟刚刚看大海时差不多，没有什么情绪。

他长叹一声，把夏仪的手机放回她的口袋里，转身在她身边的长椅上坐下，打开书包。书包里塞满了东西，鼓鼓囊囊的。

他先拿出一个暖手宝塞进夏仪手里，他碰到她发白的手指，果然冰冰凉，和屋檐下结的冰凌差不了多少。

暖手宝的温度似乎唤醒了夏仪，她眨了眨眼睛，慢慢握紧了那毛茸茸温暖的小东西。

"下大雪了，我在这里避雪。"她轻声说，像是在跟聂清舟解释。

聂清舟冷哼一声，气道："你不是带了手机吗？为什么不打电话让我来接你？"

夏仪低下双眸，说："没有想到。"

聂清舟更生气了，但是又毫无办法。南方的雪一落在身上就化成了水，看夏仪头发和衣服潮湿的程度，她应该是在雪里待了好一会儿，才想起来要避雪的吧。

他叹着气从包里拿出一条干毛巾，围在夏仪的头上，隔着毛巾他捂着她冰冷的脑袋，把她的脸掰向自己，给她把潮湿的头发擦干。

他们的距离一下子拉近，夏仪发梢上挂着水珠，她的眼睫上沾着被风吹进来的雪花，脸色苍白像是落了霜，看起来仿佛是水晶做的人。

她慢慢地抬起双眸，漆黑如夜幕的眼睛望着他，非常专注。

某个瞬间，他好像要落进她的夜幕中去。

聂清舟给她擦头发的动作慢了下来，他手下是她潮湿温热的脑袋，像是某种脆弱的小动物，带着微弱的一动一动的心跳。

小棚子外的风雪大作，这个世界安静得仿佛除了这里，其他的一切都已经远去消失在时间的长河里，什么都无法被记起。

聂清舟还没有来得及明白这微妙的感觉是什么，就从她眼里看到了一丝很微小、很微小的颤动。

她缓慢地眨了眨眼睛，轻声说："我没那么想。

"我只是很偶尔，很偶尔会想一下她。我没有想过要去找她。我知道奶奶对我很好，我很感谢奶奶。"

聂清舟瞬间无可救药地心软了，怒气消失得半点踪影也不见，他继续给她擦着头发，温言道："我知道，我知道。没事的，等雪小一点，我们就回家，和奶奶说清楚。"

夏仪沉默地垂下双眸。

聂清舟给夏延打电话说明了情况，然后转过身轻柔而细致地把夏仪的头发擦干，给她戴上了黑色毛线帽子。他的毛线帽对于她来说有点大，松松地遮到她眉毛上，夏仪扶着边缘轻轻地往上提了提。

"你的外套湿了。"聂清舟从书包里拿出一件轻薄的短款羽绒服，递给夏仪，"要不要换上？"

夏仪看了一眼他手里的羽绒服，再抬眼看向他："总觉得你很像……"

"嗯，什么？"聂清舟偏过头去，眉眼弯弯，"哆啦A梦？"

夏仪诚实地点点头。

聂清舟拍拍夏仪的头，把她那宽大的毛线帽子拍下去遮住了她半只眼睛。

"大雄啊，你怎么这么不让人省心啊。"他边拍边说道。

夏仪用手指勾着帽子边缘往上抬，露出自己的眼睛，嘴角很浅很浅地弯了一下。

她乖乖地把自己潮湿冰冷的大衣脱下来，穿上聂清舟给的那件干燥温暖的羽绒服。这件羽绒服对她来说也太大了，衣袖盖住了她的手指，她看起来像是毛毯里的一只猫。

聂清舟忍不住笑起来，夏仪不明所以地看了他一眼。

小棚子外的世界风雪交加，黑暗的尽头海潮翻涌，除了潮声，所有的声音都安歇了，只有这么一个小小的地方悬着一盏昏黄的灯，微弱地散发出一点温暖。

夏仪捧着暖手宝望着风雪，不自觉地哼着她脑海里的旋律，她的声音很薄，很透亮，像是薄如蝉翼的冰，或者天空里单独的一枚雪花。

聂清舟坐在她的身侧，因为椅子狭窄，他挨着她的肩膀，两个人相依偎比一个人要温暖许多。

夏仪的歌声停住，她不知道想到了什么，低头从放在一边的呢子外套口袋里拿出手机，翻开盖子后按着按键，像是在找某个东西。

聂清舟微微靠近她，就在她的手机屏幕上看见了一个有些模糊的，灿烂地笑着的美丽女人。那似乎是个春日，照片背景的树林里开满了粉色的花朵，女人牵着一个漂亮的小姑娘。

他怔了怔，然后轻声问："这是阿姨吗？"

"嗯。"夏仪漆黑的双眸里映着手机的光亮,手指隐藏在衣袖里,她轻声说,"家里没有她的照片了,这是最后一张。"

顿了顿,她说:"这三年里,我也就看过两三次。"

她说着,聂清舟就看见屏幕上出现了是否要删除的提示。他意识到夏仪要干什么,立刻把手机抢了过来:"别!别!你要删它干吗!"

聂清舟心想原来这就是这个手机的珍贵之处,要是删了,我不就白把它换回来了吗?

他把手机举得很高,说道:"你删了它能说明什么?表明你再也不想你妈妈了吗?你有必要做到这个地步吗?"

夏仪的手还悬在半空,她慢慢地放下手,轻声说:"嗯。"

她虽然给了肯定的答案,却没有从聂清舟手上抢回手机。

聂清舟想,她果然舍不得。

他高举手机的手放下来,看着手机里模糊的女人,问道:"阿姨是个什么样的人啊?"

夏仪缩在宽大的羽绒服里,思考了一会儿,说道:"妈妈很漂亮,很天真,喜欢热闹,也很爱哭,她是家里最重要的人。她也非常美丽,非常柔弱,像……蝴蝶一样。"

像蝴蝶一样,只能活在温暖的春天里,所以必须要逃离寒冬。五彩斑斓的翅膀下,无法保护任何人。

所以她飞走了。

"你很爱她吧?"聂清舟轻声说。

夏仪沉默了一会儿,才回答:"她总是说,我不爱她。"

好像谁也没能从她这里感觉到爱意,她的爸爸、妈妈、奶奶和弟弟,他们都觉得她冷酷沉默。

那么应该是她哪里有问题。

她小时候就觉得她不对劲,大部分时候她不知道该如何定义自己的情绪,也不知道如何准确地表达自己,她想要传达的和别人感受到的,总是南辕北辙。

所以她对妈妈说:"我是不是哪里出错了,我是不是有毛病?"

妈妈却满脸惊慌地抱住她,说她没有问题,天才都是会有怪癖的。

可是明明妈妈也抱怨她不亲近自己,不爱自己。

后来时间长了，她慢慢明白妈妈或许并不是认为她没有问题，只是需要她没有问题。妈妈已经有个残缺的儿子，不能再有个不正常的女儿。

"不过我想，我应该是爱她的。"夏仪扶着额上的毛线帽，往上提了提，她说话的时候白色的雾气缓缓蒸腾上去，好像她的话非常温暖似的。

聂清舟把手机盖合上，女人遥远美丽的面容消失在银色的盖子背后，他感叹道："对啊，爱没有那么容易撤销或者删除。"

顿了顿，他说："而且你爱她又没有错，只是没有和夏奶奶好好沟通罢了。"

夏仪转过头来望着聂清舟，双眸如同她的周身一般弥漫着水汽，迷离、冰冷又固执，如同丢在雪地里的黑欧泊。

对视的瞬间，聂清舟的心莫名颤了颤。

"还有音乐。我如果再做和音乐相关的事，奶奶会伤心的。"

"那你……想要放弃吗？"

夏仪缓慢地摇摇头。

"那我们去说服奶奶。你把你心里想的事情都告诉她，她理解了你，就不会伤心了。家人本来就是要相互迁就的。"

"我们？"

"对啊，大雄没有哆啦Ａ梦怎么行呢？我可是你的头号粉丝啊。"

聂清舟微微一笑，拍拍夏仪的头。

他再次把夏仪的帽子拍下去，夏仪的眼睛又被遮住。她勾着帽檐往上提帽子，抿了抿唇说："你不要总是动帽子。"

聂清舟"扑哧"一下笑出声来，心里的弦稍微松了松。

他把自己微妙的心绪，归结于今天的夏仪因为偶尔流露出的脆弱，而显得过于美丽。

等风雪小下来的时候，聂清舟给了夏仪一把伞，两个人一起走出了这个小棚子，他们沿着长长的公路，在路灯的照耀下慢慢往家走。

夏仪穿的鞋子鞋底有点打滑，聂清舟就让她拉住自己的书包，他走在她的身前，正好能替她挡住迎面的风。

"这像不像那天我们在夜市？那时候你拉着我的帽子，我好几次差点被勒死。"聂清舟感慨道，"幸好今天是周六，要是明天还要上课，咱俩都得请假。这么一想，也挺幸运的是不是？"

他总能从祸事里咂摸出一点甜味儿来。

仿佛他的口袋里永远装着一把糖果，需要的时候他总能掏出来一颗，然后再掏出来一颗给她。

夏仪在他身后扯着书包，轻声说道："是吧。"

他们慢吞吞地移动到家门口的时候，已经是夜里十一点。雪几乎不下了，小卖部的防盗门关着，从窗户里透出光来。

夏仪试着拍门喊了两声奶奶，里面却没有回音。

"估计还气着呢，你先在我家和小延凑合一晚，明天再去跟奶奶好好谈吧。"聂清舟抖了抖伞上的雪，带着夏仪上楼进了他家。

夏延已经在家里等了很久，见到夏仪，他腾地从沙发上站起来，黑着脸似乎有千言万语想要说。片刻之后，他却咬了咬牙转身就走，好像他之前对夏仪的那一通责备，已经用完了他和夏仪交谈的额度。

聂清舟拍拍夏仪的肩膀道："看来跟奶奶聊完之后，你还得跟小延谈谈了，孩子憋好久了。"

聂清舟把自己的卧室让给了夏仪，他和夏延去睡主卧的双人床。聂清舟从柜子里抱出新的床单和枕巾，说道："你等一会儿，我先给你整下床铺。"

夏仪看着聂清舟熟练的动作，想了想说："你有洁癖吗？"

"……这就洁癖啊？我只是比较爱干净，你不嫌弃我，我不能委屈了你啊。"聂清舟"哗啦"一下展开了新床单，洗衣液的薄荷味弥漫在房间里。

夏仪想起她最初对聂清舟的印象，她觉得他像个教养良好的小少爷，现在依然如此。她在房间里走了走，看着他收拾得整整齐齐的书柜和床头柜，唯有书桌上摆了一摊书，像是被随意倒在那里的。

在那堆书旁边，有一个灰色的软皮笔记本。

那本笔记本明明没有什么特别之处，夏仪莫名地看了它很久，她鬼使神差地伸出手去，白皙的手指捏住笔记本慢慢打开一页。那上面有什么一闪而过，她还没来得及看清，本子就被人一下抢走。

聂清舟抱着那笔记本，面色紧张地看着她："你……你干吗随便拿我东西！"

夏仪愣了愣，她垂下手说道："对不起。"

聂清舟欲盖弥彰地清清嗓子，问："你看到什么了？"

"一条横着的很长的线和很多短句。"

"……内容呢？"

夏仪诚实地说："没看清。"

聂清舟长长地舒了一口气，他将笔记本插进书柜里的某层，严肃道："这是我的隐私，你别随便看啊。"

夏仪抬头看着那本挤在高高低低书本中的笔记本，点点头说："我知道了。"

聂清舟知道夏仪言出必行，答应了就不会再随便动这个笔记本。虽然如此，他仍然心有余悸地推着她远离书桌："你稍等一下，我马上就铺好床了。"

夏仪如他所愿地走远，打开阳台门走到阳台上，她趴在栏杆上往下望去，就像是聂清舟常常站在那里的姿势一样。

聂清舟铺床的时候偶尔抬头看一眼，不禁莞尔。

夏仪的身影动了动，她突然转过身来快速地跑出房间，穿过客厅打开大门，"咚咚咚"地下楼去，一阵风似的消失不见。

聂清舟抱着枕头愣在原地，一时没反应过来。等他趿拉着拖鞋跑到门口时，正赶上夏仪又顺着楼梯跑了回来，夏仪扶着门望着他，胸口剧烈起伏着。

"我在阳台上从我家的窗户里看见奶奶倒在地上，刚刚喊她还是没有回应。"

聂清舟瞳孔紧缩，他拿起旁边的外套穿上，一边掏出手机，一边说："我们走。"

夏仪和夏延出来得匆忙，没有带家里的钥匙。聂清舟立刻报警，也叫了救护车。两拨人几乎是同时来的，把门撬开之后，警察进去把夏奶奶扛了出来，放到医护人员准备好的担架上。

虽然已经是夜深了，救护车和警车的到来还是惊动了许多人，很多裹着羽绒服的邻居从大大小小的窗口往这里看，楼下也围了五六个人，热心地帮忙打灯照明。救护车上位置有限，夏仪和聂清舟接连跟着上了救护车，夏延急切地伸手说："我也要去！"

"没位置了，最多两个人。"医生摆摆手。

夏延还是不死心，旁边围观的邻居七嘴八舌地劝起来。

"哎呀，你年纪小，走路还一瘸一拐的，去了也是添乱。雪天路滑摔跤了，到时候谁照顾谁啊？"

"你家的门已经撬开了，这么混乱，得有人留下来看着才行啊。"

"是哦，店里这么多东西呢，当心有贼啊。"

夏延怔了怔，收回手。聂清舟简短地说："不会有事的，我们保持联系，等天亮了我来接你。"

救护车的门在他面前关上，夏延站在原地，看着那闪着灯光发出响亮鸣叫的救护车逐渐远去，周围的人模糊地讨论着什么，过来安慰他，然后逐渐散去。

夏延慢慢转过身去，走到被撬开的门边，靠着墙蹲下来，抱住自己的膝盖默默不语。

夏奶奶本身有高血压，大概是跟夏仪、夏延生气，一时血压升高晕倒在地，磕到后脑导致颅内出血。她一被送进医院就做了一套检查，然后直接推进了手术室里。

夏仪被聂清舟按在手术室外的长椅上等待，她给夏延打电话简单地说明奶奶的情况。聂清舟则按护士的指导跑上跑下，办手续登记，交押金。

挂断电话之后，医院就变得非常安静。手术室上的红灯亮着，夏仪独自坐在灰白色冷冰冰的长椅上，微微低着头，听着对面墙上的时钟发出的滴答滴答的声响。她还穿着聂清舟给的那件羽绒服，整个人被宽大的衣服吞没，如同被未知的迷雾所吞没。

有值班的护士走过来安慰她几句，夏仪抬起头来看着她，神情可以称得上冷静。

"谢谢。"她礼貌地回复。

这种和年龄不符的冷静倒叫护士惊讶了一下，有点不知道继续说什么似的，拍了拍她的肩膀就走了。

夏仪对这种疑惑很熟悉。在父亲被宣判的法庭上，母亲出走的夜里，打架进警察局的那天，她从许多人包括奶奶和夏延的脸上都看到过这种疑惑。

——你就完全不会伤心吗？

几个小时之前，夏延才这样愤怒地质问过她。明明只有几个小时，却仿佛已经隔了几个日出日落，遥远得连画面都不鲜明了。

这个夜晚为什么这么漫长？

夏仪突然感觉到一股巨大的、从脚底升上来的疲惫，仿佛风暴般涌上来将她淹没，她闭上眼睛仰头靠着墙，不想说话，不想醒来。

所有那些变故接踵而至的时候，她也像此刻一样感觉被无穷无尽的迷雾所吞没，被巨大的未知扼住喉咙。

因为不知道该做什么，所以她动弹不得，所以拼命地思考，为了思考而保持冷静。

等她终于想明白的时候，所谓悲伤也好难过也好，似乎已经错过了时机。像是放太久凉了的开水，没有再严重到要抒发的地步，也不合适再抒发出来了。

每一次都是这样，她总是错过时机。

难过、伤心、哭泣本来应该是很简单的事情，除了她，所有人都能做得很好。

聂清舟办完手续后回到手术室门口，就看见夏仪已经侧躺在椅子上睡着了。她像个婴儿般蜷缩着，皮肤很白，碎发落在额前，睫毛很长很密，像是一幅水墨画。

他看了一眼还亮着的"手术中"的红灯，轻手轻脚地走到护士站，对值班护士说："姐姐，我能不能借一条毯子？我妹妹睡着了。"

他贴心又嘴甜，很容易就成功了。于是，他把借到的薄毯子展开轻轻地盖在夏仪身上，再将自己的围巾摘下来叠好，小心地扶起夏仪的头塞在她的脖子下面。

他轻声说道："今天辛苦你了，会没事的，休息一下吧。"

手术室外的走廊上又重归寂静。

片刻后，夏仪那双漆黑的眸子缓缓睁开，眼睛里没有一点儿初醒的迷糊，她安静地眨眨眼睛，抬起头望去。

聂清舟坐在她身边，仰着头在椅子上睡着了，他的手手心向上，垂落在椅面上，恰好就在她头顶的位置。

夏仪看着那只骨节分明的、放松的左手，手指上有因为打球而生的茧子，看起来很有力量，好像能抓住很多东西。小拇指上不知道沾了什么，像是黑笔的油墨，小小的一块污渍。

她想，今天最辛苦的其实是他。

她不善于依靠别人，她的妈妈不怎么会照顾人，于是她很早就开始学着照顾自己。所以下雪了也想不起找人帮忙送伞；奶奶晕倒时，她仍然没有对聂清舟说出"帮帮我"这句话。

但是聂清舟不需要她把这句话说出口。

似乎每一次都是这样，在她请求之前，他就已经应允，一次又一次，直到她习惯于此。

她从毯子里伸出右手，缓慢地沿着灰白色的椅子移动，一点点靠近他的手，最终与他温热的皮肤相贴。明明她在毯子里，他的手放在外面，他的手却比她的还要暖和许多。

按照物理课上说的热平衡理论，当他们的皮肤相触时，热量就会从他的身上快速地向她传递，直到他们拥有相同的温度。

她轻轻地握住他小指上的污渍，小力地摩擦着，仿佛想要把那片油墨擦干净。聂清舟在睡梦中微微皱起眉头，无意识地翻过手腕合起手指。

夏仪停止了动作，她看着自己被他握住的手，他们的中指与无名指松松地交叠，从皮肤相贴处传来微妙的、温软的触感。

她凝视了他们相握的手半响，默默低下头去闭上眼睛，用另一只手提了提身上的毛毯。

然后，她突然觉得自己被陌生的悲伤和恐惧淹没，它们好像有生以来第一次找对了时机，她几乎要落泪一般，攥紧了毛毯，把头埋下去。

然后，她轻轻地摩挲着聂清舟的手指。

夏仪竟然真的睡着了，而且睡得很熟，再睁眼时天已经亮了。

她是被聂清舟叫醒的，夏仪坐起来，模模糊糊地听见他对她说"你看一下奶奶，我去接夏延"，他理了理她的头发，然后跟她道别。

夏仪反应了片刻，才发现自己躺在一张折叠床上，旁边就是奶奶的病床。

奶奶睡在病床上，只是一夜不见她就变得十分憔悴，头发剃光了，身上缠绕着各种各样的管子，旁边的监护仪上显示着她稳定的心跳。

这样的奶奶让夏仪感觉到无比陌生，她伸出手去握住奶奶的手，当感觉到那双手上遍布的老茧时，才确信这确实是她慈祥又倔脾气的奶奶。

夏仪转头问查房的医生："大夫，我奶奶她怎么样？"

"手术很成功，要看后期恢复情况，目前看来一切正常。"

夏仪松了一口气，旁边推着小车来的护士笑起来，说着："你哥哥真好啊，把你抱到折叠床上，自己就在旁边坐着，一晚上都没怎么睡。现在的孩子很少有这么懂事、这么靠谱的了。"

夏仪怔了怔，她看着自己身上那条眼熟的毯子，昨晚发生的一切纷纷回到脑海中。

她伸出自己的右手，微微张开手指再合上，然后摸了摸自己刚刚被他碰过的头发。

周一时的午饭小分队，夏仪缺席了。

郑佩琪郁闷地一根根夹着青菜吃，说："夏仪说她奶奶生病了，要照顾奶奶，今天没来上课。"

"你也不用太担心，奶奶没事的，手术很成功，人也已经清醒了。过几天夏仪就该过来上课了。"

聂清舟安慰道。

郑佩琪惊讶道："你怎么这么清楚？"

"那还用说，我们舟哥和夏仪什么关系？夏奶奶都是他帮忙送进医院里的。你说说看人家多有缘分，医院都轮流进。今天一上午舟哥都心不在焉的，肯定是担心夏仪了。"张宇坤指着聂清舟，神色得意。

他继续兴致勃勃地对郑佩琪说："哎，夏仪不来上课，你为什么这么难过啊？"

郑佩琪小声说："夏仪不来，体育课没人和我一组，做实验被分到的人也不跟我说话……"

"嘁，你们一班的人怎么这样啊！学习好人品不行！我和赖宁努努力，高二咱都在一个班，看谁能……"

"那个……打扰一下。"突然有人站在他们的餐桌前，打断了他们的对话。

聂清舟转头望去，正对上一双含羞带怯的眼睛，来人是个扎着马尾挺好看的女生，应该是和他们同级的，绞着手指看着他。

"我想单独找你的，但是你身边总是有人……所以我……你能不能出来？我有几句话想说。"

聂清舟心里"咯噔"一下。

自从他成绩扶摇直上之后，就披上了好学生的滤镜，再加上"聂清舟"的好皮囊，他很明显地感受到被关注的视线。因此，他也有意地一直跟张宇坤、赖宁他们走在一起，不给别人搭话的机会。

没想到这一天还是来了，造孽啊！这姑娘才多大啊！

聂清舟清了清嗓子，还没来得及说话，张宇坤就抢先发言："不是吧，美女你要和舟哥表白吗？"

女生脸一下子通红，支支吾吾地说不出话，结论再明显不过。

"算了吧，你没赶上趟，我们舟哥心有所属了，你没机会的。"张宇坤大大咧咧道。

聂清舟瞪了张宇坤一眼，威胁地说："你别乱说话。"

女生抿着唇，小声问："是谁啊？"

张宇坤得了聂清舟的怒视，很有眼力见儿地摆手："没谁没谁，你也不认识。"

女生沉默了一下，追问道："是不是夏仪啊？"

三个声音同时响起——

"不是。"

"别瞎说。"

"你怎么知道的？"

聂清舟和张宇坤转头，看向和他们唱反调的那个家伙。

赖宁脸上带着真诚的疑惑，然后亡羊补牢地捂住了自己的嘴巴。

"他不是……"聂清舟还没说完，就看见这姑娘含着眼泪跑掉了。

他蓦然想起，他表妹嗑CP的时候念叨过的一句话——有小道消息，他们高中同学说，他俩在高中是全校公认有名的情侣。

以他表妹当时的狂热状态，她口中的小道消息他认为等同于胡编乱造。

但是，此时此刻他好像突然有点相信，并且明白所谓"全校公认""有名"是怎么来的了。

聂清舟按着太阳穴："你们有人知道她是谁吗？"

虽然大概已经晚了，他还是得去澄清一下，然而剩下三个人把头摇得跟拨浪鼓似的。

直到回到教室，赖宁还是百思不得其解，发出微弱的疑惑："她到底是怎么猜到是夏仪的？"

"这不很容易吗？我们五个人一起走，舟哥的注意力全在夏仪身上，我要是被绑走了他不一定知道，夏仪跟人撞个肩膀，他都能提前把她拉回来。要说女孩子就是比较金贵，可他对郑佩琪也不这样啊！"张宇坤指着聂清舟，一脸不忿。

聂清舟靠着椅背，辩解道："那……只是我和她比较熟罢了。"

张宇坤"啪"一下拍在聂清舟的胸膛上，沉默片刻之后，说："舟哥，你心跳贼快，你撒谎心虚了吧！"

聂清舟拍开张宇坤的手，难得地没有继续争辩。

他转过头去看着对面一班那个空着的座位，把黑笔转出残影来，隐隐泄露出某种起伏不平的心绪。

第八章
爱始于对印象的诗化

因为一场春雪加上强降温，常川县医院一下子人满为患，夏奶奶所在的病房里三个床位都躺满了人。

午饭时间过后，夏仪拿着餐具提着水壶去洗碗打水，夏奶奶瞄着她的背影，默默坐在床上喝水。

夏奶奶醒过来之后都没有和夏仪说过几句话，其实她心里的气早消得差不多了，就等夏仪先开口赔不是。偏偏夏仪这不会哄人的姑娘愣是没先开口说软话，搞得夏奶奶下不来台。

隔壁床满头白发的老人躺在床上，手背上打着吊针，也扬着头目送着夏仪离开。

几乎是夏仪前脚刚走，她就立刻转头对夏奶奶感叹道："哎哟，你这孙女还没成年吧？真是贴心，忙前忙后地照顾你，做事利落，一句抱怨都没有，你好福气哦。"

夏奶奶听了隔壁床这番夸奖，骄傲又克制地说："我孙女确实很懂事，特别有责任心，从来不懒的。"

"我一开始就觉得你孙女眼熟，刚刚看了半天才发现，她就是平时在医院弹钢琴的那个小姑娘吧？"

夏奶奶愣了愣："弹琴？"

隔壁床的老奶奶拍拍床铺："是啊，肯定没错的，连气质都一模一样的，小姑娘经常穿校服，你孙女是常川一中的吧？"

"……是啊。"

"哎哟，真是，老姐妹你真是好福气，孙女这么优秀！我每周都送我孙子去学钢琴，哎哟，小孩子没耐心，哭着闹着不肯去，平时在家也不肯练琴，非得他妈打他才听话，愁死我们了。哪像你孙女，自己还主动跑到医院练琴，这才是真心喜欢。他什么时候能弹到像你孙女这么厉害，我真是谢天谢地喽！"

这老奶奶说起自己的孙子，一脸恨铁不成钢，把夏仪大夸特夸一通。顿了顿，老奶奶问道："你孙女学了多少年钢琴啊？"

夏奶奶掰着指头算了算："有八年吧。"

"哎呀，八年就能弹成现在这样，比钢琴老师弹得还好听嘞，真厉害哦！你孙女一定吃了不少苦吧！"

夏奶奶怔了怔，她看着自己枯木似的手比出的"八"字，心里突然不是滋味儿。

她在心里暗自斟酌了一下，向隔壁床健谈的老人咨询道："你说这学艺术搞音乐的人，是不是以后出息越大，越陷进去出不来？那什么为了艺术献身，怪里怪气的，会不会变得特别自我，不把别人当人看？而且做音乐，将来能有什么出息呢？"

老人"啧啧"两声，指了指最靠门的那一床，小声说："那床那个小张，生病这么久了儿子都不管的，全靠她老公照顾，她老公身体也不好。她儿子是搞工程的，不照样特别自私自利？要我看那自私自利的人干什么都一样，像你孙女那样的，以后不管干什么都不会变成小张儿子那种人。"

夏奶奶顺着老人的话想了想，说："也是，夏仪这孩子从小就有主意，是正派人。"

"是吧，至于你孙女以后干吗，说句不好听的，咱这岁数的人还有几天好活？你这次要没赶趟，两腿一蹬你还管得了她？孩子嘛，人品要正，自食其力就行啦，别的咱这做老人的强求不来。"老人说话大大咧咧，活得十分明白。

夏奶奶听着，默默地不说话了。

等夏仪拿着洗干净的餐具，提着水壶回来的时候，夏奶奶破天荒地先开了口，她对夏仪说："你把东西放下，我有话跟你说。"

夏奶奶的语气还有点僵硬，但是表情已经没那么严肃了。

夏仪乖乖地把东西放下来，坐到夏奶奶床边的凳子上。就这么几天的工夫，夏仪瘦了一圈，春节好不容易养起来的膘一下子又消失不见。

这么瞧着，夏奶奶更不忍心了。

"夏夏，你小时候我问你喜不喜欢音乐，我记得你说你不喜欢。那你现在是怎么回事？你又喜欢了？"夏奶奶问道。

夏仪微微睁大眼睛，然后目光慢慢沉下去。她把双手放在膝盖上，以一个郑重的姿势沉默着，似乎在非常认真地组织自己的语言。

"我小时候学音乐……是因为妈妈希望我学，因为我学得好了她就会开心。其实我好像……并没有觉得音乐很有趣。"

那时很多人夸她是天才，惊叹于她的年纪和她的演奏，但是那些称赞和奖杯对于她的意义，只是能让妈妈笑起来而已。

很多年之后，她回想起来，觉得或许这就是她爱妈妈的方式，只是当时她不明白，没有说出口，而妈妈也没有感觉到。

"但是等爸爸、妈妈离开之后，感觉变了。这几年发生好事的时候，发生坏事的时候，开心或不开心的时候，我的脑海里总有很多旋律。我把它们写下来，所有情绪也就跟着平息。我觉得，我很需要它们。"

如果没有那些旋律替她起伏、吵闹或悲鸣，她也许很难坚持到今天。

"然后最近有人说，他很喜欢我的音乐，希望我的音乐被更多人听见。"

夏仪垂下双眸，双手十指交叠，紧紧地握在一起。

"我慢慢发现，我会因为能够演奏和创作音乐，而感受到幸福。我听说喜欢是欲望和快乐，那我真的很喜欢音乐。"

夏奶奶愣愣地看着面前眼神认真坚定的女孩。这么多年里，她还是第一次听到夏仪说"幸福"这两个字。

这个安静、体贴、优秀又沉默的孩子，她好像从来没有从夏仪身上感觉到幸福。似乎一直以来夏仪很少笑、很少软弱、很少要求，她逐渐习以为常，觉得这就是夏仪本来的样子，仿佛夏仪生来就不容易幸福。

夏仪好像变了一些，是好的那种改变。

夏奶奶仔细想想，她之前没有想过夏仪会改变，也没有试图改变夏仪。生活的不幸已经够让她烦心，她勉力维持日子继续运转下去，抚养两个孙辈,夏仪和夏延听话懂事对她来说就已经足够。

但夏奶奶在此刻突然感觉到不安,这对两个孩子来说真的足够吗?

"对不起,奶奶,我不想放弃音乐。但这不是因为妈妈。我不会去找妈妈……您和小延是最重要的人,我更爱你们,我不会离开你们。"

夏仪不习惯这样的表达,每一句话说出来之后,她都要停顿一下。她尽力地说完,然后像犯错一样低下头。

夏奶奶张了张唇,沉默半晌,别过脸去:"为什么跟我道歉?你要我当恶人吗?"

"奶奶……"

"高中要以学习为重,知道吗?你不能捡了芝麻丢了西瓜,不可以把成绩落下来!那个什么音乐公司,要等你成年了上大学了再说。"

夏仪愣了愣,说:"好。"

"还有你要明白,家里没有什么钱,没法买乐器也不能供你去外面上音乐课。你要学音乐,就要靠你自己。"

"我知道。奶奶……你同意了?"

夏奶奶叹了一口气:"我不同意能怎么办?"

夏仪的眼里亮起光芒。

夏奶奶想,她好像从来没在夏仪眼里看到过这样的光。她在这些年里看过所有时刻的夏仪,都没有此时看起来开心。

她没来由地,突然觉得有点歉疚。

下午,夏延放学来医院和夏仪换班的时候,意外地发现夏仪神情轻松,好像很愉悦的样子。

"奶奶恢复情况很好。"夏仪把夏奶奶的各种情况交代给夏延之后,接着说,"我今天跟奶奶聊过,她不生气了,也允许我学音乐了。"

夏延看着夏仪,不咸不淡地说:"你跟奶奶的事,跟我说干吗?"

夏仪想了想,说:"上次你说我什么都不跟你说,你觉得很难过,所以……"

"我才不觉得难过!"夏延烦躁地打断了夏仪,声音稍微有点大,走廊上其他人纷纷看向他们。

夏仪皱着眉头把他拉到无人的楼梯间。刚到楼梯间,夏延就甩开了她的手,夏仪问他:"怎么了?"

"没怎么。你的事你不愿意说就不说呗,你跟我说了又能怎样?我知道你喜欢的东西难道能给你买吗?你出了什么事我难道能帮忙吗?"

"不是……"夏仪的话还没说完,就被出离愤怒的夏延打断。

"自从妈妈走了之后,家里有什么事,每一次!每一次!我只能在家里等着电话,等你们什么时候想起来了,来通知我结果。我现在特别恨电话,我每次就只能看着它,想它怎么还不响啊,快点响吧……"

夏延的拳头砸在墙上,手指攥得发白。

"我知道,我跟不上你们,我跟着你们就是拖累,就是添乱。我不一直是这样吗?妈妈和奶奶因为我闹翻,爸爸为了给我治病赚钱结果进监狱,你为了我跟别人打架受伤。说实话,你也讨厌我吧?你也觉得,要是没我这个弟弟,你才不会这么辛苦……"

夏延的话戛然而止,因为夏仪抱住了他。

夏仪微微俯下身体,一只胳膊穿过夏延的腋下托着他的后背,另一只抱住他的肩膀,她以一种亲昵又坚定的姿态紧紧抱住他。

夏延睁大了眼睛,忘记了自己要说什么。

夏延觉得,夏仪永远不会爱任何人。

妈妈与夏仪朝夕相处,照顾了她十几年。在妈妈一声不吭逃离的那个夜晚,还是他哭求夏仪去追妈妈,她才去的。

他等了夏仪一夜,天亮时她才回来,神色平静地说"妈妈走了"。

他绝望地问她:"你求她留下来了吗?你哭啊,你闹啊,妈妈最爱你了,她一定舍不得你的。"

那时候,夏仪尚且长发乌黑,穿着蓝色碎花裙,木然地站在家门口。清晨的阳光落在她身上,她看起来非常完美,没有失魂落魄,没有悲伤,如此不近人情。

听到他的话,她怔了怔,似乎想说什么,但是最终只是说——"我没有。"

她没有哭,没有闹,没有求妈妈不要抛弃他们。她只是按他所求的那样追到了火车站,然后送走了妈妈。

好像走的只是偶尔来做客的一个朋友,一点也不可惜,不会再见也没有关系。

如果不是因为自己腿不好，如果不是因为妈妈一向更偏爱她，他怎么会求她去追妈妈？可她甚至没有为留住妈妈做出努力。

她难道就不希望能和妈妈在一起吗？她就不爱妈妈吗？妈妈再也不会回来了，她完全不会难过，不会伤心吗？她明明拥有他梦寐以求的东西，却一点儿也不珍惜。

他痛恨她的冷漠。

后来，他和夏仪、奶奶三个人一起生活，一起被看不起、被嘲笑、当作异类，因为这相同的境遇而被迫相依为命。

某个他被打得在路边爬不起来的时候，他的姐姐突然出现在他眼前。她在路灯下面站着，就像从车站回来的那个清晨，干净又美丽，和他的狼狈截然相反。

他姐姐一如既往地神色平静，在他看来甚至居高临下。她伸手把他从地上扶起来，问了一句——"谁打的？"他说完之后，她也只是点了点头，没再多安慰一句就把他扶上自行车后座，载着他回家了。

一回家，奶奶就迎了上来，大惊失色地叫嚷着，让他换衣服，拿出各种药来给他上药，一边上药，一边掉眼泪。

那时候，夏仪就在旁边看着，默不作声。

他的这个姐姐没有喊过他弟弟，也没有拉过他的手，他坐在她的后座上很多次，也没有搂过她的腰。他们长年未曾相处，在别扭的年龄又重回归一个屋檐下的"家人"关系，像是两块根本不相合的磁铁，因为血缘勉强地吸在一起，怎么样都别扭。

他不觉得夏仪真正关心过他，他从来没有从她这里感受到真切的爱意。

所以后来，他看到夏仪浑身是血，把成年男子压在地上，按着对方的脖子说"离我弟弟远一点"的时候，他突然觉得不认识这个人。

从那之后，他又开始叫她姐姐。这是自他们重新一起生活后，他第一次喊姐姐。

她愣了很久才答应，除了惊讶，看不出别的情绪。

夏延有点失望，也不明白自己究竟在对她期待什么。他有时候会想，或许担了她弟弟这个名头的人都会得到这种待遇。她就像一台精密运转的机器，输入了名为弟弟的指令后，就自然执行一系列冠以"姐姐"之名的保护行为。

此时此刻，夏延第一次被夏仪抱住，第一次感受到和自己相似的血脉传来的温暖和跳动，头脑一片空白。

他听见他姐姐的声音，非常清晰又坚定地在他耳边响起："我没有这么想过……我觉得你很好，世界上只有你是我弟弟，我爱你。"

夏延仿佛被什么击中，双眸开始颤动。

他这个沉默寡言又生疏的、谜一样的姐姐，说她爱他。

她怎么可能爱他？她懂得什么是爱吗？

"你骗人，你才不爱我，妈妈也是。"他颤声说道。

然而，他已经相信了。

在得到答案时，他终于明白自己在期待什么。

其实他不怎么需要被说服，这些年里，他总是在下意识地寻找，可以证明她爱他的证据。

"我没有，我是……觉得你很讨厌我，所以不知道该和你说什么。我很开心你是我弟弟……"夏仪好像有点无措。

夏延的嘴唇抖了抖，他死死攥着拳头，说不出话来。

"小延，你是不是哭了？"

夏仪放开他，夏延却一瞬间转过身捂住了脸，不让她看，犟道："我没有！我没有！你不是我姐姐，她才不会说这种话……"

"我是。"

"笨蛋！不要说话，不要理我！"

于是，夏仪站在原地，看着夏延背对着她，阳光从楼梯间的玻璃窗中照过来，把栏杆的影子投在夏延的身上，从那瘦小的背影里传来轻微的抽泣声。

"对不起。"夏仪有些不知所措。

之前她跟聂清舟说她不擅长交谈，如果她不能和奶奶、夏延说明白，她该怎么办？

那时候聂清舟偏过头笑起来，说："有些事情不需要说太多。你只要抱住他们，然后真诚地说——你很爱他们，这样就足够了。"

聂清舟总是很笃定，而她一直相信他。只是她不知道现在这样，算是足够还是不足。

夏延偏过头瞥了一眼夏仪，他的姐姐愣在原地不知道在想什么。她分明还像从前那样，并不悲伤也不快乐，只是困惑而已，但是又好像有什么不一样了。

没那么可恶了。

她大概永远都不知道自己为何而道歉，她缺了那根神经，她意识不到。

"算了，我原谅你了。"

然而，夏延决定原谅她。

用这句话代替他想说的，大概永远也不能真正说出口的——谢谢，还有我也爱你。

夏仪看着他半晌，慢慢地伸出手臂，穿过栏杆投下的阴影，轻轻地拍了拍他的肩膀。

她说："我们去看奶奶吧。"

夏延沉默了片刻，"嗯"了一声。

和夏延换班后，夏仪回到家，坐在小卖部门口的小板凳上，心里感到轻松又快乐。正是夕阳西下的时候，下午的课已经结束了，晚自习还没有开始，聂清舟应该在学校里。

夏仪打开手机盖子，在键盘上来回摩挲着。

现在是休息时间，他应该有空。

其实也没有必要现在说，等他晚自习回来再讲就行。

夏仪这样想着，但心里有一种陌生且按捺不住的冲动，她慢慢地在键盘上敲下了一条短信：我今天跟奶奶聊过了，她同意我学音乐了。

这条短信发出去之后，夏仪停顿了一下，又发了一条：我也和小延聊过了，他好像不生气了。

两条短信发出去之后，夏仪双手握着手机，眼睛盯着屏幕，踩在凳子横杠上的脚不自觉地翘起来，再放下去。

大概两分钟之后，她收到了回信。

聂清舟：等一下。

夏仪愣了愣，心里第一次蓬勃起来的欲望仿佛受了打击，慢慢地萎缩下去，她打着字回复他：我只是说一声，你忙你的。

正准备发出这条短信时,她听见有人喊自己的名字。

她抬起头,夕阳的尽头是波光粼粼的海面,路的尽头是一个骑着自行车的少年,他的校服被风吹得像旗子一样飘扬,被身后的夕阳和海染了满身金红。

一张传单被风卷起飞到半空,上面印着的"神说要有光"一闪而过,掠过他的头顶,旋转着飞向天空。

聂清舟明朗地笑着,大声地喊着她的名字奔向她。

如同神谕。

夏仪愣了愣,她从凳子上站起来。聂清舟停下车朝她一路冲来,伸出手用力地抱住了她的肩膀,冲得她后退了半步。

她的鼻息之间满是洗衣液的薄荷味道,聂清舟的声音兴奋地响起来,他开心地道:"夏仪,你真是太棒了!你做到了!你靠自己做到了!你以后可以光明正大学音乐啦!"

夏仪蒙蒙地听着他的话,脑子还没反应过来,但是情绪已经被他的兴奋感染。

今天真是一个很好的日子,所有的好事都在接连发生——她想得到的许可与和解全部实现,她想见的人,一抬头就能看见。

夏仪伸出手去,在即将接触到聂清舟的后背时,他突然放开了她后退两步,看起来有些手足无措,脸庞被夕阳染红。

"啊……我刚刚太激动了。"

夏仪收回手,摇摇头:"没事。"

"我还怕你说不出来,准备等奶奶恢复一点去帮你说呢!看来是我瞎操心了,我们夏仪也可以做得很好嘛!"聂清舟仍然按捺不住兴奋的劲头。

夏仪想了想,把手背在身后,合上手机盖,说道:"我也觉得我不行,所以我就想如果是你会怎么说。我是把自己当成你,才做到的。"

她一直很羡慕聂清舟。

他能够正确地表达自己,又能让别人正确地理解他。他可以在短暂的时间里迅速地组织起逻辑和词汇,捍卫自己的观点,又或者揭露自己,以求亲近。

在她这里,这些就变得很困难。

语言在他的身上是魔法,在她的身上是一切误会的来源。仿佛她一开口这些字词就起了雾,隔了山海,远远地看不清楚,她无法说清,别人更遑论明白。

就像小时候,她盯着一个凤梨酥看了很久,妈妈惊喜地说"原来你喜欢吃这个啊"。

她是吃过凤梨酥的,但是那天她看着它是有别的理由,并不是想吃。在她妈妈说"你喜欢吃"的时候,她突然产生了迷惑,她认真地想它到底是哪里吸引了她,什么又叫作喜欢。

在这个当口,她已经失去了解释的机会。

她知道自己是一个不善表达的人,所以在想法不够明确时,总是保持沉默。

如果必须要打破沉默,她希望自己能变成聂清舟,这个永远精准,永远游刃有余的聂清舟。

就像他的魔法也发生在了她身上一样,语言这件事,似乎真的变得简单了。

"感觉你像是病毒。"夏仪这么说道。

聂清舟愣了愣:"啊?什么?"

"你感染我,然后在我体内疯狂复制和生长,所以我的某一部分就变成了你。"夏仪认真地说。

聂清舟沉默了半天,他的脸可疑地红了起来,清了清嗓子,然后打哈哈说道:"你都可以出师了!在我面前这么会说,怎么之前还惹奶奶和小延生气?"

夏仪眨着一双漆黑的眼睛,平静地说:"那不一样,奶奶怪罪我,小延讨厌我。但是你喜欢我。"

面前的少年一瞬间瞪大眼睛。

聂清舟的大脑瞬间一片空白,然后"嗡嗡"作响。他像是被点着了一样跳起来,慌乱地摆手:"不不不,我不喜欢你,你、你别乱说啊!"

夏仪皱了皱眉,默默地看着他。

看夏仪的反应,聂清舟觉得自己好像误会了什么。他放下手试探地问："你是说……朋友和亲人的那种喜欢？"

"嗯。"夏仪点点头。

"……噢！是这样啊，那对……没错，就是这样，我对你是这种喜……嗯……对。"

聂清舟按了按眉心，"喜欢"这两个字在他喉咙里滚了一遭，滚得他心绪起伏，怎么滚怎么奇怪，最后还是没有蹦出来。

他定了定神，对夏仪说："我要回去上晚自习了，再不回去就来不及了。"

夏仪转头看向墙上的时钟，意识到这个时间确实有点晚。他出发的时候就该知道，时间只刚刚好够一个来回而已。

夏仪问道："那你回来做什么？"

"我就是不放心，回来看你一眼。"

聂清舟走回去推起自行车，冲她摆摆手，指指手机："有什么事随时联系啊！"

夏仪点点头，挥手和他告别，看见聂清舟的背影顺着路，再次融进夕阳和波光粼粼的海岸里。

她从背后拿出手机，看着屏幕里显示的"二楼邻居"的备注。她把这几个字删掉，想了想，写上"Mr.Light"。

然后，她在通讯录里翻了翻，找到那个很久之前被她存下来的电话号码，摁下按键拨出去。

"喂，您好，请问是乔老师吗？"

夏仪拿着电话放在耳边，说道："我是夏仪。"

电话那头顿时传来一阵激动的声音。

夏仪点点头，她的手放在小卖部门口的冰柜上，食指在玻璃板上划着："嗯……我听闻钟说过了……我现在，还可以去您那里学音乐吗？"

当她放下手机的时候，夕阳已经落进了海里，街道上的灯亮起来。

夏仪深深地吸了一口气，浅浅地笑了一下。

夏奶奶在医院住了一周半，她出院之后，夏仪也恢复了正常的上学出勤。在一个很平常的周二早上，夏仪骑自行车来到学校，不知为何从踏进学校的那一刻开始就收到了无数关注的目光。

夏仪很习惯被注目,但是这些目光里似乎有些陌生的,她不能理解的意味。

她目不斜视地走进教室,在自己的座位上坐下,郑佩琪立刻拉住她的胳膊,小鹿似的眼睛里满满都是担忧。

"夏仪,你和聂清舟到底是什么关系啊?年级里都传遍了,说你们在谈恋爱。我听说聂清舟都被喊走了,我估计今天老师也要找你谈话呢!"

夏仪面对郑佩琪的疑问微微愣了愣,说道:"我们是……是战友。"

——我在你这边,我是你的战友,不要总想着自己一个人冒险。

新年前,他曾经这么跟她说。

郑佩琪大跌眼镜,她摇着夏仪说道:"战友?这是什么呀,你真打算这么跟老师说吗?"

她和夏仪还没聊明白呢,闻钟就走过来敲敲她们的课桌,眼神充满探究,他指着窗外对夏仪说:"夏仪,班主任找你。"

郑佩琪吓了一跳,说着:"完了,完了,怎么这么快。"

夏仪站起身来看了一眼窗外的班主任,突然转头问郑佩琪:"一般女生拒绝男生的表白,会用什么理由?"

郑佩琪有一抽屉的青春文学小说,可以称得上是这方面的专家。

郑佩琪愣了愣:"啊?比如说,要好好学习什么的……"

"那都是谣言!"聂清舟的声音从高一教师办公室里传出来。

早自习刚刚开始,办公室里没有多少老师。聂清舟瘦瘦高高,十分显眼地站在十三班班主任李老师面前,摊着手满脸无奈,"我们只是邻居而已。"

李老师靠着椅背,端着他那个掉漆的保温杯,不信任地打量着聂清舟:"只是邻居而已?我听说你之前受伤住院就是因为帮她,每天中午一起吃饭,晚上一起回家,邻居你就对人家这么好?"

聂清舟长叹一声:"李老师,夏仪家里的情况你应该也有听说,我难道能袖手旁观吗?中午吃饭我们是五个人一起吃的,晚自习放学时间那么晚,她一个女孩子自己回家多危险?我做这些事,只是因为我有良心。"

他看起来非常诚恳,话语掷地有声。

此时,一班教室外的走廊上,谣言的另一位主人公非常平静,一副事不关己的模样。

班主任问起早恋的传言,夏仪迅速而流畅地回答:"是的,聂清舟之前追过我,但是我拒绝了他。我说高中以学习为重,等到高考之后如果能考到同一个大学,再考虑恋爱的事情。他也认同了,我们现在是朋友。"

她这番话说得四平八稳,波澜不惊,倒把老师说得愣住,老师斟酌着说:"没错,你想得很成熟,但是我听说你们平时接触很频繁……"

夏仪看着老师,平淡地说:"除了郑佩琪、聂清舟和他的朋友,也没有别人愿意跟我接触吧。"

教师办公室里,李老师义正词严地敲着桌子,对聂清舟说道:"你和夏仪都是年级里名列前茅的同学,有这样的传闻出来,影响很不好。你们现在正是好好学习的年龄,要是因为谈恋爱影响了成绩,耽误了前程,完全是得不偿失。"

聂清舟按按眉心,哭笑不得地道:"我知道,这个我比谁都清楚,我和夏仪从来就没有什么。有谁敢说看见我们俩有什么亲密举动吗?没有人看见过我们牵手、拥抱……"

聂清舟的脑海不合时宜地浮现出一些场景。

比如某天医院的深夜,他在长椅上醒来发现夏仪裹在毯子里沉睡着,他们的手握在一起。

比如某天夕阳西下,她站在屋檐下,他冲过去抱住她的肩膀。

他心虚地停顿了一下,硬着头皮接着说:"我们只是正常朋友,男女生之间总不会连朋友都不能交吧?"

李老师将信将疑,冷哼道:"你真没和夏仪谈恋爱?夏仪可不是这么说的,你要现在跟我坦白,我可以考虑不喊你家长。"

聂清舟干笑道:"算了吧,老师你别诈我。"

一班班主任听了夏仪的回答一时哑然,说不出什么话来。

夏仪平静地看向班主任,问道:"老师,你想让我不再和他们来往?"

"老师不是这个意思……就是你们……只能做普通朋友。"

"我们只是普通朋友,那还有什么别的问题吗?"

"……暂时没有了。"

"好，那我回去上课了。"

夏仪转过身走进一班教室，平静地在全班的注目下回到位置上，拿出书开始早读。

一班班主任在教室外看了她半天，给十三班李老师发了个短信：我问了夏仪，她应该没在和聂清舟谈恋爱。

李老师的目光从短信上移开，望向面前一脸无奈的聂清舟，终于松口道："好吧，那老师先相信你一次。你以后行事注意点，要是被抓到证据，你家长再远我也给你叫过来！"

聂清舟松了一口气，转身就跑，好像再在这个办公室多待一刻，再多说一句话就要喘不上来气似的。

他被莫名其妙的罪恶感笼罩，每解释一句话就加重一分。

他说的明明都是实话，他的理智告诉他，他毫无过错。但是又有某个声音在暗处悄悄地敲打他，窃窃私语地怀疑——你真的没说谎吗？

你问心无愧吗？你果然堂堂正正吗？

他因为这动摇越发感到自我厌恶。

快到中午的时候，夏仪的手机在课桌下亮了一下屏幕。她拿出手机，看到"Mr.Light"给她发来的短信。

Mr.Light：对不起，我听说你也被叫去谈话，连累你了。

夏仪默默地敲键盘：没事，已经解决了。

对面很快发来下一条短信：老师们还在怀疑，这段时间我们在学校里减少接触吧。

夏仪的手指停顿了一下，她端详这条短信半天，老师上课的声音都成了"嗡嗡"的背景音，她才慢慢地打出字来：好。

下课铃响起后，郑佩琪习惯性地拉着夏仪下楼，在格致楼下面等着聂清舟他们出来会合，一起去食堂吃午饭。

夏仪能感觉到许许多多好奇又兴奋的目光落在自己身上。对于日子枯燥乏味的高中生来说，这绯闻是难得的新奇事，被老师叫去谈话更是基本坐实早恋的嫌疑，所有人都抱着看好戏的心态看着他们。

聂清舟、张宇坤和赖宁的身影出现在知行楼的人流之中，郑佩琪远远地看见他们就跳起来，招起了手。

路过的同学看见这深陷早恋绯闻的两大主角同框出现,有不少都停下了脚步饶有兴趣地看着,窃窃私语。

聂清舟的步子顿了顿,和张宇坤、赖宁停在了原地。

这两边种满了高大水杉的林荫路仿佛是个狭长的剧场,两个主角在剧场的两边,观众们翘首以待主角的登场亮相。

夏仪朝聂清舟走近了一步,与此同时,聂清舟后退一步。

夏仪怔了怔。

聂清舟皱着眉头,好像十分苦恼,他在树影斑驳里抬起手来冲她们摆摆,然后意有所指地摇摇头,拉着张宇坤、赖宁从另外一边走了。

"啊……以后不一起吃饭了啊?也是,你们俩现在太引人注目了,得避嫌。"郑佩琪无不惋惜地感叹道。

夏仪低下双眸,默默无言。

好像就是那么一瞬间的事情,夏仪发现,她的生活再也无法和聂清舟产生交集了。

以前他们早上偶尔会一起骑车上学,但是倏忽之间,这个"偶尔"就消失不见,她再也没有在清晨的家门口看到叼着面包、冲她挥手的聂清舟。

午休时,她和郑佩琪一起吃饭,她不知道聂清舟什么时候下楼,更不知道他们在人声鼎沸的食堂中的哪个角落。晚上平行班晚自习结束后,偏僻的自行车棚里也没有那个倚车看书的人,他早已回家了。

聂清舟给她发短信说,如果晚上回家路上有任何事情一定要打电话给他,他随叫随到。

夏仪看着这条短信,沉默了一会儿回复道:好。

然后,她就把聂清舟的号码设置成了紧急联系人,虽然她想,她应该没有机会拨通这个电话。

以前聂清舟把夏延接回家时,时常会顺道到医院看她弹琴,这是学校以外的同学们无法看见、无法议论的角落,然而他也不再出现了。

夏仪弹完钢琴转头看着大厅里空空的长椅,终于慢慢醒悟,他不是在避嫌,他只是在躲避她而已。

这是一件很简单的事情,他们在不同的班级,有不同的活动轨迹和时间安排。从前都是他主动来贴合她的日常,如果他决定离开,那么他们的日常就像分开的两道铁轨,往不同地方去了。

这种刻意的躲避,让她连给他发短信都开始掛酌、犹豫,以至于沉默起来。

她开始努力地回想,她是否做错了什么。

想着想着,她突然想起来,其实从前接近她的那些"朋友",也是这样在一段时间后逐渐远离她的。因为脱离了那层"天才"和"美丽"的外表之后,她是个非常乏味无趣的、不善言辞的人。

他们都是这样说的,她也承认,所以并没有挽留。

聂清舟只是和那些人一样,在某个时刻发现她并不是想象中那样了不起的人,所以决定要逐渐远离她了。

想清楚这件事的时候正是一节课的课间,夏仪停下正在写作业的笔,转头望向另一栋楼里的聂清舟。他撑着下巴和周围的同学说着话,手臂在空中高高扬起,转了个弯拍在旁边人的肩膀上。

他看起来挺开心的。

夏仪转过头来,继续看着桌上的习题册,在草稿纸上找她刚刚算了一半的答案。

但是,她在铺满潦草字迹的纸上找了很久,怎么也找不到那个答案了。

午休的时候,夏仪没去小花园,她又去了实验楼七楼。通往天台的楼梯尽头被封住了,所以七层到天台的这段楼梯上不会有人经过,她坐在台阶上,拿着一本硬皮本子垫在英语卷子下面,靠着墙写起来。

郑佩琪兴奋地坐在她身边,说:"这里居然还有个秘密基地!怪不得你午休不在班上待着呢!"

夏仪的笔顿了顿,她看向郑佩琪:"你在这里写作业,不会觉得不方便吗?"

郑佩琪摇摇头,她拿着练习册,举着笔说道:"这里很安静啊!而且很有那种氛围,就是很浪漫的感觉!"

夏仪不太明白这里为什么会浪漫,可能只要不在课桌前写作业都很浪漫吧。

一直以来她来这里或者小花园写作业,只是不想在这长时间的休息中被别人打量而已。虽然她并没有很在意,但是她毕竟能够听见那些人的声音，能够感觉到那些目光和恶意。

孤独对她来说意味着自由，历来如此。

郑佩琪挨着夏仪的肩膀坐着，笔在练习册上快速地滑动，有问题就戳戳夏仪问起来，甜甜的嗓音在楼梯间回荡。

夏仪觉得她很温暖，但是这种温暖和聂清舟又是不一样的，她也说不出缘由。

郑佩琪写了一会儿说她腿麻了，想到处转转，就蹦下台阶转转悠悠地从各个实验教室窗边走过去，像是在巡视领土一般。夏仪看着她走远，目光又落在卷子上。

周围变得非常安静，好像悬在天上的不是太阳而是个大海绵，把世界的声音都吸收掉了。夏仪的注意力在卷子上打了个转，转到身边阳光中的尘埃上，它们在阳光里慢悠悠地乘着微小的气流，相互触碰、错过又分开。

就像生命中不可预测地出现，又不可预测地消失的人。

孤独对她来说意味着自由，曾经如此。

也不知道什么时候开始变了，现在，孤独只是孤独而已。

夏仪靠着墙闭上眼睛，任脑海中的音乐涌上来淹没自己，世界又从寂静中变得热闹起来。那音乐响了片刻之后，她突然感觉好像有人在看她。

第六感来得很强烈，从音乐声中突围，并且小声嘱咐她最好不要睁开眼睛。

夏仪非常非常轻微地抬起眼皮，在被睫毛遮挡的，仅仅一线的视野里，她看见了常川一中蓝白色的校服裤和一个熟悉的轮廓。

她坐在第四五级台阶之间，在阳光里靠着墙壁。而那个人蹲在地面上，胳膊搭在膝盖上无声地仰望着她，空气里浮起洗衣液清爽的薄荷味。

狭窄模糊的视线里，阳光在他的肩膀处停止，她能看到他胳膊上的青筋，看到他和她一样挽到肘部的袖子，但是看不清他的神情。

他没发现她是清醒的。在这仿佛万物停滞的静默中，唯有阳光里他的胸口规律地起伏，呼吸声也轻不可闻。

她知道他一直在看着她。

漫长地，安静地，意义不明地凝视着她。

像是有一根绳子悬在她心里，时间每过去一秒，就拉紧一寸。

不知道多久之后，或许过了几十分钟，或者几分钟，绳子断了。

夏仪睁开眼睛。

在那个瞬间，她捉住聂清舟的目光——在他茶色的双眸中矛盾而深沉，却又非常温柔的眼神，像是波涛汹涌的海面，上面洒着一层金色的波光。

看到她睁开眼睛，那茶色的海洋掀起巨大的波涛，聂清舟猛然站起，因为慌张，甚至向后跟跄了一下。

夏仪立刻伸出手想抓住他的胳膊，只一瞬就被他挡开。

聂清舟后退几步在原地站定，他的呼吸声嘈杂起来，乱成一团。

"你怎么在这里睡觉啊？着凉了怎么办？"他先发制人道。

夏仪站起来，看着他慌乱的眼睛，轻轻地点了点头："嗯，我没注意。"

聂清舟沉默了一下，像是不知道要说什么，他习惯性地按按眉心道："我先走了。"

"那个……"

夏仪走下一级台阶，捏紧了手里的书本，说道："我跟乔老师说过了，以后每周六下午去他那里上课……他是我以前的音乐老师，他愿意继续免费教我。"

聂清舟的眼睛亮起来，他向她走近了两步，兴奋道："真的吗！真好哎！那以后周六我……"

他的声音顿了顿，兴奋也随之慢慢收回去，那种深沉的矛盾又浮现在他脸上。聂清舟清了清嗓子说："只有你自己去学吗？"

"还有闻钟。"

"哦……那……你路上注意安全。这学期张宇坤和赖宁改到周六下午到我家写作业了，之前总是麻烦你辅导他们，正好你要去上音乐课，之后我们就各写各的吧。"

夏仪怔了怔。

聂清舟挥着手说："我还有事先走了，音乐课加油哦！"

她站在原地看着聂清舟转身顺着楼梯走下去，握紧书本的手慢慢松开，她又坐回台阶上。

他向她走近了两步又后退了十几步。那语言的魔法失效了，她不知道还能跟他说什么。

她一直是这样不善言辞，只是之前很长的一段时间里，她都没有和谁多说话的必要。

郑佩琪蹦跳着走过来，开心地跟夏仪说："你猜我在楼下看见谁了？张宇坤和赖宁！他们说今天聂清舟没和他们一起打篮球，也不知道他跑哪儿去了……"

她说着说着，就发现夏仪好像不太对劲，她低头看向夏仪手上的卷子，惊讶地发现题目的间隙间填满了数字。

"你写英语怎么写成数学了？这……咦？这是乐谱？夏仪你在写歌啊！"郑佩琪凑过去兴致勃勃地看了半天，转头看向夏仪，小声说，"夏仪，发生什么了？你是不是很难过啊？"

夏仪像是才反应过来一样把试卷翻过来，淡淡地问道："怎么了？"

"这首歌的调式和走向，感觉好悲伤啊。"

夏仪沉默了。

郑佩琪叹息一声，了然地说道："我知道，本来咱们五个都是一起吃饭一起玩的，虽然说张宇坤太吵了点……但是挺热闹的。现在突然就要分开了，肯定会想他们。都怪那些说闲话的人！还有说错话的赖宁！最可恶的是那个到处宣扬你俩谣言的人……"

夏仪转过头来看向郑佩琪，认真地说："我觉得你好像，越来越像张宇坤了。"

"什么！谁像他啊！他那么嘴贱一人！"郑佩琪跳起来，凭空挥着拳头。

郑佩琪气愤了半天，转过头来看向默默望着她的夏仪，松了一口气，道："你现在看起来好点了。别伤心啊，咱们不伤心啊！不能让那些看好戏的人得逞！"

她又坐回夏仪的身边，郑重地说："你不知道，上学期顾茜茜，就是我对她还挺好的那个姑娘，背着我跟别人说我装柔弱发嗲很恶心。我知道……她可能也是怕跟我一样被孤立，就是附和别人的，但是那时候就只有她会跟我说话了。我就特别伤心，一个人在小花园哭，都想过要退学了，就是那个时候你给了我一罐咖啡。

"我就觉得，你受的孤立和白眼不比我多多了？那些人背后怎么说你的，比说我难听一百倍。你都能一点儿不受影响地生活，成绩还这么好，我怎么能就这么放弃呢。我也要像你这么坚强，要好好学习，然后也帮助像我这样的人。"

郑佩琪抱住夏仪的胳膊,靠着她的肩膀:"所以现在轮到我啦,夏仪,不要担心,你去哪里我都陪你。等流言过去,我们和聂清舟他们还能像从前那样一起玩的。"

夏仪安静了片刻,摸摸肩膀上的头,轻声说:"好。"

聂清舟仔细回忆起来,他的不对劲早有征兆,那些征兆在夏奶奶和夏仪吵架的风雪夜纷纷浮出水面。

他在医院的长椅上醒来时,对面墙上的时钟指向凌晨两点半,手术室的红灯还亮着,他也只不过睡了一个小时而已。因为姿势的关系,他半边身子都麻了,他费力地转过身体,一眼就看到夏仪与他的手握在一起。

她的身体连同半个头都盖在毯子里,闭着眼睛,呼吸平稳,睡得很踏实。

她的手苍白又纤细,和他失去知觉的手松松地交缠。

聂清舟愣住了,血液沿着血管奔涌而去,冲淡他手臂直到指尖的麻木,有热度随着麻木退却一寸寸地烧起来,好像在他流动的血液里掺了跳跳糖,酥痒得惊人。

在这麻木退却的过程中,他慢慢感觉到与自己相握的这只手,非常温暖、柔软又干燥,没有使一点力气,像是顺着他手指生长的藤蔓。

她好像梦到了什么,突然收紧手指,藤蔓一下缠紧了他的手。

聂清舟如梦初醒,他移开眼睛,待夏仪力气渐小时,他才慢慢地抽出手。

手术室的门开了,他迎上去跟医生确认了情况,看他们把夏奶奶推到病房休息,就问护士要了折叠床。他轻手轻脚地把夏仪抱起来,她裹在毯子里,就像是一只安静的猫。在空荡荡的走廊上,他抱着她往病房里去,她的头靠着他的胸膛,头发时不时蹭到他的下巴。

他想幸好现在夏仪睡着了。

她要是醒了,一定能听到他慌乱的心跳声。

虽然如此,但聂清舟觉得自己还有得救——可能只是一些天时地利与人和,一些时间点和气氛的问题,让他产生了某些不该有的错觉。

可能那只是一种责任感,一种保护欲。

正好后面几天夏仪忙着照顾夏奶奶，他要去上学，两个人相处的时间自然减少。聂清舟发现自己似乎又恢复正常了，就连张宇坤和赖宁打趣他和夏仪时，他也能波澜不惊了。

那果然是错觉。

一旦恢复正常，他又老妈子心作祟，开始担心夏仪。下午放学后怎么想都不放心，他卡着时间骑自行车想去夏仪家看看。

然后，他在快到的时候收到了夏仪的短信。

虽然短信没有半个语气词，平静又自然，但是他莫名觉得夏仪一定很开心，才会这么迫不及待。

他欢喜地一鼓作气骑到家门口，在看见夏仪明亮的双眸时，忘乎所以地拥抱了她——他又开始不正常了。

当夏仪说出那句"你喜欢我"时，他的不正常到了顶峰，他想起雪夜里她的眼睛，想起他手掌里她的手指，想起她靠在他怀里的温度，甚至一直回溯到新年夜里，她在阳台下跟他说罗密欧与朱丽叶的台词。

所有曾经浅浅搅动他的时刻都鲜明起来，他震惊又慌乱，仿佛被戳破了什么，下意识极力否认。

聂清舟想他要离夏仪再远一点，他要冷静下来恢复从前的他。他已经是个成年人了，不是未经世事不分轻重的毛头小伙子。

夏仪比他小了整整十岁，她今年才十七岁，她还是个未成年人。

他是疯了才会有这种离奇的错觉。

借着早恋的绯闻，他成功地找到借口拉开了他和夏仪的距离，他在每一个他曾经刻意制造的交集中抽身，和她几乎活成了两道平行线。

在这样的距离之下，他终于能够喘口气，给自己的心理防线添砖加瓦，以确保能够消灭这种不应该出现的情感，以一个正确的身份回到夏仪身边。

他是想要回去的，他要消除这种心动，回到她身边。

他还是想要和她早上一起上学，中午一起吃午饭，体育课一起跑步，听她弹她作的曲子，晚上和她一起骑车回家，就像从前一样，他习惯了为她操心。

只是他不确定是否能将这种关心与他的心动分开。

没在小花园看到夏仪时,他的担心战胜了犹豫,他找了片刻果然在实验楼七楼看到了她。

她就坐在台阶上,膝头上放着书和试卷,靠着墙壁睡着了。

聂清舟松了一口气,四下无人,一片寂静,他就蹲下来仰视着台阶上的女孩,她在阳光里熠熠生辉,就像多年之后她在舞台的聚光灯之下那样。

他和她,无论是现在还是未来,都不是那么般配吧。

聂清舟的脑海里划过他在未来看到的对夏仪的溢美之词,那些词都很好,但是他觉得那都是在说她的音乐而不是她。

她本人是什么样的呢?

她是……她像是……坚硬的石头上长着一层毛茸茸的碧绿地衣,再开出洁白的小花。

聂清舟被自己这个比喻逗笑了,他对她有太多的比喻,像猫、像海鸥、像爱丽丝的兔子,现在居然已经具体到这个地步了……

他的脑海里突然蹦出几句话来。

——比喻是一种危险的东西,人是不能和比喻闹着玩的。一个简单比喻,便可从中产生爱情。

——爱始于我们对一个人的印象开始诗化的那一刻。

他有点笑不出来了,满心迷茫。

在这个时候,夏仪睁开了眼睛,漆黑的双眸安静地望着他,他的心一瞬间轰鸣起来。

在那个瞬间,他心想,完了。

他完了。

张宇坤和赖宁在实验楼楼下遇见了落荒而逃的聂清舟。他们惊讶地问他为什么会出现在这里,但是聂清舟完全处于魂不守舍的状态,问什么反应半天,才给出一个驴唇不对马嘴的回答。

赖宁小声跟张宇坤说:"我觉得舟哥不和夏仪在一起,好像智商都下降了。"

张宇坤肯定地道:"可不是嘛,当年舟哥就是为了追夏仪才好好学习的,你看情侣做不成,现在连朋友也做不成了,维持智商的动力都没有了啊!"

"失去智商"的聂清舟在浑浑噩噩半天之后,终于在体育课上试探着对身边正转着排球的张宇坤发问:"宇坤,我有个事情……想要问问你。"

张宇坤爽快道:"你尽管问。"

"就是……我的一个朋友,他喜欢上了一个……比他小十岁的女生,他是不是……挺不是个东西的?"他艰难地说道。

张宇坤手里的排球"砰"的一声掉在地上,他转过头来看着聂清舟,嘴巴张成"O"形,脸上明明白白写着"震惊"两个字。

"这何止不是个东西啊!这是禽兽吧!"

聂清舟一噎,心虚道:"这么严重吗?"

"当然了!我的天……这人是我们学校的吗?舟哥,你和这人关系好吗?"

"不是,不是我们学校的,关系也就那样吧……"

张宇坤双手拉住聂清舟的胳膊前后摇晃,郑重其事道:"舟哥,你一定要好好劝他!谁心里没个欲望没个黑暗面呢?但鲁迅不是说了吗,人和畜生的区别就是人能控制自己!你一定要让他控制住啊!要让他做人不要做畜生啊!"

聂清舟在他的摇晃中挣扎道:"这话是鲁迅说的吗?"

"你别管是谁说的!你就说我的话有没有道理吧!"

"有……有道理。"

聂清舟忍不住长叹一声,制止了张宇坤的摇晃,愁眉苦脸地从地上把那排球捡起来递给他,把他打发走了。

聂清舟在热闹嘈杂的操场上抬起头,看向碧蓝的天空,被阳光刺得睁不开眼睛。他举起手来捂住自己的脸,从指缝里漏出一点沮丧的声音。

"我是个禽兽……"

周末,闻钟去乔老师家上课时,意外地看见了夏仪。有那么一刻,他恍惚间想起了六年前在同一个地点初遇夏仪的场景。

那个时候,乔老师招呼他过去,说以后夏仪和他一起在这里上课,当时头发还是黑色的乔老师说——别看这个小姑娘年龄比你小点,但弹琴特别厉害,是个小天才呢!

他看过去,那个"天才"坐在钢琴凳上,穿着好看的橙色蕾丝裙子,就像橱窗里的陶瓷娃娃,安静地看着他。

而现在夏仪长高了很多,她穿着一件黑白条纹的薄毛衣,手背在身后,默默地低头看着乔老师。

乔老师手里捧着一本曲谱,一边翻,一边惊叹道:"这都是这几年你写的歌?"

夏仪点点头。

"哎哟,天才啊,小夏你果然是天才啊!特别是最近这半年,写的曲子质量都特别高!"

这评价和当年如出一辙,乔老师抬头看见闻钟,不禁喜笑颜开,笑纹顺着眼角蔓延,他晃着半白的头发,说道:"哎呀,真好,我的两个得意门生,现在都回来了。"

一个半小时的课程中,乔老师兴致一直很高,笑容就没从脸上消失过,甚至还又加了半个小时的时间。

下课后,闻钟和夏仪从乔老师家的别墅走出来,闻钟主动开口说道:"今天托你的福,多上了半个小时。"

乔老师这个级别的大师的课程按分钟计费,是非常昂贵的。

夏仪转过头看向他,问道:"你现在也学作曲了?"

好久没有和夏仪这样正常地交谈了,闻钟松了一口气,说:"从去年开始学的。"

"上学期你期末没有考第一,你爸打你了吗?"

闻钟哑然失笑:"他早就不打我了。"

夏仪点点头。

闻钟看了夏仪一眼,她背着一只斜挎包,目视前方,步履平稳。出了别墅区,外面就是虞平小有名气的旅游景点,绿树掩映间隐隐露出黄色的墙、灰色的瓦,是一座寺庙。

夏仪眸光闪了闪,脚步慢下来。

闻钟感觉夏仪今天好像有心事,并没有很开心。

夏仪望着那座寺庙,突然说:"我记得你以前跟我说过,一个人能得到的东西是守恒的,有事情变好,就会有另外的事情变坏。"

闻钟愣了愣,他忘记自己还说过这种话了。

顿了顿,夏仪轻声说:"确实是这样。"

他们路过寺庙门口的时候,夏仪看着那黄墙灰瓦,攥着肩上的包带,浅浅地鞠了一躬。

高堂上慈眉善目的老者能听到她的声音吗?

她希望聂清舟不要远离她。

如果这是她能够重新学音乐的代价,如果他是她守恒的运气里要丢掉的那一部分。

那么她愿意换回来。

她可以回到从前,安静地独自做一辈子音乐,做给自己听,做给她身边仅有的那几个人听,那也没关系。

她想要他像从前一样,不要对她失望,不要离开她,在她的身边。

他是非常、非常、非常重要的人。

闻钟家的司机已经等在了路口,闻钟坐上车回头看,看见夏仪沿着路朝公交车站的方向走过去。

就跟小时候一样,他家的司机开车来接他时,无论他怎么邀请她上车,她都说——"谢谢,不用了。"

那时候他还没搬家,他们的家住在一个方向。有时候,夏仪妈妈有事要晚点来接她,她就乖巧地等着,从来也不麻烦他。现在想想,他不知道她是家教好,还是根本没有把他当成朋友。

他曾经以为他们是朋友,至少他是待在她身边时间最长的同龄人,他们分享过很多秘密。

他记不清自己是否曾跟夏仪说过"一个人能得到的东西是守恒的"这种话。但是他记得在虞平的那个钢琴比赛上,他拿了第一名,而夏仪只是第二名。

在后台,他看着父亲把红包塞给评委,心里半点得奖的快乐也没有,当父亲和评委称兄道弟地离开后,他在门帘背后发现了夏仪。

她化着美丽的舞台妆,安静地站在那里,黑色的瞳仁无声地望着他。

那个时候他们多大?大概九岁吧。她的眼睛那么黑,像夜空一样深邃,看不到底。他一瞬间就慌了起来,他想她看到了,她知道了。

——我没有错。

他立刻色厉内荏地反击,像是刺猬竖起全身的刺一样。

——人脉和钱也是实力的一部分!

他爸爸是这样告诉他的,他听到的时候明明觉得难受,但是此刻这句话却脱口而出,成了他捍卫自己的武器。

夏仪平静地看了他一会儿,不咸不淡地说了一声:"哦。"

她没有提出任何异议,更没有吵闹,安静地转身离开。

后来的日子里,她如平常一般和他一起去乔老师家上课,没有把这件事告诉任何人,仿佛完全忘记了一样。

他觉得疑惑,但也没有敢再问起。

后来又有一次,他爸爸有事要用司机,让他和夏仪一起坐公交车回家。那次他们在回家路上遇到了高年级的孩子,拦住他们问他们要钱。

他们坚持身上没有钱,那群大孩子就要打他们,然后被夏仪拿雨伞赶跑了。

那是他第一次意识到,夏仪力气很大,也很会打架。

他们俩一身狼狈地回去,跟家长说了遭遇勒索的事情,他爸爸问他——然后呢,你们是怎么跑回来的?

他鬼使神差地说——我把他们都打跑了。

夏仪当时就站在他身边,看了他一眼,没有说话。

他爸爸大大地夸赞了他,给了他一笔零花钱。夏仪妈妈也一个劲儿地夸他,从头到尾夏仪都沉默着。

她没有问他为什么,就跟之前那次一样。

他对夏仪的感情复杂起来,她知道他所有的阴暗龌龊,并且对此保持沉默。在很长的一段时间里,他觉得这是他们之间的某种默契——因为夏仪没有朋友,而他是她最好的朋友,所以她才会一直让步。

后来,他搬家转学离开,他们断了音讯。多年后,他在常川一中再次见到她,他听见她家里的各种变故,不禁有些唏嘘。

他不得不承认,在那唏嘘深处他还有些快意,高高在上的天才终于坠落,不再高他一等,可以被他所俯视了。

他大概是怀着怜悯之心接近她的。她和从前一样,他说话她就回应,他不说她就沉默,绝不会提起他不愿意想起的事情。

然而在虞平买书的那次,她却开口打破了他们之间多年以来的默契——为了聂清舟，因为他说了聂清舟的坏话。

聂清舟那小子才认识夏仪多久？聂清舟和夏仪经历过什么？聂清舟和夏仪分享过什么秘密吗？凭什么夏仪为了聂清舟舍弃他？

没多久之后的长跑考试上，他看见聂清舟带着夏仪跑步。冲过终点后，夏仪弯着腰，抬起头对聂清舟笑了。

她对聂清舟笑了。

他觉得自己在当时察觉到了什么，但是又说不清楚。他就这样看着她和聂清舟的朋友圈子融合在一起，每天一起在学校出现，一起吃饭，又一起放学离开，最后直到早恋的绯闻把他们分开。

从那以后，夏仪就像今天这样，不再开心了。

在开了空调温暖的车上，夏仪的身影消失在后视镜里，这一刻，闻钟终于醍醐灌顶，明白当时他察觉到的是什么。

夏仪对于他的阴暗一直保持沉默，并不是因为默契，而是因为那些东西对她并不重要。第一名的位置、赶走恶徒的夸奖、他心底对于她的嫉妒和轻视——还有他，对她来说都不重要。她对他没有期望。

所以根本就没有戳破的必要。

如果他是像聂清舟这样对于夏仪非常重要的人，夏仪才不会无动于衷。她也会难过，会念念不忘，小心翼翼。

"怎么啦，小钟？今天上课不顺利啊？"

司机随口问起来。

闻钟手肘抵着车窗，手撑着下巴，说道："什么都不顺利。"

什么都不顺利的，还有另外一个人。

聂清舟已经躲着夏仪一个多月了，他越躲她，心里就越想着她，不自觉地担心她又不敢见她。

他活了这二十七年，不敢说是高风亮节，至少也是个有道德有底线有良心的人吧。

他怎么会喜欢夏仪呢！

夏仪她虽然很漂亮，才华横溢，善良、勇敢又坚韧，但是她……

聂清舟想，但是她只有十七岁啊！老天爷啊！救命啊！

他发泄式地拿着笔在草稿纸上笔走如飞。

"舟哥……天啦,你这纸上写的都是什么啊?"张宇坤一拍聂清舟的肩膀,却发现聂清舟面前的草稿纸上已经写满了大大小小的"禽兽"二字。

聂清舟从满纸"禽兽"中抬起头来,郁闷地道:"怎么了?"

"老张喊你去办公室。"

聂清舟深深地叹了口气,从座位上站起来穿过教室后门走了。

张宇坤瞄着他的背影,心说舟哥最近状态很不好啊,这是被谁惹了?他的目光转到那满张纸的"禽兽"中。

那字儿横七竖八,有股力透纸背的焦躁。

张宇坤拿起草稿纸,啧啧感叹道:"字写得还怪好看的,跟练书法似的。"

高一教师办公室里,张自华跷着二郎腿靠着椅背,手里拿着一张印了什么通知的纸。

聂清舟一到就皱起眉头,又叹了口气说:"老师,你是不是该少抽点烟?"

张自华晃着鸡窝似的头发,伸出胳膊闻闻:"有味儿啊?"

聂清舟按了按眉心,顺势接过张自华伸到他面前的通知单,问道:"这是什么?"

"新力作文大赛的通知,一共五轮。"

张自华指了指通知单上的一个附表:"看到这些学校了吗?你要是能拿到省奖,高三就能去这些学校的自主招生考试了。"

聂清舟淡淡地"噢"了一声。

张自华挑挑眉毛:"怎么,看不上?"

"这都C9的学校了,我眼光也不至于这么高。"聂清舟放下通知单,叹息一声,"我最近状态不太好,心里比较乱。线上考试当场出题,限时作文,我觉得我写不好。"

"哟,你小子还挺了解流程?"

"……嗯。"

聂清舟心想,可惜不记得题目了。

张自华望着聂清舟,悠悠地道:"我可是听说了,老李找你参加数学竞赛，小宋劝你去物理竞赛，你都拒绝了，现在到我这儿还要拒绝啊？"

"那是我知道我不是数学和物理竞赛的料，我根本就没有天赋，而且省城里那些小孩都是从小练的。我这半瓶子水也就够在我们学校响一响了，出了我们学校根本就是悄无声息。再说了，我又不喜欢数学和物理，考试够用就行，花那么多时间干吗？"

"那你数学和物理还挺好？"

聂清舟指指自己的头："就是脑子聪明又不够聪明，底线高天花板低，没办法。"

张自华被聂清舟这过于清醒的发言逗笑了，他悠悠地敲着桌子，说道："你们这些人真是奇了怪了，你什么竞赛也不参加，夏仪也是。"

"她要学音乐嘛……"聂清舟自然而然地接上，然后意识到自己失言，赶紧闭了嘴。

张自华目光炯炯地看着他，笑着说："哎哟，你还挺了解，这段时间我看你俩也不来往了，没想到暗中联系还不少。"

聂清舟刚想辩解，张自华就摆摆手说道："你放心，我又不是老李，我不逮你们。现在全年级都知道你追过夏仪被人家拒绝了，你最近烦心，是不是就为了这事儿啊？"

原来现在流传的是这个版本。

聂清舟靠着身后的墙，想了一会儿，摁着眉心抬起头来看张自华。张老师四十多岁了，论情感经验，怎么说都应该比他这个二十七岁的强一大截吧。

"张老师，你说……人要是喜欢一个人，又不能喜欢她，又不能不喜欢她，该怎么办呢？"

聂清舟将自己这几天来的纠结化繁为简，真诚地向张自华提问："老师，你明白我的意思吗？"

张自华"扑哧"笑出声来："你练绕口令呢？问题的关键是什么，时机不对？"

聂清舟点点头。

"那就等时机对了再说呗。"张自华说得轻描淡写，"这个世上的事情没有你想得那么复杂，人错了就换新的人，时间错了就等好的时间。想清楚自己要什么，该舍的东西要舍，该坚持的东西要坚持。"

聂清舟低下头，沉默了半响。

张自华敲敲桌子："我都做心理咨询了，这比赛你去不去啊？"

聂清舟抬起头看他："我记得这个比赛，是有奖金的吧？"

"对啊。"

聂清舟拿起那通知单，爽快地道："我去。"

第九章
他要陪夏仪好好长大

月考成绩出来了，聂清舟和夏仪的成绩仍然很稳定地排在年级前三，不过总分双双比之前小有下滑，甚至连闻钟的成绩也下滑了。可年级平均分明明比上一次要高，这可真是让人摸不着头脑。

郑佩琪觉得夏仪这一个月已经很不开心了，排名出来的这一天更是少有的、非常明显的心不在焉。她有点担心，夏仪这么在乎成绩吗？之前没看出来啊。

"夏仪……夏仪！夏仪！"郑佩琪喊到第三声的时候，夏仪才回过神来看向她，郑佩琪叹了一口气，安慰她道，"夏仪，没关系的，你虽然退步了一点点，但是还是很优秀啊。下次再考回来就好！"

夏仪沉默了，眼神里有一点疑惑。

郑佩琪也跟着疑惑了："难道……你不是因为成绩而心烦的？"

"不是。"

"那是因为什么啊？"

夏仪眸光闪了闪，摇摇头道："没什么。"

郑佩琪看了她半天，无奈地长叹一声："唉，好吧，什么时候我能像聂清舟那样就好了。每次你就算什么都不说，他也能猜到你在想什么，你说他不会真的会算卦吧？"

顿了顿，她拉住夏仪的胳膊，现在夏仪已经完全习惯她的亲昵行为了。

郑佩琪摇着她说："正好咱今天散散心，张宇坤跟我说他们午休的时

- 255 -

候和三班有一场篮球赛,请我们去看呢!你别担心,去看球赛的人一直都很多,咱们去了在人群里站着,谁知道我们看谁啊?再说了,都一个月过去了,之前那些说闲话的人也早该消停了吧。"

夏仪禁不住她的摇晃,答应下来。

中午吃完午饭后,果然就有很多人往篮球场走,夏仪和郑佩琪跟着人流一路走,在篮球场旁边的看台上坐下来,她一眼就看到了在场边热身的聂清舟。

主要是聂清舟在这一群打球的人里,帅得比较扎眼。

他穿着白色的队服,球衣号是30,戴着白色护腕。做腿部拉伸时整个人压下去,显得腿非常长,肌肉和筋脉分明。他五官长得不错,但不跟别人说话的时候,确实有点冷冷的凶样。

张宇坤看到了看台上的郑佩琪和夏仪,他走过去拍拍聂清舟的背,聂清舟抬起头顺着他的手指看到了夏仪。

在这个瞬间,他的神情变化了,从冷厉变成茫然无措,甚至有些紧张。他下意识地抬起手想跟夏仪打招呼,抬到一半感觉到不对,悬着的手就移到后脑抓了抓自己的头发。

然后,他移开眼睛,转过头去背对着她们。

"啊,就算是要避嫌,也不至于招呼都不打吧。"郑佩琪惋惜地叹息。

夏仪的目光也移开,落在裁判手里的篮球上,那球高高地飞起来,然后被聂清舟的手指拨到队友手里——他拿到了第一回合的进攻权。

之前张宇坤逮着机会总要跟她说,聂清舟打球如何帅气,技术如何高超。她其实并不懂篮球,但是看到他在篮球场上灵活穿行的样子,进球后和队友击掌的神采飞扬,就不自觉地快乐起来。

她想起来,她曾经问过聂清舟,他不懂得音乐,为什么会这么喜欢她的音乐呢。

现在她好像有点理解了。

郑佩琪看着看着,突然惊呼:"哎呀,他们说让我帮忙买水的!我差点忘了,马上就要结束了。"

她匆匆忙忙地站起来,从口袋里掏出几张饭卡来,夏仪眼尖地在某张饭卡上看到了熟悉的照片。

她向郑佩琪伸出手:"我去买吧,你继续看。"

郑佩琪正对场上局势放心不下，闻言笑道："好呀好呀！"

夏仪拿着那张饭卡，从看台上一级级走下来，沿着篮球场后面的路往小卖部走去。

走着走着，她的脚步慢了下来，然后从口袋里掏出那张饭卡，低头看着。

饭卡上照片里的少年笑得很温和，他只要笑起来就完全不会显得凶。照片应该是去年国庆节之后拍的，他的头发刚刚染回来，还不是纯黑，透着一点茶色，就像他的眼睛一样。

夏仪看了一会儿，然后掏出手机，打开盖子。手机里显示有一条未读短信，来自一个没有备注的号码：周日上午10：00，在虞平兴城街的星巴克见面可以吗？

夏仪沉默了片刻，回复这个号码：好。

她把短信页面关掉，然后调出相机，对着那饭卡上笑得温和的少年按下快门。

然后，她把手机收起来，像是收起了什么秘密一样，拿着饭卡一路朝校园小卖部走去。

她买好水走回来的时候，却意外地发现看台上的郑佩琪在和人争吵。郑佩琪对面是个高个子的男生，长得很结实，扬着下巴满脸愤怒，郑佩琪也涨红了脸。

也不知道他们之前说了什么，那男生正要伸手去戳郑佩琪的脑门，郑佩琪瞬间被夏仪拉了过去。

夏仪站在郑佩琪身前，冷冷地挥开他的手指："你干什么？"

郑佩琪本来憋得满脸通红，一见到夏仪她就哭出声来，拉住夏仪的手臂。

那男生看见夏仪立刻就怵了，犹豫的片刻又被篮球砸得一歪。他"哎哟"叫了一声，转头望过去，张宇坤正气势汹汹地向这边跑过来："好啊你，许丰岩！你欺负谁呢你！"

场上的聂清舟和替补席上的赖宁也跟着跑过来，聂清舟拉住张宇坤挥动的胳膊，望着那个男生说道："有话好好说，别动手。"

那个男生看见这一圈人围着他，看台上的人也都看着他，瞬间觉得十分丢脸，瞪着眼睛道："干什么？你们管什么闲事啊？关你们什么事啊！"

"就关我们事了！你欺负人家一个女孩子！我们路见不平拔刀相助怎么了？"张宇坤怒吼道。

男生一推张宇坤的肩膀："你装什么好人啊？你，还有聂清舟、赖宁，你们欺负的人还少吗？你现在倒是正义使者了！"

张宇坤一听就要冲上去，被聂清舟一把拉住。聂清舟也把那个男生用力地推出去，和张宇坤隔开。

男生被聂清舟的力道推得连连后退，他的怒气又转到聂清舟身上："聂清舟，你披的什么好学生的皮啊？谁不知道你以前的那些破事儿？为了你小女朋友逞英雄？就她那个死人脸你也受得了，杀人犯的女儿玩起来比较刺激是不是？"

聂清舟的眼神一凝。

下一刻，男生仰面摔倒在地，半边脸肿起来跟馒头似的，啐出一口血来。在众人的惊呼中，聂清舟甩着自己的手，居高临下地看着他。

张宇坤都愣住了，说道："舟哥你不是来劝架的吗？"

"有人确实欠揍。"聂清舟淡淡地说。

聂清舟蹲下来拎着那个男生的衣领，那个男生的眼神还有点蒙，聂清舟说："道歉，对夏仪和郑佩琪道歉。"

男生逞强道："我就……"

他话音未落，聂清舟又把他往上拎了一把，似乎又要抬起手。霎时，关于聂清舟的各种可怕传言涌上男生的脑海，他捂住自己的头忙不迭小声道："对不起，对不起！"

聂清舟转过头去看向夏仪和郑佩琪，目光只在夏仪脸上落了一下就滑走了。

"你们听清楚了吗？"

郑佩琪愤然地道："没有！"

"对不起，对不起！行了吧！"男生大声喊起来。

聂清舟这才松开他的衣领，不远处的保安已经朝这里跑过来了，还有老师大喊着让他们散开。聂清舟拍拍张宇坤和赖宁的肩膀，舒了一口气，十分自然地说道："看来我们得去教务处走一趟了。"

聂清舟又多了一项人生新体验——写检讨。

他们被高娟梅劈头盖脸臭骂了一顿，然后关到一个小房间里去，挑事的男生被关到另外一个房间，大家分别写检讨。

聂清舟开了一个头就写不下去了，他靠着椅背，揉着太阳穴道："啊……一千字的检讨，这怎么写啊。"

赖宁惊奇地说："舟哥，你还有写不出来东西的时候？"

"……周记那是有感而发，检讨这是巧妇难为无米之炊，我根本不知道要写什么。"

聂清舟叹息着，看着自己手指发红的关节，有点不敢相信他居然打人了。他怎么也渐渐地跟个十七岁的热血少年似的了？

不过这事儿他不后悔，挺值当的。

赖宁笑起来："那简单啊！我来帮你想，这事儿我在行，坤儿……坤儿，你怎么了？"

聂清舟和赖宁一起转过头去，张宇坤从进了办公室之后就一直低头沉默不语，面前的纸上也没有留下什么痕迹——他显然不是在专心写检讨。

张宇坤咬着笔头看向聂清舟，再看看赖宁，叹了一口气说道："我就是在想刚刚那小子说的话。我们以前对吴思远，不会跟那小子对郑佩琪一样吧？"

——你装什么好人啊？你，还有聂清舟、赖宁，你们欺负别人还少吗！

那个男生说出这句话的时候，张宇坤好巧不巧看见了吴思远。那个白白胖胖的男生正站在更高一级的看台上，一脸惊疑不定地观察着这里的局势。和张宇坤对上目光之后，吴思远明显地瑟缩了一下，忙不迭转过头去。

张宇坤当时愣了一下。

后来再看着郑佩琪哭得满脸是泪的样子，他就想起了吴思远下意识流露出的恐惧，突然觉得心里堵得慌。

"这人我听郑佩琪提过，是她的初中同学，一直明里暗里找郑佩琪不痛快，拿她声音嘲笑她，说话挺难听的，之前郑佩琪气到拿牛奶浇他。"张宇坤撑着下巴说道，"我还没这么恶心吧？"

聂清舟定定地看着他。

张宇坤自己下了结论："不过也挺不是东西的。郑佩琪嗓子甜没错，吴思远长得胖那也没错啊。我笑话吴思远，跟他笑话郑佩琪有什么区别呢?"

赖宁一向没什么主见,张宇坤就算他半个脑子——聂清舟可能是另外半个。听了张宇坤的话,赖宁也觉得有点羞愧,挠挠后脑勺,低下头不说话了。

聂清舟露出个笑容,十分欣慰地撸了一把张宇坤的头:"半个学期的课没给你白补!"

张宇坤又叹息一声,难得因为陷入自我厌恶而沉默,自顾自地开始写他的检讨了。

聂清舟把笔转得起飞,思索片刻后从口袋里掏出手机,点开那个许久不曾联系过的号码。

夏仪和郑佩琪回到了班里。郑佩琪惊魂未定,眼睛还是肿的,跟夏仪小声说"对不起"。

夏仪摇摇头,问郑佩琪:"这个男生骚扰你的事情,你为什么不跟你家里说呢?"

郑佩琪抽了抽鼻子,有些不开心。

"我爸妈……早离婚了,我跟着我爸的。我本来能上市里的华中,但是我爸觉得去华中就不能去实验班,而且华中有钱人的孩子多,怕我被带坏,就让我来常川一中。他是个退伍军人,脾气特别暴躁,总是说我太娇气、矫情又不够坚强,而且他也嫌弃我的嗓音!我都不敢跟他抱怨。"

顿了顿,她拿笔头戳着桌上的草稿纸:"再说他那么忙,我跟他说两句话的时间也没有。"

夏仪不知道能说什么,只好抬手拍拍她的背。

"不过现在没关系了,我有你们了啊!"郑佩琪一下子抱住夏仪。夏仪也任她搂着自己,碰碰她的脑袋。

这时,夏仪感觉到自己的口袋振动了一下。她拿出手机,发现是Mr.Light的短信:你今天看起来有点不对,家里出什么事情了吗?

夏仪看着手机屏幕,她想起来上午郑佩琪说的话——"什么时候我能像聂清舟那样就好了。每次你就算什么都不说,他也能猜到你在想什么,你说他不会真的会算卦吧?"

这是这一个多月来,聂清舟第一次跟她说话。

夏仪的手指在键盘上停顿了片刻，她回复道：今天放学的时候等一下我，有事跟你说。

晚自习下课的时候，夏仪并没有在那个偏僻的车棚里看到聂清舟的身影。

车棚里稀稀拉拉停着一些车，灯光晃晃悠悠的，看起来有点寥落。

夏仪怔忡了片刻，才走到自己的车边，打开车锁推着慢慢离开学校。她想聂清舟明明答应了要等她，他不是会爽约的人，但是为什么没有在这里出现呢？

怀抱着这个疑问，夏仪骑着车离开了学校，带起一阵小小的风。到了春日，常川渐渐散发出各种各样的花香，和树木生发的味道。

聂清舟不在的日子里，她对这条路上的一草一木，每一座房屋愈加熟悉。再过三十米，路的尽头右转过去，就能在路两边看到高大的泡桐树，在这个季节开了层层叠叠的白花，就像树枝上挂满了一簇簇的云。

她正这么想着就转过了路口，路两边果然伫立着开满花的泡桐树，一路望过去不见尽头，被黄色的灯火照得花瓣也泛了黄。

和平时不同的是，第一盏路灯下还站着一个人，停着一辆自行车。

夏仪愣了愣，一个急刹车把车停下。

男生留着利落斯文的短发，穿着蓝白校服，头顶上还落了两片花瓣，他不笑的时候看起来有点凶，笑起来就全是温柔，朝她走过来。

"之前在学校里有人看到我在车棚等你，所以今天换了个地方，在这里等了。"顿了顿，聂清舟露出一点犹豫和紧张的神色，"你要跟我说什么？发生什么事了？"

夏仪沉默地看着他，黑色的眼睛里映着路灯的光芒，片刻之后，她说："你之前说……如果我有需要帮忙的时候，要记得找你。"

聂清舟愣了愣，神色严肃起来。他笃定道："是的。"

她低下头从口袋里拿出手机，调出一条短信给他看："那周日你能不能陪我去见一个人？"

聂清舟低头看着夏仪的手机屏幕，疑惑道："这是谁？"

"我妈妈。"夏仪轻声说，"她回常川了。"

"……什么？"聂清舟满脸惊讶。

他们推着自行车，慢慢地沿着回家的路往前走，路边传来海潮的声音，夏仪半长的头发在卡子的抑制下，不那么自由地飘飞着。

聂清舟斟酌着问："阿姨什么时候联系你的？她有说什么吗？"

"昨天晚上。"

顿了顿，夏仪说："有个陌生号码打电话给我，接通了以后就一直哭，说想见见我，是妈妈的声音。"

"这件事你有告诉奶奶或者小延吗？"

"还没有。"

问题在此告一段落，两个人在泡桐树下沉默地沿着坡路向上爬，像是走在一条白色吊顶的走廊上似的。聂清舟克制地叹息一声，说："你觉得阿姨，她想要跟你说什么呢？"

夏仪摇摇头。

"你是不是有点紧张？"

夏仪沉默了，没有说是，也没有说不是。

聂清舟想要伸出手摸摸她的头，却又收回来，轻声说："没事的，有我呢。"

几天后，聂清舟第一次见到了夏仪的妈妈，他姑姑口中全校最美的女老师，曾经抛下夏仪和夏延独自远走的母亲——蒋媛媛。

聂清舟凭着曾经在夏仪手机上看到的照片一眼认出了她。离开常川的这四年，她应该过得不错，衣着和气色都很好。

她坐在星巴克最里面靠窗的位置，有一头棕色的大波浪鬈发，长度直到后背，穿着一件剪裁讲究的纯白色呢子大衣。耳边坠着珍珠耳环，手腕上戴着一块红色皮表带的细腕表，非常美丽又有气质。

她今年四十多的年纪，看起来只有三十出头的样子，一手撑着下巴，一手握着咖啡杯，神情有些忐忑，又有些和年龄不符的天真。

看到蒋媛媛后，夏仪在原地停了片刻，轻轻地吸了一口气。

然后，夏仪步履平稳地向蒋媛媛走过去。蒋媛媛一看到夏仪就愣住了，眼里蓄满了泪水，站起身来向她招手。

夏仪对蒋媛媛说，聂清舟是她的同学，她请他一起来的。

蒋媛媛的注意力根本没放在聂清舟身上，夏仪一坐下，蒋媛媛就前倾身体握住夏仪的手,哽咽着说:"夏夏,夏夏,你都长这么大了。你怎么把头发剪了啊?你还瘦了……奶奶对你好不好?小延还好吗?他听你的话吗?"

夏仪任蒋媛媛拉着她的手,与蒋媛媛的激动相比,她显得很平静,甚至有点生疏。

"奶奶对我很好。小延现在上初一了,个子和我差不多高。现在他也听我的话了。"她回答道。

蒋媛媛拿出纸擦着眼泪,她擦眼泪的时候也很轻柔和克制,没有把妆容蹭下来。她一边哭,一边笑着说:"那就好。不知不觉都四年了,夏夏你……想不想妈妈啊?"

夏仪低下眼睛,沉默了一会儿,并没有回答蒋媛媛的问题。

"妈妈,你怎么回来了?"

蒋媛媛有点失望,但她的眼睛立刻又亮了起来,说道:"妈妈这次回来,是想带你走的。"

蒋媛媛要再婚了。

对方和她岁数相当,之前也是做生意的,经济条件很不错,他们打算结完婚就移民去美国。

"这几年你受委屈了。等我们去美国,妈妈让你住大房子,去最好的音乐学院学音乐,过比现在好一百倍的日子,什么都不用担心。"蒋媛媛恳切地说。

这突如其来的邀请让夏仪有点蒙,她望着蒋媛媛的眼睛,片刻之后,问:"那……小延和奶奶怎么办呢?"

蒋媛媛流露出一丝尴尬的神情,说:"……妈妈的未婚夫和妈妈商量了很久,他没有信心做两个孩子的后爸,一个孩子的话他还可以接受。"

夏仪听懂了蒋媛媛的暗示。

"所以只有我跟你一起走吗?"

顿了顿,夏仪说:"不和他们打招呼,偷偷地走,就像你离开的时候一样吗?"

蒋媛媛有点慌张,摇头道:"不是不是,妈妈肯定要再跟他们商量,给小延和奶奶抚养费,而且也要给你办转学手续什么的,妈妈就是想先问问你的意思。当年妈妈那么做……也有苦衷,你不要怨妈妈……"

夏仪点点头，说："我知道，那时候你说过了。"

夏仪低眸看着蒋媛媛握住她的手，妈妈的手还是像以前一样白皙嫩滑，涂了一层亮亮的护甲油。

然后，她抬起眼睛，认真地望着蒋媛媛。

"妈妈，那这些年你有没有想我们？你后悔吗？"

蒋媛媛愣了愣，她觉得夏仪在指责她，而她也无从辩解，于是再次泪眼蒙眬。她羞赧地低下头拿面纸擦着泪，抽泣道："对不起，妈妈对不起你们……"

夏仪只是看着蒋媛媛，似乎没有要责怪她的意思。她想了想，替她妈妈回答道："没有后悔吗？那这几年，你应该过得很幸福吧。"

蒋媛媛哭得更凶了，只是说："对不起，你恨妈妈，妈妈知道，妈妈不称职，你骂妈妈吧……"

夏仪摇了摇头："是我放你走的，我害怕当初我做错了，怕你在外面过得不好会后悔。既然你没有后悔，那当时我应该也没有做错。"

蒋媛媛怔怔地抬起头来，望着这个她一向看不太懂的、寡言少语的女儿。

她的女儿真诚地说："妈妈，你是我的妈妈，你的人生也很重要，我希望你幸福。"

这句话像是一把钥匙，放出了一些混乱的记忆。

蒋媛媛想起来，在多年前那个夜晚的车站里，她以为悄无声息地躲过了所有人，夏仪却突然出现抓住她的箱子，问她要去哪里。

那时候，她整个人脆弱得不行，看到夏仪的那一刻理智完全崩溃，她跪下来痛哭，一边哭一边说着颠三倒四的话。

她好像一直在喊夏仪的小名，也喊夏延的小名，一直说"妈妈对不起你们"。

她说——

"妈妈不能留下来，不能带你们走，不然妈妈的人生就毁了，这辈子都完了。"

"真这么活还不如死了好！你放开妈妈吧，你也不想逼死妈妈吧？"

车站的灯光很亮，有很多人围着看她们，窃窃私语着什么。夏仪就站在她的面前，安静又迷茫地看了她半晌，然后松开了握着拉杆箱的手。

她认真地说:"妈妈,你不要害怕,不要哭。你走吧,你上车,我就回去了。"

夏仪说得很真诚,而且也确实是这么做的。蒋媛媛记得自己上车的时候,还回头看了一眼夏仪,那个时候夏仪十二岁,穿着一条蓝色碎花裙子,站在检票口朝她摆手说再见。

这样的场景让她有一种错觉,好像她不是逃走,而是堂堂正正离开的。甚至如果有一天她想要回来的话,随时都可以回来。

那一天蒋媛媛太过狼狈,她一直刻意不去想起。但是偶尔她也会疑惑,当时夏仪到底在想什么呢?夏仪为什么不哭不闹,甚至不埋怨她呢?

时隔多年之后再见到女儿,蒋媛媛才醍醐灌顶,原来那个时候夏仪并不觉得自己被丢下了。

她觉得是她放妈妈离开的。

她的年纪还那么小,在为自己担忧之前,先想到的却是保护她的妈妈。

保护她那个脆弱的、自私的,一直以来为自己活着的妈妈。

蒋媛媛突然站起来,走到夏仪的身边,然后抱住她的肩膀,也不管自己的仪态或妆容了,只是泪如雨下。夏仪睁大了眼睛,有些僵硬地保持着后背挺直的状态。

"夏夏,我……我不是一个好妈妈……妈妈保证以后一定会好好照顾你的,妈妈要把你看得比自己还重,以后再也不把你丢下了。"

夏仪的眼睛眨了眨,她没有太大的感动或者痛苦,只是有点无措。她抱着蒋媛媛的后背,笨拙地拍了拍。

仿佛她怀里的不是她的妈妈,只是一个悲伤的陌生人。

夏仪没有立刻回复蒋媛媛的提议,她只是说要再想想。蒋媛媛擦着眼泪说要打车送夏仪回去,夏仪也拒绝了,她甚至没有收蒋媛媛的钱。

蒋媛媛有点伤心,孤单地站在春日的梧桐树下,看着夏仪和聂清舟两个人走远。

他们路过公交车站的时候,夏仪突然对聂清舟说:"你心里很乱的时候,一般会干什么呢?"

聂清舟愣了愣:"嗯……跑步?"

"那我们跑回家吧。"夏仪语出惊人。

聂清舟想，从这里回家有十几千米，一个二十七岁的大叔才不会干这种莫名其妙，回去就累瘫的事情。

但是十七岁的他会。

聂清舟看着夏仪的发顶心，微微一笑道："好啊。"

他指了指十步之后的一棵行道树，说："就从那里开始跑。"

夏仪点点头，然而她的头还没点完，下一秒聂清舟就如离弦的箭一般冲了出去。她愣了一下，看着前面的男生绕过来往的行人，回过头来对她大笑着说："这么容易上当啊，我先走一步啦！"

她的嘴角轻微地勾了勾，一边把头发上的卡子稳固好，一边跟着跑了上去。

两个人在虞平街道上的人流中快速地穿行着，行人们纷纷注目，奇怪这两个在大街上奔跑的孩子是在干什么。不过惊奇也只是一瞬间的事情，这一蓝一白两个身影就飞快地消失不见了。

他们从人多的地方渐渐跑到人少的地方，在树木的光影下，在铺着红砖的人行道上飞奔，遇到红绿灯就停下休息，过了路口就再次奔跑，像是前方有什么东西令人迫不及待一般。

不知道是谁先笑的，就像传染一样，另一个人也笑起来。在一条河堤上，聂清舟笑着停下来，撑着膝盖说："岔气了，岔气了，咱们休息休息，走一段吧。"

夏仪的呼吸也已经很重了，她听了聂清舟的话就慢下步子，转过头看向他。

片刻之后，她突然问他："聂清舟，美国很远吗？"

聂清舟想了想，掰着指头计算起来："从我们这里过去，飞机要飞十四五个小时，时间相差十二个小时左右。"

"妈妈要去这么远的地方。"夏仪转过头去，望着长长的看不见尽头的河堤。

她没有离开过虞平，她曾经觉得虞平火车站的那头就是无数未知而遥远的世界。但是这世上还有更遥远的世界，那是连虞平火车站都不足以连接和到达的地方。

"你这么说，是不想跟阿姨走吗？"聂清舟看向她。

夏仪把头上已经滑歪了位置的卡子拿下来，重新弄好，那是些黑色的没有花纹的卡子，是她惯有的风格。

"嗯，我不跟她走。"

"为什么呢？"

"我以为她永远不会回来了。妈妈还是重要的人，但是没有以前那么重要，现在我更想跟奶奶和小延一起生活。"

聂清舟想果然如此，以他所知的时间线，夏仪并不是在这个时候出国的。

而且他发现夏仪对于蒋媛媛的感情非常奇怪，她看到蒋媛媛时的热情，似乎还不及她对那张照片来得深刻。

夏仪没想到会与蒋媛媛再次相见。她是一个非常干脆的人，她已经彻底接受了蒋媛媛的取舍，接受了她们的分离。

夏仪向来界限分明，她的世界里有一条线，线的里面是"她的人"，她总是尽全力保护"她的人"，有时候甚至于盲目、不计后果。

线的外面则站着"别人"，她怀有适当的善意，但那些人对她来说并不重要，如果需要的话她可以听不见他们的声音，看不到他们的目光。

她的感情这样分明。

蒋媛媛曾经是她线里面的人，所以即使蒋媛媛抛弃她离开，她也为蒋媛媛着想，并且没有责怪她。

只是从蒋媛媛离开的那一刻开始，她被夏仪轻轻地推出了这条线以外，变成了一个特殊一点的"别人"。

这并不会随着蒋媛媛的回来而改变。夏仪怀念和爱照片里那个曾经的"她的人"，而不是这个现实里的"别人"。

突如其来的喊声让聂清舟回过神来，他望向声音的来源——河堤下站着一个胖男人，正对着河水开嗓，嗓音吊得高高的，发出一些转着弯的"啊""呜"的声音。

聂清舟感慨地对夏仪说："我都没听过你唱歌呢。"

夏仪沉默了片刻。日暮的微风里，她吸了一口气，唱起来。

这首歌没有歌词，她的嗓音温柔、清澈而明亮，毫不费力地唱到高音，再丝滑地转为假声，像是在云中翱翔的海鸥，流畅地上下起伏，缱绻又悲伤。

她现在甚至还没有经过多少专业的训练。

聂清舟先是震惊继而折服，终于领悟了什么叫老天追着喂饭吃。

他想起很久之前陪表妹去夏仪的演唱会，她的声音经过话筒和音箱响起来的刹那，他就为她清澈得没有一丝杂质的音色所惊叹。

或许有人会不喜欢这个女孩，但谁都不能否认她闪闪发光。

此刻她就在他的面前散发光芒。

夏仪唱完这支曲子，河堤也快走到尽头了。聂清舟情不自禁地鼓起掌来，他兴奋道："也太好听了，这首歌你取名了吗？主题是什么呀？"

夏仪在河水的波光粼粼中转过头："聂清舟……"

"嗯，什么？"

"聂清舟为什么远离我，是它的主题。"

聂清舟的笑僵在脸上，他愣愣地看着夏仪，兴奋被潮水般涌上来的心虚所淹没。

夏仪看向面前尘土飞扬的路，自顾自地说："上次送妈妈离开之后我也是走路回家的。那时候觉得路很长，很长，脑子里全是各种各样的声音。"

她想她放走了妈妈，要怎么跟小延和奶奶解释，想来想去却发现没有办法解释。她只有对奶奶和夏延更好，要好好照顾他们，为妈妈的离开负起责任。

夏延说她太过客气和生疏，可能对她来说，"保护"这个词的分量总是远远大于"依靠"的。

但是不知道什么时候开始，面对聂清舟，"依靠"和"保护"的分量变得势均力敌。

"今天你陪我见妈妈，陪我跑步，我觉得很开心，这条路好像也没有那么长。可是回去之后你是不是又要躲着我？只有我请你帮忙的时候，你才会像今天这样在我身边。"

夏仪转头望着聂清舟的眼睛，她真诚地，有点不安地说："我……我不会总是求助，我不……太做这种事情。可是我希望你在我身边。"

"有什么方法吗？我可以做什么吗？我们以后能不能，就像今天这样？"她非常诚恳，又迫切。

聂清舟怔怔地看着夏仪。

他从没想过夏仪会说这样的话。

夏仪一向沉默寡言，习惯于隐藏和压抑自己的情绪，甚至在亲人面前都拙于表达。

这样的夏仪，居然在小心翼翼地挽留他。

聂清舟突然上前一步，伸手抚摸着她的头发，羞惭又心疼地弯腰低头，在她耳边小声说："对不起……对不起，我怎么能让你受委屈……我错了，我以后不会这样了。"

"我要怎么做呢？"夏仪还在执着这个问题。

"你不用做什么，是我错了。"

"那以后……"

"以后我不会躲避你了，只要你需要我就会一直陪在你身边，除非你赶我走。好不好？"

"好。"

顿了顿，夏仪小声说："一言为定。"

聂清舟想，二十七岁的他不可以对夏仪动心。但是现在他十七岁，属于他身体里十七岁的那部分，对夏仪的心意是可以接受的吧。

无论可不可以，他决定接受了。

"让一让，让一让！"

有人按着铃高喊，聂清舟顺势一转身把夏仪揽到路边，一辆自行车就风驰电掣地骑了过去，掀起滚滚尘土。

车主是个发型嚣张的小年轻，看见聂清舟和夏仪，意味深长地吹了一声口哨，留下个潇洒的背影。

聂清舟松开夏仪，一低头却发现夏仪正专注地看着那个骑自行车远去的青年。

她喃喃说道："很久以前，小延跟我说过他也想骑自行车。"

夏仪像是突然想到了什么，目光灼灼地望着聂清舟："如果妈妈可以带走一个人的话，那小延呢？以前爸爸在的时候，医生就说小延的腿尽早去大医院看可能有希望。美国的医疗条件会更好，妈妈现在的经济情况也很好，小延跟着妈妈，他的腿有没有可能治好？那样他可以做所有他想做的事情，也可以骑自行车了。"

聂清舟愣了愣。他的目光沉下来，思索片刻后分析道："阿姨显然更想带你走,首先要确定她的心意,看她是不是非你不可。如果阿姨有带走小延的想法,那还要看奶奶和小延的意思,以他们的脾气每一关都不好过。"

夏仪低下双眸,点了点头。

"你还是想试试吗?"

夏仪再次点点头。

"好,那我们先找阿姨谈谈,我来帮你。"聂清舟微微俯下身,认真地说,"不要害怕,无论你的决定是什么我都支持你。还记得吗,大雄怎么能没有哆啦A梦呢?"

夏仪抬起头来看着聂清舟的眼睛,然后放松地笑起来。她的眼睛里满满地盛着他,莹莹发亮,笑意荡漾。

聂清舟觉得这个瞬间,他的心又不争气地疯狂跳动起来。

刚刚跟夏仪告别,一回家,聂清舟就用头敲着桌子,边敲边低声悲鸣:"周彬啊周彬,你是个禽兽!你心猿意马,你乘人之危,你……你的良心去哪儿了!"

他默默地抬起头,看着窗户上映出的他的脸,指着那张脸说道:"给我清醒点啊,你别套了个未成年的壳就为所欲为,你是个成年人!好好克制你的心思不要影响她,有什么都等她成年了再说!"

夏仪是对的人,但是时机不对。

他得等到时机正确,时间还长,他也足够耐心。

他要陪着他的夏仪好好长大。

下一周的周末,夏仪又约了蒋媛媛见面,还是在原来的星巴克,还是在原来靠窗的位置,聂清舟依然坐在夏仪身边。

夏仪开门见山地表明了她的决定——她不打算跟蒋媛媛走。蒋媛媛一下子就红了眼睛,满脸写着伤心。

"妈妈,你没有想过带小延走吗?"

夏仪此话一出,蒋媛媛睁着含泪的眼睛,惊讶地说:"小延他愿意跟我走吗?他奶奶愿意放手吗?"

"这些先不说,妈妈你有没有过这个想法?"

"怎么可能没有，我亏欠小延最多，他生病的事情我都补偿不清了。我就怕他不肯原谅我，之前也想着他奶奶特别宝贝他，估计死也不肯让他跟着我。"蒋媛媛说着说着又哽咽起来。

"如果阿姨您能证明小延跟着您能过得更好，特别是他的病能够得到及时治疗，我想奶奶最终会同意的。至于小延自身，他心里一直有您，只要您真心对他好，他应该会原谅您。"

从上一次到现在一直旁观的聂清舟终于开口说话了，他抱着胳膊，条理清晰地对蒋媛媛说："最重要的就是，阿姨您爱小延吗？您想和小延一起生活吗？您能保证再也不舍弃他，竭尽全力给他最好的治疗条件吗？您愿意为此付出多少努力？"

蒋媛媛愣愣地看着这个穿着白色卫衣的半大孩子，似乎有点生气："你这孩子，怎么这么跟我说话？"

"我这大半年来算是夏奶奶半个孙子，夏仪和夏延的半个哥哥吧，夏仪请我来帮忙的。我没有冒犯的意思，只是这些问题非常重要，时间紧迫，我想知道您真实的答案。在这个时候说假话，以后只会折磨彼此。"

聂清舟真诚地笑了笑，但是态度相当公事公办。

蒋媛媛看夏仪对聂清舟相当信任，压着脾气，认真地道："手心手背都是肉，我怎么会不爱小延。我以前……我是不好，以后我一定会做个好妈妈。夏夏和小延无论是谁跟我走，我都会尽最大的努力给他们提供最好的生活。"

"那在夏延面前，您绝对不要提起曾经来找过夏仪，被夏仪拒绝的事情。您要坚持，您回来就是想要带夏延走的。"

顿了顿，聂清舟说："您的意思我们会先跟夏奶奶传达，我们会尽力帮您。阿姨您想要带小延走，必须要拿出足够真诚的行动，循序渐进才行。而且您不能总想着回避夏奶奶。"

聂清舟说得一针见血，蒋媛媛移开目光，轻轻地咳了一下。

她总觉得面前的这个高中生不像是个孩子。

蒋媛媛在柜台结账的时候，一不留神把信用卡掉在了地上。聂清舟弯腰帮她捡起来，递给她，轻声说："刚刚阿姨您说，您担心小延不原谅您。"

蒋媛媛皱起眉头，从他手上拿走信用卡："怎么了？"

"小延大概会原谅您。可是夏仪，她永远也不会原谅您了。"

- 271 -

面前这个年轻却又沉稳的男生叹息一声，郑重地说："不是每件事都可以挽回，您已经失去了一个，不要再失去另一个了。"

蒋媛媛闻言转过头去，看向玻璃窗外站着的夏仪，她穿着浅棕色的大衣，侧着身子用手指在衣袋口打节奏。

蒋媛媛仿佛看到了小时候的夏仪——吩咐她等着她就会在原地乖巧地等待，一步都不动，直到看到妈妈来了以后跑过来，牵起妈妈的手。

已经长大的夏仪也抬起头望向这里，眼睛含着一点淡淡的笑意。

蒋媛媛眼看那个白色卫衣的男生推开玻璃门走向她，跟她说了什么，夏仪点点头，然后转过头和他并肩走远。

夏仪不是在等她，夏仪是在等那个男生。

对于夏仪来说，现在那个男生比她重要得多。

离开常川的这些年，蒋媛媛在外面交了好运，混得很不错，也遇到了优秀的对象。其实时至今日她仍然觉得离开常川的决定是正确的，她并不后悔。她这一生总是被别人迁就与宠爱，所以认为即便她舍弃的东西，也一定会在原地等她，她还可以再弥补。

但是此刻，蒋媛媛突然被无以言表的悲伤冲垮。

她终于意识到，她失去了非常非常重要的东西。

失去就是失去，再也无法弥补了。

他们回去以后支开夏延，夏仪跟夏奶奶说了蒋媛媛回到常川，并且想带走夏延的事情。

夏奶奶果然大发雷霆，拍着桌子说蒋媛媛敢来她就敢拿着扫帚把蒋媛媛赶走。她一个身体不太好的老太太，气得骂了一个小时都不停，还是聂清舟通风报信说夏延快回来了，她才忍住了怒气。

后来，夏延和夏仪上学的时候，蒋媛媛硬着头皮来找夏奶奶，没说上两句话果然就被夏奶奶轰走。

夏奶奶硬气地对夏仪说："你们俩我老太太养得起，她一个也别想带走。"

那几天，夏奶奶就像个雄赳赳气昂昂的斗士，不明真相的夏延还以为杨凤又来了。

但是很快，夏奶奶收到了一封从监狱寄来的信。

她看完那封信，沉默地坐在柜台前，一直从天黑坐到天亮。第二天，聂清舟再见到夏奶奶的时候，她身上那股劲儿就像突然卸掉了一样，白头发疯狂生长，比以前看起来还要苍老。

蒋媛媛第二次是和她的未婚夫一起来的，他们在此之前已经去过监狱见过夏仪和夏延的爸爸，夏奶奶收到的那封信就由此而来。

这次夏奶奶没有再赶蒋媛媛走，她勉强地坐下来，和蒋媛媛还有她西装革履的未婚夫聊了一会儿。其间，她挺直了本来已经佝偻的背，似乎是希望不要在蒋媛媛和她未婚夫面前输了阵仗，要为她的孙辈们争一口气。

在蒋媛媛未婚夫的安排下，夏奶奶带夏延去外地做了一次非常彻底的、昂贵的检查。

聂清舟和夏仪在小卖部看店，等到黄昏的时候，夏延和夏奶奶回来了。夏延非常开心，雀跃地说医生说他还可以进行矫正治疗，恢复情况好的话，可以在设备的帮助下正常行走。

聂清舟听着夏延说话，目光就转到夏奶奶脸上，她慈祥地看着夏延笑着，笑容里却又藏着心酸。

小延的病可以治，但是医药费不菲，且需要尽早介入治疗。

这是个好消息，但因此她要送走小延了。

在夏奶奶的默许下，蒋媛媛第一次在小延在场的时候出现在了小卖部。

那时候聂清舟不在，后来他听夏仪说小延反应很激烈，哭着指责蒋媛媛，蒋媛媛也哭了。她走的时候留下了很多东西，都是小延小时候爱吃的、爱玩的东西。

"小延不像我，他小时候其实很喜欢跟妈妈撒娇，问她要这个要那个，所以他的喜好大家都知道。"夏仪这样跟聂清舟说道。

聂清舟就花大价钱给她买了一大盒应季的奶油草莓，说"我掐指一算，你最爱的水果就是这个"。

夏仪捧着草莓愣了半天，然后笑起来。

蒋媛媛后来又来了很多次，每次说着说着就会哭得很伤心。小延是吃软不吃硬的人，态度逐渐缓和下来。

蒋媛媛这次非常有耐心，她并没有着急提出自己的想法，一到周末，她就带夏延和夏仪去游乐园,去公园,去博物馆玩。

每当蒋媛媛把夏仪和夏延带走的时候,夏奶奶就有点魂不守舍。聂清舟会下楼到小卖部里帮夏奶奶看店,陪她一起吃饭,在她身边写作业。

夏延也会觉得迷惑,有一次他坐在小卖部门口的椅子上,问聂清舟:"我觉得妈妈现在对我非常好,比对夏仪还好。为什么呢?她不是更喜欢夏仪吗?"

"可能是因为你小时候她不在你身边,她觉得和你错过了太多时光,很遗憾吧。"聂清舟靠墙站着,问他,"和阿姨在一起,你觉得幸福吗?"

夏延迟疑了很久,才小声说:"幸福。"

顿了顿,夏延又说:"可是我觉得有点对不起奶奶。"

"奶奶也没有阻止阿姨带你们出去玩啊。"

"是啊,为什么呢?"

"不知道。毕竟阿姨是你们的妈妈吧。"

夏延沉默了,在沉默中聂清舟一下没一下地敲着旁边的冰柜。

夏延说:"总觉得现在的幸福很虚幻,好像要有什么事儿发生似的。"

蒋媛媛带夏延和夏仪出去玩的第四个周末,他们见到了蒋媛媛的未婚夫。于是那天,聂清舟在小卖部等到他们回来的时候,看见夏延脸色不太好看,夏仪倒是很平静。

夏仪跟他说,她觉得那个男人还不错,以后应该会好好对待妈妈和小延的。

又和男人见过两次面后,蒋媛媛才跟夏延提出想带他到美国一起生活。

那天夏延跑掉了,聂清舟在沙滩上找到了他。不愧是姐弟俩,跑都跑到同一个地方去。

夏延光着脚丫面朝大海,坐在沙地里。

聂清舟也脱了鞋袜,拎着鞋子踩着沙子走到夏延身边去。

夏延瞥了他一眼,幽幽地说:"你们都是一伙儿的吧?"

聂清舟大剌剌地在他身边坐下,爽快地回答了:"我是早知道阿姨有这个打算。"

"美国好远。"夏延发出了和夏仪一样的感叹。

"看起来很远,但是有些在跨国企业工作的人,一个月出几趟差来回往返也是有的。"聂清舟叹息一声,笑道,"能力强的时候,问题就会变小。"

夏延望着海面,海潮一下又一下地拍打上来。

"我们最难的时候她都不在我们身边,凭什么回来说带我走我就要跟她走?"

"她大概是于心有愧,想要弥补你吧。"

"而且我走了奶奶和爸爸怎么办?"

"你姐姐还在这里呢。"

"对啊,妈妈为什么不带姐姐走?"

"可能你比你姐姐更需要阿姨吧。"

"我怎么更需要她了?"

夏延仍然嘴硬。

聂清舟转过头来看向夏延,说:"小延,你说过不想总是被奶奶和夏仪保护,你想保护她们的吧?"

"是啊。"

"客观来说,阿姨的条件很好,她能让你变得更强大,无论是对于你的身体、你的学业,还是你的生活环境,所以你更需要她。等你变得强大起来之后,世界其实很小,美国也不远,你可以随时回来,也可以保护奶奶和夏仪了。"

夏延看了聂清舟一会儿,又回过头去看着大海。

那天他们在海边坐了很久。

夏奶奶就在不远处佝偻着背,一直看着。

夏延回家后跟夏奶奶聊了很久。聂清舟趴在墙上努力听也没有听见什么,可见夏延并没有过于激烈的反应,也没有和夏奶奶争吵。

夏延虽然有点叛逆,但也有着夏家一脉相承的基因,和他的姐姐一样,是个聪明却分外心软的孩子。

几个小时之后,楼下传来了隐隐约约的哭声。

聂清舟听见夏奶奶苍老的声音,她说:"奶奶没用,是奶奶没用。你要好好照顾自己,好好长大成人……如果受了委屈,过得不开心就回来,奶奶这里永远是你的家。"

声音里夹杂着男生低低的哭声。

聂清舟靠着墙,他想现在夏仪在干什么呢?她从来也不哭,越难过反而表现得越冷静,也不太会安慰人,现在应该站在墙边默默看着夏延和夏奶奶吧。

如果她也能走过去和他们互相拥抱就好了。

如果现在他能抱抱她就好了。

聂清舟掐掐眉心,仿佛想掐掉心里的火焰似的,他凝神听着楼下的声音,直到所有的声音都平息于黑夜中。

又一个周末,蒋媛媛来给夏延办了离校的手续,还跟夏延、夏仪、夏奶奶一起去监狱探视了夏爸爸。

期中考试过后,蒋媛媛就把夏延接去了上海,她那时已经和她的未婚夫领证,大概不久之后就会带着夏延一起离开去美国。

这一次,夏仪和夏奶奶还是把夏延送到虞平火车站,聂清舟也跟着一起去了。蒋媛媛给夏延买了一套全新的衣服,还有新球鞋,他整个人看起来闪闪发光,像是富贵人家的孩子。

夏奶奶看着又欣慰又心酸。

夏延这次把眼泪憋住了,他咬着唇紧紧地抱住夏奶奶,把头埋在她的脖子里,抱了好一会儿。

他也这样和夏仪拥抱,他第一次这样紧紧拥抱她,在她耳边轻声说:"谢谢你,姐姐。"

这些年里他看着夏仪,他这个姐姐无论遇到什么事情都坚如磐石,不哭不抱怨也不难过,只是目不斜视地往前走。他就憋了一口气,他想自己不能输给夏仪,夏仪能做到的事情,他也能做到。

所以,他也仿照他的姐姐,不抱怨,不管别人的眼光,自顾自地走下去。

如果这些年里没有憋着这口气,他能坚持到现在吗?如果没有他的姐姐时时刻刻站在他前面,他会不会被无尽的绝望淹没呢?

夏延收紧了手臂,对夏仪说:"姐,以后你要好好的。"

夏仪拍着他的后背,说:"照顾好自己,不喜欢那边就回来。"

"我会回来的,我以后会好好照顾你和奶奶的。"夏延很小声地对她说。

最后,夏延与奶奶、夏仪摆摆手,消失在安检口。

送走小延后,夏奶奶一直魂不守舍,回家后她坐在柜台里面,沉默地看着柜台上的计算器,也不知道在想什么。

聂清舟去喊她时,她抬起一双混浊的眼睛,轻声说:"我想守住这个家,到底是没守住,这个家还是散了。"

夏仪走过去抱住夏奶奶,说道:"还有我呢,我们等爸爸回来。"

夏奶奶抱住夏仪的胳膊,眼睛湿润了。

聂清舟伸出手揽住夏奶奶的另一边肩膀,温言道:"夏奶奶,我们家老人都过世得早,以后我就是你半个孙子了,以后我也会好好照顾你的。"

夏奶奶摸着聂清舟的头,轻声说"好孩子"。

世界不会因为离别而发生变化,太阳照常升起照常落下,一日三餐,潮起潮落。一切平常得好像什么都不曾发生过。

夏延离开后的第一个周一,夏仪如平时一样上学,中午和郑佩琪顺着人流下楼准备去食堂吃饭。当她们走到一楼的时候,突然听见了一声响亮的呼喊。

"夏仪!郑佩琪!"

夏仪转过头去,就看到张宇坤在对面的知行楼楼下蹦跶,他边挥手边对她们说:"这儿!这儿!"

聂清舟和赖宁就站在张宇坤身边,不少同学都向他们投来目光,虽然聂清舟和夏仪的绯闻已经是几个月前的事情了,但绯闻的余威犹在。大家看着这边,窸窸窣窣地讨论着什么。

和上次一样,两栋楼之间种满了高大水杉的林荫路仿佛是个狭长的剧场,两个主角在剧场的两头,观众围绕在两边。

张宇坤已经大大咧咧地穿过"剧场"跑了过去。而聂清舟在他身后看向她们,随着他抬起头,脸上的阴影退下去,被阳光取代。

然后,他眉眼弯弯露出酒窝,迈步走进林荫路下细碎的阳光里,踏上这众人瞩目的剧场,穿过人流朝夏仪和郑佩琪走去。

观众的声音一瞬间响亮起来。

他充耳不闻,挺胸抬头一直走到夏仪和郑佩琪的面前,对她们打了一个响指,笑意盈盈:"走吧,一起吃饭。"

夏仪点点头,微微笑起来:"好啊。"

他回来了。

被迫解散两个多月的吃饭小分队重新集结。

"为了祝贺我们夏老师期中考试考了第一,还有我们的重新集合,干杯!"张宇坤拿着一听可乐,举得高高的。

聂清舟、赖宁、夏仪和郑佩琪纷纷举杯,五颜六色冒着水汽的各种饮料撞在一起,发出清脆的声音。

"我早就跟舟哥说,别人说什么让他们说去嘛,咱们的事儿他们管得着吗?咱可是三男两女能配出六对来,怎么就一定是夏仪和舟哥?"张宇坤喜滋滋地喝了一口可乐。顿了顿,他好奇地看向夏仪,"不过夏姐,大鹅是咋回事啊?闹绯闻的明明是你和舟哥,怎么他成绩还掉下去了?"

刚过去不久的期中考试里,闻钟的成绩出现了明显下滑,让人大跌眼镜地掉到了第八名。

"他好像生病了,我看他考试的时候贴了退烧贴。"夏仪淡淡回答道。

已经是初夏,天气开始转热,她捧着七喜,袖子习惯性地挽到手肘。

"祸不单行,不可一世的大鹅再也不能扬着头走路了。"张宇坤幸灾乐祸。

赖宁嘴里还塞着菜,含含糊糊地说道:"大鹅好像要跟舟哥一起去参加那个,什么作文比赛吧?"

聂清舟点点头,他的手搭在桌子上的冰红茶上,袖子也挽到手肘,因为伸直了胳膊而青筋明显。

"线上的两轮我们都过了,下一场去省城现场参赛,一天两轮,上午和下午分别一轮。我们学校一共去五个人,学校应该会包个车送我们一起去。"

赖宁腾出手来鼓了个掌:"舟哥,你可要赢过大鹅,不能丢了咱平行班的脸。"

"我什么时候成了平行班的脸了?"

"早就是了,你现在是以一己之力扛起平行班,对抗实验班的平民英雄。"郑佩琪在一边发言,她似乎是听到了什么传言,掰着手指道,"考试成绩也是、篮球比赛也是、作文竞赛也是。这次去省城的五个人,就你一个是平行班的吧?"

"舟哥,你怎么不再多报两门竞赛呢?再给咱平行班长长脸面!"张宇坤跟着说。

聂清舟掐掐眉心:"你也不怕累死我。"

"不过你这个平行班的平民英雄也当不了太久。等下学期文理分班,你肯定要抛弃平行班,去实验班的。"郑佩琪感慨道。

张宇坤立刻跟上:"那话怎么说的……屠龙……"

夏仪补全道:"屠龙少年终成恶龙。"

"对对对。"

聂清舟觉得他们这个吃饭小分队,越来越像群口相声表演艺术团队了。

夏仪转过头来看向聂清舟,问道:"高二你想选什么班?"

对于这个拥有特殊高考制度的省来说,高二的文理分班分得十分细致,除了要选文理,还要选定两门主修和语数外一起考。

一般文科必选历史,理科必选物理。

"舟哥,万年语文第一,那肯定是文科史政班啊。"张宇坤立刻替聂清舟回答。

聂清舟看了张宇坤一眼,不咸不淡地说:"谁说我要学文科了?"

这下所有人的目光都齐刷刷落在他身上,惊讶之情不言而喻。

"聂清舟,你要是不选文科,你去参加什么作文大赛啊?你难道想学理科?"郑佩琪疑惑道。

"作文大赛有奖金啊。"聂清舟微微一笑。顿了顿,他对夏仪说,"你要选什么班?"

夏仪想了一会儿,说:"我还没什么想法。"

夏仪的成绩很平均,并没有特别偏向哪一门。郑佩琪立刻抱住夏仪的手臂,说道:"这有什么好犹豫的,物化班的师资最好了,咱一起去物化班吧。物化三个实验班,保佑咱们能分到一个班去。"

听到郑佩琪的话,夏仪和聂清舟不约而同地抬头对视了一眼。

赖宁最近物理进步飞快,很得物理老师的喜欢,于是混了个物理实验室学生管理员的头衔。其实也就是没事去物理实验室打扫打扫卫生,收拾收拾桌椅板凳、实验器械。

不过因此赖宁有了物理实验室的钥匙，午休时，这一行五个人获得了新的秘密基地，一起跑到物理实验室自习。

"这题你都不会做啊？你们老师还让你做管理员哪！"郑佩琪看着赖宁的物理卷子，恨铁不成钢地拿着铅笔在题目上画。

"你这个受力分析要这样分，是静摩擦力，不能用滑动摩擦力的公式。"

张宇坤也凑过去看郑佩琪讲题。

聂清舟和夏仪在他们后排写作业，聂清舟转着笔，看着他们其乐融融的样子深感欣慰——张宇坤和赖宁又迎来了他们的第三位补课老师。

以前，张宇坤和赖宁天天上课不听，作业全抄，聂清舟全靠苦肉计督促他们记笔记写作业。现在他们都会主动做错题本，请教题目了。

在良好的氛围里，且一直能得到正反馈的话，学习真会上瘾。

张宇坤和赖宁偶尔爆发一下，甚至能考到年级前二百五十名，挑战一下实验班的威严。但是因为之前的成绩太差，学期末的分班考试一定要考出很高的成绩，最后平均下来才能分到实验班去。

得趁现在再给他们巩固巩固。

聂清舟在心里拿定主意。

然后，他心念一转，拿笔戳了戳夏仪的胳膊，小声说道："我想了想，我们学校师资力量内部差距悬殊，我在我们班几乎是靠自学的。物化实验班配的师资肯定最好，如果你没有偏好的话，我还是建议物化。"

夏仪从生物作业中抬起头来，看向聂清舟："可是你不喜欢化学，而且物化有三个实验班，我们应该会被分到不同的班里吧。"

他们心里的想法一样，事实上，聂清舟在高一所有的好成绩，也是为了能在高二和夏仪进同一个实验班。

"学什么对我来说差别不大。实验班之间也会有差距，就像同样是实验班，你们一班就是公认的王牌实验班，学生和老师都是最好的。三个物化实验班里，也一定会有一个王牌实验班。"

聂清舟笑意盈盈，拿笔指了指自己和她："我不相信王牌实验班舍得不要我俩中的任何一个人。"

只要我们足够优秀，就可以并肩而行。

夏仪眉目舒展，露出笑意。

这一天过得非常热闹，比平时还要热闹许多。

夏仪隐隐觉得开心，直到下午下课的时候她照例准备去弹琴，却在路上遇到了聂清舟。

她愣了愣才意识到，现如今聂清舟已经不用去接小延回家了。她手机上再也收不到"小延安全到家"的短信，小延再也不会回到那个小卖部里。

她的弟弟会去遥远的，要坐十四个小时飞机，隔了十二个小时时差的地方。

夏仪迟缓地感受到离别的含义。

她和聂清舟在夕阳里一起骑车朝医院去，聂清舟望着太阳，笑着说："天黑得越来越晚，夏天要来啦。"

夏仪抬头看着天边的火烧云，绚烂得像漫天红色的棉花糖，小延一直很喜欢海边的晚霞。

美国也会有这样的晚霞吗？

"还记得地理书上说的吗，我们这里的海水会随着洋流奔涌到美国西海岸再回来。你要是去问这些海水，它们一定说美国并不遥远。"

聂清舟突然这么说。

夏仪转头看他，他的头发被风吹得乱乱的，眨着眼睛对她微微一笑："等你长大以后，肯定会赞同海水的话。"

"海水不会说话。"

"我替它们说的，你不信我？"

夏仪微微低头，她转过头目视前方。聂清舟的影子落在她的手臂上，露出温柔的轮廓。

"我信。"

海水不会说话。

但是我信你。

神说有光时

裙角有光时

【下册】

黎青燃 著

江苏凤凰文艺出版社
JIANGSU PHOENIX LITERATURE AND
ART PUBLISHING

有爱的青春陪伴者

她是他的大明星。

他要让她站在大陆的中心，人群的中央，

享受这世上最汹涌的爱意。

第十章
向未来走出了第一步

作文大赛第三轮和第四轮的时间地点定下来之后，张自华把聂清舟喊到办公室里，把通知单拿给他。

"就这个周日啊。"聂清舟看着通知单，挑起眉毛，"地点在……正一中学？"

"是啊，怎么了？"

聂清舟摇摇头，笑道："没什么，就很有缘分。"

周末，常川一中的校车——一辆十座面包车，载着五个学生和一个老师奔赴省城，去聂清舟最熟悉的地方参加比赛。

上午第三轮现场作文结束时间是十点半，随后老师们阅卷打分，然后十二点半放榜，过了的下午两点开始第四轮。

聂清舟回到正一中学简直跟回了老家似的。同学们还在看着门口公告栏贴的考场安排，研究学校地图时，他瞄了一眼自己的考场，也不看那些地贴指示牌，拎着包就大路小路一绕，快速地找到了他要去的教室。

甚至，他中途还贴心地给迷路的外校考生指了路。

聂清舟走进教室，在自己的座位上坐下来。窗户外古老的梧桐银杏被修剪得整整齐齐，樱花已经凋谢，只剩满树碧绿，有工人正举着滚筒给墙壁刷漆。

正一中学向来非常气派，墙壁发黄了就重新刷漆，地板时不时重新打蜡，信息化改造升级时，崭新的黑板说换也就全换了。从学校到学生都是如此，体面优秀，雍容华贵。

聂清舟不禁想起了常川一中掉漆的墙，需要洒水降尘的水泥地面，还有杂草野蛮生长的操场。

现在他好像更喜欢后者。

在这熟悉的母校，聂清舟完成了上午的作文比赛，优哉游哉地提前交了卷，然后和同学们在校门口集合。带队的一班语文老师说要请他们吃饭，问他们想吃什么。

大家叽叽喳喳地讨论成一团，十七岁的孩子大老远跑省城来，都想着要吃好玩好。

聂清舟只是低头敲着手机，当老师问起他的意见时，他的视线从手机屏幕里抬起来，笑道："对面的巷子里有家意大利人开的比萨店，味道很不错，但人均要一百块。学校后街有家韩料，豆腐汤非常正宗。还有家开了很多年的便当店，正一民间公认的便当店之王。要吃点菜中餐的话，可能要去远一点的地方，附近都是小吃。"

老师和同学们齐刷刷地看向他。

在这个美团和大众点评还没有普及的年代，聂清舟宛如一个人形大众点评。

聂清舟摇摇手机："我刚刚问了一个正一的朋友。"

"哟，你还有正一的朋友呢？"老师惊讶道。

"机缘巧合认识的。"聂清舟微微一笑，轻描淡写地带过。他低下头去把刚刚正在打字的短信编辑完，手机屏幕上显示出他们长长的聊天记录。

——第一轮刚刚结束，准备找地方吃饭了。你吃过马卡龙吗？

——没有，是什么？

——一种甜品，我给你和奶奶带一份回去。

——好，下一轮加油。

——还没出名单呢，我不一定能进。

——一定能进的。

——（^v^）夏老师，你得给我一点谦虚的机会。

聂清舟轻轻笑起来，把这句话发出去。

这边，老师和同学们已经商量好，他们打算直奔正一中学后街，去尝试一下那个"便当店之王"。

聂清舟收起手机跟着他们一起走，却听闻钟在旁边说："老师，我没什么胃口，你们去吧，我回正一等着。"

闻钟今天面色苍白，看上去精神确实不太好。

虽然老师关切地询问，但也没拗过闻钟，他脱离了大部队一个人往回走，身影消失在正一中学校门后。有个二班的同学不无戏谑地说："不会是嫌弃便当太便宜不肯吃吧？都不是第一了，傲给谁看啊？"

聂清舟默默看着闻钟的背影，皱了皱眉头。

这家王牌便当店不出意外，得到了大家的一致好评。他们正围着桌子吃饭的时候，老师的手机响了，说是提前放榜了，闻钟拍下名单发给了老师。

"哎呀，这一轮刷人刷得挺厉害，就只有聂清舟进了下一轮。"老师看着那名单，"啧啧"感叹道。

此言一出，剩下的几个同学都露出遗憾的表情，隐约有些羡慕地看着聂清舟。这结果也不奇怪，每次考试聂清舟的作文都会被打印出来做年级范文，大家都知道他的水平。

聂清舟放下筷子，说道："那我进去参赛后，你们还要在外面等好久。这样吧，附近有条街，那里有个很大的书城，还有创意文具店，你们可以去逛逛。"

带队老师笑道："你怎么还跟招待客人似的？好好比你的赛就行，知道吗？"

聂清舟微微一笑。

他在便当店又待了一会儿，等到时间快到了就和他们分别了，拎着自己的包往正一中学后门走。

后门的门卫大叔还是那个瘦瘦矮矮的急性子，嗓门极大地喊道："散什么步呢？马上关后门了，快点来！"

聂清舟忍俊不禁，十分怀念这久违的呼喊，小跑着说："等等！我来了！"

他跑进后门，穿过鹅卵石铺的小路往教学楼走去。他抄了一条近路，路两边青草幽幽，除了他，没别人。转过一个弯去，他不期然在隔着大片草坪的另一边，看见了闻钟的身影。

这个不合群的家伙也不知道怎么晃荡到了那里，正扶着长椅的扶手，弓着身体，看起来非常痛苦。

聂清舟的步子慢了下来，他往前走了两步，但又放心不下，索性换了条路绕到闻钟面前。这一看不要紧，闻钟此刻面色惨白，冷汗顺着额头往下淌。

聂清舟吃了一惊，他把包往椅子边一放，就弯下腰去看闻钟："你怎么了？你没事吧？"

他话音刚落，闻钟就"哇"的一声吐了出来，吐在椅子边的草地里。闻钟没吃中饭，吐到最后就是在吐黄水了。

聂清舟躲得快没被吐到，但是看这架势也吓了一跳，他连忙拍着闻钟的背，从书包旁边拿出水杯："你还行吗？你漱个口，喝口水？"

闻钟没接聂清舟的水杯，他目光涣散地抬头看了聂清舟一眼，然后头一歪——不省人事了。

远处响起比赛开始的预备铃声，聂清舟望了一眼教学楼，然后转过头果断地把闻钟扛起来，抄近路背着往医务室去。

闻钟醒来的时候正躺在床上，入眼是明晃晃的天花板，满鼻子消毒水味儿。他迷茫地坐起来，完全陌生的环境里，他只认识旁边椅子上坐着的聂清舟。

聂清舟正抱着胳膊看着他，见他醒了，聂清舟把旁边的水杯和药片递给他："喏，医生说等你醒过来把这个吃了。"

闻钟愣了半天，然后突然意识到什么："你……你怎么在这里？你现在不是应该在比赛吗？"

他一边说一边看向墙上的时钟，已经三点过十分，比赛正在进行中。

聂清舟把水杯塞到闻钟手里："你在我面前晕过去了，我不能坐视不管吧？"

"你没去比赛？"

"没去。"

"你怎么不喊老师来？"

"喊了，老师来得太晚，我还是没赶上入场。老师现在去外面给你买药了。"

闻钟瞪大眼睛看着一脸淡定的聂清舟，完全不能理解这个人在想什么。

"你已经进到第四轮了，只要拿到省一等奖你就有自主招生的入场券，你就这么放弃了?"

聂清舟微微一笑。

他本来就没打算竞争什么省奖,事实上去第四轮比赛之前,他还在考虑要怎样才能不明显地写砸。遇到闻钟晕倒,他正好找到借口不去下一轮了。

他高中时作文在同龄人里也很不错,但现在他回过头来看他高中写的文章,只觉得尴尬得要死,恨不得钻进地缝里。

他是一个二十七岁的成年人,他比这些孩子多活了十年,自然比他们有更多的阅历,看待事情更深刻,角度更多元,文笔也更成熟,文章自然写得更好。

他来参加高中组的比赛本来就是作弊,只是为了奖金而已。难道他要仗着自己年龄的优势,去欺负这些孩子吗?

这个比赛的省奖对于这些孩子来说,可能是心仪大学的一块敲门砖,他们为此兢兢业业,不知下了多少功夫。而他本来就没打算选文科班,省奖对他没有用处,他和他们抢干吗?

他还没有虚荣到要和高中生抢奖杯,证明自己很能耐的地步。

聂清舟笑着说:"进了第四轮默认就是三等奖了。"

闻钟愤然道:"三等奖有什么用?自招只认一等奖和二等奖。"

"三等奖有奖金啊。"

闻钟像看外星人一样看着聂清舟,半晌后收回目光,端着水把药片吃下去,像是放弃与他沟通了。

"医生说你呕吐晕倒是精神紧张、过度疲劳导致的。我看你这黑眼圈,昨天就没睡几个小时吧?怎么回事啊?是因为上次没考好,压力太大了?"

聂清舟把话题转到闻钟身上。闻钟置若罔闻,不打算回答。

"感觉你现在,学习学得特别痛苦啊?"

"当然比不上你这种天才,比赛说不去就不去,轻轻松松就能进步一千名。学习对你来说就跟玩似的吧。"闻钟冷飕飕地讽刺道。

聂清舟摆摆手,正襟危坐道:"别乱说,我可是很刻苦很努力的。"

顿了顿,他接着说:"不过我真认识一个人,他学习就像玩似的,是个真正的数学天才。

"他高中数学一直都是年级最好的水平,经常拿满分。无论多难的题,他看一会儿就能解出来，眉头都不皱，考试前也从来不复习。我们都觉得他是神人。

"后来他考上了北大数学系，又考进了北大数学系的菁英班。他去了那里才发现，他是他们班唯一靠高考进去的人，其他的人都是各种数学竞赛的特等奖、金牌得主，直接保送进了这个班。这个班里的同学，都是天才中的天才。

"他说，他在大学付出了他人生最多的努力。他从来都没有这么努力过，可是他的成绩也只能勉强维持在班级的中下游水平。等到大三、大四的时候，他就彻底放弃了。

"我最后一次见他，他大学毕业找工作，跟我说他这辈子都不想再做任何和数学有关的事。"

闻钟若有所思。

聂清舟靠着椅背，感叹道："在别人看来，他的人生应该相当光鲜亮丽，顺风顺水吧。以他的学历，找工作肯定也不难。

"只是我还记得他高中时，说起数学眼睛里是有光的，整个人熠熠生辉。那种光芒，现在再也没有了。"

初夏稍显燥热的风从窗户外吹进来，掀起白色的窗帘，在他们之间懒懒地飘着。

"我曾经想他不用放弃的，他一直非常厉害，非常优秀，远超大多数人。但想想看，可能放弃的理由恰恰在于他一直太厉害、太优秀了。人有时候会被自己的骄傲打败。"

聂清舟的手肘搁在柜子上，用手撑着下巴，故事的讲述到此结束，他好像并不打算再往下说。

闻钟皱起眉毛。

"你的朋友还真多。你究竟想说什么？我像你朋友？我学得太痛苦？我被自己的骄傲打败了？我失去了什么所谓的光？开玩笑，学习从来都是痛苦的，竞争也永远存在。不然要高考干什么？"

聂清舟微笑着看了闻钟一会儿，云淡风轻地说："我就是讲个故事而已。"

闻钟愣住。

闻钟扯了扯嘴角，觉得自己刚刚急切否认的样子真可笑。他被聂清舟耍了。

太可笑了。

别人觉得他骄傲，可他就是个空壳子，随便敲打就会响起空虚的回声，一瞬间就把自己抖搂干净。

没错，聂清舟说的那些他都明白。但是他能就此停下吗？他敢面对父母失望的眼神，敢面对他们这么多年来送出去的无数红包礼物吗？

除了"优秀"，他没有别的可以支撑自己的东西。

聂清舟说的那种光芒，他也见过，也羡慕过。重逢后在乔老师家，他看夏仪弹起她写的曲子时，她就有那种耀眼的光芒。

那种光芒，让他觉得自己很渺小。

闻钟喃喃地说："夏仪弹琴的时候，眼里就有光。"

聂清舟挑起眉毛，瞬间不开心了："你小子不会……"

闻钟冷"哼"一声，打断了他："你喜欢夏仪？"

聂清舟被噎回去，他移开目光，片刻后转回头理直气壮地说："全年级都知道我追过她被她拒绝了，我喜欢她不是很正常吗？"

"你配不上她。"

聂清舟又噎住了。

"虽然你现在成绩也很好，但她和你不是一个层次的人，她以后会比你成功很多。"闻钟笃定道。

聂清舟沉默半晌，举起拇指说道："你小子倒是慧眼独具。"

然后，聂清舟突然笑起来，向后靠在椅背上，放松了身体："行啊，就冲你刚刚这句话，我没白把你背到医务室。"

没想到，他居然沦落到要和十七岁的小孩争风吃醋的地步了。

"你悠着点，别把高考当救命稻草，所谓'高考之后就好了'只是安慰人的套话而已。以后的磨难只会更多，如果不能接受自己，一生都会像现在这样痛苦。"聂清舟放缓了语气。

他去过比他们更远的未来，去过在高考这个终点之后的人生，见过无数高考"赢家"的坎坷——包括他自己。

人生有长长的七八十年，而高考时他们才十八岁。漫长的命运即使对于勤恳和聪慧，都时常吝于优待，更不用说急功近利和孤注一掷。

外面的走廊上传来了脚步声，带队老师满头大汗地拎着药回来了。看到闻钟醒了，老师长舒一口气，抚着胸口关切地问他感觉怎么样。

聂清舟自觉地站起来把座位让给老师，拎着包说："老师，我出去一趟，马上回来。"

老师的目光转向聂清舟，一脸痛心疾首。聂清舟假装看不到，还没等他发话就转身溜了。

聂清舟溜去了学校对面意大利人开的比萨店，这比萨店里最受好评的其实不是比萨，而是意大利主厨所做的一道法式甜品——马卡龙。

他提着两盒马卡龙，看着透明包装里它高饱和度的生动色彩，心想谁能想到以后马卡龙会因为它的颜色火起来呢。

聂清舟付完钱一转头，迎面看到两个穿着正一中学校服的女孩走进店里，其中一个丸子头的女生对店员说："打包两份那不勒斯比萨。"

他觉得这女生有点眼熟，当她掏出她的紫色格纹钱包时，聂清舟终于想起来了。

人生何处不相逢。这不是他高中时暗恋过的那个女生吗？就是那个十六岁的自己接通二十六岁自己的来电时，在他身边说话的女生。

聂清舟愣了一下，提着自己的甜品走过她，推开玻璃门的时候他回头看了一眼这姑娘，有些感慨地叹息一声。

他都快忘记她高中时长什么样子了，陡然一见差点没认出来。

仿佛他和省城处于两个独立运行的世界里，唯有他独自长大，而大家都兀自年轻幼稚。而他的心动也早给了别人，再看到她时除了惊讶，已经毫无感觉。

甚至觉得这姑娘这么年轻这么青涩，喜欢她不跟犯罪似的吗？

时间不对，所有的一切都不对劲了。

几个小时之后，在常川的夏家杂货店前，夏仪接过色彩艳丽的甜品，有些惊讶又好奇地端详了片刻。她拿起一个紫色的马卡龙咬了一口，然后抬起明亮的眼睛看向聂清舟。

她的头发已经长过了下巴，蓬松地扫着脸颊，现在没有人会再把她误认为男孩了，她怎么看都是一个美丽的女生。

聂清舟心想：呸，伪君子，你这不还是在犯罪吗？这时间就对吗？你怎么就觉得一切这么对劲呢！你的心怎么就跳得这么欢乐呢！

他清了清嗓子，转移话题："喜欢吗？"

夏仪点点头："喜欢。"

聂清舟搬起石头砸了自己的脚，僵立在原地。

夏仪沉默了一下，问："你的脸最近好像总是发红？"

聂清舟拍了拍自己的脸，一本正经道："是啊，最近天气怎么越来越热了。"

夏仪想了想，把甜品盒子收起来，指着小卖部里面："今天奶奶进西瓜了，夏天的第一批，给我们留了两个。"

"哇！太好了！"聂清舟转身一滑就进了小卖部，朗声道，"奶奶！奶奶！有西瓜吗？"

奶奶在厨房模糊地应声，让他先洗手去。

夏仪抱着甜品盒子走到小卖部的柜台后，她看着聂清舟走到厨房，他说着"我来切，我来切"，身影在窗户上模糊地来回。

聂清舟很好地履行了他的承诺，现在他有事没事都泡在小卖部里，俨然是夏奶奶的第三个孙子，是夏家的新成员了。

夏仪看着盒子里好看的甜品，轻轻地笑起来。

周一中午吃饭的时候，五个人照例包了一整张桌子，张宇坤感叹道："厉害了啊，咱舟哥，全校唯一一个省三等奖。哎哟，就差那么一点点，就能拿自招名额了。"

赖宁跟着说："没事儿，舟哥自己也能考上！"

聂清舟笑道："借您吉言啊。"

他弃赛的事情除了他、带队老师和闻钟，没有其他人知道，所以大家都以为他是正常比赛拿的三等奖，他也不打算澄清这个误解。

"对了，我今天可听见了，老张说想让舟哥开个公开课，分享作文经验。舟哥那是一口回绝了啊！"张宇坤指向聂清舟。

"公开课？你讲吗？我之前有看高二、高三的优秀学长、学姐分享学习经验的，高一的很少见哎。你怎么不去啊？"郑佩琪惊讶道。

"我也跟老张说过了，这次比赛每一轮我都写的短篇小说，这完全是非常规做法。高考作文议论文是最稳妥的，写小说几乎等于自寻死路，我跟大家分享小说写法干吗？这不是误人子弟吗？"

聂清舟靠着椅背，无奈地道。

"小说？牛啊！舟哥，你快说说什么情节！我跟你说，你要是纯讲作文怎么写，那可能没几个人认真听的，你要是聊小说，那大家听得可上瘾了。"张宇坤激动起来。

聂清舟哭笑不得，他很怀疑张宇坤这么激动，是不是以为他写的是什么金庸古龙武侠小说。

"不是你以为的那种小说。"

"那也比干巴巴的议论文有意思吧，听听说不定有启发呢？"

张宇坤锲而不舍，他目光一转看向夏仪，兴奋地撺掇道："夏姐！你还记得舟哥辅导我们作文的时候，那叫一个帅啊！快劝劝舟哥，他一准儿听你的！"

夏仪放下筷子转向聂清舟，漆黑的眼睛直直地望着他："你的公开课我也很想听。"

顿了顿，她补充道："确实很帅。"

聂清舟瞳孔紧缩，他捂着额头，拼命摆手："好好好，可以了，可以了，我去，我去！"

张宇坤喜笑颜开，得意地冲夏仪挤眉弄眼，朝她伸出手："耶！"

夏仪淡然地举起手和他击掌。

聂清舟总觉得，他被拿捏得死死的。

于是，聂清舟跑到老师办公室，跟张老师说他改变主意了，他同意开公开课了。

张自华喜笑颜开，跷着二郎腿，中气十足地道："哎哟，上午还一脸为难地跟我说不要不要，现在怎么主动起来了？"

"我觉得人要勇于尝试。"聂清舟说得冠冕堂皇。

顿了顿，他对张自华说："老师，我打算高二报物化班。"

张自华有些惊讶："啊？以你的语文成绩，你不去文科班啊？"

"我的成绩比较均衡，只是作文更强一些。写文章这种事，我觉得不一定非得文科班才能培养，还是靠自己阅读和练习的。"

"嗯，这事儿吧，你只要自己想清楚了就行。"

"张老师，我觉得您课教得挺好的，我很喜欢您。"聂清舟突然非常诚恳真挚。

这突如其来的表扬让张自华一时反应不过来，愣愣地看着聂清舟。

"所以老师您能不能努力努力，高二继续做我的语文老师啊？"

张自华清清嗓子："谢谢你的夸奖啊，但我做不了实验班的语文老师……"

"这次我也勇于尝试做公开课了。老师您也试试啊！就算是为了我试试吧！"

聂清舟对于张自华落败于学校内部斗争，离婚后破罐子破摔的事情早有耳闻，看张自华的状态，他觉得这传言有几分真实性。

张自华思索片刻，长叹一声："知道了，知道了，我努力努力。"

聂清舟的作文经验分享在周四中午的阶梯教室开展。十三班被班主任领着全体参加，张自华教三个班的语文，在他的卖力吆喝下，这几个班也来了很多人，加上其他班慕名而来的，整个阶梯教室四分之三的位置都坐满了。

聂清舟看着这乌泱泱的人群，以及许多人摊在桌上的作业、夹在教科书里的漫画书，心想大家的安排都挺充实的嘛。

他一低头，就看见第一排最中间的位置上坐着的夏仪。她撑着下巴，安静专注地看着他。

从高中到大学身经百战从来不怵演讲的聂清舟，突然有点紧张起来。

他清了清嗓子，不再看夏仪，打开他做好的PPT。

不得不说，2012年的软件真是太难用了，各种快捷键不好使至少多花了他半个小时。

"之前做公开课宣传的时候，大家应该也知道我这次是用小说参加作文比赛的。我要事先声明，在考场非常非常不建议用这种体裁，一来篇幅受限，二来不好把控。但是如果大家对写作感兴趣，或者说对短篇小说感兴趣，可以听听看。我会介绍我整个构思的思路。"

顿了顿，聂清舟说："我个人水平不高，也不喜欢开端、发展、高潮、结尾这种框框，所以只按我的思路来说，不喜欢的可以安静写作业了。"

底下传来一阵笑声。

聂清舟打开第一张幻灯片，白色的底上面只有一个字"疼"。

"这是第一轮的作文题目——《疼》，以此为题写作，没有题目描述，没有体裁限制。"

这个题目成功吸引了底下学生的注意，有不少目光抬起来看向幻灯片。

聂清舟停顿了一会儿，说道："看到这个题目时，我想疼是一种非常鲜明的感受，与之相对的感觉是什么呢？"

"爽！"下面有同学喊了一嗓子，引得大家笑起来。

聂清舟也跟着笑起来："这想法也不错！不过我当时想到的是——麻木，或者说麻木是所有感受的敌人，连疼痛都不例外。"

幻灯片上打出了"麻木"二字。

"这让我联想到以前在课本上看到的一幅照片。"聂清舟摁下鼠标按键，指向幕布，"第二次世界大战之后一个孩子在阳光明媚的路上走着，路的两边堆满了尸体，但是他已经习以为常，或者说是麻木。

"以此为灵感来源，我想写一个关于战争的，疼痛与麻木的故事。

"正好最近看到《禁忌》这篇文章，文章里主人公家有棵樱桃树，当地的禁忌是家中有人去世几年之内不能吃樱桃，所以主人公从孩童一直到老年都没吃上樱桃——因为战争和贫困，她一直不断地失去亲人。我对这篇文章印象深刻，决定也拿樱桃树做一个全文的线索。

"故事很简单，在一个爆发战争的地区，一个四岁孩子的父亲应征入伍了，父亲走的时候孩子闹得厉害，父亲便说等家门口那棵樱桃树结了果子他就会回来。

"于是，孩子记住了这句话，日复一日地等待樱桃树结果。不久之后，战火蔓延到这个小镇上，他家门口的樱桃树不幸着火，熊熊燃烧继而倒下，年幼的他第一次感觉到无以名状的疼痛和绝望。

"没过多久，他和母亲就收到父亲战死的消息。他在逃亡中收集弹壳做玩具，总会想象父亲如何被这种东西夺去生命，仿佛能在想象中分担父亲的疼痛。

"随着战争继续，他和母亲艰难度日，他渐渐发现自己再也不会感觉到痛苦，所有厄运都不再挑起他的情绪，就连母亲去世他也没有哭泣。

"战争结束后，他独自流浪，行尸走肉般地生活。途中，同伴听了他的故事,于是和他一起又种了一棵樱桃树。乐观的同伴许愿,等这棵樱桃树结果子的时候,他就能重新拥有疼痛和幸福的能力。然而同伴在野外意外踩到地雷,在爆炸中失去了生命,而他也因为冲击变成了聋子。

"当他在寂静的世界里清醒过来时,他看到他们种的樱桃树多年来第一次结了果子。

"这一刻,他仿佛又退回到那个在家门口等樱桃树结果的孩子,他想起他的父亲、他的母亲、他的同伴,想起曾经在燃烧中化为灰烬的樱桃树,突然被巨大的、久违的疼痛击倒。他抱住那棵樱桃树,疼得泣不成声。

"那个瞬间,恍惚中仿佛什么都没有发生过,这十几年里他只是在等一棵樱桃树结果。他还是那个,会为了樱桃树倒下而心疼的孩子。"

投影屏幕上显示着小说的部分节选,聂清舟介绍完故事情节,底下本来看漫画、写作业的人都已经抬起头来,好奇而感慨地看着幻灯片上的章节。

他干脆地进入下一环节:"故事到此结束,一共1300字,其实远超比赛的800字要求。要感谢评委老师能有耐心看完,也幸亏我打字速度够快。作为一篇考场上的短篇小说,它的情节并不曲折离奇,我应该是胜在角度新颖,而且对于疼痛与心理状态的描述非常细致。

"如果大家平时想写点东西,以我的构思习惯来说,第一点就是构建你的宇宙。你在这个宇宙的中心,你所看的新闻、文章、图片,甚至漫画、游戏,所有能给你留下印象的东西都是物质和素材,你要把它们记录下来,就像把它们吸过来,围着你旋转。"

聂清舟点了一下幻灯片,上面出现了一个银河系的层次结构。

"第二点,也是非常重要的点,是分析这个宇宙,这些素材为何打动了你?它们的价值在哪里?我们时常会接触到一些有冲击性的信息,如果不去思考,那么它们只是挑动情绪的星际尘埃而已,随着情绪消退,它们也失去了价值。思考是让这些信息从尘埃聚成恒星的方法。

"但在这里,需要尤其注意的,是要站在宇宙的角度思考。也就是说,最好剔除主观印象。人很难不被一些符合自己情绪、利益的想法或论调左右,如果陷入主观情绪,思考只会是祥林嫂式的发泄。在看待这些事时,最好你是一个剔除了自身人种、性别、年龄,甚至人类身份的客体。当思考足够客观,才能从这些信息中得到最冷静的结论。

"像是这幅照片,阳光中闲适的儿童和路边尸体的惨状产生了极其明显的对比。在情绪的角度,可能想法会是唾弃集中营,珍惜现在的美好生活。但是在一个无情而客观的角度看,人类拥有一种强大又不幸的能力——人类自身倾向于不惜一切地适应这个世界,为此剔除掉恐惧和敏感,甚至于感情。有了自己的思考之后,才能把它们转化为自己的东西,当你构思故事时可以把这些素材信手拈来。

"第三点就是动笔写的时候,你要安排这个宇宙的运行规则,这是最难的部分,因为每个素材和亮点自有其逻辑和轨迹,难免相撞,必须要有所牺牲。所以要想好突出哪一方面——情节、情感、人物?要把什么放在最中心,怎么围绕着这个中心旋转?"

聂清舟接着介绍了几位他喜欢的小说家,并摘取他们的文章内容分析他们的行文风格和写作手法,建议大家多学习和练习。

最后,他在幻灯片上打出了整整一页书单,他保持微笑,指了指天空:"现在的宇宙处于生星时代,无数的恒星诞生,将要持续亿万年。希望我们内心的宇宙也是如此。这是我的推荐书单,我的分享到此结束了,感谢大家拨冗聆听,大家还有什么问题吗?"

底下一片安静,一双双大眼睛注视着他。以聂清舟的经验来看,这种公开分享结束的时候,除非提前安排好的,一般都不会有人提问题。

他满意地准备结束分享,就在此时,他看到坐在第一排正中的夏仪举起了手,手举得很高,眼神专注地看着他。

聂清舟怔了怔,磕巴地问:"你⋯⋯这位同学有什么问题吗?"

"能再讲一篇吗?你的小说。"

张宇坤在夏仪旁边小声起哄:"舟哥,再来一个!再来一个!"

聂清舟捏了捏眉心,他的余光扫视了一遍底下的听众,很多人居然露出了感兴趣的眼神⋯⋯比起经验分享,他们好像更想听故事?

于是,他回忆了一下,说:"那我简短讲一下第二轮的小说情节,作文大赛第二轮的出题是《隐瞒》。我写的这个故事和第一篇小说是同一个世界观,是在一个孤儿院里发生的。

"在这个孤儿院里,有一个不起眼的小女孩,大家谁都不在意她。每天等到夜深人静的时候,她就会偷偷爬上孤儿院的钟楼,跟她的父亲'打电话'。

"她的父亲是无线电专家,参军之前给了她母亲一个联络器。在战火纷飞、通讯中断的时候,她母亲可以通过这个联络器和她父亲联系。后来母亲去世,小女孩到了孤儿院,她开始用这个联络器寻找她的父亲,一开始怎么也无法接通,后来终于有一天,她听到了那头她父亲的声音。

"父亲安慰了初到孤儿院惶恐不安的她,她开始时不时用联络器跟父亲分享日常,从父亲那里得到的安慰和鼓励支撑着她在孤儿院里生活下去。

"战争快要结束了,她的父亲承诺来接她,从那以后,联络器就再也没有被接通过。她忐忑地等待了数月,最终欢喜地迎来了她的父亲,和她父亲一起去往一个山清水秀、没有战争的地方。

"她的年纪还太小,所以并没有发现这个人的声音,与那个跟她聊天的父亲并不相同。

"正如她也没有发现,那个和她聊天的父亲,并不是她真正的父亲。

"事实上,她的父亲早已死在战争中,敌方的某个士兵杀死了他,并将他身上的所有财物据为己有。某天,一个其貌不扬的盒子出现了异动,士兵意外接通了这个联络器,然后听到里面传来小女孩的哭声,喊着'爸爸我害怕'。

"士兵鬼使神差地答应下来,笨拙地安慰她。

"他所有的家人也在战争中身亡,他曾经怀有疯狂的仇恨,却在一次次假扮女孩的父亲中,感觉到一丝慰藉,渐渐地把女孩当成了自己的女儿。他满怀愧疚,决心向她隐瞒一切,等战争结束就去接她,竭尽所能把她抚养长大。

"然而,他也没能熬过战争,受了重伤。临死之前,他放走了一个本要被处决的战俘,把联络器这边的女孩托付给他,请求他去接她,抚养她。而这个被他所救的战俘履行了约定。

"他们共同向女孩隐瞒了一切。

"他们跟女孩说了很多谎,她可能一生也不会知晓自己有过三个父亲。

"这三位原本是敌人的父亲,以自己的方式,爱着这个不幸又幸运的孩子。"

这次经验分享之后，聂清舟在年级里小火了一把，盛况不逊于当年他从一千名进步到年级第一名的时候。据张宇坤说，经验分享结束后，他们从阶梯教室里出来，周围人的议论要么是"厉害啊"，要么是"他好帅"，最多的是——"什么人能写出这种结局？他是不是心理有什么问题？"

张宇坤表示，他最赞成最后一种说法。他拿着笔指着聂清舟的脖子，威胁道："舟哥，你能不能写点看了让人开心的东西？"

聂清舟把他的笔拿开，微笑着说："有作家曾经说过，悲剧就是要把美好的东西撕碎给人看。"

赖宁挠着后脑，愤愤地发问："这是哪个作家啊？"

张宇坤严肃而笃定地道："我觉得是鲁迅。"

聂清舟忍俊不禁。

自从寒假去了一趟省城之后，聂清舟豁然开朗，有了真正动笔写故事的意愿。不过这些故事现在写出来还有点仓促，显得单薄和稚嫩。

他或许并不是像他高中同学那样的天才，但是他幸运地得到了十年的时间，可以慢慢地写他的故事。

"聂清舟！"有人在窗户外面喊，张宇坤转头看去，正是郑佩琪。

她的身边没有夏仪，这真是怪事。

聂清舟站起身来，拉着张宇坤和赖宁就往外走："咱商量件事，宇坤、赖宁，你们大显身手的时候到了！"

周六早上，夏奶奶给夏仪做的早饭是她亲手擀的面条，细细长长的一根填满了整个碗，面汤是昨晚炖的鸽子汤，面条上加了个撒了葱花的荷包蛋，香气扑鼻。

"生日快乐，夏夏！"夏奶奶笑得慈祥，把筷子拿给夏仪，还递给她一个红包。

夏仪轻轻笑了笑，接过筷子和红包说："谢谢奶奶。"

她坐到桌子前开始品尝这碗生日面，奶奶坐在她的对面，问道："今天要去同学家玩啊？"

"是的，郑佩琪约我去她家写作业。"

"是要给你过生日吗？"

"不是，她不知道今天是我生日。"

奶奶叹息一声，絮絮叨叨地说："也好也好，人家要是给你送了生日礼物，她生日了咱们就得送回去啊。你这个同学家里挺有钱吧？这礼物不好还，还是别让他们知道比较好。"

夏仪点点头，咬了一口荷包蛋，含糊地说："我没有跟别人说过。"

奶奶摸摸她的头，不无愧疚地说："面条好吃吗？要不要再加点盐？"

"好吃。"

夏仪把面汤也喝得一干二净，以实际行动证明了夏奶奶的手艺。

这是夏仪第一次去郑佩琪家。郑佩琪住在虞平与常川交界的地方，是一片山清水秀的富人区，都是自家的地，自家盖的房子，中式的、欧式的、美式的别墅应有尽有。

这些自建的别墅看起来比乔老师家还阔气。

夏仪走到一处欧式三层别墅前，犹豫了一下，然后拿出手机给郑佩琪发短信："是308号吗？"

短信刚发出去，别墅门就开了，郑佩琪一溜烟地跑了出来。她今天打扮得很好看，穿了一件蓝色英伦风格子裙，像是要出去玩似的。

夏仪愣了愣，就见郑佩琪一路小跑打开庭院门，抓着她的胳膊就往里跑，嘴里说着："快来，快来！"

夏仪简直就是被她拉到门口然后推进门里去的。门廊里没开灯，四下黑咕隆咚，夏仪伸出手去摸墙壁，却被郑佩琪继续往前推。

"我没换鞋……"

"不用换，不用换！"

郑佩琪话音刚落，夏仪就被推到了客厅里，客厅的窗帘拉得严严实实，光线昏暗，有一簇耀眼的光芒亮起，然后分散为点点烛火。

聂清舟捧着一个草莓蛋糕，站在客厅里笑着看着她。蛋糕上有个"17"形状的蜡烛，还有一朵粉色的塑料荷花，荷花的花瓣上站着燃烧的蜡烛。

张宇坤和赖宁拿着大把荧光棒，跳得高高的，大喊着走音的"Surprise（惊喜）"。

夏仪蒙蒙地站在原地，然后就被郑佩琪戴上了生日帽子，郑佩琪跟他们一起欢呼着把夏仪推到蛋糕前，说着："生日快乐！快许愿，快许愿，然后吹蜡烛！"

夏仪低眸看着蛋糕上的烛火，有些无措地攥了攥手，然后双手合十闭上眼睛。

这个时候，郑佩琪、张宇坤和赖宁都拍着手唱起《生日快乐》歌来，桌子上亮着屏幕的手机里也传来遥远的歌声。

夏仪的愿望许得有点久，当生日歌唱完第二遍时，她才深吸一口气，把蜡烛都吹熄了。

大家热烈地鼓掌，灯光大亮，礼花筒喷出大量碎纸花，纷纷扬扬地落下来。

夏仪抬起头来看着纸花，再看向对面。

聂清舟因为突如其来的光亮而眯起眼睛，他一只手托着蛋糕，另一只手护住蛋糕免受碎纸花荼毒，笑得眉眼弯弯，对她说道："夏仪，十七岁生日快乐！"

客厅里挂满了粉白的气球，拉了"Happy Birthday"的剪纸横幅，宽大的茶几上铺满了饮料和零食，还有大大小小的礼盒。

夏仪怔怔地看着这一切，只见聂清舟放下蛋糕，把桌子上亮着屏幕的手机拿到夏仪面前，里面传来遥远的有点失真的声音。

"姐姐。"

夏仪惊讶地喊道："小延？"

"姐姐，生日快乐！礼物我先欠着，下次回去见你给！"

"好啊，你现在怎么样啊？"

"我很好，你今天是寿星，别想我的事情，关心你自己吧。好好玩啊！"

夏仪点头说好。聂清舟笑着放下电话，说："寿星快切蛋糕吧！"

赖宁利索地把塑料刀递给夏仪，夏仪有点笨拙地把那个蛋糕切开。过程中，郑佩琪雀跃地跟她说这个生日惊喜的筹备过程，张宇坤则炫耀这个场地布置是由他一手策划的。

果然，风格和当时医院外那个"love"场地差不多。

聂清舟只是抱着胳膊笑着看着，嘱咐夏仪："蛋糕很大，先切一半就行。"

夏仪不明真相，老老实实地只切了一半的蛋糕。结果另一半的蛋糕，自然沦为了抹奶油大战的牺牲品。

五个人你追我赶，你来我往，满手奶油张牙舞爪地可劲儿互相折腾，一开始是夏仪被抹了满脸，就只剩下眼珠子还干净地滴溜溜地转。然后下一个目标就变成了聂清舟，张宇坤本人脑门上一片粉红的奶油，他死死地抱住聂清舟的腰，滑稽地笑道："我抓住舟哥了！我抓住舟哥了！快来，快来！"

于是，聂清舟接受了众人一番彻底的洗礼，夏仪也没客气，抹了他一脖子奶油。

等聂清舟生无可恋反客为主时，张宇坤和赖宁也难逃魔爪，就连穿了新衣服的郑佩琪也不能幸免。

疯了半天，等五个人终于冷静下来吃蛋糕的时候，已经分不清楚谁是蛋糕谁是人了。

"一号蛋糕人"说："幸好做了个大蛋糕，不然不够折腾的。"

"二号蛋糕人"说："郑佩琪，你家阿姨的手艺真不错唉，蛋糕做得真好。"

"三号蛋糕人"说："那当然，你瞧你们买的蜡烛，什么年代了还要那个粉色荷花蜡烛，拉低我家阿姨蛋糕的档次。"

"四号蛋糕人"说："那个……我还想再吃一块。"

"五号蛋糕人"说："那里有一块塌了一半的，我给你切。"

这五个人互相看了看，不约而同地发出一阵爆笑声。

等吃完蛋糕，他们也都把自己尽量收拾干净后，终于到了拆礼物环节。夏仪戴着生日帽坐在大茶几前，宛如圣诞节坐在圣诞树下准备收礼物的孩子。

张宇坤送了她一本乐谱，赖宁送了她一个陶瓷笔筒，郑佩琪送给她一副头戴耳机。

夏仪拆出郑佩琪送的耳机时愣了愣，对她说："这个很贵吧？"

郑佩琪摇摇头，说："不知道。这是我爸朋友送的，我们家没人听音乐，闲置好几年了。我本来还怕放坏了，想给你买新的。都怪聂清舟，他不让我买，说太贵了你会有心理负担，自己倒好转头送了一个这么贵的礼物！"

聂清舟走到沙发背面，拿出一个大盒子递给夏仪，笑道："那我能和你一样吗？我平时就在夏家蹭吃蹭喝，算是夏奶奶半个孙子，就是夏仪半个哥哥，自家人送礼物和你们肯定不一样啊。"

夏仪打开盒子，里面赫然是把浅棕色的吉他，她眼里泛起光芒，又立刻抬头看向聂清舟。

在她问话之前，聂清舟率先回答她："拿作文比赛的奖金买的。"

顿了顿，他蹲下来摸摸这吉他，说："喜欢吗？"

夏仪笃定地点头，说："喜欢，很喜欢。"

聂清舟满意地笑起来。

郑佩琪不干了，气呼呼地说聂清舟谎报军情，夏仪明明就没有那么介意价格。夏仪安抚了郑佩琪好久，说自己特别喜欢这个耳机，郑佩琪才算是稍稍消气。

夏仪发现语言是个很神奇的东西。

好像有些本以为晦涩困窘的话，只要说出来就没有什么大不了，相互关爱的人，自然会相互理解。

这是她十七年来最开心的一个生日。

作为寿星，她应邀为所有的生日派对筹备者唱了歌，抱着她刚刚到手的吉他，任他们点时下最流行的歌曲，一连唱了六首。

所有人都非常捧场，他们把帘子拉上，只开了一盏小灯，拿着荧光棒坐在地毯上乱七八糟地挥着，鼓掌喝彩。

夏仪唱完之后，张宇坤由衷地说："真是奇了怪了，同样都是嗓子，为什么我低音下不去，高音就破音，就算唱准了也跟念经似的。夏姐怎么就高音低音一点儿也不费力，随便哼哼都这么好听呢？夏姐！我要做你的头号粉丝！"

聂清舟拍拍他的头："一边儿去，我早就预订了啊，你们可都是亲眼见过我给夏仪献花的，我才是夏仪的头号粉丝。"

郑佩琪不服："那花还是我出的呢！你要是头号，我就是二号！"

"我三号！"赖宁迅速举起手。

张宇坤瞪起眼睛："嘿哟！合着我最先提，还落到最后了！"

夏仪抱着吉他，笑弯了眼睛。

虽然张宇坤不幸成了四号粉丝，但是兴奋丝毫不受影响，对头号粉丝说道:"舟哥,有没有信心,下次给夏姐送台钢琴?就音乐老师说的那什么,施特劳斯的钢琴!"

夏仪沉默了一下,说:"你想说的是不是施坦威的钢琴?"

"对对对,多少钱啊?"

"几十万吧。"

聂清舟拍着张宇坤的肩膀,说:"我有信心,我马上就去买彩票,什么时候中奖我就买。"

由于太兴奋,又吃了蛋糕,他们的午饭吃得很晚,郑佩琪家的徐阿姨烧了一大桌子好菜。两个女生和聂清舟吃得还算斯文,张宇坤和赖宁吃得简直是风卷残云。

张宇坤嘴里鼓鼓囊囊塞着菜,还举着大拇指跟郑佩琪说:"郑姐,要是我能有你这条件,我在学校里我就横着走!谁不服我,我甩他一脸钞票!你怎么还能混到被孤立被欺负呢?"

郑佩琪瞪了一眼张宇坤,说道:"你替我来挨我爸骂啊?"

张宇坤立刻拍了拍自己鼓着的腮帮子:"那别了,瞧我这嘴,吃到好吃的就管不住了!"

"你叫我郑姐干什么?"

"厉害的就是姐或者哥,比如夏姐、舟哥,还有郑姐。"张宇坤笑得谄媚,拍了下埋头吃饭的赖宁,"是不是?"

赖宁抬头,笃定地道:"郑姐!"

酒足饭饱,他们下午聚在郑佩琪家的影音室看电影。张宇坤想看喜剧片,赖宁想看超级英雄大片,聂清舟想看科幻片,郑佩琪想看迪士尼,最后由寿星夏仪在一堆电影里盲选,选中了一部老片——《楚门的世界》。

好电影不愧是好电影,这五个口味各异的人居然都看得津津有味。聂清舟和张宇坤坐在地毯上背靠着沙发,夏仪、郑佩琪和赖宁坐在沙发上。大家喝着可乐,张宇坤看到主人公妻子做广告时笑得咳嗽起来,被郑佩琪瞪回去。

当主人公终于决定离开那个他待了一辈子的摄影棚时,郑佩琪感慨地跟夏仪说道:"他要去找他的初恋了吧,那个女生也要去接他,他们会在一起吗?"

夏仪想了想，说："不会吧。"

"为什么！他们不是相爱吗？"

"所有一切都是假的，爱会是真的吗？"顿了顿，夏仪说，"外面的世界里所有人都是他的观众，他在这些人面前毫无隐私，无所遁形，他怎么面对这个女生呢。"

郑佩琪沉默了一会儿，趴在她肩膀上说："别说了，别说了，好悲剧啊，憋屈。"

张宇坤回过头来："不是挺好玩的嘛，怎么憋屈上了？"

郑佩琪干脆道："闭嘴！"

"好嘞，郑姐！"

聂清舟听到这动静也回过头来。他坐在地毯上，胳膊向后架在沙发坐垫上，仰着下巴看了一眼张宇坤，再与夏仪四目相对。

聂清舟的脸上映着投影的光芒，亮亮暗暗，勾勒出清晰流畅的下颌线。然后，他笑起来，脸颊上显露出浅浅的酒窝，眼睛弯弯的，盛满温柔。

夏仪轻微地怔了怔，也弯了弯嘴角，手无意识地攥紧了坐垫上的毛毯。

好像有那么一瞬间，她忘记了刚刚的电影情节，甚至不知道他们刚刚在干什么，只有一种陌生的想触碰他脸庞的欲望。

欲望稍纵即逝，只留下手心潮湿的汗。

夏仪的生日过完，热热闹闹的夏季学期也快走到了头，常川的天气越发炎热，海风带来潮湿的水汽，压得人喘不过气来。

学期末，他们迎来了分班考试，除了聂清舟，其他人都是第一次感觉到未来高考的气氛，连一向跳脱的张宇坤都感觉到了紧张。

考试前的每个中午和周末，他们都聚在一起自习，谈论着分班、选科，偶尔也谈论起未来的规划，像是努力透过迷雾去看远方的灯火。在他们之中，聂清舟和夏仪还算是有突出的特长，郑佩琪、张宇坤和赖宁则只知道自己讨厌什么，不知道自己想做什么。

"我以前也这样，很多人可能一辈子都想不明白，还有很多人一辈子都不会去想。越早思考就能越早找到，这是幸运的事儿啊。"

聂清舟笑了笑，指指自己和夏仪："当然，我俩更幸运一点，我们都已经找着了。"

郑佩琪抗议道:"别炫耀了!当心分班考试人品暴跌!"

"舟哥人品再暴跌,凭他平时的成绩,也跌不出实验班吧?"赖宁说道。

张宇坤怨念地抬起头:"啧啧啧,我要嫉妒得冒泡了。"

在这一个月的高强度学习和三位辅导老师无微不至的关照下,张宇坤和赖宁最后的分班考试考到了年级前一百名。

放榜那天,张宇坤和赖宁相拥而泣,感叹这一个月的委屈没白受,发誓要狠狠玩一个暑假。分班考试和以前历次考试的成绩平均下来,他们报物生应该也能扬眉吐气地进个实验班了。

聂清舟、夏仪和郑佩琪的成绩一如既往的稳定,妥妥能进物化王牌实验班——闻钟也是如此。

那天阳光正强烈,微风和煦,年轻的他们站在吵闹拥挤的走廊里,兴奋又快乐着,向自己的未来走出了第一步。

第十一章
让所有光照到她身上

新学期开学的第一天,聂清舟拎着书包走进了高二(1)班——全年级最强的理科物化实验班。这个班上的大多数同学以前就是一班的学生,聂清舟这样考进来的"外来者"就那么八九个,分外扎眼。

不过,聂清舟没感觉到陌生或孤单——因为郑佩琪正好坐在他的前排。

座位表一早就贴在了教室门口,老师贴心地把聂清舟和夏仪安排在了教室的两角——第一组最后一排和第四组最后一排。要不是他俩个子都高,估计就在对角线上了。

这次班里的人数是偶数,所有人都有同桌。夏仪的同桌换了一个"外来者",郑佩琪也换了新同桌,被安排到了聂清舟前排。

看到聂清舟来了,郑佩琪向他伸出手:"东西呢?"

聂清舟坐在座位上,打开书包拿出四本贴着学校图书馆标签的书,递给郑佩琪:"都在这里了。"

郑佩琪拿走上面两本:"这两本是我要的。"

"你都拿走吧,下面两本帮我给她。"聂清舟意有所指。

郑佩琪拿着这四本书,皱着眉说:"你们不是没事儿吗?怎么搞得跟地下党一样?"

"你看老师防我俩跟防贼似的,流言难禁啊,在班里行事多有不便,郑姐帮帮忙吧。"聂清舟满面笑意。

"你怎么也跟张宇坤学!我没那么老!"郑佩琪嘴上愤愤不平,却爽快地站起身来，拿着书去找夏仪了。

夏仪的头发八个月没剪，长度已经可以扎起来。她今天用黑色橡皮筋扎着高马尾，后脑的弧度圆润，露出干净洁白的脖颈。她仰头和郑佩琪说了些什么，郑佩琪手里的《百年孤独》和《我的阿勒泰》就放在了夏仪的书桌上。

夏仪转过头看了聂清舟一眼，聂清舟也在此时看向她，两人的目光一触即分。夏仪低头把书放进抽屉里，聂清舟则托着下巴望向窗外。

不过两个人的嘴角都是弯的。

聂清舟想，他曾经要隔着两栋楼之间三十多米的距离加上一个阳台的宽度，才能看见夏仪模糊的身影，现在他们的距离终于缩小到一间教室里不足六米的距离了。

新班级新气象，第一件事情就是要重新选班委。学习成绩特别好的班级一般有个特点，就是大家竞选班委的积极性不高，且逐年降低，大部分人都只想着好好学习，顾着自己的一亩三分地。

老师也很清楚这一点，就让有意向竞选的同学去老班长闻钟那里报名，有多人竞争的就投票选举，只有一个人报的就直接当选，没人报的就继续用去年的班委。

课间，聂清舟走到闻钟面前轻轻敲了敲桌子，闻钟抬头看着他。聂清舟微笑着说道："班长，我想报名竞选新班长。"

闻钟有些意外，皱皱眉："你为什么想当班长？"

"就是想做点事情，给班里带来一点不同的气氛。"顿了顿，聂清舟反问，"不然呢，你又为什么要做班长？"

闻钟愣了愣，他脑子里有一些冠冕堂皇的答案，但他莫名觉得在聂清舟面前说谎还不如什么都不说。这个人似乎有种恶心的能看透谎言的能力。

于是，闻钟轻描淡写地说："好，我记下了。"

聂清舟没有执着于这个问题的答案，他笑了笑，转身离开。

然后下一个课间，夏仪罕见地来到闻钟面前，闻钟也同样意外地抬头看她。

她留了长头发，现在看起来有点小时候的样子，幽静又美丽。

她语气平稳地说："班长，我想报名做副班长。"

闻钟不由得握紧了手里的笔，睁大眼睛问："你……要竞选？"

"嗯……副班长有人报名吗？"

"还没有。"

夏仪似乎松了一口气，点点头就转头回自己的位置了。看来她和闻钟一样，无法想象她走上讲台竞选演讲的样子。

那她为什么要报名？

闻钟看着笔记本上的名字，班长后面写着聂清舟，副班长后面写着夏仪，两个人的名字挨在一起。

他同桌侧过头来看向笔记本，惊讶道："哎，聂清舟一上来就要竞选班长啊？他这个外来人在咱们班根本没基础，我看班长还是你的。"

闻钟沉默着没有答话，他想起聂清舟的那个问题——为什么要做班长？

班长也是班委中的第一，所以要做班长。不过，他为什么一定要当第一呢？

——"'高考之后就好了'只是安慰人的套话而已，以后的磨难只会更多，如果不能接受自己，一生都会像现在这样痛苦。"

"我没想竞选班长。"闻钟淡淡地说，他把笔记本往前面一推，长长地呼出一口气，"当班委挺累的，我不想当了。高二、高三我打算好好学习。"

因为没有对手，聂清舟和夏仪毫无异议地成了一班的正、副班长。

一班班主任董佳看着她班上这成绩顶尖的两员大将，着实是有点发愁。你说他们俩不是情侣吧，平时这两个人形影不离；你说他俩是情侣吧，就没人看见过他俩有什么亲密举动，在学校里总是五个人一起行动，也不至于拉这么多电灯泡吧。

她打电话给夏仪的奶奶，夏奶奶一听到聂清舟的名字，就跟老师说他们弄错了，聂清舟是她干孙子，所以才和夏仪比较亲近。

她打电话给聂清舟的姑姑，他姑姑一听到夏仪的名字，就说这事儿她知道，她托夏奶奶在生活上照顾聂清舟，夏奶奶就托聂清舟在学校多照顾夏仪。

董佳碰了两鼻子灰，深感这事儿她是管不了了，只要夏仪和聂清舟的成绩不往下掉，她就睁一只眼，闭一只眼吧。

"哎哟,这不是年级前三的两个大学霸嘛。"张自华拎着一袋橘子走进办公室,笑道,"怎么了,小董,还给他们开小灶哪?"

"什么呀!他们是一班的正、副班长,我给他们布置工作呢。"董佳无奈地道。

"一般学习好的都不愿意当班委,就怕影响学习。他们学习好还热心,难得哦,正好男女搭配干活不累。"张自华从塑料袋里拿出橘子,给夏仪和聂清舟一人一个,然后再给了董佳一个。

"咱俩也是。"张自华笑嘻嘻地补充道。

董佳拿着橘子,揶揄张自华道:"跟我搭配是关键吗?关键是聂清舟吧。早就听说他是你的爱徒,能继续教他,你开心死了吧?"

说完,她转头对聂清舟说:"别听老张乱夸你,戒骄戒躁继续努力!"

聂清舟拿着橘子,乖巧道:"那是当然。"

"还有夏仪,你高一上学期当过学习委员,当时买教辅的事情办得很好,老师相信你的能力。但是副班长这个职位和同学之间的交往要多很多,你有心理准备吗?"

夏仪点点头。

于是,董佳给他们布置了一堆工作,让他们回班里去了。聂清舟临走前挥着橘子跟张自华告别,然后转头对夏仪感慨道:"老张真是不一样了。"

夏仪想,听说张老师为了争取能教实验班挺努力的,还立了高考语文成绩的军令状,确实不像传闻中他懒散的风格。

秋季学期开学以来的第一件大事,就是校运动会。

一班体委带来一个不幸的消息——在体育上一向和他们争夺年级倒数第二、去年校运会被他们踢下去垫底的二班新来了个体育特长生。

二班沸腾了,誓要一雪前耻,争前五保前十,把倒数第一丢给一班。

其实对于这些实验班来说,体育成绩并不是很重要,大家也没想要在校运会里名列前茅,腥风血雨的厮杀在于"逃脱倒数第一"。

去年二班和一班杀得难解难分,最后 4×400 米混合接力跑,两边都跑得要吐,两个班的啦啦队杠得比争第一的还厉害。最后,一班和二班的队员疑似相撞了一下,二班的同学跌倒在地,一班就此保住了倒数第二的位置。

二班的同学坚持跌倒是被一班同学的手肘撑的；一班的同学坚持他们只是离得近，她根本没有碰到二班的同学，是二班的同学自己绊了自己。

双方各执一词不了了之，这梁子就算结下了。

菜鸟互啄能啄成这样，也属实是奇观。

今年的新二班就跟新一班一样，都是物化实验班，人员变动都不大，旧怨被完美地继承下来。得知二班新进了体育特长生的消息后，一班的危机感油然而生。

一班体委付子明是个一米八五的大块头，性格风风火火，成绩也属于剧烈起伏，不停荡秋千的那种，好险才保住一班的席位，但是在班里人缘很好。他在课间慷慨激昂地动员大家积极报名参赛，并且指着聂清舟说："班长，我可看过你打球，就你这身体素质不报满三项说不过去吧？"

聂清舟举起手："我先报个3000米，其他什么项目缺人，你把我报上就行。"

付子明伸出大拇指，说："班长好样的！"

付子明充分发挥了杀熟的策略，每个课间都不消停，仗着自己在班里攒下的人缘到处拉人参赛，煽动竞争情绪，散播"仇恨"种子。

最后，他来到夏仪面前，一反之前口若悬河自信满满的样子，清了清嗓子，有点紧张地问："夏仪……同学啊，你能不能也报几个项目啊？"

夏仪抬起头来看向他，那双黑色的没情绪的眸子让付子明退缩了一下。

说起来丢人，他有点怕夏仪。夏仪高一刚进校时，胳膊上就带着明显的刀疤，没多久她又把聂清舟打倒在地，关于她的流言甚嚣尘上，班里没人敢跟她说话，高一的校运会他也没找夏仪报名。

但是此一时彼一时，当时他也没想到他们班体育这么弱啊！今年二班这么嚣张，别说夏仪是胳膊上有疤，就算她是疤脸大汉，他也要硬着头皮劝一劝。

"我……我们班女生本来就少，有很多项目都缺人，我看你体育好像挺好的。就是说……你要是不参加，我和班长还得去挨个求人……"付子明磕磕绊绊地说。

夏仪眸光微动，平静地问："哪些项目缺人？"

- 311 -

付子明的眼睛顿时亮了:"你擅长什么?4×400米接力、800米、400米行不行?"

"都可以。"

"那就都报了吧!"付子明一边兴奋,一边小心翼翼地观察着夏仪的表情。

夏仪点点头:"好。"

付子明想,她说"好哎",她居然答应了。

就这么简单?就这么简单!

付子明瞬间心情大好,拿着报名表喜气洋洋地去找聂清舟,跟他说:"班长,班长,没剩几个空缺了,咱们再努把力就填满了!我是真没想到,夏仪居然这么好说话,我跟她说报三项,她眼睛也不眨就答应了。"

"那当然,她又不是什么洪水猛兽,你们把她想得太可怕了。"聂清舟拿过报名表,笑着往下看。

付子明拖长了声音,揶揄道:"对哦,夏仪的脾气,班长你最清楚了。"

聂清舟哑然失笑,摆手:"去去去,别开玩笑。"

常川一中的体育课向来散漫,一般来说慢跑完做完热身运动就自由活动了。爱运动的去运动,不爱运动的同学多半会掏出单词本、练习册坐在操场边把体育课当自习课上。

以前聂清舟他们班和一班同时上体育课时,他就看见过一班整班的人拿出各种习题册学习的盛况。

就这情形,运动会一班不倒数第一谁倒数第一?

这天的体育课,热身结束后,大家果然三三两两地掏出书坐下了。付子明揪着他的几个铁哥们儿和聂清舟、夏仪找体育老师辅导练习,付子明有点犯愁地对聂清舟说:"这大好的时机,大家应该都练练啊。"

"那你怎么不动员一下?"

"会被撑。"付子明摇摇头,勾着聂清舟的肩膀道,"新班长你不了解情况。有句老话叫断人财路犹如弑人父母,在我们班阻人学习就如断人财路。说不听的!"

聂清舟想了一会儿,跟体育老师说了两句,就走到操场边正在背英语单词的闻钟面前。

聂清舟对闻钟说："闻钟，你是不是还欠我个人情？你晕倒那次。"

闻钟抬起头，隔着眼镜冷冷地看着他："你要干什么？"

聂清舟微微一笑，指着远处的体育老师："我们田赛项目还缺个跳高的，老师说你的身体条件很适合，你要不报个跳高？趁现在练一练？"

闻钟愣住。

正在操场上学习的一班同学，被郑佩琪一声响亮的惊呼唤醒："那不是闻钟吗？"

大家三三两两地抬起头来，看到不远处的闻钟一跃而起，轻松地越过架在半空的杆子，后背落在厚厚的垫子上。

体育老师跟他说了些什么，然后把杆子架得更高，闻钟点点头，然后爬起来重新助跑，一跃而起——居然又过了。

"我没看错吧……闻钟在练跳高？"

"别人也就算了，闻钟都去练习了？"

"他这么厉害啊！"

"你们看那边！"郑佩琪一声呼喊，大家又纷纷转了视线，就看到跑道边付子明他们正在练 4×400 米混合接力。

在操场上三三两两懒散慢跑的队伍中，付子明身手矫捷，"嗖嗖"地超过无数跑步的队伍，风一样地冲过去，极具视觉效果。已经有不少在操场上闲逛的人停下来看着他了。

不过付子明的体力分配有点问题，一开始冲得太猛，后面明显慢下来了，不过他后面一棒就是聂清舟。

聂清舟一拿棒，瞬间像子弹一样飞了出去。一班同学安静了一瞬，继而爆发出一阵惊呼。

"我眼睛是不是加了快进键了？"

"我还以为付子明跑得够快了，但他和聂清舟简直不是一个级别啊！"

"他一开始就冲这么快，后面……怎么还越来越快了？去他的二班保十争五，咱们班才是保十争五吧！"

一班的人沸腾起来了，正好体育老师走过来，跟他们说："还有没有要练项目的，抓紧时间啊！二班有体育特长生还每节课都练呢，你看你们班闻钟，练这么一会儿提了十厘米！"

"走走走！"

男生们听到周围人说闻钟、聂清舟和付子明他们帅,再看看场边好多别的班的女生围观,早就按捺不住,再加上和二班的旧怨,纷纷出动。女生们也被这气氛带动,没一会儿报名参赛的人都去练习了。

郑佩琪笑嘻嘻地站在原地,远远地向夏仪和聂清舟挥手,比了个耶。

夏末九月的天气不热不冷,常川一中的校运会就此开幕。

一班的位置很不错,就在主席台右边,放眼望去就能看到整个操场上的形势。付子明指挥啦啦队拉起横幅,红底黄字明晃晃地写着"一班一班,绝不一般!一班一班,勇争桂冠"。

一班右边紧挨着的是二班,他们班做的是一人拿一个的手牌,连在一起就是"超越一般,卓越非凡,青春飞扬,看我二班"。

付子明看到二班的标语,立刻怒目圆睁:"什么超越一般,他们明摆着就是要跟我们杠嘛!"

聂清舟站在看台下面,扶着付子明的肩膀认真地道:"人家这个标语,看起来确实更有内涵一些。"

付子明幽幽地转过头来看向聂清舟,聂清舟立刻举起手比画:"不多,只是一点点。你说呢,夏仪?"

夏仪正在原地做热身运动,她今天扎着马尾辫,用卡子把所有碎发固定好,穿着校服T恤和校服短裤,显露出修长的四肢。

她闻言抬头仔细看了下两个班的横幅,说道:"我们的更押韵。"

付子明举起拇指:"还是副班长有眼光。副班长,你的比赛最早开始,加油!"

付子明话音刚落,广播就响起了高二女子400米预赛检录的通知,夏仪冲付子明和聂清舟摆摆手,就准备往检录处走。

"夏仪加油!打头阵啊!"付子明突然一嗓子喊出来。

聂清舟把手放在唇边,跟着喊:"夏仪加油!"

夏仪愣了愣,就听到一班的人群中传来好几声响亮的呼喊。

"夏仪加油!"

"夏仪加油!"

"加油啊!"

夏仪在原地望着这些熟悉的同学和他们陌生的、热情的眼神,有点蒙地机械地跟他们也挥挥手，往检录处去了。

她不太适应这种热情。

事实证明，这种热情已经是矜持的了，当比赛枪响，夏仪像是破空而出的一支箭迅速甩开对手时，一班的人都疯了。

"夏仪！夏仪！夏仪！"

"快快快！甩掉她们！甩掉她们！"

"噢！哇！第一！"

"一班一班，勇夺桂冠！"

"看到没有，我们上来就拿了第一！"

二班的人跟一班呛声："预赛第一有什么了不起！"

"就了不起！比你们预赛淘汰的厉害！"一班的人迅速还回去。

这一天下来，一班的疯狂就没停下来过，从"夏仪"喊到"聂清舟"，再喊到"付子明"，再喊到"闻钟"，也不知道是不是因为勤加练习，除了夏仪和聂清舟这两匹黑马，一班其他选手的水平也提高了不少。

年级的几个女体育特长生在100米、200米和800米比赛中杀得昏天黑地，倒让夏仪拿到了400米比赛的高二女子组冠军。而在高手云集的800米比赛中，夏仪也拿到第四名，一班开心得不行，直接把夏仪捧到天上去。

聂清舟则拿到了男子1500米的第三名。

除此之外，一班的参赛选手还有好几个取得了能赢积分的名次。付子明实时盘点着大家的名次积分，仿佛对着烛灯数钱的老财主，激动得两眼放光。

第一天结束的时候，主席台广播了第一天比赛下来每个班的积分，当一班的积分在第八位报出来时，一班爆发出一阵震耳欲聋的欢呼声。

"听到没有！听到没有！我们现在第八！"

"这次我们肯定不可能是倒数第一了！"

"本来就是，我们可有一个全年级冠军！还有一个季军！怎么可能倒数第一！"

付子明却没有忙着庆祝，他把明天 4×400 米混合接力的人都叫到一起，郑重地讲述了他的研究结果。

"二班靠那个特长生今天拿了两个冠军,加上其他的积分,目前排名是第七,我们和他们就差一位。我盘算了一下,明天班长的3000米没特长生,进前五没问题,还能赚个积分。二班那边有个人田赛不错,去年他们就靠他撑着,所以他们明天的铅球和跳远应该还有积分可拿。

"除此之外,明天二班的体育特长生还剩个4×400米混合接力的项目,这个比赛就是我们超越二班的重中之重。我们要进前五,而且一定要超过二班!"

付子明仿佛排兵布阵的将军似的,指挥道:"第一棒是我,第二棒是宋雨曦,第三棒是夏仪,第四棒是聂清舟。我观察了一下二班的水平,他们第二棒和宋雨曦速度差不多,第一棒和第三棒都不如我们,但是第四棒就是那个体育特长生了。"

说罢,付子明目光灼灼地看向聂清舟:"你今天看他的比赛,感觉怎么样?"

聂清舟思考了一会儿,比了个手势:"如果你们能给我留出三十米的优势,我应该可以试一试。"

付子明爽快地说道:"就这么定了!"

第二天,4×400米比赛,两个班的队伍碰面时,火药味儿格外浓重。别的班之间的气氛看起来都是"友谊第一,比赛第二",这两个班之间的气氛看起来就是"管他什么友谊,不服就干"。

号令枪一响,所有人都奔了出去,观众席上的比赛也打响了,一班和二班的加油声冲天响,颇有不是东风压倒西风,就是西风压倒东风的架势。

付子明果然如他所说,一下子甩开了二班第一棒十来米。但或许是太过紧张,交棒的时候他和宋雨曦没配合好,居然掉了棒。

宋雨曦慌慌张张地捡起来再往前跑的时候,已经被二班的赶上来了。付子明在原地急得直跳,喊着:"完了,完了!"

宋雨曦越慌越不行,没能咬住二班。棒交到夏仪手上的时候二班已经超过去一大截了。夏仪拿过棒,然后头也不回地冲出去。

夏仪的衣服里灌满了风,马尾在风中飘扬,像是一匹矫健的鹿,和二班的距离被她急速缩小。

观众席上一班的人喊疯了,这可是400米年级冠军!

就在夏仪即将超越隔壁赛道二班的同学时,意外发生了。

她们靠得很近,她们的身影蓦然重合,夏仪突然跌倒在地,而二班的女生踉跄了一下就继续往前跑去。

一班的观众席爆发出巨大的惊呼声,声音还没有落下,就见夏仪拿着交接棒从地上爬起来。她跑得比之前还要快,如同乘着风的离弦之箭,在半圈内连超四人——包括二班的女生。夏仪神情平静,看也不看那个女生一眼,就把她远远甩在身后。

"血!血!夏仪的膝盖在流血!"

郑佩琪喊道,一班的同学跟着惊呼。夏仪的膝盖上破了一大片皮,此刻随着她快速地奔跑,血已经沿着她的膝盖往下流,分成三股支流,没入她脚腕的袜子,把袜子染得通红。

聂清舟在第四棒的位置等着夏仪,有那么一瞬间,他看不到别的东西,眼睛里只有刺目的红。

直到那红色铺面而来,夏仪把交接棒交到他的手上,言简意赅地吐出一个字,宛如巨雷响在他的耳边。

"跑。"

聂清舟攥紧了交接棒,转头冲出去。

他脑子里只有一个念头。

——去他的三十米优势,去他的体育特长生,他要赢。

在极度激动的肾上腺激素加成下,聂清舟跑出了此生最快的冲刺速度,跑过终点时,他的大脑因为缺氧而短暂地空白了片刻。

然后,他立刻回头去找夏仪,他的目光茫然地在人来人往的操场上巡视,周围的人声鼎沸都变成了底噪,只有他剧烈的喘息声震耳欲聋。

直到付子明激动地搂过聂清舟的肩膀说:"我们找二班理论去!二班那人肯定是故意的!我跟你说,她就是去年摔倒的那个,她肯定是怀恨在心,报复到夏仪头上!"

"夏仪怎么样了?"

"郑佩琪已经把她送到医务室了。"

聂清舟定了定神,他跟付子明一起走回观众席,一班已经和二班为这事吵得不可开交,要是有臭鸡蛋现在已经砸出花了。

付子明正撸起袖子准备加入我方势力,就见巡逻的高娟梅戴着个红袖章,凶巴巴地走过来喊道:"吵什么吵!再吵纪律分扣光!"

看在高娟梅的面子上,两边的骂战有所停息。高娟梅把两个班的班长叫过来,让他们管理好班级,不要再大声喧哗。

聂清舟冷静地说:"老师,如果恶意撞人,是可以取消成绩的吧?"

二班的班长看了一眼聂清舟,语气还算平和:"你不能下定论说我们班恶意撞人,老师都没有这么判。再说了,我们班本来就没有成绩,有什么好取消的?"

聂清舟愣了愣,他回到一班观众席上,问付子明:"刚刚接力赛结果是什么?"

"班长你不知道?"付子明惊讶地睁大眼睛,"我们班第三!我们班掉了一次棒,跌了一跤都能拿第三!你和夏仪超常发挥啊,特别是夏仪,她超人的时候可太热血了!"

聂清舟摆摆手,问道:"那二班呢?他们怎么样?"

付子明嗤之以鼻:"他们?三、四棒交接的时候掉棒了,棒滚得可远了,这就是报应啊!就算有特长生有什么用?还不是第六,没积分。"

聂清舟蓦然想起,刚刚结束奔跑时,在所有遥远模糊的画面和声音里出现过一个身影。那个高个子精壮的男生拍了拍他的肩膀,似乎欲言又止,最后说了一句——对不起啊。

那个人是二班的体育特长生。

按理说他不该掉棒,也不太可能只拿第六名的。

聂清舟揉了揉太阳穴,对付子明说:"赛场上的事情,赛场上解决吧。"

男子3000米比赛开始的时候,夏仪已经包扎好伤口,被郑佩琪扶回了看台上。一看见她,一班的人都围上来关心她,这众星捧月的架势让夏仪有点无措,直到比赛的发令枪响,大家的注意力才回到赛场上。

这是聂清舟的最后一个比赛。

其实聂清舟的长跑要远远胜过短跑——如果不是因为一班的整体情况太差,他应该不会报400米的项目。

夏仪坐在看台上,全神贯注地看着赛道。

跑3000米的人很多,但是她一眼就看到穿着白衣服的聂清舟,他手长脚长，跑起来十分好看，就像是一匹雪豹。

他的节奏很好，每次练长跑的时候，夏仪都跟着他调整节奏。他的身体里好像有个精准的钟表，知道自己在什么时间该保持什么样的速度，不急不躁。

所以即便他一开始只是在中间的位置，她也并不担心。过了200米之后，他开始慢慢提速，从外道一个个超过前面的人，当他们跑完一圈再次来到看台前的时候，聂清舟已经和另一个黑背心的男生交替领跑了。

他们一靠近看台，大家就扯着嗓子喊聂清舟的名字，夏仪看着周围欢呼的同学，恍然间想他们喊她名字的时候，原来是这样的。

她站在这里听，感觉好像更加震撼，不可思议。

她只是短暂地走了一下神，目光就再次回到场上，聂清舟和另一个男生已经甩了第三名大半圈了。

付子明得意扬扬地在旁边说着：“有了有了，至少是个第二名！让我来算算积分排名啊……"

3000米的比赛要跑十来分钟，一圈一圈地跑下去，聂清舟和那个男生水平不相上下，一直稳定地缠斗着。在最初的激动之后，大家也平静下来，很多人的注意力都转移到了其他地方。

夏仪一直目不转睛地看着他们，看着聂清舟像是没有重量，又不知疲倦一样在阳光下轻盈地奔跑，每一根发丝都莹莹发亮。

仿佛时间也像跑道一样头尾相接循环不止，这奔跑永无尽头。

"套圈了，套圈了！"

"哎哎哎！最后一圈！加速了，冲刺了！"

直到最后一圈，大家才重新兴奋起来。

这两个人是真正的一骑绝尘，几乎同时提速，身影重叠在一起，直到冲线时也互不相让。

看台上的同学一时间不能确定谁是第一，焦灼地等待着。直到聂清舟和裁判老师确认过之后，他撑着腰笑着向他们举起手，伸出食指做出"1"的姿势。

一班爆发出一阵欢呼声，他们兴奋地喊着："第一！第一！冠军！"

聂清舟眉眼弯弯，抬起胳膊用袖子擦去额头上的汗，慢慢地朝看台这里走过来。看见夏仪的时候,他愣了愣,几步跨上台阶,和付子明敷衍地击了个掌后就问夏仪:"怎么样了?"

"擦掉一片皮,脚踝有点肿,没大事。"

夏仪抬头看他,弯起眼睛:"你跑得最好的一次,恭喜你!"

聂清舟笑了笑,从付子明手里接过毛巾,他的呼吸还很急促,汗从额头接连落下,所以他只是擦着额头上的汗,并没有坐下来。

"你刚刚真吓人。"聂清舟长长地吐出一口气,像是把憋着的劲儿释放掉了一样。他低声问她,"都伤成这样了还跑那么快,不疼吗?"

夏仪摇摇头,说:"当时脑子里没想到疼,只是想着,我要跑赢她们三十米才行。"

聂清舟擦汗的动作停了。

"我答应了你要给你三十米,我不想让你失望。"夏仪抬头看着聂清舟,很认真地说。

聂清舟俯下身,夏仪不确定她是否在他的眼里看到了愤怒,但是那双茶色的眼睛深深地映着她,沉沉地压着她。

"夏仪,就算你摔倒的时候当场要求退出,就算我们这场比赛没有成绩,我也不会觉得失望。你成功也好,失败也罢,你做出什么样的决定都不需要担心。你只需要确信一点,你已经超出了我的一切期望,我永远都不会对你失望。"

夏仪睁大了眼睛看向他。

聂清舟压制着自己的呼吸,他转身坐在她身边,喝了一口水,然后轻叹了一声,说:"夏仪,我为你所做到的一切而骄傲,不止今天,一直如此。"

顿了顿,他难得有点拘谨地看向地面,道:"这话很奇怪,我可能也没有立场这样说,但是你能不能稍微考虑下自己……"

"我也是。"

聂清舟怔了怔,看向夏仪。

夏仪深黑的双眸干净清澈,在夕阳的余晖里,她的碎发在额前飞舞,泛着金色光芒。她非常坚定地说:"我也为你而骄傲啊。"

他站在讲台上分享他的短篇小说时,他在赛场上乘着风奔跑时,就像是一颗燃烧的恒星,无数人的目光落在他身上。

但是不知道为什么,她确信他属于她。

这种确信,就仿佛确信在每次光芒大盛之后,他总会笑着寻找她的目光,然后走入人群中,走到她的身边一样。

他也是她的骄傲。

聂清舟在很长的一段时间里保持着吃惊的表情,他好像没能明白她话里的意思,又好像明白了,但不知道该如何反应。

夏仪伸出手去在他面前挥了一下。

"聂……"

她的手被聂清舟抓住,悬在了半空。

他的手有点潮湿,带着长跑后还未散去的热气。

只是一瞬间,他慌张地别过脸去,放开她的手。绯红爬上他的脖颈,一点点朝着他的脸颊蔓延,他拿手掌扇着风,说道:"秋老虎真是不得了啊,这天怎么还是这么热……哎,你看,闻钟的比赛!"

夏仪成功被吸引了注意力,目光转而朝操场上投去。

聂清舟微微松了一口气,不着痕迹地瞥了她一眼。

要命,真是要命。

他刚刚心跳比跑完3000米还要快。

运动会结束的时候,一班以两个冠军、两个季军、两个第四和两个第五,名列全年级第五。

主席台上报出一班的排名时,一班先小小地沸腾了一下。等到二班"年级第八"的排名被报出来时,一班像是往火里丢了一把干柴——燃起来了。

他们跳起来互相拥抱,夏仪和聂清舟被簇拥着,付子明大喊着:"一班巨牛!夏仪、聂清舟,巨牛!"

"有体育特长生有什么了不起,耍阴招有什么用!还不是输给我们!"郑佩琪喊着。

在人群热烈的呼喊声中,夏仪看到无数激动的眼睛,他们的热情像是大火一般到处蔓延,烤得她发烫。

在运动会结束后的相当长一段时间里,夏仪和聂清舟成了一班的英雄。

因为夏仪的事迹过于热血且壮烈,她的英雄待遇远胜聂清舟。她因为受伤腿脚不方便，所有的作业、卷子都有人帮她拿，她离开教室、下楼的时候也有同学轮番扶她。对于她作为副班长要做的工作，同学们配合得非常积极，根本不需要她催。

聂清舟在这个期间默默地退居二线，把照顾夏仪的机会多多让给别人。于是，他隔着一个教室的距离，满意地看着夏仪对大家的关心和帮助，从最初的无措不安，到习惯和接受。

从前一下课，夏仪就与周围的热闹格格不入，好像成了透明人一样。现在下课的时候，她前后左右的人也会跟她说话，甚至开始和她嬉笑。

她像是融入海洋的水滴。

"夏仪其实脾气挺好的，一点儿也不凶，还有点可爱。"

"她就是脑回路和大家不太一样而已。"

"家庭环境怎么了？那也不是她能选择的啊，她不是坏人。"

"我之前怎么没发现夏仪这么好看？肯定是之前她的头发太短了，她其实是隐藏班花吧！"

聂清舟偶尔会听见班上的同学这样讨论夏仪，这种言论越来越频繁地出现，她的身边也越来越热闹。

这种改变连午饭小分队都察觉到了，张宇坤惊讶地说："怎么回事，夏姐你走在路上，居然都有人跟你打招呼了？"

"怎么了，本来就应该这样啊！"聂清舟笑眯眯地指指夏仪，"现在她周围人多呢，我插都插不进去。"

郑佩琪抱住夏仪的肩膀："不要，她们要跟我抢夏仪。夏仪，你不会被她们拐跑吧？"

夏仪摇摇头，安抚地拍拍她的手臂。

聂清舟的目光落在郑佩琪的手臂上，那只手臂靠着夏仪纤细的锁骨，紧紧地攀住夏仪的肩膀，把她整个人搂在怀里。

夏仪转过头看向聂清舟，问道："怎么了？"

聂清舟咳了一声，欲盖弥彰地抬起胳膊伸了个懒腰，说："没事。"

有时候，他真羡慕郑佩琪。

下午体育课时，闻钟拿着单词本坐在操场边，心不在焉地背着单词。他转动脖颈时，就看到一个陌生的男生夹着篮球来到了他们班的活动区。

夏仪的腿还没有完全好，最近的体育课她都只是坐着休息。那个男生径直走到夏仪面前，低头跟她说着什么，那眼神再明显不过。

夏仪的表情很平静，甚至于疑惑，他们交谈了两句，男生的脸色就变得越来越糟糕。

闻钟收起单词本，走过去对夏仪说："郑佩琪找你，有急事。"

夏仪立刻跟那个男生说了句抱歉，站起来转身找郑佩琪去了。

男生站在原地，懊恼地抓抓头发。

闻钟不动声色地看了他一眼，甚至有些怜悯。他转过头，却不期然和另一个人对上目光——聂清舟正在篮球场边擦着汗，一手拿着毛巾，一手拎着一瓶水看向这里。

聂清舟显然也在关注这边。

男生沮丧地铩羽而归，聂清舟则和队友摆摆手，然后边喝水边慢悠悠地走过来，在闻钟身边停下脚步。他没提刚才那个男生的事情，他和闻钟之间仿佛有种诡异的默契。

聂清舟闲聊道："还没恭喜你跳高拿了第五名。"

"又不是第一名。"

"你真冲着第一去的吗？第五名应该就远超你的预期了吧？已经很厉害了。"聂清舟指指他手里的单词本，"你以前也不练，这才练了两周多。"

闻钟冷"哼"了一声，并不接受聂清舟的夸赞。他沉默了一会儿，看向远处正和郑佩琪说话的夏仪。

夏仪穿着蓝白的秋季校服，袖子一直挽到手肘处，扎着高高的马尾辫，鼻梁挺拔流畅。光从她的侧脸照过来，她看起来干净利落，美丽又幽静。

"真搞不懂你在想什么。现在她周围有这么多人，以后还会有更多人喜欢她。本来她身边只有你，你可以是她的唯一。"

闻钟像是在问聂清舟，又像是在喃喃自语。

聂清舟拿水瓶的手悬在半空，露出非常怪异的表情。

他想这可真是耳熟，他表妹之前就经常激动地说"他是她唯一的光，唯一的救赎"之类的话。所谓"唯一"，难道不是一种不幸吗？

他的夏仪不能这样。

"夏仪本来就坚韧又才华横溢，只是还在成长而已，她的价值在于她自己，又不是我给她的。就算没有我，她也会被越来越多的人了解和喜欢，她理所应当。

"我不要她只有一束光,就算那束光是我也不行。"

聂清舟伸手指向天空,他满目笑意,仿佛玩笑般,又无比坚定地说:"我要打开天门,让世界上所有光都照到她的身上,这就是我的想法。"

在以后的很多年里,闻钟总会想起这一天,想起聂清舟说的这句话。他总是愤恨,满怀嫉妒,又很羡慕。

聂清舟和他一样没有说出自己的爱,和他一样总是与夏仪错过。

但是聂清舟的爱光明正大。

第十二章
未来仍然是一片谜团

　　期中考试的成绩出来，闻钟、聂清舟、夏仪不出意外地包揽了年级前三名，这下年级前三全部收归一班，黑马难现，聂清舟也不再是平行班的平民英雄。

　　但是在高一的班级中，还是经常有老师拿聂清舟举例子来证明好好学习就会有结果。一个月从一千名到年级第一都有可能，还有什么没可能？

　　夏仪去办公室领任务时，就听见高一的老师在谈论聂清舟当年的一鸣惊人。她一只耳朵听着班主任的嘱咐，一只耳朵听着不远处高一老师们的夸赞，只觉得心情很好。

　　以至于，她从办公室出来的时候，脸上带着一丝浅浅的笑意。

　　正是课间，教学楼之间的小路上人来人往，有三个女生手挽着手走在夏仪的前面聊天，她走近的时候突然听到了自己的名字。

　　"夏仪不就是运动会得了几个名次吗？被捧到现在，至于吗？"右边的矮个短发女生这么说道。

　　中间的高个马尾女生"喊"了一声，说："跟郑佩琪学的吧，她不是最懂发嗲装可怜吗？就靠紧紧巴着夏仪博关注，恶心死了。"

　　夏仪偏过头观察了一下，这几个女生确实是一班的。中间那个女生叫唐可慧，好像就是以前带头孤立郑佩琪的人。

　　"最恶心的还是聂清舟。夏仪都拒绝他了，他还上赶着围着她转，就跟哈巴狗似的，看不出来夏仪吊着他吗？真就是没皮没脸啊。"唐可慧满脸嫌弃，轻蔑道。

"是啊，要是我肯定受不了。"左边的人附和道。

"估计是缺爱吧，听说他爸妈都在外面打工……"

夏仪的步子停下来，目光深沉地看着她们走远。

高二下学期，他们就将迎来小高考，于是所有的活动就跟赶趟一样一茬一茬地来，要在高二上学期全部办完。

运动会之后是期中，期中之后马上跟着就是合唱节。

唐可慧是一班的文娱委员，张罗合唱节的任务自然而然地落在了她的身上。合唱节一共要唱两首歌，一轮唱完选出前十，再唱第二轮。原本董佳是让一班的同学自己投票选歌，但是大家选出来的歌奇奇怪怪，董佳头疼之下采纳了大家投票选出的一首歌，另一首让唐可慧和音乐老师直接定了。

于是音乐课上，大家就收到了预赛的歌曲——一首法文歌 *Cerf-volant*（风筝）。

音乐一响，聂清舟挑了挑眉毛，道："《放牛班的春天》啊……"

他们年轻的女音乐老师，穿着一件法式的红裙子，愉悦地跟着歌打拍子，看起来很喜欢这首歌。她热情地教大家标音标、分声部，然后向唐可慧招招手："唐可慧，你上来弹钢琴伴奏，和大家磨合一下。"

唐可慧满脸笑容，自信满满，迈着轻快的步子走到钢琴前坐下，开始在老师的指导下和大家合伴奏。她应该提前练过一段时间了，弹得比较流畅，这首歌开头和中间有两句领唱，也是她负责的。

夏仪靠在椅背上默默地看着唐可慧，第一遍她并没有跟着唱。等这一遍结束之后，她把手从口袋里掏出来，高高地举起。

音乐老师有点惊讶，问："这位同学有什么问题？"

"老师，我想弹伴奏可以吗？"夏仪直截了当地说。

音乐老师睁大眼睛，她看看唐可慧，再看看夏仪，有点尴尬地说："当然……当然欢迎大家竞争！去年就是唐可慧负责的，我以为今年还是老样子，大家没什么意见呢。"

唐可慧坐在琴凳上，面色不佳地看着夏仪，但她还是挤出一丝笑容说道："好啊，那夏仪同学也来试试吧，我们公平竞争。"

她大度地站起来把位置让给夏仪，心想她可是从小练琴的，而且这支伴奏夏仪之前练都没练过，不可能弹得比她好。

　　夏仪走过去，在钢琴前坐定，修长的手指抚上琴键。

　　同学们好奇地看着她，而聂清舟直起身体，双手握拳撑着下巴，眼睛发亮。

　　流畅的音乐从琴键上倾泻而下，夏仪的手指在琴键上灵活精准地跳跃，向这教室里的所有人展示了她常常在聂清舟面前施展的魔法，她指间创造出的音乐神迹。

　　聂清舟的笑容越来越大，他瞥向音乐老师，只见音乐老师已经睁圆了眼睛，满脸不可思议，仿佛不能相信自己的耳朵。

　　他这个门外汉都能听出差距，在懂音乐的人的耳朵里，唐可慧和夏仪应该是天差地别吧？

　　伴奏演奏结束之后，夏仪转过头来看向音乐老师，问道："要不要再跟一遍合唱？"

　　音乐老师情不自禁地鼓起掌来，喜出望外道："不用，不用，天哪，夏仪……你学了多久的钢琴？在你这个岁数，我没见过比你弹得更好的，不不不，我老师都没有你厉害……你是音乐生吗？"

　　夏仪摇摇头，说："学了九年，我不是音乐生，就是想伴奏。"

　　"好好好！没问题，你来你来！"音乐老师忙不迭地答应下来，完全忘了唐可慧的存在。

　　这边的同学们虽然暗暗感觉到夏仪弹得很好，但是听老师这么夸，才知道夏仪有多出色，不禁骚动起来。

　　唐可慧从夏仪刚开始弹的时候，就先是惊讶，继而脸色青白，此刻她咬着牙，勉强地说道："好，正好我一边伴奏一边领唱有点吃力，既然夏仪弹琴，我就去领唱好了。"

　　夏仪又平静地举起手，音乐老师满脸带笑地说："不用举手，有什么就说吧！"

　　"老师，我也想领唱。"夏仪转头，今天第一次和唐可慧对上目光，淡淡地说，"我可以一边伴奏一边领唱，我不吃力。"

　　唐可慧的脸色瞬间铁青，眼睛翻涌着愤怒，藏都藏不住，要不是在上课，她估计要当场翻脸骂人了。

夏仪就像没看到似的,转头看向老师:"我也可以试试吧?"

音乐老师已经察觉到这两人的氛围有点不对劲,但禁不住好奇和期待,说道:"好啊,你唱唱看这句词。"

夏仪拿着歌词纸,轻轻吸了一口气。

"Cerf-volant, volant au vent, ne t'arrête pas(空中飞舞的风筝啊,请你别停下)。"

她的声音像是在云端之巅飞翔的海鸥,翅膀扇出气流,发出遥远的令人心颤的声音。

歌声要比钢琴伴奏好懂得多,冲击力也大得多。仅仅一句,声音还未落,底下的一班学生就纷纷发出"哇""啊""天哪"的赞叹声,像是潮水一般。音乐老师更是捂着嘴,感叹道:"你头腔和胸腔共鸣真棒啊,混声比例也好,你……学过声乐吗?"

夏仪摇摇头:"没有系统学过。"

"天赋,这就是天赋啊!老师要是有你这个天赋,做梦都要笑醒啊!"

音乐老师眼里冒光,拿着歌词单左看右看,忍不住说道:"夏仪,你把整首歌都唱一下好不好!"

"那我可以领唱吗?"

老师转头看向唐可慧,唐可慧眼里已经憋出泪花了。老师有点不忍心,但是难以抑制发现天才的激动,安抚道:"可慧,确实是……"

"我知道了!"唐可慧硬邦邦地说,瞪着夏仪,"给你,全给你好了!"

说完,她就转过身去,像是脚下装了锤子似的,"噔噔噔"地跺着脚回到座位上。

夏仪淡淡地看了她一眼,目光转回歌词纸上,对老师说:"我可以边弹边唱吧?"

"可以可以,当然可以!大家好好听啊,跟夏仪学学,夏仪的音准也很好!"

夏仪把歌词纸放在乐谱旁边,开始了她旁若无人的新一轮魔法表演。

聂清舟听着周围同学发出的吸气声,有人小声说着:"原来这首歌这么好听吗?"

但更多的人像他一样,放缓了呼吸,唯恐打扰天籁。

他可以确信,这节音乐课结束后,夏仪的粉丝群体又将扩大。

果不其然，一下课，夏仪就被围起来了，大家兴奋地问东问西，更多的人是想听她唱歌。而夏仪一开口唱歌就会有新的惊呼声响起，鼓掌声和夸赞声此起彼伏。

唐可慧看着这一幕，气得趴在桌子上哭。

中午吃饭的时候，张宇坤和赖宁听说夏仪在班上唱歌，纷纷感叹夏姐这天赋终于是藏不住了，看来得提早要签名。

"夏姐之前太低调，我们都觉得以你的水平，应该是我们学校的风云人物才对！"赖宁真心实意地感叹。

聂清舟笑起来，碰碰夏仪的手肘，问道："怎么回事啊？这不像你的风格，你是在针对唐可慧吗？我听说她这个人爱出风头，又很记仇，去年的伴奏连闻钟都没跟她抢。"

夏仪放下筷子擦擦嘴，淡淡地说："她记仇，我也记仇。"

"你和她究竟怎么了？"

聂清舟大为吃惊。

夏仪抬起眼睛看向聂清舟，沉默了一会儿，轻描淡写地道："有仇。"

因为在音乐课上一鸣惊人，夏仪大受音乐老师的青睐，音乐老师特地从艺术生那里协调时间，让夏仪获得了常川一中仅有的三台钢琴其中之一的使用权。她下午下课后不必再跑去医院蹭钢琴，可以在学校的音乐教室练琴了。

虽然学校的钢琴没有医院那台好，但是行程上方便了很多。

于是，吃饭小分队吃完晚饭后又在音乐教室里集结，夏仪弹她的琴，其他人吹牛、聊天、写作业，偶尔向夏仪点歌让她唱。有时候还有陌生面孔慕名而来，在窗户外探头探脑地听夏仪弹琴唱歌。

晚上放学的路上，聂清舟蹬着自行车，和夏仪一起像两道风一样在路上掠过，他问夏仪："何老师是不是想让你报艺考啊？"

何老师就是他们的音乐老师。

夏仪的面容随着路灯的接近和远离明明暗暗，她点点头，回答道："乔老师之前已经劝过我了。"

"你是什么想法呢？"

"学音乐太贵了,我不考音乐学院,可以试试音乐特长生。"

聂清舟不由得想,可是你最终会去美国,读那里最好的音乐学院。

她会在学业还没结束的时候就声名鹊起,而那个时候他在国内上大学。以他们多年以后的采访来看,他们会有相当长的一段时间失去联系。

为什么呢?他们怎么会失去联系呢?在他喜欢上夏仪之前,他觉得随着时间的流逝和生活轨迹的分开,朋友失去联系是很正常的事情。但是在现在的他看来,这完全无法想象,难道会有什么事情让他们变得无话可说?

即使知道未来的一些信息,未来仍然是一片谜团。

对面有个老太太推着三轮车走过来,她的三轮车上放了一堆闪闪发光的小饰品,应该是准备收摊回家了。

聂清舟从她身边经过时瞥了一眼,就立刻按了刹车。

"奶奶,等一下!"

夏仪已经超出很远的距离,她回头看了聂清舟一眼,掉转方向蹬了两脚,车身流畅地划了一个圆停在聂清舟身边。

"怎么了?"

聂清舟指指小摊上琳琅满目的饰品,对夏仪说:"你平时都只用黑色橡皮圈,是不是太素了?我看我们班女生的头绳各式各样的,有什么樱桃、小熊、蝴蝶结的,你有喜欢的吗?"

夏仪摸摸自己头上的橡皮圈,淡淡地道:"我觉得黑色橡皮圈挺好的。"

聂清舟扫视着那些饰品,眼睛一亮。他拿起小摊上一条浅紫色蕾丝发带,发带中心还有一条细细的黑色菱形格花纹。

"这条发带很适合你啊。"

夏仪的目光落在那条薄薄的蕾丝发带上,对聂清舟的选择充满怀疑:"是吗?"

聂清舟转头看向她,他的眼睛在路灯下泛着暖暖的光芒,盛满了期待。

"好想看你系这条发带啊,肯定很好看。"

聂清舟眨眨眼睛,重复道:"真的特别想看。"

第二天,夏仪的头上就多了一条蕾丝发带,那发带缠在她的黑色橡皮圈上,打了个蝴蝶结,长长的紫色蕾丝落在她的脖颈处。

郑佩琪早上看到的时候惊喜万分,感慨夏仪终于开始打扮了:"这是暗黑哥特风格？紫黑配色，古娜拉黑暗之神，魔仙小月啊？"

聂清舟坐在郑佩琪的后座，他靠着椅背清了清嗓子道："我觉得很好看啊！不好看吗？"

正好有一阵风从窗户外吹来，夏仪撑着下巴转过头看向窗外，她的头发和发带一起在风中飞舞，紫色蕾丝像是蝴蝶的翅膀般轻薄透光，黑色菱格像是穿插其中的骨骼，美丽且强硬。

郑佩琪愣了愣，然后说道："和夏仪的气质居然挺相符的，很适合夏仪！"

常川一中的早读忙忙碌碌地开始，郑佩琪都没来得及去跟夏仪说话，就得掏出英语书开始读课文。

与此同时，遥远的夏家杂货店里，夏奶奶正坐在柜台的椅子上，望着货架若有所思。

夏仪跟她说了自己要在合唱节上做钢琴伴奏和领唱的事情，老师还特别邀请夏仪做合唱节开幕表演，和音乐老师合唱 *Angel of Music*。

夏奶奶不懂什么音乐剧或歌剧，没听过《歌剧魅影》，更别说这首歌，她的心思放在另一件事上——音乐老师建议夏仪合唱表演时穿一件礼服裙。

她是早上从夏仪和聂清舟的交谈中意外得知此事，也知道夏仪已经跟音乐老师表明自己没有礼服，打算穿校服表演。

夏奶奶的目光往房间里飘去，看见夏仪房间褪色的木门后露出的吉他和她桌上的耳机，这些都是她的朋友送给她的。

夏仪抱着这些东西回来的时候，有些不安地跟她说自己并没有提过生日的事，但朋友们还是给她办了生日会，给她送了礼物。

夏奶奶看得出夏仪很开心，也看得出她小心翼翼。

她们生活得如此窘迫，连好意都不能心安理得地接受，她不让夏仪随便拿别人的礼物，可也没法给她这些东西。

夏仪这孩子跟着她生活的这些年，真是很委屈。

夏奶奶定了定神，从柜台后面走出来，稍微收拾了一下，然后把防盗门拉下来。路过的邻居惊讶道："夏奶奶，怎么了呀？不开店了呀？"

夏奶奶笑笑："今天休息一下。"

她决定给她的孙女置办一件漂亮的礼服。

夏奶奶拎着她的花布包，坐着公交车去了虞平市区。她在那些热闹的商店之间转悠，倒是找到了几家做礼服的店，这些店看起来都很高档，衣服是要定制的，价格让夏奶奶望而却步。

店员倒是很热心，听夏奶奶说完她的诉求后建议她可以去租礼服，价格便宜很多。

夏奶奶逛了一上午有点累了，于是坐在步行街的长椅上休息，她抱着布包看着橱窗里五颜六色、光鲜亮丽的晚礼服，心想如果夏仪穿上一定非常好看。但是这么点布料就要花这么多钱，夏奶奶狠不下这个心来。

给夏仪租一件吗？那夏仪穿完就要还回去，她好不容易给夏仪一件东西，还要夏仪还回去，这多让人难受。

夏奶奶心念一动，她可以给夏仪做一条裙子啊。

夏奶奶的父母是裁缝，她从小看家里人做衣服，年轻的时候也有一双巧手，能做出各种各样好看的裙子。只是这么多年下来，市面上的衣服越来越多，渐渐不需要她再做衣服，她也老了、眼花了，这活儿就放下了。

夏奶奶拿定了主意，疲惫一扫而光，好像又有了无穷的力量。她立刻起身去往虞平最大的批发市场，扯了布，买了纱，还有好看的水晶小纽扣，草草吃了午饭就抱着鼓鼓囊囊的东西坐着公交车回家了。

她从家里的旧箱子里翻出用布包裹得严严实实的缝纫机，把布揭开的时候，缝纫机还跟新的一样，放在地上捣鼓一下，就能正常运转起来了。

老一辈的人放东西都仔细，总想着说不定有一天还能用上，此时夏奶奶就自豪地想，这不是用上了吗？

她在各个旧箱子里翻翻找找，找到了当时不舍得扔的蒋媛媛的衣服。蒋媛媛喜欢买漂亮衣服，原来家里堆了几大箱，搬家的时候很多都丢了，剩下的这些都是料子特别好没舍得扔的衣服。

蒋媛媛个子没有夏仪高，骨架也小，这些衣服夏仪穿不了，但是可以改一改，加工一下。

夏奶奶的脑子开始飞速运转起来，她想起夏仪早上出门的时候带着的发带，那应该是夏仪喜欢的风格。这件晚礼服该有的样子渐渐在夏奶奶的脑海中呈现出来，她越想心里越欢喜。

夏仪晚上回家时就被夏奶奶拉着量了各种尺寸，她看着那立在狭窄过道中的缝纫机，惊讶地问奶奶要做什么。

夏奶奶满脸笑意，骄傲地说："我要给你做条裙子，你可以穿着去表演！"

夏奶奶戴上老花镜，让夏仪去看自己在纸上画的图打的样。夏奶奶说着她的设计，眼睛里闪烁着一种非常年轻的、迷人的光芒。

小卖部任性地关了两天门，夏奶奶满怀热情地投入衣服的制作中。夏仪再次放学回家时，就看到了奶奶挂在衣架上的成品礼服。

那是一条浅紫色丝绸质地的鱼尾长裙，剪裁非常干净利落，在鱼尾褶皱间坠着小水晶，袖子是贴身的灰色薄纱质地，看起来优雅又幽静。

夏奶奶肩上搭着软尺，大拇指上戴着顶针，还保持着工作的状态。仿佛从做好衣服的那一刻开始，她就在等夏仪回来，就像是等大人下班的孩子一样。

夏仪被奶奶催促着换好衣服，提着裙子从房间里走出来时，夏奶奶的眼睛一瞬间亮过了房间顶上那盏白炽灯。

夏仪的皮肤很白，头发和眼睛又格外深黑，这件简洁修身的礼服穿在夏仪身上，她仿佛是美丽的鸢尾花。

"真好看，真好看，我们夏仪像个小公主。"夏奶奶拉过夏仪的胳膊，左看右看，开心得不行。

"市里面那些礼服花样可多了，我去了好多店，就觉得你穿这种样式最好看！果然，我的眼光还没老。"夏奶奶摩挲着夏仪身上的布料，"觉得紧吗？哪里不合适？奶奶帮你改。"

"非常合身，完全不需要改。"

夏仪任由奶奶摆弄着，由衷地说："奶奶，你好厉害。"

夏奶奶笑得合不拢嘴，夏仪在奶奶的要求下提着裙子在走道里转起圈来。她裙摆高高地飞起，像是柔软的波浪，浪漫的梦境。

夏奶奶看着夏仪，笑着笑着，突然有些恍惚，有那么一瞬间好像看到了从前的自己。

夏奶奶年轻的时候很会做衣服，总是有最时兴的、最好看的衣服穿。她也会欢喜地做好几天的裙子，然后迈着轻快的步伐，在阳光下转圈圈，让那些烫好的褶皱随风舒展开来。

其实夏奶奶不姓夏，她姓徐。

这些年里大家"夏延奶奶""夏仪奶奶"地叫着她，时间长了，就简化成了"夏奶奶"。没多少人知道她姓徐了，就连她自己都很少记起，她被套进了一个又一个的壳子里，距离这个在阳光里旋转的小姑娘越来越远。

那个姑娘嫁给了下乡的知青，家庭还算和睦，生了三个孩子。

结婚十年后，她带着小儿子外出时，丈夫和另外两个孩子煤气中毒死在了家里。从那之后，她就没有再嫁，艰难地把小儿子拉扯长大。幸而小儿子出息也孝顺，唯一不顺心的事情，大概就是她不喜欢她的儿媳妇。儿子在她们之间两边平衡，但是她能看出来，儿子显然更在意媳妇的感受。

所谓儿大不由娘，正常。

她争也争过，最后尝试学着放手，家里却又出事了：儿子进监狱，儿媳离婚远走。她还没能学会放手，又慌乱地把一切都抓起来。

日子就这样一天一天流逝，她以夏仪和夏延奶奶的身份活着，好像这一生也就这样过下去了。

不知道为什么，就在今天，在这个时刻，她冷不丁地想起了那个姓徐的年轻姑娘。

夏仪握住奶奶的手，她的手细腻又有力，把奶奶苍老粗糙的手攥住。她有些不安地说："奶奶，怎么了？你为什么哭了？"

夏奶奶这才回过神来，揉揉眼睛，拉着夏仪在她身边坐下，只是说："奶奶开心，太开心了，是开心才这样的。"

夏仪看了奶奶片刻，伸出手抱住奶奶的肩膀，把头靠在她的颈窝里，一下一下拍着奶奶的后背。

夏奶奶笑了一声，像是感慨一般说道："其实现在想想，也挺羡慕你妈妈的，她这一辈子多潇洒啊！谁都可以丢掉，一定要过自己想要的日子。

"就是自己潇洒了，让别人受苦，我就是替她受苦才讨厌她的。要是我跟她没这层关系，说不定还想做她这样的人呢。"

夏奶奶松开夏仪，她苍老泛黄的眼睛因为长时间做衣服，更眯缝了一些，好像看什么都有点吃力。但是她现在非常认真地看着夏仪，伸手摸摸夏仪年轻的脸庞，笑得眼角的皱纹都弯了起来。

"我们夏仪，我的乖孙女，长得真好看啊。你妈怎么舍得的呢？要是我啊,你看我一眼我就不舍得走了。我到底是做不了你妈这样的人啊,心太软,没办法。"

夏奶奶再次揽住夏仪,把她抱在怀里:"羡慕她干啥呢?不羡慕她,她能像我这样抱着我孙女吗?

"人这一生啊,到头来都是一把黄土啥都没有,总得为了点儿什么活着。各人按各人的想法过日子,觉得值得,这辈子没白活就行。

"夏夏,给奶奶唱首歌吧。"

夏仪点点头,迅速跑到房间里拿出那把吉他,提着裙子坐在奶奶面前的椅子上:"《南泥湾》?"

这是夏奶奶平时会哼的歌,夏奶奶笑着说好。

夏仪就穿着奶奶做的礼服,弹着吉他,给奶奶唱起了《南泥湾》。

夏奶奶听着听着就跟着唱起来,她仍然搭着皮尺,戴着顶针,唱着自己年轻时候的歌曲,就像还是那十几岁的女孩一样。

夏仪想,原来大家的眼里都会有这种光芒的,奶奶也会有。

奶奶曾经也是一个有梦想,喜欢做漂亮裙子的,浪漫的小姑娘啊。

她以后要给奶奶买很多好看的衣服,让奶奶漂漂亮亮地到处旅游。

有她在,奶奶也可以活成妈妈的样子。

合唱节如期来临,大家换上了校服里最正式的一套——衬衫和西装裤、格子裙。原本常川一中是没有这套校服的,校长去省城考察了一圈回来,从夏仪她们这届开始,大家就多了这么一套衣服。

这套校服其实料子硬又闷人,就是个样子货,只是在一些重要场合穿上,特精神。

郑佩琪看着满教室的白衬衫,聂清舟和他的同桌互相打领带,她感慨道:"人靠衣装马靠鞍啊,你们一穿上白衬衫都人模人样的。"

顿了顿,她转头问聂清舟:"那丝带,是你买的啊?"

郑佩琪说得含混不清,像是某种暗号。聂清舟心领神会,下意识地瞥了一眼给他打领带的同桌,平静地答道:"是啊。"

"还挺配的,用上了,你等着看吧。"

刚刚郑佩琪自告奋勇去给夏仪弄头发,听这意思,应该是说发型里用上了发带。

聂清舟的同桌好奇地问:"你们在说什么呢?"

聂清舟微微一笑:"没什么。"

夏仪要准备开幕表演,早早地就去换衣服候场,没在这混乱的整理仪表场景里出现。一班搞好衣服排队出发时,郑佩琪在聂清舟旁边小声说了一句:"真搞不懂,你们算是什么关系。"

聂清舟充耳不闻地装傻。

学校的大礼堂里坐满了高二的学生,放眼望去白晃晃的一片,跟盖了一层雪似的。一班的位置在视野绝佳的一楼正中间,大家坐下来之后短暂吵闹了一阵就都低下头去,写作业的写作业,看手机的看手机。

很快光线就暗了下来,主持人走上舞台说开场词,按流程欢迎领导,请领导致辞。

这是标准的"没人听环节",聂清舟也拿了一本化学参考书,有一搭没一搭地做着题,一半心思放在书里,一半心思放在舞台上。

当校领导终于说完"祝合唱节圆满成功"后,聂清舟把笔卡在书页上,合上参考书,挺起后背看着舞台。

随着主持人报节目名,夏仪和何老师从左侧走上舞台,两道追光打在她们身上,像是黑夜海洋里的两只小船。

夏仪穿着淡紫色的丝绸长裙,鱼尾裙的底部摇曳着拖在地上,水钻在追光下闪闪发亮。她用灰色薄纱下的手臂提着裙子,白皙的肩胛骨尤为突出。

她的头发盘起来,梳成一个低低的发髻,绑着那根紫色蕾丝发带,发带顺着她的脖子落在她的后背上。

聂清舟觉得自己的心提了起来,好像她的每一步都踩在他的耳边,发出"咚咚咚"的声响。

夏仪在钢琴边坐下,何老师扶着钢琴,向她致意。

夏仪点点头,她的手指在琴键上缓缓起舞,麦克风收到了她轻轻的吸气声。然后,她干净的声音透过音响传出来,像是白色的鸟在大礼堂回旋。

"Where in the world have you been hiding?Really you were perfect.I only wish I knew your secret.Who is this new tutor(你在这个世界上还隐藏着什么?你真的如此完美,我只希望我能够知道你的秘密,你的这位老师是

谁？）。"

聂清舟听见了周边此起彼伏、大大小小的感叹声，有个人说："这声音就跟迪士尼动画片似的。"

"哇，这人是音乐生吧？"

"不是，是夏仪！我们班的，早跟你们说过了，厉害吧！"

一班的人骚动得最厉害，仿佛与有荣焉，得意地宣扬着。

聂清舟的目光一瞬间都不舍得从夏仪身上移开。何老师唱歌的时候，他就稍微分点心听着周围人对夏仪的讨论和赞叹，那些声音隐约又兴奋，满怀期待和仰慕。

他撑着下巴，眼睛越来越弯，茶色的瞳孔里只有台上那个圆圆的光点，和光点里的女孩。

当他最初坐在那孤岛似的座位上，隔空看着另一个孤岛上的夏仪时，他就下定决心。

他将要驾驶着自己的孤岛驶向她的孤岛，如果她远离，他就更快地靠近。直到两个孤岛接壤，直到与更多的岛屿相连，成为广阔的大陆。

她是他的大明星。

他要让她站在大陆的中心，人群的中央，享受这世上最汹涌的爱意。

直到一班走上舞台进行合唱表演时，聂清舟还觉得自己踩在棉花上，整个人止不住地往上飘。

夏仪的领唱声音一出来，仿佛就真的跟歌名"风筝"似的，有无数风筝在空中盘旋。他们班的演唱水平跟着"噌噌"往上升，在热烈的鼓掌声中进了第二轮。

一班的学生纷纷感慨，这半个月的法语歌词没白背——实际上，没人按何老师教的音标背，一班学生的歌词纸上早满了对应发音的中文，滑稽地写着"赛我郎，那我郎多棒……"

对这首歌满怀爱意的何老师不知道看了作何感想。

进了第二轮，董佳有点发愁地看着班上的孩子们走上舞台，心里想着他们马上要唱的歌。

这些孩子怎么会选这首歌？听说这首歌还是聂清舟提名的，居然得到了大家最多的投票，这些孩子是学习太累憋太久了？

前奏响起的时候,董佳提前按住了太阳穴。

刚擒住了几个妖,
又降住了几个魔。
魑魅魍魉怎么它就这么多!
(背景:妖怪,吃俺老孙一棒!)
杀你个魂也丢来魄也落。
神也发抖,鬼也哆嗦,
打得那狼虫虎豹无处躲!
…………
刚翻过了几座山,
又越过了几条河。
崎岖坎坷怎么它就这么多!
(背景:俺老孙去也)
去你个山更险来水更恶。
难也遇过,苦也吃过,
走出个通天大道宽又阔!

　　他们都放开了嗓子唱,唱得气吞山河,响彻云霄,夏仪一丝不苟地给这首和她的打扮格格不入的歌伴奏。台下的观众们笑得不行,一班的学生们一个个眼里也都洋溢着兴奋,也不管能不能拿名次,先唱了个舒爽。

　　董佳看着这些学生一个个跟打了鸡血似的状态,哭笑不得。她想起聂清舟把提案给她的时候,笑眯眯地说:"这首歌大家一定会唱得很开心。多年以后回忆起来,肯定能想起来在学校里还有过这么个合唱节,唱过这么一首歌。"

　　董佳抱着胳膊,忍不住跟着哼起来,心想这也挺不错的。

　　本来一班的学生都很努力,成绩也不错。就是班里的氛围总是不冷不热的,竞争多过于团结,对学习之外的集体活动都不太积极。

　　这半年来的几项集体活动结果都不错,像是某种正反馈,倒是让班里的气氛变得好了许多。

　　董佳心想,对嘛,这才是青春啊。

合唱节预定时间是一个下午，但每个表演都多少拖延了一点时间，不出所料地远远超时。今天又恰好是周五，没有晚自习，合唱节还没结束很多人就偷偷溜了。

夏仪去后台换完衣服，刚出来转了个角，就听见有人小声叫她的名字。

她转头看去，只见聂清舟靠在墙边，他穿着白衬衫、西装裤，单肩背着自己的书包，还拎着夏仪的书包，笑意盈盈地说："我们溜吧。"

夏仪愣了愣，然后笑起来，并没有问理由。

"好啊。"

说是溜，他们其实并没有走远。聂清舟带着夏仪去了实验楼，除了高二，其他的年级都已经放学，而高二的学生们也都在大礼堂里，实验楼静悄悄的。

聂清舟和夏仪一口气上了七楼，然后直奔通往天台的台阶而去。夏仪困惑地问他："你要干什么？去天台的门是锁着的。"

聂清舟在那蓝色的破旧铁门前站定，漫不经心地说："说不定门早就锈坏了，或者今天没锁好呢？"

他说着就握上那掉铁渣的圆把手，来回转动了一下，然后用力向外推。仿佛他有什么特殊能力似的，门"吱呀呀"地叫了两声徒劳地抗争了一下，居然就这么被他推开了。

夏仪睁大眼睛，转头看向他："你怎么……"

聂清舟用手做了个嘘的动作，眨眨眼睛："我掐指一算，今天这门一准要坏。"

他和夏仪穿过推开的门，走到了天台上。这是常川一中最高的楼，举目望去四周一片空旷的天空。天台堆积着许多旧桌椅，在雨水的冲刷下早已朽化。聂清舟找到了一张还算新的桌子，用纸把桌面擦干净，然后对夏仪做了个请的姿势："坐吧，我的大明星。"

夏仪摘下书包坐了上去，望向聂清舟，好奇地问："来这里干什么？"

聂清舟没有回答，他看着手机上的时间，神秘地开始倒数："六、五、四、三、二、一！"

当吐出"一"的时候，聂清舟的手高高扬起，他手里五颜六色的纸花随着他松手而迎风飞扬，朝着夏仪飘去。

与此同时,在他的背后,夏仪的面前,无数烟花绚烂地升空,在灰蒙蒙的天色里亮成一片海洋。

"Suprise!"

在那盛大的烟花下,聂清舟张开手臂,粲然一笑。

多年后的采访里,主持人问他学生时代印象最深刻的、最美好的事情。

那时候的聂清舟在镜头前思索了一会儿,说在高二合唱节结束前,他偷偷溜出去。那天实验楼楼顶的门正好坏了,他上到天台,傍晚六点半的时候,在那里看了一场绚烂的烟花表演。

主持人问他,怎么知道在那里能看到烟花的?

他笑笑,说恰巧,后来才知道是县里面搞庆典。

这世上没有那么多恰巧的事情。

聂清舟曾经觉得,他从2021年的聂清舟那里获取的信息,和夏仪相关的太少了。

可他逐渐发现,或许那个聂清舟面带笑意说的许多事情里,都有夏仪。

天台上的风卷着纸花飞过夏仪的头顶,她眨了眨眼睛,看着面前白衬衫墨蓝色领带的男生。他笑得眉眼弯弯,头发和领带都被风吹得飞起来,张开手臂仿佛一个天才的魔术师。

太阳已经落山了,但天还没有完全黑,世界一片清清冷冷的淡蓝色。在他身后,烟花在淡蓝的底色上腾空而起,明明灭灭。

在这短暂的时间里,火与灯可以和阳光抗衡,即便是燃烧也不刺眼,所有光线柔和地交织在一起,像是在水里涌动的彩色的鱼。

夏仪的脑海中响起温柔的音乐声,她想,聂清舟可能真的会魔法吧。

聂清舟也转过头去看向天边的烟花,他向后退了两步,用胳膊撑着桌面,靠在桌子上。

"真好看啊。"他感叹道,"天变黑前的最后十分钟黄昏,这时候的烟花最好看。"

"嗯。"夏仪点点头。

她仰着头看向蓝色的天空,白皙干净的脖颈微弯,紫色的发带在风里摇曳,含糊地哼着一些旋律。

聂清舟偷偷地瞥了她一眼,烟花的光芒在夏仪深黑的双眸里涌动。她神情专注，就像多年以后，在演唱会上抬头看着会场舞美烟花时那样。

他表妹分享给他的许多演唱会视频里，只要烟花升空，夏仪无一例外都会抬头去看，就算是正在演唱、正在弹琴也不能阻止她。

当时，他表妹翻着视频，跟他感慨地说："夏仪像个孩子。我一直觉得她身体里有个特别真诚、特别简单的灵魂。"

现在她是他的夏仪，很快她就会摘去"他的"这个头衔，成为属于整个世界的夏仪。这个世界上数以千百计的人，都希望得到她的爱。

他甚至莫名其妙地，会与她渐行渐远。

聂清舟看着夏仪，她坐在桌子上，手在他的手边，只有一指的距离。

他着魔似的看着那微小的距离，手慢慢地挪近。夏仪却在此刻突然回过头来，与他对视。

"怎么了？"她认真地问道。

夏仪看见了聂清舟眼里的慌乱，就像烟花一样一闪即灭。他伸手摸了摸鼻子，故作镇静地说："啊……哦，我就是……突然想起来，最近好像有很多人跟你表白。"

夏仪怔了怔。

她想，也有很多人向你表白啊。

但夏仪只是点头说："我拒绝了。"

他们都转头面向烟火，烟花已经进入尾声，天色也逐渐黑下来。

聂清舟清了清嗓子，说："那你是怎么想的呢……关于恋爱这件事？"

他的声音有点干涩，好像有些紧张。

夏仪莫名也跟着紧张起来，但是她认真思考了一下，然后回答道："没有想法，没有时间，而且影响学习。"

聂清舟沉默了半晌，人倒是不紧张了，他僵硬地举起拇指。

"我觉得……你这个思路很正确。"

好消息是，夏仪和他一起经历的这些事，她没觉得浪费时间影响学习。

不好不坏的消息是，夏仪和他一起经历的这些事，她压根儿没往恋爱那方面想。

聂清舟怀疑在夏仪这里，"恋爱"只是个没有任何含义的名词，只存在表白和拒绝之中。

手机的振动打破了安静，聂清舟低头看了一眼就笑出声来，他举起手机在不明所以的夏仪面前晃了晃。

"我们二轮合唱,《通天大道宽又阔》得了第三名!不负众望啊!"

这时候,手机又振动一声。

夏仪靠近手机,伸出手指戳了一下屏幕,然后神色严肃地看向聂清舟:"佩琪说,董老师准备点名,提前溜走的算早退。"

两人沉默了极短的一瞬间,立刻从桌子上跳下来。聂清舟刚迈出一步,就大叫一声,表情扭曲地转过头去闭上眼睛。

夏仪低头一看,地上爬着五六条蜈蚣,看来天台上可能有个蜈蚣窝,被他们这两个不速之客惊动了。

她想起来聂清舟似乎很怕蜈蚣,他们刚刚遇见的时候,他就差点因为蜈蚣暴露自己的位置。

夏仪笑了。他也有魔法失效,无法从容不迫的时候啊。

聂清舟感觉到一双有点凉的手捂住了他的眼睛。他在黑暗里愣了愣,听见夏仪的声音:"跟我走。"

他伸出手扶住她的胳膊,在无法琢磨的黑暗里跟随她的步伐。大概十步之后,夏仪放下手,聂清舟的视野重新明亮起来,他们已经站在楼梯间里。

聂清舟伸手把通往天台的门关上,然后两个人默契地一前一后飞一般地奔下楼。他望着身前夏仪发间飞扬的紫色发带,不禁笑起来。

在这个时空里,他是混沌的薛定谔的猫,似乎能看清未来,又什么都看不明白。

但是那也没关系,至少他拥有此刻。

夏仪和聂清舟赶回去的时候正好遇上同样往回撤的几个人,他们浩浩荡荡地在董老师快点完名的时候回到礼堂,声称自己只是去上卫生间了。

董老师看着这一伙背着书包的"上厕所"队伍,怒目圆睁地骂道:"骗谁呢?溜了一半回来的吧!"

说罢,她指向聂清舟:"聂清舟,你作为班长做的是什么榜样!"

聂清舟低下头,一副好学生的样子。董佳发了一通脾气,到底没算他们几个早退,其他走得远的人就没那么幸运了,通通被董佳打电话通知了家长。

这跑路的"通天大道",真是又不宽也不阔。

合唱节落幕，高二的最后一项娱乐活动也就结束了，大家投入小高考紧锣密鼓的复习中去。小高考一般在高二下学期的三月份开考，三门主课都要给小高考的科目让位，更别说音乐、美术、体育这些课，都被堂而皇之地瓜分了。

四门科目每天轮着来一次考试都是常态，考得人外焦里嫩冒白烟。

"哪个天才的人想出来的，历史、政治居然是闭卷！那么多知识点要人硬生生背下来，谁能背得下来啊！"张宇坤哀号道。

郑佩琪翻着讲义，问道："鸦片战争发生在哪一年？"

张宇坤瞪着眼睛不说话。

赖宁弱弱地说："好像是一八几几年？"

"一八四〇年。"夏仪回答。

顿了顿，夏仪说："应该是在讲义十六页的上半部分，某行的中间位置。"

张宇坤翻着郑佩琪的讲义，果然在夏仪所说的位置上看到了这个知识点，他嗷了一嗓子，道："夏姐！救命！你是怎么背的！"

这份知识点讲义是全年级通用版，夏仪拿出自己的讲义翻到这一页，页面上有用橙色和蓝色记号笔画出的各种痕迹。

"橙色画的都是时间，蓝色是关键词。我先回忆这一页纸的画面，颜色布局，再精确到里面的信息。我用画面来记忆，记得比较牢。"夏仪这样解释道。

赖宁若有所思，说："哦，我明白了，我们是文本输入存在脑子里，夏仪是图片标页保存在脑子里，找起来快！"

张宇坤觉得找到了妙招，转过头去跟聂清舟吆喝："哎，舟哥！快来看夏姐的……"

聂清舟却神色凝重，对张宇坤"嘘"了一声。

聂清舟今天一直就不太对劲，中午吃饭他就心不在焉的，现在正是周五下午的放学路上，他一点儿要过周末的开心都没有，反而一脸严肃。

他们正一起走出校门，聂清舟的步伐快了一点，对他们丢下一句："离我远点。"

剩下的四个人面面相觑,赖宁问夏仪:"怎么最近舟哥一到周五就不对劲?谁惹他了?我们惹他了吗?"

夏仪同样非常茫然,摇摇头。

常川一中的对面是一所小学,现在这个时间大部分孩子都已经放学了,零星还有几个孩子从校门口跑出来。

常川不大,孩子们很多走走就能到家,也不像城里孩子看得那么金贵,来接孩子的家长并不太多。

聂清舟的步子慢下来,他的目光在人群中来回搜索,浑身紧绷。

张宇坤纳闷地问:"舟哥,怎么……"

他这个"怎么了"还没问完,聂清舟就突然丢下自行车,"嗖"一下冲了出去。他以冲刺跑的速度奔向一个穿着军绿色大衣的男人,边跑边摘下自己的书包从里面掏东西,然后突然一个急刹车——差点撞到人家背上。

他僵硬地站在原地,看着自己身前这个手里拿着儿童小水壶,满面和善的老大爷。

"大爷……我要坐公交车没带钱,您能借我点钱吗?"他对身前这个慈眉善目的老伯说道。

老伯和蔼地笑起来,说:"哎哟,小伙子,钱包丢了啊?最近经济形势不好,贼可真是多。"

聂清舟见老伯低头去掏钱,谨慎地观察着他。

老伯浑然不觉,笑呵呵地把一块钱硬币递给聂清舟。聂清舟接过钱说了"谢谢",就看着一个小男孩风一般跑过来,被老大爷抱个满怀。

应该不是这个大爷。

所以也不是今天吗?

聂清舟松了一口气,转过身走向不远处满面困惑的同伴们,他们看他的眼神仿佛是在看一个疯子。

张宇坤指着地上的自行车说:"舟哥,你这自行车又咋惹你了?"

赖宁忧虑地问:"舟哥,你是压力太大了吗?"

聂清舟把自行车扶起来,深感无法解释。

"没事,就是……我有我的理由。"

夏仪若有所思地看着他。

到家楼下时,聂清舟锁车,夏仪突然出其不意地把他的包摘下来。

"哎哎！"聂清舟慌忙转身去夺，就见夏仪扬起他的包拉开拉链，从里面拿出一根棍子，还有一瓶喷雾水。

聂清舟的手僵在了半空。

"甩棍？这喷雾是什么？"夏仪抬眼看向他，满脸严肃，"你想要干什么？我们不是说好以后不打架了吗？"

聂清舟挠着后脑，有口难言，长叹一声："是辣椒水……这个事情……说来话长……"

他笔记本上第二优先级的大事件就要来了——

某个冬天，小学门口，一个穿军绿色大衣的男人报复社会，持刀伤害学生。有个高二的学生见义勇为阻止了男人。

这个学生就是聂清舟。

从天而降一件事关人命的大事儿，劈头盖脸地要砸在他身上，关键他还不知道具体什么时候会砸，又会怎么砸。

那几年这种恶性事件他也偶有耳闻，但距离他都非常遥远。所以他后来看到节目说起聂清舟高中时见义勇为的事儿，只觉得惊讶和佩服。

"这人挺勇敢啊，要是我高中那会儿，肯定不敢自己去阻止一个持刀的反社会人渣。"

那时候他跟他表妹这么说。

没想到啊，世事变化总是出人意料。

要是他早知道这个人就是他自己，哪儿还有闲工夫感叹？肯定先得牢牢记住节目里说的所有案件细节，再去网上搜索相关新闻。那就不至于因为只记得"高二冬天""小学门口""军绿色大衣男人"这几个关键词，成天提心吊胆，一见到穿军绿色大衣的人就紧张了。

现在回想起来，讲述此事时，屏幕后的聂清舟是多么语重心长，神色凝重，就像是知道自己说得再详细也没用却还是忍不住要说一样。

"我偷听到一个穿军绿色大衣的大叔说他要买刀，说他活不了，要拉人一起死之类的话。"

聂清舟硬着头皮瞎编道。

这回，他总不能再说是他算出来的了，虽然他这个借口也不比算出来的好多少。

"所以最近你周五放学这么紧张，就是因为担心在小学门口遇见他？"夏仪掂着手里的甩棍，问道。

聂清舟点点头。

他平时上学早出晚归，和小学的时间完全对不上。就只有周五下午他们放学早，小学有些高年级的小朋友，以及晚放学留校的孩子还在陆陆续续地出来。所以他猜想，这件事应该是在周五下午放学时发生的。

夏仪并没有觉得他杞人忧天，她神情严肃地思考了一会儿，对他说道："报警吧，你一个人不行的。"

聂清舟按按太阳穴，虽然心里觉得这种做法行不通，还是说："那试试吧。"

第二天，他们一起去了派出所。所里值班的民警是个三十岁左右的男人，听完聂清舟说的话就掏出笔来记录："他说要在什么时间，什么地点作案？"

"时间没说，地点是小学门口。"

"哪所小学？"

"……不知道。"

"你是在哪里听到这个人说话的？这个人多大岁数，身份信息，体貌特征？"

聂清舟沉默了一下，捏捏眉心："我……当时有点害怕，记不清了，就记得他穿个军绿色大衣。"

"其他的呢，还能想起来什么？"

"没了。"

民警抬起头看他，就那眼神，聂清舟怀疑自己要不是个相貌端正的学生，这会儿已经被轰出去了。

"小伙子啊，你也就听他这么一说，他可能也就过个嘴瘾。你这报案什么信息都没有，我们怎么调查啊？"

聂清舟叹了口气，硬着头皮道："他那语气我觉得肯定是要作案的，要不你们……派个人跟着我，跟着我……就很有可能会逮到他。"

民警被气笑了，一拍桌子道："合着你耍我呢？别一天到晚想东想西的，先去把作业写了！"

事情的发展不出意料，聂清舟和夏仪从派出所里灰溜溜地出来了，他对夏仪说："我知道的信息太少了，没人信我的。"

夏仪一边解车锁，一边说："你觉得那个人会作案吗？"

"我肯定。"

"你也不确定他会在哪里，在什么时间作案。"

"是的，但是看到的话，我一定要阻止他才行。"

"你真能阻止他吗？"

"我可以。"

事实上，是只有他可以。命运最终会把他推到他该出现的地方，他也不得不做他要做的事情。

聂清舟看着夏仪担忧的双眸，伸出手去摸摸她的头："放心吧，我会安然无恙的。"

在之后的一段时间里，聂清舟天天上学都会背上他的家伙什儿，就算他放学时小学门口总是空无一人，他还是会小心注意。夏仪虽然不说什么，但是也会跟他一起紧张起来。

但是一直无事发生。

甚至玛雅预言的世界末日都在一片平静中度过了，这件未来预言的见义勇为的事还是没有发生。

周六，夏仪又要去虞平市区，去乔老师家上音乐课，聂清舟送她去公交车站。他们一起走在常川的路上，路两边是各种各样的小店，热热闹闹地吵嚷着，因为是周末，很多孩子都在街上跑。

夏仪问他："那个人一直没有出现，你还觉得他会作案吗？"

聂清舟拉过她的肩膀，让她避开一辆冲出来的电动车，然后让她走在内道。

他叹息一声，说："我也觉得很奇怪，按理说应该有动静的……"

他们转过一个弯去，远远地在路对面看见了公交车站。公交车站旁边也有个小学，此刻居然有很多小学生从校门里走出来，一堆鲜艳的红领巾，乌泱泱地闹成一团。

聂清舟愣了愣。

他之前怎么没注意到公交车站这里还有个小学？今天是周六，为什么学校里会有学生？

一个穿军绿色大衣的身影一闪而过。

聂清舟的大脑空白了一秒，然后他急速穿过马路冲向路对面，急刹车声和叫骂声被他甩在脑后，他眼里只有那个穿军绿色大衣的男人身影。

居然是今天，居然是现在。

偏偏在他毫无准备的时候！

就像有个嫌日子无聊的神推了一把他的后背，跟他说上吧孩子，赤手空拳就是最好的准备！

那个穿军绿色大衣的中年男人个子不高，看起来有点臃肿，他阴沉着脸色，迈步走到小学门口。周围跑来跑去的小孩和站在路边聊天的家长浑然不觉危险的来临。

男人伸手摸向自己大衣的内侧，另一只手出其不意攥住走来的小学生，当他亮出刀子的那一刻，孩子尖叫起来。

孩子的尖叫使男人露出扭曲的笑容，然而有人猛然从身后给他一记重击，刀子"哐当"一声被踢落在地。

来人是个非常年轻的高中生，看起来像是个小白脸却非常有力气，从后一下子勒住他的脖子。

人群惊慌失措，孩子们奔走大哭，乱成一团，有几个人穿过人流往这边而来，想要帮忙。

男人奋力挣扎，又掏出一把弹簧刀往后乱挥，脖子上的压力瞬间小了，男人立刻挣开身后的人。本来要来帮忙的人看到他手里的刀纷纷躲避，男人借机仓皇逃跑。

夏仪奋力拨开人流，跑过来扶起倒在地上的聂清舟，他捂着自己的胳膊，血染湿他黑色的衣袖，顺着他的手背滴下来。

他整个人精神紧绷，死死盯着男人逃走的方向，眼神像进攻的豹子，眼中燃烧着比血液更炽热的怒火，似乎随时准备追上去。

夏仪却抓紧了他的肩膀，她黑色的双眸深深地盯着他，坚定地道："你受伤了。"

警笛声大作。

聂清舟望着夏仪愣了片刻，终于放松了身体。

呼啸而来的警车把聂清舟送到了医院，又拉回了警察局做笔录。聂清舟看着胳膊上被包扎好的伤口，抬头对正在做笔录的警察说："警察……叔叔，你们没抓到那个人？"

"放心，他的身份已经确认了，抓到他就这几天的事儿，跑不了的。"警察合上案卷，拍拍他的肩膀，"小伙子真是勇敢啊，多亏了你，不然那些小孩就要遭殃了。"

"没人受伤吧？"

"有几个跌倒摔伤的，没大事儿。"

聂清舟松了口气，感觉浑身的劲儿都卸下来了，这一遭大劫算是过去了。

警察把他送出大门，门口等他的不仅有夏仪，连聂英红都来了。

"姑姑？你怎么来了？"聂清舟几步走下台阶，惊讶道。

聂英红还穿着职业套装踩着高跟鞋，明显是从学校来的。她神色焦急，牵过他的手臂来看，嘴里骂道："你出这么大的事儿，我不来谁来？你胆子也太大了，人家可是拿着刀啊！你要是伤到哪里可怎么办！我怎么跟你爸妈交代啊！"

聂清舟安慰道："就伤了胳膊，医生都说没事儿了。"

聂英红放下心来，皱着眉狠狠地打了一下聂清舟的背，气道："以后遇到这事儿你可别逞强！你自己还是个半大孩子呢！"

"那个男人是怎么回事？"夏仪问道。

"一个无业游民，无牵无挂的，还欠了一屁股债，就是不想活了想报复社会，拉别人陪他一起死。警察确认他的身份了，正在找他。你说这人该多扭曲，才会想着去欺负小学生来解恨。"

"你管人家！就你勇敢！"聂英红又数落上了，边数落边上手拍他后背。

聂清舟一边躲，一边说："我也没办法啊……而且这是怎么回事？周六小学怎么还有学生？"

"听说这个小学周六开了兴趣班，教画画、手工之类。"夏仪回答道。

聂清舟心想，真是人算不如天算。

聂英红一路唠叨他直到回家，夏奶奶看见聂清舟负伤大惊失色，着急忙慌地问来问去，聂英红于是拜托夏奶奶多照顾聂清舟。

"小舟就跟我亲孙子似的,我肯定会好好照顾他!"夏奶奶郑重地保证道。

聂清舟拒绝了聂英红把他接过去住几天的提议,保证了半天才把她送走。他回来倚着小卖部的门,皱着脸看向夏奶奶。

夏奶奶了然地说:"又被你姑姑骂了吧?"

"是啊……"

"哎呀,你姑姑担心你啊,以后可当心点!"

夏奶奶从柜台后面出来,理理衣服,笑起来:"但是做都做了,应该要夸啊,小舟可真了不起,你救了多少人啊!我要是那些孩子的家长,一定要给你送锦旗!你们看好店,我去买个猪肝,晚上给你补补。"

夏奶奶拿着钱包慢吞吞地走出小店,夏仪在柜台后撑着下巴,看向站在门边的聂清舟。他看起来有点憔悴,但是比起前段时间提心吊胆的状态精神了很多。

"你总是受伤。"夏仪轻声说道。

聂清舟走到柜台边,倚着柜台叹息道:"谁说不是呢。"

"那以后我当医生吧。"

聂清舟愣了愣,转头与夏仪的眼睛对上,夕阳的余晖里,她的眼睛明亮又认真。

"你不是喜欢音乐的吗?"

"我可以是音乐做得最好的医生,或者医术最好的音乐人。"

聂清舟咽了咽口水,他彼此刻他应该和她拉开距离,把话题岔开。但是他却又靠近她,想要说些什么。

他想问她,因为我经常受伤,你就想学医?比起音乐,你甚至更喜欢我吗?

他还想问她,你知道什么是喜欢吗?知道什么是我说的喜欢吗?

他最想问她,你没有看出来我喜欢你吗?

他们沉默地、安静地对视片刻,连风也悄悄的,收音机里传来微弱的、电流的嘶啦声。

聂清舟转过眼睛,倏然直起身体,走向旁边的货架,笑道:"别太自信了,说不定两边都搞成半吊子。"

他的手心已经攥出了汗。

- 350

他什么都没问,他差一点点就问出来了。只要第一个问题问出来,他就会一发不可收拾地,接二连三地问下去,改变一切。

　　聂清舟想,幸好他忍住了,他还没有做好准备。

　　但他又忍不住想,这时候怎么没有个嫌日子无聊的神推一把他的后背,跟他说赤手空拳就是最好的准备了?

第十三章
无法逃脱的命运车轮

周一一上学，聂清舟就不期然在校门口被一群记者围住了。

这些记者也不知道是怎么了解到聂清舟的名字和学校的，一早就堵在校门口问。偏偏聂清舟又是年级里出名的人物，随便问个高二学生，那学生环顾四周，立刻就指着坐在三轮车里慢悠悠过来的瘦高男生道："那个就是聂清舟。"

聂清舟此时还陷在夏仪骑三轮车送他上学的窘迫中，没想到更大的窘迫还在后面。他一下三轮车就傻眼了，长枪短炮对着他，记者的话筒在他面前晃悠，那些人说着自己是某某电视台、报纸媒体的记者，紧接着问道："请问你是周六下午，在富安小学门口见义勇为的那个高中生吗？"

"你胳膊的伤是见义勇为时受的吗？"

"请问你当时见义勇为的时候，心里是什么想法呢？"

已经有不少学生在校门口围观，寒风瑟瑟中，聂清舟只觉得他的脑门已经开始出汗。而夏仪默默地看了他一眼，摆了摆手，推着三轮车丢下他悠悠地往学校里走了。

这时候她倒是很干脆啊！

聂清舟硬着头皮保持微笑回答问题，然后借着要赶早读飞也似的逃进学校里去，这辈子头一次体会到了"明星"的感觉。

常川是个小地方，也不常有什么大新闻，这个在小学门口伤人未遂的恶性事件一下子震惊了整个常川、虞平乃至于全省。如果现在是2021年，那这事儿估计要在热搜上占有一席之地，并在各大短视频平台来回宣讲。

如果那样的话，聂清舟大概要更加头疼了。因为这实在是一件"命中注定"他不得不做的事情，听到那些人把他捧到天上去的赞扬，他就浑身不自在。

"他们夸你，你还不开心吗？"

晚自习结束回家的路上，夏仪在前面骑着车淡淡发问，聂清舟坐在三轮车车厢里，抱着书包长长地吐出一口气。

"我很怕辜负别人的期待，他们对我期待太高了，我做不到啊。"

"这种事情碰到的概率太小，你也没有机会辜负别人的期待。"

"说的也是。"

夏仪一个转弯，聂清舟下意识地扯住了她的衣服。他看着她的脊背，笑出声来："我们刚刚认识的时候，你就是这样把我送到医院里。你看看我们俩，最开始你骑三轮车送我去医院，后来你运动会腿受伤，我就骑车送你上学。现在受伤的又轮到我，骑车的轮到你。好像我们这么送来送去，一年半就过去了。"

夏仪慢慢地蹬着车，喊着他的名字。

"聂清舟。"

"怎么啦？"

"我们以后去同一所大学吧。"

聂清舟愣了愣，他看不到她的神情，只能听见她的声音随风飘过来："或者在一座城市里也行。这样你有什么事，我也还能送你。"

聂清舟低低地笑起来，语气轻快地说："再把这三轮车也带上，以后再遇到什么困难苦厄，你带带我，我帮帮你，这一辈子好像也就过去了。"

"是啊。"

"说什么是啊……像个孩子似的。"

聂清舟忍俊不禁。夏仪回答的那句"是啊"如此笃定，好像完全没有意识到他在开玩笑。

一辈子，一辈子可是非常漫长的。

我们不会去同一个学校，也不会在同一个城市，如此分隔了长达八年时间。

聂清舟笑着笑着，嘴角的弧度就慢慢落下来，他的眼睛逐渐被迷茫和怅然占据，像是被夜风吹得灵魂都冷起来。

"夏仪。"

"嗯？"

"小延还经常和你们联系吗？"

"一周会打一次电话，本来说寒假要回来的，但是妈妈那边好像有什么事情，今年小延就不能回来了。"

"你觉得……你们相隔这么远的距离，会因此慢慢变得生疏吗？变得……无话可讲？"

夏仪想了一会儿，语气有点犹豫："我不知道。不过我们本来话也不多。"

"那如果是你呢？如果是你在美国，而我在这里，我们过着完全不同的生活，我们会不会变得生疏？最终就像陌生人一样。"

夏仪正好骑车到了长坡下，她停下了车，转过身看向后面的聂清舟。

时间很晚了，街两边的店铺都已经关门，一盏盏路灯孤单地亮在路边，时不时闪烁两下。聂清舟靠着车厢的边沿，抬头望着夏仪，眼睛里映着灯光，像是块薄薄的玻璃。

他在等她的回答。其实他也知道，这个问题没有什么答案可言。

夏仪微微俯下身观察了他片刻，疑惑地问："你在不安吗？你为什么要害怕？你提出的这种假设，我都没有想过，也不想去想。"

顿了顿，她直白而坦诚地说："害怕的人应该是我吧。一直以来，都是我更害怕失去你才对。"

聂清舟怔住，他的眼睛慢慢睁大，那块薄薄的玻璃上汇聚的光芒，就像夏仪见过的烟火一样，把所有东西都烧起来，烧得澎湃汹涌。

夜风穿过无人的街巷，卷起落叶在他们之间回旋。

聂清舟突然扶着车边直起身靠近她，直到他们呼吸相闻，风也沾染上薄荷香气。

头顶的路灯骤然熄灭，一切都在黑暗之中。

他半合着眼睛，呼吸声颤抖着，克制而压抑，又热烈。

夏仪隐约察觉到他想要做什么，怔怔地攥紧了手。

聂清舟却保持着这个微妙的距离停住了，当灯再次亮起的时候，聂清舟突然远离她，脸烧得绯红。

"我……我……"

他似乎突然清醒过来，被自己的举动吓到以至于方寸大乱，从来稳重成熟的人说话直打结。

"我……我……我刚刚……"

聂清舟捂着额头，一咬牙从车上跳下来，提着书包仓皇狂奔而去："对不起！我……我先回去了！"

夏仪愣愣地看着他提着包狂奔的身影，他的头发和衣服都随风飘了起来，好像恨不能飞起来，消失在人间。

聂清舟一路奔到家门口，打开门走进房间关上房门，一气呵成，然后靠在门上。

急促的呼吸声响在耳边，他心跳剧烈得仿佛要从嗓子里蹦出来一样，他不知道刚刚自己到底跑得有多快，可能甚至超过了比赛的时候。

聂清舟抚着心口，靠着门慢慢地滑到地上坐下。

他的脑海里不停地回响着夏仪的话。

——害怕的人应该是我吧，一直以来，都是我更害怕失去你才对。

她到底知不知道自己在说什么？她能不能不要这么……这么耿直？

他已经忍耐再忍耐，克制又克制。好像就在那个时刻，天上闲着没事干的神后知后觉地发现了他，伸手推得他一阵踉跄。

聂清舟慢慢躬起后背，把头埋在手臂里："天啊……你这个人渣……你色令智昏，你想干什么啊你！"

就差一点点，幸好他停下来了。

可动作能够停住，这不争气的心念又要如何停呢？

第二天，夏仪果然在门口逮住了鬼鬼祟祟准备独自去上学的聂清舟。

聂清舟一看见她就跳起来，拿围巾把自己的脸围得严实，眼睛也不看她，转到别处。

夏仪抬头看着他，严肃道："你答应过我不会躲着我，除非我赶你走。"

聂清舟捂着脸上的围巾，心虚地支支吾吾。

"上车。"夏仪干脆地指了指门口的三轮车。

聂清舟挣扎片刻，还是认命地上车了。

夏仪也没有多说什么，就像往常一样骑着车把聂清舟送到了学校，像往常一样背着书包去教室,坐在座位上拿出早读要用的课本。

聂清舟跟在她后面走进教室,走到自己的座位上,一边应付同学们关于他见义勇为的打趣,一边忍不住看夏仪。

她表现得就像什么都没有发生过似的。

她就没有什么想问的吗?他该怎么解释?她这种表现,是不是不想听他的解释?

聂清舟捂着额头,满脑袋问题,觉得比做有机化学题目的时候还痛苦。

中午吃饭的时候,吃饭小分队每个人都发现了夏仪和聂清舟的不对劲。

平时吃饭他俩都是相邻而坐的,今天聂清舟却想坐夏仪的对角线。夏仪坐下来,望着聂清舟,说:"你答应过我的。"

聂清舟立刻弹起来,又端着餐盘坐到了夏仪身边。

剩下三个人面面相觑。

整个吃饭过程,夏仪和聂清舟都异常安静,安静得连张宇坤和赖宁说话都小声了。赖宁小心翼翼地问:"舟哥,夏仪,你们是不是吵架了?"

聂清舟白了赖宁一眼,张宇坤只当他是默认,惊叹道:"你们俩还会吵架呢?平时好得跟什么似的,就差血浓于水了,为什么啊,说来听听!"

郑佩琪怒道:"瞎说什么呢?别拱火!吃你的饭吧。"

"我这怎么能叫拱火?我这叫排毒……"

夏仪抬眸看了一眼张宇坤,然后转过头。聂清舟果然正在偷偷看她,她一和聂清舟对上眼神,他就立刻把目光转走了。

夏仪想,他们之间这是怎么回事呢?

午休时,他们照常去了音乐教室,夏仪坐在钢琴前弹《钟》,那快速跳动的旋律就像起伏不平的心绪,当她弹完一曲后一转头,却诧异地发现郑佩琪哭了。

她趴在最靠近钢琴的桌子上,满面泪水地看着手机。

夏仪立刻走到她旁边,关切地问道:"你怎么了?"

"这小说,太虐了!"郑佩琪抹着眼泪说道。

夏仪看着她屏幕上滚动的文字,一时间不知道说什么好。

郑佩琪自顾自地说:"唉,我将来要是能遇到一个冷酷、忧郁,但是只对我好的帅哥就好了。夏仪,你说这世上真有那种始终如一、坚定不移

- 356 -

的爱吗?"

夏仪愣了愣,她的目光飘向远处正在讲题的聂清舟身上,他坐在桌子上,一只胳膊撑着桌面,弯着腰低头看张宇坤的课本,手里的笔慢悠悠地转着。

就像十五个月以前,她刚刚认识他的时候,他看夏延的作业时那样。

似乎从一开始,甚至早在他们被困住的那个巷子里,他对她就有种不同寻常的关注,一直以来从未改变。

始终如一、坚定不移吗?

"应该有的。"

顿了顿,夏仪问道:"佩琪,恋爱是什么啊?"

郑佩琪"啊"了一声,露出疑惑的表情,靠着椅背道:"我也不知道,我初中的时候有偷偷喜欢过一个男生,但没有正经谈过恋爱,都是看书上写的。"

郑佩琪回过头看了一眼教室后面的聂清舟,靠近夏仪小声说道:"怎么了,你和聂清舟之间发生什么事情了吗?他跟你表白了?"

"……没有。你为什么会这么想?"

"这么想很正常吧!说实话,有时候感觉你们俩是亲人,有时候又觉得你俩就跟谈恋爱似的,就差没有牵手拥抱亲吻了。"

夏仪沉默片刻,喃喃低语道:"牵手拥抱……亲吻。"

这周的课上了没两天就赶上元旦放假,聂清舟和夏仪背着满满的试卷作业从学校里回来,整个假期的时间已经被这些作业预定。

吃完夏奶奶做的元旦晚餐,聂清舟和夏仪在街上散步消食。窄窄的街道两边,小店里传来热热闹闹的声音,喇叭里喊着"元旦促销,全场八折",天上偶尔也有一两次烟花绽放。

聂清舟想,不能再这么下去了,他得跟夏仪解释清楚。

聂清舟掐着眉心,终于开口道:"夏仪,关于那天晚上的事,我其实是想……我就是……"

聂清舟一说,舌头又开始打结。

夏仪的步子突然停顿了一下,她神情严肃,好像完全没在听聂清舟说话。几不可察的停滞之后,她伸手牵住聂清舟的手。

聂清舟整个人僵住，却听见夏仪冷静的声音："有人在跟着我们。"

顿了顿，她说："好像是小学门口那个人。"

所有旖旎的心思一下子消失得干干净净，聂清舟的眼睛睁大，目光继而沉下来。

警察说事发后这个人偷了一辆车，有人在收费站看到过他，他很可能已经驾车离开虞平了，正在全省通缉他。

他难道没有走吗？

聂清舟握紧夏仪的手，转身走到路边一个小摊子边，拿起摊子上卖的镜子左看右看，借着镜子的反射果然看见身后路灯边裹着大衣的男人，男人的身形很像那个人，但戴着口罩和帽子，不太好辨认。

男人晃悠着走了两步，仿佛左腿比右腿短了一截似的，聂清舟瞳孔骤然紧缩。

他从口袋里掏出硬币递给小摊的老板，轻声对老板说："老板，你冷静地听我说。有人跟着我们，就是富安小学门口那个杀人未遂的男人，麻烦报个警。"

小摊的老板是个胖胖的中年男人，听了这话吓了一跳，下意识惊慌地环顾四周。

聂清舟急道："别看！"

聂清舟这话说晚了，跟踪他们的男人已经发现了异常，他居然径直追了上来，手里还拿着一把明晃晃的刀。聂清舟立刻攥紧夏仪的手往前面跑，边跑边喊："大家快跑！有人要砍人！"

小摊主大叫一声躲在了摊子底下，路上的行人并不算太多，尖叫声响成一团。聂清舟回头看去，那个男人并没有对其他人下手，只是挥着刀对他们紧追不舍。

他们急转了一个弯，然后拐进路边的小巷子里，藏在巷子的货堆后面。

聂清舟把镜子拿在眼前，男人很快闯进了镜子所反射的路口，男人左看右看找不到人，一会儿工夫就被拿着晾衣杆、台球杆、棒球棍赶来的居民们围起来了。有人高喊着："放下刀！把刀丢了！我们已经报警了啊！"

聂清舟的心脏"怦怦"跳，他转过头和靠墙的夏仪对视。夏仪也望着他，呼吸急促。

这时，男人突然丢了刀掀开外衣，扯着粗哑的嗓子结巴道："来……

啊！谁怕……谁怕谁啊！大不了我摁了开关，大家一起炸死吧！"

聂清舟的心一瞬间提到嗓子眼，镜子里映出男人高举的右手，手里握着个黑色的长条物，男人腰上捆了一圈像是炸药的东西。他脖子上青筋暴涨，红着眼睛像是疯了似的。

男人暴跳着，高喊道："谁……谁都不许动！动一下……我就摁！那个小杂种去哪里了？我知道……知道你没跑远！你喜欢做英雄……是不是？我数三声，你要是不出来……咱们就一起死吧！"

聂清舟握紧了镜子，犹豫一刻后把镜子交到夏仪手里。

"三！"

夏仪握住他的手腕，盯着他不放。

聂清舟把自己的手放在她的手上，拍了拍，温言道："没事的，我们都会安然无恙的。"

"二！"

他把夏仪的手扯下去，然后从黑暗中起身走到光亮处，举起手来："我在这里。"

夏仪通过镜子看见男人兴奋的神情，男人大叫着："你过来……自己走过来！"

聂清舟迈开步子，黑白的球鞋抬起再落下，一步一步远离她，朝那个男人走去，直到走到路口。

警车的声音响起来，路口亮起红蓝的光芒，男人一把扯过聂清舟，大喊道："都别……别过来！谁都……不许走！那个穿红衣服的，你再动我就摁了！"

大喇叭里传来警察的喊话声，让他保持冷静，说出自己的要求。

男人气愤地啐了一口，笑得面容扭曲："怎么了……现在觉得……我重要了？捧着我了？我告诉你们……我活不下去，你们……你们也别想活！还有想……想踩在我头上做英雄的！"

他突然狠踹聂清舟的小腿，聂清舟踉跄一下跪在地上，他又一脚踩住聂清舟的后背。聂清舟用还好的那只胳膊撑着地面，暗自盯着他手里的引爆器，咬着牙没说话。

"就你喜欢逞英雄……是不是？就你了不起……是不是！你是个什么东西！"

男人狠狠踩了聂清舟几脚，无视警察的喊话，又大嚷道："那个……那个丫头呢？跑哪里去了……也给我……给我出来！"

"我不知道，我们分开走的。"聂清舟低声说道。

男人怒道："你放……放屁！叫她出……出来……不然我按了！"

男人又朝着四周大喊起来，像是疯了一样结结巴巴地大骂，眼看着情绪越来越激动。

夏仪看着镜子里的男人，还有跪倒在地的聂清舟。她闭上眼睛一瞬，然后再睁开，起身离开货堆，走进光线中。

男人大喜，嚷道："你也……你也过来！"

聂清舟转头看向夏仪，倾斜的视野里，她还和平时一样面无表情，极为平静，举着手慢慢地一步步走过来。

男人扯住夏仪的手腕，把她拉到一边让她也跪下，然后转头对警察们说："你们去找……找三石巷的老毕！让他……让他来给我……下跪！"

夏仪和聂清舟在男人的一左一右，夏仪的身体紧绷着，仿佛攻击前的猫科动物。聂清舟微微抬头，在一片嘈杂声中以极轻的声音对夏仪说："别乱来，太危险。"

夏仪胆子太大，他怕她会去抢男人的起爆器。

夏仪没有回答，聂清舟着急了："听我的。"

"好。"

他终于听到夏仪的低声应答。

警察不断跟男人周旋，男人时而暴跳如雷，时而沮丧，整个人情绪非常不稳定。时间一分一秒地过去，警铃的呼叫声，被迫滞留的人群的嘈杂声混在一起，世界混乱不堪，聂清舟的手慢慢握成拳，只觉得度秒如年。

夏仪伸出手来，覆盖在他撑在地面上的手上，把他的手舒展开，五指交错，慢慢收紧。

"老毕来了！帮你叫过来了！"警察拉着一个人走近，拿着喇叭。

男人一下子激动起来，举着引爆器高喊："让……让他过来！"

突然，一声轻响传来，夏仪蓦然收回手，聂清舟感觉到一片温热的东西洒在他的身上，发出如同雨声般的响动。

疯狂的男人突然寂静无声，步子僵在原地，那个身躯轰然倒塌。

聂清舟怔怔地转过头，在红蓝色的警灯光芒之下，尖锐的警笛声中，夏仪脸色苍白，脸侧全是喷溅状的鲜血，殷红地顺着脖子往下流。她的眼睛定定地，茫然地看着他，眼里流转着红、蓝和黄色的灯光，就像是一块惊心动魄的黑欧泊。

血染透的起爆器被她托在手里。

在他们对视的那一刻，她好像突然找回了自己的呼吸，胸膛开始剧烈地起伏，眼睛眯起来，轻微地颤抖着。

警察赶过来安抚他们，从夏仪手上小心地把起爆器拿走。聂清舟慢慢挪过去，跨过男人的尸体来到夏仪身边，他跪在她面前，抱住她的肩膀把她搂在怀里。

他只有一只胳膊好用，就用那只胳膊紧紧地抱住她，直到能感觉到她瘦削的肩胛骨，感觉到她在他怀里不停地颤动。

实实在在地感觉到她，他才感受到劫后的余生。

他抚摸着她的后脑，让她把头埋在他的胸口，轻声说："不要看他。

"没事了，我们没事了。"

男人被警方安排的狙击手一枪射中头部而死。

聂清舟没有看到男人死亡的整个过程，但夏仪看到了，并且第一时间接住掉落的起爆装置。

夏仪伸出手抱住他的后背，手指用力，抠得他的衣服也变形，让他感觉到一种实在的疼痛。

命运以他未曾预料的方式砸在他头上。

它把他从平凡的生活中揪出来，让他做了一次英雄，并且公平地给予了做英雄的代价。

他们总能承受这些代价吗？

他看到二十六岁的夏仪和聂清舟健康又成功，就以为这些年里并没有发生什么值得害怕的事情。就是因为有这样的预见，他才敢做这些危险的事情。

但是夏仪呢？夏仪为什么要卷进危险里来，她对未来一无所知，她是真实地在恐惧。

聂清舟抱着发抖的夏仪，他突然感到疑惑，为什么未来的他没有告诉自己报复事件的发生？难道是被剪辑掉了？但未来的他明明知道自己不会从节目里得到这些信息，为什么在综艺和采访之外，从没有联系过"周彬"，没有向他透露他即将遭遇的人生？

似乎在所有已知的预言里，他从未忤逆过命运。

他明明可以不让夏仪遭遇这样的危险，他为什么没有做？他到底在想什么？

聂清舟把头埋下去，在警笛和人声嘈杂中，在夏仪耳边沉声说："对不起。"

这个恶性事件的犯人此前在新闻报道里看到了聂清舟见义勇为的事，虽然画面里模糊了聂清舟的姓名和样貌，他还是打听到聂清舟的信息，伺机报复。因为这件事，虞平的媒体们又接受了一波舆论抨击，聂清舟暂时获得了清静。

突如其来的劫持事件，吓得聂家爸妈都赶回常川待了几天，聂清舟配合警察的各项调查，安抚父母和学习占据了所有时间，等到能歇一口气的时候已经是寒假了。

然而自从劫持事件后，夏仪的心理状态就一直不太好。

刚刚放寒假，他们在小卖部里一起码货时，挂在墙上的电视在放国际新闻，里面闪过战争地区爆炸和居民受伤的画面，夏仪立刻转过身去，握紧拳头平复呼吸。

聂清舟立刻放下手里的货物，按住她的肩膀："夏仪，夏仪？"

她前倾身体，低头靠在他的肩膀上，伸出手去抱住他的后背，轻微地颤抖着，一言不发，好像这样就能积攒一些力量。

聂清舟下意识转头望去，夏奶奶在厨房里忙来忙去，并没有看到这边。

于是，他轻轻拍着她的后背，说道："都过去了，现在我们很安全，没事的。"

顿了顿，他说："要不我们去看看心理医生吧？"

夏仪的头抵在他的肩膀上，左右摇了摇。她慢慢抬起头，漆黑的眼睛看着聂清舟，说："作业和卷子还有很多，开学还要考试。我没事，缓缓就好了。"

聂清舟皱起眉头，夏仪仿佛知道他要说什么，先开口道："等小高考之后再说吧。"

"在那之前，你总这样难受怎么办？"

"我难受的时候，你像现在这样抓住我。"夏仪非常笃定地说，"那我就会没事了。"

聂清舟望着她，叹息一声点点头。

他慢慢发现，所有与男人死亡相关的东西都会挑起夏仪的反应——红色的肉、红色墨水、爆炸场景、流血、腥味儿，这些东西都能让夏仪瞬间僵硬。

夏奶奶也非常担心夏仪，她想让夏仪和聂清舟出去找同学玩，散散心。但是寒假过后很快就是小高考，繁重的作业几乎占满所有的时间，所谓的散心——就是大家聚在郑佩琪或者聂清舟家写作业，偶尔一起打游戏或看电影。

张宇坤、赖宁和郑佩琪各个出谋划策，搞出各种各样的奇奇怪怪的招数来，赖宁去寺里搞了个辟邪的福袋，张宇坤说要不要以暴制暴听点死亡重金属摇滚，郑佩琪让夏仪跟她一起学冥想、练瑜伽。

每天，他们除了写卷子、讨论答案，就是为治疗夏仪的情况提出各种方案，多半扯着扯着就扯远了，可实施得很少，但每天都有新想法。

有些想法天马行空，有没有实际功效不好说，倒是让夏仪笑出声来。

好像那件事和这些荒诞不经的提案扯上关系后，也变得没有那么可怕。

从郑佩琪家回家的路上，聂清舟看向身边的夏仪，她背着书包安静地走着，路灯把影子拉得很长，她呼出白色的水汽，袅袅地升起来。

"你现在是不是比之前好一些了？"他问夏仪。

今天是劫持事件后，她第一次试着吃了红肉，虽然只有一块，但是至少她没有吐出来。

夏仪点点头："好像是的。"

话音刚落，一只猫突然从路边的围墙上蹿出来，从夏仪和聂清舟面前跳过去。聂清舟只见一道黑影掠过，吓了一跳，下意识把夏仪的手握住。

这段时间，夏仪每次受到刺激时，都会立刻握紧他的手，他已经习惯成自然了。

"是猫啊……你没被吓到吗？"聂清舟愣了愣，问夏仪。

夏仪睁着眼睛安然地看着他，坦然道："没有，我看到它了。"

顿了顿，她补充道："猫不会刺激到我。"

"确实……我都变得神经过敏了。"聂清舟按着眉心，无奈地笑起来。

冬日夜晚的街头静悄悄的，偶尔传来一声猫叫，夏仪的手指有点冷，聂清舟将她的手揣进了自己的口袋里，他的口袋里有一层绒，被他的体温烘得温暖。

他们就这样在这条路上继续前行，聂清舟没有解释什么，夏仪也没有说什么。她的手被他的口袋温暖着，就像很久以前，她牵着他的帽子、他的衣角、他的包带一样。

"对不起。"聂清舟轻声说。

"为什么说对不起？"

"我没有保护好你，我不该让你经历这些的。"

他神情凝重，似乎满腹愧疚。

夏仪笑了一下说："你不是正在保护我吗？"

聂清舟转头看向她，他茶色的眼睛里盛着无奈，微笑着说："你啊，不是这么算的……算了，我们走吧，我们回家吧。"

夏仪没有跟他说过，她很喜欢听他说"我们回家吧"这五个字。

她不知如何定义喜欢，不过聂清舟对她来说独一无二，她只是想和他待在一起，做所有的事都很开心。

无论世事如何，她想要一直这样同他一道奔赴前路。

这是夏仪过得最艰难的一个春节，随处可见的红色爆竹和爆竹声都让她难以消受。郑佩琪送的头戴耳机发挥了很大的作用，当窗外响起爆竹声时，她就会戴上耳机，让音乐包围她。

她的乐谱本在这种痛苦中，也厚了好几厘米。

好在她的情况确实渐渐好转，这些东西带给她的刺激逐渐消退。等到开学的时候，她除了不喜欢吃红肉、闻不了腥味，其他的症状都已经消失不见。

"没事，再缓几个月，你就什么都好了。"郑佩琪安慰夏仪道。

聂清舟却忧虑地看着夏仪。他知道不是这样，在遥远的未来，夏仪成为明星之后仍然不吃红肉，讨厌腥味儿。

有些事情留下的痕迹是终身的，无法磨灭。

聂清舟变得格外慎重起来，他重新理了一遍灰色笔记本上的内容。按照时间线，夏仪会在高二下学期期末出国，那么现在时间只剩下一个学期了，夏仪所说的那件让她产生"极端念头"的事情还没有发生。

夏仪如此坚强，连目睹死亡现场的心理阴影都克服了，到底有什么事情能让她产生"极端的念头"？

时间一天天地过去，一切看起来风平浪静，折磨了他们一个寒假的小高考也顺利落下帷幕。

小高考结束那天，高二很多班都疯了一般把考完的小四门的书和试卷撕了，纷纷扬扬地撒下去。高三的学长学姐们看了直摇头，说这才哪儿到哪儿，真正的高考还在后头呢。

郑佩琪、聂清舟和夏仪趴在走廊的栏杆上，看着飘在空中的白纸片。郑佩琪感叹道："这些试卷和书扔得就像是葬礼似的。"

付子明从教室里冲出来，撕了一摞卷子丢下去，边撕边说："埋葬的是我的青春啊。"

聂清舟顺手搭上他的肩膀，拍了拍："别葬得太深，高三还要挖出来再埋一次呢。"

"没事，要是小高考成绩出来，我没得4个A，我就可以直接入土为安了。"付子明露出夸张的表情。

夏仪探出头看向付子明，冷静地道："想对一下答案吗？"

付子明高叫一声："副班！你是魔鬼！"

然后，他就转身逃走了。

聂清舟和郑佩琪都"哈哈"大笑起来，夏仪也跟着弯了眼睛。

郑佩琪说这纷纷扬扬雪一样的碎纸像是葬礼一样，仿佛一语成谶。

考试结束没几天，聂清舟在夏家杂货帮忙的时候，接了一通打到夏家的电话，然后愣在原地。

夏仪问他怎么了，聂清舟欲言又止，只是捂着话筒喊"夏奶奶"。

夏奶奶从厨房探出头来，大着嗓门问他："订货的吗？小舟你记下就好！锅里炖着菜呢，走不开。"

"奶奶……奶奶，是监狱打来的电话……说夏叔叔……"聂清舟的目光转到夏仪脸上。

"说夏叔叔，去世了。"

夏仪的神情瞬间变得迷茫，好像没听明白他在说什么一样。

夏奶奶愣了愣，她转回身去把呼啸的油烟机关上，颤抖着擦着手走过来："你说什么？"

她似乎寄希望于自己刚刚听错了。

"他们说……夏叔叔……心肌梗死。"聂清舟把话筒递给夏奶奶，艰难地说。

夏奶奶低头看了那话筒半天，像是恐惧又像是难以置信，布满褶皱的手抬起来又放下去，怎么也不敢拿过来。

夏仪缓缓抱住奶奶，用额头贴着她的额头，然后按了电话的免提按钮。

其实她的手也在颤抖。

警察的声音从电话里传出来，夏奶奶哆哆嗦嗦的，像个孩子似的说："对……我……是他的母亲。"

聂清舟转过身去把杂货店的门关上，门牌转到暂停营业的那面，然后站在门边看向夏奶奶和夏仪。

夏仪的眼神仍然很茫然，但她紧紧地抱住夏奶奶，在夏奶奶崩溃大哭的时候用力支撑着夏奶奶。

好像她也并不明白发生了什么，不能明白这对她意味着什么，但是在自己痛苦之前，她已经下意识开始做她觉得她该做的事情。

聂清舟走过去，从另外一边把夏奶奶搀住，然后轻轻握住夏奶奶后背上夏仪的那只手。

夏仪的手顿了顿，然后用力回握住他，用力到手指发白，眼睛里变得潮湿起来。

聂清舟仿佛听见命运的车轮驶来，轰隆作响，不可阻挡。

夏仪想起爸爸时，画面总是来自一个孩子仰望的视角。

在这个视角里，爸爸有一层青青的胡楂，高大健壮又很爽朗，时常会发出中气十足的笑声。他喜欢让夏仪挂在自己的胳膊上，轻松地把她举起来转圈，笑着问她好不好玩。

夏仪爸爸的胳膊很有力气，听说爸爸小时候身体不好，奶奶就让他去学拳击锻炼身体，他渐渐变得强壮起来，再没生过什么病。因为这个，他从小就开始教夏仪一些格斗技巧，让她锻炼身体兼防身。

——爸爸不能时时刻刻在你身边，你要学会保护自己。要是有人打你，你一定要打回去，不要让他们以为你好欺负！

那时候爸爸一边纠正着她的动作，一边严肃道。

夏仪有时候会看见爸爸偷偷抱着电脑看格斗比赛，被她发现后爸爸就说着"嘘"，然后到处张望看妈妈在哪里。

"这是什么啊？"她问一脸慌张的爸爸。

爸爸合上电脑，小声说："Pride格斗赛……你别看这些。不要告诉妈妈好不好？"

"妈妈不喜欢你看这些比赛吗？"

"是啊。"爸爸弯腰，眨眨眼睛，"我们家最重要的事情，就是让妈妈开心，对不对？"

爸爸总是说妈妈就是家里的头等大事，不能惹妈妈生气。于是，夏仪点点头，说："对。"

那时候，她的爸爸就像个大男孩一样开朗，然而从某天开始，他身上的开朗和阳光渐渐黯淡下去。他变得越来越忙碌，时常眉头紧锁着抽烟，像是一根越绷越紧的弦，直到警察找上门的那天，所有的一切轰然倒塌。

法庭上的爸爸胡子拉碴，神色颓丧，夏仪觉得那个人很陌生，仿佛是同一个躯体里的另一个人。

夏仪无法理解父亲为何会犯罪入狱。

就像若干年后，她无法理解父亲为何会突然死亡一样。

她和奶奶看过监控录像，也见到了父亲的遗体。监控清晰地记录了父亲突然发病的过程，父亲的尸体上也没有什么伤痕，只是脸上还留着痛苦的神情。

她想起每次来探望父亲时，他的气色总是不好，满怀内疚和颓丧，不停地叹气，整个人因浮肿显得虚胖。

悔恨和失落真的会压垮一个人吗？她那记忆里高大强壮，好像永远不会示弱的父亲也会倒下。

夏仪抱着骨灰盒，挨着夏奶奶坐在回家的公交车上，司机差点没让她们上车，聂清舟求了司机半天他才松口。

车上的人都躲着他们，坐得远远的。

夏仪低头看着怀中用黄布包裹的盒子，很难想象一个那么高大的人最终只剩下这点灰，装在一个小小的盒子里。

父亲失去了未来，失去了骄傲，于是放弃他的妻子，放弃他的孩子，最后放弃了自己。

她知道父亲这些年很愧疚，但是她没有怪过他。父亲顺风顺水时，她也有最好的衣服和玩具，被他宠爱着；父亲跌落谷底，他受苦，那么她自然也会辛苦一些。

所谓家人，不就是这样吗？

等父亲回来，一切又会好起来的。

她早已经学会了自己保护自己，所有欺负她、欺负小延的人，她都打回去了。所有背后指点她的人，她都没有理会。

她放妈妈去了更好的地方，妈妈现在也过得很开心。

她做了所有能做的事情，完成了父亲的嘱托。

然而，那个嘱托她的人没有回来。

夏奶奶哭到虚脱，夏仪却一直没有哭。她只是沉默不语地和聂清舟一起搀着奶奶，从公交车站一路慢慢地扶着奶奶走回小卖部，让奶奶躺在床上休息。等到奶奶终于体力不支睡着的时候，夏仪给她掖掖被子，抱着骨灰盒走出房间，把它放在家里仅有的一张小书桌上。

书桌是橡木色的面板，桌上很干净，就孤零零地放着这个被黄布包裹的盒子。

聂清舟安静地站在她身边看着那个盒子。

夏仪低声说："好轻啊。"

以前爸爸一只胳膊就能把她吊起来转圈。

他怎么会变得这么轻的，她一只手就能端起来的一点灰呢？

聂清舟转过身，伸手把夏仪拉过来，然后将她整个人抱进怀里，轻声说："哭吧，哭吧夏仪。你已经做得很好了，不用那么坚强也没关系。"

这句话就像是在满水的堤坝上凿开了一个口。

夏仪愣了愣，不由自主地开始颤抖，她揪紧了聂清舟的衣襟，另一只手捂住自己的眼睛，慢慢矮下去，蜷缩起身体。

聂清舟跟着她蹲下来,紧紧地搂住她的肩膀,感觉到泪水濡湿了他的胸口。夏仪全身颤抖,发出非常轻微的、压抑的哭声。

她总以为是她不通人情,太过冷漠。

这是她第一次听到有人说,你只是太坚强了,不用这么坚强也没关系。

夏仪爸爸的去世给了夏奶奶极大的打击,将他安葬后,夏奶奶一直精神萎靡,连记忆都开始混乱起来。

夏奶奶总是起得很早,天还没亮就坐在小卖部前的椅子上发呆,看到有人来就问有没有见到她儿子,她儿子跑出去玩了一直没回来,她很担心。

夏奶奶絮絮叨叨地说她的丈夫和一儿一女都煤气中毒死了,她就剩这么一个儿子,要是弄丢了可怎么办。

邻居们先是觉得她怪异,听说夏仪父亲去世的事情之后就不胜唏嘘。有人哄她道:"你儿子在虞平做大生意呢,将来挣钱养你。"

夏奶奶不由得变得迷茫,等夏仪跑出来看她的时候,她困惑一阵就反应过来,惊诧道:"夏夏!你怎么在这里?你妈妈呢?没有送你去上学吗?"

夏仪站在夏奶奶面前,欲言又止。最后,夏仪只是蹲下来说:"今天放假,我来看你了。"

夏奶奶的记忆有时候停留在夏仪爸爸的童年,有时候又跳到夏仪的小学时代。夏仪爸爸入狱和去世这一段时间的事情变成了一片空白。她像个孩子似的,想起什么是什么,想到要做的事就急着去干。

夏仪不得不请假在家照顾奶奶,聂清舟也紧跟着请假,天天和她一起在夏家看着夏奶奶。

夜里,夏仪把夏奶奶哄睡着,小声对聂清舟说:"你回去上学吧,奶奶不知道什么时候才能好起来,你请这么长时间的假会影响学习。"

"我高一也是自学,你不用担心我。夏奶奶把我当孙子看,我照顾她也是理所应当的。"

夏仪这样一个从来不说谎,也不会哄人的人,现在天天都要配合着夏奶奶说谎,哄着她。聂清舟看着很心疼。

除此以外,他还有更深的忧虑。

之前他就感到疑惑,夏仪为什么会在高二下学期期末出国?夏奶奶和她爸爸都还在这里,以夏仪的个性,不可能抛下他们跟蒋媛媛走。

自从得知夏叔叔的死讯开始,所有线索就渐渐清晰起来。聂清舟蓦然发现,很可能不是她抛下了他们,而是他们抛下了她。

种种猜测让他胆战心惊,他看着小孩子一样的夏奶奶,真诚地希望是自己的猜测出错了。

他不知道自己能否改变什么,除了尽力而为,别无他法。

聂清舟和夏仪轮换着照顾夏奶奶,确保她身边时刻有人盯着。夏奶奶现在已经不认识聂清舟了,偶尔还会看着聂清舟喊出夏延的名字,聂清舟和夏仪都顺着她。

夏奶奶有时候欢欣地说起自己的丈夫、自己做的裙子,有时候又愤怒地说起小延的病、蒋媛媛的不负责任。

夏仪小心地提到父亲入狱的事情,夏奶奶立刻反应激烈,说夏仪骗她。这个时候,她连夏仪都认不得了,只觉得面前是一个诋毁她儿子的陌生人,甚至挥起手使劲打夏仪。

聂清舟马上从夏奶奶背后抱住她,哄着她安抚她。等夏奶奶折腾得没劲儿了,再抬头看向夏仪的时候,她又露出满脸惊慌,说道:"夏夏,你脸上怎么回事?被谁打了?"

夏仪捂着脸,说道:"没有,没事。"

夏奶奶睡着之后是一天里最安静的时刻。夜色深沉,夏仪和聂清舟都精疲力竭地坐在夏奶奶房间里,聂清舟拿着从冰柜里捞出来的冰块,用布包了给夏仪敷脸。

夏仪沉默地低着双眸,浓密的睫毛下便是惊心的紫红瘀痕。

夏奶奶总是很疼爱小辈们,从来没有打过夏仪,这是她第一次跟夏仪动手。大概在夏奶奶的认识里,她打的那个只是可恶的传谣的陌生人,而不是她疼爱的孙女。

聂清舟把手放在夏仪的肩膀上,轻轻拍了拍。

然后,夏仪就前倾身体,把额头靠在他的胸口上。

聂清舟很想跟夏仪说没事的,一切都会好起来的。但是此时此刻,这样的安慰他已经说不出口。

夏奶奶这样的状态维持了一周,某天她半夜起夜就没有回来,突然消失不见了。

夏仪和聂清舟急得到处寻找,还跑到派出所报警,等到傍晚的时候终于有人说在虞平火车站见到过这个老太太,老太太说要接她上大学的儿子回家。

他们急忙奔向虞平火车站,在人流中寻找半天,终于看到了坐在车站大门口台阶上的夏奶奶。

夏奶奶穿着她的黑底花袄,抱着她的花布包,有点局促不安地缩成一团,坐在高高的灰色台阶上,避让来来往往的行人。

夏仪一看到她,就仰着头喊道:"奶奶!"

夏奶奶立刻环顾四周,看到了站在广场中的夏仪,她似乎有一瞬间的迷惑。但是很快,夏奶奶笑起来,慈祥地回应道:"夏夏!"

夏奶奶颤颤巍巍地站起来往前走,像是没有看到前面的台阶一样。

聂清舟的眼睛睁大了,他急切地大喊:"奶奶!台阶!"

他喊得太晚了。

虞平火车站上高悬的时钟到达整点而轰然作响,仿佛命运的钟声。

在那巨大的时钟下,夏奶奶一脚踩空向前栽倒,顺着长长的台阶滚下来,一路留下刺目的血迹。夏仪和聂清舟接住她时,夏奶奶脑门上的伤流出的血已经染红了她整张脸,她目光茫然而涣散,手里还紧紧握着自己的花布包。

"奶奶……奶奶……"夏仪跪在她面前,拉着她的手,颤抖地喊她。

夏奶奶吃力地回答了一声:"夏夏……"

然后,夏奶奶看向聂清舟,居然认出了他,小声说道:"小舟……"

"是,是我。"聂清舟忙不迭地答应。

"对了……我还要给夏夏……做条好看的礼服裙……"

夏奶奶望着天空喃喃地说,越说声音越小。她颤着嘴唇,混浊的眼睛里流出一行泪水,冲淡脸上的鲜血。然后那双苍老泛黄的眼睛闭上,她枯枝一般的手松开了花布包。

她的记忆仍然停留在一个她儿子未曾去世的时间点,这大概是她这辈子最后的一点倔脾气。

夏仪怔怔地看着夏奶奶,奶奶脸上刺目的血和什么重合在一起,夕阳照耀的世界里,好像所有一切都是鲜红的,争先恐后地涌入她的眼睛。夏

- 371 -

仪转过身撑着地面，止不住地干呕起来，地上的血染红她的手，如同一个可怕的噩梦。

聂清舟一边打120，一边扶着夏仪的肩膀。黑压压的人群围着他们，他一抬头就看到夕阳下，"虞平站"的大牌子。

——我最讨厌的是车站。

他心里一颤，终于在此刻醍醐灌顶。

第十四章
所有的一切都有代价

在风平浪静的日子里,每一件小事似乎都不那么重要,一支棒棒糖、一个酒瓶、一场烟花,就像是水面上的涟漪,所有的改变都非常微小、缓慢又可控。这时候没人会察觉到命运的轨迹,只觉得这是日常。

只有当不幸像核裂变的链式反应般,从单个原子开始发射,以几何倍数爆发时,大家才会猛然发现自己身处命运之中。

所谓的命运,多半以厄运的方式显现。

聂清舟所目睹的这场厄运更像是一种传染病,快速地扩散开,吃掉它碰到的每一个人。

他仿佛能听到它啃食骨肉的声音,它吞掉了夏延的腿、杨凤的丈夫,多年后吞掉了夏仪的父亲、夏奶奶,现在它找上了夏仪。

在劫持事件中所受的创伤和夏奶奶在自己面前死亡的冲击叠加在一起,夏仪应激般封闭了自己。

聂清舟蹲在地上,看着夏仪。

她穿着睡衣坐在夏奶奶曾经睡过的床边,低眸看着地面。一头漆黑的长发披散着,眼仁也是乌黑的,阳光照在她的身上,好像永远也照不透她的黑。

"夏仪?夏夏?"聂清舟轻柔地喊她的名字。

她没有反应,像是什么都没有听到一样。

"聂清舟！聂清舟！"楼道里传来呼喊声，有人在拍他家的房门。

聂清舟按了按眉心，起身走出小卖部，对楼道里的那个人说道："姑姑，我在这里。"

聂英红"噔噔噔"地踩着高跟鞋下楼了，她怒目圆睁，说："你跟学校请了这么久的假，怎么回事！"

"夏仪的父亲和奶奶出事了。"

"我知道，我知道。"聂英红叹了口气，放缓语气，"夏奶奶对你不错，先头你请了那两周的假帮忙也是应该的。可你怎么又请了两周假？你要干吗，还上不上学了？"

面对聂英红的质问，聂清舟却非常平静，说："我已经给蒋阿姨打过电话，她丈夫那边有点问题，签证被卡了。她给我打了钱，但是人现在过不来。夏仪精神状态很不好，必须要有人照顾才行。"

"既然蒋媛媛给了你钱，就请保姆照顾夏仪嘛，你还是要上学的！"聂英红急道。

"夏仪很排斥和陌生人接触，昨天我请邻居阿姨帮她换衣服，她差点攻击阿姨。她现在需要熟悉的人陪着她，除了我，没有别人了。"

顿了顿，聂清舟抬眸看向聂英红，以一种和缓而不容置疑的语气说："姑姑，我知道你在担心什么。小高考已经结束，现在只剩下五门学科，新的内容已经没多少了，我可以自学。月考、期中和期末我都会去考，我向你保证我的成绩不会因此而下降。但是如果你阻止我照顾夏仪，如果她出了什么事情，我这辈子都不会原谅我自己，她的现在就是我的将来。"

聂英红气得没话说，狠狠打了一下聂清舟的肩膀："你这孩子……你还威胁我？你是好心，我知道！但是你又不是什么菩萨佛祖，你还能救得了每一个人？你还是个孩子呢！照顾个精神有问题的人，你做得了吗？万一她魔怔了拿刀砍你呢？"

"要是我爸出了这种事，姑姑你也会放着不管吗？"聂清舟反问。

聂英红愣住了，说："呸……你说什么呢？"

"你不会不管我爸的，我也一样，我不可能不管夏仪。就算她要拿刀砍我，我也要照顾她。姑姑，你要是再逼我，我连学习成绩也不能向你保证了。"

聂清舟斩钉截铁地说。

"你这孩子！"

聂英红不知道说什么好，她发觉自从聂清舟上高中后，她就从来没有拗过他的任何一个决定。她暂时没有跟聂清舟再争辩，而是走进小卖部去看看夏仪的情况。

那个美丽沉默的小姑娘现在更加沉默了，她安静地坐在床边，阳光落在她的脸上，她的脸色苍白得刺目，目光不知道落在哪里。

聂英红尝试跟她说话，她没有回应，去拉她的手，她就缓慢地转动手腕挣开。

聂清舟走过去拉住她的手，轻声说："夏仪，起来吧，我们去买菜。"

他的手虚虚地握着夏仪的手，她低垂的双眸缓缓地眨了眨，然后把他的手握紧。聂清舟往上拉了拉夏仪，她就站了起来。

聂英红满眼惊讶。聂清舟转身从柜子里拿出一套衣服，递给聂英红："姑姑，你帮夏仪换一下吧，我就不叫孙阿姨来了。"

聂英红接过衣服，有点不知所措地看着面前这个小姑娘。

她给夏仪换衣服的时候，夏仪很乖巧，任她摆布。只是夏仪偶尔会抬起头来，像是茫然若失地环顾四周，从半开的门里看到背对着她们的聂清舟后，她才又安静地低下头去。

聂英红心念一动，转身去把门关上，她再回头试图去碰夏仪时，就被夏仪一下子拍开。夏仪的力道很重，聂英红的手立刻就被她拍红了，聂英红不由得惊呼一声。

聂清舟从外面把门推开，冷静地跟聂英红说："我没骗你，姑姑，别试探她。"

等夏仪换好衣服，聂英红犹豫着说："她这样的状态，还让她出门不太好吧？"

聂清舟蹲下帮夏仪穿好鞋，然后牵着她的手走出小卖部，转身把小卖部的门锁上。他对身旁的聂英红说："我想让她到处转转，晒晒太阳，看看春天。"

菜市场离这里很近，聂英红和聂清舟、夏仪一起往菜市场走，发现自己似乎不自觉地陷入他们日常的步调里。

春风里万物生发，风把夏仪的头发吹起来，她跟着聂清舟的步子往前走,安静得仿佛一个美丽的人偶。

"夏仪得去看看医生吧?"聂英红担忧地看向夏仪。

"去过虞平了,医生建议去省城看看,精神方面的药物要慎用,虞平这方面水平不太行。现在夏仪不适合长途跋涉,而且拒绝交流,我想先等一阵再去省城。"聂清舟回答得流畅,显然是已经认真考虑过聂英红所说的问题了。

他们一拐弯就走进了热闹的菜市场里,聂清舟一手拉着夏仪,另一只手挑菜。他不怎么会讨价还价,聂英红看不过就替他讲价,等菜买到手了也要帮他提着。聂清舟把菜拿过来,笑着说:"姑姑,你难道还能天天帮我提着吗?"

夏仪却突然伸出手,拿走了聂清舟手上的菜。

聂英红惊喜道:"哎,她听见我们说话了?"

夏仪仍然没有反应。

聂清舟握握夏仪的手,问:"你能拿吗?"

她还是没有回应。

聂清舟却没有再说什么,只是牵着她往下一个菜摊子走去。

聂英红就看着他们一个人挑菜买菜,另一个人拎菜,十分默契地在菜场中行走。如果不是夏仪过于沉默仿佛神游天外,这画面居然十分自然。

聂英红还是忍不住帮他们提了些菜,等他们从菜市场出来,夏仪的步子却停住了。

聂清舟顺着她的目光看过去,发现她在看墙角一只黑白条纹的小野猫。那小野猫应该才三四个月大,小小的一团趴在地上,微弱地"喵呜喵呜"地叫。

她低着双眸,安静地看着那只猫,不知道在想什么。

聂清舟就拉着她走过去,蹲在小猫面前。小猫立刻警觉地站了起来,却没有走,绕着圈"喵喵"叫。

聂清舟伸出手去,小猫好奇地看着他,舔了舔他的手指。

他于是也拉着夏仪的手,把她的手递过去。小猫闻了闻她的手,也伸出舌头轻轻地舔了舔她的手指。

夏仪的睫毛颤了颤。

"它很喜欢你。"聂清舟柔声说道。

聂英红站在一边看着,心里有种说不出来的滋味儿,只觉得分外心酸。

"你跟姑姑说实话,你是不是喜欢夏仪?"聂英红问聂清舟。

聂清舟看了一眼抱着小猫走在他们身后的夏仪,转头对聂英红说:"对一个病人不适合谈这些,我照顾她也不是出于这个原因。"

顿了顿,他说道:"但是我确实非常喜欢她。她会很快好起来的,请你相信我,不要阻止我。我不是头脑发热,姑姑,我很清醒。"

他话都说到这份上了,聂英红也不知道还能再劝什么,她心想这算是怎么回事?她这个侄子平时和和气气的,怎么一遇事儿就这么有主意?怎么劝都不听。

不过她瞧着,要是把聂清舟从夏仪身边带走,真会要了那姑娘的命。

离开的时候,聂英红想,先等半个月吧,半个月后这姑娘要还是好不起来,也不能让聂清舟耗下去了。

因为害怕夏仪出事,聂清舟把夏仪接到了自己家里住,晚上让她睡在自己的房间里。她睡在床上,他就打地铺睡在床边。

聂清舟睡得很浅,迷迷糊糊中一阵轻微的响动惊醒了他。他一个激灵坐起来,就看到月光下的床铺上空空如也,夏仪不知所终。

"夏仪!"

他的心一下子提到了嗓子眼,他几乎是从地上跳起来,喊着夏仪的名字满房间地找她,慌得连灯都忘记开。他只觉得满世界被混沌的黑暗填满,像是张开血盆大口等着吞没什么。

直到他在客厅找到了夏仪,他才听见自己胸腔里剧烈跳动的心跳声。

她穿着睡衣蜷缩成一团,头埋在胳膊里,坐在月光下的瓷砖上,像是一座大理石雕像。她赤着脚,脚下洒落了一片白花花的纸,应该是从电视柜里翻出来的。

纸上画着一些横七竖八的线,还有跳脱的音符,杂乱又疯狂地铺满纸面,字迹力透纸背。

聂清舟屏住呼吸,慢慢走到夏仪面前,蹲下来看着她,颤抖着声音喊她:"夏仪?"

她慢慢抬起头来,月光落在她的眼睛里,她的眼睛看着他。

"我们回去睡觉,好不好?"他极力让自己冷静,像是一个幼儿园老师在哄小朋友。

夏仪安静无声地凝视他,然后她平静又绝望地说:"好吵啊。"

聂清舟看看脚下散落的乐谱,他默默地把它们捡起来整理好,放在一边的茶几上。然后,他走过去揽住夏仪的肩膀,抚摸着她的后脑。

"夏仪,没事的,没关系。不要去管它们,我们好好休息。"

聂清舟让夏仪在床上躺好,给她盖好被子。他犹豫了片刻,把自己的枕头和被子抱上来放在夏仪枕边,然后拿来围巾把自己的手和夏仪的手系在一起,这样她要是半夜再起来,他就能第一时间感觉到。

他躺在夏仪身侧的床铺上,夏仪抱着蓝色的被子,好像被一层海浪覆盖。她仰躺着看着天花板,仿佛是在发呆,眼神直愣愣的,很少眨眼。

聂清舟拍拍夏仪的肩膀,轻声说:"你需要休息,睡吧,夏夏。"

"好吵。"她像是在回答他,又像是在自言自语。

聂清舟的动作停顿了一下。然后,他把她的脸掰过来,捂住她的耳朵,望着她的眼睛,轻声说:"夏仪,你看我,只看着我,其他的声音不要听,不管它们。"

夏仪的目光落在他的脸上,不知道是不是在看他,也不知道有没有听见他的话。她的眼睛像是深邃的黑洞,所有的光被吸进去就不见踪影。

他的话好像也被吸进去了,泛起一阵细小的涟漪,湮灭不见。

她缓慢地眨了几下眼睛,眼睛睁开的幅度越来越小,然后慢慢闭上。

聂清舟松开她的耳朵,轻柔地拍着她的肩膀。夏仪的神情宁静,月光照着她的脸颊,照亮她眼下疲惫的青黑,照亮她因为瘦削而分外凌厉的下颌骨,这种色调下的她看起来尤其的冷。

他仿佛能听见她身体里无法控制的轰鸣的旋律,那是她曾经的灵感源泉,此刻同厄运一道啮食她的血肉。

聂清舟搂住她的肩膀,松松地把她抱在怀里,下巴抵着她的头顶。好像这样他就可以替她阻挡她脑海里的喧嚣声音,就像很久以前,他走在她前面,替她挡着冬天的寒风似的。

"对不起……"

对不起,把你卷进暴力事件,给你留下创伤。明明猜到了命运的走向,却什么都没能阻止。

他明明可以做得更好的。

他应该要明确地告诉现在的周彬，他二十六岁之后的人生会发生什么，他喜欢的姑娘会发生什么，无论是信件也好当面说也好。如果他真的做了，会改变什么吗？这个世界还会存在吗？

她会因此变得更幸福吗？

聂清舟低眸看着她的睡颜。

希望在这个世界里，这就是她不幸的终点，她能如命运预言的那样好起来，然后去美国学音乐，成为光芒万丈的歌手。

等她离开之后，他要再去省城和那个十七岁的周彬见一面。如果不尝试一次，他可能无法原谅自己。

夏仪的睡眠只持续了短短一个小时，很快她就在噩梦中惊醒，挣扎着扯动了聂清舟的手腕。

他还没完全睡着，立刻反应过来将她紧紧抱住，她睁大眼睛，在他的怀里发抖，然后把头埋进他怀里，仿佛梦见了不可名状的恐怖场景。聂清舟抚摸着她的后背，让她平静下来，再次把她哄睡着。

一个晚上这样的情况反反复复发生了四五次，以后的每个晚上几乎都是如此。

郑佩琪到聂清舟家，给他送作业和上课录音的时候说："你好像瘦了很多？"

面前的男生好像撑着一件灰色卫衣的衣架子，脸色苍白，神情倦怠。他揉揉眼睛，没有回答郑佩琪的话，只是把她前一天给的录音笔还给她，说道："谢谢你了。"

郑佩琪拿回录音笔，道："你这就听完了？不用再听听吗？我家有好几个录音笔，不着急。"

"嗯，听完了，笔记都写好了。"聂清舟指指自己的笔记本，以轻松的语气笑道，"要不要借我的笔记本看？"

郑佩琪皱着眉头，有些生气："都什么时候了，你还有心思开玩笑！"

聂清舟怔了怔，只是又笑了笑，没有再说什么。

他的书桌上整齐摆放着教科书、参考书和试卷，一本物理书摊开在桌上，在郑佩琪来之前他应该正在看这本书。

而夏仪坐在聂清舟旁边的木质地板上，以她为圆心周围散着很多白纸，她有时候会无意识地拿起来一张，用铅笔在上面写写画画，然后丢在一边。那些白纸上有的画着些不知所谓的图案，更多的是数字或音符。

郑佩琪小心地拨开白纸，走到夏仪面前，蹲下来喊她的名字。

夏仪抬起眼睛来看向她，像是包装好的娃娃，和她之间隔了一层塑料壳子。

"夏仪，小高考的成绩出来了，你考了4个A呢！我们班有一半的4个A，是不是很厉害？董老师特别高兴，还提到了你，大家都很想你，都希望你快点好起来。"郑佩琪拉住夏仪的手。夏仪没有反抗，任由她拉着，但是仍然沉默不语。

"夏仪，夏仪……我也想你，你快回来吧。"郑佩琪的声音都带了哭腔。

夏仪很怕郑佩琪哭，放在平时，只要看到郑佩琪哭她一定什么都答应了。但是现在夏仪只是失神地沉默着，不一会儿就把手从郑佩琪手里抽出来，又拿了一张白纸随手乱画。

郑佩琪的眼泪簌簌往下掉，她抽着鼻子，转过头看向聂清舟，问道："就你一个人照顾夏仪吗？"

"邻居阿姨每天都会来帮忙，我姑姑隔三岔五就来看我们。夏仪妈妈天天都给我打电话，她们签证的问题好像快解决了。"聂清舟靠着椅背，淡淡地回答。

郑佩琪看着他的脸色，忧虑道："你气色不太好。"

"晚上要看着夏仪，睡不踏实。"

"白天呢？"

"还要学习，带夏仪出门遛弯。"

聂清舟的语气一直很平稳，像是跟郑佩琪轻描淡写地叙述他的日常。他的态度都让郑佩琪开始怀疑起自己是不是多愁善感了，她说："你一天睡几个小时啊？你怎么能这么冷静呢？"

"没数。也没办法，我成绩要是往下掉了，我姑姑肯定不会允许我再照顾夏仪。"

聂清舟像个没事人一样笑起来。他站起来走到夏仪身边，一张张帮她收拾好落在地上的纸，边收拾边说："事已至此，我总不能哭吧，要是我的情绪也垮了，那夏仪怎么办呢？"

-380

他看着满面泪痕的郑佩琪，打趣道："难道像你这样，和夏仪面对面唉声叹气吗？"

　　郑佩琪下意识觉得生气，但是下一秒又觉得悲伤。聂清舟的眼睛布满血丝，在他的身体内部似乎有什么东西凌驾于肉体的倦怠之上。

　　他如同冬天的松树，被大雪压得深深弯下腰去却不能折断。因为树下睡着夏仪，他要等她醒过来，等她站起来，等她离开这里，他才能抖落一身积雪。

　　郑佩琪也很爱夏仪，学校的老师们、同学们也牵挂她，张宇坤和赖宁也时常来看夏仪。但他们已经无法再做更多了，那些善意对于夏仪来说根本是杯水车薪。只有聂清舟有放弃一切，支撑着夏仪的勇气。

　　"你真的很勇敢，没有人能做到你这种地步。"郑佩琪下了结论。

　　"在你们这个年龄，并且未来全是未知的时候，是这样。"聂清舟淡笑着说。

　　按照和姑姑的约定，聂清舟去参加了月考。那一整天，他把夏仪托付给邻居阿姨，一考完就拒绝了各个老师的面谈要求，直接飞奔回家。

　　阿姨说聂清舟不在的时候夏仪总是在房间里走来走去，好像在找什么一样，也不吃饭了。直到聂清舟回到家了，她才安静地坐下来开始吃饭。

　　等阿姨走后，聂清舟抚摸着夏仪的头发，以自己的额头抵着夏仪的额头，安抚她。

　　"没事的，我在这里呢。"

　　顿了顿，他以一种近似于祈祷的语气说："快点醒过来吧，夏仪，好起来吧。"

　　月考成绩出来，聂清舟仍然是仅次于闻钟的年级第二，和第三名之间保持了很大的断层。光看卷面来说，他简直不像是一个一个月没来上课的人。知道自己的成绩后，聂清舟长长地松了一口气。

　　有的时候，人的神经绷得太紧了，不能有稍微一点放松。

　　月考成绩出来的那个傍晚，夏仪趴在地上写写画画时，客厅里传来"咚"的一声巨响，她恍若未闻，专心致志地画着她的乐谱。也不知道过去了多久，她抬起头来找聂清舟，却没有看见他。

　　于是，她从地上爬起来，走出房间的门。

刚走到客厅，她就看见聂清舟倒在地上，手边有一个打碎的盘子，滚落了好几只荔枝。

夏仪怔了怔，慢慢地蹲下来，端详他的脸庞。

他的眼睛紧紧闭着，脸色苍白疲倦，安静得仿佛没有呼吸。红色的液体从他额际细细地、缓慢地流出。

这个画面突破所有激烈呼啸的声音，瞬间传达到她的脑海深处。但只是传达而已，她无法解读，她又不能放弃，就像热锅上的蚂蚁，走到死胡同的人，一圈一圈地打转。

画面越放越大，越放越大，直到占据她的整个思维，把其他所有的东西甚至是梦魇也挤开。

夏仪睁大眼睛，手颤抖地攥成拳头，好像有什么东西在她的心里横冲直撞，震耳欲聋，要破茧而出。

——求求你……

——求你……

——你快醒过来……

——快醒过来！救救他啊！

夏仪愣了愣，空洞的眼神突然恢复清明，如梦初醒。外界所有的画面和声音一瞬间涌入她的脑海，信息量大到几乎要冲垮她。在混乱中，夏仪只看着聂清舟，她伸出手去轻轻推聂清舟："聂清舟……聂清舟？"

聂清舟没有反应，不过他还是温暖的，呼吸平稳。

不像她的奶奶。

夏仪的眸子颤了颤，她慌乱地俯下身去在他的身上搜索，从他口袋里找出手机，用他的解锁图案解锁手机，打通了120的电话。

"喂？有人晕倒了……地址是在富宁路二号203。"

"求求你们……救救他。"

熟悉的消毒水味儿和仪器、推车、不锈钢碰撞的声音唤醒了聂清舟。他恍如隔世地眨着眼睛，愣愣地看着天花板。

"醒啦？你没什么事，就是疲劳过度，摔倒的时候撞了一下头，轻微脑震荡，回家卧床养养就好。"旁边的白大褂医生跟他说话，声音"嗡嗡"的，像是从另一个世界传来似的。

聂清舟捂着额头从床上坐起来,他感觉自己的脑子好像转不动了,愣了半天才猛然反应过来,对医生说:"大夫,谁送我来的?"

护士在旁边搭话,说:"是个小姑娘。"

聂清舟怔了怔,比画了一下:"个头这么高,头发长到这里的小姑娘?"

"对啊。"

"她人现在在哪里?"

护士环顾四周,说道:"刚刚还在的,现在不知道去哪儿了。"

聂清舟瞳孔一阵紧缩,他立刻翻身下床,刚走两步就一阵天旋地转,扶着床沿跪在地上。旁边的医生和护士好像在大声说什么,但他已经无心去听,只是撑着床站起来就跑出了房门。

他头晕、恶心、耳鸣,整个世界在他的眼里旋转扭曲,光怪陆离。他像在黄泉穿行的孤魂野鬼,大厅里来来往往的病人、家属和医生都变成了面目模糊的黑影,从他身边"嗡嗡"作响地掠过,所有的岔路像树枝生长般在他面前展开,他不知要走向何处。

夏仪看到的世界是不是也像这样?

聂清舟扶着墙,他捂住自己的脸,在混乱中一遍一遍地告诉自己——你要冷静,你要冷静,深呼吸,冷静下来。

夏仪不会有事的,她好好地活到了二十六岁。

你只要去找她就好,你一定会找到她,她会出现在你的必经之路上。

他强迫自己深呼吸,然后在晕眩的世界里穿行,路过一个又一个黑影幢幢,凭着直觉跟跟跄跄走下去。

他终于在医院天井的栏杆边看到了夏仪。

世界颠倒,所有东西都在摇晃着,好像一场剧烈的地震。只有趴在栏杆上的夏仪面目清晰、身影坚定,且具有色彩,像是落在黄泉唯一的活人。那一刻好像所有坠落的东西都开始上升,回到它们该有的位置,世界从怪诞渐渐恢复寻常,像是不可思议的熵减的奇迹。

聂清舟慢慢地,轻手轻脚地走到夏仪身边。

"夏仪。"他喊她的名字。

夏仪回过头来,她穿着蓝灰格子的衬衫和牛仔裤,整个人融进夜色里。她黑色的双眸映着月光,恢复了一点神采。

"聂清舟。"她轻声回应他。

聂清舟的双眸颤了颤,这样简单的回应都令他感动。

"你在这里干什么?"他的声音有点颤抖。

夏仪转过头去,看向栏杆下的地面。这里是六楼,她的头发随着夜风飘飞,衬衫里也裹了风飘起来,好像要被风吹走一样。

"我想,你以前说的高地效应。你说,人是因为不想站在危险的高处,才会想要跳下去的,有这种想法不是想死,而是在求生。"

"嗯。"聂清舟目不转睛地看着她。

夏仪转过头来看向他,她的眼底映着月光,像是夜里的海洋,暗流在平静银白的海面下纠缠挣扎。

"所以我觉得痛苦,也不是真的想死,而是因为太想活了。因为太想活着,所以才会觉得痛苦是不是?"她问聂清舟。

聂清舟点点头,笃定地回答她:"是。"

她的眼底开始泛起水光。

聂清舟向她伸出手,柔声道:"走吧,我们回家好不好?"

夏仪低头看着他的手,然后慢慢地把手递过去,聂清舟瞬间就把她的手握紧。就像他承诺的那样,在她难受的时候,他总是牢牢地抓住她。

夏仪喃喃地说:"我不该叫她的。

"如果我不叫她,她就不会摔下来。"

她没来得及跟奶奶说,她以后要赚很多钱,让奶奶开开心心地到处旅游。

她的奶奶倔强、慈祥、善良又勤劳,可是一辈子都没有享什么福,更没有享到她的福。

一行泪顺着她的脸颊掉在地上,然后是第二串、第三串,如同雨滴般源源不断。

聂清舟拉过她的手把她抱在怀里,拍着她的后背,轻声说:"不是你的错。夏仪,和你没有关系。"

夏仪抱住他的后背,像是孩子一样放声大哭起来。

她就像做了一场漫长、喧嚣而疯狂的噩梦,终于醒过来了。

夏仪清醒过来一周后,蒋媛媛和夏延终于搞定了签证的问题,姗姗来迟。他们出现在夏仪家时,两边相看都愣了一会儿,然后就抱在一起痛哭。

夏延的个子已经超出夏仪半个头,他穿着件黑色的衬衫,眉目和身材都有了大人的样子,在辅助器的帮助下,他走路的姿势正常许多。蒋媛媛穿着一条黑裙子,美丽又有点憔悴。

走之前所有人都还好好的,也不过一年的时间就物是人非。柜台后再也没有那个满头银发、笑容慈祥的老太太了。

蒋媛媛回来先和夏延、夏仪一起去给夏奶奶和夏叔叔扫墓,紧接着就请聂清舟和他姑姑一家在虞平最好的饭店吃饭。

她毫不讳言,聂清舟就是她女儿的恩人。

吃饭当天因为堵车,聂清舟和他姑姑一家没能按时到达,夏仪给聂清舟打电话确认他们目前的位置,再告诉蒋媛媛。

她跟蒋媛媛说完后,转回头看向手机时,却发现手机没有挂断,她把手机贴在耳畔,说了句:"喂?"

那边传来窸窸窣窣的声音和汽车的鸣笛声,夏仪辨认了一下,觉得应该不是她幻听发作了,是聂清舟以为她已经挂了电话,所以自己没有挂吧。

"你以后可不能再这样了,你这耽误了多少课啊。"聂英红的大嗓门从电话里传了出来。

夏仪愣了愣,手指从挂断键上移开。

"我也没耽误学习啊。"聂清舟的声音有点遥远,依旧温和安定。

"什么叫没耽误学习?学习如逆水行舟,不进则退,慢进也是退!保持年级排名就行了吗?你马上高三了,高考可是全省排名,进步一分能压几千人!"

"我知道。"

"你知道什么呀!我看你一见夏仪,就什么都不知道了。你不想想看自己的人生吗?"聂英红愤愤不平。

聂清舟的声音严肃起来:"姑姑,这话你可不要在蒋阿姨面前说。"

顿了顿,他说:"夏仪很快就会跟蒋阿姨去美国,等她离开之后,我会专心做我的事情,把注意力放在学习上。"

"媛媛老公不是不愿意养两个孩子吗?"

"他会同意的……"

他们的声音渐渐模糊,夏仪按下了挂断键,她有些迷惑地看向手机,然后转头问蒋媛媛:"妈妈,你想带我回美国的事情,你跟聂清舟讲过吗?"

蒋媛媛摇摇头，一脸惊诧："没有啊。"

夏仪皱皱眉，合上手机。

等聂清舟和他姑姑一家一来到饭店，就受到了蒋媛媛的盛情招待。她点了一桌好酒好菜，千恩万谢，感谢的话说着说着就哭了起来。聂英红拉着蒋媛媛的手连连安慰，蒋媛媛端着酒一直敬聂清舟、聂英红和她的丈夫。

蒋媛媛敬的酒聂清舟不敢不喝，他对酒精很敏感，一沾酒，所有裸露在外的皮肤都泛着红色，在暖色的灯光下仿佛烧着了似的。

夏仪看他一直在掐眉心，眉心红了一大片，就跟他说："你是不是喝醉了？要不要出去透透气？"

聂英红看了一眼蒋媛媛，立刻摆摆手说："好，夏仪、夏延，你们陪小舟出去透会儿气吧。"

夏仪和夏延答应下来，一人搀着他一条胳膊把迷茫的聂清舟带出去了。他们走出饭店，站在路边，虞平初夏的晚风拂过，霓虹灯让世界都变得绚烂起来，聂清舟低着头揉了一会儿太阳穴，然后转过头来看夏仪，眼里有些很深沉的情绪。

夏仪还没来得及问他怎么了，就见他伸出手来，一股力道使她落入他的怀抱里，被薄荷香气包围。

她贴着聂清舟的胸膛，视线里是夏延惊慌失措的脸。夏延咳嗽了几声别过脸去，好像这是什么少儿不宜的场面似的，说道："我……我到处转转，你们聊。"

聂清舟浑然不觉有哪里不对，他低声在夏仪耳边说："夏夏……我舍不得你。"

潮湿温热的气流拂过夏仪的耳朵，带着一点酒气，她瑟缩了一下，然后也抬起手来把他抱住。

"什么舍不得？"

"你要去美国了。"他有点含糊地说道。

夏仪郑重地说："我不去美国。我拒绝妈妈了，奶奶给我留有钱，我自己也可以生活。我想留下来，和你一起高考。"

聂清舟却突然摇起头来，他松开胳膊，皱着眉低头看她。

"不，你要去美国的……你要考到美国最有名的音乐学院……十九岁发了第一张专辑，八年里发了……五张还是六张专辑来着？得过B榜年冠……格莱美……"

聂清舟眼神迷茫，掰着手指，如数家珍。

夏仪觉得他真是醉得不清，笑起来，说道："又是你算的？"

聂清舟摇摇头，他低头看了一会儿地面，又抬起头看向夏仪："我有个秘密要告诉你。"

"什么？"

"嘘……你不能告诉别人……"

"好啊。"

"我……我其实不是真正的聂清舟。我是从未来回来的……我从2021年回来的，这些事都是未来……真实发生的啊。"

他的眼睛里映着霓虹灯五颜六色的光芒，一派天真。

夏仪愣了愣，原来喝醉的聂清舟会编这么离奇的故事？

怪不得他文章写得这么好。

聂清舟脑子里已经是一团糨糊，听到夏仪的语气就觉得她不相信他，着急道："是真的……真的，我叫周彬，我已经二十七岁了……你未来是非常成功的歌手……我从电视上看到你……了解你……我表妹是你的粉丝……"

聂清舟颠三倒四地说着，把自己所知道的东西都倒出来。

"我想……要按照我知道的信息……帮你达成你的梦想……两年前，我就记在本子上了……所有的事情都发生了……但是我……我……"他的声音嘟嘟囔囔的，渐渐小下去。

夏仪有些哭笑不得，她牵着他的手，低声说："你在说什么呢？"

聂清舟不说话了，他揉了揉太阳穴，然后泄气似的蹲在了地上。他披着广告牌发出的淡黄色的光，像是从地里长出来的一只小蘑菇。

夏仪想，聂清舟喝醉了真可爱。

突然不知从何处传来钟声，夏仪心底一紧，她转过头去看到饭店外挂着的欧式大钟。灯光下，长长的钟摆不停地摇晃着，从左到右，再从右到左，一次又一次。

奇怪的声音在她脑海深处回响，仿佛真的震动着她的鼓膜，永不止息般循环往复——那是奶奶从台阶上摔下来的那一刻，虞平车站大钟的钟声。

奶奶站在高高的台阶上，身形一歪，头重重地撞在坚硬的地砖上，鲜血四溅，沿着台阶流淌下来。她奄奄一息地仰面躺着，脸庞血红，双目无神，哆哆嗦嗦地说要给夏夏做一条裙子。

奶奶的手沾满了鲜红、潮湿又黏稠的血。

夏仪的心跳骤然加速到喘不上来气的地步。她瞬间捂住耳朵，在心底默念：这是幻听，是闪回，你生病了，医生说这是生病的症状。

她蹲在地上，沉默了好一会儿，低声对聂清舟说："抱抱我吧。"

聂清舟虽然还迷糊着，但仍然条件反射似的伸出胳膊，揽住她的肩膀。夏仪像一只寻求温暖的小猫，紧紧缩成一团，把头埋在聂清舟的脖颈里。

她心想这是真实的，聂清舟是真实的，那些噩梦、幻听都是假的。

十分钟后，夏仪听见夏延的声音，他表情不佳地说道："你们……这是在干吗呢？"

夏仪抬起头来看向夏延，他在昏暗的夜色里有些失真，忽远忽近。

她问他："我的药在哪里？"

"在妈妈那里……你怎么了？又发病了吗？那个药不能随便吃的。"夏延一听这话就急了，他蹲下来仔细端详夏仪的脸庞，夏仪果然脸色苍白，满眼血丝。

夏延吓坏了，他拉过聂清舟的肩膀，对夏仪说："一会儿我把聂清舟扶回去，你先赶紧回去吧……你自己能回去吗？"

夏仪点点头，她慢慢站起来，揉着太阳穴转身向饭店走去。饭店的长廊突然变得非常漫长又幽暗，来往的人都面目模糊，令人毛骨悚然，好像随时会有什么东西蹿出来吞噬她。

夏仪扶着墙一步一步走到他们的包间旁边，有声音从门缝里传来。

蒋媛媛说了句："……她不听我的。"

紧接着是聂英红的叹气声。

"媛媛，我跟你说句交心的话啊，你无论如何都得把夏仪给带走。夏仪一清醒我就陪她去省城看过心理医生，人家说夏仪需要长期治疗，受不得刺激，也不能有压力，不然病情要恶化的。国内的高三是个什么氛围？节奏快、压力大，夏仪哪儿受得了啊？"

顿了顿，她接着说："那两个孩子的关系……你也看到了。小舟一直围着夏仪转，要是夏仪精神再出问题，小舟能放得下她吗？这次他请了一个多月的假啊！再有一次，他自己的人生还要不要了？真的，你不带走夏仪，就是同时毁了这两个孩子。"

蒋媛媛沉默了一下，似乎也非常烦恼。

"是啊，他们年纪还小，他们还真以为自己能独自生活吗……"

夏仪垂下双眸，她看着从门缝里泄露出来的一线光明，落在她的脚面上，远远地延伸出去，有始无终。

——"夏仪很快就会跟蒋阿姨去美国，等她离开之后，我会专心做我的事情，把注意力放在学习上。"

——"不，你要去美国的。"

夏仪沉默了一会儿，推开门走进去，像是没有听见她们说话一样问蒋媛媛："妈妈，我的药你带了吗？"

请客吃饭的第二天，蒋媛媛就给夏仪请了假，带她去省城看心理医生。

这次蒋媛媛托关系找了一个很资深的医生，医生给夏仪做了各种测试，跟她聊过之后，得出的结论和上次差不多，她最好先休学一年，保持稳定长期的治疗，不然病情慢性化很可能终身不愈。

蒋媛媛又劝夏仪跟她一起回美国，这次夏仪没有直接拒绝，而是说让她再想想。

她们回到常川的时候是第二天的下午，聂清舟还在学校上课。之前聂清舟为了照顾夏仪，搬了很多她的东西到他家，夏仪也有聂清舟家的钥匙，就去他家整理自己的东西。

东西零零碎碎地清理出来，最重的东西居然是一箱草稿纸，每张纸上都画满了各种各样的音符、涂鸦和数字。

聂清舟说这些是她在自我封闭的那一段时间里画的。夏仪一点印象都没有，他却一张一张仔细地收好，整齐地保存起来。他跟她说："这些说不定就是以后你伟大作品的灵感来源，可不能丢掉。这些苦难会成为你的阶梯，不然老天的良心就被狗吃了。"

夏仪拿起来一张一张地看过去，阳光照在纸张上，上面黑色的横七竖八的符号也发着光，那些旋律多是大调并有很多跳进，辉煌又疯狂。

在她记忆模糊的那些日子里，她的脑子里都在想什么呢？

那段日子聂清舟是怎么照顾她的？如果她好不起来了怎么办？他要守

着她到什么时候?

夏仪放下手里的草稿纸,环顾这个她现在早已熟悉的房间,聂清舟书架上整齐地摆放着一排一排的教科书、参考书,还有从学校图书馆借回来的散文、小说。

可能因为太整齐了,其中一本灰色封皮的笔记本就歪得很明显,从书架里探出一点头。

夏仪不知为何无法移开视线,着魔似的看着那笔记本,觉得自己好像在哪里见过它。

她站起来走到书架边,把它从书架上抽出来,拿出来才发现它为什么会歪——里面有几张纸折页了,支棱在外面顶着书架。

于是,她打开本子想把那几页展平,匆匆翻过的前几页却莫名有点眼熟。

她的手顿了顿,把本子翻回去。

她想起来在哪里看到过这个本子了——在高一和奶奶吵架的那天晚上,她打开过这个本子,却被聂清舟慌张地夺了回去。她依稀记得有一条长长的线和密密麻麻的文字。

这次她看清楚了那些密密麻麻的文字是什么。

它们好像是日记,又不像日记。或者说比起日记,它更像是一本游戏攻略手册。

"夏仪"两个字被放在最开头,用橙色高光笔圈出来,后面写着她所有习惯喜好、天赋特长、性格特点。

然后下面大篇幅的文字记录了事件和任务优先级,红色字迹写着时间点,大事件中零星夹杂着小事件,围绕着时间轴,洋洋洒洒横跨十年的时间。

最近一个标明具体日期的是"阻止夏仪轻生",上面画着星号,写着"highest priority",日期就在她清醒过来的那一天。

之后未标明具体时间的"出国"事件上打了个问号,标着"夏叔叔?奶奶?",然后又用红笔在上面标了"去世"的字样。

后面的各种事件,就和聂清舟喝醉的那天说的一模一样。

夏仪瞪大了眼睛看着这两页的事件,心里一片茫然,像是凭空起了一场大雾,将她整个人笼罩在其中。

——我不是聂清舟,我是从未来回来的,这些事都是未来真实发生的。

——"他一个月从年级倒数变成年级第一,三门满分,这根本不正常。"

——"什么时候我能像聂清舟那样就好了。每次你就算什么都不说,他也能猜到你在想什么,你说他不会真的会算卦吧?"

夏仪快速地把笔记本合上,她的心在剧烈跳动,好像要燃烧起来一样。所有的蛛丝马迹从水面下浮出来,在她的脑海里吵作一团。

不可能。

夏仪想,这绝对不可能,她是不是出现了幻觉?

她再次打开笔记本,可是那些字迹并没有发生任何改变。她一行行地往下看,每个字进入她的视野就烫进她的脑海里。

明明阳光明媚,世界却在她脚下迅速扩张成巨大的黑洞,她"咚"的一声掉了进去。

聂清舟在上课时突然接到了夏仪的电话。手机屏幕上静默地出现"夏夏"二字,聂清舟吃了一惊,然后立刻以肚子疼要去卫生间为由跑出教室。

聂清舟内心有点忐忑,那天喝醉之后他记忆模糊,只记得自己说了一句舍不得夏仪。他没干出什么丢脸的事吧?

他在楼道转角处一个僻静无人的角落接通电话,压低声音问:"夏夏,发生什么事情了?"

那头沉默着,只能听见夏仪起伏不平的呼吸声。

"……妈妈想带我去美国。"她的声音从电话那头传过来。

聂清舟没想到她突然打电话来,是要说这个的。他温言道:"阿姨有这种想法很正常,奶奶和夏叔叔都去世了,你还没有成年,阿姨怎么放心把你放在这里?如果阿姨能带你走,你可以不用忧虑钱的事情,去上你想上的音乐学院了。"

"可是我不想和你分开。"

聂清舟怔了怔。他犹豫一会儿,深深地吸了一口气:"没关系,我们可以经常电话联系。以后会有很方便的视频通信,你有空回国来看我,我攒了钱就出国找你。等你有名了,我还要去看你的演唱会呢。"

电话那头又沉默了,她的呼吸有点急促,不知道在想什么。

夏仪终于又开始说话:"你说过……你是我的粉丝。"

"对啊。"聂清舟不假思索地回答,"怎么了?"

"……没事。"

夏仪挂断了电话,看着笔记本上写着的内容:她喜欢的食物、颜色、味道,她的生活习惯,她的天赋,他们曾经一起经历的事情。未来她在什么时间点去了美国,在什么时间点上了某音乐学院,哪一年发第一张专辑,哪一年获奖。她和聂清舟失去联系,直到2021年重逢。

有那么一瞬间,她开始怀疑,聂清舟是真的吗?这个世界是真实的吗?她是活在摄影棚里的楚门吗?

聂清舟是屏幕后,捧着爆米花的观众吗?

夏仪把笔记本合上,慢慢地插回书架上。然后,她弯下腰去捂着头,手指深深插进头发里。

幻听的声音和轰然作响的音乐声一起填满她的脑子,紧紧拥挤着,让她无法思考。

夕阳西下,正是学生们晚饭后的休息时间,夏仪却在学校的操场上一圈又一圈地奔跑。

她觉得自己一定要想清楚一些东西,但并不知道要想清楚什么,好像所有的东西都在阻挠她——她的幻听、焦虑、闪回、失神,可能还有她自己。

但是她必须要想清楚。

"怎么突然来学校啦?"

夏仪突然听见了聂清舟的声音,少年穿着蓝白的校服,从她身侧的跑道跑上来,超过她一截然后回过身来游刃有余地倒着跑——他们一起跑步的时候,他经常会这样干。

他头发随着他的步子飞扬,好看的茶色眼睛看向她。

"聂清舟。"

"怎么啦?"

"你为什么要骗我?"

聂清舟笑起来,露出酒窝:"我怎么骗你啦?你也没有问过我是不是真的聂清舟,没有问过我是从哪里来的,我没骗你啊。"

"但是我每次有疑问的时候,你都说你是算的。"

"你信了吗?"

"没有。"

"你既然没有相信,怎么能算我骗你呢?"聂清舟眉眼舒展,语气轻松。

夏仪望着这样的聂清舟,他在夕阳里笑意盈盈,看起来实在太美好,以至于她有一瞬间很想相信他。

在这个念头升起来的时候,她却听见了自己质疑的声音。

"没有说出口的就不算欺骗了吗?我相信你的全部,相信我们一起经历的时间,就算在幻觉里,我也觉得你是这个世界最真实的部分。"

顿了顿,她一字一顿地说:"可是你不是,你是假的。"

少年的嘴角落下去,眉头皱起来。他有点生气地说:"为什么我是假的?你在质疑我的真诚?难道你觉得我是在演戏吗?你觉得我不是真心对待你吗?"

夏仪慢慢地摇头,回答:"不,我不觉得你是演戏。但即使是玩游戏做任务也要花费时间和精力,也会喜欢,会付出真心的,不是吗?"

她指指自己,再指指他:"但是游戏里的角色和游戏外的人,终究是不一样的。我和你是不一样的。"

"你在纠结什么?"聂清舟的语气完全冷下来,面无表情。

原来聂清舟也会有这样冷酷的样子,她以前从来都没有看见过。

夏仪的双眸颤了颤,轻声说:"我生活在一个虚幻的世界里,我的喜怒哀乐只是剧本……而你试图……成为我人生的导演。"

"你为什么要这么想呢?你什么这么冷酷无情,就像个机器一样!其实你根本就不喜欢我吧!"聂清舟突然暴跳如雷,愤怒地指责她,大喊道,"你就不能装作什么都不知道,和我好好地生活下去吗?我说过我永远都不会对你失望,你所做的一切都远超我的期待。你就不能像我这样吗?"

夏仪愣住了,她被这种指责伤害,摇着头,声音颤抖:"不是的,我真的非常想和你在一起,和你在一起我非常幸福。

"但是我现在很害怕……聂清舟,我头好疼啊,再这么下去我害怕我会分不清现实和幻觉了。如果我开始欺骗自己……好像就会掉进去,再也出不来。

"我害怕连我现在的感受都是假的。我其实既失望又愤怒,还有怨恨,看到你就觉得痛苦,我为什么会有这种感觉呢?我怎么会对你有这些感觉呢?我明明那么那么喜欢你啊。

"这些念头是不是很可怕?你知道了会不会很伤心?医生说……生病

会让我有很多虚假的情感……我会多疑……会焦虑……会有攻击性……可能会伤害到我周围的人……我不想伤害你……"

她的眼睛里慢慢聚集起泪水,她低声说:"我真的很想想清楚,然后留下来。但是如果我想清楚了……好像就没法留下来了。聂清舟,你能不能告诉我要怎么办?"

你一定知道的。

你总是那么严密又温柔,你总是能清晰地认知这个世界和自己,所有问题都可以在你这里找到答案。

你说,喜欢是欲望和快乐。

你说,我们不用暴力也能解决问题,不用讨好别人也能赢得尊重。

你说,你只要抱住他们,然后真诚地说你很爱他们,这样就足够了。

能不能再给我一个答案,就像从前一样给我一个很好的答案?你说思绪混乱的时候就去跑步,跑跑就能想明白了。但是我已经跑了很久很久,我要跑不动了,可还是不行,我想不明白。

"再给我一个答案吧,我该怎么办……"

夏仪撑着膝盖低下头去,她的手在膝盖上发抖。地面上渐渐出现一滴滴的水点,越来越多,像是雨水降落一样。

她突然被人用力地抱在怀里,那种抱法好像要把她融入骨血一样,她鼻间充满了薄荷香气。夏仪怔了怔,听到了微弱的声音,好像从远方传来的一样。

"夏夏?夏夏!能听见我说话吗?"

夏仪慢慢抬起头,她看见聂清舟的脸,夕阳把他的脸庞染红,他的眼睛也是红的,嘴唇颤抖,和刚刚的游刃有余截然不同。他现在穿着白色T恤,而刚刚那个聂清舟穿着校服。

夏仪怔怔地说:"刚刚……是我的幻觉吗?"

聂清舟抚摸着她的后脑,低声说:"是,是幻觉。"

"你是真的吗?"

"我是真的。"

夏仪的双眸颤抖,声音也颤抖,近乎绝望地问:"你真的是真的吗?"

聂清舟沉默了一瞬,问道:"你是不是已经……不能相信我了?"

夏仪默默无言。

"看到我会觉得痛苦吗？觉得一切都很虚假吗？"

夏仪突然抱紧他的后背，好像怕他离开一样。可她一边这么做，一边又点点头。

聂清舟压抑着声音里的悲伤，在她耳边轻轻地说："你刚刚说的话我都听到了。"

"夏夏，你听我说，想不明白就不要想了。你离开这里，离开我，忘记你看到的一切，好好治病，过没我的人生。等哪一天你释然了，看到我不会再觉得痛苦了，就回来找我，我等你。"

夏仪紧紧地抱住他的后背，她咬着牙，不答应他。

聂清舟拍着她的背，轻声说道："你再相信我一次，最后相信我一次吧。"

夏仪沉默了很久，她终于颤抖着，哭着说："……好。"

聂清舟从来没有想过，他们的分离会由此而起。

那天夏仪失踪，急坏了蒋媛媛和夏延，他们打电话给聂清舟。聂清舟听说有人看见夏仪在操场上跑步，就急忙赶过去。

他到的时候夏仪就已经在自言自语了，很多学生害怕地围着她看，他拨开人群走到她面前，听到她说："没说出口的就不算欺骗了吗？"

他愣了愣，然后就低头看到她手里拿着的那本灰色笔记本。

他只觉得血液凝固，头脑一片空白，百口莫辩。她哭得那么悲伤，她明明很少哭，只有在夏叔叔和夏奶奶去世的时候，他才看见过她的眼泪。

即便如此他也从没听过她说出这么委屈，这么无助，这么绝望的话。

是他让她变成这样的。

所有要说出的解释像刀子一样卡在他的喉咙里，那些解释除了让他自己好受，全无用处。

甚至不用他解释，她就已经在努力地说服自己，以她坚固的人格和思维，与对他的爱和依恋疯狂地斗争，把自己伤得体无完肤。

最后，聂清舟走过去抱住她，给出了他能在这么短的时间内，想到的最好的答案。

不要这么痛苦，不要为难自己。

放弃我吧。

后来有好几年的时间,聂清舟都会梦见夏仪离开的那天。

那天天气很热,阳光已经有了酷暑的味道,晒得人皮肤疼。夏延帮忙把夏仪的行李搬到小汽车的后备厢里,他们打算直接开车去上海,从那里乘飞机。

蒋媛媛给夏延撑伞,夏延烦躁地说不要,男生才不搞这些娇气的东西呢,边说着边从夏仪手里把最后一件行李拿走。

聂清舟远远地看着他们,忍不住笑起来,但只一瞬间就变成怅然。

夏仪那天穿着浅紫色的T恤,灰色的运动裤,就跟去年夏天他们窝在小卖部里吃西瓜的时候一样。

阳光落在她身上,风吹起发丝拂过她的脸颊,她的眼睛乌黑深邃,不透光亮。夏仪抬起头来环顾四周,一下子就看到了站在街尽头的他。

她默默地看了他片刻,然后突然向他跑来,她沿着那条灰砖的人行道奔跑,像一阵风一样飘起来,她离他越来越近,步子却越来越慢。

最后,她停在他面前三米的距离之外,安静无声地看着他。

阳光热烈地照在她身上,她白皙的皮肤好像闪闪发光,聂清舟却只能感觉到火辣辣的疼痛。

"一路顺风。"他轻声说道。

她的眼神颤了颤,仍然一言不发,就像他们刚刚认识的时候那样惜字如金。

然后,她凝视着他,慢慢向后退,退得越来越远,越来越远,最后转过身去走回蒋媛媛和夏延身边,跟着他们上车。

聂清舟看着小轿车发动,顺着路往前走,黑色的身影在烈日炙烤的热浪下弯曲,在波光粼粼的海洋边不见踪影。

这条路他们骑车都要骑很久,开车却这么快就能走到尽头。

当小汽车消失在聂清舟的视野中时,他站在原地,情绪被压抑了太久,骤然失去制约,竟然像堵住一般抒发不出。

他木然地转过头看向小卖部的门口。

这间已经卖给别人的房间锁上了门,招牌被摘下来,门口放着一堆一堆的纸箱,等着收废品的人捡。

他走过去,打开最上面那个纸箱——箱子里是一箱碎纸,夏仪自我封闭时写的那些涂鸦全部被撕碎，混杂地放在箱子里。

他怔了怔，想起来夏延跟他说过，这几天晚上夏仪常常半夜不睡觉，房间里传来撕纸的声音。

他站在原地沉默了一会儿，把这个箱子抱到了楼上，在阳台上撒开，拿着纸张的碎片一条一条地比对，把它们贴回去。

他也不知道自己为什么要干这件事，他只是觉得自己现在要干点什么。

当他终于贴好一张纸时，他发现纸上有几滴水痕，冲淡了墨迹。于是，他在碎纸堆里翻找半天，发现了很多有水痕的碎纸。

她撕纸的时候在哭，哭了很久。

这一认知像尖刺一样扎入他的心脏。聂清舟突然站起来，拿起桌上那本灰色笔记本，泄愤似的把它撕成碎片，那些所谓的命运、预言像一场雪一样纷纷扬扬地飘起来，撒落一地。

然后，他倒在所有混杂在一起的碎纸堆上，用手捂住眼睛，泪水从他的指缝流出来，落到纸张上，再一次斑驳了墨迹。

他低声呜咽起来。

所有的命运，所有的轨迹，所有赐给你的机会，让你遇见的爱人，都有代价。

今时今日，就是漫长八年的第一天。

夏仪离开后的那个暑假，聂清舟去了一趟省城，在他熟知的地点，他已经远远地看到年轻的自己走在路上和好朋友们聊天，只要再穿过一条街道，他就能站在"周彬"面前。

就在穿过那条街道时，他被一辆刹车失灵的汽车撞倒。

他在医院里醒过来已经是三天后，映入眼帘的是聂爸爸、聂妈妈焦急的脸庞。他呆呆地望着天花板半响，满是讽刺地笑了起来，然后捂住自己的眼睛。

他仿佛听见了命运的嘲笑声，震耳欲聋。

第十五章
我爱她因为她就是她

2021年，惊蛰时节。

半夜十一点，某个大礼堂刚举办完一场典礼，灯光璀璨，有人陆陆续续地从里面走出来。一个穿着黑色丝绒西装的男人撑着伞站在路边，雨水从他的伞沿落下来，他身材修长挺拔，时不时掏出手机看一眼，好像有点焦躁。

一辆黑车在他身边停下，车窗摇下来。

"清舟，上车！"

男人收了伞，他的眼睛在灯光下仿佛茶色的玻璃，一瞬间就消失在黑色的车门之后。

坐在前面开车的是个二十六七岁的年轻男人，梳着青春帅气的油头，穿着笔挺的灰色西装，喜滋滋地说着："哇哦，听听看评委的颁奖词，'温暖人心的故事创作者''成年人的童话家''年度新锐作家清舟'，啧啧啧，我有种预感，清舟你真的要火！"

"这种场合下说的话，听听就算了。"

"又来了，每次都给自己泼冷水……"

坐在后座的"新锐作家"只是随手把奖杯放在了一边，他又看了一眼时间，显然有更重要的事情要做。

他戴着一副细黑边眼镜，头发卷曲长过耳际，此时他从口袋里拿出布擦拭被雨水打湿的眼镜片，然后掏出一个小皮筋，把头发拢了拢在脑后扎了个小鬏，把外套脱下来，衬衫袖子一直挽到肘部以上。

开车的小伙子从后视镜瞥了一眼后面的男人，奇怪地道："清舟，颁奖礼结束的宴会你也不参加，这么着急回去要干吗？"

二十六岁的聂清舟把耳机塞到耳朵里，淡然地说："今晚十一点半，Elaine·X的纪录片网飞上线。"

八年里，聂清舟的骨骼又长开了一些，轮廓更加分明，曾经的锐气隐藏在镜片之后，他看起来已经是一个成熟的男人。

汽车的灯光在他的脸上明明暗暗，像是某种朦胧的打光。

开车的男生叫徐子航，是聂清舟的大学舍友，也是他现在的经纪人。徐子航恍然大悟道："哦，Elaine·X，夏仪？合着刚才你不停地跟我确认颁奖礼什么时候结束，就为掐点儿等纪录片上线，你真是夏仪的无脑狂热粉丝！"

黑暗的车厢里，手机屏幕的光映在聂清舟脸上，他淡然地点着手机屏幕，大大方方地道："当了我四年舍友、三年经纪人，你应该早就习惯了才对。"

"人家追星追追就淡了，你怎么还能七年如一日，越追越起劲儿呢？清舟，你也该看看现实世界，考虑一下你的个人问题了吧？就你这外貌这脾气，说你空窗七年谁信呢？"

徐子航提到这个话题就恨铁不成钢，气得拍了一下方向盘。

徐子航刚进大学就从学长学姐们的窃窃私语中得知，他们这一届应用心理学系来了个绝世系草。他走进宿舍看到阳光里穿着白T恤整理床铺的聂清舟时，不用别人说他就明白系草是这位舍友。

从那之后的大学四年里，不知道有多少女生来跟他打听过聂清舟，请他帮忙追求聂清舟。他深深地觉得自己大学桃花运不好，都是被聂清舟压制的。

可是这位系草压制了他这么多年，徐子航还慷慨地使出十足的力气助攻了好几次，系草愣是天天图书馆、体育场、教室、食堂四点巡回，一个女朋友都没交。

要不是聂系草喜欢一个叫夏仪的女歌手，海报专辑周边堆满了宿舍，他都要怀疑聂系草已经看破红尘了。

此时，后视镜里依然帅气逼人的聂系草只是抬了一下眼皮，瞥了一眼高速公路的路况："注意安全驾驶啊。"

"我注意着呢！我问你，朝悦的陶编辑是不是对你有意思？"

"好像是。"

"好像什么好像，人家跟我打听你好几次了。大美女啊，要家世有家世，要学历有学历，性格也好，你就不考虑考虑人家？"

"她条件这么优秀，还是不要在我身上耽误时间了吧。"

"为什么啊？哎哟，聂清舟，你就连接触都不愿意接触？你赶紧交个女朋友吧，不然隔三岔五就有女生来问我你的事，把我的桃花都挡没了！"

聂清舟伸出食指放在唇边，看也不看徐子航："嘘，别说话，视频上线了。"

徐子航一口气憋了回去，他瞪了一眼后视镜里满眼放光的聂清舟，愤愤地道："天天看夏仪，看再多有什么用？夏仪还能嫁给你不成？"

聂清舟笑了笑，没说话。

顿了顿，徐子航又嘟嘟囔囔地自言自语："夏仪就这么大魅力？我四岁的侄女儿都喜欢她，天天'小仪姐姐'地叫，把她亲姐和亲小姨都弄糊涂了……对哦，夏仪小名儿该叫什么？小仪、阿仪、仪仪，这不是一叫'姨'就差辈儿嘛。"

徐子航这人想法天马行空嘴又碎，没人陪他聊天，他能自己跟自己聊半个小时。他以为这次聂清舟肯定也没听，但后视镜里聂清舟的嘴角弯起来。

"夏夏。"

他看着手机屏幕里的画面，仿佛叹息般轻声说："她叫夏夏。"

而穿越太平洋波涛汹涌的海面，横跨一整个北美大陆，在纽约郊区的别墅里，正住着一个皮肤白皙、五官英气的姑娘，她有一双深黑色的眸子和长到腰际的波浪黑发。她正在键盘上弹奏，旋律从她手中跌宕缱绻地流泻而下，旁边电脑屏幕里出现一段段波形。旋律告一段落，她一推桌面，就像一根羽毛随风而起，随着椅子滚轮的转动自然地转到了电脑前面，调出鼓组做节奏。

一只手伸出来挡住了她的屏幕，左右摇晃。夏仪怔了一下，抬头看向旁边穿着白色休闲西装的三十多岁的女人——她的经纪人邦妮。

"Elaine……夏夏！"邦妮不满地皱起眉头，"又没听到我喊你呀？"

邦妮是华裔，普通话还带着点从父母那里学来的京腔。

夏仪睁着布满红血丝的眼睛，目光炽热。她揉了揉眼睛，然后抬起头向后靠，以一种把整个身体重量交给椅背的姿态闭上双目。

"抱歉，没听到。"

邦妮皱着眉，碰碰夏仪的额头："你昨晚是不是又通宵了？最近你特别兴奋，这不是好兆头，我们需不需要去见一下史蒂夫医生？"

"不用，我会注意的。"夏仪轻声说。

夏仪的回答言简意赅，冷静理性，很符合她一贯的风格。自从七年前邦妮见到还在上大学的夏仪一直到今天，夏仪的脾气也没有多少改变。

邦妮给夏仪揉揉肩膀："我刚回绝了雅各布，你回国前我不再给你安排工作了。你这段时间一定要按时睡觉，好好休息，如果情绪起伏太大一定要告诉我，最重要的是——能不碰音乐尽量别碰。"

"你可是我的经纪人。"

"我和文森特不一样。我是经纪人，但不是刽子手。"

夏仪闭着眼睛，长发顺着椅背垂落，像是黑色的瀑布。

她弯了弯嘴角，没有说话。

邦妮突然想起什么，从自己的包里拿出一本书，笑道："你看我给你搞来了什么？清舟的新书，前天中国才上市，今天杰西卡给我人肉搬运回来的。她出差这么久才回来，就等着给你带书呢。"

夏仪瞬间睁开眼睛，她的眼里燃起另一种温和喜悦的光芒，把那种不安定的燥热压制下去。她从邦妮手里抽走那本绿色封皮的书，迫不及待地拆封。

她的开心溢于言表，连"谢谢"都忘记说了。

邦妮对于夏仪的举动一点儿也不意外，她长长地松了一口气，心想这个叫"清舟"的作家，出书出得真是时候。

看到他的新书，夏仪的状态总能安稳很长时间。

半路上，聂清舟的手机就开始不停地振动，等到了他家楼下时，徐子航终于忍不住问："你不会有情况了吧？谁催命似的找你啊！"

聂清舟拿起外套和雨伞，开门下车，轻描淡写地回答："字幕组。"

"字幕组？"

徐子航怀疑自己的耳朵，只听聂清舟说路上小心，就"砰"的一声关上门，撑着伞在夜雨里朝小区大门走去。

聂清舟回到家里，把东西往沙发上一摆，绕开客厅那架占地巨大的钢琴，走到他的书房里。

他坐在椅子上打开电脑，群里面的人已经热热闹闹地@他一轮了。

△呼叫Boat！人呢？@Boat

△不会都有事吧，B神也要请假？@Boat

△之前B说他今晚有事可能来不了。

△太不巧了吧（哭脸）。

聂清舟在键盘上飞快地打字。

Boat（翻译&校对）：我来了，分轴好了吗？

△哇！B神来了

△[撒花表情]

△[撒花表情]

Boat（翻译&校对）：……说了别这么喊我。

V5（组长&审片）：B神，小曲请假了，纪录片一个半小时呢，还没有英文字幕，时间紧任务重，这次要靠你了！

清风明月（翻译）：组长刚刚压榨完我，又来压榨B神了。

V5（组长&审片）：B神要狠狠地榨，你的听译水平我不放心。

777（翻译&校对）：清风上次用字幕软件还搞出快十个错来，B神给校对哭了！

清风明月（翻译）：[举刀.jpg]

聂清舟推起眼镜，捏捏眉心。

Boat（翻译&校对）：别闹了，这次我的多久？

V5（组长&审片）：二十四分钟。

清风明月（翻译）：B神，我的才八分半钟，组长这是要你的命啊！

聂清舟看了一眼钟表，双手交握抬到头顶，押了押筋。

Boat（翻译&校对）：给我吧，两点前返你。

777（翻译&校对）：哇，这是听译啊，B神真厉害。

冯等等（压制）：我都怀疑B神是不是跟轴君妹妹一样，过的美国时间。

哎咦哎咦（时间轴）：哈哈哈哈哈哈，熬夜修仙。

聂清舟跟他们又说了两句，然后戴上耳机，打开了视频。

已经过了零点的高层公寓里安静得只剩时钟的滴答声，书房里唯一的光源——电脑屏幕将聂清舟的脸照亮，他的眼睛里出现了他最喜欢的那个姑娘。

他撑着下巴，嘴角上扬。

视频里的女生皮肤白皙，眼睛深黑，她有一头及腰的波浪黑发，用皮筋扎着垂在后背。

她的姿态非常放松，甚至没有化妆，穿着紫灰色宽松T恤，俯身在白色钢琴上，随着手下弹出的和弦哼唱着旋律，就像是闲来无事在玩钢琴的孩子。

那旋律却非常好听，扣人心弦。

她对旁边的编曲师说道："William,what do you think of this melody?（William，你觉得这段旋律怎么样？）"

夏仪出道以后的七年里，大大小小的节目聂清舟全部看过，当她开口说话的时候，他依然会不由自主地笑起来。

聂清舟聚精会神地看着。

三十多岁的编曲师鼓掌惊叹道："Amazing! You know what?I think we're gonna have another big hit!（太惊人了！你知道吗？我觉得我们又要有一首大热曲产生了）。"

夏仪弹着钢琴重复了一遍刚刚的旋律，然后淡淡地说："But I think the rhythm can be adjusted here.I want to use something heavier,like a military drum.And here, I'm going to change the chord to BM7……（但在这边的节奏型需要调整一下，我想用比较重的鼓点声，比如说军鼓。然后在这里，我要把这个和弦换成BM7……）"

夏仪的声音模糊，而旁白的声音出来，说这就是那首占据榜单十二周周冠的单曲——*Losing Me*（失去我）的诞生过程。

她的编曲师说，夏仪对编曲的框架十分完善，他的工作相对而言会很轻松。在他看来和夏仪合作最痛苦的应该是填词人——因为夏仪常常用汉语唱Demo，词格对不上。

一个高马尾的金发女歌手出现在画面里,她现在也正当红,瞪大了眼睛举起手,以夸张的语气说:"Elaine is so crazy, if you've seen her compose, you'll understand(Elaine 太疯狂了,如果你见过她作曲,你就会明白)。"

这个叫 Donna·Harrod 的歌手说,她曾经当面向夏仪邀曲,夏仪问她想要什么风格,她说抒情摇滚。于是,夏仪就抱着吉他坐下了,她随意地开始哼旋律,每一段都很好听,然后她开始录吉他、键盘、用合成器做鼓点、贝斯、音效,分主歌副歌录人声旋律。

从她邀曲到她听到第一版 Demo,只过去了二十分钟的时间。

Donna·Harrod 说,任谁说二十分钟给你一个 Demo,你都会觉得他是在敷衍你,除了夏仪——因为夏仪真的只需要二十分钟。

她笑得得意,说你们肯定不相信,她去年的热曲 Falling asleep on the moon 就是这么来的。

——夏仪就是魔术师,她是音乐的魔术师。去年有二十一周的周冠单曲是她写的,现在向她邀曲的人已经排起了长队,她还要制作自己的专辑。

——人们就是喜欢她,不管是她唱的歌,还是她写的歌,只要出现 Elaine 大家就买账。所以谁不想要她的曲子呢?你能拿到 Elaine 的曲子,就已经预定了周冠了。

聂清舟目光灼灼地看着视频,嘴角越升越高。他喃喃说道:"有这么夸张吗?"

心里却想着,我们夏仪真厉害啊。

邦妮推开夏仪房间的门时,她正盖着一条毯子窝在沙发上沉睡,怀里还抱着刚刚得到的新书。

夏仪总是在狭小的地方蜷缩起来睡觉,相比于房间里那张巨大舒适的床,她更喜欢旁边的沙发。史蒂夫医生说这是因为她长年受到精神疾病困扰,神经紧张,缺乏安全感所致。

邦妮从她怀里把书拿出来,给她把毯子拉到肩头,然后低头看向手里这本书。

绿色的封面上写着书的名字——《十三个朱莉站在桥上》,腰封上则写着"星海奖得主清舟最新力作,《被观测者》暖心番外故事,在现实中遇见天马行空的想象力"。

夏仪买的那本《被观测者》已经被她翻得卷边了，那可是她最喜欢的一本书。

"邦妮。"

邦妮听见夏仪的声音，她看向沙发，只见夏仪已经睁开了眼睛，窝在毯子里安静地看着她。夏仪这一觉应该睡得很不错，看起来脸色红润，眼里的血丝也下去不少，像个陶瓷做的中国娃娃。

"不饿吗？劳拉给你带了好多好吃的，吃点东西吧。"邦妮坐在她身边的沙发上，笑道。

一旦开始作曲，夏仪的作息就变得非常混乱，她这一觉从中午睡到晚上八点，连晚饭都没有吃。

"现在还不饿，想看完再吃。"夏仪从邦妮手里把书拿回来，靠在抱枕上，手指摩挲着书的封面。

邦妮好奇地看着书，问道："这本书讲什么的啊？"

夏仪想了想，睁着她那双亮亮的眼睛，认真地说道："第一个朱莉站在桥上，她觉得这世界很糟糕，自己非常平庸，活着没有意思，所以她想要跳下去。"

那天的月亮非常圆，在水面上亮亮地波动着。朱莉突然听见有人叫她的名字，一个穿着黄色衣服的外卖小哥在她身边停下了电动车，问她是不是叫朱莉。

朱莉感到奇怪，她跟小哥确认了自己的身份之后，小哥从后座的箱子里掏出一个头盔。

"恭喜你啊朱莉小姐，今天是一年一度的月球开放日，你被我们选中参观月球，欢迎你对我们的工作提出意见和建议。"

朱莉觉得这个看起来平平无奇的外卖小哥可能是个疯子。

朱莉抱着一种破罐破摔的心态答应了他，于是外卖小哥把头盔给她戴上，让她无论如何也不能取下来。

"我知道，交通规则嘛，取下来要罚款的。这个该死的世界，总要从我这里搜刮点钱。"

朱莉喃喃自语。

小哥打了个响指，电动车自行消失了。

朱莉捂着自己的头盔，呆呆地看着小哥，在这一刻，她突然有点相信这个小哥是什么月球的工作人员了。

她指着天上的月亮，问他没了交通工具他们怎么去月球。小哥则说那是他们做的一个镜像服务器，真正的月球要从别的路径走。他指着河水上倒映的月亮，拉着朱莉朝着水里的月亮跳了下去。

入水的一刹那，朱莉的头脑一片空白，她以为自己要死了，一瞬间无数的情感涌上心头，她甚至有点后悔。但是下一瞬间，头顶的水面就变成了广袤的宇宙，她的呼吸顺畅，慢慢往下沉，踩在一片荒凉贫瘠的、尘土飞扬的土地上。而蓝色的地球就像是一盏灯一样，遥远地悬在她的头顶。

月球上有许许多多悬浮的工事，还有来往忙碌的工作人员，小哥说避免吓到她，她在头盔里看到的他们都是处理过的人类的面貌。

朱莉提的第一个建议就是关于这个头盔呈现的人类面貌优化——希望能增加面貌的多样性，毕竟看到所有人都长着同一张脸，也怪可怕的。

小哥一路跟其他工作人员打招呼，带朱莉参观了他们的太阳光反射镜、引力控制系统、地核锅炉遥控室，仔细地跟朱莉介绍它们的工作原理。

小哥说在50亿年前，他们在这里爆破了一颗巨大的恒星，在人类的认知里叫作超新星爆炸。

"我们头儿早就盯上这颗恒星了，恒星一爆破大家就开始抢资源。我们头儿是谁啊，《宇宙元素及化学反应规则试行版》《论碳基生命的构成和繁衍法则》都是他参与制订的……哦对，你不知道这些。总之，我们头儿一下子就抢到了最多的氢、氧、氮、碳，一手建立了太阳系。

"地球是我们的生命试点工程，拿了第十三届宇宙建设奖银牌！我们头儿正在仙女系的另一个项目上，说要再搞个金牌出来。"

小哥说着说着就开始和朱莉吹牛。

朱莉最初难以置信，最后却有些羡慕，她觉得他做的工作很有意思，而且他们应该已经活了很长很长的时间，这时间对于她来说简直就像永恒。

听了朱莉的话，小哥十分惊讶，他摊开双手。

"永恒？你也是永恒啊，在宇宙里是没有死亡这回事的，那场50亿年前的爆破产生的氢、氧、氮、碳，现在是你的骨骼、牙齿、血液和皮肤，是你的一切。而更早之前，在那颗巨大的恒星还在熊熊燃烧时，其内部的核聚变产生了氢和氦，这些元素是后续更重元素的起源。总之，要溯源的话，所有的东西其实都不曾消失，它们只是改变了。

"你能明白吗？这个宇宙存在了138亿年，你也存在了138亿年，只不过那时候的你和现在不太一样而已。要总是一样的话，也太无趣了不是吗？"

整个参观结束之后，朱莉回到了那座大桥上，小哥和他的电动车都消失了，只剩下她手里的那个头盔。小哥说头盔是一次性的，现在已经没用了，她可以留下做个纪念。

朱莉抬头仰望着月亮和漫天星辰，她突然发现自己已经很久没有好好地看看夜空了。她突然觉得自己的骨骼、牙齿、血液、皮肤，所有的一切都非常珍贵，这些物质曾在某颗恒星中燃烧了数亿年，经历了剧烈的爆炸，在宇宙中漂浮，最终汇聚成了她。

邦妮听得入神，在夏仪讲完这个故事后，她轻轻地"哇"了一声。

夏仪笑起来，书页在她手里"哗啦啦"地翻着："然后，第二个朱莉站在桥上，她和她的爱人分手了，她痛不欲生，想要跳下去。"

这大概是平行时空里的另一个朱莉。

朱莉遇见了一个有着长长的兔子耳朵，穿着背带裤的女孩，女孩还牵着一个五六岁的男孩的手，问朱莉大海在什么方向。朱莉以为她是在Cosplay（角色扮演），却发现她的耳朵是真的，柔软、温暖、会动。

这是一只兔子精，她牵着的孩子是一个河神。

朱莉带他们去海边的路上，兔子向她讲述了自己的故事。

几百年前，兔子机缘巧合流落沙漠，被一个河神救了。那个年轻的河神叫塔塔，兔子请求塔塔把她送回海边的家乡，但塔塔不知道大海是什么。

兔子对此非常惊讶，她也认识一些河神，所有的河流都是要入海的，怎么会有河神没有见过大海？于是，塔塔带她去看了他这条河的尽头，那里水势越来越小，越来越小，最后消失在干旱的沙漠中。

"好可惜啊，大海很美的。"

兔子跟塔塔说，大海里的水就像沙漠里的沙子一样多。

塔塔惊讶地张大了嘴巴，重复道："天啊，像沙子一样多的水。"

"而且是蓝色的。"

"蓝色的水啊……"

在荒芜的沙漠里，兔子陪伴了孤独的塔塔很久，跟他讲各种关于大海的故事，并且送给他一个海螺，说海螺里有大海的声音。

时间长了，兔子难免觉得很无聊，她很想念家乡。虽然塔塔百般挽留，她还是跟着一个商队一起回家了，她答应他过段时间就回来看望他。

兔子这一去就是好几十年，她在家乡玩得很开心，都快忘了塔塔。当她准备了好多贝壳、珍珠、海螺，怀着愧疚的心情回到沙漠去找塔塔的时候，她却发现塔塔不见了。

这条沙漠里脆弱的河在几十年的时间里逐渐干涸，塔塔也随之消失。

兔子所知道的河流都可以存在成百上千年，她完全没想到塔塔的生命居然如此短暂。

她遇到了一个胡杨树精。胡杨树精说塔塔一直很想念她，常常捧着海螺听里面的声音。有几年下了很大的雨，塔塔非常开心，总是跑去自己河流的终点看，希望能流得越来越远，一直到达海洋。

但是后来又有很多年，气候变得很干旱，河边的树也被砍了许多，水越来越少，塔塔的梦想逐渐破灭了。

他消失前把海螺托付给胡杨树精，说如果兔子回来了，就把海螺给她。

胡杨树精对兔子说，塔塔一直很感谢她，她给了他梦想，虽然是一个遥不可及的梦想，但他因为这个梦想而幸福。

塔塔说在遇见兔子之前他很少做梦，但是遇到她之后，他常常梦到像沙子一样无边无际的蓝色的水，梦到兔子。

他的心好像已经走到了很远很远的地方，远远超过他的河流。

兔子难过得大哭了一场。

然后，她找到了塔塔的源头，想尽办法让他的河恢复，河流越来越长、水量越来越大，又等了好久好久塔塔才重新出现。

不过新的塔塔还是个小孩子，也不记得她。今年沙漠突然下了很长时间的暴雨，塔塔的河和另外的河合流，可以流进大海里。所以，她来带他看看大海。

或许等雨季过去，塔塔的河又会缩短，无法与入海的河流合流。

所以这是绝无仅有的机会，塔塔几百年里的梦想。

故事的讲述在这里停顿，书页在夏仪的手里快速地翻着，她的眼里亮着一种温柔的光芒，对邦妮说道："这里有十二个因为不同原因站在桥上，想要跳下去的朱莉，经历了十二个不同的奇遇。"

"不是十三个朱莉站在桥上吗？"

夏仪翻到最后一页，读出声来："第十三个朱莉站在桥上，她的心情轻松，像是一团柔软的棉花，觉得今天的世界分外美丽。一轮满月明亮地悬在头顶，外卖小哥驾驶着电动车从她身后疾驰而去，Cosplay兔子的小姑娘牵着弟弟的手路过她身边……朱莉哼着歌，慢慢地走下桥回家去了。这个世界里的奇遇们，因为没有能遇见朱莉而感到可惜。"

邦妮撑着下巴若有所思，她到了这个年龄已经很久不看这种书，突然一下听到这些故事，居然有种小时候看童话的幸福感。

"总觉得被治愈了……这位作者应该是个很温柔的人吧？"

夏仪垂下双眸。她的目光落在书封面背后，作者介绍里的那张照片上。

那是个戴着细黑边眼镜，黑色中长发男生的侧脸。

她点点头，坚定地道："嗯，是非常温柔的人。"

聂清舟熬了个大夜，第二天十一点才醒过来，这个作息时间对于他这个夜晚工作者来说是家常便饭。三月的天气还有点冷，他穿了件宽大的黑色卫衣，在开了地暖的房间里赤脚走着，揉着乱成鸡窝的头发去卫生间洗漱。

聂清舟拿起手机，漫不经心地翻着他在沉睡时收到的微信信息。

第一条是徐子航质问他为什么要推掉十月以后的所有工作，下一条是群里编辑问他稿子的进展,最后是闻钟的微信消息。

"夏仪下周要回国。"

闻钟还发了一张英文媒体新闻截图。

聂清舟看着截图上"EXCF字幕组"的水印,他挑挑眉毛,一手拿着牙刷,一手打字。

"我知道,这新闻就是我翻译的。"

对面迟迟没有消息,聂清舟耐心地等待着,刷完牙之后新的消息才出现在手机屏幕上。

"你打算怎么办?"

怎么办?还能怎么办。

"去机场接她。"

聂清舟能想象到闻钟瞳孔放大的样子,他不紧不慢地补充道:"夏仪粉丝团组织的接机活动,要不要一起?"

闻钟没再回复他。

聂清舟轻笑一声,把手机揣在口袋里。他穿过客厅走向厨房,路过那台白色的施坦威钢琴时,顺手在上面弹了几个不成调的音,然后到厨房去做早餐。

高二期末夏仪出国之后,他消沉了很长一段时间,郑佩琪、张宇坤、赖宁不知道发生了什么,都不敢在他面前提夏仪。随着他们渐渐长大、分离,了解这段过去的人变得越来越少。

现在,闻钟是唯一会跟他说起夏仪的人。

闻钟和他考到了同一所大学,现在又在同一个城市发展。年少时的那些龃龉聂清舟根本没放在心上,闻钟也有意淡化,所以他们偶尔也会碰个面吃个饭。

闻钟才不会看他的脸色,说话随心所欲,每次见面都会跟他聊到夏仪,甚至会通知他夏仪的最新信息。

说实话,聂清舟不能理解闻钟这些行为的目的。

不过他毕竟已经在这个世界上迂回转折地活了三十六年,早过了要刨根问底的年纪了。

聂清舟一边煎鸡蛋,一边把微信号切到Boat的账号,果然已经有很多未读信息。这些粉丝群里一年三百六十五天每天都热闹着,好像有说不完的话。

字幕组的轴君哎咦哎咦给他发来微信,语气热烈:B神!我们建了个接机小队的群,拉你进来了。你真不加我们粉丝团的群吗?

聂清舟回复:谢谢你,不加了吧。

从前聂清舟都在字幕组混,粉丝活动不怎么关注,也从来不参加。字幕组的哎咦哎咦是粉丝团的骨干,听说这次他要参加接机,又兴奋又好奇,像是照顾新人一般对他各种叮嘱。

聂清舟看着这个接机群里大家的聊天,哎咦哎咦非常活跃地说着自己准备了什么东西,小旗子、横幅、花束和徽章之类的,到时候分发给大家。

有人说:哎咦哎咦,你不是学生吗?哪儿来的钱搞这些?

许多人打趣哎咦哎咦是富二代,提到之前的庆生广告牌,哎咦哎咦也出了一大笔钱。

哎咦哎咦发了好几个吐血的表情包:我才不是富二代。就是我哥有钱,耳根子又特别软,贼好骗,我一跟他哭穷他就给我打钱,百试百灵。

底下排队形,求同款提款机哥哥。

聂清舟皱皱眉头,把手机熄屏,开始吃早餐。

吃完饭,聂清舟回到书房,开始写他八年来雷打不动,一个月一封的邮件。虽然这些邮件在八年里从未得到过回复,他也不知道夏仪是否看过。

音箱里循环播放着夏仪新专辑的歌,这次她出的专辑有中英双版,她会回国宣传也在大家的意料之中。

随着时间流转,他发现他知道的也并不比大家多多少。

聂清舟的手指在键盘上"噼里啪啦"地敲着,偶尔瞥一眼桌上的台历,台历上用红笔圈着那个五天后的日子。

《小王子》里狐狸对小王子说:"你下午四点钟来,那么从三点钟起,我就开始感到幸福。时间越临近,我就越感到幸福。"

他就像是一只被驯服的狐狸,他们八年后会相遇,他从八年前就开始等待,等待他的夏仪归来。

或许是要给他这漫长的等待一个"惊喜",他在见到夏仪之前先遇到了熟人。

聂清舟抱着一束色彩缤纷的小雏菊，站在人声鼎沸的热闹机场里。他僵硬地看着面前的姑娘，说道："你是……哎咦哎咦？"

哎咦哎咦还在上大学，长了张圆脸，看起来机灵可爱。她眨着大眼睛说道："是啊是啊！B神，你口罩帽子挡得这么严实，根本看不出来你长什么样嘛！你刚刚走过来，我们还以为你是明星呢。"

旁边的马尾女生大大咧咧地说："就看身材和穿衣品位也该是大帅哥，不是帅哥谁留长头发啊？帽子和口罩摘下来让我们看看嘛！"

聂清舟捂捂自己的口罩，他还陷在冲击中未能恢复，机械地吐出他准备好的说辞："不是，我……我社恐。"

哎咦哎咦一脸理解的表情。

"怪不得在群里你话这么少……来来来，我给大家介绍一下啊，这是Boat，EXCF字幕组的翻译兼校对，我们组的大腿，人称B神。你们看的那些第一时间就更新字幕的视频，可都是B神的成果啊！人家比较害羞，而且是第一次参加线下活动，大家多照顾照顾。"

哎咦哎咦对她的小伙伴们说道，颇有种大姐大的架势。聂清舟盯着她的背影看，仿佛要看出一个洞来，她在群里的发言从脑子里迅速飘过。

——我哥耳根子特别软，贼好骗，我一跟他哭穷他就给我打钱。

——我学美术的，我天天说学美术花钱多，给我哥洗脑，嘿嘿嘿……

——不是亲哥，是我表哥。

他万万没想到，这位表哥的名字竟然叫作周彬。

这个时空里二十六岁的他，居然就是那倒霉的提款机哥哥。

认识了大半年的网友"哎咦哎咦"，居然就是一切的起源——他的表妹，夏仪的死忠粉丝，他和夏仪的CP粉，江雨倩。

聂清舟的太阳穴一突一突地跳，他揿着太阳穴，一边咬牙切齿，一边劝自己冷静，要不是戴着口罩，他的表情早就绷不住了。

江雨倩带着聂清舟去社交了一番，隆重地向大家介绍他们字幕组这位大神，夏仪的粉丝都知道EXCF字幕组，纷纷跟聂清舟寒暄。

而聂清舟维持着"社恐"形象，除了打招呼，就只是沉默地跟在江雨倩身后，看她和各路人马熟识的样子，看来这种活动她没少参加，钱也没少花。

一番社交下来，江雨倩感叹道："Boat，你话还真少哎。"

聂清舟想，我沉默是为了不当场把你揪起来骂一顿。

江雨倩有点同情地看着他，拿出一把印着夏仪头像的小扇子，还有一个印着夏仪名字和爱心的小旗子递给聂清舟。

"Boat，这个给你！就当是纪念！"

她本意是安慰社恐的 Boat，没想到 Boat 听完她说的话后气压反倒更低了。他拿着那小扇子和小旗子定定地看着她，说了句"谢谢"，然后就沉默地转头看着到达口。

江雨倩不知道此时的聂清舟正在回想自己到底被骗了多少钱，只是觉得 Boat 这个人怎么奇奇怪怪的，还挺难相处的。

虽然 Boat 性格很奇怪，但架不住人家一米八几的个子，穿着灰色毛衣黑色大衣，肩宽身长，只要站在人群中就很显眼，即使看不到长什么样也能从氛围中感觉出来是个帅哥。

好几个人都过来跟 Boat 搭话，有个曾经在字幕组里待过的女生问他："B 神，你英语这么好，考过什么证吗？"

"没有，以前考过雅思，不过早就过期了。"

"我也正在考雅思哎！你雅思考了多少？"

"总分 8 分，小分 7.5 起。"

女生惊叹道："真高哎，那 B 神你后来怎么没出国？"

聂清舟沉默了一会儿，无意识地转着手里的扇子，说："一直想出国，拿到全奖 offer（录取通知书）的时候家里人生病了，需要人照顾，没去成。"

女生觉得自己好像问错了问题，露出后悔的表情。聂清舟反倒安慰她："没事，其实也是意料之中。"

旁边一个男生搭话道："就是差了点运气。有时候还真是玄学，我当时高考的时候，我家里人专门去寺里求了学业福，结果我还真超水平发挥了！"

聂清舟帽檐下的眼睛弯了弯，他摇了摇头，好像不是很认同的样子。

"怎么，Boat 你不信这个？"

"我信，但我不喜欢。"聂清舟简单地说。

他大概是在场所有人中，和命运打交道最多的人了。

大家又讨论起夏仪的歌，各自说最喜欢的专辑，说夏仪的风格和唱腔像以前的某某天后,某某音乐家。

问到聂清舟的时候,他说道:"我不觉得她像谁,我爱她,她就是她。"

他说得不假思索,好像这是天经地义的真理,周围的人都愣住了。

要是仔细想想这话也没啥问题,这里大多数人天天把"我爱夏仪"挂在嘴上,说得比他热烈疯狂得多。但不知道为什么,聂清舟口中所说的"爱"掷地有声,仿佛与众人皆不相同。

江雨倩想,听说社恐的人常常会一鸣惊人,看来所言非虚啊。

她感叹道:"我们 B 神真是真爱粉。"

"夏仪!夏仪来了!"

人群突然骚动起来,飞机晚点的夏仪终于姗姗来迟。聂清舟怔了怔,还没反应过来就被人群裹挟着往前走,如同被海潮推动般涌向他所等待的那个人。

他握紧了拳头,突然紧张起来。

玻璃自动门缓缓打开,被保镖和经纪人簇拥的夏仪从门后走出。

她今天是长直发,像黑色瀑布一般垂到腰际,风吹来的时候发丝就拂过面颊。她穿着紫色衬衫、黑色毛衣,妆容精致美丽,抬起一双深黑的眸子,目光在人群中扫过,弯着嘴角和粉丝打招呼。

"夏仪!夏仪!我爱你!"

"好好休息夏仪!"

"老婆!老婆!"

人群爆发出各种各样的尖叫声,聂清舟仿佛是伫立在地上的一座雕像,周围狂热的海洋与他无关地沸腾着。而他只是睁大眼睛,一刻不眨地望着她。

夏仪远远地朝他们走过来,在闪光灯中面容忽亮忽暗,高跟鞋踩在地上,发出清脆的声音。

其他所有的声音和画面好像从这个世界上消失。聂清舟看着她从黑色毛衣袖子里伸出手,从保镖们的缝隙中一路接下粉丝送来的信和小礼物,当她来到他面前时,那只手拿走了他手上的雏菊。

这是她唯一收下的花束,但夏仪并没有看向人群里的他,或许以为这只是万千粉丝中普通的一员,低着双眸礼貌而客套地说着"谢谢",只一瞬就转过头去，从他面前走过。

聂清舟站在原地，远远地看着她在万人簇拥中远去。

然后，他举起手，看着空空的手心，刚刚夏仪从他手里拿走花的时候，他碰到了她的手指，仍然修长美丽的手指，指甲修得圆圆的，是弹钢琴的一双手。

这个念头跳出来时，他突然想起来第一次看到夏仪弹钢琴时，他也是这么想的。

"天啊！夏仪拿走了我的手写信！她是不是把你的花也拿走了？太幸运了，太幸运了！我现在幸福得要昏过去！"江雨倩在原地兴奋地蹦跶着，像一只小麻雀。

聂清舟靠着墙，兀自出神。

夏仪虽然走了，但粉丝们并没有散去，大家还聚在一起讨论着。江雨倩看聂清舟不回答她也不在意，兴高采烈地转过去跟其他人说话，拿着其他人拍的照片仔细端详。

"哎，夏仪手里还拿着一本书哎！这是什么书……"

他们围着照片讨论，有人拿出手机开始搜。

"找到了，找到了！《十三个朱莉站在桥上》，清舟的新书啊。"

聂清舟听见这句话愣了愣，他走到那群人之间，看着他们相机屏幕上显示的照片。他刚刚完全没有注意到夏仪的另一只手上拿着一本书，照片里拍到了书里夹着的书签，应该已经看了一大半了。

聂清舟目光灼灼地看着这张照片，心跳得很快，微微笑起来，那短时间见到她又分离的怅然迅速被填满。

江雨倩在旁边搜索着书的相关信息，喊了一声："哎呀，这个叫清舟的作家这么年轻？长得好帅啊！"

"你不知道他吗，最近蛮有名的。"旁边的人说起八卦。

"他的那本《被观测者》不是拍成电影了吗？他出席发布会的时候的新闻图帅炸了，长头发，细黑边眼镜，一下子冲上热搜，在热搜上挂了一整天呢。"

"啊，《被观测者》那部科幻电影我看过，很好看呢，原著是他写的啊？"

聂清舟闻言默默地远离她们两步，推了推自己的眼镜，再压压帽子。

江雨倩听着她们聊天，便点开了某宝："这个夏仪同款我一定安排上，先买个二十本吧。"

聂清舟差点被呛到，一边咳嗽，一边说："二十本？你买这么多干什么？"

"冲销量啊，夏仪同款一秒卖光，我跟你说这就是商业价值，买到手我再送人呗。"江雨倩边点手机屏幕，边说。

聂清舟皱了皱眉头，严肃地说："这本书网上有试阅部分，你可以先去看看，如果真的觉得好看再去买，别这么冲动。"

江雨倩瞥了聂清舟一眼，说："我花我的钱，B神你就别管这么多了吧？"

聂清舟拳头捏得"咯吱"作响，他的手机在此时适时地响了起来。聂清舟接起电话转身远离他那无法管教的表妹，没好气地问道："徐子航，怎么了？"

"哟，不开心啊？我有个好消息，马上就是你的生日了，我们准备给你办个生日会！"

"……有必要搞这些吗？"

"当然有必要了，你不能总待在家里，你要社交啊！你那天有什么别的安排吗？"

"我要看夏仪出道七周年庆祝会直播。"

"……滚！你给我麻溜地滚过来参加生日会啊，这次生日会也是社交场合，我会请好多人来，你给我穿西装打领带，去店里搞下造型再来！"

聂清舟架不住徐子航的软磨硬泡，同意了他的安排，一边挂电话，一边嘟囔："怎么还这么隆重……"

看来今年他只能看庆祝会的回放了。

夏仪抱着那束小雏菊坐在保姆车里，邦妮在旁边跟她核对近期的行程。夏仪一边看着窗外城市的夜景，一边答应着。

邦妮看出夏仪心不在焉，她决定暂时先停下话题，等会儿再跟夏仪确认。

在安静的氛围中，车厢里弥漫着一股淡淡的清香，邦妮看了一眼夏仪怀里那束雏菊，感叹道："很少见你收花啊。"

夏仪伸手轻轻地拨弄了一下怀里的花束，说道："我第一次收到的花就是小雏菊。"

"哟，这么特别，谁送你的？"

"高中时的一个……朋友。"

仅仅是提到他，夏仪的脑子里就走马灯般闪过无数画面。

"我刚刚好像看到了他。"

夏仪把脸埋在花里，深深地吸了一口气，刚刚她所看到的面容涌入她的脑海，她认真地回想，却无法记起一张具体的脸庞。

夏仪抬起头来，轻声说道："可能又是幻觉吧。"

"夏夏，别这么说，你不要否定自己。你已经一年多没再生病了，认错人是一件很正常的事，我也经常犯错。"

邦妮轻轻抚摸着夏仪的肩膀。

夏仪望向邦妮，城市的灯火穿过车窗，从她的背后照过来。她的眼睛黑而明亮，如同宝石。

"邦妮，你觉得我能像正常人那样生活吗？"

邦妮愣了愣，然后斩钉截铁地说："当然可以。不要想太多，你现在就做得很好啊。"

夏仪嘴角弯了弯，她好像有点疲惫，把双腿收到椅子上，然后抱着花束靠着车窗闭上了眼睛。

"谢谢你，邦妮。"

这是夏仪出道之后第一次官方回国的行程，即使她有意低调，这事也不出意外地成了开年以来最热门的话题，各种邀约源源不断。然而夏仪很少出席商业活动，是出了名的神秘主义者。

邦妮觉得做夏仪的经纪人某种程度上是件非常简单的事情，大部分时候，她只需要一边惋惜，一边不停地拒绝。

"要不是还有这个出道七周年的庆祝会，你的歌迷们要骂我了吧？"邦妮拿着平板，笑着跟夏仪说。

夏仪穿着一件蓝色的露肩纱裙，坐在化妆镜前，造型师正把她的头发卷成好看的弧度，再细致地盘起来做出造型。她抬眼看向邦妮，眼下的水钻闪闪发亮。

"直播什么时候开始？"

"五分钟之后开机。主视角还是在会场，新加的直播视角会跟随着你，从你做造型开始到候场、访谈、登上舞台演唱，直到下场结束。"

造型师姐姐笑道："哎呀，这不是现在很流行的男友视角吗？"

"哈哈哈哈，应该是工作人员视角吧。"扛着摄像头的小哥打趣。

化妆间里的人热闹地聊起来，邦妮拍拍夏仪的肩膀，俯下身去问："你感觉还好吗？"

夏仪点点头，想了想说："不过直播看我应该会很无聊。"

"有谁看大美人会觉得无聊呢？"

邦妮看了一眼手表，让化妆间里的工作人员注意，该戴口罩的戴口罩，然后小声说："三、二、一，开始了。"

手机屏幕上出现了直播的画面，是夏仪坐在椅子上做造型的绝美侧脸，一瞬间弹幕爆炸，所有人都在喊"老婆"，夸她今天的造型。夏仪按照流程寒暄了一番，等头发做好之后，她问工作人员要来了她的吉他，坐在沙发里随意地弹奏哼唱起来。

这其实是夏仪候场的日常，她没有刻意说什么，也没有保持微笑，也不看镜头，整个人松弛又自然。工作人员挑歌迷的问题问她的时候，她也就像平时跟邦妮聊天那样，礼貌地回答，在英语和中文之间来回切换。

邦妮在画面外抱着胳膊看着，心想她就从来没有看夏仪在舞台上或镜头里紧张过，即便是夏仪第一次登台表演、第一次录制唱片、第一次开演唱会的时候，夏仪都旁若无人，游刃有余。

那时候她的顶头上司，夏仪的经纪人文森特满目欣慰，说夏仪是为音乐而生的艺术家，他有幸见证传奇。

当时她深表同意。但是后来她才慢慢察觉到，那其实并非对夏仪的评价，而是文森特的愿望。

他希望夏仪全身心地为音乐而活，为音乐而疯狂，为音乐而死。

邦妮想起来就觉得脊背发凉。她定了定神，走到旁边去和工作人员确定接下来的流程，除了确保流程万无一失，邦妮还背着夏仪策划了一个惊喜。

这个惊喜夏仪肯定会喜欢。

聂清舟在去生日会的路上还在用手机看着夏仪出道七周年庆祝会的直播。出租车司机不断从后视镜里看他，旁敲侧击地问他是不是什么明星或者网红。

聂清舟也不知道徐子航抽的什么风，居然花大价钱嘱咐造型室给他做了全套造型，现在他的打扮隆重得就像要去拍摄海报的模特似的。

出租车司机猜出的各个职业都被聂清舟否认后，司机十分确定地大嗓门喊道："哦！我知道了！你是要去拍结婚照是不是？"

由于司机的声音一直穿透耳机，打扰了聂清舟听夏仪唱歌，他手捂耳机笑着说："是的，大哥你先别说话，我太太要跟我视频。"

夏仪的庆祝会在一个私人会所里举办，出席庆祝会的都是一些业内人士和媒体。夏仪接受媒体的访谈和提问，然后在现场乐队的伴奏下，演唱她的经典歌曲。

视频里，她穿着蓝色的露肩礼服裙，坐在钢琴前弹奏的时候，让人想到冰雪奇缘里的 Elsa 公主（艾莎公主）。

刚刚在候场时，她怀里抱着的还是最初聂清舟送给她的那把吉他。这些年里，他经常看到那把吉他在她身边出现。

聂清舟刚刚露出笑容，就被不断跳出来的微信通知打断了，徐子航不停地问他到哪里了，简直是夺命连环催。聂清舟下了出租车还没认真端详面前华丽的欧式建筑，就被徐子航一把攥住，往雕花的大门里推。

"不是……这里也太豪华了吧？租这里要花多少钱啊，徐子航，你彩票中奖了？"

聂清舟环顾四周，这建筑规格和内部装修，一看就是个高级地方。

他口袋里的手机还在播放着夏仪的庆祝会，现场正在切蛋糕开香槟，当庆祝的纸花纷纷扬扬地落下来时，掌声雷动，夏仪眸光微动，抬起头往上看着这些纸花。

聂清舟跟着徐子航在曲折的走廊里弯弯绕绕，终于停在一扇大门前。徐子航回头看了他一眼，恨铁不成钢地把他的耳机摘下来，整理他的衣领和领带，再把一本他的书塞到他手上。

聂清舟哭笑不得："你到底要干吗……"

从门后传来音响的声音，有个明朗的女声带着笑意说道："我们还准备了一个惊喜环节，完全没有提前透露给夏仪哦！夏仪有一位很喜欢的作家，今天我们也把这位作家请到了现场，为夏仪送上祝福！"

"有请，清舟老师！"

门里的声音和手机画面里的声音重合在一起，聂清舟面前的大门缓缓打开，他僵立当场。

在听到"清舟"两个字的瞬间，夏仪的耳朵里好像出现一些不寻常的杂音，世界突然"嗡嗡"作响。

她随着主持人的手势转过头去。

宴会的主灯变暗，所有端着酒杯的嘉宾都跟着回身望去，高挑清瘦的男人出现在红毯尽头的门后。

聂清舟。

真的是他。

他比记忆中成熟很多，好看得过分，鼻梁上一副黑色细框的眼镜，穿着黑色的丝绒西装，卷曲的中发做成偏分的造型，用发胶固定好，在脑后扎起来。

他看起来英俊斯文，气质卓然，好像随时可以去拍海报。

不过他的眼睛里全是震惊，仿佛是被突然丢到了一个陌生的星球上，除去夏仪，周围都是奇形怪状的外星人。

于是，那双眸子只能一眨也不眨地，直直地望着夏仪。

他被人推了一把，有些无措地跟跄了两步踏上红毯，然后终于迈步慢慢地朝她走过来。世界急速坍缩，缩小于他们相对而立的红毯上。

他越走越近，世界越缩越小，夏仪的眼睛轻轻颤抖起来。

"今天恰好是清舟老师的生日，听说老师也是夏仪的歌迷，所以准备了双向惊喜。清舟老师也不知道是要见夏仪，现在看清舟老师好像有点不知所措了。"

主持人笑着调侃道。

夏仪看着他一步步走近，站在她面前，她好像从宴会厅里浓郁的香氛气味之中，闻到了清淡的薄荷香气。

面前的男人低眸望着她，深深地吸了一口气，把手里的书双手递给她，弯着眼睛笑起来，露出酒窝。

他笑起来的时候和从前一模一样，恍惚间好像所有时间的沟壑都被填平，他们从未分离，所有痛苦的时间烟消云散。

"夏仪……出道七周年快乐。"

夏仪慢慢抬起手，虚虚地握住书本。聂清舟手指的颤抖通过书本传递过来。

"我很开心你能喜欢我的书……希望你以后能有更多更好的作品，能够过得平安、健康、幸福。"

他表现得得体又镇定，但是明明夏仪已经接住了书，他却僵硬地举了好久才想起来放手。

夏仪静静地看着他，世界缩小在他的眼睛里，茶色玻璃一样温柔的眼睛。舞台上下的人们还看着他们，闪光灯明明暗暗，宴会厅仿佛被八年的时间洪流淹没，所有一切都漂浮起来。

她把他的书紧紧地抱在怀里，感觉到四肢和嘴唇刺痛，手指用力到发疼。

主持人把他请过去热情地问了他一堆问题，关于他对夏仪的评价、他最喜欢的夏仪的歌、最喜欢的专辑，他回答得心不在焉，隔着两个嘉宾一直往她这里看。

"我觉得……"

他的声音虚浮地响起来，忽远忽近。夏仪开始感觉到头疼，呼吸逐渐变得困难，她不得不急促地喘息着，好像被什么掐住喉咙一般。

"……第一次听见夏仪的歌，就像博尔赫斯所说的，幸福的命运向我呈现了……一朵名为玫瑰的花……夏仪！夏仪！"

夏仪突然倒下去的刹那，她的后背被人抱住，然后倒在有薄荷香气的臂膀里，她不自觉地抓住他的胳膊。水晶吊灯的光芒摇晃着让人眩晕，世界光怪陆离又混乱不堪，她仿佛深陷泥潭中，在八年里无数次发生过的那样，无法自控，不断下沉。

一只温暖的手捂住她的口鼻，熟悉的声音在她耳边响起："夏仪，冷静、放松、放慢呼吸……"

然后手的主人抬头，对面目模糊的人影高喊："她过度换气了！有没有干净的塑料袋？"

世界一片兵荒马乱，人影幢幢仿佛地狱。夏仪紧紧地攥住这个人的手臂。她的大脑无法思考，想不起来这个人是谁，这种恐慌超过了一切恐惧，她为什么会想不起来他？他明明这么熟悉，她在无数的噩梦里、无数的美梦里见过他。

泪水不受她的控制，从她睁大的眼睛里一颗颗地往下掉，顺着她的脸颊漫过他捂住她口鼻的手指，一片潮湿。

她如同濒死一般，颤抖着、目不转睛地望着他。

"这里有塑料袋，这里有！"有呼喊声传来。

他想要松开手，夏仪却不肯放手。

"没事的，夏仪，我在这里，我哪里也不去，没事的……"他抚摸着她的后背，在她耳边轻声说道。

夏仪终于慢慢地松开手，他把塑料袋罩在她的口鼻上，轻声说："呼吸，夏仪，放松地呼吸。"

夏仪乖乖地捂着塑料袋的边缘，慢慢地呼吸，她的眼睛半睁着，胸腔的起伏逐渐平缓下来。

她想起来他是谁了。

"聂清舟……"她几不可闻地、轻轻地说。

聂清舟终于松了一口气，惊觉自己已经出了一身的汗，他抬头对周围拥挤的人群说："快送她去医院！"

又是一阵兵荒马乱，庆祝会被迫终止，急救车呼啸而至把夏仪送去了医院。

因为夏仪拉着聂清舟不放手，聂清舟也跟着一起上了急救车。

聂清舟跟邦妮解释他是学心理学的，大学做义工的时候见过过度换气综合征，所以立刻反应过来，这种情况一般是人在过度紧张焦虑的情况下发生的。

邦妮心疼地抚摸着夏仪的额头，说道："她怎么会突然紧张焦虑呢？"

邦妮感叹完，就立刻开始给各处打电话，处理夏仪在庆祝会上晕倒的后续事宜。

聂清舟沉默地低下头，手肘撑在腿上，悬在空中的手沾满了潮湿的眼泪，随着车身的晃动摇晃着。

她为什么会突然焦虑紧张？

是因为他吗？

到了医院，医生终于把聂清舟的手从夏仪的手里抽出来，邦妮对聂清舟千恩万谢，安排工作人员送他回去，然后她们就消失在医院 VIP 房门之后。

这是一家私人医院，应该是邦妮指定的，位置比较偏僻，隐私保障工作做得很好。

聂清舟坐在医院的长椅上，跟邦妮安排的助理小王说他先不回家。

"麻烦跟邦妮说，如果夏仪醒过来需要我的话，我随时可以去。"聂清舟跟小王说。

小王做不了主，闻言就给邦妮发了信息。

医院里安静得过分，时间也变得漫长。半个小时之后，邦妮从房间里走出来，俯下身和气地对聂清舟说："今天真的太感谢您了，夏仪已经醒过来了，您先回去休息吧。之后有机会一定登门拜谢。"

聂清舟站起来，摇摇头："不用，夏仪她……没有说要见我吗？"

"没有哎。夏仪说累了要睡一会儿。对了，她让我跟您说一声，生日快乐。"

聂清舟沉默了一会儿，点点头。

"不用您送我了，我朋友正在过来的路上，一会儿他送我回去。"

春天的夜里还有点凉，医院背靠着山，呼吸之间都是树木蓬勃的气息。聂清舟坐在医院外的喷泉边，望着地砖缝里的小草兀自出神。

"清舟！"徐子航的呼唤声传来。

聂清舟抬起头，只见徐子航跑过来，一屁股在聂清舟身边坐下。

"夏仪怎么样了？"他急吼吼地问道。

"应该没事。她经纪人说她已经醒过来了。"

"这真是怪吓人的，一线明星不好当啊，压力这么大……"徐子航感叹着。

聂清舟把眼镜拿下来，掐掐眉心："徐子航，为什么不提前跟我说？"

听到聂清舟这种一字一顿的语气，徐子航心觉不妙，他清了清嗓子。

"我可是好心给你准备的生日惊喜！你天天念叨着夏仪夏仪，谁能想到夏仪也喜欢看你的书呢？这不是巧了，你们正好互为礼物！而且能和夏仪搭上关系，你的商业价值直线上升，我跟你说现在你就在热搜上……"

徐子航掏出手机就要翻给聂清舟看，被聂清舟一记眼刀看得缩回了手，他委屈道:"你可真是越来越难伺候了啊,谁能想到会发生这种事呢?能见到夏仪,你不开心吗?"

聂清舟沉默了。

能见到夏仪他当然非常开心。可是夏仪见到他,不一定会觉得开心。

八年里,他从未换过他的联系方式,可是夏仪没联系过他。即使他偶尔打电话给蒋媛媛或夏延,试探地提起夏仪,也没有得到多少关于她的信息,仿佛他们之间有一种向他隐瞒的默契。

所以,或许夏仪对他仍然心有芥蒂。

至少今天,她不想见到他。

聂清舟看着自己手臂上的抓痕,握紧了拳头又松开。他深深吸了一口气,对徐子航说道:"不管怎么说,今天谢谢你。"

徐子航一头雾水,他愤愤不平地去把车开过来,聂清舟上车之后把车窗摇下来,疲惫地抓了一把头发,然后用手撑着窗框漫无目的地往外看。

他没有注意到二楼透出光亮的窗户后,有人把百叶窗扒拉出一道缝隙。

夏仪趴在窗户后面,从聂清舟坐在喷泉下开始,她就已经在看着他了。

邦妮走到病房里,她拍着夏仪的后背,问道:"夏夏,你在看什么呢?"

夏仪的眼睛亮亮的。她认真地看着聂清舟的车子开动,直到他随着车消失在路尽头,一点影子都看不见了,她才转过身来看向邦妮。

"没什么。"

"史蒂夫医生明天就到了,你还有什么不舒服的感觉吗?"

夏仪的神情已经恢复平静,她穿着宽大的病号服,因为卸去妆容看起来面色有些苍白。她摇摇头,然后问道:"我今天是不是很吓人?"

邦妮诚恳地说道:"我确实是被吓到了,我还从来没见过你今天这个样子,就算是你生病的时候也没有见过。"

夏仪垂下双眸,抱住膝盖靠着床背,神情低落。

邦妮了然,说道:"不想让清舟看见你今天的样子?"

她在人情场上混了这么多年,又跟夏仪多年熟识,很快就发现了夏仪和聂清舟之间不同寻常的氛围。

"你和清舟,你们之前认识吗?"

夏仪沉默了很久,她不知道该如何描述她和聂清舟之间的关系,试图寻找一个最简单的解释。

"他是……我以前喜欢的人。"

邦妮张大嘴巴,抚着夏仪的后背说道:"所以说你看他的书是因为……上帝啊,太巧了吧!对不起,我完全没想到,还想给你个惊喜……那你现在还喜欢他吗?"

夏仪沉默着,夜色深沉,四下里一片安静,她没有回答邦妮的问题。

自从稀里糊涂被骗到现场,参加了夏仪的出道周年庆祝会之后,聂清舟的手机就爆炸了,从早到晚振动个不停。安静了多少年的同学们突然从他的列表里活了过来,一个接一个地来找他问话,隔三岔五就有个新闻、视频、公众号文章被丢进群里,从各个方面描绘这场突发事故。

聂清舟揉着太阳穴,只觉得头痛。

他打开新闻App,高高飘在第一的就是"夏仪庆祝会晕倒,作家清舟当场施救",他一瞬间就点了退出。

上次他这么干,还是《被观测者》发布会他上热搜的时候,徐子航直说他大概是有热度恐惧症。

聂清舟说:"不是,我就是看见自己的脸出现在新闻里觉得尴尬。"

这次他不仅不想在新闻里看见自己的脸,也不想重复看夏仪过度呼吸的场景,回忆起那个场景他就会感觉自己的心跳加速,呼吸停滞。那时候的夏仪太痛苦了,他不自觉地也跟着痛苦起来。

幸好庆祝会第二天夏仪就发了视频跟大家报平安,看起来状态还可以。但是她会出现过度换气的情况……是不是心理问题仍然没有痊愈?还是这八年里又发生了什么?

他对她这八年里的私人生活一无所知,无从推测。

聂清舟长长地叹息一声,他把微信号切到了Boat的账号,发现字幕组和接机小群都已经炸锅了,未读消息每个群都"99+"。

他的手指停顿了一下,还是认命地点了进去。

大家果然都在谈论直播时夏仪突然过呼吸的事情。前面大家都在担心夏仪的身体,责怪公司压榨她,到了哎咦哎咦这里风向突然一变。

哎咦哎咦(时间轴):我有罪,我好心疼夏仪,但你们不觉得清舟和夏仪好好嗑吗!

哎咦哎咦（时间轴）：你们看，只有他一个人发现夏仪不对劲，他直接绕过两个人，在夏仪倒下来之前把她扶住！而且急救也太帅了吧！

哎咦哎咦（时间轴）：天哪，他看夏仪的眼神，太心疼了，太绝了。朋友们，我要开一个嗑CP的群！

聂清舟有了一丝不好的预感，他退出这个群，就看到原来的接机小群被改了名字，变成"清凉一夏百年好合"。

这么快？这就百年好合了？

哎咦哎咦：我看嗑CP的和原来群里的人大部分重合的，就不建新群了，不嗑的自己退群啊，大群里见了。

露露丝：诶，你们看到没，有人去扒清舟，他和夏仪是一个高中的哎！有人说他们高中是校园情侣啊！

她丢了一个链接到群里，群里的众人纷纷炸开了锅。

皮卡：也有人说他们只是邻居，说聂清舟高中追过夏仪被拒绝了。

哎咦哎咦：不是吧，我全凭直觉，一下子嗑到个大的？

不减肥到一百斤就不改名：她看他写的书，他是她的歌迷，横跨十二个时区，无法言说的触不可及的爱情，这是什么双向奔赴破镜重圆的爱情？

聂清舟揉着太阳穴，一边喝水，一边想，这姑娘这文笔应该来写书才对吧？

皮卡：我害怕了，只有我觉得清舟可能是个渣男吗？

聂清舟一口水喷了出来。

皮卡：夏仪一看到他就晕倒了，这多奇怪啊。

露露丝：你是说他以前伤害了夏仪，给夏仪留下心理阴影了？

皮卡：我觉得是，这氛围也不像相爱的人重逢啊？

哎咦哎咦直接甩了几张动图进群里，是夏仪倒下后远景拍到的他们相握的手，夏仪和他的手十指相扣，紧紧地握在一起，关节因为过于用力发白。

哎咦哎咦：要是夏仪不喜欢他，怎么会本能地握着他不放手呢？

哎咦哎咦：那种危急关头人只会依赖最信任的人吧，下意识是骗不了人的，夏仪第一反应就是依靠清舟。

哎咦哎咦：而且如果她不喜欢清舟，怎么会一直看他写的书，坐飞机还带在身边？

哎咦哎咦：我喜欢夏仪这么多年了，我也不是要洗清舟什么。就是你们不会觉得，夏仪一直太冷静了吗？她很少露面，每次露面看起来都很平静，演唱会、采访啊都没有很激动过，笑也都是微微笑。你们懂那种感觉吗？就很孤独，把自己紧紧包裹住的感觉，明明能写出那么绝的歌，唱得又那么戳人心，但就是有种世界的爱与她无关的感觉。

哎咦哎咦：我还是第一次看到夏仪有这种不同寻常的感情，清舟对我来说就是个工具人，他只要能让夏仪开心就好。

工具人聂清舟准备退出群的手指顿了顿。

Boat：你们觉得夏仪还喜欢他吗？

哎咦哎咦：B神你没退群！你也嗑清凉一夏！

Boat：[省略号.jpg]

哎咦哎咦：你去微博上看看！超话里超多动图，还有分析，你看了就能明白，看不明白的我只能说是品位不行。

聂清舟觉得自己脑子可能有点问题，因为他还真的去微博上搜了。他可是八百年不看微博的人，微博号也是个没人知道的小号。尴尬让他几乎看见一个自己的动图或者视频，就要把手机熄屏缓一下。

尽管如此，他还是兢兢业业地把自己和夏仪相关的热搜词条都看了一遍。他和夏仪双手交握的那张图，还有他抱住夏仪看着她的侧面动图好像非常火的样子，无数人感叹着。

"虐恋氛围……一眼万年……少年人一瞬心动就一生心动……这都什么啊？"聂清舟的手指在屏幕上快速滑动。

——我合了夏仪和清舟的星盘，绝了，他们真的是绝配！他们是剪不断的缘分，注定要纠缠一生，是彼此的依靠。

聂清舟挑挑眉毛，星盘都出来了？

他手指划过去，顿了顿，又划回去。

他在那条微博下面留言：请问星盘怎么看啊？

发出这句话的时候，聂清舟觉得自己脑子真是出大毛病了。

在八年的等待里，他明明一直保持着理智和耐心，从容不迫。可是见到夏仪，他发现她好像并不想见他之后，一切突然就不一样了。

他开始焦躁不安，进而迫切地，想找到她对他的感情并未断绝的证据。

聂清舟还没研究出来星盘怎么看，徐子航的电话就打到了他的手机上，不出意外的话，徐子航应该也看到了扒他和夏仪高中经历的帖子了。

聂清舟看着这个号码半晌，揉着太阳穴接起来。

"喂？"

"聂清舟，你之前说过，你八年前那段无疾而终的感情……"

"嗯，就是夏仪。"

对面沉默了一会儿，爆发出一连串的惊叹，聂清舟能想到徐子航举着手机在房间里走来走去的样子。

"天啊，天啊，夏仪！居然是夏仪？你这家伙……我有生之年居然能看到这种戏剧性的事情发生在我身边？"

"你怎么能瞒这么久啊？这么多年愣是一点儿也没透露！我跟你说……这是大新闻啊，夏仪是什么咖位？人家是国际巨星，还是神秘主义者，平时什么花边新闻都没有。你跟她有这种劲爆的过往，热度一下子就爆了！"

聂清舟皱起眉头，他的手指在桌上敲着，慢慢地说："徐子航，我很认真地告诉你，不要拿我和夏仪的事情做文章，我不需要这种热度。"

"那你和夏仪……"

"也不要过问我和她之间的事情。"

对面的人恨恨地"哼"了一声，说："搞得我跟什么大恶人似的，问都不让问。那对方经纪人让我们配合澄清总可以吧？"

"嗯……除此之外，对方还有什么要求吗？"

"没了。"

聂清舟叹息一声。徐子航听见了就开始打趣，抬高了语调说："哎哟，怎么着，挺失望啊……"

徐子航又和他翻来覆去地感叹了一番，才依依不舍地挂了电话。通话结束之后，聂清舟发了半天的呆，头疼得掐掐眉心，然后又点开了微信。

"清凉一夏百年好合"群里已经刷过去了不知道多少条内容，最新的一条是哎咦哎咦发的，内容和嗑CP倒是毫不相干。

哎咦哎咦：江湖救急！谁能借我一千块钱！（大哭大哭）我七天之内必定还上！

露露丝：你发生什么事了啊，宝儿？

哎咦哎咦：网贷要逾期了（哭泣）。

聂清舟只觉一阵热血直冲天灵盖，把他刚刚的怅然若失都给冲没了。他立刻走到书房坐在电脑前，打开和哎咦哎咦的私聊窗口，"噼里啪啦"敲了一堆字，手指在回车键上停顿了一会儿，又一一删除。

他掏出手机，给哎咦哎咦转了一千块钱。

他边转边在心里说——人家的话真没错，你就是那名副其实的提款机哥哥。

哎咦哎咦：干什么？B神你给我转钱？

Boat：你不是要钱还贷吗，快去还上吧。

哎咦哎咦：B神！你就是我的大恩人！我一周之内肯定还你！

Boat：没关系，你慢慢还。你是出了什么事情着急用钱吗？为什么要借网贷？

哎咦哎咦：啊……没事，就是平时花销比较大，生活费不太够嘛。不过我马上就要去实习，很快就有钱了。

Boat：生活费不够的话，你不是可以问你表哥要吗？

哎咦哎咦：前几天已经要了一笔了，今天再要我表哥肯定会怀疑的。

聂清舟看着屏幕上绿色背景的文字，手指握紧，又松开，在键盘上转了一圈，然后又落下。

Boat：我不知道你身上发生了什么事，但我也有和你差不多岁数的妹妹，自己一个人在外地读书。我也希望她遇到麻烦的时候有人可以帮忙。

Boat：所以如果你有什么烦心事想要倾诉，或者有什么麻烦需要帮助，可以随时跟我说。

Boat：你别误会，我对你没有别的意思。

对面沉默了好一会儿，哎咦哎咦才打出来一句话：B神，你人真好哎。

聂清舟发了个笑容的表情。

半夜两点多，他对着亮晶晶的电脑屏幕码字的时候，微信突然响了起来。

哎咦哎咦：B神你还在吗？

Boat：在，怎么了？

哎咦哎咦：你说如果有烦心事可以跟你说，这话算数吗？

Boat：当然。

对面变成"对方正在输入中",过了好久,哎咦哎咦发过来好长的句子。

哎咦哎咦:B神,我今天其实心情特别糟糕、特别难受。我的情况没有我说得那么好,其实我网贷欠了很多钱,这次也是开了新的贷款去还旧的,我不敢跟家里说,就想着实习挣钱补回去。但是其实我实习的钱也填不上窟窿,我特别害怕。

哎咦哎咦:你千万别误会,我不是要问你借钱!你再借我钱我肯定不会收了,而且这次你借我的钱我一定会还你的。我就是憋得太难受了,跟别人说,怕人家觉得我想借钱。但是B神你好像人很好……我就想跟你说说。

聂清舟安静地看着电脑屏幕,半夜两点夜深人静的时刻,除了音响里低低的音乐声,活跃的只有一行行跳出来的文字。

Boat:你和你表哥关系不是很好吗?你为什么不跟他说明白呢?

对面又"对方正在输入中",输入了很久。

哎咦哎咦:我和他的关系……就很微妙。我表哥小时候在我们家住过一段时间,所以把我当亲妹妹看,平心而论他对我是很好,但他就是那种别人家的孩子,简直是我的心理阴影。

哎咦哎咦:我不知道你理不理解这种感觉,从小我爸妈就说我不如他,我表哥脑子聪明、学习成绩好、懂礼貌、有教养,他们每次骂我都说你看你表哥怎样怎样的,你怎么什么都不如他。只要有他在我就觉得自己一无是处。所有人都更喜欢他,过年我外公外婆都会偷偷多给他压岁钱,被发现了就说是他学习好奖励他的。

哎咦哎咦:其实我挺努力的了,我在我同学里也算不错的,可就是我表哥太厉害了,他太优秀了,我真的追不上。但是我妈就觉得,她比我大姨聪明、混得好,我就该比我表哥优秀,觉得都是我不争气。从小到大,我感觉我就像她拿来攀比的工具似的。

哎咦哎咦:我有时候挺恨我表哥,真的,我觉得没他就好了。但是他对我特别好,真的特别特别好,他是个好哥哥,我觉得我好像特别阴暗啊,一边享受他的好,不停问他要东西,背地里又嫉妒他。

哎咦哎咦:像他这种天之骄子,被人捧着顺风顺水过来的人,怎么会理解我的心情呢?他肯定会骂我的,他也肯定会帮我兜底……他总是这么完美,我总是这么糟糕……我真的难受死了。

-430-

聂清舟望着屏幕，亮光映照在他的眼镜上，他的手指悬在半空，已经很久没有动作。有那么一瞬间，他觉得对面说话的女生和她的表哥像是陌生人，过去的时光突然向他展示了他从未见过的背面。

那不停跳动的光标在他的眼睛里闪烁，音响里传来夏仪的歌声，清澈透亮的声音，偶尔有沙哑的尾音。

  We are people made of mirrors（我们是镜子做的人）
   When eyes meet（四目相对时）
  We can only see our own pain in each other's eyes（我们只能从彼此眼里看到自己的病痛）
  So we argue, fight, break things, slam the door（所以我们争吵、打架、摔碎东西、夺门而去）
  To get the other person to admit that（为了让对方承认）
  I'm the one who's hurting the most（我才是最受伤的人）

聂清舟慢慢地在键盘上敲着字。
Boat：我没有想到，你会有这些想法。
哎咦哎咦：是不是对我很失望，哈哈哈。
Boat：不是，如果能早点听到就好了。
哎咦哎咦：B神，你人真的好好啊，我之前还觉得我表哥是世界上脾气最好的人，但是我觉得你更好，大半夜听我发这么多牢骚，还一句怨言都没有。就算是他知道我借网贷的事情，也一定会骂我的。

聂清舟想，那是因为现在的我不是你的亲人，已经没有骂你的资格了。我只要语气重一点，或许就再也不能从你这里听到一句实话。

没有人想要听到责备，就算是做错事了，也是想要听到安慰、理解，说"那不是你的错"。但是说那些话的人，通常不会真正付出什么来兜底。

聂清舟仰着头靠在椅背上，闭上眼睛。

原来那时他眼里活泼开朗爱撒娇的表妹有这么多复杂的心事，又是这么看待他的。

他居然要重新活一次，才能知道这些事情。

- 431 -

第十六章
可以重新认识一下吗

夏仪这段时间都在酒店里休养，她的医生史蒂夫说她目前看来精神状态还好，没有发病的征兆，但是一定要尽量保持情绪稳定。邦妮稍微放下心来，亚洲巡演正好因为一些原因推迟了，夏仪可以再好好休息一阵。

邦妮帮夏仪关上门之后，给徐子航打了电话，跟他沟通联合声明的事情。

聂清舟和夏仪是高中同学的事情被扒出来后，夏仪这边和清舟那边都发了公告，说他们只是高中同学，对其余揣测予以否认，希望大家不要传播谣言。但是目前网上他们俩的CP热度依然很高，毕竟男帅女美，有一段朦胧的高中过往，庆祝会的场面又那么戏剧性，就算辟谣也不妨碍大家嗑得开心。

他们商量着后续有哪些问题要统一口径。这两位经纪人沟通后发现，两位当事人都对他们的过往讳莫如深，什么都不肯说，不由得同病相怜起来。

聊着聊着，徐子航突然说："哎，邦妮，有个事儿要跟你说下，清舟最近好像谈恋爱了，这个会对这事儿有影响吗？"

邦妮惊诧地说："什么？清舟有女朋友了？"

"嗯，他最近总是跟一个女生聊微信打电话，大半夜的手机都占线，以前从来没有过的。他不让我问他私事，但是我觉得应该是谈恋爱了。"

"这真是挺突然的，不过应该没什么影响。"

邦妮又和徐子航聊了几句，挂了电话一回头就看到夏仪站在她身后，邦妮吓得差点跳起来。

"上帝啊！夏夏，你站在这里干什么……你怎么没穿鞋啊？"

夏仪长发有些散乱，穿着灰色的睡裙，赤脚踩在瓷砖上，应该是刚刚从床上起来的。她黑色的双眸定定地看着邦妮，里面翻涌着一些不同寻常的情绪。

"你刚刚在跟谁打电话？"她轻声问道。

"啊……清舟老师的经纪人。"

夏仪垂下双眸，又抬起来，轻声问："聂清舟，他有女朋友了？"

"啊……也不一定，是他的经纪人猜的。"邦妮想起医生的嘱托，连忙安抚夏仪。

夏仪安静地看了她一会儿，然后点点头，走到地毯上缩进了沙发里，拿出手机来看。

邦妮观察着夏仪的反应，暗暗松了一口气，夏仪看到清舟就能紧张到过度换气，她真怕夏仪又受什么大刺激。

她不知道的是，夏仪正在搜索"清舟"的相关信息。

他的首页上全是他和她的照片和动图，图片的氛围确实像一对绝望的爱人。在满屏嗑糖的发言中，有一条实时微博吸引了她的目光。

"*Losing Me*，原唱夏仪，翻唱清舟，新鲜出炉！"

博文下配了一段视频，视频封面是某个昏暗KTV里聂清舟唱歌的侧脸。夏仪点开了视频，聂清舟的歌声从手机里传了出来。

他的声音欢快地响着，空气安静了十秒，夏仪退出了视频。邦妮"扑哧"一声笑出来，在一边扶着椅背前仰后合："哈哈哈哈，这是谁唱的 *Losing Me*？调子跑得也太离谱了吧！"

是的，一个音也没在调上也是不容易的。

夏仪默默地翻这条微博的评论，大概有十条。有人说嗑到了，有人质疑画面模糊，里面的那个人可能不是清舟。又有人问博主是不是拍摄者，得到肯定回答后，说他微博后面带地址了，而且明显是偷拍的，不应该传上来。

夏仪翻回去，端详着这条微博之后的地址，复制粘贴在备忘录里。她再刷新一下，这条微博已经消失不见，看来博主自己删除了。

- 433 -

邦妮说她要回去休息了，嘱咐夏仪记得吃药，一会儿也早点睡觉。夏仪乖巧地答应下来，在邦妮面前把该吃的药都吃掉。

邦妮关门的声音响起，夏仪在客厅里安静地站着，看着窗外夜幕中车流的灯光。

聂清舟有女朋友了。

夏仪突然转过头去走到房间里，换好一身外出的衣服，把帽子和口罩戴好，开门按下电梯。

自从大学毕业成为全职作家后，聂清舟就过上了黑白颠倒的生活，除了偶尔被徐子航拉出去应酬，很少参加社交活动。徐子航总是感叹他这外貌成天闷在家里简直是暴殄天物。

大学同学聚会算是为数不多的聂清舟自愿参加的聚会。但是今年的同学聚会又不太一样，聂清舟直接升级为聚会绝对大主角，那些个年入百万的精英、自己创业的老板都要靠边站。

"当年我就没想到，毕业之后聂清舟会去写书，还能得这么多奖，拍成电影。我当时就想这小子行啊，没想到他还有更行的，瞒了这么多年！"班里年龄最大的老李，也是班长，他指着聂清舟，对周围的人说道，引来一堆附和。

"我瞒你们什么了？我跟夏仪就是高中同学而已，她出国我们就没联系了。我说了又能怎样？现在的热度都是媒体炒作而已。"

聂清舟端起啤酒，微笑着说。

有同学旁敲侧击："久别重逢感觉怎么样啊？"

"就跟今天见了你们感觉差不多呗。"聂清舟说得轻描淡写。

他今天从饭桌到KTV一路被调侃过来，这帮大学同学一个个都拿他开玩笑，八卦他和夏仪的各种事情，都被他一一挡回去，同学们纷纷说见识到了他久负盛名的铜墙铁壁。

徐子航开心地在旁边抱着胳膊看热闹。当然聂清舟对于徐子航也不能有过多的要求，徐子航不跟着一起八卦他就谢天谢地了。

聂清舟边喝酒，边想这聚会他算是来错了，应该先避避风头的。

"你别不承认啊，聂清舟，你绝对是暗恋夏仪！不然你追星能追得这么厉害？我们当时都惊讶，觉得你的性格不该是会追星的人啊，现在都破案了!"

"就是,以前每次去 KTV 都点夏仪的歌,明明自己唱不了,要么喊别人唱要么开原唱,人家来唱歌,你来听你暗恋对象的歌!"

聂清舟笑起来,他坐在 KTV 的沙发上,拿手指了指电视屏:"你们知道我唱歌跑调还非要我来 KTV,我这是为了你们的耳朵着想。"

"不用你着想,今天你点的夏仪的歌没人替你唱啊,你自己唱!"

"我唱就唱呗,反正被折磨的也是你们的耳朵。"聂清舟一副丢脸也无所谓的样子,拿起话筒说道,"下一首 *Pearls*(珍珠)是吧,我唱。"

夏仪谢绝了 KTV 工作人员帮她找人的提议,独自在各个房间的门前走过,目光在其中扫视,寻找聂清舟的身影。

因为是周末,KTV 里人满为患,非常嘈杂。近些年夏仪很讨厌各种各样的噪声,但她忍耐着嘈杂,一间一间房间地看过去。

她的步子在一间大包厢外停下,透过玻璃门,她一眼就看到了坐在沙发上的聂清舟。

他今天没有打扮得太精致,穿了件黑色的卫衣,头发慵懒地扎起来,落下几缕碎发。他一手搭在膝盖上,一手拿着话筒,笑盈盈地唱着。除了戴上眼镜和头发变长了,他现在几乎和高中时一模一样。

夏仪的心脏在胸腔里急速地跳着,她的呼吸不可抑制地加快,就像那天过度呼吸的征兆一样。

这时候,从门里传出聂清舟的歌声——那歌声简直惨不忍听,不上不下地飘来飘去。

夏仪怔了怔,焦躁突然消去大半,她甚至忍不住弯弯嘴角。

"我算是知道为什么你追不到夏仪了,肯定是你跑调跑得十万八千里,把人家给吓走了!"透过玻璃,她看见坐在聂清舟身边的壮实男人搭住他的肩膀,大声打趣道。

聂清舟眉眼弯弯,并没有反驳。

夏仪抓紧把手,推门走进了 KTV,一时间,所有的目光都集中在她的身上。聂清舟转头看向她,然后愣住。

"请问你是不是走错房间了?"

老李看着这个戴着帽子和口罩、面目模糊的人,疑惑地发问。

聂清舟如梦初醒,从沙发上跳起来,走过去拉住夏仪的胳膊:"你……你怎么来了?"

夏仪眨眨眼睛,没有说话。

徐子航在包厢的另一头,起哄道:"哟,这就是你新交的女朋友吧!快让我们看看到底是谁能打败夏仪!"

聂清舟真想把自己的眼镜架在徐子航的鼻梁上,让他那近视一百度的眼睛好好看看这是谁!

"哇!什么情况,清舟交女朋友了?女朋友查岗来了?"

"铁树开花啊,谁能征服我们系草啊?"

在座的同学纷纷起哄。聂清舟拉着夏仪就想往外走,老李拉着他开玩笑:"干什么啊?让弟妹一起来唱呗,这首歌你点的还没唱完呢。"

"说什么呢!切歌吧,我们先……"聂清舟话还没说完,手里的话筒就被夏仪拿了过去。

她转过身去看着屏幕,间奏正好在这时候结束,感情强烈的高音部分开始。

> The beauty of the pearl comes from the pain of the shell(珍珠的美丽来自贝壳的疼痛)
> Who should decide the value(价值该由谁来决定)
> Why burn yourself to gain others' admiration(为何要燃烧自己来获得别人的赞赏)
> Isn't that a trap(这难道不是一种陷阱)
> The rich man's house was full of pearls(富人珍珠满屋)
> But all the shell has is its short life(但是贝壳所拥有的,只有它短暂的一生)
> …………

她一开口,整个房间都安静了,除了伴奏和她的歌声,房间里再没有任何声音。所有人都目瞪口呆地看着她。

夏仪把这首歌唱完,淡然地把话筒放在沙发上。聂清舟趁着大家尚且呆滞,赶紧拉着她离开了房间。

房间里仍然安静着,老李回过头来对众人说:"刚刚我的天灵盖好像被掀开了,现在还透风。"

安静的氛围终于被打破,大家纷纷激动起来。

"我这辈子都没听过这么牛的现场,居然没录下来,好可惜啊!"

"清舟恋爱对象的标准,难道是能不能唱夏仪的歌?"

"我觉得刚刚那个就很像夏仪哎……"

"怎么可能!夏仪名气那么大的明星,怎么可能到KTV里找聂清舟!人家要见也是私底下偷偷见吧。"

同学们七嘴八舌地讨论着。徐子航捂着嘴,后知后觉地瞪大眼睛,喃喃道:"不是吧……不会吧……怎么可能……"

在商场外的沿江公园里,聂清舟和夏仪在昏暗的路灯下走着,聂清舟看了一眼手机,徐子航发过来信息:"暂时没露馅。"

聂清舟紧张得都出汗了,他转过头对一直沉默的夏仪说:"你怎么能一个人跑到这种地方来呢?要不是你捂得严实,刚刚光线又暗,他们肯定会发现你!到时候他们拍视频、拍照片传到网上怎么办?"

夏仪的步子停下来,她转过身来抬头看向聂清舟,在米色渔夫帽和黑色口罩的遮盖下,只能看见她一双干干净净、没有化妆的眼睛。

"我想见你。"她轻声说道。

路灯的光芒照在她漆黑的眼睛里,好像夜幕里的星芒。

聂清舟愣了愣,他低头看着她。他身后夜跑的人来来去去,没人注意他们。江边的夜风潮湿地吹拂着她的头发,仿佛遥远的某年,沿海小镇夜晚的海风。

他的手指握紧,说话的声音也变轻了。

"你知道我的手机号码吧?"

"我不想打电话,我想看见你。"

顿了顿,夏仪说:"特别想,然后就来了。"

聂清舟安静无声地看了她半天,突然笑起来。

他笑得眉眼弯弯,眼里温柔地映着月色和江水波澜,好像突然放松下来一样,脊背的轮廓都变得柔软了。

"听到你说这话,我好开心啊。"

夏仪看着他出神了片刻。他嘴角落下去,长长地舒了一口气:"我还以为你讨厌我,不想见我。"

夏仪怔了怔,沉默了一会儿,最终只是摇摇头:"我没有。"

聂清舟转过头去,迈步在滨江的木道上走着,夏仪走在他的身侧,路灯在他们头顶一盏盏安静地亮着,他们踩下去的地面发出"吱呀吱呀"的声音。

夏仪想或许聂清舟会觉得很奇怪,明明她说了想见他,现在却一句话也不说,她应该说点什么吧。

她张了张嘴,却在此时听见了聂清舟的声音。

"你怎么知道我在这里?徐子航告诉你们的?"他仿佛闲聊般问道。

夏仪放松下来,说道:"不是,我在网上看到有人发你唱歌的视频,有地址定位。"

"我唱歌的视频?就刚刚?"

"嗯。"夏仪想了想,补充道,"你唱歌不太好听。"

聂清舟"扑哧"一声笑出来,他转头看向夏仪,开朗道:"你不会是因为我把你的歌唱得太难听了,所以气得跑过来找我了吧?"

夏仪抿了抿唇,没说话。

"怪不得刚刚还把歌唱完了才走的,原来是嫌我跑调。你知道的啊,我五音不全。"

"以你跑调的程度,听歌应该也听不出调才对。"

"哎,你不要质疑我的音乐审美能力,我的耳朵和嗓子是两个不同的器官啊。"

聂清舟为自己争辩。

他们四目相对,片刻之后,两个人不约而同地笑起来,这对话如此自然,他们仿佛回到了八年前,无忧无虑的少年时代。

聂清舟笑着笑着,眼里的笑意淡下来。他轻声说:"夏仪,这些年里你过得怎么样?"

夏仪眸光微动。

聂清舟的手机铃声突然响了,他有点焦躁地拿出手机,看到来电显示时却露出惊讶的神色,跟夏仪比了个手势,然后接通电话。

"喂？怎么了……我现在有事，等会儿再打给你好吗……十二点前行吧？"

他侧过身去，跟电话对面的人说话。手机里隐约传来的好像是个年轻女孩子的声音。暖黄色的灯光下，他的侧影温柔，语气无奈又宠溺。

聂清舟挂了电话，转身对夏仪说："抱歉。"

夏仪慢慢停下脚步，聂清舟往前走了两步，也停下脚步回头看她。在他疑惑的目光中，夏仪轻声问道："是女朋友吗？"

聂清舟愣住，然后立刻拼命摆手，露出他们见面以来他最惊慌的表情："不是，不是！你不要误会！她是我表妹……她……说来话长，你看过我给你写的邮件吗？我有解释，我原来的身份有个表妹，她是你的粉丝……"

夏仪怔了怔，她从回忆中找到对应的线索，茅塞顿开。

"啊……是她啊。"

聂清舟的声音却停住，他怔了怔，然后慢慢放下手："原来那些邮件你都看到了。"

从她离开的第三个月开始到今年，从最开始的解释到后来的生活日常，92个月，92封信。

"那你为什么……没有回信？"

夏仪沉默了，她偏过目光，路灯的光芒顺着帽檐在她的眼睛处投下一片阴影，她的表情模糊不清。

她的口罩动了动，有微弱的声音传来："现在还没有到可以回答这些问题的时候。"

"那什么时候可以？"

"10月22日。"

聂清舟怔了怔，这是他从2021年回到十年前的日期，一切命运开始的时候。

他沉默地看了夏仪一会儿，深深地吸一口气又呼出来，笑道："好吧，那我等着。"

他们又迈开步子，沿着江边的木道往前走，夏仪问他："那个日期过后，你会怎么样？"

"我也不知道，到那时候我也就是个面对未知未来的普通人。说不定我还能作为聂清舟留下来，说不定我会变回周彬，说不定我就此消失在这个世界上,一切皆有可能。十年前还觉得一切都很遥远,现在却迫在眉睫了。"聂清舟轻松地说,仿佛对此已经没有什么可恐惧和抱怨的。

夏仪低声说:"这八年里,你也应该谈恋爱、过自己的人生的。"

聂清舟两步超过她,然后转过身来看着她,悠悠倒退着走。

他观察了夏仪的表情片刻,说道:"别说会让自己难受的话。"

夏仪的眼神颤了颤。

聂清舟笑起来,坦然地说:"我才不会说希望你这八年里去谈恋爱呢。虽然我也想过如果有人能让你幸福就好了,但是这种念头想想就觉得难受,我绝对不会说出口。

"这八年就是我的人生,我过得很好。我想做什么是我的自由,我也自由地去做了,等待你这件事也是如此。"

夏仪望着他,她一步步往前走,他也一步步往后退,光从他的身后照过来,他披着一层暖暖的光芒。

"聂清舟,八年很长,会发生很多事情。你应该能看出来,我和你记忆中的那个夏仪已经不一样了。"

"这不是很正常嘛。我就和你认识的聂清舟完全一样吗?我们都发生了很多变化,和原来不同了。"

聂清舟伸出手来,对夏仪说:"那我们可以从朋友开始做起,重新认识一下吗?夏仪老师,我叫聂清舟,笔名清舟,现在是个作家。"

夏仪觉得他并没有明白她的意思,但她安静地望着他片刻,还是伸出手握住了他的手,他手心的热度传来。

"清舟老师……"她慢慢地,有点生疏地自我介绍,"我是夏仪,Elaine,是歌手,也是音乐制作人。"

聂清舟摇着她的手,笑说:"幸会幸会。"

夏仪忍不住也弯了弯嘴角,她忽然记不起为什么最初和他重逢的时候,她会那么痛苦、紧张、焦虑。或许是因为他与她的病痛联系太深,在不曾见面的日子里,她不知道在反反复复的病痛中,他在她心里变成了什么样子,又该如何面对他。

但是现在他像以前那样笑着握住她的手,说着温柔而轻松的话题,他立刻就越过了八年的病痛,占满了她的眼睛。

他其实没有多少改变,她所有的疑虑都可以从他这里得到答案。他还是会笑着提起所有矛盾、问题和苦难，仿佛它们都没什么大不了的，都是顺遂人生里的一点微小的波折，都可以接受和承担。

就像他的书一样，他还是拥有那种，可以让人轻易地感受到幸福的能力。

聂清舟松开她的手，偏过头："那我可不可以拥有你的联系方式啊？"

夏仪垂下双眸，从口袋里掏出手机，从通讯录里找到聂清舟的名字，这些年里这个号码一直安静地躺在她所有手机的通讯录里。

她手指在屏幕上悬了一会儿，然后拨出那个号码。

聂清舟的手机响了，他拿出手机点了点屏幕，然后笑着说："那我可以偶尔联系一下你吗？"

"……可以。"

"好。"聂清舟把手机收起来，他指了指木道旁的一个小卖部，"为了庆祝我们重新认识，夏仪老师，要不要吃点什么？"

夏仪想了想，说："糖。"

"阿尔卑斯，可乐味？"

"嗯。"

聂清舟笑道："好啊。"

夏仪看着他跑进小卖部里，他一边找东西，一边回头看她，仿佛怕她跑了似的。和老板付完钱之后，他拿着糖和一条 Hello Kitty 的围巾走了出来。

聂清舟指了指她的口罩，说道："你戴口罩不能吃棒棒糖吧。"

夏仪摸摸自己的口罩，"啊"了一声。她环顾四周，发现夜晚的沿江木道上除了他们，再无别人，于是她摘下口罩，从聂清舟手里拿过他拆好的棒棒糖，放进嘴里。

聂清舟笑起来，他拿着围巾给夏仪一圈圈地围上，把她含着棒棒糖的半张脸埋在围巾里，像刚刚那样只露出眼睛。他给她戴围巾的时候，手从她的脖颈边绕过，仿佛要拥抱的姿态。

夏仪目不转睛地看着他的眼睛，他给她的围巾打好结，轻轻地说："其实我刚刚有点小私心。"

"什么？"夏仪含糊地问。

-441-

"吃东西的话你就会把口罩拿下来,我想看看你的脸。"

聂清舟把其余的糖果揣进她的口袋里,远离她一步,笑着把另一支棒棒糖拆了放在自己嘴里。

"我主动坦白。"他玩笑般说道。

夏仪沉默了一会儿,她拉了拉脖子上的围巾,说道:"我看到门口还有其他纯色围巾。"

聂清舟眉眼弯弯:"这是另一个私心,想看你用粉色的可爱的东西。"

夏仪低下头去,不说话了。

这时,聂清舟的手机又响了起来,再次打破了寂静。聂清舟按了按太阳穴,接通电话:"喂?"

然后,他脸色一变,严肃道:"你是不是喝醉了?"

手机那边传来女生的哭声,声音越来越大,聂清舟急忙说道:"你冷静一点,你现在在哪里?喂……喂……喂?江雨倩!江雨倩!"

他不停地拨打电话,但是电话再也打不通了。聂清舟脸色越来越差,他对夏仪解释道:"我表妹好像跟我小姨吵了一架,她现在喝醉了不知道在哪里,听起来是一个人,手机应该没电了。"

"你刚刚叫她江雨倩?江水的江,下雨的雨,单人旁的倩?"夏仪问道。

聂清舟惊讶道:"没错。你怎么知道?"

"我可能知道她在哪里。"

江雨倩半夜站在跨江大桥的人行道上,趴在栏杆上看着滚滚江水,神情呆滞。她的眼睛是肿的,眼泪已经哭干了,之前喝的酒也醒了一半,但是整个人思维迟缓,不想回宿舍。

"为什么什么都要替我做主啊!我不想回家!我不想回去当美术老师!为什么非要贬低我、打击我!我找实习也很不容易啊,为什么你们就不能支持我呢!

"周彬周彬周彬,就知道我表哥好,我表哥争气又听话,让他当你们小孩好啦!

"还有 Boat,B 神也嫌我烦了……呜呜呜……我怎么这么失败……"

江雨倩对着江水大吼,越吼越委屈,但是已经哭不出眼泪来了。

"人家朱莉站在桥上,又是遇到月球人又是兔子精的,我怎么就……"

冷不丁的一声怒吼在她的耳边响起。

"江雨倩,你在干什么?"

江雨倩被一阵大力气拉到人行道中间,她踉跄几步看着面前身着黑色卫衣的帅气男人,愣了三秒后揉了揉眼睛,然后捂住嘴巴。

"我的天啊!清舟!是清舟!我是不是在做梦?我出现幻觉了?"

她一把攥住聂清舟的手,双眼发亮:"快快快,趁我梦醒之前告诉我,你和夏仪是不是真的!"

聂清舟面色铁青。

江雨倩转过头去,看到他身侧站着的身材修长的女生,女生戴着帽子和围巾,只能看到眼睛。但凭着多年粉丝的熟悉感,江雨倩一下子就猜到了什么,她"唰"地靠近这个女生,看清了对方的半张脸。

"天啊,天啊,是夏仪!"江雨倩激动得要跳起来了。

"你小声点!"聂清舟急切地道。

江雨倩捂着嘴,激动之情溢于言表,她要哭出来了:"我的CP是真的,我嗑到真CP了。"

聂清舟掐着眉心,耐着性子说:"你刚刚在干什么?你不想活了吗?"

江雨倩头摇成拨浪鼓,眼神比灯泡还亮:"谁不想活了!我嗑到了真CP!我还能嗑,我还要再嗑五百年!"

夜里十一点半,沿江风光带安静无声,隔很久才能有一个人影路过。小花园的亭子里灯光昏暗,穿着米白色呢子大衣宛如一只兔子的江雨倩坐在凳子上,满眼喜悦地看着聂清舟和夏仪。

"这么说……B神就是清舟?天啊!我的CP正主居然自己嗑自己?我居然和正主一起嗑CP?这世上会有我这么幸福的粉丝吗!"

江雨倩兴奋地说道,目光在聂清舟和夏仪之间打转,仿佛要从他们身上看出什么不同寻常的东西来。

夏仪转身看向聂清舟:"嗑CP?什么意思?"

"咳咳……"聂清舟咳嗽起来,他略过这个话题,假装镇定道,"我跟她聊聊,你先回去吧。"

江雨倩手疾眼快地拉住夏仪,可怜巴巴地道:"不要走,不要走嘛!B神!我好不容易见到真的夏仪,你就让她多留一会儿吧,我还想跟她说几句话呢！"

说罢，江雨倩摩挲着夏仪的手，惊叹道："天啊……夏仪，你皮肤好好啊！"

聂清舟掐掐眉心。夏仪看着江雨倩水汪汪的眼睛，说道："你是江雨倩？"

"是！是我！你怎么会知道我的！"

"之前在机场，我收到过你的手写信。信上写着你的名字，你说你心情不好就会在跨江大桥上散步。"

"哇，你居然看了我的信！还记得我的名字和喜好！"江雨倩激动得直跺脚，直接抱住夏仪不肯松手了。

于是亭子里的场面变得有些诡异，夏仪坐在江雨倩的身边，江雨倩紧紧拉住夏仪的胳膊。而聂清舟站在江雨倩面前，试图和精神过度亢奋的江雨倩对话。

"为什么大晚上一个人在外面喝酒不回去？"

"这个不重要……"江雨倩的眼睛黏在夏仪身上，小声嘟囔道。

聂清舟看着江雨倩心不在焉的样子，冷哼一声："不重要是吧？好，夏仪，我们走。"

夏仪作势要站起来。

"哎哎哎！"江雨倩抱着夏仪的胳膊，不情不愿地说道，"就是我电话里跟你说的嘛！我和我妈吵架了。就是……为我实习的事情。我好不容易找到了实习开开心心地告诉她，她却要我不要去，让我好好准备考教师资格证。

"我妈永远不会觉得自己有问题，她永远是对的，我永远是错的，我爸也就会帮我妈说话。就好像我永远做不出正确的选择似的，一定要我按照她的意思来，一直说什么'你现在不懂，以后你就会明白的，以后你就会感谢我的'。我不听她的她就骂我，然后就会威胁我，我真的想永远远离她。但是……我现在网贷又欠了钱，本来我还想跟家里坦白，现在要是坦白了……我就只能听她的了……"

聂清舟立刻抓住机会，顺势问江雨倩她欠的网贷到底是怎么回事。

江雨倩酒精上头，一五一十地都说了。

她刚上大一时想去看一个她喜欢的明星的演唱会，问家里要钱没给，她就借了第一笔网贷,然后很快就还上了,所以她觉得网贷也没什么。后来,她就常常借钱,花钱也越来越厉害,甚至后来压力一大就去疯狂消费,结果钱就慢慢还不上,只能开新贷款去还旧的。

江雨倩说着说着,情绪又涌了上来,本来已经干了的眼泪又往下掉,她抹着眼泪借着酒劲大喊道:"如果他们像我大姨和姨父那么和气,那我脾气也可以像我表哥一样好啊,我也不会靠花钱来获取安全感啊!既然这样为什么要把我生下来啊?

"你们干吗非要我说我的事,你们这么优秀这么厉害,肯定不能理解我这种烂人。"

夏仪抬头看了一眼聂清舟,聂清舟目光沉沉,拳头捏得很紧。

夏仪觉得他在生气。

聂清舟刚想说什么,夏仪却先他一步开口了。

"我确实不太明白。"

昏暗的光线下,夏仪隐没在帽子和围巾里,声音也模糊,整个人安然地笼罩在春日的草木气息之中。

"我的父母离异,高中时父亲和奶奶相继去世,我精神崩溃然后去美国和母亲、继父一起生活。我和我的母亲彼此间非常客气,我生病都想不起来联系她。那么你能理解我吗?"

江雨倩怔怔地看着夏仪。

"你也不能。大家各自过着自己的人生,经历自己的痛苦,你、我、聂清舟和你父母都是这样。痛苦并不是逃避的理由,你的父母并没有逼你去借钱,你花钱的时候也知道自己无法承担,有再多原因这种错误也不会变成正确,你才是需要为一切负责的人。"

夏仪的话仿佛从雪山上走了一遭,把江雨倩的委屈都冻了起来。

顿了顿,夏仪淡然地说道:"我看了你的信,我很感谢你喜欢我,但我不明白你为什么要在我身上耗费那么多时间和金钱,以至于影响自己的生活。

"我知道你的名字,这又有什么意义?我只是记忆力好而已,你对我并没有什么特别之处,我不会为你写歌,也不关心你的喜怒哀乐。为什么要对虚幻的事物赋予这么多意义?"

聂清舟觉得夏仪说得太狠了,暗暗捏了一把汗。

"我就是喜欢你啊……"江雨倩小声说。

夏仪冷淡而平静地说下去："你喜欢我吗？你并不真的了解我，也不知道我为何写歌。你所喜欢的是你在听歌时感受到的东西，是你自己的解读和情感。你所喜欢的我，也只是你愿意相信的美德、品格和人性。

"所以如果你真的是个烂人，你喜欢的那个我也不可能优秀和闪光。你喜欢的是你想要成为的那种人，是你内心的愿望。去实现这个愿望，比为谁花钱重要得多。"

江雨倩愣愣地看着夏仪，仿佛完全不能相信夏仪会对她说出这种话。

聂清舟扯了扯夏仪的围巾，然后轻轻地按住："好了，好了，先让她消化一下。"

江雨倩看看夏仪再看看聂清舟，眨着一双泫然欲泣的眼睛，茫然无措。

聂清舟对江雨倩说："你把银行卡号给我。"

江雨倩怔了怔，慌忙摆手："不是，不是！B神，我不是要问你借钱……我不是这个意思……"

她说着说着，似乎意识到自己一直以来找他倾诉的行为，任谁看都是想要借钱。江雨倩有些赧然地低下头，吸吸鼻子说："我真的不是……对不起，我不应该总是找你说这些的……"

"我知道你不是，你只是憋得太久了。但现在总要把问题解决，不是吗？"聂清舟慢慢地说。

"我只帮你这一次。如果你觉得对我愧疚，以后就不要再花自己没法承担的钱了。"

江雨倩看着聂清舟半响，然后瘪了瘪嘴，突然"哇哇"大哭起来。她仍然拉着夏仪不放手，夏仪和聂清舟对视了一眼，夏仪有点生疏地抬起手，在江雨倩的头顶摸了摸。

回去的路上，江雨倩少有地处于安静状态，一句话也不说，不知道是在思考还是在出神。

聂清舟和夏仪把她送回了大学，聂清舟叮嘱她千万不能把今晚遇见他们的事情跟别人说。江雨倩木讷地点头，她往大学门口走去，走着走着突然停住脚步，又掉头奔回来望着夏仪，说道："夏仪……如果我实习能成功留用，然后戒掉网贷，你能不能……给我唱首歌啊？"

夏仪的眼睛弯了弯，说："我给你留亚巡演唱会最前排的票，现场唱一首歌送给你，你想听什么都可以。"

江雨倩的眼睛闪闪发光，她伸出手来："说好了啊，我们一言为定！B神是见证人！"

夏仪与她击掌，江雨倩就欢喜雀跃地蹦跶着进了校门。

聂清舟和夏仪并肩看着江雨倩的身影消失在夜色里，聂清舟轻轻撞了一下夏仪的肩膀，夏仪抬头看向他。

"这八年你确实变得不一样了。"聂清舟笑意盈盈地说，"现在很会表达了。"

"是吗？"夏仪对此表示怀疑。

"虽然有时候太直接了，我刚才都替你担心。要是我表妹直接变成黑粉，上网骂你该怎么办？她今晚可知道太多事了。"

"那是你的表妹。"

"因为是我的表妹，所以你就相信她吗？"

夏仪想，因为是你的表妹，所以不想让你和她吵架。如果跟她吵架的话，你应该会很伤心。

"嗯。"夏仪点头。

聂清舟笑着伸了个懒腰，他看看时间，凌晨一点半。所有的事情都赶在一起发生，不知不觉已经夜深了。

"这是我八年来最开心的一个晚上。可惜时间太晚了，你之前才晕倒过，要早点休息。我送你回去吧。"他感叹道。

夏仪点了点头，围紧了 Hello Kitty 的可爱围巾。

聂清舟把夏仪送回去后，安心地睡了一觉，第二天中午睡醒的时候和哎咦哎咦的聊天格已经出现了十多条未读信息。

聂清舟戴上眼镜，躺在床上划着聊天记录，最早的一条是七点发的，看来哎咦哎咦就睡了几个小时，一大早就醒了，然后就兴奋得发起疯来，对他狂轰滥炸。

开头的内容主要是不敢相信他是清舟，不敢相信自己遇见了夏仪，想不明白夏仪怎么知道她是江雨倩。

炸着炸着，她像是突然恢复了记忆似的，问他：我昨晚喝醉是不是失态了?

她到这里突然没声儿了,又间隔了一个小时的时间,她的态度突然一百八十度大转弯,开始自我检讨起来。说她冷静下来想想昨晚她说的话,觉得自己很差劲,她做了长篇大论的检讨,保证自己再也不会这样了,希望夏仪和 B 神不要讨厌她。

聂清舟翻着她忏悔录式的发言,心想这还差不多。

哎咦哎咦:我会去实习的,我能自己挣钱,以后我妈也管不了我。

聂清舟举着手机打字,然后点击发送。

Boat:你能振作起来就好了。

在他发出这句话的同时,哎咦哎咦发来了一条微信。

哎咦哎咦:B 神,我突然想起来字幕组就属你通宵干活的次数最多,呜呜呜,你真的好爱她啊。

哎咦哎咦:我一定会帮你们保守秘密的!你们要好好相爱!

Boat:[省略号.jpg]

聂清舟好像明白为什么他记忆中的表妹会那么笃定又狂热了。也明白为什么当时他说"他们这都是演的",他表妹欲言又止,恨不得掐死他的表情。

还有那时候他表妹为什么突然变了个人似的,非常努力地去实习工作。

很多事情他到了十年后,才发现其中的原因。

聂清舟退出微信,看着手机通讯录里夏仪的手机号码,不禁轻声笑起来。

——你真的好爱她!

"是啊。"他轻声说。

自从和聂清舟见过这一面之后,夏仪好像放开了什么东西似的。有媒体提起关于聂清舟的问题时,夏仪也不会再回避。

于是在有关夏仪的新闻、杂志、采访里越来越多地出现聂清舟的信息。她说她是聂清舟的书迷,他们也是高中同学,以前是邻居,是很好的朋友。

她说聂清舟是帮助她成长的人,高中时如果没有他,她可能支撑不下去。她说因为她出国,他们之间失去了联系,回国才联系上。

聂清舟一点点看到了那些曾经被他写进笔记本的线索,时间像是一台印刷机，把命运设计好的图案一丝不苟地一排排打印出来。

在这八年里，他已经无数次见识过这台打印机的威力。

他也不知道，夏仪现在对于这种命运的剧本是什么看法。她曾经因为它而崩溃，可是上次她主动提起他回到过去的时间点，像是已经深思熟虑后做出了决定。

或许她是在等待命运的结束。

徐子航天天来跟他嚷嚷，说因为夏仪，现在他的国际知名度都跟着提升了，有海外出版商想要翻译他的书，劝他出去接受一些采访，拍拍杂志保持热度。

聂清舟敬谢不敏。

他和夏仪的CP目前出现两极分化的架势，有很多围观群众认为人家都这么大大方方地说了，那应该就是朋友，而且两个人确实咖位差距太大了，平时也不沾边。

然而嗑CP的人群也越来越壮大，他和夏仪的相关信息越多，CP的故事就越能拼凑完整，聂清舟已经在超话里看到过无数个虐恋情深的版本、夏仪词曲与他的关联分析、他的书与夏仪的关联分析、他们过去的采访里指向分析。

总结下来就是江雨倩经常说的那两句话。

"你的每个故事里都在说她，你好爱她！"

"她的每首歌都在说你，她也好爱你！"

聂清舟看着她们的分析小文章，惊叹于她们的想象力，这CP在她们手上已经完成了艺术升华。

如今江雨倩淡出了粉丝活动，又忙着准备实习的事，却还能得空在大群里大喊：什么"大大方方是友情，小心翼翼是爱情"！夏仪和聂清舟郎才女貌两情相悦，我们小情侣就要大大方方秀恩爱！

他和夏仪的这桩绯闻发酵没多久后，那档提供给他最多信息让他了解夏仪和聂清舟的综艺终于来了。

"清舟，你知道周利导演准备的新综艺《最高暧昧》吗？"

徐子航坐在聂清舟家的沙发上，捧着茶杯兴奋地对他说。而聂清舟靠着沙发背，露出了一种微妙的神情。

这个名字他能不知道吗？他不仅知道，他还看过成片。

"这个综艺是一档特别的恋综，主题是请明星CP上节目假扮情侣约会，前期让全网征集观众最想看的CP，你和夏仪的'清凉一夏'被投到了第三位！周利导演来跟我聊过了，说想让你和夏仪参加。"

聂清舟撑着额头看着徐子航，虽然他知道这综艺已经是板上钉钉的事情，但时至今日他仍然不明白，这导演到底是怎么想的。

周利是国宝级的综艺导演，手上没有不火的综艺，没有他请不到的嘉宾，《最高暧昧》是他第一次做的恋爱向综艺。他居然直接把大家喜欢的CP请到节目里来，把他们打乱通过各种规则组合作为暧昧对象约会，拟邀请四男四女共八个人参加。

所以说，虽然上节目的是一对对CP，但约会的很可能不是同一对CP里的两个人。

当时看了这个综艺的开头，听了表妹的介绍，聂清舟只觉得这是什么缺德综艺？

导演居然还真能把他们都请来？这些嘉宾居然也都配合？特别是夏仪，以她的国际知名度居然会参加这种综艺？

现在他，聂清舟本尊，就坐在沙发上听他的经纪人传达这个缺德综艺的缺德导演的热情邀请。

而他的经纪人正兴奋地跟他说："还有件特别有意思的事情，投票排名前五的CP，除了你和夏仪，其他四对总共加起来就四个人。你猜是为什么？"

聂清舟回忆了一下，答道："这四个人是演员，两男两女，最早一起合作过电视剧。后来他们又各自互相合作，四个人排列组合四对CP？"

他听过她表妹科普，这四个人才是节目最重磅的核心人物，他们之前拍的电视剧都挺火的，四对CP粉丝势力相当，上节目每一次约会都能引起最高热度的讨论和战争。

所有人在上节目前都声明过自己是单身，但是不妨碍观众嗑得开心。

徐子航面露喜色："哟，看来你早已经研究过了啊，是不是很感兴趣？周导说，夏仪那边已经同意了！"

好的，现在最匪夷所思的事情都已经发生了。

聂清舟真诚地发出疑问:"夏仪怎么会同意呢?"

徐子航露出了暧昧的表情,嘿嘿笑着揶揄他:"你问我干什么?你问夏仪啊!人家都到KTV里找你了,你别说你没人家联系方式啊。说不定人家就是冲着你上节目的!"

"我最近除了写书也没别的事,她要是想见我随时都可以,用得着上节目吗?"

徐子航一拍桌子,像是捉到了什么把柄:"你们关系果然不同寻常!你就跟我说说看你们什么情况嘛!KTV那次可是有好几个人怀疑那是夏仪了,要不是我一口咬定那是你的素人新女友,你这谎可圆不过去!你什么都不告诉我,也太不够哥们儿了吧?"

聂清舟在徐子航凌厉的目光下镇定自若地思索了一会儿,终于向他吐露了一点信息:"我和夏仪现在正从朋友做起。"

"从朋友做起,这话很微妙啊。你们不本来就是朋友吗?那就是从前发生了让你们不能继续做朋友的事儿,然后现在你们破镜重圆,试图从朋友做起,再发展成恋人!"徐子航片刻之间已经完成了一整套解读。

聂清舟看了他半响,说道:"有兴趣加入'清凉一夏'CP粉队伍吗?我觉得你很有天赋。"

"还不都怪你卖关子叫我猜!你就别磨叽了,这个综艺邀约你答不答应啊?"

"可以,我去。"聂清舟干脆地答应了。

既然夏仪已经答应了,他也没有不答应的道理。

徐子航开心地在聂清舟家蹭了一顿他做的饭才走,临走前说要抓住女人的心要先抓住女人的胃,建议聂清舟可以多练习一些高级复杂菜式,自己不介意当实验小白鼠来吃。

聂清舟第一次见能把蹭饭说得如此清新脱俗理直气壮的。

门一关上,聂清舟就拿着手机走到了阳台上。他住在二楼,窗户外面就是一株很大的紫玉兰树,树枝已经延伸到墙壁上,几乎要穿过窗户长到家里来,贴着窗开了四五朵白中透紫的花朵。

聂清舟一打开窗户,便有清幽的香气扑面而来。他把手肘撑在窗框上,给夏仪打去了电话。

电话只响了两声便被接起，夏仪的声音通过手机传来："喂？"

"喂，夏夏。"聂清舟喊她的名字，闲适地问，"在干什么呢？"

"跟邦妮对行程。"

"打扰你了吗？"

"没有。"

聂清舟的手指敲着窗框，说："刚刚听子航说你答应节目邀请了，想问你为什么会答应？"

"你应该早知道我会答应的。"

"我确实一早就知道，但是从以前到现在，我一直都想不明白原因。"

对面沉默了一会儿，夏仪的声音有些模糊："只是想要试试。"

"试试什么？"

"恋爱。"

"为什么要用这种方式？"

"因为只有这种方式可以试试。"夏仪的话又绕回来了。

聂清舟思索了一会儿，虽然还是不太明白，但是他说道："好吧，那就试试看吧。"

顿了顿，他笑道："要是约会你能来我家做客就好了，我现在厨艺进步很多，可以给你做很多好吃的，家里的钢琴太久没有人弹，大概音都不准了。而且我们小区的紫玉兰花正开着，现在很香。"

"花已经开到你的窗户里了吗？"夏仪问道。

"还没呢，邮件里上次提到它，它离我的墙还有半米多。现在它已经贴着我的墙了，要拐弯了。"

"才四个月，它长得很快。"

"是啊……"

邦妮惊讶地望着对面的夏仪，夏仪坐在单人沙发里，手肘架在沙发扶手上，耳朵里戴着蓝牙耳机，平淡而轻柔地和对面的人对话。她低着双眸，说着玉兰花、美食、钢琴，说着带烟火气的俗常的东西。

邦妮一直觉得，夏仪多少有点不食人间烟火的意味。她最初见到夏仪的时候，夏仪就在一群饱受美国文化熏陶、自信外放的大学生中显得格格不入。

夏仪不像个十九岁的年轻女孩，她不喜欢美食，不在意外貌穿搭，不讨论八卦，总是安静地观察别人，很少谈论音乐之外的东西，仿佛对这个世界毫无世俗的欲望。

她听说，夏仪那时刚刚从一场严重的精神疾病中恢复。她不知道这是病痛的后遗症，还是夏仪生来如此。

至少从她认识夏仪开始，夏仪就没有什么朋友，与大部分音乐人的交往都停留在商务合作层面，甚至于和家人的联系也很微妙。后来，夏仪反复发病那么多次，却从来没有跟家人透露过自己的真实情况，也就是近几年她有所好转，她才把病情告诉家人。

原来夏仪也会对这种琐碎的日常感兴趣，也有想要与之分享生活的人啊。

等夏仪挂了电话，转过头来看向邦妮时，邦妮由衷地说："你刚刚看起来真好。"

"什么？"

"你看起来很幸福。"邦妮开心地说道，"你还喜欢他吧？那就和他交往试试看啊！"

夏仪怔了怔，说："所以我答应了节目邀约。"

"不是综艺里那种假的，是现实里真实的交往。"邦妮热情地建议着，她想她自己大概是为数不多希望艺人去谈恋爱的经纪人了。

夏仪摇摇头，她似乎想要和邦妮解释清楚，但是又不知道怎么形容。

最后，她只是简单地说："他不是能随便用来'试试'的人。如果可以这么轻松，我也不会等到今天。"

她坐在高层的落地窗户旁边，城市的夜景遥远地在脚下闪亮着。好像从她挂了电话的那刻开始，她就从带着玉兰和食物香气的人间里升起，高高地悬到了半空中。

邦妮望着这样的夏仪，她突然觉得，虽然她才刚知道聂清舟这个名字不久，但这个人七年来一直活在夏仪的沉默深处，只是她没有发觉罢了。

她所认为的这个世界上最坚强的夏仪，连失败、背叛和痛苦的精神疾病都能独自战胜的夏仪，也会因为这个人而小心且怯懦。

综艺的相关资料很快发到了聂清舟手上，他翻看着资料了解综艺的各个细节，比写书查资料的时候还细致。

这个综艺要求所有人集中住在一个大别墅里生活三周的时间，有很多隐藏摄像头，几乎是二十四小时拍摄。聂清舟觉得这对夏仪来说应该是一个巨大的挑战，她之前的过度呼吸情况说明她存在精神焦虑的问题，或许会被这种场所影响。

他之前有意淡化这个问题，因为他隐隐发觉夏仪不想和他聊这件事。他现在和夏仪的关系很微妙，似乎什么都可以说，但是两个人都在回避一些核心的问题。

"毕竟是八年啊……"聂清舟边看资料，边叹道。

之前徐子航说这个综艺是假扮情侣约会，这话失之偏颇。在聂清舟看来，这综艺更像是假扮暧昧对象约会，规则里规定了在节目中不能有牵手以上的亲密行为，在节目组解禁前，不能向约会对象进行"我爱你""我喜欢你"之类的表白。

多年以前他和表妹一起在沙发上看这个综艺时，他就提出过疑问，那要是拆 CP 约会，大家看了不生气吗？

他表妹捶着抱枕说："这就是狗节目组拿捏我！让我抓心挠肺！但是也挺好，这样就能嗑到双标糖！"

聂清舟合上资料，想了一会儿，打电话给徐子航。

"喂？怎么啦？"徐子航活泼的声音从电话里传过来。

"现在有事吗？今天中午要不要来我家吃饭？"

"呀，拿美食诱惑我？说吧，要我干什么？"

聂清舟清了清嗓子，说道："帮我挑参加节目的衣服。"

"哈哈哈……你小子也有今天！你等着，我带你去商场刷爆你的卡！"对面的徐子航开怀大笑。

到了节目开始录制那天，夏仪推开别墅的门时，映入眼帘的聂清舟穿着一身黑色衬衫、黑色西裤，换了一副金边眼镜，头发半扎着，斯文又精致，帅气得让人难以移目。

庆祝会上他也以类似的形象和她见面，不过那时事出突然，惊讶盖过了所有的情绪。

而现在聂清舟似乎为自己的打扮不好意思起来，他略微偏过目光，下意识地推了一下眼镜，眼神再转回来。

"行李我来拿吧。"

他自然地向夏仪伸出手,衬衫袖子挽到肘部,清晰可见的青色筋脉顺着他的小臂一路蔓延到他的手背。

夏仪把自己的箱子交到这双手上,她盯着他看,还没来得及说什么,冷不丁从斜角蹿出来一个二十出头的年轻男生,一下子把聂清舟挤到旁边去了。

年轻男生兴奋地喊着:"夏仪!夏仪来了!"

男生穿着白T恤和牛仔外套,青春俊朗,眼睛大而水润,眼角微微下垂,是人们常说的那种"狗狗眼"。他满眼激动与喜悦,倒真的像一只见到主人摇着尾巴的小狗。

聂清舟转头看着这个小男生在夏仪面前激动地自我介绍,客厅里已经到了的嘉宾也纷纷过来,和夏仪寒暄。

聂清舟眯眯眼睛,转过身去放夏仪的行李,心想这小子可真是积极。

节目组为了增加节目的可看性,在原本民选CP的基础上又投入了两位"鲶鱼",其中一位就是这个二十二岁的当红男歌手——原野。

原野刚出道就说过夏仪是自己的偶像,他最大的希望就是有一天能请夏仪到自己的演唱会做嘉宾,一有机会就要表达自己对夏仪的喜爱,他大概就是节目组专门找过来搅和他们这对CP的。

原野搅和得也挺成功的,当时看这个综艺的时候,他觉得原野和夏仪也挺配,被他表妹数落了一万遍。原野和夏仪被她们称为"姐狗"CP,着实也是火了一阵。

聂清舟刚把行李放好,门外就传来一阵摩托车的轰鸣声。他一抬头,就看见抱着头盔、身穿皮衣的潇洒女生站在门口。

女生个子很高,身材比例非常好,五官立体深邃,英姿飒爽。她看着站在玄关的聂清舟,笑着伸出手:"你好,我是季瑛。"

季瑛是个超级富二代,又是国内数得上的超模。她仿佛有种自信,不用多介绍聂清舟就知道她是谁。

聂清舟当然很了解她,不过原因和季瑛以为的不一样——在他看来,这个节目后来那么火,最要感谢的就是季瑛。作为节目里的第二条"鲶鱼",她直来直往,肆意妄为,贡献了绝大多数的戏剧性情节。

聂清舟望着即将把"大四角"搅得天翻地覆的"鲶鱼",微笑着与她握手，自我介绍道："你好，我是聂清舟。"

"我知道你，清舟老师，大家都来了吗？"季瑛探头往客厅里看。

聂清舟心想，你是想问陈煜方来了没吧？

他笑道："都来了，走吧。"

季瑛一走进客厅，坐在沙发上穿着灰色毛衣、气质忧郁的美男就皱了皱眉，他挺起后背，露出一种防御性的姿态。陈煜方是大四角中的一员，季瑛的青梅竹马，季瑛曾经在访谈中直言过的理想型。

剩下"大四角"里的三位演员，分别是乔娜、白一璇和周温文。

乔娜是丰腴性感的美人，穿着红色针织抹胸，下面配着阔腿牛仔裤，胳膊撑在吧台桌上，露出白皙的后背。

而白一璇更加高挑纤细，似乎是舞蹈生出身，气质很好，五官看起来像是北方人，端正大气。

周温文则穿着白色卫衣，肩膀很宽，看来常常泡健身房，是运动型的潮男帅哥。

参加节目的八个人总算齐了。

聂清舟看向夏仪，她的两边都已经坐了人，原野正在和她说话。她似乎感觉到什么，抬头看了聂清舟一眼，与他对上目光。她耳朵上的金色流苏耳挂把阳光反射到她的脸侧，好像脸上也在发光一样。

她今天穿的是白色荷叶边衬衫和白色长裤，这种极简风格和他意外地凑成了情侣装。

聂清舟指了指旁边的沙发，然后过去坐下了。

按照节目流程，第一期是完全随机的抽签约会，聂清舟第一次抽到的约会对象是乔娜，而夏仪的约会对象，很不巧的，正是她那小迷弟原野。

原野一拿到签就喜形于色，"嘿嘿"傻笑，被所有嘉宾调侃起来。乔娜站在聂清舟旁边，揶揄他道："怎么样，清舟老师，你的CP要被人抢走了，心里不是滋味儿吧？"

聂清舟转回头来微微一笑："还会回来的。"

乔娜抖着手上的签条，说："你本来眼睛都黏在夏仪身上，刚刚一抽签你就开始看我，结果还真是我们俩凑一对儿。清舟老师，你该不会未卜先知吧？"

聂清舟愣了一下，然后就笑而不语。

夏仪拿着水杯路过他们,她看了聂清舟一眼,轻描淡写地对乔娜说:"他精通周易,会算命的。"

乔娜睁大眼睛,惊叹道:"是嘛!"

聂清舟捏捏眉心,对夏仪小声说道:"别坑我啊。"

虽然当下乔娜表示了惊叹,但她是不相信什么未卜先知的东西的。第二天早上,她和聂清舟出门约会时,聂清舟带了伞,他们还遇上了也准备出门的夏仪和原野。

聂清舟把带的伞分给他们一把,但是乔娜看看晴空万里,再看看手机上晴天的天气预报,觉得带雨伞这个行为纯属多余。

结果快到中午的时候,居然真的下了一场来势汹汹的大雨,跟拍的摄像老师们一时之间都很狼狈。

聂清舟悠然地在她头顶撑起伞,对工作人员说:"我们先去吃饭吧,吃完饭雨应该就不下了。"

乔娜心想,这个聂清舟不会真的能掐会算吧?

"清舟老师,你大学是学心理学的,对吧?"乔娜边切牛排,边问聂清舟。

一旦确定了要约会,约会双方前一天晚上就会收到关于对方的详细资料,以便了解对方。

"是的。"聂清舟看着乔娜的表情,了然道,"你觉得我是崂山道士还俗?"

乔娜笑出声来,说:"你很幽默嘛,你为什么学心理学呢?"

聂清舟沉默了片刻,乔娜察觉到他身上的气氛和刚刚有所不同。

"我有个非常好的朋友,曾经受到心理问题的困扰。我当初没能帮到她,所以想要去学心理学,觉得将来可能会有用。"

聂清舟笑了笑,继续说道:"但是后来发现,心理咨询师的职业道德有一项,要求不能和来访者有咨询以外的关系,所以咨询师不可以给自己认识的人做咨询。"

"原来是这样啊,那你也不能给我做心理咨询了?"

"你也需要做心理咨询吗?"

"当然需要了,我们演员这行压力多大啊。"

"这一段播出去后,马上就会出新闻——乔娜说自己压力大需要心理咨询。"

乔娜按着胸口大笑起来,偏过头,说道:"你真的很自然,我以为你第一次上综艺会很紧张呢。不过面对我这样的美女都不紧张,我有点挫败哎。"

聂清舟笑起来,说:"我们这些人性格迥异,陈煜方和夏仪又话不多,昨天全靠你和周温文活跃气氛。如果今天我还紧张得要你照顾我,你也太累了。"

乔娜眸光闪了闪,她头一次认真打量面前这个斯文俊秀的男人。他说出那句"你也太累了"的时候,她居然有所触动。她所在的圈子里多得是长袖善舞舌灿莲花的人,但是少见他这种自然的、不卑不亢的气质。

"怎么不吃了?"聂清舟看向乔娜的餐盘。

乔娜笑道:"突然觉得你说话很像老教授。你明明比我还小一岁吧?感觉你会喜欢成熟的女孩?"

聂清舟想了想,诚实地回答:"我最初觉得,我应该适合比我大十岁左右的女孩吧。"

乔娜惊讶道:"那就是三十六岁?"

聂清舟点点头:"不过后来发现,其实只要喜欢,年龄的关系就不大。"

乔娜调侃道:"那现在小十岁的也行喽?"

聂清舟好像想起了什么,轻声笑起来,笃定道:"嗯,可以。"

另外一边的原野正和夏仪在某个冰场上滑冰,节目组租下了整个冰场,白茫茫的冰面上只有夏仪和原野两个人。

"Elaine,你以前真的没滑过吗?"原野惊叹道。

夏仪在冰面上平稳地前行,速度虽然不快,但是脚步已经很顺畅了。她谨慎地望着冰面,答道:"没有滑过。"

"那你学得真快哎,肢体协调性真好!"

"你滑得更好啊。"

"我可是东北人,小时候还练过花滑呢。"原野在冰场上快速地来去,如履平地,他回头对夏仪笑道,"我来给你跳一个!"

他滑行几下加快速度,从冰上起跳快速地旋转,衣服都飞起来了,姿态优美，落冰的时候却一个趔趄摔倒在地。

"啊！"他大喊一声。

夏仪快步滑过去，把他从地上扶起来。原野挠着头发，不好意思地说："太久不跳，果然生疏了。"

"但是你跳起来的时候非常好看。"夏仪说道。

原野仿佛得到夸奖的小狗，开心地笑起来。他说："我这是练了好多年的成果，Elaine，你刚开始练就这么厉害，果然聪明的人做什么都能很好啊！"

他们在冰面上滑着，原野有意放慢速度跟在夏仪身边，跟她聊天。

原野说起他最喜欢夏仪的第二张专辑，觉得那张专辑简直就是神作，横空出世，真正的大胆，突破想象，天马行空，确实也拿了很多奖。

"但是那张专辑里的歌，你现在演唱会都很少唱了。"原野遗憾道。

夏仪望着眼前的冰面，边滑边说："我做那张专辑的时候过得很痛苦，所以不太想想起。"

原野惊讶地望着夏仪，他记得那是夏仪出道的第三年，第二张专辑发布后，她只出席了屈指可数的几次活动就销声匿迹了，最后连领奖都是别人代领的，后来隔了一年才又有动静。

"已经过去了。"夏仪轻描淡写道。

原野见夏仪不想细说，就很有眼力见儿地岔开话题，他和夏仪聊起摇滚，说起他喜欢的重金属乐队 Metallica，说起他最喜欢的曲子 *The Call of Ktulu*（克苏鲁的召唤）。

"你喜欢克苏鲁吗？"夏仪问道。

原野一会儿正着滑，一会儿倒着滑，答道："嗯，是啊！你也喜欢吗？"

"我不了解。但我的前经纪人非常喜欢洛夫克拉夫特，他也最喜欢我的第二张专辑。"

原野不假思索地说："那我和他挺有缘的，我也很喜欢洛夫克拉夫特。不过这位作者有精神病，而且去世太早了，真的很可惜。"

夏仪淡淡地看了他一眼，没有说话。

原野继续说："我看克苏鲁的时候会想，如果不是他有精神病，他可能就不会有超乎常人的想象力和表现力，也写不出这么厉害的作品。可能正是因为疯狂，所以才伟大吧。"

这个想法，和文森特也一模一样。

夏仪问道："那你愿意成为他吗？"

原野愣了愣，他认真思考起这个问题来，说："这我还真没想过……Elaine你呢？"

夏仪摇摇头，她突然加快速度，如同一只白色的鸟在冰面上滑过，说出的话掉落在身后。

"我不愿意。"

当夏仪和原野结束约会，回到别墅的时候，乔娜和聂清舟已经在别墅里了。周温文和白一璇出去约会买了食材回来，聂清舟挽好袖子在处理食材，乔娜在旁边帮忙。

厨房是开放式的，与客厅相连。乔娜给聂清舟系围裙带子，边系边笑着跟周温文、白一璇说："温文、一璇，一会儿你们有口福了。看到桌子上那两个蛋糕了吗？抹茶的那个特丑的是我做的，草莓蛋糕是清舟老师做的。"

白一璇看了一眼桌上的蛋糕，惊叹道："你们今天是去做蛋糕了啊？清舟老师这个就跟店里卖的一样，裱花做得真好看。"

"清舟老师独居四年，每天自己做饭，米其林级手艺！"

聂清舟笑起来，转头对乔娜说："我没那么厉害，别吹我了。"

周温文坐在吧台前的高脚椅上，调侃道："哎，乔娜，今天你和清舟老师可是约会情侣啊。我们叫人家老师也就算了，你叫我'温文'，叫人家老师，不合适吧？"

乔娜转过身，大大方方地喊了一声："清舟！"

聂清舟笑笑没说话。

夏仪在门口看着这一幕，脚步就顿住了。随着原野的一声"我们回来啦"，所有人都转头看向了他们。

聂清舟也从面对她的水池抬起头来，他的嘴角刚刚提起来，就落了下去。

"夏仪，你的脚怎么了？"聂清舟的眉头紧皱，他一擦手就从水池后走了过来。他还没走近，原野就先惊慌地蹲下来提起了夏仪的裤脚。

"天啊……夏仪，你的脚踝磨破流血了，是溜冰鞋不合脚吗？"原野惊慌道，他扶着夏仪在沙发上坐下来。聂清舟见他已经扶了夏仪，便转头想去找医药箱，刚转身就看见白一璇抱着医药箱走过来——递给了原野。

聂清舟郁闷地站在原地，看着原野坐在夏仪身边，给夏仪上药。

夏仪两只脚的脚踝都磨破了，原野一边给夏仪上药，一边自己"嘶嘶"地吸气，夏仪只是低眸看着。乔娜在旁边笑原野："怎么搞得像受伤的是你似的？夏仪一声不吭，就你一直吸气。"

"我看着心疼啊！都怪我，给夏仪穿鞋的时候就该看出来不合脚的。"原野皱着眉头说。

他看向夏仪，问道："你怎么一直忍着不说呢？"

"不是很疼，我以为只是青了，没想到已经流血了。"夏仪淡淡地回答。

乔娜撑着厨房的台面，笑道："那清舟怎么看出来夏仪脚踝流血了啊？"

"她袜子上有一点血迹。"

聂清舟的身影终于松动了，他拿起自己的杯子到厨房去倒咖啡，有点负气地说："她就是这样，以前高中运动会跌倒摔破膝盖，还立刻爬起来继续跑步，像不知道疼似的。"

夏仪看了一眼他的背影，又看了一眼正微笑着等聂清舟走过来的乔娜，突然开口说："你才是很容易受伤吧。"

——很容易受伤。

——从我认识他开始，整个高中时期他常常受伤。

聂清舟的身影一顿，他端着咖啡睁大眼睛回过头来看她。

"清舟以前总是受伤吗？"乔娜惊讶道。

夏仪点了点头，说："从我认识他开始，整个高中时期他常常受伤，一直往医院跑，后来不用开口，医院的医生和护士就知道他的名字。"

"第一次听你们提起高中的事情……"周温文跟着说。

大家顺着话题聊起高中生活，那些声响都变得很遥远，像是一些"嗡嗡"的背景音。聂清舟转过头去看向旁边的摄像头，此刻他仿佛能够透过摄像头，看到曾经看着节目的他自己。

那个漫不经心看着节目的周彬并没有意识到，这会成为他多舛命运的预告。

他既是演员，也是观众；这是他的过去，也是他的现在，所有时间线错综复杂地重叠在一起。

而他花了这么多年的时间，从时间的起点出发，去回到一切的起点。

夏仪和原野回来没多久后，季瑛和陈煜方也约会回来了。晚饭在聂清舟的主持下非常丰盛，所有人都赞不绝口，说聂清舟如果不当作家可以去当个厨师。

晚饭后，由季瑛提议，大家聚在一起玩起狼人杀来，这次聂清舟终于想办法坐在了夏仪身边。不过夏仪另一边就是原野，他另一边是乔娜。

这个局面实在是非常诡异。

原野对夏仪的关怀无微不至，嘘寒问暖，占据了夏仪所有的时间。按照节目规则，今天他们就是一日约会情侣，聂清舟也不能多说什么。

聂清舟抱着胳膊靠着沙发，维持着表面上的微笑，待"天黑请闭眼"后，毫不犹豫地把原野给刀了。

然后在原野想跟夏仪说话的时候，聂清舟对原野说："禁止场外信息啊！"

上帝周温文指着原野说："你上一把就偏帮夏仪，再这样不带你玩了啊。你跟季瑛换个位置，离夏仪远点。"

聂清舟满意地看着原野争辩不过，被众人推着和季瑛换了位置。

然后，聂清舟这匹狼就被夏仪验明正身投了出去。

这把夏仪是预言家，好人大获全胜。季瑛要求当上帝，周温文爽快地把上帝的位置让给了她。

聂清舟却看着季瑛，若有所思。

这一局的形势非常扑朔迷离，三轮下来依然理不出个头绪，大家众说纷纭，看谁都像狼。

聂清舟一本正经地跟随大家乱分析，分析完捂着嘴偷偷地笑。

夏仪看了他片刻，似乎想起什么来。轮到夏仪发言的时候，她盯着季瑛看，仔细地观察季瑛的表情，然后说："我想……有没有可能，我们都是平民？

"第一天夜里，陈煜方被杀，关于他的身份和谁杀了他我们讨论了很久，但都对不上。或许陈煜方不是被我们中的任何一个人杀死的，他是被上帝杀死的。

"上帝给我们所有人都发了平民牌，夜里根本没有人睁眼，上帝自导自演完成了夜晚的杀人、查验、下毒。未免被拆穿,她先杀死了最了解她的陈煜方。"

夏仪问季瑛道:"我猜得对吗?"

季瑛环顾四周,表情逐渐绷不住了。她"扑哧"一声笑起来,潇洒地把手里原本的狼人杀牌甩在桌上,说道:"夏仪姐,你真聪明!"

众人纷纷恍然大悟,把自己的平民牌翻过来,一起讨伐季瑛。季瑛嘻嘻哈哈无所畏惧,她扶着沙发背,调侃着他们刚刚一本正经的推理,笑得前仰后合。

聂清舟和转过头来看他的夏仪对上目光。

他和夏仪在高中的时候也一起玩过类似狼人杀的游戏,有那么一局所有人也被聂清舟这样戏耍了,结果聂清舟也是被大家一致讨伐。

夏仪偏过头,轻声说:"原来你是从这里学的。"

聂清舟眉眼弯弯,微微点头。

狼人杀结束后,大家又进行了一轮小游戏,按照游戏结果分配了第二次约会的对象,大家热热闹闹地聊了一会儿后,就回各自的房间睡觉了。

夏仪这晚又做了噩梦。

这些年,她已经非常习惯于噩梦的来袭,每换一个新地方睡觉她几乎都会做噩梦,而她的工作性质又要求她时常在世界各地飞来飞去。虽然邦妮已经尽量帮她减少工作量,但仍然有大量不可避免的旅行,所以噩梦也同样不可避免。

夏仪猛然醒来坐起,窗帘的遮光性很好,房间里一片漆黑。她的心跳如鼓,呼吸急促,睁大眼睛想要看清黑暗里所有的东西。那些起伏的模糊的形状让她觉得恐惧,好像黑暗里有什么东西在注视着她,在她每个眨眼的瞬间逼近她。

一旦思维发散开来,夏仪就立刻提醒自己——不要想象,夏仪,你不要想象。

如果你想象,你就会真的看见。

所有模糊的黑影会变成真的怪物,从你的噩梦来到现实里,欺骗你的眼睛和大脑,让你无法呼吸。

夏仪的手在旁边摸索着打开台灯,她看着昏暗的房间片刻,然后披上衣服下楼去客厅。她想冷静冷静，倒一杯水喝。

她在走廊里往前走，夜灯随着她的步伐亮起，黑暗逐步后退。夏仪想起当初史蒂夫强烈反对她来上这个节目，他觉得她没有和陌生人共同居住的能力，这种缺乏安全感的环境有可能会诱使她再度发病。

所以，这次参加节目是她的任性。

她以前从没想过，她在别人眼里会成为这种脆弱的，需要被小心翼翼保护的人。然而她的确变成了这样，她无法否认。

但是她不能永远如此，如果她永远如此……

夏仪站在了最后一级台阶下面，她看见餐厅的吧台上亮着一盏灯，台面上有一台笔记本电脑。聂清舟随意地穿着一件米白色卫衣坐在高脚椅上，聚精会神地盯着屏幕打字，屏幕上的画面反射在眼镜片上。

夜里三点，唯独他的周身暖洋洋地明亮着，世界寂静无声，只有键盘轻微的"咔嗒咔嗒"的声响，像是一出独幕剧的置景。

很多很多年以前，很多很多的晚自习里，她一转头就能看到对面教室留下来自习的他，头顶亮着一盏灯，翘着椅子看书。

夏仪站在原地，悄无声息地望着聂清舟。黑暗里，所有模糊的线条从一种无声的不安状态里慢慢安定下来，像是突然降落一场静默的大雪，将一切轻柔地覆盖住，不让它们再异变。

她的心仍然以不寻常的速度跳动着，不过现在不再是因为噩梦，是因为他。

聂清舟苦恼地抓了一把自己的头发，随意地抬起头来，继而看见了站在楼梯口的夏仪。

他怔了怔，立刻慌忙地理了理那已经被他抓成鸡窝的头发，从椅子上站起来。

"你怎么起来了？"聂清舟轻声问道，声音仿佛拂过耳边的微小气流。

"我……"

夏仪终于迈开步子向厨房走去，她也下意识地整理了一下自己的头发，说："我来倒水喝，你呢？为什么在这里？"

聂清舟立刻拿起水瓶和杯子，给夏仪倒满一杯水："你脚上有伤，坐着吧，我给你倒。"

夏仪的脚步停了停，她想说只是脚踝磨破皮，不影响走路。但她并没有说，只是安静地坐在聂清舟对面的位置上，接过聂清舟递过来的水。

"夜里突然有灵感，想写一段。我一般都是夜里写作，这习惯没法改了。"聂清舟回到自己的位置上，笑着说，"据说是因为远古人类在夜里活动要高度警惕和集中精神，所以夜晚大脑反而会非常活跃。"

他总是有很多奇奇怪怪的小知识。昨晚乔娜也一直夸他知识渊博，和他说话非常舒服。

夏仪默默地握紧了杯子。

聂清舟看了一眼时间，长长地舒了一口气："啊，过了零点，你终于不是原野的一日情侣了。"

说完这句话，他托着下巴看向夏仪，不咸不淡地问道："昨天约会开心吗？觉得原野怎么样？"

夏仪诚实地点点头："很开心，他很热情活泼，我以前没有和这种性格的人相处过。"

聂清舟偏过目光，"哼"了一声："看出来了，你还让他帮你穿滑冰鞋。"

夏仪心想，这是规则要求，不能随便拒绝约会情侣的好意。

但话一出口就变了样子。

"你不也是一样，让乔娜给你系围裙，还让她喊你清舟。"

聂清舟微微睁大眼睛："清舟怎么了？我的笔名就是清舟，很多人都喊我清舟啊，你难道没有喊过吗？"

"笔名和现实生活的称呼是不一样的。"夏仪倔强道。

她就没喊过他清舟。

聂清舟端详着她认真的神情，忍不住笑出声来，他眉眼弯弯地看着她："好啊，你现在可以这么称呼我了。"

夏仪抿了抿唇。

"说啊，夏夏。"聂清舟一字一顿地说道。

夏仪张了张嘴又合上，最后声音微弱地说："清舟。"

聂清舟觉得夏仪此刻不好意思的样子分外可爱，笑盈盈地一直盯着她，盯得夏仪移开了目光。

"你为什么要把笔名取作清舟？"夏仪岔开话题。

聂清舟佯装伤感地叹息一声，拿过她的杯子给她添了一些热水。

"还不是害怕某人不看我的邮件，完全忘记我了。我把笔名取作清舟，如果你看到我的书，看到作者是这个名字，就知道是我了吧？"

夏仪垂下双眸，双手握住聂清舟递过来的玻璃杯，手指收紧。

聂清舟低下身去捕捉她的目光，轻笑着说："夏夏，我可以像这样，对你发牢骚吗？"

"只是很偶尔的，很轻微的一点点。"

他用手势比画着。

"没有。这不算是牢骚，你又没说错。"夏仪抬起眼睛来看向他。

聂清舟点点头，一本正经地道："确实，这不是牢骚，这明明是撒娇才对。"

夏仪愣了一会儿，疑惑地说："是……是吗？"

这是撒娇吗？

聂清舟忍不住捂着脸笑起来，从指缝里露出弯弯的眼睛。他说："你真的太可爱了，夏夏。"

"二位是在这里谈恋爱吗？"

冷不丁出现的声音把夏仪和聂清舟吓了一跳，季瑛穿着黑色丝绸睡衣站在楼梯口，双脚交错而立，一手撑着墙，一手画圈示意了一下周围的摄像头："二十四小时拍摄，别忘了，节目结束前不能告白。"

"我们只是在聊天。"聂清舟向后靠，和夏仪拉开距离。

季瑛笑了一声，她走到茶几那里找零食，边找边说："你今天要跟我约会吧？熬到大半夜不睡，很不礼貌啊。"

按昨天的配对结果，此刻聂清舟和季瑛就是新的一日情侣了。

聂清舟自知理亏，道歉道："对不起，突然有想写的东西。"

季瑛拿了一包薯片出来，在夏仪身边坐下，拆开薯片放在吧台正中。

"我开玩笑的，反正也是直接去吃午饭，你们男生又不化妆，早上几点起都行。"她大把大把地吃起薯片来，似乎是半夜饿醒了来找东西吃的。

聂清舟看着她吃薯片，说："我记得你不要严格控制饮食的？"

"我平时吃糠咽菜，不就是为了有机会吃点垃圾食品放纵一下？"季瑛拍拍手，跷起二郎腿，望向聂清舟，"我听乔娜姐说，清舟老师是学心理学的，还会算命？"

聂清舟无奈一笑。

狼人杀的间隙里乔娜和他聊天，让他猜下一轮她会跟谁约会，他说了周温文，果然言中。现在他在乔娜眼里大概就是半个神棍。

"清舟老师，能帮我做个心理咨询，或者帮我算个命吗？"季瑛大大咧咧地问。

"我没有相关证书，所以不能做心理咨询，算命其实都是随便瞎猜的。但是如果你有什么烦恼要跟我聊聊，那我很乐意。"

聂清舟靠着椅背，做出一副认真聆听的姿态。

季瑛叹了一口气，把薯片嚼得嘎嘣脆。

"我有个感情问题想咨询一下你。你们应该都知道我和陈煜方是青梅竹马吧？说实话，从高中起我就喜欢他，追他好多年了。我觉得他心里有我，但是最近他一直躲着我，好像很烦我的样子。这次听说我要来他都想把节目推掉，要不是我答应他这次节目录完如果还没追到他，我就放手，他就不来了。"

季瑛以前只是说陈煜方是她的理想型，从来没有说过自己还在追求陈煜方，这消息要是传出去属于重磅新闻了。

聂清舟与夏仪对视一眼，他沉默了一会儿，手指在周围画了一圈，把季瑛刚刚说的话还给她。

"这可是二十四小时拍摄，你真的要聊这个话题？"

季瑛摆摆手，满不在乎地道："我还怕他们？节目成片前我的团队会审核，我不想播出去的东西，他们敢播？"

聂清舟想起季瑛家里的背景，又回忆了一下成片里确实没有这一段，于是他收回手笑着说："你继续。"

季瑛涂着黑色指甲油的手指把薯片袋子揉得"刺啦"响，她皱眉道："我今天和陈煜方一起去约会，感觉特别不好。他还是很不积极，好像是我在强迫他，他以前不是这样的。我现在就觉得特别没意思。"

聂清舟了然道："你想放弃他了？"

"现在有点想，我怕到了明天我就不想了。我这个人但凡觉得还有一点希望都不会放手，我也觉得很累。"

季瑛撑着下巴，淡淡地说："所以我的诉求很简单，趁现在劝劝我，让我放弃吧。"

第十七章
这个灵魂会永远爱你

聂清舟和夏仪在吧台边听季瑛讲完了她整个青春与陈煜方的爱恨情仇——听起来更像是季瑛单方面的爱恨情仇，像是听完了一部迷你青春偶像剧。

季瑛吃完最后一片薯片，淡淡地说："陈煜方一直都比较内向，不喜欢说话。以前我还能猜到他的心思，但我现在真的看不懂他在想什么。"

她一抬胳膊指向夏仪，对聂清舟道："夏仪姐也沉默寡言，你怎么就知道她在想什么呢？"

聂清舟和夏仪的目光对上，夏仪的眸子黑亮，专注地看着他。

他笑了笑，说道："其实我也经常不知道夏仪在想什么，但是我相信需要的时候，她会告诉我的。这不是懂不懂得的事，是信不信任。"

季瑛看看夏仪，再看看聂清舟，"啧啧"两声，舔舔手上的零食残渣："我真惨啊，跟一对小情侣讲我失败的情史。"

"我们不是……"

"好，不是就不是。我的咨询呢？清舟老师能帮我分析分析吗？"

聂清舟思考了一会儿，双手交叠抱在脑后，说道："你说因为他喜欢摩托车，所以你也入了摩托车的圈子。因为他说你只知道花家里的钱，所以你独立出来生活。他演戏进娱乐圈，你就做模特。"

"没错。"

"你现在喜欢摩托车吗？喜欢做模特吗？"

"喜欢啊。"

"那你不是为了他做这些事,你是因为自己喜欢啊。你在叙述中一直强调'为了他',这像是一种自我暗示,不断给他赋予很重要的意义,认为失去他你就会遭受重大损失。"

"实际上就算没有陈煜方,如果有别的机缘巧合你也会喜欢上摩托车,喜欢上模特行业,喜欢上这些年里你在做的一切事情。"

聂清舟放下胳膊,分析道:"我认为,他对于你没有你想象的那么重要,你也没有自己想象的那么喜欢他。"

季瑛皱眉,反驳:"我的大半个青春都围着他转,我从没像喜欢他一样喜欢别人。"

"那你现在憧憬一下未来和他一起生活的场景,能想象吗?"

季瑛的眸光闪了闪,欲言又止。

聂清舟了然地摊手,说:"这没什么大不了的,放弃他,你做过的努力也不会失去意义,正是所有的经历让你成为现在的你。"

季瑛搓着零食袋子,她目光有点不集中,沉默一会儿后目光一转,落在夏仪身上。夏仪正端着杯子喝水,她坐姿优雅,好像一座事不关己的美丽雕像。

"夏仪姐,你怎么觉得呢?"

夏仪放下杯子看向季瑛,漆黑的双眸眨了眨,言简意赅地说:"你对于他没有那么重要,他不值得。"

季瑛挑挑眉:"没了?"

"没了。"夏仪想了想,又补充了一句,"我觉得,为一个不看重自己的人苦恼这么久,很浪费时间。"

季瑛沉默半晌,她托着下巴看向夏仪,凤目上挑。

"真帅啊,你谈过的恋爱一定很幸福吧?"

夏仪怔了怔,端着杯子的手停在半空。聂清舟也不自觉地挺直后背,竖起耳朵听夏仪的回答。

"没有,我……没有谈过。"夏仪放下杯子说道。

聂清舟的嘴角勾起,然后又克制地落下,他掩饰性地推了推眼镜。

季瑛却说:"不可能!"

"我出道以后很忙。"

"算了吧,别人说忙我还信,你除了发专辑和演唱会,就是隐身状态,演唱会也没办过几次,你还忙?"

"工作之外……还有很多别的事情。"

季瑛盯了夏仪一会儿,然后转过目光望向聂清舟,意味不明地轻笑了一声。

"那你这日子过得真是乏味啊。总之,谢谢两位听我发牢骚啦,我先回去睡了。"

说完,她就爽快地跳下高脚椅,走到楼梯口时,扶着墙又回头问聂清舟:"清舟老师,那你看除了陈煜方,我在这里和谁比较合呢?"

聂清舟沉默了一下,说出了那个在节目中后期与她纠缠颇深的名字。

"……周温文?"

季瑛打了个响指:"OK!"

聂清舟想,她搅和大四角的序幕不会就是由他这句话开始的吧?

季瑛离开后,客厅又恢复了一片寂静,夏仪喝了一口水,若有所思地道:"原来有人是这样恋爱的。"

聂清舟轻声对夏仪说:"你早点休息吧,我还要写一会儿。"

夏仪点点头,她离开吧台往楼梯处走,视野里楼梯蜿蜒着通向不可知的黑暗,她心跳再次加速,又有什么东西开始躁动起来。

她在楼梯口站了片刻。待身后传来聂清舟疑惑的问询时,夏仪才回过神来,转过头去看着他。

"我在客厅沙发上睡觉,会不会打扰你?"她轻声问道。

聂清舟怔了怔,立刻意识到什么,神情严肃起来:"你做噩梦了?"

夏仪沉默不语。

于是,他立刻从椅子上站起来,他想说什么,但是又看了一眼旁边的摄像头。最终,他走到她身边,说道:"我去帮你拿被子和枕头。"

他在她的身前,一步步走进黑暗中,夜灯随之亮起。夏仪跟在他身后,抬头望着微弱的光沿着他宽阔的后背漫过来,然后伸出手牵住了他连帽衫的帽子。

聂清舟的脚步顿了顿,似乎笑了一声,然后伸手松了松自己的领子,继续往前走。

他把夏仪的被子和枕头抱了下来,在沙发上放下的时候还犹豫了一下,轻声说:"沙发会不会有点脏?我看看柜子里还有没有床单。"
　　他还是那么爱干净。
　　夏仪轻轻一笑:"不用了。"
　　顿了顿,她说:"你现在还在用之前那种洗衣液吗?"
　　"这些年升级换新好几次了,我找了味道一样的替代版。"聂清舟帮她铺好床,回头看她,笑道,"你不是喜欢这种味道嘛。"
　　这种薄荷香气,是时隔八年后她见到他时,瞬间从香水气味复杂的宴会厅里分辨出的味道。
　　现在想想,记忆里的气味分明只是廉价洗衣液浓重的香精味,因为他洗东西太勤快了,所以格外明显地从他身上散发出来,成为年少的他的一部分。
　　夏仪安静地抬头看着他,聂清舟摸摸她的头,弯下腰来说:"好好睡觉吧,我在这里,别怕。"
　　夏仪盖好被子,在沙发里蜷缩起身体,这种狭小的空间给了她更多安全感。她睁着眼睛,望着吧台后面的聂清舟,他在昏黄的灯光下打着字,键盘的响声比最初轻了很多。
　　他坐在那里,夏仪莫名想到缓慢流淌的沙漏,持久而稳定,"沙沙"作响。
　　她的眼睛眨着眨着,就缓慢地闭上了。

　　聂清舟从电脑后抬起头来,他端详了夏仪片刻,觉得她应该是睡着了。于是,他把电脑合上——也不知道刚刚这段时间里,他都敲了些什么乱码。
　　他从椅子上下来,望了一眼四周的摄像头,于是把头顶仅有的一盏小吊灯关掉。四周陷入一片黑暗中,摄像头的视野里也是漆黑一片,模糊不清。
　　他轻手轻脚地走向夏仪,在沙发前蹲下来,抱着胳膊偏过头,安静地听着她平稳的呼吸声。
　　他的眼睛在慢慢地适应黑暗,她的面目从黑暗中慢慢清晰起来——她的额头、眉毛、鼻子、眼睛、下颌线,还有落在她脸侧的头发。在微弱的月光里,她像是一幅朦胧的画。
　　她皱着眉头,像是梦到了什么不好的东西。这么多年没见她,她好像比以前更喜欢皱眉头了。

聂清舟缓慢地靠近她，手撑在沙发上，把她的被子压出褶皱来。他在她呼吸的小小气流中停滞了一下，然后轻轻地吻上她的眉心。

她的眉心凉凉的，有一点水露的香气。

他吻得非常轻柔，但是持续了很长的时间，等他离开她的时候，那只支撑他身体的胳膊已经麻了。

聂清舟看着她已经舒展的眉眼，轻笑道："这才对嘛。"

我心爱的人，不要皱眉头，要多笑笑才好啊。

"要做好梦啊。"他低低地说，像是某种祈祷。

乔娜和季瑛都觉得他很神奇，能未卜先知。

但他知道自己并没有什么神通，这些年里他所有想要反抗命运的行为，都以惨痛的失败收尾，以至于现在他已经感到麻木，听之任之。

八年的时间里，有过几段时间，他非常非常想念她。他想要见她，想要听到她的声音，想要触碰她，这种渴望就像是心脏上悬着一根针，每跳动一下就被扎痛一次，但是又不能不跳。

他会彻夜翻来覆去地看夏仪的视频，听她的歌曲，看大家对她表白爱意，让自己的爱意汇入那爱意的海洋中，仿佛这样就可以稀释掉那种他无法承受的浓度。

这时候，他痛恨的命运，又变成了他唯一的指望，在他车祸醒过来的时候，在他放弃出国交换的机会时，因为知道还会再遇见夏仪，所以他才能忍耐。

而现在她回来了，她在他的身边睡着了，他觉得很幸福，甚至可以坦然地回忆那些忍耐的时光。

虽然他依然渺小而没有神通，但是他希望他可以把自己的幸福分给她，至少能有一个好梦。

早上，周温文下楼去晨跑时，被坐在吧台椅上的聂清舟吓了一跳。周温文一看手机，惊讶道："清舟老师，你这么早就起了？怎么不开灯？"

太阳还没完全升起来，客厅里光线微弱。聂清舟的头发绑在脑后，他还穿着那件卫衣，电脑放在一边，面前放着一杯咖啡。

聂清舟竖起手指道："嘘，小点声，夏仪在那边睡觉。"

周温文望过去，压低了声音惊讶道："咦，夏仪怎么睡到这里来了？"

"不知道,可能是她的习惯吧。"

"哦,怪不得你没开灯。那回去睡呗,在这里干坐着干什么?"

聂清舟微微一笑,说道:"构思构思文章,找找灵感。"

周温文只当这是什么作家的怪癖,于是跟他摆摆手,出门跑步去了。

之后,聂清舟又和下楼的白一璇、陈煜重复了类似的对话,一直到太阳高高升起时,房间里还是静悄悄的,没有人把夏仪吵醒。

夏仪翻滚了一下,发出微弱的动静,聂清舟知道她这是要醒过来了。

聂清舟笑了起来,他看了一眼时间,从椅子上下来,端着咖啡拿起电脑轻手轻脚地上楼去。

这一天是聂清舟和季瑛,以及夏仪和陈煜方的约会日。他们傍晚约完会回到别墅的时候正好碰上,陈煜方远远地看见了季瑛,就跟夏仪说了什么,然后先进别墅了。

原本季瑛还开开心心地有说有笑,一见陈煜方的行动,她的笑容立刻从脸上消失。她冷冷地"哼"了一声,也快步走进别墅大门去,走出了模特走T台的气势,完全没管后面的聂清舟。

于是,两对"约会情侣"的对象就被落在了门口,聂清舟和夏仪面面相觑,约会跟拍的摄像老师尴尬地站在旁边,跟他们打了个招呼就撤了。

"今天我们去玩恐怖主题的VR游戏。季瑛全程非常兴奋,她真的率性妄为,胆子非常大。"

别墅外的院子里,聂清舟靠着秋千架子,总结了他今天的约会,而夏仪坐在秋千上来回摇晃着。

聂清舟感叹道:"我很难想象,她会为了陈煜方做出这么多让步。"

夏仪握着秋千绳,仰头看着聂清舟:"季瑛是不是喜欢明治的坚果巧克力?"

作为约会情侣看过季瑛资料的聂清舟点点头,他有些惊讶地问夏仪:"你怎么知道?"

"店里没有棒棒糖,陈煜方给我买了这种巧克力,他说'你们女孩子好像都很喜欢吃这个'。"

顿了顿,夏仪说:"陈煜方确实很内向,但是也细心。他今天对我的态度像是对真的恋人,很珍惜,也很照顾。不过,他好像在透过我看别人。"

聂清舟皱起眉头，抓住了奇怪的要点："像对恋人一样？他都对你做什么了？"

夏仪沉默了一下，转过头去："我们要讨论这个吗？"

讨论这个话题，要扯到陈煜方、季瑛、乔娜和原野，估计要扯个没完。

聂清舟略一考虑，就把话题又拉了回去："那你要把你的想法告诉季瑛吗？"

夏仪摇摇头，说："如果他真的喜欢季瑛，应该要让季瑛感觉到才对。如果季瑛感觉不到，这是他的问题。"

夏仪说得流畅又坚定，聂清舟俯下身去看了她片刻，笑着说："采访一下，夏仪女士，你对感情的理解能力怎么会有如此大的进步呢？"

曾几何时，她还是一个问他"什么是喜欢"的小姑娘，头脑十分聪明，对待感情却总是笨拙，既弄不清楚自己的情感，又不知道如何表达。现在她都有自己的一套理论了。

夏仪抿抿唇，她神情淡定，仿佛答案很显而易见。

"已经过去八年了，我也看过圈子里各种各样的事情。而且我也看了很多很多的书，学习到很多。"

"纸上谈兵。"

"我有实践。"

"什么时候？对谁？"

"……现在。"

对你。

夏仪望着聂清舟的眼睛，他也俯下身子，目不转睛地看着她。夏日的蝉在头顶的树上悠闲地唱着歌，树叶也沙沙作响。

聂清舟笑起来，茶色的眼睛里泛着光亮，露出酒窝："夏仪女士，你应该会很成功的。"

在我这里，你怎么会不成功。

"夏仪在哪儿呢？"

从远处传来的声音一下打破了气氛，聂清舟瞬间直起身子来，原野的蓝色身影从大门处蹿出来。原野看到夏仪坐在秋千上，眼睛一亮，立刻跑了过来："夏仪，你已经回来啦？在荡秋千吗？"

夏仪点点头："嗯。"

"我帮你推吧！"原野说着就跑到了夏仪身后，夏仪看了聂清舟一眼。

聂清舟知道夏仪向来很难拒绝这种满怀期待的眼神，就跟她当年没法拒绝郑佩琪一样。于是，聂清舟一脸和善地微笑着，看着原野推着夏仪的秋千越荡越高，开心地和夏仪聊天。

他不应该光顾着说话，刚刚就该把位置占好，不让原野有插进来的机会。

这小子，一天天就知道找夏仪，哪里来这么多话？

第三天没有约会，节目组把所有人聚在一起，安排了一天的各种游戏比赛，有团体赛，有个人赛，积分最高的男生和女生可以指定下一次约会的对象。

聂清舟微微一笑，松松筋骨，心想这一天终于来了。

他早已经知道那些智力游戏的答案，事关能否和夏仪约会，他毫无心理负担，理直气壮地作弊，从容地在智力游戏中得到排名第一的积分。

最后一个游戏是打拳机，这个游戏就实实在在无法作弊了。健身狂人周温文看到打拳机立刻眉开眼笑，一拳刷新了最高纪录，赢得众人赞叹。

他高兴地甩着手，开玩笑说："我可能就是冥冥之中感觉到有今天所以才健身的。"

这一轮是团体赛，周温文和聂清舟是不同队伍的。聂清舟看了一眼这轮周温文团队的力量数值总和，周温文队伍里的乔娜和原野已经打过了，他俩力量比较弱，所以总值不算太高。

但是他们团队还剩一个没出场的人，这个人就是夏仪。

聂清舟捏捏眉心，叹道："这样我压力很大啊。"

季瑛拍拍他的肩膀，仿佛好哥们儿般劝他："别有压力啊。清舟老师是智力担当，前面已经带飞我们了。这个游戏你也不擅长，意思意思就行。"

聂清舟点点头，他看向对面的夏仪，笑着说："一会儿你能放个水吗？老同学。"

夏仪活动着手腕，闻言转过头来，神色淡然，坚决地拒绝了他。

"不可能。"

聂清舟耸耸肩："那我只能尽力了。"

聂清舟望着那打拳机，后退两步继而突然从腰部发力，身体倏然扭转，冲拳动作快得看不清，随着"砰"的一声巨响，机器上的数值立刻"噌噌噌"地往上蹿，声音快得像是要报警，最高纪录那一栏被成功刷新，机器愉快地唱起歌来。

聂清舟收回胳膊，横举在胸前掰了掰，吸了一口气："太久没这么用力了，抻得有点疼。"

众人震惊地望着面前这个戴着眼镜，穿着宽松衬衣，看起来文质彬彬、弱不禁风的男人，好像没能搞清刚刚发生了什么。

周温文率先鼓起掌来，赞叹道："看不出来啊，清舟老师居然这么厉害，平时有练力量吗？"

聂清舟笑了笑，心想要不然当年遭哥为什么看中他，还不是因为他这把惊人的力气。

"练力量，颠勺算吗？"他开玩笑道。

这下子聂清舟团队的人都打完了，目前的分值比对面高出一个中下等级男人力气的分值，对面的夏仪悠悠地上场了。

白一璇好奇地问聂清舟："刚刚为什么让夏仪放水，夏仪很厉害吗？"

不待聂清舟回答，季瑛就摆摆手道："夏仪再怎么也填不上……"

她话音未落，夏仪的拳就打了出去，标准的格斗冲拳姿势，长发顺着她身体的力量飞扬，不看分都能感觉到这一拳的力道。机器又传来分值快速上升的声音，欢快地刷新了女生力量的最高值，最终定格在一个距离超过聂清舟团队只差五分的数值上。

她这一拳甚至能超过很多男生。

夏仪看着机器上的数值，转头淡然地对聂清舟说："还是你们赢了。"

周围安静了一会儿，大家再次惊叹地鼓起掌来，这回原野夸得最卖力。乔娜甚至一本正经地发问："你们高中该不会是武术学校吧？"

众人惊叹嬉笑过后，所有游戏结束，男生中积分最高的是聂清舟，而女生中积分最高的是他同团队的季瑛。

聂清舟毫不犹豫地指定了夏仪做他明天的约会对象。轮到季瑛选择的时候，陈煜方就移开了目光，面色不佳，像是已经预料到结果一样。

他和季瑛虽然在一个队伍里，但今天一直都没什么交流。

季瑛看了一眼陈煜方，她冷笑了一声，举起手来指向人群："明天约会我指定你。"

"我?"周温文惊讶地回应。

陈煜方听到周温文的声音,意外地抬起头来,看到了季瑛手指指向了周温文。

季瑛目不斜视地走了过去,站在周温文旁边,粲然一笑:"是啊,我觉得和你一起约会,应该很有趣。"

他们俩今天之前可能说过的话不超过十句。

周温文很快地瞥了一眼陈煜方,目光再转回季瑛身上,他笑起来,开朗地说着场面话:"好啊,我们明天好好玩吧!"

季瑛微笑着点点头,和周温文击掌。

陈煜方看着他们,表情也不知道是轻松还是不悦。

聂清舟的情绪就简单多了,他除了开心就没别的。众人散去回房间休息时,他走在夏仪身边,低声对夏仪说:"感谢放水。"

他见识过夏仪力气有多大,得到超过他们团队的那个数值应该没有什么问题。

嘴上说着不会,但她还是放水了。

夏仪转头,眼睛亮亮地看着他。她安静了一会儿,轻声说:"明天见。"

"明天见。"

聂清舟预想到这会是一个很美妙的约会,但是第二天在客厅里看着身穿印有小小 Hello Kitty 的粉色 T 恤和牛仔短裤,扎着马尾辫,青春洋溢的夏仪时,他还是足足愣了半分钟。

他想,在滨江公园的时候,他为什么突发奇想觉得夏仪围粉色的 Hello Kitty 围巾会好看呢?

该不是因为他在综艺里看过夏仪穿的这身衣服,所以潜意识里留下了一个可爱的印象吧?

夏仪回过身来看着站在楼梯上的他,马尾辫和紫色蕾丝的发带随着她的转头而飞扬,她白皙的脖颈和手臂皮肤大片地露出来,在粉色衣服的衬托下显得越发明丽。

她看出聂清舟的惊讶,扯了一下自己的衣服,解释道:"你不是说想看我用粉色的可爱的东西嘛。"

"要出发了吗?"她问他。

聂清舟心跳如鼓。

他心想,他今天真是要完蛋了。

去约会场地的车上,聂清舟总是忍不住转头看旁边的夏仪。夏仪原本还会回以询问的目光,几次三番无果后,她大概明白了聂清舟眼神的含义,有点不好意思地转过头去看窗外了。

"我穿过很多比这好看的衣服吧?"

她就留给聂清舟一个圆圆的后脑勺,声音从那后脑勺传过来。

聂清舟看着她头上眼熟的发带,笑意盈盈地说道:"可是你今天是为我打扮的,这还是第一次啊。"

话一出口,他突然意识到他们认识十年了,漫长的十年里,这居然是第一次。

为彼此打扮是第一次,约会也是第一次,这样光明正大地成为彼此的"恋人",也是第一次。他们明明彼此相伴过很长的时光,却像是什么都没有留下似的。

还是有留下一些东西的。

有一场医院树下乌龙的粉丝表白,无数次同行的夜晚,一场秘密的烟花,一次被意外打断的告白,数次以安慰为借口的牵手和拥抱,和长达八年的心照不宣。

他们也曾以友情的名义,享受过无数爱人之间才有的浪漫。

从友情到爱情的距离到底有多远?

或许只要一个风雪夜的时间就可以走完,又或许走上十年也难以抵达。

聂清舟沉默了片刻,温柔又笃定地说:"所以我觉得你今天最好看。"

夏仪终于转过头来看他,她的眼睛眨得很快,和他的目光对上时有点局促。

"很早就想问你……"

夏仪开口,她的目光落在聂清舟的头发上:"你为什么会留长头发?"

长头发不好打理,他只是喜欢干净,却不是那种在意自己的外表美不美观的人。

聂清舟闻言便靠近夏仪,他转过头去,把自己头发上的皮筋解开,让头发松散下来，然后撩起一部分。

在他耳后水平半指距离，有一块硬币大小的苍白裸露的疤痕皮肤，它平时被掩盖在长发里，随着聂清舟撩起头发显现出来。

"我高二暑假出了一次车祸，导致头皮撕脱，手术修复比较及时，但还是有一小块皮肤不长头发了。为了盖住伤口，我就留了长头发。"

聂清舟淡然地解释完，就想把头发放下来，那片皮肤上却突然传来凉凉的触感。

聂清舟怔了怔。

夏仪的手指贴着他那块疤痕缓缓移动，极为轻柔，又小心翼翼，像是触碰古董瓷器的裂缝一般。

她低声说："头皮撕脱……该多疼啊。"

夏仪的手指还停在那块裸露的皮肤上，聂清舟就没能把头转回来，看不到她现在的表情。

"这个词只是听着吓人罢了，撕脱面积不大，而且最疼的时候我不是晕倒就是打了麻药，没有什么感觉。最大的麻烦反倒是因为留下的心理阴影，一直没去考驾照。"

聂清舟用轻松的语气安慰她，他甚至笑了笑，感叹道："其实我还挺适合这个发型的，他们都说是什么斯文败类，对吧？"

夏仪没有回答，但是她的手指一直停在他的那块疤上，来回摩挲。

"斯文败类？"她重复了一遍，好像有点心不在焉，想要确认这个词的意思。

顿了顿，她慢慢地说："不是，你是这个世界上最好的人。"

车上安放的摄像头还在尽忠职守地拍摄着，聂清舟定睛看了摄像头一眼，试图把夏仪的话圆回来："……那也太夸张了，头上留了点疤，突然就变成最好的人了。"

"你就是这个世界上最好的人。"

夏仪的声音很轻，却很笃定。

聂清舟不知道要说什么好，他乖乖地维持着姿势让夏仪便于抚摸，无奈地说："好吧……"

到他们下车的时候，聂清舟的头发已经被夏仪重新扎好了。她扎得很仔细、很漂亮，一点也不输早上给聂清舟打理发型的造型老师。

一下车，聂清舟就开始后悔在车上跟夏仪说伤口的事情，没能多看她一会儿了。因为他们约会的地点是蹦床乐园，而蹦床乐园，是不能戴框架眼镜进去的。

轻度近视加散光的聂清舟摘了眼镜倒不会影响行动，只是视野有些迷离，夏仪的模样也跟着模糊，世界仿佛一下子从 4K 高清降到了 480P。

聂清舟掐着眉心，心想用 480P 看今天的夏仪，他也太亏了吧？

乐园里人来人往，有各种各样的蹦床游乐项目，来玩耍的大部分是孩子和家长，并不是他们俩的粉丝圈层。这次节目组没有清场，不过跟蹦床乐园说好了限制入场人数，他们就混在人群中一起玩。

到了蹦床乐园，夏仪明显兴致很高，她就像一匹欢快的小鹿，在各种各样的蹦床上蹦蹦跳跳，马尾辫荡来荡去。聂清舟在她身边的其他蹦床上，两个人像小孩子一般此起彼伏地弹起来。

有教练来教他们技巧，从最初的垂直起跳到进阶的跪膝起跳、后仰式起跳。

陌生的模糊视野让聂清舟有些不安，以至于一直停留在垂直起跳的入门阶段，仿佛手脚不知道该怎么摆。

而夏仪在身体控制这方面十分出色，教练让她收腿膝盖着地、后仰背部着地，她试几次就能完成，仿佛即使在失重状态下也完全不害怕，还能游刃有余地控制身体。

聂清舟满眼笑意，看着夏仪像是不受重力影响的精灵一般，以各种各样的姿势着陆再弹起，修长白皙的四肢舒展开来，仿佛在空中行走。

"你们在拍什么呀，你和姐姐是明星吗？"旁边围观的小朋友发问。

聂清舟略一思索，低下头对着那模糊的小脸说道："拍摄是因为我们在比赛，公平起见要记录下来。"

"那你要输了，姐姐跳得比你好很多。"那小朋友天真地说道。

小朋友旁边的另一个更高点儿的男孩儿说道："没关系的，我爸爸说了，男人要让着老婆。"

聂清舟愣了愣，继而忍俊不禁："老婆？"

"姐姐不是哥哥的老婆吗？"男孩儿问道。

聂清舟摇摇头，略显遗憾地说："不是老婆。"

顿了顿，他望向夏仪的身影，眉眼弯弯地补充道："是我女朋友。"

说夏仪是他女朋友，也是他这辈子第一次。

聂清舟想，不管怎么说，一日约会情侣也是情侣啊。

教练离开后，夏仪和聂清舟就满场子玩了起来，蹦床扣篮、U型槽、粘粘乐等挨个玩了一遍，摄像老师都得追着他们跑。

最后，他们到了一个充气区，气流支撑起一张波澜起伏的柔软的"网"，旁边就是一排蹦床，可以在蹦床上面助跳，然后飞身扑到气网上，被气网稳稳地兜住。

聂清舟率先尝试，高高跳起后在空中旋身，后背着陆落在气网上，像是陷在了一团棉花里。

他还没来得及享受这感觉，气网就被旁边的孩子一阵扑腾，他为了躲避滚了两圈，仰面朝天时视野里突然多了一抹急速逼近的粉色。

那抹粉色看起来也很慌张的样子。

聂清舟还来不及思考，伴随着"砰"的巨响和他的痛呼，一阵水露香气袭来，温热的身体掉在他身上，震得他肋骨生疼，他下意识抱住了来人的腰。

这大概可以算是蹦床交通事故了。

夏仪趴在聂清舟身上，头埋在他颈窝处，两个人都被这冲击震得一时半会儿没说出话来。

"你没事吧？"

缓过来之后，他们同时发问，夏仪从聂清舟身上支起身体，有些慌乱地看着他，说道："我没事，你呢？"

聂清舟眨眨眼睛，皱着眉头，可怜巴巴地说："我的肋骨可能是要断了吧……"

夏仪的眼睛睁大，在这个呼吸相闻的距离里，她的神情又清晰起来，无措和心疼都生动得过分。

聂清舟绷不住笑出了声，他笑得胸腔颤动，颤动清晰地传递到夏仪身上。夏仪愣住了，她搞不清楚他现在是什么情况，于是推推他的肩膀。

"你笑什么？"

"不知道，可能是被你撞傻了吧？"

或许是聂清舟笑得太好看了，眉眼弯弯，露出小小的酒窝来。夏仪看了他一会儿，也莫名其妙地跟着他笑了起来。

"那你又笑什么？"聂清舟偏过头问她。

"不知道，可能被你传染了。"

聂清舟的手臂还环着夏仪的腰，夏仪的一只胳膊搭在他胸口，另一只胳膊支撑着她的身体，整个身体压在他的身体之上。夏仪好像并未察觉，他们的姿势其实是在拥抱。

时隔八年的再一次拥抱，是以这样意外的方式发生。

待夏仪从聂清舟身上爬起来，再把他从气网上拽起来后，他就握住她的手，没有再松开。夏仪的手和从前一样柔软微凉，稍一用力就可以错开手指，十指相扣。

并且她也和从前一样，不会说什么，也不会挣脱，只是回握住他的手。

如果不是因为刚刚的意外，这才是节目里允许的最亲密的行为。

聂清舟拉着夏仪的手走到旁边的自动贩卖机前，准备缓一缓买点水。他俯身观察了一阵，然后笑起来，指着里面的一罐咖啡，说道："八年了居然还有，样子都没变。"

那是他上学时最喜欢买的咖啡。

随着付款的声音响起，两罐咖啡接连掉了下来，聂清舟弯腰从贩卖机下把它们拿出来。

然后，他拿着咖啡冰冷的杯壁碰了碰夏仪的脸，夏仪瑟缩了一下，乌黑的眼睛看着他。

"债主大人，请接受我的贿赂。"

他笑着吐出那个遥远的称呼。因为想要看清她，所以他离她的脸很近，声音也像是耳语一般。

夏仪愣了愣，遥远的回忆突然抖落了一身灰尘，在尘烟弥漫中清晰起来。她想起黑暗的巷子里他请求她帮忙，他在她的三轮车后被她送去医院，某个夜晚的市区里，他说要请她吃饭。

她问他为什么。

他说，当然是为了讨好我的债主。

聂清舟单手开了那罐咖啡，递给夏仪。夏仪接过咖啡，看着他笑意盈盈的模样。

夏仪想，原来他们是这么开始的。

其实与什么重叠而宏大的命运或剧本没有多少关系。

他们是从一次送医院、一次逛夜市街、一罐咖啡，一点点微不足道的互相亏欠和支撑开始的。

在蹦床乐园玩了几个小时，外面闻讯而来围观的人越来越多了，因为入场人数限制而不能进来，他们都趴在玻璃窗外看着。

夏仪和聂清舟游玩结束，和摄像老师们一起在保安的帮助下离场。他们牵着手，在高举着手机拍照的人们面前走过，人群拥挤着发出兴奋的呼喊。

聂清舟仍然不太能适应被众人围观，尽管如此他也没有松开夏仪的手——现在被拍到了，就可以名正言顺地说是节目约会安排。

"感觉和你在一起，总是能刷新纪录。"上车之后，聂清舟笑着对夏仪说，"之前在滨江公园那次我说是我八年里最开心的一天，看来要被今天取而代之了。"

夏仪乌黑发亮的眼睛看着他，她再看向他们相握的手。

"我也很开心。"

原来和他约会是这样的感觉。想起的都是美好的回忆，不好的东西完全不会记起。

没有什么值得畏惧，好像只有好事会发生，和她一直以来担忧的完全不一样。

等他们回到别墅时，他们才放开牵了半天的手。今天没有约会的四个人一起出去大采购了，在聂清舟和夏仪回来之前，别墅里只有更早约会回来的周温文和季瑛。

虽然只有两个人，但客厅里热闹得不行，他们俩的辩论声在空旷的别墅里荡来荡去，仿佛别墅里塞了一个啦啦队似的。

"季瑛，你能不能讲点道理？"

"我怎么不讲道理？不，我跟你这种人就没法讲道理。就是因为想跟你讲道理，我才被老天惩罚崴了脚。"

"你自己没看好台阶！要不是我拉住你，你整个人都得栽下去！"

"放屁，要不是因为被你气的，我会没看清台阶吗？"

聂清舟和夏仪站在门厅，看着客厅里的两个人。季瑛坐在沙发里，腿跷在茶几上，脚踝肿了一个大包。周温文叉着腰站在她面前，两个人瞪着眼睛谁也不服谁，气氛剑拔弩张。

夏仪观察着他们之间的架势，问聂清舟："他们这是在吵架吗？"

聂清舟摆摆手，轻松道："习惯习惯就好。"

一见到他们进来了，周温文就收敛神色跟他们打招呼，季瑛却完全不客气，矛头一下转移到聂清舟身上。

"清舟老师，你给我算的什么啊，我和他才不合好吗？我们俩肯定是天生八字犯冲。"

聂清舟走去厨房给夏仪和自己分别倒了一杯水，悠然地举起水杯道："你们哪里不合了？"

周温文忍着恼怒，还想往回圆："也不是什么……"

"我们什么都不合，简直就是死敌！别的不说了，我就说一个大家都知道的。清舟老师、夏仪姐，你们是新兰党还是柯哀党？"季瑛直截了当地发问了。

聂清舟不假思索地回答："新兰。"

季瑛瞪着周温文，得意地"哼"了一声，说："英雄所见略同，夏仪姐呢？"

夏仪不明白这怎么就是大家都知道的东西，皱着眉："新兰党和柯哀党是什么？"

聂清舟转过头，贴心地向她解释："《名侦探柯南》里，你如果觉得新一和毛利兰该在一起，那就是新兰党；如果觉得柯南和灰原哀该在一起，那就是柯哀党。"

听到了解释，夏仪也没有茅塞顿开，眼神反而更迷茫了："《名侦探柯南》……是爱情主题的动漫吗？"

她明明记得那是个悬疑破案的动漫啊。

"只要眼里有爱，任何题材都可以看成爱情剧。"聂清舟说出了他观察 CP 粉得出的结论。

"……我没有考虑过这个问题。"夏仪诚实地回答。

季瑛往后一躺，靠在沙发靠背上，拿手指指着周温文："他是柯哀党，他还贬低新兰。"

"我怎么贬低了？我只是说实话，哀和柯南就是感同身受更有默契。实话你就受不了了？你说我就是喜欢萝莉才喜欢柯哀，你才是真贬低吧！"

周温文终于忍不住，放弃在聂清舟和夏仪面前维持良好形象了。

聂清舟"扑哧"一声笑了出来。

周温文和季瑛也不知道是有缘还是无缘。说无缘吧，他们的兴趣爱好出奇的一致，喜欢的动漫、美剧、游戏都一样，聊天非常流畅。

说有缘吧，偏偏每一部动漫、电视剧、游戏他们都有致命的对立意见。一个喜欢主角，一个就喜欢反派；一个站这对 CP，一个就站另一对 CP；一个主队是 A，另一个的主队就是宿敌 B。

偏偏他们对这些东西还都怀有异乎寻常的热爱和执着，这天顺畅地聊下去，就开始顺理成章地吵架。

季瑛向来肆意任性，想什么就说什么，就当摄像头不存在似的。周温文原本还比较谨慎，但又实在听不得季瑛批评他喜欢的东西，忍着忍着就忍不住，被季瑛带着上头起来。

"……季瑛，你今天受伤了，我不跟你吵架。"周温文按着太阳穴，试图偃旗息鼓。

季瑛抱着胳膊，冷笑道："喊，说不过我还装作让着我。我要吃冰激凌，觉得愧疚的话，出去给我买哈根达斯！"

"去就去呗，你要多少我给你买多少。"

"我也去，我要自己挑，你把我背过去。"

周温文睁大眼睛，指指窗外："祖宗，你知道有哈根达斯的便利店离这里有多远吗？我自己走也要二十分钟。不能微信视频挑吗？"

"不行，我就想去。怎么，你这一身腱子肉白练的？我体重可不过百啊。"季瑛跷起腿，指了指手机上的时间，"还没过零点呢，现在你可还是我男朋友。"

周温文冷哼一声："好，行，当你男朋友真是倒大霉。背就背，你脚疼了我可不管。"

他们俩嘴上说个不停，一边吵着，周温文一边蹲下身把季瑛背起来。季瑛顺溜地趴在了他背上，他真就这么稳稳当当地背着她出门了。

他们一离开别墅，房间里顿时就安静下来了。聂清舟和夏仪相视一眼，聂清舟笑意盈盈地道："他们相处得还蛮好的嘛。"

夏仪疑惑："是吗？"

等周温文和季瑛再次回到别墅的时候，出去采购的大部队已经回来了。陈煜方给他们开的门，一看见周温文拎着个老大的塑料袋，还背着季瑛，他就愣住了。

"……洛克比就是渣滓，技术都退化成什么样了，尽剩吹牛的本事！"
"洛克比也能算渣滓？菲迪连他的边都摸不到……"

两个人一进门，吵架的内容就跟着飘进了门里。周温文把季瑛放下来，季瑛顺手环着他的脖子，单脚赤足踩在了他的名牌限量篮球鞋上。

"……我拖鞋在客厅，带我去客厅……菲迪？拜托，菲迪今年才多大？洛克比在菲迪这个岁数……"

季瑛从吵架里抽出一句话的时间寻找了一下她的拖鞋，就踩着周温文的鞋，指挥他把自己运到沙发那边去了。

因为吵得上头，这种小事周温文都没放在心上，全按季瑛说的照办。而季瑛从进门到坐在沙发上光顾着和周温文辩论了，辩得神采飞扬，连一眼都没看陈煜方。

陈煜方在沙发边默默地看了他们很久，表情明显不太好。

这次约会后，季瑛和周温文就拉开了二人辩论赛的序幕，两个人一碰面说不上两句话就开始争论，从动漫、电视剧、体育赛事争到豆腐脑应该是咸的还是甜的，火锅蘸料到底是麻油还是芝麻酱的好吃。

中间的几天又是集体活动，他们所有人一起去露营，节目组大概是希望他们在互相合作中培养感情。

活动回来的约会需要相互选择才能成功配对，天天吵架的季瑛和周温文居然奇迹般地配对成功了。

季瑛："我脚还没完全好呢，他惹的祸他不管？"

周温文："上次的话题还没说清楚，不说清楚我堵得慌。"

聂清舟和夏仪自然是顺利地互选了。他和夏仪碰杯，看着季瑛和周温文吵吵嚷嚷地声称要折磨对方，聂清舟微笑着感叹道："他们相处得真是越来越好了啊。"

夏仪偏过头，怀疑他："好像只有你这么觉得。"

聂清舟拿手指指了指不远处沉着脸的陈煜方。

"不，他也是这么觉得的。"

晚上，夏仪在客厅里弹钢琴，她还是像以前一样，能把音乐变成自己的魔法，当她一边哼歌一边弹钢琴时，所有人都围了过去。

乔娜提起听说夏仪有绝对音感，大家就好奇地测试起来。先是弹一些和弦让夏仪猜音，从三和弦到七和弦，从和谐到不和谐。最后甚至发展到敲玻璃杯、弹棉线让夏仪说音名。

离谱的是，夏仪还全部说上来了。

聂清舟抱着胳膊站在阳台门边，满脸骄傲。季瑛靠着阳台栏杆看着客厅里热闹的众人，对聂清舟说："清舟老师，收收你的表情吧，也太明显了。"

聂清舟走到季瑛身边，转身继续看着钢琴边的夏仪，问道："什么太明显了？"

"你的眼神啊，渴望和爱意都太明显了，你没发现大家看你和夏仪的眼神都很微妙吗？等节目一播，所有人都知道你喜欢夏仪喜欢得要命。"

"没事，这个综艺的主题是模拟恋爱，大家会觉得是我演技好。"聂清舟微微一笑。

嗑 CP 的人不论怎样都会嗑，不嗑 CP 的人——比如当年的他，看什么都觉得是演的。

季瑛哼了一声，轻声感叹："你可真是旁若无人啊。"

"你是我们中最大胆嚣张的一个了吧，还说我旁若无人？"

"我比不上你，你敢这么看着夏仪，就跟完全把自己交出去似的。你就不怕输吗？"

季瑛指指远处的夏仪，对聂清舟说道："除了有一段共同的高中回忆，你们其实没那么般配，你也明白的吧？连我这个不怎么关注音乐的人都知道夏仪，她是国际明星，顶尖唱作人，时薪都比你年薪高。她进来第一天背的包，可是要这个数。"

她张开五指在聂清舟面前晃了晃，然后耸耸肩："这对她来说可能就是个零花钱，对你应该是个大价钱吧。"

聂清舟想了想，他问道："这包的实际价值有这么高吗？"

"这可是奢侈品，奢侈的意义就在于浪费。"

"努力又辛苦地挣钱,目的是把它们浪费掉,真奇怪啊。"

顿了顿,聂清舟笑道:"既然有那么多是被浪费掉的,实际上人花很小的代价就可以好好生活吧。我没觉得金钱是那么重要的东西,那应该也不是夏仪希望从我身上得到的东西。"

季瑛挑挑眉毛:"可世俗意义上的成功就是用金钱衡量的,你不觉得有压力吗?"

聂清舟转过头来,淡淡地说:"我为什么要在意与我无关的人的评价?"

季瑛看了他半晌,轻笑道:"你这话真像夏仪会说的话。"

都说相爱的人会越来越像。

她一转过头,就看到陈煜方站在了阳台门边,话便停住了。

聂清舟看到陈煜方来了,有眼色地跟他打了个招呼,就离开阳台走进房间里。

季瑛看着陈煜方,突然有些伤感。

都说相爱的人会越来越像。

看来他们就是不相爱,才会越走越远。

客厅里的热闹被一道玻璃门隔着,变成遥远的背景音。

季瑛和陈煜方在黑夜中默默地对峙。

"有话就快点说吧。"季瑛淡淡地说。

陈煜方默默地看着她,他穿着白色的衬衫,眉目俊朗,仿佛学校里玉树临风的学长。她一向知道他非常好看,无可挑剔的好看。他专注地望着她时,她就希望他永远这样看着她,只看着她一个人。

以前她是这样希望的,人不能被自己的愿望欺骗太久。

"阿瑛。"

他用这种熟悉的称呼喊她,季瑛的手轻微地颤了颤。

她移开目光,轻轻地笑了一声道:"既然想要摆脱我,就别这么叫我了吧。你再多喊几句,说不定我就动摇了。"

"你决定要放弃了?"

"嗯,是不是松了一口气?"

客厅里,夏仪从钢琴上收回手,目光穿越众人在客厅里巡视着,视线在某个地方多停了一会儿。

季瑛顺着她停留的视线看过去，半个客厅的距离之外，聂清舟果然在那视线的尽头，他坐在沙发上，撑着侧脸无声地说着什么。

她看不懂聂清舟在说什么。

但显然夏仪看得懂。

她说什么聂清舟和夏仪并不相配，其实她不过是嫉妒他们的坚不可摧罢了。

季瑛淡淡地说："我还以为我们俩和聂清舟、夏仪很像，都是从高中就认识的，性格一冷一热，现在看来完全不是。我没法像聂清舟爱夏仪那样爱你，你也远没有夏仪那样坚定。不过陈煜方，我也尽力了。"

从客厅里传来周温文爽朗的声音，他的身影出现在客厅里，他把手放在嘴边呼喊道："季小公主呢？您要的零食给您买来了，还不快来吃？"

季瑛大声回应道："我在阳台！"

"怎么着还要我去接你？"

"那当然了，不然你让我蹦到客厅吗？"

"你真是……"周温文一拉阳台门，就看到了站在季瑛身边的陈煜方。他原本用食指钩着零食袋子背在肩膀后，看到他们两个人后，他就把零食袋子放了下来。

"既然煜方在这里，让他把你扶进去不就行了吗？"周温文望向季瑛。

季瑛瞪着眼睛，向他伸出手："你害我摔跤崴脚的，怎么好意思麻烦别人？"

于是，周温文跟陈煜方打了个招呼，熟练地接过季瑛的手，季瑛自然地把胳膊搭在他的肩膀上，被他架着稳稳地移动到客厅里去了。

季瑛打开零食袋子，挑挑眉毛："我要牛奶巧克力，你怎么买的黑巧克力？"

"牛奶巧克力那么甜，牙还要不要了。这种黑巧是我吃过最好吃的，你尝尝，肯定会喜欢。"

季瑛勉强地尝了一块，然后别扭地给了个好评。

周温文露出胜利的笑容，然后变魔术似的从卫衣帽子里拿出季瑛要的牛奶巧克力，说："难得我们意见一致，这个巧克力是奖励你的。"

季瑛觉得自己落了下风，跟周温文闹成一团，周温文"哈哈"大笑起来。

陈煜方默默地在阳台里看着二人争执，他想起来很多年以前，他们还在上高中的时候,季瑛也是天天找他吵架的。她有时候也不是真的要和他争,只是吵着玩,想让他让着她而已。

从什么时候开始,季瑛就再也不跟他吵架了呢?

从他家里出事开始,从他退学开始,从他签约出道越来越忙开始,还是从他第一次嫌她烦开始?

说话的间隙,周温文转头正好和阳台上的陈煜方对上目光,陈煜方的神情沉郁。周温文眼里的笑意也淡了下去,他若有所思地看向季瑛。

季瑛瞪了他一眼:"看我干吗?"

周温文若无其事地向右挪了两步,站在季瑛和陈煜方的连线间,他挡住季瑛的视线,让她看不到陈煜方。

"没干吗,我还不能看你了?"周温文面上毫无波澜。

这些细小的波澜尽收聂清舟的眼底,他默默地端起咖啡喝了一口,手机在口袋里振动着。

哎咦哎咦:B神,你去录个节目怎么就跟失踪了一样,你回复我两句呀!

哎咦哎咦:怎么样,好不好玩?我看到你和夏仪去蹦床乐园的路透了,太配了!你再给我透一点糖吧,孩子要饿疯了!

聂清舟的目光从手机屏幕上移开,他看了一眼时不时还呛两句的周温文和季瑛,又瞥了瞥阳台上的陈煜方,继而悠然地回复江雨倩。

Boat:我现在终于明白你的感受了。

哎咦哎咦:什么?什么感受?

Boat:嗑 CP 真是快乐啊。

哎咦哎咦:[问号.jpg]

Boat:还有你说过的那什么,前任现任遇到一块的⋯⋯

哎咦哎咦:修罗场?

Boat:对,修罗场,真有意思啊。

江雨倩开始在微信里哀号,求他多说一点。聂清舟只说让她等播出了自己看,惹得江雨倩发来一堆表情包轰炸他。

聂清舟觉得自己在他表妹的培训下,以及几个月混迹各个 CP 聚集地的过程中,他已经具有了嗑糖的一些初步技能。但是显然很多人是不会嗑的,有的人连自己的糖都不会嗑。

几次约会日过后,某天,季瑛把聂清舟喊到别墅外僻静无人处,认真地问道:"清舟老师,你说陈煜方和周温文,他们两个之间是不是有什么过节?"

聂清舟淡然地道:"你是圈里人,我是圈外人,你都不知道我怎么会知道?"

"可是你很会看人啊,这不是很明显吗?都多少次了,陈煜方能指定约会的时候选我,周温文能指定约会的时候也选我。我就奇了怪了,他们一个烦我烦得不行,一个天天跟我吵架,怎么就都要跟我约会?他们是都急着拆影视CP?那他们俩之间的火药味儿也不至于这么足吧?想来想去,只可能是他们之间有过节。"

季瑛指了指自己,仿佛找到了问题的答案所在,笃定道:"就拿我当他们争斗的工具了呗,谁能争到我谁就胜利?"

聂清舟端着咖啡看了季瑛半天,摇头叹息。

"你不用管他们之间有没有过节。你就想想,等下次你有机会指定约会的时候,你要选谁?"聂清舟的回答一针见血。

季瑛沉默半天,悠悠地说道:"我选你。"

聂清舟一口咖啡喷了出来。

他咳嗽道:"我和原野这边还乱着呢,你就别搅和了行吗?"

"原野哪里抢得过你哦,他也就是有几次运气好拿了选择权。夏仪姐能选的时候,不还是选你的吗?你和夏仪姐都约会这么多次了,仗义支援一下我不行吗?"

季瑛"啧啧"感叹,她往别墅里一指,说:"你不答应,我就去求夏仪姐,夏仪姐心软,肯定会让着我。"

"……你选原野不行吗?"

"我和他也不熟,感觉没什么话可说。"

聂清舟收敛神色,站起身来:"我和你也不熟。"

说着,他转身就要走,被季瑛拉回来。季瑛终于说她也很头疼这个问题,陈煜方和周温文她都看不懂,甚至不想要选择权了。

"我真不明白你和夏仪姐。"季瑛懒散地撑着路边的栏杆,看向聂清舟,"你们俩上这个节目干吗?撒狗粮吗?"

- 491 -

聂清舟晃晃最后一点咖啡底,慢悠悠地说:"她说想要试试,可能是想找个不那么正式的方式,和我交往一下看看。"

"试试?怎么,试不好还能退货吗?不是……就你们俩这个两情相悦心灵相通的状态,下了节目就去领证我都信,还要试什么试?"季瑛难以置信。

聂清舟回头看着灯火通明的别墅,沉默了一会儿,然后说道:"我们毕竟分开了八年。关于这八年,她应该还有很多事情没有跟我说。她的心里可能也有很多东西,还没有完全释怀。"

顿了顿,聂清舟说:"我知道她也爱我,当年如果不是因为爱我,她也不会那么痛苦。我们之间的事情有些复杂……我已经全部解释过,她也都看到了。可能她也不确定是否能够接受我,所以想要试试看吧。"

季瑛悠然道:"哟,当年你脚踩两只船了?"

"……没有。"

季瑛不太明白他们之间的关系,她试图化繁为简地理解这个问题:"假如,我说假如啊。等节目结束了,夏仪姐觉得这次尝试不行,她不能和你在一起,要和你一刀两断。你怎么办?"

聂清舟转过头来看季瑛,幽幽地道:"你是自己不痛快非要我也不痛快吗?"

季瑛干脆利落地道:"是。"

聂清舟思索片刻,把已经喝完的罐装咖啡丢出去,铁皮罐头飞出一个饱满的抛物线,落在垃圾箱里,发出清脆的响声。

"那也没什么。"

他吸了一口气,仿佛要说服自己般说道:"我希望她能对我释怀,这样就可以放下很多负担,将来也可以像爱我一样地爱别人。就算我不在她身边,她自己也能幸福地生活。"

"我没剩多少时间了,以后还不知道会怎样,在这时候和她有点距离,也是好事。"

季瑛闻言愣了愣,她搭住聂清舟的肩膀,正色道:"我真没想到……清舟老师你得什么绝症了?需不需要我给你介绍医生?"

"……谢谢,我没病,不需要。"

"那你没剩多少时间是什么意思?"

"我掐指一算，过了不了多久我就要遭遇命中大劫。"

季瑛嗤笑一声："不是吧，你还真信这个？你要真信这个还跟夏仪上什么节目，你本来可以和她表白，在一起享受最后的时光啊。"

"你知道幸福生活的大敌是什么吗？"聂清舟的手机发出"嗡嗡"的声音，他一边拿出手机，一边淡淡地说，"就是总想着'本可以'。"

季瑛说道："清舟老师，我觉得你不该出道，你该出家。"

聂清舟笑了一声，冲她摆摆手道："咨询到此结束，我进去了。"

他摆手的时候，手中的手机屏幕亮亮的，微信对话的字迹一晃而过，然后那瘦高修长的身影就朝着光亮的别墅方向走去。

季瑛望着他的背影，也不知道是不是因为聂清舟心里稳妥地放着一个人，无论他说出怎样不安的话，内里仿佛都有一根持久燃烧的烛芯，不会有比他更稳定的人。

她想起刚刚看到的聊天对话。

——夏夏：在哪里呢？

——清舟：就回去了。

明明是非常普通的交谈，却让人心生羡慕啊。

季瑛的手机欢快地响了起来，她看了一眼来电显示，接起电话。

"你是不是在路旁边站着呢？"周温文的声音传过来。

"你怎么知道？"

"从窗户里看见的呗，脚没好利索，跑得倒是很远。"

"干吗，我自己蹦过来的不行吗？"

"回程需要代驾服务吗？"

"好啊，快过来啊，超时我要投诉的。"

季瑛挂了电话，发现微信有一个未接来电，就在她刚刚和周温文打电话的时候打过来的。

那是陈煜方的电话。

从开始到结束，这么漫长的岁月里，他们的时机总是对不上。

季瑛看了一会儿屏幕，默默把屏幕熄灭，没有拨回去。

聂清舟默默旁观季瑛、陈煜方和周温文之间的暗流汹涌，他们在买零食、搀扶走路、坐座位、说话的时机等等细节处摩擦出火星，又默契地平息。

在日常生活中感觉并不太明显，但是后期剪辑会放大所有这些若有似无的矛盾，把当事人试图掩饰的情绪暴露出来，成为一个高点击率的场景。

说实话，节目组应该给季瑛三倍出演费才对。

聂清舟也想给季瑛指一条明路，但是很遗憾的是，他在这个综艺里的神通已经到头了。

这个节目七月初录制完成，后期制作各个环节下来，到九月才播出，等他十月下旬穿越回 2011 年的时候综艺还没播完。因此，他的预言能力很有限，这综艺最后会发生什么事他也完全不知道。

不过这也只是个节目而已，在狭窄空间里摩擦出的火花和动心，很可能随着节目结束、距离遥远而淡去，那时季瑛的烦恼也自然而然消失了。

"时间过得真快啊，节目马上就要结束录制了。"

聂清舟仰头看着阳光。他和夏仪在游乐园里牵着手并肩走着，今天天气非常好，温度不高，但是阳光灿烂，天空澄澈得仿佛蓝色的海洋，所有树叶被阳光晒得金光闪闪，仿佛镀了一层金漆。

夏仪随着他说的话抬起头来，看向天空。她今天穿着香芋紫的针织开衫，头上戴着聂清舟刚刚给她买的米妮发箍，两个圆圆的大耳朵随着她仰头向后滑下去。

"啊！"

她的惊呼声刚刚响起，聂清舟骨节分明的手指就托住了那大耳朵，他笑着说："没事，今天的天空是不是很好看？"

"就像大海，不是常川那样近岸的海，是远洋的深海。"夏仪被阳光照得微微眯起眼睛，她放松下来，舔了一口手里的冰激凌。

"你真的能吃冰激凌吗？"聂清舟望着她的草莓冰激凌。

夏仪的资料里写着她为了保护嗓子，生冷辛辣甜腻的食物都不能吃。但是今天一进游乐园，看到别人手上拿着冰激凌，夏仪就立刻拉着他也去买了一个。

夏仪收回目光，转过头看向聂清舟，阳光下她的冰激凌也晶莹透亮。她语气坚定地说道："我要吃。"

聂清舟偏过头一笑："你现在变得喜欢吃冰激凌了吗？"

夏仪却摇摇头，她把冰激凌举起来给他："你要不要也吃一口？"

聂清舟想这好像就是他们刚进游乐园时，看到那对在吃冰激凌的情侣做的事情。这就是夏仪要去买冰激凌的原因吗？

他忍不住笑起来，低下头在她舔过的地方吃了一大口，冰冷甜腻的奶油味化在嘴里，他觉得这应该不是夏仪喜欢的口味。

"需要我把它吃完吗？"他了然地问。

夏仪思索了一下，有些不好意思地把冰激凌放在了他手里："好。"

之后在游乐园里他们看上的所有生冷甜腻油炸食物，夏仪都试了一遍，吃不了的都落进聂清舟的肚子里。仿佛突然之间，夏仪也不怕伤害嗓子了，聂清舟"不吃别人吃过的东西"的轻微洁癖也消失不见。

他们成了全世界最普通的一对小情侣，手牵着手在游乐园里逛来逛去，吃所有想吃的垃圾食品，玩所有幼稚或者惊险的项目，在旋转木马上不停地拍照，在过山车、海盗船上放声尖叫。聂清舟的胳膊都被夏仪掐得红了一片。

他们两个倚在栏杆上，头发都被过山车的风吹乱了，样子有点滑稽，莫名其妙地一看对方就开始笑。

聂清舟抬起他通红的胳膊，轻轻地整理着夏仪被吹乱的发丝，笑道："我本来还担心呢，资料里说你现在不能参与任何刺激活动，没想到你玩得这么开心。"

夏仪眨了眨眼睛，她的眼睛在阳光下越发显得深黑，像是宝石一样。

她认同道："我确实有很多不能做的事情，很多很多禁忌。我知道那是为我好。"

为了她的声音，为了她的病，她在这些善意的禁忌下生活了八年。

夏仪的目光飘到旁边围观拍照的人群身上，他们面目模糊，只能听见兴奋的笑声和呼喊，看见他们举起的高高低低的手机，还有另一边摄像老师肩上运转的摄像头。

这就是她八年里，一旦离开她的录音室，走在阳光下所面临的生活。

"吃冰激凌、甜品、炸鸡，坐过山车、海盗船，或者just像这样牵着你的手正大光明地走在大街上，在人群里约会，做普通人在约会里所做的事。如果没有这个节目，这些简单的日常对我来说都是不可能的。"

夏仪的语气淡淡，风裹着她的长发在空中飞舞，聂清舟温暖的手指停在她的发间。她抬眼望着他，漆黑的双眸里映着他的脸。

"我并不是喜欢吃冰激凌，只是想和你一起吃。我想和你一起做大家约会都会做的事情，就像所有平凡的正常人一样。"

这是她愿意参加这个节目的原因之一。

这种机会对她来说，其实非常珍贵，可能这辈子再也不会有第二次了。

聂清舟默默无言地望着她，旁边的喷泉广场传来《欢乐颂》的音乐声，他眼里的疼惜和爱漫过一切，他勾起嘴角笑起来，指指白色地砖铺就的喷泉广场："那我们要不要更疯一点？"

《欢乐颂》的钢琴声是喷泉广场要进行喷泉表演的前奏，聂清舟拉着夏仪的手转身奔向广场，人群和摄像老师纷纷跟着他们奔跑，如同风吹海洋的波涛一般。

在他们踏入广场中心的那一刻，无数水柱从地面精心排布的喷孔里向湛蓝海洋般的天空扬起，把他们与其他所有人隔绝开来。

阳光下的水柱晶莹剔透，像是水晶一般以优美的弧度交错旋转，在透明的空气中飞舞，然后落在他们身上，碎了再溅起小小的水花。阳光在其中跳跃，像是在一座水晶宫殿中穿行。

聂清舟和夏仪的衣服、头发瞬间被打湿，精心打造的妆发不复存在，水珠顺着他们的脸颊、发梢一滴滴落下。他们却哈哈大笑起来，在喷泉间追逐奔跑着，好像放学的孩子，踏上草原的马驹，不管不顾地放肆着。

聂清舟白色的衬衫湿了，贴在他瘦削的身形上，他摘掉眼镜，那双茶色的眼睛好像也染了水汽，也变得晶莹剔透。他张开手仰起头，笑得露出酒窝和洁白的牙齿，金子一般的水落在他的脸上。

夏仪也张开手臂在喷泉里旋转着，她白皙的皮肤沾了水，在阳光中闪闪发光，黑色的长发随着她的旋转飞扬起来，一向漆黑深邃的眼睛，仿佛多年来第一次被光照到底。

广场边的钟楼突然传来整点的钟声，铜质撞钟的声音，如同利箭破空而来，忽远忽近，射穿夏仪的耳朵。

她的耳朵里瞬间响起奇怪的杂音，多年来筑起的囚笼摇摇欲坠，一些可怕的鲜红的记忆蠢蠢欲动。

夏仪睁大眼睛，在她怀疑是不是幻听发作时，聂清舟突然靠近她，俯下身捂住了她的耳朵。

夏仪的视线完全被聂清舟的脸庞占据。他离她很近，她能看见水珠顺着他的睫毛和鼻尖掉落，他茶色的眼睛里含着阳光和水光，专注地认真地望着她。

"看着我，夏仪，只看着我。其他什么都不要听。"他一字一顿地说。

然后，他没有再发出声音，他盯着她，缓慢地张嘴，无声地对她说话。

——我喜欢你，夏夏。

——无论是八年还是十年，无论在不在这个世界上，我永远喜欢你。

——我爱你，这个灵魂，永远爱你。

他说的话明明很复杂，但是她居然全部看懂了，她那么努力地去分辨他的口型，想知道他在说什么。

以至于那些可怕的记忆，连同她恐惧的钟声，都被这新的记忆覆盖，没有能在她脑海里抢到一点点位置。

随着钟声响起，喷泉表演也到了高潮，水柱瞬间爆发到极致，白茫茫的水幕把一切遮挡起来。在这个瞬间，夏仪踮起脚，抬头吻上聂清舟的唇。

他温暖的、被水打湿的、柔软的嘴唇，迟到了八年，刚刚说爱她的唇。

他愣了愣，然后托着她的后脑低下头，加深这个吻。他把刚刚她给他的蜜桃汽水的甜味还给她，唇齿交缠，气息纠缠，体温纠缠，所有一切纠缠在一起，无法分离。

时间仿佛退回年少的那个夜晚，所有的怯懦和犹豫尘埃落定，截断的时间和情感卷土重来。

水幕退下的时候，夏仪把头埋进他的颈窝，紧紧地抱住了他的腰。聂清舟也抱住她，他搂住她的后背，手臂用力，像是要把她融进血肉骨髓。

他们浑身湿透，风一吹就凉下来，只有相贴的部分是温暖的。

随着水幕退去，围观的人群爆发出惊呼声，无数的快门声响起。

在这些嘈杂里，夏仪的世界里只有她抱着的这个温暖的身体，她的心脏剧烈地跳动着，那种热度仿佛要燃烧起来。

她想，她是爱他的，她仍然拥有爱他的能力，这真好。

美好的记忆或许可以覆盖痛苦的记忆。以后再次听到钟声的时候，她第一个想起的，会是夏日的喷泉和金色的水光，还有在水花中望着她的眼睛说爱她的，她所爱之人。

夏仪，你既然决定了要爱他，你就要把他和折磨你的命运分开，不可以再生病，不可以放弃他，不可以伤害他。

你已经努力了那么久，不要害怕，你可以做好。

你一定可以好好地、正常地爱他，像这个世界上所有平凡的、相爱的人一样。

聂清舟和夏仪湿漉漉地回到别墅，把众人都吓了一跳。季瑛惊讶地问他们："你们不是去游乐园了吗？激流勇进没穿雨衣吗？"

"我们去打卡新兰经典场景了。"聂清舟一边给夏仪擦头发，一边提示季瑛，"游乐园里有一个喷泉广场。"

季瑛一下子从沙发上蹦起来，惊喜道："啊！《瞳孔里的暗杀者》！"

"动漫里人家愣是一点儿都没淋湿，我们往里一站从头到尾都浇透了。"聂清舟笑意盈盈。

"我也想去啊！我怎么就没有被安排去这样的约会！"季瑛满怀愤怒，转头怒视她今天的约会对象。

靠坐在沙发上的周温文抬起头来，他穿着藏蓝色的卫衣，手抱在脑后："怎么，这也要怪我？下次再去不就行了。"

"哪里还有下次，节目马上就要结束了，这是最后一个约会日。"季瑛拿出手机，转头问聂清舟，"你们去的哪个游乐园，我要搜搜看……"

"《瞳孔里的暗杀者》取景据说来自日本富士急乐园，等节目结束之后一起去呗。"周温文不咸不淡地说。

季瑛的眼睛从手机上抬起来与周温文对视，他的语气平淡得仿佛随口一提，眼神却直直地望着她，非常认真。

说什么节目结束之后，好像真的是在跟她约定似的。不用下节目，甚至过了今天，他们就不是约会情侣了。

"你不是柯哀党吗，去看什么新兰党的经典场景？"季瑛放下手机，像平时那样呛回去。

"适当了解敌情很重要。"

季瑛抱着胳膊，低头看向他："周温文，我说去可就是要去的，我很重视约定。"

周温文也坐正身体，像平时那样一字一顿地反击回去："我更重视约定，君子一言，驷马难追。"

周温文向季瑛伸出手来，季瑛便扬手和他击掌，击掌声格外清脆。

聂清舟和夏仪在一边看着他们，夏仪轻声说道："他们约会也像是吵架。"

"看这情形，将来他们会一边吵架，一边表白的。"聂清舟低声回复。

他不知道季瑛、陈煜方和周温文之间又发生了什么事情，他所知道的是，最后一次约会季瑛拥有选择权，而她选择的人是周温文。

一向执着的人，就连掉头放弃也会执着。

《最高暧昧》的录制就这样落下帷幕，所有的心动、犹豫和浪漫就封存在影音片段里，大家走出那栋大别墅，走向各自的生活。

节目录制结束后不久，夏仪的亚巡演唱会就开始了，第一场演唱会她如约给了江雨倩最前排的演唱会门票，同样也把参与节目录制的所有人都请到了现场。夏仪的经纪人邦妮干练又周全，妥帖地招呼了所有人，却私下里叫住了聂清舟，说想和他单独聊聊。

"清舟老师，上节目这段时间，麻烦你照顾夏仪了。"邦妮客气地开口道谢。

聂清舟笑了笑，四平八稳地说道："没有，夏仪也很照顾我。"

"我和史蒂夫都很担心她，生怕她出什么差错，出道庆祝会那天的情况你也是看到过的。没想到夏仪适应得很好，史蒂夫说，她现在的状态很不错。"

邦妮看向聂清舟，说道："这应该是你的功劳吧。"

他们站在无人的走廊里，墙角安全通道的绿灯不稳定地闪烁着，一旦没有人说话就显得过于安静。

聂清舟抱着胳膊靠着窗沉默了一会儿，他抬眼看向邦妮："我可以问问，夏仪这些年里都发生过什么事情吗？"

邦妮的手指在窗台上敲着，慢慢地说："这正是我想跟你说的。"

演唱会即将开始，烟花升空将天空照得一片明亮，乐队奏响乐曲，满场人群跟着跳跃起来。江雨倩一边摇着荧光棒，一边给聂清舟发去微信语音："B神！B神你跑哪儿去了？马上就要开始了，你快来啊！"

她着急地环顾四周，终于看到远处一个身着黑色T恤，戴着米白色帽子的修长人影穿过人群。他的步子不快，侧身绕过一个又一个人，站在江雨倩的身边。

聂清舟的嘴唇紧紧地抿着，脸色苍白。当他抬起头时，江雨倩便看见一双复杂的、沉沉的茶色眼睛。

"B神……你怎么了？"

还不等聂清舟回答，所有的灯光暗下来，他的眼睛也瞬间隐匿于黑暗中。人群间发出波涛般的尖叫声，白亮的灯光聚集在舞台之上，重新编曲的 *Losing Me* 由弦乐团演奏而出，盛大地将气氛推到顶点。

升降台缓缓升起，一群金色的精灵装扮的伴舞围绕着一个透明的雕刻精致的长方体，他们以沉睡的姿态趴在那透明长方体上，仿佛突然被音乐唤醒一般起身，掀开长方体的盖子，从里面托起躺着的那个姑娘。

夏仪穿着紫色的丝绸吊带长裙，头发波浪般卷曲直到腰部，坐在那透明的"盒子"上，拿起话筒。她干净澄澈的声音响起，震动空气，在每个人心里激起细小的波澜。

聂清舟的双眸颤了颤，目不转睛地望着她，他的大明星。

——我刚遇见夏仪的时候还是个菜鸟，她的经纪人是我的上司文森特，文森特发掘并包装了她，按中国的说法，文森特是夏仪的"伯乐"。我听文森特说夏仪以前有过比较严重的精神疾病，但是已经康复，那时夏仪看起来确实与常人无异。

——一开始一切都很顺利，夏仪一出道就大火，拿遍了所有的新人奖，势头非常好。公司希望她尽快发布第二张专辑，借势奠定地位。那段时间，夏仪非常投入，全身心不分昼夜地沉浸在音乐创作里。然后某天开始，她突然出现幻听，继而是幻觉、突发性记忆空白。

——她出国前就发病过，所以你也应该知道，她发病的时候会有无意识的作曲行为，神奇的是，她发病时的作曲质量极其好。文森特曾说，那是上帝借夏仪的手创作的音乐，能够为伟大的作品献身，是莫大的荣幸。

聂清舟的瞳孔收缩，他望着聚光灯下走到立麦前面，捧着麦克风低头歌唱的夏仪。她的睫毛很长，闪亮的粉末缀在她的睫毛和眼尾，像是星光落在她眼睛上。

那些精妙优美的旋律在会场中回荡，像是一群自由飞翔的海鸥。

——迫于公司的压力，我和文森特一起哄着夏仪完成了第二张专辑所有歌曲的制作，制作结束的时候，夏仪的病情非常严重，几乎要死掉了。

——那张专辑极其成功，在全球掀起"海啸"，评价很高，你是知道的。但是专辑发布不久后，我发现文森特一直以来和夏仪的精神科医生勾结，把夏仪的药物换成了安慰剂。夏仪的病之所以越来越严重，是文森特有意为之。我举报了文森特，他被公司开除，这些事情连同夏仪的病情都被隐瞒下去，你们都不知道。

——之后，夏仪换了医生和经纪人，并且决定远离音乐，再也不唱歌，也不作曲。那之后，她的病情确实好了一阵，但很快她又再次发病，甚至比之前还要严重。

——我不知道音乐对于夏仪是什么，她太过投入就会精神崩溃，但要她彻底舍弃，好像又活不下去。为什么她要面对这样的命运，被这样戏耍？

——要是我，我早就绝望了。

江雨倩转头看向聂清舟，她惊讶地睁大了眼睛，摇着聂清舟的肩膀大声说："B神，你哪里不舒服吗？你好像很难受啊？"

聂清舟弯下腰去，他用力地捂住了自己的耳朵，后脑的伤口仿佛也灼热地疼痛起来。那些动人的天才般的旋律，他曾欣赏过无数次的美妙歌声，突然间变成了命运噬咬夏仪血肉的声音。

震耳欲聋，令人心痛，多听一分钟都难以忍受。

他不知道演唱会是怎么结束的，不知道江雨倩、季瑛和其他参加综艺的人都来跟他说了什么，也不知道自己回答了些什么。等到人群全部散去的时候，他仍然孤零零地站在舞台下，看着工作人员收拾舞台。

"搭了那么久，热闹两个小时就结束被拆掉。一切都好虚幻，对不对？"

夏仪的声音在耳边响起，聂清舟愣愣地回头看向她。她穿着一件简单的灰色长袖卫衣和休闲长裤，戴着口罩，看起来就像一个普通的工作人员。

她转头，眼睛亮亮地看着他，说道："你等我很久了吧。"

聂清舟才想起来邦妮说过，让他演唱会结束后等一下，夏仪会来找他。

"给你发信息怎么不回呢？差点没找到你。"夏仪问完之后，自己的眼睛弯起来，"不过以前上学的时候，你每次要找我，我也常常不回信息的。"

她语气轻快，眉眼含笑，完全看不出演唱会结束后的倦怠感，仿佛健康快乐，精力充沛。

她走过了多长的路，才能像这样平常地站在他面前。

聂清舟安静地望着夏仪，脑海里回响着邦妮的话。

——后来她又重新开始创作音乐，花了很多力气维持创作和精神承受力的平衡。她的病情渐渐好转，最近这两年才彻底稳定下来。

——清舟老师，我说这么多，就是想说夏仪是我见过最坚强的女孩子。她真的非常非常努力，很不容易才走到今天。我希望你能好好地对待她，千万千万不要让她再坠下去。

"夏夏……"

聂清舟刚刚吐出她的名字，天空就被烟花所照亮。夏仪转过头去，他也随着夏仪的动作转头看向舞台上空。

就像开场的烟花表演时那样，烂漫的烟花从舞台后喷出，在天空中留下明亮的五彩斑斓的光芒，一重重地叠加上去，仿佛在天上建了一座灯火通明的城市。

"我让他们放的，好看吗？"

夏仪仰着头，以少有的欢快语气说道："我很想专门放一次烟花给你看，就像高中的时候你带我看烟花一样，你喜欢吗？"

聂清舟看着烟花，明亮的光芒烫在他的眼底，他的眼睛像是被烫伤一般潮湿而灼热，甚至感觉到疼痛。

他突然转过身来把夏仪抱住，夏仪愣住了。她也轻轻抱住他的后背，他的身体战栗，连呼吸也颤抖，像是狂风中颤动的旗帜。

"好看，很好看。"聂清舟低声说道。

"那……为什么不看了？"夏仪有些无措。

"让我抱抱你。"

夏仪不明所以，安静无声地抱住他。

"夏夏……"

"嗯？"

"明天有个采访，提纲里有关于见义勇为那件事的内容，我……要不要说？"

夏仪安静了一会儿，轻声说："说吧，如果你不说的话，那些孩子怎么办？"

"但犯人的报复是你精神创伤的源头，如果没有这件事……如果没有我，所有的一切都不会发生，你不会……活得这么辛苦。"

聂清舟的声音越来越低，他的拳头捏得很紧，骨骼都发出响声。

夏仪想，邦妮好像告诉了他一些什么。

在那些漫长的时光里，她的心绪几经变化，她现在无法跟他说清楚，更何况,还没有到要说清的时候。

于是,她轻轻地不熟练地拍着他的后背,烟花还在不停地绽放着,世界明明暗暗。

"我觉得,我已经不再介意了。"

她在他耳边安然地说道:"你去说吧,把命运的环补上,等到走到时间的终点,如果可以,我们再重新开始。"

聂清舟松开她,夏仪仰头看着他。她的眼睛像是深邃的海洋,所有东西都可以慢慢地沉到海底,化为平静。

她说不介意,那是可以把人置于死地的苦难,她却说她不介意了。

就像十年前他见到她时,她被流言、偏见和厄运包裹,她也只是昂着头,目不斜视地往前走。

好像只要能走下去,她就什么都不畏惧。

他花了多少时间和力气让她被爱包围,不再孤军奋战,学会示弱。与她分离的这些年里,她怎么又活回去了呢?

聂清舟低下头,抵着夏仪的额头,轻声说:"夏仪,你知道薛定谔的猫吗?"

处于既生又死,叠加状态中的猫,当外部观测者打开盒子时,它的状态才会被决定。

夏仪回答道:"嗯,你书里写过。"

"到了时间的终点,我就是薛定谔的猫。你来做我的观测者吧,夏夏。"

夏仪安静了一会儿,点点头。她额头的皮肤在聂清舟额头上摩擦,微微发热。

"好。"

第十八章
从时间的起点到终点

综艺顺利地在九月初播出,这在聂清舟眼里属于重播一遍,他再次看了一遍曾经看过的内容,不过这次是和夏仪一边视频通话,一边看的。

他们很少谈论那个终点以后的事情,他们只是聊着彼此的日常,说着节目剪掉了哪些内容,突出了哪些内容,还有他们各自和那些嘉宾的后采。

夏仪亚巡的行程非常忙碌,在各个城市间飞来飞去,但每天都会给他打电话,每周综艺出来了,他们都会约时间一起看。

聂清舟也很忙碌,关于那个即将到来的未知终点,他还有很多事情要安排。他拒绝了徐子航给他接的所有商务活动,把新书完稿交给编辑,对着自己签的所有合同,一项项履行完所有的义务。

徐子航本来还很生气,现在聂清舟的人气水涨船高,聂清舟却什么活动都不肯参加,就像是有人把钱捧到面前都不接一样。

但是形势发展越发不对起来,当聂清舟给他分了一大笔钱,让他去休个假顺便规划一下未来职业的时候,徐子航彻底慌了。

"老天爷啊,你这是要封笔吗?这么突然吗?发生什么事儿了你跟哥们儿说啊!"徐子航摇着聂清舟的手,情真意切。

聂清舟回握他的手,用力地摆了两下,真诚地道:"我也不知道。"

他真的不知道会发生什么,当年他一觉醒来就回到十年前变成了别人,现在又走回这个时刻,他的想象力有限,一切皆有可能。

聂清舟费了很大的力气才把徐子航安抚好,又给他的父母和姑姑留出了养老所用的钱,写了解释的长信以备不时之需。当他把一切安排妥当之后,他联系了江雨倩。

在咖啡厅里,他戴着口罩、帽子,跟见不得光的吸血鬼似的。江雨倩则极其兴奋。

江雨倩穿着浅绿色的休闲西装,化了淡妆,看起来生机勃勃,有点像个社会人士了,但说起话来还有点孩子气。她端着抹茶拿铁,手在空中比画,跟他说着这段时间以来 CP 粉如何壮大,大家如何从细枝末节中感受到他和夏仪的爱意。

她又说自己的实习如何顺利,她攒下来多少钱,已经规划好了每个月开始还他的借款。

聂清舟看着她在午后的阳光里神采奕奕的模样,却仿佛看到了很多年以前,江雨倩个子还不到他胸口,趿拉着拖鞋跟在他屁股后面不停叫哥哥的样子。他们家的亲戚中,他和小姨妈家走得最近,他一直把江雨倩当作亲妹妹看待。

无论她问他要什么,只要他力所能及,他几乎从不拒绝。但这好像不是一件好事,如果不是能轻易地从他这里要到钱,或许江雨倩就不会开始尝试网贷。

给予金钱大概只是为了证明他关心这个妹妹,那时候他在自己的围城中,尚且自顾不暇,并没有能真正地发现她的压力、阴影和困境。如果是十年之后现在的他,应该是更好的哥哥吧。

聂清舟安静地听她说着,然后打断她道:"钱不用还我了。"

江雨倩愣了愣,表情严肃起来:"那怎么行,B 神,我不能白拿你的钱。"

聂清舟笑出声来。他捏着眉心,感慨道:"对着外人倒是很客气……兜兜,你拿我的钱还少吗,从来也没说要还我吧?"

他自然地说出江雨倩的小名,对面的姑娘果然睁大了眼睛,呆呆地看着他。

聂清舟向后靠着椅背,抱着胳膊,半开玩笑半认真地说:"陌生人哪里会对你这么好啊,除了我,还会有谁当你的提款机哥哥?"

江雨倩震惊得把手里的咖啡纸杯都捏变形了,结巴地说:"怎么可能……你是……"

聂清舟点点头,说:"我是你哥,我是三十六岁的周彬。"

他花了一下午的时间,向江雨倩证明了自己的身份。他讲明白一切的来龙去脉,这个世界上如何有两个周彬共存,时间如何重叠反复。

而现在他需要她的帮助,他需要一个属于周彬生活轨迹的人,来帮忙处理可能出现的危机。

当江雨倩走出咖啡厅的时候,抹茶拿铁还剩下大半杯,她完全没想起来喝它。她蒙蒙地坐在路边的长椅上,双手紧紧握住咖啡纸杯,像是要从那凉透了的液体中再汲取一点温暖似的。

她拿出手机,"表哥"的微信聊天悬在顶端。

表哥:我今天去公司加班了,你回家吃饭吗?要不要给你打包晚饭?

表哥:今天食堂有红烧狮子头。

表哥:先吃饱再减肥吧!

江雨倩的手微微颤抖。她的眼神有些迷茫,手指在屏幕上悬了半天,然后把微信切到了"哎咦哎咦"的账号。她慢慢往下滑,点开和"Boat"的聊天窗口,一点点地往上划拉他们之间的聊天记录。她手指的动作僵硬,就像是不会使用智能机的、笨拙的老人一样。

——哎咦哎咦:我有时候挺恨我表哥,真的,我觉得没有他就好了。

…………

——哎咦哎咦:像他这种天之骄子,被人捧着顺风顺水过来的人,怎么会理解我的心情呢?

…………

——Boat:我没有想到,你会有这些想法。

…………

——Boat:如果能早点听到就好了。

——"陌生人哪里会对你这么好啊,除了我,还会有谁当你的提款机哥哥?"

江雨倩捏着手机,手指用力到发白,眼泪一滴滴地掉落在屏幕上,所有的聊天记录都变得斑驳模糊。她俯下身去抱住自己的膝盖,放声大哭。深秋的风温度渐渐走低,卷着落叶落在她的头发和身上,她的肩膀颤抖着,仿佛格外寒冷。

路过的人小心翼翼地询问她的情况,她却只是埋着头流泪。

夕阳西下时,她终于平静下来,红着眼睛回到了她借住的表哥家。她一推门就看见了盘腿坐在沙发上,戴着眼镜的二十六岁的周彬。

家里很安静,周彬靠着沙发背把笔记本电脑放在膝盖上打字,好像仍然在工作,神情有些疲惫。

听到她走进来的声音,他立刻提起精神,把电脑放在一边,站起来走到餐桌旁:"你怎么回来得这么晚?菜要再热一下了。"

周彬回头看清灯光下江雨倩的样子时,眼睛不由得瞪大,满是惊讶。他放下餐盒走到江雨倩面前,扶着她的肩膀说:"你怎么回事啊?哭成这样?不是说跟朋友见面吗……吵架了?"

江雨倩凝视着面前再熟悉不过的表哥,却突然觉得遥远起来。她可能会再也见不到他了,这个对她有求必应,就算听到她内心的龌龊,听到她说那些伤人的话,却仍然想要照顾她的哥哥。

她通红的眼睛里再次涌上泪水,一下子抱住他。

"对不起,哥,对不起……我不是故意的,我不是……我以后会好好的……"

为什么只剩三天了呢。

"我以后会对你很好,我再也不问你要钱了,我会赚很多钱,我的钱都给你花……"

无论是周彬也好,还是聂清舟也好,你留在这个世界上吧,别消失,不要去别的地方。你是最好的哥哥,我不是一个好妹妹,我以后会做好的,给我个机会吧。

周彬不明所以,哭笑不得,拍着她的脑袋说:"怎么了,你又闯什么祸了?你先别哭,好好说话啊。"

江雨倩却只是拼命摇头,默默地哭着。这天,她哭到很晚,才拿工作压力大又跟妈妈吵架的理由搪塞过去。

等到10月22日的晚上,江雨倩和周彬一起看完了最新的一期《最高暧昧》,这次看综艺的过程里,她比从前安静了许多。等看完节目,周彬打着哈欠要去睡觉时,江雨倩突然从沙发上站起来。

"哥,下一期综艺,你还要陪我一起看啊。"她望着周彬,语气出奇的郑重。

周彬笑了笑,说:"好啊,放心吧,我觉得还挺有意思的。"

"一定要陪我看，我们约好了。"

客厅的大灯已经关了，江雨倩站在阴影里，眼睛无声无息地红起来。

周彬没看清她的表情，只当这是她执着推荐的一部分，摆摆手道："好好好，约好了。快睡吧，晚安了。"

"晚安。"

江雨倩看着周彬走进他的房间，他把棕色木制的房门关上，屋子里只剩走廊里昏暗的一盏小灯，时钟发出平稳的滴答滴答声。

她在客厅站了片刻，深深吸了口气，然后走到阳台上，推开窗户往下看。楼下路边行道树的绿荫之间停着一辆汽车，车灯明亮，车的后座坐着一个模糊的男人身影。

——哎咦哎咦：他去睡觉了。

——Boat：好。

聂清舟看了一眼时间，夜里十一点半。这时候过着平凡生活的周彬还不知道，他醒过来之后世界会发生怎样一番翻天覆地的变化，他将踏上一场十年的奇旅。

他也不知道，此时十年之后的他正在自己家楼下，清醒地等待他睡去，送他走上这段旅程。

"怎么了？"

手机里传来清亮的女声，聂清舟按了按耳机，对通话那头的人说道："他去睡了，十年前的我睡着了。这种说法是不是很奇怪？"

"等他醒过来，就会看到我吗？"

"嗯，他会发现自己被一个叫作夏仪的小姑娘打晕了。"

耳机里传来呼吸的声音，在安静的世界里清晰可闻。

"你害不害怕？"夏仪轻轻地问他。

聂清舟靠着颈枕思索，他仰起头从车顶的天窗里看着夜空，那些亿万光年之外的星星明亮又遥远。

"好像没有，我还以为我会很害怕。既然物质不灭，那么无论如何，我肯定会以某种形式存在于这个世界上吧。"

就像站在桥上的朱莉在月球之旅里发现的那样，每个人都是永恒。

"那么这个世界的一部分就会永恒地爱你。夏夏，你在这个世界上，一定可以得到幸福。"

夏仪安静了很久,轻轻地说:"好。"

明明聂清舟也没有说什么约定,但她这样回答,仿佛她已经答应了他某些事情。就算要付出比过去的八年更多的时间和努力,她也会试着去做到。

他相信她可以。

"我想听你唱歌,唱歌给我听吧。"聂清舟贴着话筒,轻轻笑着说。

夏仪今天格外好说话,她的歌声从耳机里缓缓流淌而来,他想起来多年以前在夕阳西下的河堤上听见她的歌声,她就像命运向他呈现的一朵名为玫瑰的花。一切都安静下来,只有夏仪的歌声还在响着,聂清舟的心跳也跟着平和而温柔,秒针和分针一点点移动,手机上的数字跳变,时间跨过零点。

在这个时刻,好像有那么极其细微的刹那,世界的面目开始失真。黑夜、星光和发光的手机屏幕都混沌成一片,心脏悬在胸腔里不落下,风停在鼻尖不涌动,时间消失不见,宇宙无声无息地热寂。

"聂清舟……你还在听吗?"夏仪的声音从寂静深处传来,遥远而又模糊。

"聂清舟……清舟,你还在吗?"

观测者打开了盒子。

所有混沌的叠加状态迅速坍缩,回归于稳定。聂清舟眨动眼睛,他的心脏落下去,风开始流动,眼前是低矮的车厢,昏黄的车灯,月明星稀的天空。

他举起手,看着自己熟悉的五指,握紧,再张开。薛定谔的猫活着,他还在这个世界,这个身体里。

就像某年他茫然地站在阳台上看烟花时,觉得自己在虚空的宇宙里环游,因为她的呼唤,他的双脚再次落在了地面上,在这个世界上拥有了属于自己的位置。

"聂清舟……"夏仪还在执着地呼唤他,声音颤抖,如果他不回答,她好像就要这样永远喊下去。

"我在。"

聂清舟的声音响起,简单的两个字落在地上,把所有悬在半空的心绪压回地面。

"真的是你吗……"

"是我,夏夏。"

手机屏幕亮起来,聂清舟打开微信消息,震惊地睁大眼睛。

"夏夏,刚刚江雨倩跟我说周彬醒过来了。"顿了顿,他说,"周彬说他在上高一,名叫聂清舟。"

那个真正的十六岁的聂清舟居然跨越十年回到了他原来的身体里,这真是出乎意料的情况,又有许多令人头疼的事情要处理了。

枯黄的叶子被风吹着,从天窗中缓缓落下来,落在他的膝盖上,聂清舟轻轻地笑起来,先把所有的麻烦事搁到一边,长长地松了一口气。

"我还是我,我哪里也不会去。夏夏,一切都结束了。"

夏仪窝在沙发里,额头靠着酒店巨大的落地玻璃窗。房间里没有开灯,刚刚过了零点,城市的灯光也寥落下来,明亮的月亮悬在钢筋水泥的丛林之中。

手机放在茶几上,她的耳朵里塞着蓝牙耳机,她紧绷的脊背慢慢放松下来,轻声说:"真的结束了……"

循环往复的既定的命运结束,这一天终于如期到来。

"夏夏,要是我真的消失,你怎么办呢?"聂清舟的声音从耳机里传来,语气已经松弛下来,带着笑意。

到现在他才敢和她开这种玩笑。

夏仪的目光转到发出微弱光亮的手机屏幕上,她抿了抿唇,小声道:"亚巡还没有结束,门票都已经卖完了,我要把演唱会完成。"

耳机里传来低低的笑声,他仿佛意料之中:"很夏仪风格的回答。"

这是她在这个时刻给自己安排大量工作的目的所在。如果真的发生什么事情,至少她不要亲眼看见,她还有工作要做,有责任要承担,那么日子总还会一天天地过下去。

就像她年少时一样,等她回过神来的时候,悲伤和痛苦就像放凉的水,变得不合时宜,也不再烫人了。

她打算用这种方式,让自己接受他离开的事情。

这世上所有人都会埋怨她的冷酷,唯有聂清舟会笑着说——这是很夏仪风格的回答。好像就连她生硬的部分，他也一并爱着。

"清舟，现在我可以告诉你我的答案。"夏仪低下头，她呼出的温热气体在冰冷的玻璃上留下一片水雾。

"我爱你，聂清舟。"

她一字一顿地，像是小孩子学话一般坚定地说道。

对面安静了片刻，然后他温柔地说道："这还是我第一次从你这里听到'我爱你'这三个字，但是我一直都知道的。"

"不，你不知道。"夏仪却否定了他。

他或许从邦妮那里知道了一些东西，但那远不是全部。

顿了顿，她慢慢地说："这八年里，你写给我的每一封邮件我都看了，每一封我都写了回信，它们在存稿箱里从没有发出过。现在我把它们都发给你，你可以找一个时间慢慢看，看完再答复我。

"你有权知道我发病时是什么样子，我对你怀有过什么样的感情。我已经做出了我的选择，现在该你选择了。"

她说过，等走到时间的终点，如果可以他们再重新开始。她踏出了她的一步，而聂清舟的那一步，她希望他在知道她的所有之后再迈步。

聂清舟怔怔地看着他的手机，他还需要再做什么选择吗？他的选择不是再明确不过，从未更改吗？

他很想立刻就看看夏仪这些年都给他写了什么，然而江雨倩不停地给他发微信，电话都打过来了。

"哥，你快上来，我要按不住他了！"

聂清舟掐掐眉心，说道："来了，来了！"

看来他首先得把这位十六岁叛逆少年的问题给解决。

聂清舟下车一路小跑上楼，刚刚在自家那熟悉又陌生的门前站定，还来不及感慨一下物是人非，门就一下子被打开了。

这门开得极其有气势，差点把聂清舟拍在墙上。门后的那个男生的表情也极其可怕，眉毛、眼睛、鼻子皱到一起，仿佛要吃人似的，与他文雅的气质截然相反。

一看到聂清舟，男生的表情瞬间凝固，他上上下下地打量聂清舟，眼睛瞪得如铜铃。

空气静默了几秒，楼道里的灯刚换过灯泡，亮得晃眼，把面对面的两个人的脸都照得清清楚楚。

男生面色惨白："你是谁？你是……不可能……这不是我吗？"

聂清舟心想，这真是活几辈子可能都碰不到一次的场面。

他推推眼镜，微微一笑说："这的确是你原来的身体，不过已经是二十六岁的……"

他话还没有说完，"周彬"就一把揪起他的前襟，粗暴地摇晃他，咆哮道："你把我的身体还给我！"

江雨倩在旁边挥舞着胳膊劝架："别动手啊，哥！不对……不对，你不是我哥。哥，你也别动手！这可是你自己的身体啊！"

江雨倩的脑子和嘴一样混乱，三个人在门口缠成一团。聂清舟在推推搡搡中凭力气把"周彬"推进了房间里，然后一勾手把房门关上，反身把"周彬"压在桌子上。

"聂……同学，你冷静一点。"聂清舟手上使劲，面上却仍然和气，"深吸一口气，我们好好沟通现在的情况……别挣扎了，你这个身体力气不如我。"

他对于这个疏于锻炼的身体真是再清楚不过了。

"周彬"扑腾得更厉害，恶狠狠地道："我去你的，你们对我做了什么？你是谁？"

"我是周彬，是你这个身体的原主人。"

"周彬"安静了一下，他好像想起了什么，又开始挣扎起来："这是什么记忆！你把这些奇怪的东西从我的脑子里拿出去！"

聂清舟想他果然和自己一样，拥有原主人身体全部的记忆，那就好办多了。

聂清舟和这位……现在成了"周彬"的小朋友的初次会面，过程颇像是熬鹰。两个人一边扭打，一边驴唇不对马嘴地交流半天，等天色都蒙蒙亮了，原本就加了一天班且只睡了半个小时的周彬的身体终于熬不住倦怠，一个踉跄跌坐在沙发里，满脸烦躁，蔫蔫地不说话了。

他们二人都气喘吁吁，房间里一时很安静。江雨倩茫然地看看站着的这个表哥，又看看坐着的这个"表哥"，觉得自己仿佛活在一部科幻电影里，不能相信这是真实发生的。

聂清舟显然对适应离奇事件已经具有一定经验。他眼见这个新周彬闹累了，不禁长长地松了一口气，掐着眉心沉思片刻，开始着手处理这突发情况。

他首先拿出手机看了一眼时间，对江雨倩说："现在是六点半，公司八点半上班，我们要给周彬请假。"

他转头对窝在沙发上发呆的周彬说："今年的年假我应该还没有用过吧？"

周彬脸色阴沉："什么狗屁年假……"

说着说着，他好像在原主人的记忆中搜索到了什么，声音停顿一下，勉强地回答："没有。"

聂清舟打了个响指："全请掉，这样你能休息多少天？"

"年假七天。"周彬动了动嘴唇，仿佛这信息是突破了他嘴唇的封锁自己跑出来的。

"今天周一，加上中间的周末一共休息九天，很好。"

聂清舟把袖子挽到肘部，然后问周彬要来手机，利索地用密码解了锁，点开微信跟领导请假。然后，他让江雨倩把他的笔记本电脑拿过来，他举着电脑对着周彬人脸解锁，在里面寻找起他的工作文件夹来。

"接下来要交接工作，我每天写日报，所有工作资料都在文件夹分门别类保存着。按照日报和文档顺序梳理，应该不难。你……小舟？小周？以后你要以周彬的身份生活了，我叫你小周吧，你要不要来看看怎么做？"

周彬跳起来，举着拳头恨恨地吼道："滚。"

聂清舟只是看了他一眼，微微一笑，不恼怒也不着急，只是低头开始浏览工作文件，和同事沟通交接。他戴着眼镜，穿着衬衫和毛衣，十指飞快地在键盘上飞舞。

周彬怒视着聂清舟，但是并不能换来后者的一点关注。

周彬非常愤怒，且郁闷。他明明在操场上被人打晕，晕倒前还恨恨地想着要去找那个人报仇，谁知道一觉醒来，他突然变成了一个二十多岁的陌生成年人，还多了二十六年信息量庞大的记忆。

按照这个占据了他身体的人的说法，他们莫名其妙隔着十年的时间交换了身体，那人已经占着他的身体活了十年，还没有换回来的办法。

这怎么可能？他是不是在做梦？这么长的噩梦？

513

关键是，他现在感觉很累，脑子却跟过电似的。看到智能手机、人脸识别、微信、钉钉，这些他原本都不知道是啥玩意儿的东西，脑子就开始"噼里啪啦"地往外跳名词和含义，相关的记忆纷至沓来……

等等，纷至沓来？什么玩意儿？

周彬捂住自己的脑袋，他是从哪里知道这么高级的成语的？他脑子是不是坏了？

"项目汇报PPT第二十三稿你昨晚改了哪几页？"聂清舟盯着电脑屏幕，问他。

"六七八页。"周彬脱口而出，然后愤恨地捂住嘴。

不知道为什么，对面这个人一提问，他就会在脑子里搜索出相关的记忆。脑海里咆哮着这关我什么事，我凭什么回答他？记忆里的情绪却在说这很重要，你要交接清楚，然后嘴就立刻照做了。

周彬捂着头，转过脸瞪向站在一边的江雨倩，他心头怒火无处释放，正想要拿她撒气。一看到她的脸，他脑子里又开始蹦出无数关于她的记忆。

好像那记忆里有个唐僧，像《大话西游》里那样絮絮叨叨，说着"她是你表妹啊，你那么宠她，从来没对她发过脾气，你怎么能对她不好呢"。

周彬沉默地低下头，他再多看江雨倩一会儿，可能就会觉得他应该对她笑一笑问她累不累了。

他一定是疯了！

周彬开始烦躁地在房间里走来走去。

聂清舟抬头看了他一眼，淡淡地道："兜兜，你去给他拿一瓶咖啡。"

江雨倩立刻跑到厨房，从冰箱里拿了一瓶咖啡出来。周彬满脸嫌弃："我不喝这个！"

江雨倩执着地把瓶盖拧开，递给周彬。他下意识就想抬手把咖啡打翻，但脑海里自动冒出了这咖啡很好喝的记忆，而且他莫名觉得打翻咖啡很不礼貌，又会吓到江雨倩。

周彬一边觉得自己有病，一边僵硬地接过了咖啡，僵硬地递到嘴边喝了一口，那苦苦的东西居然……还挺好喝的？

周彬沉默地坐着，靠着沙发背，默默地一口接着一口喝。

聂清舟瞥了他一眼，继而微微一笑。

周彬阴沉着脸,边喝咖啡,边看沙发上的聂清舟。聂清舟盘腿坐着,电脑放在膝盖上,目光专注地看着屏幕,手指娴熟地操作着触摸板和键盘。

这明明是他的身体,怎么看怎么熟悉,又怎么看怎么陌生。

他想象中自己的未来,大概就像他那些大哥似的,身上脸上再多几道疤,一身腱子肉,叼着烟在路上横着走。他从来没有想象过自己有一天会长成这个样子,就像……学校里那些书呆子长大之后的样子,精英范儿,又好像很有教养,才不像他这个爹妈不管混大的孩子。

这么看着聂清舟,周彬脑子里原主关于聂清舟的记忆又开始往外冒。

他在节目里看到过聂清舟,聂清舟是个有名的作家,还和……夏仪是CP?

夏仪?一班那个整天摆臭脸的很能打的丫头?她现在是歌手、音乐制作人,还是国际明星?怎么可能?

周彬难以置信地摇着头,像是要把这认知甩出去似的。他无法相信世界竟然已经变成了这个样子,甚至开始感到畏惧。十年之间发生了太多事情,这个世界已经天翻地覆,而他此刻什么都抓不住。

"我……我爸妈,还有我姑姑呢?"周彬在越发强烈的慌张中低声发问。

聂清舟一手继续打字,一手从口袋里掏出手机调出几张照片,递给周彬。

"他们现在都很好,你爸爸前些年得了胃癌,幸好还没有到晚期,经过治疗现在已经基本康复,你妈妈一直都很好。我大学毕业后就不让他们再做体力活了,不过他们也闲不下来,现在在常川开了个小铺子卖卖日用品。"

周彬看着照片里某个景点的大门前,两个老人笑意盈盈地抱着聂清舟。只是一觉睡醒的工夫,他们却老了很多,两鬓斑白,满脸皱纹,身形也佝偻了。

他双手捧着手机,怔怔地看着熟悉又陌生的父母。

原来他们还有这么喜悦又轻松的表情,他们居然还会这样抱着他?

这个假的聂清舟就是他们想要的那种优秀的聪明的孩子。

他们做假聂清舟的父母,比做真聂清舟的父母要开心太多了。

"那房贷……"

"我已经还完了。哦，对，你姑姑现在是年级组组长，常川骨干教师，是那里有名的好老师。她还是暴脾气，你堂弟现在也长大了，天天和她吵架。"

周彬笨拙地用力划拉了一下屏幕，就看到了聂英红和聂清舟在他大学门口拍的照片。她一头短发，戴着全框眼镜，怎么看都是个严厉的老师，也苍老了许多。不过她的头朝着聂清舟的方向偏着，举着手比耶，从严肃里透出掩饰不住的骄傲。

原来真的已经过去十年了，他的父亲、母亲和姑姑现在都过得很幸福。

没有他，他们也过得很幸福。

他让他们如此失望，吵了那么多架，或许正是因为没有他，他们才能幸福。

周彬默默地看了手机屏幕很久，缓慢地来来回回地看这两张照片，好像要把他们的每一丝皱纹，每一点细微的表情都看清楚。

聂清舟终于合上电脑转头看向他，发现周彬的双眼已经通红，咬着牙好像很委屈，眼泪在眼眶里打转就是不落下来，把手机攥得死紧。

"他们……他们没有发现你不是我吗？"他的话仿佛是从喉咙里挤出来的。

"他们有怀疑过，我也费了一番力气伪装。"

周彬抬起头，用那双通红的眼睛瞪着聂清舟，怒吼道："你骗谁呢？你和我没一点相似的地方，他们怎么可能没有发现？"

顿了顿，他吸吸鼻子，嘲笑道："发现了又能怎样？能拿我换你，他们开心得不得了吧！"

聂清舟安静地看了周彬片刻，他把手机从周彬手里拿出来，在手里旋转着。

"你妈妈曾经怀疑我是不是中邪了，不过你也知道，他们很难得回家一趟，想不了这么多。如果我告诉他们真相，可能会被送到精神病院吧。即便是现在，我和他们也不是非常亲密，除了作为'优秀体贴的儿子'的这个外壳，他们并不真正了解我。"

聂清舟笑了笑，说："你想想看，其实作为你身体的原主人，二十六岁的我也是一样的。此时此刻我对于我的父母而言，恐怕也只是一个优秀的标签，他们不了解我，也不想了解我，只想让我按照他们认为正确的道路走下去。你的愿望是成为像我这样的人，但是我也并不幸福。"

周彬怔了怔，随着聂清舟的讲述，他好像又从原主的记忆里看到了什么，陌生的因骄傲而生的压力和枷锁让他感到茫然。

聂清舟把电脑放在茶几上，发出轻轻的声响。

"你凭空长了十岁，现在已经二十六了。坏处是，从此以后没有人会再站在你身后，你需要为你所做的一切承担责任。好处是，这个世界认为你是成年人，所以会尊重你的选择和变化。至少你不用担心被送到精神病院。"

看到聂清舟站起身来拿外套，周彬一下子从沙发上站起来，他狠狠地瞪着聂清舟，嚷道："你要走？"

聂清舟转过头看向他。

"你不许跑！事情还没有搞清楚，你信不信我把你家砸了！"周彬举起拳头，恶狠狠地道。

聂清舟低头轻笑起来："那要不要去我家？我做饭还不错，会做你最喜欢的鸡蛋卷，加很多葱花的那种。"

周彬抿住了嘴唇，肚子不争气地响了一声。他闹了一晚上，现在又困又饿。

"收拾一下行李吧，就像你以前去姑妈家一样，或者你回忆一下我是怎么收拾行李的。十六岁的人了，不会连收拾行李都不会吧？"

"你小子等着，别跑！"周彬气冲冲地转身走进了房间，把房门摔得震天响。

江雨倩忧虑地看着周彬的背影消失在颤抖的门后，她靠近聂清舟说道："我觉得……他挺危险的。"

聂清舟终于忍不住捂着嘴笑出声来，说道："这小孩就是害怕而已。"

"害怕？"

"一夜之间被丢到一个完全陌生的世界、陌生的身体里，所有的亲人、朋友、社会关系全部消失不见，还多出了陌生人的记忆，你害不害怕？"聂清舟抱着胳膊，摇着头小声说道，"他怕我丢下他走了，所以才逞凶威胁我。"

事实上，在这个世界里除了他，周彬没有任何人可以依靠，以前还可以靠自己的拳头,现在连拳头都不够硬了。

江雨倩愣了愣,她转头看向聂清舟。镜片后,聂清舟茶色的眼睛温柔安定,在这种荒诞纷乱的情况下,他像是在一台疯狂的车上不停踩刹车,直到这辆车平稳行驶,从头到尾都没有惊慌失措。

"哥,那你害不害怕?十年前,你不是和他一样吗?"江雨倩小声问道。

一夜之间去往一个完全陌生的世界、陌生的身体里,所有的亲人、朋友、社会关系全部消失不见,还多出了陌生人的记忆。她的表哥也是这么过来的啊。

聂清舟有点惊讶,他转过头来看她,然后笑着摸摸她的头。

"别担心,我很好。爸妈那边要是问起来,记得帮我说两句。"

江雨倩用力地点头。

鸡飞狗跳的一晚上过去,周彬跟聂清舟回到了他家,不管三七二十一先倒头大睡一场。

周彬做了一场很长的梦。梦里他还很小,爷爷也还在世。过年的时候,父母终于从外地回来,风尘仆仆地带回来很多好吃的东西。等到早上他睁眼的时候,就闻到了葱花和鸡蛋的香气,母亲说做了他最爱吃的鸡蛋卷,让他赶紧起来吃早饭。

没有争吵、失望和眼泪,一切都非常平和又幸福。

他从沙发上猛然惊醒时,闻到了梦中那样熟悉的葱花鸡蛋的香气。

热气蒸腾中,已经长成大人模样的他端着鸡蛋卷走到餐厅,挥着锅铲道:"醒了,来尝尝吧。"

那本应是他却不是他,那是所有人都喜欢的"聂清舟"。

周彬怔然片刻,默默地站起来走到餐桌前。他低头看着那和记忆中别无二致的、金黄鲜亮的鸡蛋卷。他感觉到喉头动了动,在口水流下来之前,眼泪先一步夺眶而出,一滴滴落在餐盘上。

他把牙咬得"咯吱"作响,却还是忍不住眼泪。

聂清舟沉默了一会儿,把筷子递给他:"快吃吧。"

周彬夺过筷子坐下来,狼吞虎咽地吃着鸡蛋卷。

"他们……"他嘴里塞满了东西,说话含混不清,还带着哭腔,只开了个头就没法说下去。

他们不想念他吗？他们根本不需要他吗？

聂清舟坐在他对面，了然地叹息道："你很想他们吧？"

在这个十六岁孩子的记忆里，他也已经半年没有见过他的父母了。

周彬抹了一把自己的眼泪，色厉内荏道："别……跟我磨磨叽叽的。"

"老实说，我们俩现在应该是这个世界上最相似、最了解彼此的人。我以前不吃葱。"聂清舟指着那撒了一层葱花的鸡蛋卷，"但是因为你爱吃，我现在也很爱吃葱花，就像你现在也会喜欢喝咖啡一样。"

周彬"哼"了一声，没再说话。

聂清舟也不生气，在他面前坐下来，把牛排推到他面前，然后一同享用午饭。

周彬皱着眉，闷着头笨拙地切牛排。

聂清舟看了这孩子一眼，他知道这孩子肯定是在记忆里搜寻该怎么切了。

他自己没有什么叛逆期，现在这孩子的灵魂在他原本的身体里，倒让他看到自己多出来的叛逆期模样。

"请假的这段时间，你可以好好想一想以后的打算，你有我之前的记忆，摸索摸索应该也可以接手我之前的工作。如果你想要辞职也可以，不过我父母应该会给你很大压力，你现在住的那套房子是他们买的，他们可能会威胁你收回去。不过我希望以后你能做你喜欢的，想要做的事情。"

聂清舟语重心长又笑意盈盈地说："你现在有存款、有学历、有知识，已经远远超过这世界上的许多人，又没有荣誉和期望的枷锁。二十六岁也很年轻，你还可以成为你想要成为的任何人。"

周彬抬眼，沉默又茫然地看着他。

聂清舟慢慢地说道："这个世界没有什么好畏惧的。"

周彬下意识地接上："……反正我们只来一次。"

聂清舟淡淡一笑："没错。"

这是他自己以前很喜欢的一句话，现在已经是这个孩子记忆里的一部分。就像他所说的，他们截然不同，但又会是这个世界上最默契的人。

吃完饭，周彬把自己一个人锁在客房里思考人生去了。聂清舟也终于有了时间，可以去读夏仪给他写的回信。

他泡了一杯咖啡走到书房里，打开电脑登录自己的邮箱，那邮箱里果然一下子多了上百封未读邮件，都是从他八年持续不断投递邮件的那个邮箱而来。

午后的小区里非常安静，阳光暖暖地落在聂清舟的后背上，房间里满是从屋外飘来的桂花香气。他目光灼灼，按顺序点开最早的一封邮件。

> 2013.8.10：
> 医生说我必须对她诚实，所以我说了你来自未来的事情。她说那是我的臆想，是我的幻觉，是我自己编造的。我现在越来越混乱，我分不清楚，我想不明白……你是真的存在的吗？我们相处过的时间，你的笔记本都是真实存在的吗？我总是头疼、做噩梦，还有幻听……我是不是要疯了。

> 2013.9.01：
> 聂清舟，为什么我会遇见你。我不想遇见你，要是没有遇见你就好了。

> 2013.9.15：
> 你到底是什么？放过我吧。

> 2013.10.15：
> 不要再给我写信，我不想知道你的事情，可能一切都是我的幻觉，你是虚假的，我不要再想起你。看到你的信我就觉得头痛欲裂，不要再给我写信，求你了。

> …………

聂清舟端着咖啡的手悬在半空，雾气袅袅地漫过他睁大的眼睛。

邦妮说，她遇见夏仪的时候，她刚刚从一场严重的精神疾病里恢复过来。

他被阳光所覆盖的后背，突然感觉到寒冷。

从二〇一三年十月后，有很长一段时间的空白，这种静默比指责和怨恨还让人心惊。二〇一四年一月，终于有了一封新的信。

2014.1.18：

对不起，之前写信的时候我生病了，我也记不清当时自己都在想什么，幸好信都没有发出去。不过现在这封信，我也不知道什么时候会发给你。

现在我感觉好很多了，我没有再和医生争论你的身世是否来自我的臆想。我向她承认那是我的臆想，但是我自己知道不是。就算是错的，我也这样相信。

看你的信觉得你现在很忙，毕竟是高三。我现在在休学，等到夏天可能会去尝试考音乐学院。这个就算我不说，你也早就知道了吧。

今天有一个叫文森特的人联系我，他说他是经纪人，看到我唱歌的视频，想和我聊聊。他会是我的经纪人吗？按照你在笔记本上记录的，很快就要到出道的时间了。

你说你是我的粉丝，你希望我去更大的舞台，我的歌声能被更多人听见。

这是你的愿望吗？你会听我唱歌的吧。

2014.2.7：

我今天去录歌了，天气还很冷，中央公园的花都没有开。听说这里4月份的时候才会到春天，春天的中央公园会很好看，到时候我想拍给你看。我把发布出道单曲的日子定在了你的生日，好像又应了你的命运剧本，但是既然是在三月，除了这个日子，我不想挑别的日期。

2014.3.28：

我的歌发布了，你觉得怎么样？

2014.4.14：

谢谢，我很开心你喜欢这首歌。今天在车里看到中央公园的花开得很好看，但是没有时间下车拍照。抱歉，最近实在太忙了，觉也不太够睡。

2014.5.23：
我拿到音乐学院的录取通知书了，高考加油。
…………

这段时间里，夏仪应该非常忙碌，她刚刚出道的时候是她最活跃的时期，参加过很多活动，但是她在信里很少提起那些，似乎默认他都已经知晓。她在回信里只是平和地跟他说着她琐碎的生活日常，像是对着一个曾经亲密的朋友，随意地聊天。

聂清舟的手指转着鼠标的滚轮，一封一封信地看下去。在她病好的这段时间，她在信里表露出的情绪越来越少，好像已经对他心无芥蒂，安然地释怀了。

他就像曾经的蒋媛媛一样，被夏仪轻轻地推出了她心里的那条线以外，变成了一个有点特殊的"别人"。她不再依靠他，不再希望从他这里获得过多的东西，慢慢地远离他。

阳光落在聂清舟冰冷的手指上，他默默地转动着滚轮。
…………

2014.12.25：
圣诞快乐，你喜欢的那首歌也是我在一专里最喜欢的歌。国外的大学生活和你在国内的差别不大，不过我现在没有什么大学生活可言，去学校会被围观，也请了很多假，大部分的时间都在录音室。公司希望在明年上半年再出一张专辑，之后或许会更忙。

2015.1.17：
最近在创作新专辑，有很多灵感，脑子里时时刻刻都会有新的音乐，不过好像太多了。我不知道怎么形容，但是感觉有些反常。

最近我总是在想，这一年里我给你写了这么多信，为什么只是放在存稿箱里，一直没有发给你？我也不知道原因是什么，好像有什么东西在阻止我把它们发出去。

其实信的内容都很普通，如果我们能这样交流，或许也能和好如初。

我从来没有给你回信，你为什么还是每个月都给我写信？如果我真的没有看到呢？难道说这也是你所知道的命运的一部分吗？

2015.2.27：
我好像又病了。脑子里的声音太多了，出现了非常奇怪的响动，好像一直有人跟我说话，电流和时钟报时的声音，也只有我能听见。

2015.3.9：
越来越严重，不仅有幻听，还有幻觉，记忆空白。世界扭曲，噩梦从黑夜到白天，从梦到现实。

2015.4.12：
我好像要死了，我是不是已经在地狱了，Hell is buzzing（地狱在"嗡嗡"作响）。

2015.6.10：
文森特，我的经纪人，他把我的药换了，这半年我只是在吃安慰剂。他说，我生病的时候写的歌比平时更优秀，我和我的病加在一起，才是真正的天才。

他说艺术本来就有疯狂的基因，凡·高，还有他喜欢的那个作家，都是因为有精神病才会创作出伟大的作品。既然热爱就应该毫无保留，如果能留下最伟大的作品，即使以死为代价也值得。

可是我真的好痛苦，我真的无法忍受，我每天都在看见听见无数诡异疯狂的东西。

这是喜欢吗？这是热爱吗？这是代价吗？

其实你也和他一样吧！你说我是天才，你喜欢我的音乐，你一直想方设法让我去做音乐。你是因为我的音乐才喜欢我的，只要我能写出更好的音乐，就算我遇到这些事情，就算我痛苦得要命，对你来说是不是就是值得的？

你一早就知道了吗？你是故意的吗？

如果我再也不能写歌，如果我再也发不出声音，你就不会再喜欢我了吧。

你还会再喜欢我吗？

如果我真的坚持不下去了，如果我放弃，如果我从今往后和音乐再没有关系，这样的我你还会喜欢吗？

聂清舟怔怔地看着屏幕，双目通红，泪水盈满眼眶。

"我不是……"他轻声说道。

然而他还来不及说完，下一封信，她就收敛了所有的绝望和指责，甚至向他道歉。

2015.7.21：

对不起，我知道你不是那样的人。只要冷静下来想想，就能明白你和文森特完全不一样。

我的病情在五月达到最低谷，没办法给你写信。六月神志开始清醒，但是仍然很偏激，所以上一封信写了很多指责你的话，那不是我的本意。

其实我也不知道那是不是我的本意。我以为我已经不介意所谓的命运剧本了，但是生病的时候，我突然非常地恨你，厌恶你，甚至觉得你是我痛苦的根源。

我为什么会这样想呢？

或许一直以来我不能把这些信发给你，就是因为在心底里，我还对你怀有阴暗负面的情绪。可能直到现在，我还不想和你和好如初。

谢谢你不喜欢我的二专，你好像是唯一不喜欢这张专辑的人。

我明明把那些写了歌谱的纸撕得很碎，你全部拼起来了吗？你为什么要做这件事呢？我已经不记得那时候我都写过什么旋律了，原来我在你身边发病时写的歌，和二专的风格很像啊。

谢谢你担心我，我确实病了，我很不好。我开始恐惧音乐，我不想再做任何和音乐相关的事情，我实在不想再生病，不想再痛苦了。

你会理解我吗？我想作为一个正常人活下去，不是什么音乐天才，只是一个普通人而已。

对不起，不能再写歌和唱歌给你听了。

聂清舟低低地说："不要说对不起……"
从那之后，夏仪回信的内容又恢复了琐碎的日常，她似乎在慢慢好转，信件的语气平和下来，只不过再也没有出现和音乐相关的东西。她似乎确信，只要远离了音乐她就能获得安宁。
然而从十月开始，她的语气就不确定起来。

2015.11.3：
我好像又要生病了。我的脑海里还和以前一样，总是有很多很多的旋律，我试着不去理会它们。但是最近它们的声音越来越响，从早到晚都不停歇。

2015.12.4：
我又开始有幻觉了，和上次一样……可能会比上次还严重。
我到底要怎么做才行？我到底要怎么做才能正常地生活呢？
这是既定的命运吗，我什么都无法改变，只能不断回到原地吗？我不知道为什么还要坚持下去，太痛苦了，太痛苦了。
这样的日子，我居然还要再过六年吗？
你说我之所以痛苦想死，只是因为我想活着，是高地效应的错觉。你是不是在骗我？这也是命运的一环吗？你要骗我继续活下去，无论如何也要坚持下去吗？
你为什么要这样对我，为什么让我这样活着？
你永远嘴上说着温柔的话，但你才是这个世界上最可恨的，最伤害我的人。我恨你，我最恨你。

然后又是让人心惊的、漫长的空白。等到来年春天的时候，夏仪终于写了下一封信。

2016.3.28：
生日快乐，我现在好多了。在史蒂夫医生的帮助下，我在试图平衡音乐和我的正常生活，如果太沉溺和完全拒绝音乐都不行，那么总会有个平衡点吧。

对不起，大概每次生病过后，我就要这样跟你道歉。上一封信我说的话太过分了，就算你没有看到，我也想说对不起。

我好像没有办法控制生病的自己。

其实我给所有这些信设置了发送时间，如果半年内我没有再更新，它们就会被发送到你的邮箱里。

我的病情让我有自毁倾向，所以我想，如果我真的坚持不下去了，我还是想要留下些什么给你。

如果真有那么一天，你就会收到这长长的遗书。

现在看来，幸好我坚持下来了，我还活着，现在能给你写这封信。不然我留给你最后的话就是愤怒和指责，我无法想象你看到那封信，会有多受伤和难过。

我不知道自己会不会完全好起来，或者什么时候能好起来，也不知道我什么时候能对你彻底释怀，我甚至不知道我现在对你的感情是什么。

但是有一点可以确认的，无论你看到的邮件最终的结尾是什么，希望你能知道这一点。

你对我来说仍然是幸福的定义。在我生病的时候，我责怪你、厌恶你、痛恨你，把你和折磨我的命运混为一谈。

可是当我好转时，比如现在，我发现支撑我走到现在的念头是——我想要好起来，变成一个正常的人，放下所有怨恨，回到你的身边。

所以希望将来你有一天看到我说过的那些伤人的话，不要生气，不要伤心。

从那之后的五年里，夏仪的信一个月一封，再也没有间断过。她的病情仍然时好时坏，但是再没有严重到无法给他写信的地步。当她发病时，她的语气就会变得尖锐而激动，她仍然会怨恨他、指责他，然后等恢复正常时再和他说抱歉。

她在这种崩溃与平和中不断地反复，崩溃的次数、时间和程度一点点地减少，平和的时间一点点地增加。然后从前年一次持续了一周的幻听后直到现在,她都没有再生病。

这是一场整整八年的战役。最初她还会在信里说,觉得自己应该已经康复,再也不会生病了。但是经历过无数次反复后,即使是这两年都不再发病,她也依然小心翼翼。

这八年对他来说是等待重逢的过程,对她来说却是必须挨过的期限。

电脑屏幕显示着最后一封信,天色已经接近黄昏,书房的光线昏暗。聂清舟终于从鼠标上收回手,闭上干涩的眼睛,十指深深地插进自己的头发里。电脑屏幕的光落在他的手背上,黯淡的世界里,他仿佛一座沉默的雕像。

也不知道多久过后,他拿起旁边的手机,拨通了夏仪的号码。

在嘈杂的背景中,她的声音一如既往的平和:"喂?"

"夏夏,我想见你。"聂清舟声音低哑。

顿了顿,他补充道:"现在就想见你。"

"你看完我的信了?"

"嗯。"

"……好,我想去常川,我们今晚在常川见吧。"

"好。"

和夏仪的电话结束,他给江雨倩打了电话。

"兜兜,你后面还要继续实习吗?能不能请你照看一下这个新的周彬,我最近有事要离开。"

他站起身来合上电脑,一边收拾东西,一边低低回应着江雨倩的话,他说:"我要去找夏仪,最近都会和夏仪待在一起。"

江雨倩很快答应下来,聂清舟把自己家的地址发给她,把电脑放进包里,然后推门出去看到了坐在客厅里的周彬。

周彬不知道什么时候从客房里出来了,靠在沙发上,居然破天荒地在看书,而且是在看清舟写的书——《十三个朱莉站在桥上》。

他们俩四目相对,聂清舟意外地问道:"你在看我的书?你不是不喜欢看书吗?"

周彬面色尴尬,他把书丢在旁边,说道:"谁让你这里太无聊了。"

他也以为自己看不下去,随手拿起来一本,居然看入迷了。以前他一看到字就觉得头疼,现在居然会觉得有趣,好像能看懂很多以前根本无法理解的东西。

流畅地看完这本书时,他突然觉得自己好像拥有了一种超能力,一种叫作"学习"或者"理解"的超能力。这种能力突然让他没有那么恐惧和不安,甚至回想周彬之前的生活,也开始期待或许自己也可以做到那么优秀,被所有人承认和赞赏。

聂清舟笑了笑,他走进卧室去收拾自己的行李,遥远地跟周彬对话:"我有事要离开一阵,一会儿江雨倩会来接你,你可以先点个外卖。"

周彬一下子慌乱地站起来,说:"你要走?"

"我只是有事而已,你知道,我不是那种不负责任的人,你有问题可以随时给我打电话。还有,点外卖很简单的,你尝试一次就知道。"聂清舟从房间里探出头来,安抚周彬道。

周彬着急地跟进房间里,一下午的思索让脑子里多出的记忆更加深刻地影响了他,阻止他大喊大叫或者挥舞拳头,但是他又不知道如何发泄自己的不安。

聂清舟转头看向他,突然放下手里收拾的衣服,问他:"假如说……其实我骗了你,你要怎么办?"

周彬一下子瞪大眼睛,脑子里记忆的阻止也不好使了,他直接走上去两步揪住聂清舟的领子:"你骗我什么了?你敢骗我,你快说!"

虽然周彬的嗓门很大,但是他的眼神颤抖,愤怒背后是恐惧不安和混乱,像是劫后余生却又在洪流中被冲走了最后一块浮木。

聂清舟望着他半晌,低下双眸:"是啊,她那时候也是这样。"

在周彬暴跳如雷之前,聂清舟握着他的手让他松开自己的领子,笑道:"抱歉,我不应该问你这个问题。我没有骗你任何事,我对你说的一切字字属实。只是我很多年前对另外一个人有所隐瞒,她就像刚刚的你一样,痛苦了很多年。"

聂清舟把背包的拉链拉上,走到客厅去拿自己的大衣:"所以我现在要去找她。"

周彬想骂人,但是聂清舟的神色太凝重,他太了解聂清舟,知道他这种表情是有重要的事情发生了,搞得他没能骂出来。

聂清舟拿大衣时,看见被丢在沙发上的书,转头去看皱着眉的周彬,问道:"看了我的书,有什么问题要问我吗?"

周彬看了一眼沙发上仰躺的书，抱着胳膊没好气道："平行时空不是所有的可能性都会发生吗？那应该还有第十四个朱莉，她从桥上跳下去死掉了才对。"

聂清舟微微一笑，他俯身换好鞋子。

"按照道理可能会，但是在我这里，朱莉永远不会跳下去，我不会让她坠落。这就是我的道理。"

说罢，聂清舟跟周彬挥挥手，提醒他记得点外卖，关门下楼去了。他关上门时，周彬就站在餐桌旁边，餐厅的吊灯悬在他头顶，他的身上光线明亮，表情恼怒又茫然。

这个张牙舞爪的孩子，总是以暴力彰显自己的强大，以掩饰自己内心的空洞和虚弱。现在他内心的洞，好像被什么东西填上了一些。

聂清舟淡淡地笑了一下，把门关好。

他把徐子航叫出来当司机，现在只要他不封笔，徐子航立刻什么都答应，二话不说开车把他送到常川。路途比较远，高速上又堵车，等他到常川的时候已经是凌晨，夏仪已经到了。

她在常川火车站。

聂清舟下了车之后一路奔跑，终于跑到常川火车站那长长的台阶前，夏仪孤身一人坐在最高的那一级台阶，许多年前夏奶奶坐的同一个位置上。

"夏仪！"

聂清舟不假思索地喊出她的名字，然后愣了愣。

仿佛昨日重现。

夏仪大衣外套里穿着一件棕色连帽卫衣，她戴着卫衣帽子，黑色的口罩，长发顺着脖颈瀑布般落下来。听到他的呼喊，她抬起双眸看向他，她的身后矗立着那高大的西洋风格的建筑，光芒从落地玻璃里透出来，顺着她的轮廓漫过长长的台阶。

凌晨四点多的县城，四下里一片安静，除了他们，再没有别人经过，只有相望的两个人，和曾经存在于此的噩梦。

夏仪站起身来，聂清舟想奔上去，她却说："你在那里等我。"

聂清舟迈出的脚步停住了。

夏仪望着他，带着海洋潮气的风卷着她的头发，她的眼神颤抖着，深深地吸了一口气,低头看向地面,缓慢地迈出一步,落在下一级台阶上。

聂清舟仰头看着她,她像是学步的孩子一般,每一步都非常慎重和缓慢,好像每一步都要说服自己走下去。

2018.5.23:

我最近重新学习格斗,没事的时候看了很多书,还有纪录片。你还记得高中时你在公开课上分享的书单吗?现在里面的书我都看过了。

《宇宙的奇迹》里提到狮子座里的一颗叫作 GRB 090423 的恒星,因为和我们距离遥远,它的光需要一百三十亿年才能到达地球。所以我们看到的它是一百三十亿年前,宇宙诞生之初,一颗爆炸的恒星。

我们居然还能看到宇宙刚刚诞生时的光芒。

时间到底是什么呢?在宇宙的维度下,时间只是一个重叠往复,甚至会消失的存在。此时此刻的我们,以及地球上发生的一切,对于另一颗遥远的星星来说,就是数亿年后的光芒。我们也是它们的未来。

如果这样想的话,你就像从另一颗星星上,未来的光芒,突然降临到我的这颗星球上。

夏仪的步伐渐渐加快,她不再低头看着台阶,而是抬起眼睛看着他,在她的头顶,夜空里闪烁着烂漫星河,来自数年、数百年、数亿年前的光芒。

她好像乘着银河的光芒而来。

2019.9.15:

我很想念你,但是我不知道如果我生病了,又会对你说出什么话,做出什么事来。我总是想着如果我能完全康复,应该就可以去找你,但是至今一直没有成功。

或许等到你回到过去的时间点,等到命运和你再也没有关系,我才能真正释怀。

我以后会一直告诉自己——现在怨恨就怨恨吧,等到那个时间以后,你就不要再责怪他了。

....

2020.10.15：
　　我重新把我写的所有信都看了一遍，有很多信都想删掉，但是又觉得，你应该要看到我真实的样子。
　　我已经一年没有发病，我想或许明年可以回国，我打算在那个时间点之后再见你。
　　不过按照你的笔记本，我们好像在那之前就会见面，希望我不要出现什么问题。
....

　　夏仪的脚步越来越快，她的手臂挥动起来，像是要奔跑，又像是要飞起来一般。聂清舟张开了双臂。

2021.3.15：
　　我回来了，今天收到了小雏菊，还看到了和你相似的人。如果我们再见面的话，你会是什么样子呢？

　　夏仪终于走完了长长的台阶，她的帽子落了下来，长发随着她的步子飞扬，全力奔跑着像是一阵露水清香的风扑进聂清舟的怀抱里，被他低头紧紧地抱住。
　　夏仪把头埋在他的脖颈里，低声说："我做到了。"
　　聂清舟抚摸着她的后脑，在她耳边说："做得好，夏夏。"
　　他话音未落，就已经开始哽咽，泪水顺着他的脸颊流进她的发丝里，他仿佛抱着易碎的瓷器和丢失多年的珍宝。
　　夏仪环着他的脖子，把心里排演了无数次的话说出来："你以后要不要和我在一起？我和其他人不一样，我的爱大概不够好，可能会让你难过，但是我会努力。"
　　她也希望她不要这么沉重，百分之百的她尚且都被人说不懂爱，更不要说现在她只恢复到百分之八十。她希望她能成为这个世界上最好的爱人，因为他是这个世界上最好的人。

但是她等不到百分之百了,她现在就想要幸福。

"以后不要再说这种话。你是最好的,我想永远和你在一起,听到了吗?"

聂清舟一字一顿地说道,他很少用这种严肃的语气跟她说话,可他的怀抱很温暖,胸口的颤抖传递到她的身上。

夏仪闭上眼睛,默默地点头。

"那些时候我应该在你身边才对,我要一直陪着你才对,怎么能让你一个人……一个人经受那么多痛苦……你是怎么熬过来的……"聂清舟低低地说道。

天色一点点地明亮起来,万物沉浸在宁静的凛冽的蓝色里,像是太阳从冰川里升起,一点点把蓝色融化,变成金黄。

聂清舟松开夏仪,夏仪抬头看着他,伸手捧着他的脸把他的眼泪擦掉。可是他低着眼睛,身体颤抖着,眼泪还在不断地往下落,仿佛要替她把那八年的疼全部落干净才能停息。

夏仪有点慌张,最终她托着他的脸,吻了他的眼睛。

他的眼睛潮湿而温暖,有泪水咸涩的味道,在她的亲吻下颤动着。

"不要哭了,不要哭了。"

她小声呢喃着,顺着他的泪痕一直吻下去,最后吻上了他的唇。他的唇柔软又温暖,也是咸涩的,他慢慢地回应她,极其温柔地吻着她。

"天亮了,我们去看看奶奶吧。"她抵着聂清舟的额头,轻声说道。

聂清舟点点头,他牵住夏仪的手,十指相扣,好像再也不会放开。

从今以后,他要永远陪在她身边。

他们从夏仪一级级台阶走下来的火车站大门口离开,太阳在高矮不一的楼房间露出一点身影,毛茸茸、金灿灿的,把光芒投在他们身上,将影子拉得很长很长。

夏仪想,果然现在这样才是最好的,虽然聂清舟说希望她生病的时候一直陪在她身边,但是那样她一定会带着怨恨,无数次地深深地伤害他。

她不希望他受伤,最不希望伤害他的人是她自己。

她希望那个在她生病时失去控制的自己可以安息,带着她盲目的怨恨和痛苦远去,为她对他的爱腾出位置。她想要纯粹地、完全地,把最好的爱给他。

时至今日,他仍然是她在这个世界上,最想保护的人。

临海县城的早晨静悄悄的,这个地方好像比其他地方苏醒得晚一些,没有大群步履匆匆的上班族,所有的小店铺似开未开的样子,世界发出即将醒来的、窸窸窣窣的响动。

夏仪站在夏奶奶和夏叔叔的墓前,她摘下了帽子和口罩,安静地端详着石碑上慈眉善目地微笑着的老人,和意气风发笑容爽朗的男人。

"奶奶、爸爸,我来看你们了,聂清舟陪我一起来的。爸爸,我跟你说起过他,你还记得吗?"夏仪轻声说道。

聂清舟仍然牵着她的手,他把怀里的花递给夏仪,夏仪弯腰分别放在奶奶和爸爸的墓前。

清晨的阳光是浅色的金黄,温柔得仿佛害怕打扰了什么。夏仪黑色的长发上映着金色的光泽,她的眼睛轻轻地眨着,声音也很轻。

"奶奶、爸爸,有时候我觉得我好像做了很长很长的噩梦,一直没有能醒来。现在我好像醒了,梦境应该要结束了。我会好起来的,一切都会好起来,我以后可以幸福吧。

"你们也要幸福,不知道你们现在是在天堂,还是在下一辈子,希望你们不要委屈自己,吃想吃的东西,做想做的事情。奶奶,做好看的裙子吧。爸爸,去做搏击的专业运动员吧。"夏仪认真地对他们说道。

聂清舟握紧了她的手,俯身向他们鞠了一躬。

"我会好好照顾夏仪的,我会用毕生努力,让她幸福。"

太阳把墓碑前石台上的花束照得闪亮,还有牵着手渐渐远去的两个人影。

高个子的男生低头对女生说:"你说,高中的时候奶奶真的没有发现我们之间的事吗?"

戴着口罩的女生抬头看向他,回答道:"其实奶奶有问过我,是不是在和你谈恋爱。"

"啊?你怎么没有跟我说啊,那你是怎么回答的?"

"我说没有。奶奶又问我是怎么看待你的。"

"你怎么说?"

"我说,你是我的战友。"

"哈哈……这是个什么形容啊……"

"是你自己说的,高一寒假的时候,你说你会站在我这边,你是我的战友。"

"好像有这么回事,那奶奶是什么反应呢?"

"奶奶很惊讶,她说这是要打什么仗啊,怕不是要打一辈子。"

"……哈哈哈!"

声音逐渐远去,墓碑前的花也听不清楚了,只能听到一些模糊的笑声。

聂清舟这次回家回得很突然,聂妈妈打开门看到站在门外的他和另一个戴着帽子、口罩的姑娘时吓了一大跳。

"哎哟,你怎么突然回来了?"聂妈妈赶紧让儿子和姑娘进门。

聂清舟笑意盈盈地举起他和姑娘相握的手,对聂妈妈说:"我恋爱了,想把我的女朋友带给你和爸爸看看。"

聂妈妈大喜过望,她拍着手笑得眼睛都眯起来了,感叹道:"哎呀,你终于找对象了,我这个心总算放下来……"

夏仪摘掉帽子和口罩,抬眼看向聂妈妈,聂妈妈说话的声音就小了下去。

这个姑娘……也太好看了吧?跟明星似的,而且怎么越看越脸熟……

"阿姨好,我是夏仪。"明星似的美丽姑娘跟她打招呼。

聂妈妈捂住了嘴,瞪大眼睛:"啊,夏……夏仪?你们真成了?哎哟……哎哟……"

聂清舟笑得眉眼弯弯,聂妈妈一边擦眼睛一边惊叹,忙不迭地把他们迎进门。聂爸爸去店里了,聂妈妈打电话给聂爸爸说今天不开店,让他赶紧关了店回来。

他们围着那张熟悉的,聂清舟和夏仪花了无数时间在上面写作业的餐桌,吃了一顿热气腾腾的早饭。

夏仪站在聂清舟的卧室里,这么多年他房间的摆设并没有什么变化,还是熟悉的书架,上面放的书甚至也还是那些。她的手指划过桌面,看到桌子下面多出来一个大而扁的铁皮盒子。

她把银色的盒子拿起来打开,里面是一张张被重新拼好的A4白纸,画着各种各样的音符、涂鸦、旋律。它们原本被撕得很碎了,但又被拼得非常整齐，应该特意压平过，远远地看，甚至会怀疑那些裂缝是不是纸上的花纹。

夏仪转头看向正在铺床的聂清舟，他穿着灰色的毛衣弯下腰去，露出脊背的弧度，大大的蓝色床单在他手中舒展，房间里充满了薄荷的香气。

夏仪默默地把盖子合好，把铁皮盒子放回去。

他应该花费了很多时间，他总是这么有耐心，相信所有不足的、破损的、笨拙的东西或人，只要有足够强烈的意愿，就可以重新美好起来。

聂清舟把被子和枕头放好，然后走到夏仪面前拉住她的手："睡一会儿吧，你一晚上没有睡。"

夏仪看着床铺，握紧他的手："我换地方睡觉，总会做噩梦。"

顿了顿，她说："你陪我一起睡吧。"

聂清舟怔了怔，他的耳根有些发红，清了清嗓子，说道："好。"

床有些狭窄，夏仪躺在他的身边，很快就因为困倦而沉睡。她迷糊地翻了一个身面朝着聂清舟，然后伸出手去搂住他的腰，把自己的头埋进他的怀里。

聂清舟抱住她的肩膀，轻轻地拍着，下巴在她的头顶摩挲。阳光透过纱帘从他的背后洒过来，房间里很温暖，他的骨架比夏仪大，就这样完全地把她抱在怀里，像是用他的血肉给她穿上了一层盔甲。

他为什么会觉得，他曾被夏仪推出那条线以外过呢？她明明不曾依靠过任何人，没有怨恨过任何人，却唯独依靠了他，怨恨了他。那是因为，他是她无法舍弃的人。

夏奶奶说得没错，这场仗大概要打一辈子了。

他将是她的战友，她的盔甲和长矛，定不会让她孤军奋战，

那些在痛苦中独自挣扎，将求救的呼喊藏在每一句指责背后的日子，再也不会有了。

聂妈妈打开房门的时候，就看到在床上相拥而眠的两个人。夏仪躺在聂清舟的怀抱中，长发盖住他的胳膊，而聂清舟拥住她的肩膀，两个人都神情安详，好像刚刚脱离母体的安睡的婴儿。

聂妈妈捂住了嘴，轻手轻脚地把房门关上。

她小声对跟在她身后探头的聂爸爸说："哎呀……我们是不是得想想

婚礼了……"

这一觉夏仪睡得很好，破天荒地没有做噩梦，中午醒来后，他们和赶回家的聂爸爸一起吃了午饭。夏仪全程依然很安静，但是也跟以前一样有问必答。

聂妈妈和气地笑着问："你们交往多久了啊？"

"今天是第一天。"夏仪诚实地回答道。

聂清舟的饭呛在喉咙里，他拍拍夏仪的手，看着大惊失色的聂爸爸和聂妈妈，摆手道："不是……我和夏仪之间的事情比较复杂……"

他觉得自己险些被聂爸爸、聂妈妈看成诱拐良家少女的坏人。

他一番解释之后，聂妈妈失望地说："哎呀，那婚礼的事情是不是还远着呢……"

夏仪看了惊慌的聂清舟一眼，低头浅浅地笑起来。

张宇坤和赖宁现在都在虞平市，张宇坤子承父业开了一家餐厅，而赖宁在市政系统里工作。郑佩琪在省城，在一家化妆品公司里做市场。聂清舟约他们晚上一起吃饭，他们此前只是小心翼翼地吃瓜，得到了聂清舟和夏仪在一起的消息后，雀跃得不行，纷纷答应。

郑佩琪表示她马上请假开车回来，请他们务必要等她到了再开席。

夏仪在沙滩上回头看聂清舟的时候，便看到他低头看着手机，笑着摇头。然后，他把手机收起来，对她说："他们都很想你。"

县城并没有怎么开发，八年之后他们上学放学路上必经的这片沙滩，还保持着原来的样子，他们在那个风雪夜里待过的小棚子也还在，甚至被翻新过。

聂清舟的头发被风吹乱了，但是看起来仍然很好看，夕阳的光芒照得大海一片波光粼粼，像是波澜起伏的金子。他被这样的光芒映出一层温暖的轮廓，笑着向她走过来，每一步都在沙滩上留下一个脚印。

夏仪望着他茶色的双眸，他脸颊上小小的酒窝，忽然觉得漫长的时间可能从未存在过，仿佛哪里出现了一个大洞，八年分离、痛苦和挣扎的岁月"扑通"一下子掉进去，随着洞口的合上彻底消失不见。

他们只是睡了一觉，然后从繁忙而幸福的高中时代，来到了繁忙而幸福的二十六岁，每一天都如昨日般平和又温柔。

聂清舟还像从前一样，在所有波折的重叠的时间里，他永远这样，披着一身金红的温暖的光芒,在闪耀的大海面前朝她而来。

然后,他会伸出手把她抱住,就像来自遥远时空的星星落在她的怀里,让他的光芒和温暖围绕她。

他是她的朋友、她的亲人、她的战友、她的爱人。她无法用任何一个具体的词去定义和概括的人,她生命的一部分,她的青春和信念。

她的 Mr.Light。

番外一
故事书

"郑佩琪,你高中同学上热搜了!"

郑佩琪在一个阳光灿烂的春日里去上班时,刚刚在工位上坐下就听到同事的惊呼。人称"兰姐",实则就比她大一岁的女生一滑椅子来到她身边,把那个热搜指给她看。

郑佩琪还没反应过来,低头一看就看到了熟悉的名字。

"夏仪"和"清舟"之间用空格相隔,简简单单的一个词条占据了热搜第六的位置。

已经太多年没有见过这两个名字同时出现,郑佩琪晃了一下神,然后连忙掏出手机。

"怎么回事,他们怎么了?"郑佩琪边搜边问。

兰姐一边翻页,一边说道:"说是夏仪请作家清舟到她的出道周年庆祝会,她突然晕倒,清舟立刻帮忙施救,现在夏仪说是当天身体不舒服没什么大事……"

郑佩琪在这个词条里翻着。这条新闻之所以这么火,是因为出了好几张高清照片和动图,把两个人之间的氛围拍得凄美又深情。他们又被扒出来是高中同学,清舟在以前的访谈中说过最喜欢的歌手是夏仪,而夏仪回国时手上还拿着清舟的书。

细节一重重叠加,耐人寻味。

"啧啧啧,真别说,这两个人长得真好看,挺配的哎。"

兰姐感叹完，目光转向郑佩琪，好奇又兴奋地问："他们高中真的是校园情侣吗？"

郑佩琪被这问题噎住了。她苦恼地思索了一会儿，谨慎地说："不是吧……但是他们高中的时候关系真的很好。"

领导远远地走过来，兰姐给她打了个手势，飞快地撤回了自己的位置，而郑佩琪也掏出电脑，假模假式地开始工作。郑佩琪的鼠标在各个文件之间漫无目的地点着，思绪却随着刚刚看到的新闻飘远。

若说她这平凡的人生最能拿出来吹嘘的事情，大概就是她的两个高中朋友都成了名人，一个是知名作家，一个甚至是享誉国际的歌星。她刚入职没多久时和同事们聊起这件事，立刻就得到了阵阵惊叹，他们觉得她的高中简直是藏龙卧虎，并且向她询问关于这两个人的更多细节。

于是，她也分享了这两个人的事迹，聂清舟高中时写作就很厉害，拿过省奖，办过公开课。夏仪是音乐天才，他们合唱节的伴奏和领唱都是夏仪。

在郑佩琪的叙述中，这两个人好像是完全独立的，没有什么关系的普通同学，她从来没有跟任何人透露过他们之间暧昧不明的关系。

他们的故事仿佛是她暗自收藏的，读了很多年却没能读懂的一本书。

她喜欢言情小说，自认资深，从初中开始直到现在看过无数本，认真想想却没有哪一本比得上这本以"夏仪"和"聂清舟"为主角的书。

聂清舟和夏仪之间有过爱情吗？她在旁边看了两年，有时候觉得有，有时候又觉得没有，他们之间仿佛有种超出爱情的东西，某种类似于"相濡以沫"或者"相依为命"的依恋。

从高中的她的视角来看，郑佩琪不能想象他们会分开八年，他们从各自的生命中失去彼此，就像人要自己斩断手脚一样。

然而即便是他们那样深刻的联系也会断开。

自从夏仪出国后，郑佩琪也就和夏仪失去了联系。聂清舟那段时间明显心情很低沉，但他不会把脾气撒在别人身上，他虽然不怎么主动说话，但他们的话他都会接，有时也会提起嘴角笑起来。

这种维持平静的努力却更让人心酸，她和张宇坤、赖宁之间逐渐有了一种默契，再也没有在聂清舟面前提起夏仪，仿佛这是个被施了禁言魔法的名字。

钉钉响了起来，郑佩琪长长地叹息一声，点开那个蓝色软件。

真的已经过去八年了,聂清舟戴上眼镜,夏仪胳膊上的伤疤也淡到看不出来了。

她也有了新的朋友、新的生活,自己谈过数次恋爱又分手,通讯录里"聂清舟""张宇坤""赖宁"那些名字的聊天记录都已经停在一年多以前。似乎所有的感情都会随着时间流逝、生活轨迹的变化而渐渐淡去。

有关于聂清舟和夏仪的那场年少暧昧和遗憾也是这样。

郑佩琪曾经这么觉得,但是现在这本早在八年前走到结局的故事书,居然又重新开始连载。

当传出聂清舟和夏仪要共同出演综艺的消息时,张宇坤也不知道从哪个犄角旮旯翻出他们三个人的小群,在群里嚷嚷:"你们看到新闻了吗?舟哥不会要和夏仪重修旧好了吧?"

赖宁很快就跟上了:"你问舟哥了吗?我问他了,他说他们就是重新遇见,目前还没有到那个地步。"

"我问了啊,答案也是一样的。但是舟哥的个性你们还不了解?他心里要是对夏仪没什么,能参加这种节目吗?都多少年了啊,舟哥真的是念念不忘,必有回响哦。"

张宇坤的兴奋劲儿不输当年,郑佩琪依稀记得,他当年是坚定地认为夏仪和聂清舟之间有爱情的。

"你这么激动干吗?"郑佩琪发言。

"你不激动啊?这瓜咱们可是吃在最前线,最熟的瓜啊!"

郑佩琪一直不理解,张宇坤怎么能从高中到工作保持十年如一日的八卦热情。不过她还是翻着相关信息,感叹道:"这节目才刚开始录制,播出怎么着也要等九月了吧。"

她和聂清舟的关系并没有那么亲近,所以这些问题她也不好去问。

九月快来吧!郑佩琪在心里默念。

她从未如此关注过一个节目的相关信息,有事没事都会拿出手机搜两下,把所有关于夏仪和聂清舟的路透都看了一遍,顺手加入了"清凉一夏"的 CP 队伍。这种感觉仿佛是看电视剧里的主人公演完了少年时期,一晃几年后变成大人,才进入真正的波澜起伏的剧情。

郑佩琪买的房子还没有交房,所以她暂时和公司同事兰姐、小秋一起合租,每次综艺播出的时候她们三个人都坐在客厅里,抱着抱枕准时收看。

兰姐纯粹是看个热闹，而小秋是周温文的粉丝，于是第一期她们一边热烈地讨论一边看。

兰姐生冷不忌，所有的糖都嗑，一会儿指着原野和夏仪说"哇，年下热情忠诚狗狗男友"，一会儿指着聂清舟和乔娜说"啊，这不是竹子和牡丹花化人了吗"，再对着周温文和白一璇拍手道"妈呀，不愧是白粥CP"。

与之形成鲜明对比的是，到了夏仪、聂清舟分别和别人约会的场景，郑佩琪就皱着眉头安静下来，实在是嗑不动。到了周温文约会的片段，小秋就开始揪抱枕，她也嗑不动。

好在随着节目继续播出，后面几期很快出现了聂清舟和夏仪细碎的互动场景。

聂清舟埋怨夏仪不爱惜自己的身体，而夏仪反驳说聂清舟也很容易受伤。

在季瑛主持的重复了聂清舟高中把戏的狼人杀里，夏仪戳破了季瑛的骗局，然后转过头看向笑意盈盈的聂清舟。

兰姐和小秋都在嗑清舟对夏仪的占有欲，说聂清舟吃醋故意刀原野。但在郑佩琪看来，触动她的却是这些细微的、不为外人所知的细节。

随着时间流逝变得模糊而遥远的朋友，又从记忆深处鲜活了起来，好像从未改变过。他们之间的感情也是如此。

节目放到聂清舟一夜没睡，在客厅等着夏仪醒来，不让别人吵到她的画面时，小秋和兰姐抱着嗷嗷叫起来。

"你小子别太爱了！等等，这真的不是剧本吗？真的有人能贴心到这个地步吗？"兰姐大喊。

郑佩琪被她们的反应吓了一跳，生气地说："肯定不是剧本，他们以前就是这样的，聂清舟本来就会为夏仪做这些事。"

他可以为照顾夏仪请一个月假不上学，每天只睡四个小时。熬一晚上夜等她醒来这样的事还需要演戏吗？

兰姐幽幽地转过头来，看向她："你不是说他俩高中不是校园情侣吗？这种糖你天天嗑，愣是没品出甜味儿来？"

"……我说过他们关系很好的啊，就像……亲人一样。"

兰姐一脸"这孩子没救了"的表情，叹息道："暴殄天物啊，要是我跟他俩是朋友,他们今年就该上《浪漫夫妻旅行日记》了。"

小秋抱着枕头叹道:"我也想要这样的男朋友。"

小秋的风向转得很快,她最初只喜欢周温文,也嗑一嗑夏仪和聂清舟。从季瑛开始和周温文约会之后,小秋就变得纠结起来,陷入一种周温文被抢走的痛苦,和这种欢喜冤家的糖真是好嗑,以及暗潮涌动的大三角真是刺激之间的反复横跳中。

"我嗑的糖有毒……"小秋抱住郑佩琪,可怜兮兮地说,"还是你的CP好,清凉一夏,简直就是稳稳的幸福,甜得要命。"

兰姐老神在在地分析道:"聂清舟个性温柔,对夏仪有占有欲。陈煜方对季瑛也有占有欲,但是不一样的地方在于,聂清舟的占有欲很松弛,他不会因为夏仪的举动过于紧张,也不会真的和谁有竞争意识。你懂吧?就是正宫娘娘的气势!聂清舟就是非常肯定,夏仪对他的感情和对别人不一样。哎呀妈呀,说到这里,我真想知道聂清舟一夜没睡那天晚上他和夏仪都聊了什么,剪辑剪得碎成渣了,我要去节目组偷母带!"

郑佩琪正襟危坐,对兰姐说:"你再深入分析分析呢?"

"你看,聂清舟和夏仪之间最好嗑的是什么?是默契啊!他知道夏仪力气大所以默默算分,还求夏仪放水;他和夏仪经常说一些没头没尾,只有对方知道含义的话,而且永远有来有回。我们都是看了后采才知道他们在说什么,你看其他嘉宾,都觉得他俩之间自有气场插不进话。这说明什么?说明他们提起的东西,另外一个人都记得,而且提起话题的人笃定另外一个人会记得,所以不用多解释。佩琪,你说他们八年没联系了,八年了啊,还记得那些关于对方的小细节,更可怕的是还确信对方也记得自己的,这不是爱是什么?"

郑佩琪听得一愣一愣的:"好有道理啊……"

兰姐拍着郑佩琪的肩膀,语重心长道:"你高中的时候是不是只顾着读书了,怎么什么都没有看出来?"

小秋凑过来,认真地说:"兰姐,你想办法魂穿高中的郑佩琪吧,我想看他们上《浪漫夫妻旅行日记》。"

郑佩琪转头看向节目里,聂清舟在约会中笑盈盈地以"我的女朋友"称呼夏仪,拉着夏仪的手在公园里走着,夏仪与他十指相扣,安然地看着他。

他们早该如此了,这些眼神和温柔,明明很久以前就存在于他们之间的，只是那时候并没有冠以爱人之名。

他们过于堂堂正正，以至于让她迷惑那是不是一种近似于亲情的友情。

这本故事书有了更明确的描述，原来很久以前主人公之间的感情就不是"暧昧不明"了，那一直是爱情。

郑佩琪喝了一口奶茶，在心里默念：你们为什么要分离八年呢？好好地在一起吧。

她希望能在这个综艺里看到这个故事的美好结局，没想到美好结局来得比她预想的还早。

在综艺播了四分之三的十月的某个工作日，她、聂清舟、张宇坤和赖宁的四人小群时隔多年出现在她微信的顶端。

聂清舟：我和夏仪在常川，夏仪行程比较忙所以有点仓促，今天晚上要不要聚一聚？

张宇坤：你和夏仪？舟哥！老实交代！

聂清舟：我和夏仪在一起了。

赖宁立马发了庆祝的表情包。

郑佩琪一下子从座位上跳起来，把旁边的兰姐吓了一跳。兰姐问道："怎么了，怎么了，发生什么事情了？"

郑佩琪捂着嘴，摇头道："没有没有……我家里有点事，下午我要请假了。"

郑佩琪：我马上请假开车回去，请务必等我到了再开席！

她发完这句话就立刻找领导请假，收拾工位拿好东西冲出公司，顺便在楼下的花店买了一束五颜六色的小雏菊，然后风风火火地开车奔赴常川。

明明这是别人的故事，不知道为什么她的心情如此激动，甚至比她自己接受表白的时候还要心潮澎湃。她开车的一路上，脑子里走马灯似的流转高中那几年的点点滴滴，像是要逆着时间的路径，开回八年前的少年时代去。

她在餐厅外停下车时，一抬头就透过车窗看到了在门口等她的两个戴着帽子和口罩，因为捂得过于严实以至于看起来有点怪异的人。

黑色大衣的男生低头看了一眼手机，转头对旁边的棕色卫衣配白色大衣的女生说了些什么，女生点点头。

然后，男生在手心哈了哈气，把手放在女生的脑袋两侧，给她暖耳朵。

郑佩琪想起来，夏仪不怕冷，但是耳朵很容易受冻。

过了这么多年，夏仪还是没有变啊。

郑佩琪开心地笑起来，她抱着花束下了车，一路奔向夏仪和聂清舟，把花送给夏仪，大声说"恭喜"。她的手可能有点冷，所以夏仪碰到她的手之后，就自然地握住没有松开。夏仪的手非常温暖。

在那个瞬间，郑佩琪似乎真的回到了八年前，她经常拉着夏仪的手，一开始夏仪还会抗拒，但后来夏仪甚至会主动牵她。夏仪还是她那个勇敢、坚定、真诚又温暖的朋友。

他们一群人在一个包间里坐下，热热闹闹地开始吃饭聊天。张宇坤和赖宁激动地跟聂清舟和夏仪打听他们交往的细节，感慨他们情路坎坷，而夏仪也跟他们简单解释了不曾联系的理由。

虽然夏仪没有详细说自己的病情，但是他们都见过夏仪生病时的样子，席间安静了片刻。张宇坤就举起酒杯说道："没事了，没事了，都过去了，以后咱舟哥和夏仪就是百年好合！"

他们举杯庆祝之后，张宇坤又指着他俩说："夏姐，我真不明白当年舟哥追求你，你怎么就能拒绝了呢？我还特地给你们制造机会，表白场地都准备好了，你要是早答应，你们还用等到今天？"

聂清舟和夏仪对视一眼，不约而同地笑起来。

聂清舟撑着下巴，悠然道："那就是个很长的故事了……"

郑佩琪看着他们两个低眸浅笑的样子，已经剧烈跳动了一下午的心脏终于渐渐平静下来。她所收藏的这本书好像终于得到了它该有的结尾，她旁观了十年之久，从冬日里医院草坪外乌龙的表白开始，一直到今天。

没有什么遗憾和错过，没有所谓时间流逝带来的失去和淡漠，没有放弃和遗忘。病痛和分离没有打败他们。

他们仍然是彼此生命的一部分，时隔多年后找回了彼此，也找回了自己，从此将过着幸福美满的生活。

谁说相濡以沫、相依为命，就不能是少年人的爱情呢？

她见过了，她相信。

番外二
一台钢琴的自述

首先要向各位介绍下自己，我是一架年轻的钢琴。

而那位喜欢拿手指头在我这架被精心制作的、名贵的、价值不菲的、漂亮的钢琴上没礼貌地戳来戳去的男人——虽然我很不想承认，但是没错，他正是我那不成器的主人。

他们称呼他为"聂清舟"，我称呼他为"那家伙"。请注意当我说"那家伙"时，我的语气是尽量保持优雅但咬牙切齿的，很遗憾你们听不见，但你们可以尽情想象。

想象你们是一台名贵的、有追求的钢琴，满心想要找到一位优秀的演奏家，能与他合作出感人至深的名曲，在金碧辉煌的大礼堂里收到观众热烈的掌声。

可是你们竟然突然被一个完全不会弹钢琴的人，一个哼歌八成跑调，连五线谱都看不懂的家伙买回了家，只要稍微想象一下，你们就完全能理解我的心情。

我真不明白他为什么需要一架钢琴？还是我这样一架名贵的、优秀的钢琴？

三年前，我被放在这个客厅里，那家伙掀开琴盖举起他的单根食指，在我的琴键上瞎戳的时候，如果我能办得到，我就立刻让琴盖落下来砸掉他徒有其表的手指！

他的朋友一手撑着我，一手撑着腰，和我发出了一样的疑惑。

"聂清舟，你拿到的第一笔版权费，就全用来买这玩意儿？你根本不会弹钢琴啊！"

那家伙继续在琴键上滑来滑去，满脸愉快地说："以前我答应过，以后有钱了要给一个人买施坦威的钢琴做生日礼物。"

他的朋友一摊手："那人在哪里呢？你怎么给搬到自己家里来了？"

"不是今年的生日礼物，是三年后的生日礼物。"那家伙微微一笑，把琴盖合上。

他朋友摇摇头，看着他说道："我明白了，又是你那个不可言说的初恋。平时挺正常一人，一遇到跟她相关的事情你就开始搞些离谱的事了。"

那家伙笑了笑，没有反驳。

我想着，这么说的话我不必一直待在这里，他是打算把我送给别人的！很好，那这日子还算有点盼头。

平心而论，那家伙除了不通乐理，对我还算不错。

他虽然是个夜猫子，但是生活很有规律，每天凌晨两点多熄灯，早上十点起床吃早饭。他早上从卧室里出来路过我时，一定会把琴盖掀起来，从左到右划拉一遍琴键，然后愉悦地去做早饭。

早饭后，他会把我从头到脚擦干净，等到晚上进房间前，他又会从右到左划拉一遍琴键，再心满意足地把琴盖合上。

这样的日常雷打不动，三年来从未改变过，所以无论什么时候谁看到我，我都锃光瓦亮。

对此我的意见是，如果他擦我的时候别哼那些跑调的歌就更好了。当然，发现我的琴音不准这种事，我也不强求他能做到了。

或许因为独居寂寞，他有时候会自言自语，而他自言自语的时候喜欢有一搭没一搭地戳我。我认为这是一种恶习，且被迫听他说了很多漫无边际的话。

"如果真有平行时空，那应该有一个时空里的我此刻能见到你吧。"

有一次，他用单根手指弹着《小星星》，沉思了片刻，自言自语道："那么肯定也有一个时空里的你从没经历过苦难，并不孤独，过得幸福而安稳。因为并不需要我，所以也不曾遇见我。那样也很好。

"只是那个时空的我，比现在的我还要可怜啊。"

拜托，到底是谁比较可怜啊？难道不是作为一台名贵的钢琴还要被你这样戳来戳去，从来没有发出过一首完整曲子声音的我比较可怜吗？

当然，我知道他说的那个人是谁。

他喜欢一个叫作"夏仪"的歌手，而且好像已经喜欢了很多年。我并不想知道他们相爱的前因后果，但我很希望他能追到那个小姑娘，因为电视上看来那姑娘弹钢琴很厉害。

我热切地盼望着他能和那个小姑娘在一起，然后把我送给她！让我就此脱离他的魔爪，重获新生！

我心心念念地祈祷了多年，当这个小姑娘真的来到我面前时，我简直激动得要晕过去了——如果钢琴真的能晕倒的话。

她坐在我面前，弹了我琴生中第一首完整的曲子，然后转头对那家伙说："有点走音了，有调音工具吗？"

我激动得热泪盈眶。

这就是我要找的千里马啊！这才是我应该拥有的主人啊！看在那家伙把夏仪带来的分上，我勉强可以不再喊他那家伙，而称呼他"聂清舟"了。

夏仪有一双灵巧的手和精准的耳朵，她的钢琴演奏技术非常优秀，我时常遗憾她为什么去做了歌手，而不是钢琴演奏家。

我开始日复一日地期待她的到来，我对她的爱意可能不输于我的主人聂清舟。

聂清舟也很神奇，夏仪第一次来之前，我也没见他到哪里大采购，他家平时也没什么客人。但是夏仪来的时候，他就变魔术似的拿出来她专用的拖鞋、马克杯、饭碗、抱枕和毛毯。

这些东西该不会就像我一样，早在几年前就被他准备好了吧？他就像要在漫长时间里陆陆续续准备些什么东西，才能抵消等待的焦虑。

当我可以心平气和地看待他时，我确实觉得他有点可怜。

当然，现在他一点儿也不可怜了，他简直是春风得意，譬如此刻，他正抱着夏仪在沙发上看电视。

夏仪似乎很喜欢在沙发上睡觉，常常会在沙发上缩成一团。聂清舟就换了一套宽敞的大沙发，足以让夏仪躺在他的怀里。每当夏仪躺在他的怀里时，就像茶叶进了热水中一样放松地舒展开来。

电视上播着夏仪某个演唱会的摄影，中场时有个大大的"哆啦A梦"抱着花摇摇晃晃地上场，有点不太灵活地跟着伴舞们转了个圈跳了两步舞，然后把花献给夏仪。

画面里的夏仪好像有点意外，然后拿过花，笑得眼睛弯起来，都忘记继续唱歌了。

"我看起来好笨拙……"聂清舟感叹道。

夏仪摸着他横跨在她身前的胳膊，目光亮晶晶地看着屏幕，摇头说道："没有啊，多可爱。就是你跳舞的时候，我很怕你会跌倒。"

"我第一次穿玩偶服，干什么都不利索……"聂清舟拍拍夏仪的头，轻笑道，"你当时就知道是我了吗？"

"当然，那是哆啦 A 梦啊。"

"你还记得呢？"

"嗯，我不是大雄吗，大雄怎么会忘记哆啦 A 梦。"

"扑哧……哈哈哈……夏夏，你真的很有一本正经说笑话的天赋。"

夏仪在聂清舟怀里仰起头看向他，聂清舟就笑意盈盈地低头在她额头上亲了一口。然后，他长长地吸了一口气，低声说道："有个事情我想说很久了。"

"怎么了？"

"你好像有个坏习惯。"

聂清舟用手指扒拉了一下她的手，说道："你总会下意识地摸我。上次邦妮在的时候，你也这样摸我的后颈，有一次你还解开我的袖口，把手伸到我的袖子里。刚刚在看电视的时候，你一直在摸我的上臂内侧。"

夏仪正在摩挲聂清舟手臂的手指停住，她似乎刚刚意识到这一点，说道："好像是这样……你不舒服吗？"

聂清舟长叹一声，无奈地道："没有。你的力道非常轻，来来回回的，就像是羽毛在我身上擦来擦去，很痒，很撩拨我。如果是外人在的话，我会忍得很辛苦。你前几天没有休息好，明天又有行程，今天我不想让你太累。"

夏仪看了他一会儿，突然从沙发上直起身来，然后面对面跨坐在他的腿上。聂清舟明显愣住了，夏仪捧着他的脸，小声说道："对不起。"

"我不是……"

聂清舟话还没有说完，夏仪就低下头，她的唇贴上他的唇。聂清舟的眼睛瞬间睁大，然后慢慢闭上。他仰着头，伸出手去托住夏仪的后脑，胳膊上的青筋明显。随着亲吻的加深,夏仪的手又移到了他的手臂上,从袖子里慢慢摸上去,在他的上臂内侧摩挲。

然后,夏仪在他耳边轻声说:"那就不要忍了吧。"

聂清舟的喉头动了动,他抱紧了夏仪的后背,再次吻上她。他把她抱起来,放在钢琴上。

如果诸位还记得的话,本来在看戏的我,就是那台钢琴。

人不能……至少不应当,这样对待一台名贵的钢琴吧!

我要好好缓缓,思考我的琴生。

夜幕低垂之时,聂清舟把夏仪抱到沙发上让她休息后,又把我好好地擦干净,实在是打一巴掌给一个甜枣。

我眼看着他又开始轻轻地哼着他那跑调的小曲,收拾夏仪带来的东西,那叫一个吃饱喝足,心满意足。

他拿起夏仪的包时略微一倾斜,一个银色的小东西从包里掉了出来。

聂清舟愣了愣,捡起那个小东西。

作为一位博学的钢琴,我要说那应该是一部很古老的翻盖手机。

他在琴凳上坐下来,打开手机,屏幕的封面赫然是一张有些模糊的学生卡照片。照片里的少年有着深灰色头发,茶色的眼睛,笑意温柔。

依我看,那是年轻的聂清舟。

聂清舟怔了怔,他似乎在认真回忆些什么,看了那照片半晌,然后轻声笑起来,点进手机相册。

"居然偷偷拍了我这么多照片……咦?中央公园、曼哈顿悬日……不是说没来得及拍吗?其实都拍了啊……"聂清舟喃喃自语,嘴角一直弯着放不下来。

最后,他点进收件箱,看到了一个备注的名字。

——Mr.Light。

聂清舟笑出声来,眉眼弯弯,慢慢地一条条地看她和这个叫作"Mr.Light"的人的短信记录。

Mr.Light:你800米跑多少?

我:三分十秒。

Mr.Light:想不想跑进三分钟?

我:嗯?

Mr.Light：一会儿跟我跑，帮你配速。

…………

我：我今天跟奶奶聊过了，她同意我学音乐了。

我：我也和小延聊过了，他好像不生气了。

Mr.Light：等一下。

…………

Mr.Light：老师们还在怀疑，这段时间我们在学校里减少接触吧。

我：好。

…………

Mr.Light：你今天看起来有点不对，家里出什么事情了吗？

我：今天放学的时候等一下我，有事跟你说。

…………

我：好，下一轮加油。

Mr.Light：还没出名单呢，我不一定能进。

我：一定能进的。

Mr.Light：（^ v ^）夏老师，你得给我一点谦虚的机会。

…………

他笑着看了很久，然后把手机收起来放回夏仪的包里。他走到沙发边，把她额前的头发撩起来，放在耳后，然后轻轻亲吻她已经殷红的唇。

他轻声说道："那时候我还以为，是因为保存了阿姨的照片，所以它对你来说很珍贵。

"原来珍贵的不是它，是我啊。"

他伸出手去抱住她的肩膀，她轻轻"哼"了一声，往他的怀里挪了挪。

他笑着喟叹道："这是第十年了，我的夏夏。"

不知道为什么，看到这一幕，我又想着，要是我这不成器的主人能一辈子和他琴技高超的女朋友在一起，以后只是正经拿我来弹琴，我大概还是能原谅他们的。

好吧，如果这种不成体统的用途，只是很偶尔发生那么一两次，那我也可以宽宏大量。

我真是一台好心肠的、名贵的钢琴啊。

番外三
人生波澜

周日的中午时分,秋日的阳光金灿灿地从梧桐树叶间落下来,居民区里散发出饭菜的香味。江雨倩在二楼的一间房子的客厅里,靠着一台白色的钢琴,激动地拉住聂清舟的手。

"哥,我昨晚看了综艺的最后一集,一看到你们在喷泉广场那个拥抱,我血糖飙升原地旋转跳跃,太甜了……呜呜呜……太甜了啊!谁能想到聂清舟是我哥,夏仪是我嫂子,我的哥嫂怎么能这么甜啊……哥,你一定要和嫂子好好的,我可以一辈子单身,但你们一定要永远在一起啊!"

聂清舟哭笑不得,他拿手指竖在唇前,嘱咐道:"夏仪还在里面睡觉,你小声点。"

江雨倩看了一眼紧闭房门的卧室,双眼放光,忙不迭地点头。

"哥,你还有没有什么糖透给我一点,就是那种别的观众都不知道就我能知道的,求求你了,求求你了!"

聂清舟思索片刻,微笑着答道:"夏仪在东京演出的时候,我和她去了东京富士急。"

江雨倩吸了口气:"这不是……周温文和季瑛约定要去的地方吗?"

"对,我们和周温文、季瑛一起去的。"

江雨倩捂住嘴,眼睛闪闪发光:"天哪!天哪!我的周记酒家!他们也是真的!对不对!"

聂清舟笑而不语,算是默认。

江雨倩左摇右摆,连连感叹:"我表哥是我嗑的CP,这太好了,完全就不缺糖啊……"

说着说着,江雨倩皱起眉头:"唉,就是有一点不好……"

"怎么了?"聂清舟不明所以。

"昨晚看到综艺里,你们都被喷泉打湿了,你们那个身体线条啊……作为一个嗑CP的美术生,好想画点色色的图。"

聂清舟差点把嘴里的咖啡喷出来,连连咳嗽,脸都咳红了。

江雨倩叹息一声,说道:"可是一想到是我哥和我嫂子,我被道德感谴责,下不去手……"

幸好她还有为数不多的道德感。

聂清舟无奈地摇头,把咖啡放到桌子上,看了一眼时间,说道:"他应该快来了,你最近和他相处得怎么样?"

江雨倩轻笑了一声,抬起手比了一个"OK"的手势,自信满满地道:"完全拿捏。这小子虽然脾气暴躁,动不动就挥拳头吼我,但都是虚张声势。只要我装哭卖惨撒娇,他马上就动摇了,就拿以前对付你的套路对付他就行,百试百灵……"

聂清舟眯起眼睛。

江雨倩的声音小下去,立刻正襟危坐,干干地笑道:"不不不,都是策略而已……总之,这段时间我看着他,生活上他没闯什么祸。这孩子虽然脾气不好,但是很讲信用,他答应了我会来你家吃饭,就肯定会来的。"

自从综艺播出后,聂清舟受到的关注日渐走高,现在他走在街上总会被认出来,已经不能随意地去餐厅吃饭,所以把江雨倩和周彬请到了家里。

他们正说着,门铃就响了。聂清舟走过去打开大门,就看到一个文质彬彬但臭着脸的清秀男人站在楼道里,眯着眼看着他。

"来啦,请进。"聂清舟做了一个请的手势。

周彬皱着眉头甩着胳膊大步走进门厅,他这表情不像是到人家家做客的,更像是来砸场子的。

"怎么不戴眼镜?我近视三四百度,不戴眼镜看得清吗?"聂清舟从鞋架上拿出拖鞋递给他。

周彬没好气地回答:"懒得戴。"

他戴不惯眼镜,工作的时候勉强戴戴就算了,休息时他宁可人畜不分也不想戴眼镜。

聂清舟打量着面前正弯腰换鞋的周彬。周彬穿着灰色的休闲衬衫和针织开衫，衣服洗得很干净，但是皱皱巴巴的。他的头发也按时修剪了，并不挡眼睛，但现在有点凌乱。整个人有种在整齐和懒散之间徘徊的拧巴感。

聂清舟不动声色地问道："这段时间你一直没有联系我，所以我想约你见个面聊聊。你过得怎么样，上班还能适应吗？"

周彬看了一眼旁边的江雨倩，冷冷地说："我联系你干什么？她不是都汇报给你了吗？"

"那工作呢？"

"和你领导吵了一架，搞砸了好几件事情，现在他们都不敢给我派活了。"

聂清舟偏过头看着他，微微一笑："看来你适应得还不错，比我预期的要好很多。"

周彬似乎总是忘记，聂清舟是这个世界上最了解他的人，知道他是爱说反话，且正在跟自己较劲。

从休年假开始一直到重新回去上班，周彬都没有再联系过聂清舟，聂清舟打电话给他，他也表现得很不耐烦。但是明明知道江雨倩在"监视"他并且向聂清舟汇报，他也只是象征性地抗拒了一下就默许了。

周彬似乎把江雨倩当成了他与他之间的信息中转站，而这个"信息中转站"运转得尽职尽责。

江雨倩和周彬公司里的几个同事搞好关系，跟他们说周彬家里出了些事，心情很不好。这些同事纷纷表示理解，并且也把周彬在公司里的情况实时同步给她。周彬虽然脾气变得暴躁，跟同事和上司呛声好几次，但是该做的工作还是做了——虽然说速度慢了些，也出了点小岔子。之前周彬在公司被压榨得厉害，现在的周彬十分强硬，工作环境反而有所改善。

这种情况在聂清舟看来，说明周彬适应得还不错，只是以他对周彬的了解，周彬应该心里还混乱着。

"你们先在客厅坐一下，我去叫夏仪起来，一会儿就可以开饭了。"聂清舟微微一笑，给周彬倒了水，然后走到卧室那里，轻轻推开门走进去，再把门关上。

江雨倩露出了姨母般的笑容。

聂清舟离开后，周彬的紧张感有所消退。他漫无目的地在屋子里晃悠，目光在屋子里的各个地方扫来扫去。

他只在这个地方待了一下午,就被江雨倩接走了,这里对他来说仍然十分陌生。那个用他的身份生活了十年的人如今居住在温馨整齐的房子里,房间堆满了书,还放了一台钢琴,生活里已经没有什么他的痕迹。

他时常会觉得不甘心,同样是交换身体,为什么这个人对他的影响,明显比他对这个人的影响要大得多?他没法对江雨倩发脾气,交给他的工作他没法敷衍,他越是利用原主的记忆完成工作得到赞赏,就越觉得自己仿佛偷了别人的东西,浑身不舒服。

周彬的目光落在装饰柜里的照片上,那些图画在他的视野里十分模糊,他凑过去,模糊的影子渐渐清晰——那是穿着高中校服的聂清舟和父母的照片。

周彬怔了怔,照片里是他最熟悉的自己,骨架和脸型都还是少年的模样,却有着平静的眼神和从来不会出现在他脸上的从容温柔的笑容。

他从柜子上把这张照片拿下来,举得离眼睛很近,那个陌生的灵魂和熟悉的躯壳血肉交融,而他成了奇怪的旁观者。

他每天早上醒过来时,仍然不能适应自己现在的脸,也经常怀疑这是不是只是一场梦,他会在常川家里的床上醒来,回到他的高中时代。

但是这种念头一起,他又开始怀疑,他真的想要回去吗?他回去做什么呢?回去了也没有谁需要他,如今他所拥有的东西比以前要多得多。

这张照片仿佛是在提醒他,他的高中已经有人替他度过了,有人替他让他的父母骄傲。这个人也偷走了他的人生,偷走了他的父母,他们两个都一样是小偷。但是他想不出自己的人生比这个人的人生更有价值的地方,觉得自己仿佛是偷了更多东西的那一个。

这种想法令人不爽。

房门响了,聂清舟和夏仪一前一后从房间里走出来。夏仪穿着一件浅紫色的毛衣,头发松松地扎在脑后,深黑的眼睛在他身上停顿了几秒,点点头向他打招呼:"你好。"

周彬僵硬地看着她,这样的夏仪和他记忆中的相差甚远,他到现在仍然不能适应。

这个饭局完全成了江雨倩的主场,她开心地缠着聂清舟和夏仪问东问西,又拉着周彬加入话题。夏仪和周彬话都不多,但是多多少少都说了几句，不至于冷场。

周彬感觉到聂清舟想跟他聊聊，只是很可惜他不想跟聂清舟聊。他因为微妙的烦躁不安和愤恨十分抵触和聂清舟交流，另一方面，这个屋子里坐着的是这世上仅有的知道他身份的三个人，这种类似于港湾的感觉，又让他不至于激烈地与聂清舟对抗。

他不知道自己还要这样矛盾多久，他想知道聂清舟当年花了多少时间去接受的，但是他没有问出口。

聂清舟对他产生的巨大影响让他滋生的不甘心还没来得及随时间消退，他对聂清舟的影响就猝不及防地爆发出了强大的力量。

某天，周彬打开新闻页面，就看到"清舟校园霸凌"的新闻悬在首页，热度惊人。新闻里说，作家清舟的初中同学在网上发帖指责他在初中时霸凌自己，并贴出了他们班级合照和当时的学校处理意见等，并说清舟初中时就是个满口脏话到处打架的小混混，他在综艺里那种亲切的样子都是装的。

周彬看着新闻底下铺天盖地的指责和争吵，拳头不由得捏紧了，他从来没有见识过网络骂战的架势，心里满是愤怒和恐惧。

新闻爆出来的当天下午，聂清舟就联系了周彬。聂清舟言简意赅地说已经联系上了爆料的那位初中同学，下午要去见当事人面聊，希望周彬跟他一起去。虽然周彬心里不大情愿，但还是答应了。

路上，他问聂清舟："你打算怎么办？"

"先道歉，毕竟他没有说谎，你确实对他做了那些事。"聂清舟答道。

周彬冷"哼"了一声，然后抿着唇望向窗外："你别指望我跟他道歉。"

聂清舟看了他一眼，没说话。

对于周彬来说，他几个月前才从初中毕业，这位姓孙的初中同学他仍然很熟悉。但是这陡然多出的十年时间让一切都变得陌生，孙啸比原先长高了六七厘米，也更加壮实，西装革履，俨然是成熟的商务人士。

那种成熟和从容，在他看到聂清舟的那一刻土崩瓦解。孙啸流露出愤怒和怨恨的神色，激动到嘴唇都开始哆嗦。

聂清舟平静地望着他，确认他的名字般喊了他一声："孙啸？"

孙啸冷"哼"一声，嘲笑道："不认得我了？初中的时候你喊人揍我，踩我的脸，往我的水里倒墨水，撕我的试卷作业，你都忘了？也是，加害者总是忘记自己作的恶，还敢大摇大摆地出书，做公众人物，你真以为自己清清白白？"

聂清舟沉默了一会儿，说道："关于你说的那些事情，我很抱歉。那时候我年纪小，处事很过激。"

周彬捏紧了拳头，低头不说话。

孙啸嗤笑一声，神情越发激动："道歉？道歉有什么用？年纪小就能原谅吗？我这十多年来都活在你的阴影里，到现在还有创伤后应激障碍，我得过抑郁症，你毁了我的一辈子，一句道歉有什么用？你道完歉就去过你的好日子去了，披着一层高雅的作家的皮，还被一群粉丝喜欢，我呸！你凭什么？我告诉你，你不要想堵我的嘴，我就要让大家都知道你的真面目！"

周彬一拍桌子想要站起来，被聂清舟拽住胳膊固定在沙发上。

聂清舟轻轻地笑了一下，说道："我今天来不是想让你替我澄清什么，也不想堵你的嘴，只不过是想要告诉你一些事情。"

聂清舟拿出手机，从里面调出一张照片递给孙啸："你小学是在嘉铃巷小学读的吧。"

孙啸警惕地看着聂清舟："你怎么知道？"

"一二年级的时候，你班上有个叫作聂小松的同学，因为穿着很邋遢总是被你戏弄。你把他的衣服、文具偷走丢到垃圾桶里，把垃圾塞到他的书包里。有一次放学路上，你把他的鞋子踩掉藏起来，他最后是光着脚走回家的。后来因为和你打架，你家长找到学校里来，他就被要求转学了。"

聂清舟点了点翻拍的班级合照里一个瘦小的男孩，那个瘦小男孩眉目之间依稀有聂清舟现在的影子。

孙啸眼睛瞪大了，好像逐渐想起来什么，满脸的难以置信。

"算命的说聂小松五行缺水，所以他改过名字。你再次遇到他的时候，他叫作聂清舟。"

聂清舟看了孙啸震惊的神情片刻，他摩挲着茶杯，慢慢地说道："看来你说的对，加害者总是忘记自己所作的恶。"

孙啸慢慢抬起眼睛，上上下下地打量聂清舟，满眼震颤，仿佛不认识面前这个人一样。

孙啸断断续续地说："你是……所以你……"

聂清舟推推眼镜，说道："那时候你并没有认出我来，而我一直以为你记得我。所以我们之间存在一些误会，我并不是在霸凌你，而是报复你。"

孙啸愣了半天，看看照片再看看聂清舟，艰难地说："可是……小学一二年级，那是才七岁的孩子，那时候我们懂什么？那时候我确实调皮捣蛋，但是后来我已经不这样了！如果那时候你跟我直说，我会道歉的，我会补偿你的！"

咖啡厅里的音乐声轻快地飘着，茶水的热气在阳光中上升继而消散。在这一刻寂静里，聂清舟抬眼望向孙啸的眼睛，一字一顿地说："调皮吗？那我说我初中时年纪小不懂事，我向你道歉，你为什么不能接受呢？"

孙啸怔了怔。

聂清舟向后靠在沙发上，平静地道："你说你在电视上看到我的时候，是多么地难以置信、痛苦和愤怒。其实我非常理解，因为初中我再次遇到你时就是这样的心情。我听说你家里遭遇了一些变故，所以你脱胎换骨变成了一个谨言慎行的好学生，在班上人缘不错，老师也看重你。

"那时我也无法理解，你这样的人，曾经比我烂一百倍的家伙，怎么能变成一个好人光明灿烂地活着？为什么我要活在你的阴影中，我永远忘不了在你这里受到的羞辱，当年你的父母咄咄逼人，而我爷爷还要低声下气地跟你父母道歉。你为什么就不用为当初对我所做的事情付出代价？我要把你拉下来，要把你踩在泥里，让你付出代价，你不配幸福。"

仇恨是这个世界上最具有生命力和破坏力的东西，就像肿瘤一样拼命吸收一切营养，无节制地越长越大，即使是微小的愤恨，也可以生长为滔天的仇怨。

聂清舟把胳膊放在桌子上，身体前倾，流畅自然地吐出和表情不符的怨毒之语，压迫感惊人。孙啸目瞪口呆地看着他。

甚至在这个荒唐的时刻，孙啸所有的愤怒都变成了指向自己的利剑，他茫然无措。

"你今天……你今天根本不是来向我道歉的！你想要说什么？你想要说我自作自受是不是？你想要让我去跟媒体说是我先欺负你的？你别想，聂清舟，我告诉你，你想都别想。"孙啸怒吼道。

聂清舟打量了一会儿孙啸，淡淡地说："我只是不想再继续下去了，你应该要对我道歉，我也应该要对你道歉。我做了我该做的，但我对你没有任何期待，你要怎么做，只是你自己的事情。"

聂清舟转头看向周彬，问："你有什么想说的吗？"

周彬默默地看着孙啸，孙啸疑惑又防备地看向这个戴着眼镜、十分文气的男人。周彬动了动嘴唇，然后吐出两个字："废货。"

这两个字好像某种咒语，召唤出孙啸深刻的恐惧，孙啸下意识地往后缩了缩，惊恐地看着他。

周彬似乎还想要说什么，但他最终只是抿着嘴唇，没有再说一句话。

聂清舟已经把他想说的话都说完了，虽然说得更加温和，但是并无遗漏。有那么一瞬间，他在聂清舟身上看到了自己，似乎聂清舟真的变成了他，变成了那个在小学被人欺侮、初中时欺侮别人的聂清舟。

他原本以为自己看到孙啸这么痛苦、恐惧又愤恨，会感觉痛快和开心。但是他在这里听着聂清舟和孙啸说着那循环又相似的仇怨，突然觉得很没意思，如果不是换了身体，他还要和这种人一辈子仇恨和对抗下去吗？

如果不曾发生这一切，他会在二十六岁时成长为这样的聂清舟吗？他可以冷静地面对孙啸，说出仿佛原谅对方一样的道歉吗？他大概一辈子都做不到吧。

外面下起了雨，聂清舟和周彬已经离开了咖啡厅，他们站在沿街商铺的屋檐下等待雨停。

周彬蹲在地上，沉默地看着地上不断被雨水砸出的水坑。他低声道："你以后怎么办？"

顿了顿，周彬说道："不要承认了。反正又不是你做的，你在娱乐圈总有点关系吧，总能盖过去的吧？"

聂清舟瞥了一眼他，这个成熟男人的躯体里，仿佛窝着个头发金黄瘦高的别扭的少年身影。

于是，聂清舟笑了一声，把手揣在口袋里，抬头看向屋檐上的雨帘："你初中可是称霸一方，这件事过去，还会有下一件事的。不过原本我也没有想要进娱乐圈，或许是个好机会退出来，安安静静地写我的书。"

周彬转过头来，斜着看向他。

"你就不要你的名声了？"

聂清舟在周彬身边蹲下来，笑着说："什么名声？是指畅销书作者清舟，还是性格好、长相好、恋爱甜的聂清舟？如果是后者，这种通过遥远网络构造出来的名声，大概是社会潮流、价值观和人们情感的投射，本来就充满了误解，无论完美还是丑恶，都不是真正的完整的我。"

"当然如果是前者的话，我也很有自知之明。"聂清舟想了一会儿，偏头问周彬道，"你有没有听说过科坦夫人？"

周彬皱着眉头，他甚至在原主的记忆里都没有搜索到这个人物，于是迟疑地摇摇头。

"这是雨果在《悲惨世界》的'一八一七年'这一章里提到的人物，他在这一章里列举了一八一七年发生的大事，他说在那时科坦夫人被誉为首屈一指的作家。然而后来我搜索了很久，都没有找到关于这个'科坦夫人'的其他信息，她被悄无声息地淹没在了时间里。然后我突然发现，可能我所能达到的最大成就，还不如这个'科坦夫人'呢。"

聂清舟轻松地说着这个话题，他把胳膊搭在膝盖上，屋檐上落下的水落地，发出淅淅沥沥的背景音。

"当时得到了这么高赞誉的人，尚且会被遗忘，更别说我了。我在写作中得到了快乐和认同感，但我不认为我写的东西有流芳百世的价值，它可能只能短暂地感动很小的一部分人，然后随着时间流逝而默默无闻，这便是作家'清舟'名声的最终归宿。我终将被时间碾成齑粉，被所有人遗忘。

"所以说这个世界上真正对我们重要的人，是我们可以彼此感知，彼此理解和铭记的人，这样的人并不太多。"

周彬沉默了半天，小声嘀咕道："我怎么觉得……你和我记忆中的你，不太一样了。"

他记忆中的那位原主人，就像原主喜欢的那部电影中的台词一样，生活在平静的绝望中，欲言又止，犹豫而敏感，过于心软，不善于拒绝，习惯于为了别人的期待而活。

聂清舟笑了笑，认真地说："毕竟我离你记忆中的那个人又已经过了十年了。而且你改变了我，这十年里，你让我能够接纳自己，给了我被讨厌的勇气。所以我希望，我的记忆和我的人生也能帮助你，让你获得幸福。"

有汽车鸣笛的声音传来，聂清舟抬头看去，笑着拍拍周彬的肩膀，站起身来。

"走吧。"

周彬站起来，看着那黑色的保姆车停在他们面前，聂清舟拉开车门时，周彬看到里面坐着那个穿着白色毛衣、有一双幽静眸子的美丽女孩。她用一种平时很少在她身上出现的，温柔又安定的眼神看着聂清舟。

　　这个世界上真正对我们重要的人，是我们可以彼此感知，彼此理解和铭记的人，这样的人并不太多。

　　周彬的脑海里响起这句话。

　　他想，聂清舟之所以能这么从容又强大，是因为他已经找到了这个人吧。

　　正如某位数学家所说，他们的存在只不过是长夜中的一星闪光而已。

　　但这闪光就是一切。

番外四
共度余生

    常川一中建校二十几年，教学质量一向位于整个虞平的中下水准，每年的一本率都十分堪忧。谁知道这鸡窝里飞出了金凤凰，名不见经传的常川一中竟然培养出两位名人。一位是国内知名的科幻小说作者，一位则是蜚声国际的歌手。

    仿佛是借着这两位优秀弟子的光，常川一中这些年的教学水平也一路攀升，渐渐到了虞平的中上水准。从前都是常川县的把孩子送到市里读书，如今市里竟也有人把孩子送到常川一中来了。

    如今已经是常川一中高三语文组组长的张自华对此十分欣慰，他在讲课的间隙偶尔还会放下粉笔稍微吹嘘两下，大名鼎鼎的聂清舟和夏仪当年可都是他的学生。

    这个冬日的大清早，天刚蒙蒙亮，张自华带完早自习就拎着他的保温杯，迈着他的八字步，慢悠悠地走到了学校大门口。

    门卫老李一见他就立刻挥手招呼："张老师！张老师，你来得真巧，有人来找你，说是你的学生！"

    张自华伸头一看，门房里正站着两个人。女生戴着口罩，只露出一双漆黑明亮的眼睛。她戴了一顶毛茸茸的白色帽子，穿着白色与咖色的格纹毛呢裙与驼色长靴，看起来像是一只安静的白猫。

    她挽着的男人也戴着口罩，他个子高而瘦，鼻梁上一副细金边眼镜，中长发在脸侧卷曲，一身黑色呢子大衣。

如此温文尔雅、风度翩翩的男人，手里却捧着一大束与他气质极其不相符的红彤彤的康乃馨，仿佛是黑色钢笔上系了一朵大红花。

张自华一见他们便挥手招呼道："哎呀，到了怎么也不跟我说一声？"

言罢，他便转头对门卫说道："没错，这就是我学生，毕业好多年今天回来看我，让他们进来吧！"

温文尔雅的男人把他手里的康乃馨递给张自华，口罩外的一双眼睛弯起来，他说道："算时间老师应该在守早自习，就没打扰你。"

"你这孩子还是这么客气！"

张自华又看向旁边挽着男人的女生，那姑娘与张自华对视之后停顿一下，才说出一句："老师好。"

她的声音好听却没什么起伏。

"你这孩子还是这么不爱说话！"张自华笑呵呵地感慨。

即便是十年未见，即便他们两个人都戴着口罩，张自华还是一眼就能从他们身上看到过去的影子。

仿佛他面前站着的不是常川一中最知名的校友，大作家聂清舟与大明星夏仪，而只是十年前他的两个得意门生。

聂清舟与夏仪说好了今天回学校看望张自华，并且再三叮嘱他不要声张，据说他们目前还没有公开交往，这属于地下恋情。

门卫见张自华认识这两个人，便拿出访客册，让他们填信息。张自华大手一挥把他的信息填上并签名，聂清舟与夏仪也十分自然地填好信息，跟着捧着正红色康乃馨花束的张自华踏进了校园里。

张自华回头问他们道："你们俩那信息是怎么填的啊？"

聂清舟眉眼弯弯："我填的张宇坤。"

夏仪跟着他说道："我写的是郑佩琪。"

"哈哈哈……"张自华忍不住大笑起来，手里的花束都跟着抖动，"哎哟，我就记得那时候你们五个人天天黏在一起，小聂你还替他们写作文吧？这么多年了，你们感情还这么好……"

张自华由衷地感叹道："真是不容易啊！"

聂清舟握着夏仪的手，不知想起了什么，也跟着由衷感叹道："确实不容易啊。"

十年过去，常川一中翻新过许多次，又建了新的教学楼，张自华带着聂清舟与夏仪在学校里走了一圈，一一跟他们细数哪些楼是什么时候建的，哪些路是什么时候修的。张自华跟他们说起这些年常川一中的发展，感叹着现在的学生越来越难带，又忍不住自豪地跟他们提起他的新得意弟子。

他还和以前一样是个絮絮叨叨，但尽职尽责又热心肠的好老师。

聂清舟与夏仪和张自华一路走一路聊，将他们这些年的过往隐去灰暗的部分，只将开心的事情讲给张自华听。

张自华还请他们去他的办公室瞧了瞧他新买的压缩咖啡机，给他们现场做了两杯咖啡。

这一上午，聂清舟与夏仪便在张自华的热情招待下度过，下午张自华还有课，就让聂清舟和夏仪自己在学校逛逛，追忆追忆似水年华。

聂清舟和夏仪欣然接受。

这个时间高一与高二都已经开始放寒假，只有痛苦的高三学生还留在学校里，为半年之后即将到来的高考抛头颅洒热血。而常川一中如今把每个年级都分在了不同的教学楼，所以绕过高三那栋教学楼后，其他的教学楼便空空荡荡，寂静无声。

校园斑驳的树影之下，聂清舟摘下口罩，他转头对夏仪笑道："老张现在都喝上压缩咖啡了，师娘的品位很好啊。"

夏仪手里还拿着盛有温热咖啡的纸杯，在这无人处她也摘下了口罩，说道："张老师桌子上放了师娘的照片，师娘很漂亮。"

这十年间，张自华也已再婚，有了自己新的家庭，如今看来小日子过得十分幸福。不仅衣服变得整洁，品位也有显著提升。

夏仪看着这变化颇大的学校与人，一时间有些恍惚，仿佛从旧的记忆里长出了新的枝丫，过去与现在如同时而模糊时而高清的照片交织在一起。

而聂清舟则以成熟的面容，露出她记忆里最熟悉的意气风发的笑容，他指着那一片空白的公告栏，说道："你还记得吗？我们一起等年级排名放榜的那些日子。"

夏仪跟着看向那巨大的白板，阳光照得它亮得刺眼，她弯起嘴角："怎么会忘记呢。"

"那时候我和你还有闻钟，我们三个人轮换着做第一。"

"张宇坤和赖宁的排名从这里……一路爬到这里，佩琪的成绩就在这里上下起伏。"夏仪伸出手指,在那空白的塑料板子上划过,仿佛这里正悬挂着一张大大的年级排名表似的。

那曾经是他们的青春里最为重要的一部分,他们绝大部分的时间、精力与汗水都凝结在那张每月更新的年级排名表上,上上下下、来来回回。

那对于他们来说也曾经是比天还大的事情,如今看来却渺小得仿佛盛大青春里不足为道的插曲。

那构成青春的,并不是占用时间与精力最大的部分,而是在那些部分之外,零碎而热烈的自由。

聂清舟感叹道:"听说现在已经不允许公布排名了,排名只会私发给家长,谁也不知道别人的成绩。听起来很不错……不过不能在这里再看到一张成绩表,还是有点遗憾啊。"

夏仪转头若有所思地端详聂清舟,聂清舟眉眼弯弯:"怎么了?"

"你最近好像很喜欢回忆过去。"夏仪陈述这一个事实。

今天他们是从聂清舟家出发的,聂清舟甚至解锁了两辆单车,跟她一路骑到常川一中校门口,他们从天色漆黑骑到晨曦初现,就跟以前上学时一模一样。

一路上,聂清舟也在跟她说起从前的泡桐花树,路上卖饰品的老奶奶,还有那长长的海岸。

要说夏仪现在为什么觉得自己半只脚踏进了过去,深感恍惚,一定有聂清舟一路以来不停渲染的功劳。

"我听邦妮说,人总是回忆过去,这是衰老的表现。"夏仪喝了一口咖啡,这样说道。

聂清舟偏过头,煞有介事地说:"说得也很有道理,毕竟我已经是快四十岁的老男人了。"

夏仪的眼睛望着他,说:"我没想到我会和比我大这么多的人交往。"

"后悔了?"

"感觉要再重新考虑一下。"

夏仪一本正经,眼里却含着一层温暖的光,惹得聂清舟忍不住笑出声来。他捏捏夏仪的鼻子,说道:"夏仪啊夏仪,你现在也会开玩笑了啊!"

夏仪被他捏着鼻子,终于也弯起眼睛笑起来。她的皮肤很白,聂清舟放下手指时,她的鼻头便微微红了一点,仿佛红鼻子的鲁道夫,可爱得要命。

聂清舟想要是此刻把夏仪的样子拍下来，一定会成为江雨倩打印出来挂在家里的"人生照片"。

他们去学校后街买了他们上学时常买的饭团。卖饭团的老人竟然还是那一个，她穿着绿棉袄、围着红围巾，比从前苍老许多，但依然精神矍铄。令人怀疑，她还能继续卖下一个十年。

手里捧着热气腾腾的饭团，聂清舟便和夏仪秉承着故地重游的规划，跑去夏仪曾经最喜欢去自习的实验楼七楼。

实验楼倒还是老样子，只是实验室纷纷升级改造，换了新设备新幕布，瞧着先进便了许多。他们两个人挨着肩膀坐在七楼的楼梯上，阳光晒得后背一片温暖，尘埃在阳光中飞舞。他们手里的饭团冒着热气，伴随着他们张嘴说话时呵出的雾气，迷离成一片白色。

"你还记得有一次你在这里睡觉的时候，我蹲在下面偷偷看你吗？"聂清舟说起有关这里的回忆，便指向楼梯下的一片平地。

夏仪点点头，给出令聂清舟意外的回答："那个时候，我也在偷偷看你。"

聂清舟诧异："什么？"

"我没有睡着，我感觉到有人在看我，就稍微睁开了一点眼睛。我想那应该就是你，可是你一直看着我不说话，我不知道你到底在想什么。"

夏仪回忆起来，她咬了一口饭团，说道："那时候我觉得很寂寞，因为你突然开始回避我。"

她平稳的声音里隐藏着一丝不易察觉的、轻微的控诉。

"对不起。"

聂清舟歉疚地为此道歉，然后他说道："不过你知道，那时候我在想什么吗？"

夏仪转头看向他，只见聂清舟笑意盈盈地道："我在想，完蛋了，我真的爱上这个小姑娘了，我可真不是个东西。"

顿了顿，他伸出手在空中虚虚地比画一道，说："那时候你在阳光里睡着了，就像长出碧绿地衣和洁白小花的一块小石头，那正是我确定我喜欢你的时刻。"

夏仪双眸微动，她望着阳光里聂清舟含笑的眼睛，透过金边的眼镜，他已经如此成熟而稳重，再不是那个她睁开眼睛就慌张退避的男孩。

夏仪想为什么要在吃饭的时候说这些,如果不是在吃饭,她就可以亲吻他了。

无论在什么时候听见这样的话,都足够让她心动不已。

让她觉得她对抗过一切病痛,能够活到现在听聂清舟跟她讲这些,实在是太好了。

"我记得最开始的时候,你从楼下一路跑上来给了我一支棒棒糖,告诉我有关高地效应的事情。"夏仪想起遥远的那一幕。

顿了顿,她说:"那时候你是不是怕我跳下去?"

聂清舟眸光一闪,他别过眼睛,似乎不是很想回答这个问题。但是夏仪握住他的手,与他十指相扣,令他转回目光看向她。

夏仪眼睛眨也不眨地看着他,说道:"你知道的,我现在永远也不会跳下去了。"

自从跟聂清舟在一起之后,夏仪的精神状态就变得无比安定,连邦妮都时常感叹聂清舟比什么灵丹妙药都管用。

这段时间,夏仪在纽约筹备新专辑,聂清舟有事待在国内不能陪她一起,夏仪在创作过程中又开始焦躁,邦妮立刻给夏仪放假,把她打包送回了国。

她才和聂清舟一起待了两天,焦躁便消失得一干二净。

聂清舟就是有这种本事,什么都不做就足以让她安心。

聂清舟握紧她的手,说道:"我知道。"

他们离开这实验楼七楼,又去往空空无人的高一教学楼。格致楼和知行楼依然相对而立,夏仪走进那间已经模样大变的,曾经的高一一班教室。

她站在阳台上,很快就看见对面的走廊上出现了聂清舟。

他趴在栏杆上,笑眯眯地冲她招手,那只修长的手在空中划过时,仿佛日光熄灭,时光径直后退到夜幕深沉之中去。

黑漆漆的知行楼里只亮着一盏灯,照亮在十三班教室里最靠窗的那个座位,年轻的男生穿着蓝白校服,一边转笔一边看书。

他在黑暗之中唯一明亮着,安静地等待下课铃声响起,然后背起书包来,走向一个车棚,在那里等待和她一起骑车回家。

聂清舟的手臂放下之时,日光大亮融解所有黑暗。他褪去青涩的校服,换上成熟的呢子大衣,胳膊搭在栏杆上凝视着她。

他依旧等待着她。

夏仪恍然之间想,原来如此,她是什么时候喜欢上他的呢?

或许就在看到这一盏灯为她亮着的时候,他已经在她心中落地生根。

天色渐暗的时候,聂清舟拉着夏仪又回到了实验楼七楼,他们曾经通过这里去往了那个看烟花的天台。

如今通往天台的门已经换过新的,锃亮的蓝色,和从前一样门扉紧闭。

夏仪说:"应该打不开门吧。"

聂清舟和从前一样伸出手指,煞有介事道:"我掐指一算,这门应该能开。"

他说着就伸手握上把手,真的顺利地打开了门,那门流畅地朝天台敞开,夏仪惊讶地睁大眼睛。

他们就和十年前一样,仿佛刚逃了一个合唱节,溜到天台上来。

不过现在的天台比当年要整齐干净许多,看来是有经常打扫。在此处堆放的桌椅板凳也井井有条,仿佛是个管理得当的露天储藏室。

天际一片干净澄澈的淡蓝色,在白昼与黑夜转换的时刻,光线总是干净而温和,仿佛一湾浅浅的海水。

温辞与夏仪坐在天台堆积的桌子上,一齐抬头望着天边。

夏仪微微晃动着脚,说道:"当时你带我看的那场烟花,是因为你从未来而来,早就得知一切吧。"

聂清舟点点头,他与她已经能平和地提起关于他重叠时间的琐事,他说道:"是啊,那是我从未来的采访里知道的。也不知道哪边是因,哪边是果。"

夏仪低声道:"我有没有告诉过你,我那时候觉得你像是个魔法师?"

天空中的蓝缓慢地变深。

在这个宁静的时刻,聂清舟的声音响起。

"那我再为你表演一次魔法,怎么样?"

聂清舟话音刚落,忽然从远处传来此起彼伏的轻微爆裂声。

从湛蓝的天际升起彩色的烟花,一簇接着一簇,重重叠叠,如同无数彩色的游鱼涌进清澈的溪水。它们搅动天池,热闹而又绚丽。

夏仪惊讶地睁大眼睛,仰头看着漫天的花火,愣怔之时却感觉身边的人从桌子上跳了下来。

她转过头来时，便见那个温文尔雅、从来温柔又从容的男人在她面前缓缓单膝下跪。

　　他的大衣垂在地上，像是礼服的燕尾。聂清舟抬头望着夏仪，身后是湛蓝的天际线，镜片上烟花的光芒明明灭灭，他仿佛透过它们在看他一生的神明。

　　一个丝绒盒子在夏仪面前被打开，里面有一枚光芒闪烁的银白色的戒指。

　　"我亲爱的债主大人。"

　　聂清舟提起这个久违的称呼，从前他总是这样揶揄地喊她。

　　因为他最初赊账买了她的东西，因为她救下受伤发烧的他，因为他在她家蹭饭吃，他们由亏欠而开始了一切。

　　"趁我还没有太老之前，请拿走我的余生来作为报偿吧。

　　"嫁给我吧，夏仪。"

　　夏仪怔怔地看着他，在烟火的光芒下，他满眼映着她。仿佛那个十年前的少年穿越时空而来，脱去来自未来的神奇能力之后，他依然是这个世界上最神奇的、最温柔的魔法师。

　　那枚光芒璀璨的戒指被推上了夏仪的无名指。

　　"你愿意吗？夏仪。"

　　聂清舟握着她的手，在她手指上印下一吻。

　　夏仪眸光颤动，这漫长的十二年里，最平凡、最幸福、最痛苦的所有时间里，她一直心怀憧憬，唯有这一点憧憬从不曾改变。

　　"愿意。"

　　她轻声说道："我愿意。"

　　她一直憧憬着，或许有一日，她可以与聂清舟，共度余生。

　　他们在深蓝色的天空与漫天烟花中，在这过去、现在与未来的时空交织之中，如同白裙的新娘与黑衣的新郎一般，紧紧相拥。

　　夏仪与聂清舟从此之后，将要共度余生。